THOMAS DOBROKOVSKY
Die Gedankenpolizei

Danksagung

Eine kurze Information vorweg. Soweit ich weiß, gibt es in Colorado Springs keine U-Bahn. Doch diese hat in die Geschichte einfach gut hineingepasst.
Die Geschichte selbst ist das Ergebnis eines wilden Traumes. Ich träumte davon, mitten im Kugelhagel einer kriegsähnlichen Schießerei zu sein, genau im Zentrum einer Großstadt. Ich weiß nicht mehr warum geschossen wurde oder woher die Stimme kam, welche die ganze Zeit nur die eine Frage schrie: „Was ist mit dem Datenschutz?"
Jetzt fragen Sie mich bitte nicht, wie ich dadurch auf die nachfolgende Geschichte gekommen bin. Der ursprüngliche Entwurf schlummerte knappe sechs Jahre in einer Schublade, bevor Heike mich dazu ermutigte und drängte sie fertigzustellen. Seitdem sollte es dann noch einmal fast zwei weitere Jahre dauern. Vielen Dank für deinen Glauben an mich. Ohne dich würden diese Seiten immer noch in einem Schuhkarton schlummern. Ich danke dir für die ehrliche Kritik, dem Aufzeigen meiner Denkfehler und für das Korrektorat.
Gleichwohl gilt mein Dank allen Probelesern, inklusive Heike und Sabrina, sowie ihrem Feedback mit teilweise sehr lustigen Kommentaren, die als Outtakes gesammelt wurden.
Ein großes Dankeschön gilt auch meinen Eltern für die Erstellung des Covers und sämtlicher grafischer Unterstützungen, sowie Ihrem Feedback zu den einzelnen Variationen der Geschichte.

Autor

Thomas Dobrokovsky, geboren 1978, arbeitete nach seinem Studium an der Berufsakademie Dresden in mehreren Berufen. Seine Schwerpunkte lagen im Bereich des Output- und Dokumentenmanagements. Schon als Kind schrieb er Gedichte, Verse und Kurzgeschichten, von denen heute fast keine mehr erhalten sind.
Der Sportpilot und freiwillige Feuerwehrmann ist ledig und Vater von zwei Kindern, welche zeitweise bei ihm in der Nähe von Stuttgart leben.

Mehr Informationen zum Autor und seinen Büchern unter
www.dobrokovsky.de

Thomas Dobrokovsky

Die Gedankenpolizei

Bibliografische Information der Deutschen Nationalbibliothek:
Die Deutsche Nationalbibliothek verzeichnet diese Publikation in der
Deutschen Nationalbibliografie; detaillierte bibliografische Daten
sind im Internet über http://dnb.dnb.de abrufbar.

© 2017 Thomas Dobrokovsky

Illustration: Roland Dobrokovsky

Herstellung und Verlag:
BoD – Books on Demand, Norderstedt

ISBN: 978-3-7448-6809-9

Vorbemerkungen

Die Figuren, Ereignisse, Namen und Handlungen sind in diesem Roman frei erfunden. Übereinstimmungen und Ähnlichkeiten jeglicher Art sind rein zufällig und nicht beabsichtigt.

Lediglich öffentliche Schauplätze sind authentisch.

Prolog

»Ja Mum, mir geht es gut!«
Zum wiederholten Male versicherte Carolyn, dass sie in Sicherheit war. Ein Hurrikan tobte mit zweihundert Stundenkilometern vor der Küste Massachusetts. Die National Oceanic and Atmospheric Administration, kurz NOAA, hatte akute Unwetterwarnungen für den Bereich von New Bedford bis Boston herausgegeben. Auch wenn sich das Wetter nicht von den restlichen Tagen unterschied, lag eine spürbare Anspannung in der Luft. Die Menschen hatten Angst. Angst vor dem Sturm. Angst, ihren Besitz zu verlieren und Angst um ihre Familien. Carolyn konnte es ihrer Mutter nicht verdenken, dass sie sich Sorgen machte.
»Ich melde mich später wieder, versprochen.«
Sie drückte die rote Taste auf ihrem Handy und bog in ihre Straße ein. Links und rechts säumten sich schmale Reihenhäuser, erleuchtet von den Straßenlaternen im dunklen Mondlicht. Carolyn parkte ihren Buick, lief die Stufen zu ihrer Haustür hinauf und stutzte. Etwas war anders als sonst. Automatisch, einem Instinkt folgend, glitt ihre rechte Hand in ihre Jackentasche und umklammerte das Pfefferspray. Sie vergewisserte sich, dass es einsatzbereit war und drehte sich um. Die Straße hinter ihr war leer. Das stimmte nicht ganz. Sie war *fast* leer. Ein weißes Bündel lag abseits am Bordstein und es bewegte sich.
Für einen Moment wollte sie es ignorieren, sich umdrehen, ihre Wohnung betreten und den Abend vorbeiziehen lassen. Doch sie wusste, *was* dieses Bündel im Schatten war. Zu oft hatte sie ähnliches gesehen und zu oft gab es selten eine Chance. Ihr Beruf war ihre Berufung und so schritt sie die wenigen Meter hinüber und hockte sich neben die zuckenden Beine.
»Sir, können Sie mich hören?«
Der Mann sah sie mit großen Augen an und nickte.
»Gut. Mein Name ist Carolyn Peters, ich bin Ärztin.«
Wieder nickte der Mann. Seine Augen zuckten nach links und rechts und seine Lippen bewegten sich.
»...was...für...eine...Ärztin?«

Der Patient ist schätzungsweise vierzig Jahre alt, groß, abgemagert, hat einen Schock erlitten und ist durch die klirrende Kälte stark unterkühlt. Seine Kleidung unterstützt die Vermutung. Auf den ersten Blick sind keine Verletzungen erkennbar, doch es geht ihm nicht gut. Er benötigt dringend Wärme.

Sie führte gedanklich Protokoll, doch statt ihn daran teilhaben zu lassen, beantwortete sie seine Frage.

»Unfallchirurgie.«

Der Mann entspannte sich. Seine Beine zuckten weiterhin.

»Können Sie laufen? Ich wohne hier gleich um die Ecke, dort können Sie sich aufwärmen.«

Erneutes Nicken.

»...ich...versuch's...«

Mit Mühe richtete er sich auf, bekleidet mit einer weißen, dünnen Hose und einem gleichfarbigen, langärmeligen Shirt. An vielen Stellen war der Stoff durchnässt und ließ die weiße Haut des Mannes hindurch schimmern.

»Kommen Sie, ich helfe Ihnen auf.«

Er stützte sich auf sie und schien fast nichts zu wiegen. Sie hatte keine Probleme, ihn zu ihrer Wohnung zu stützen und setzte ihn auf einen Stuhl in ihrer Küche.

»Sie sind ja ganz verfroren. Ich hole Ihnen eine Decke und rufe gleich den Notarzt.«

Kaum hatte sie diese Worte gesprochen, schnellte seine Hand hervor und krallte sich um ihren Unterarm. Er wirkte zwar extrem schwach und konnte sich kaum auf den Beinen halten, doch drückten seine Finger mit enormer Kraft. Carolyn spürte die ersten Schmerzen oberhalb ihres Handgelenks.

»Keinen. Arzt!«

Sie sah ihn mit großen Augen an und nickte langsam.

»Wie Sie wollen... Keinen Arzt... Aber lassen Sie mich jetzt gefälligst los!«

Er tat wie ihm geheißen und sah beschämt zu Boden.

»Ich bitte um Verzeihung. Ich tue alles, was Sie wollen, aber bitte: Keinen Arzt!«

Carolyn rieb ihr rotes Handgelenk und nickte erneut.

»Ich kann das nicht gut heißen. Haben Sie etwas angestellt? Sind Sie auf der Flucht vor der Polizei?«

Der Mann schüttelte langsam seinen Kopf. Was hatte sie auch anderes erwartet?

»Also gut, ich hole Ihnen eine Decke und ein paar trockene Sachen. Wie heißen Sie?«

Wieder bemerkte sie das nervöse Zucken in seinen Augen und für einen Moment fürchtete sie, er würde aufspringen und davon laufen. Nach ein paar Sekunden beruhigte er sich wieder und schlug die Hände vor sein Gesicht. Carolyn seufzte.

Na das kann ja heiter werden. Partielle Amnesie, Schockzustand, Unterkühlung und auf der Flucht vor der Polizei. In was bin ich da nur wieder hinein geraten?

Sie verließ die Küche und spürte seinen Blick in ihrem Rücken. Aus dem Schlafzimmer holte sie ein großes T-Shirt, eine alte Hose von Jeff und eine Decke. Sie kehrte in die Küche zurück. Der Mann saß immer noch an ihrem Küchentisch, alle Muskeln schienen angespannt, doch das Zittern hatte aufgehört.

»Keine Angst, ich habe niemanden angerufen und es scheint Ihnen bereits auch schon besser zu gehen. Sie zittern nicht mehr.«

Der Mann entspannte sich und beobachtete sie weiterhin aufmerksam.

»Ich habe leider nicht viel, das Ihnen passen könnte, doch wenn Sie kein Problem mit der Hose meines Ex-Mannes und seinem T-Shirt haben, können Sie die Sachen gerne haben.«

Sein Blick huschte zu den Kleidern in ihren Händen und er nickte. Carolyn ging auf ihn zu, gab ihm die Kleidung und deutete auf das Badezimmer hinter ihr.

»Sie können sich dort...«

Umziehen, wollte sie sagen, doch dafür war es zu spät.

»Was...?«

Ohne ein Wort zu sagen, hatte er seine Hose und Shirt abgestreift und schlüpfte in seine neuen Sachen. Carolyn war irritiert und drehte sich anstandshalber um.

»Sagen Sie Bescheid, wenn Sie fertig sind.«

»Bin ich.«

Sie seufzte, hob seine nassen Kleider vom Boden auf und suchte eine Tüte.

»Möchten Sie die mitnehmen oder können die weg?«

Bevor er antworten konnte, fiel ihr Blick auf ein kleines Schild, das auf dem Shirt aufgenäht war.

Bridge to Recovery

Sie kannte diesen Namen und auf einmal war ihr klar, warum ihr dieses weiße Bündel auf der Straße so vertraut vorgekommen war. Der Mann hatte Krankenhauskleidung getragen. Die Art von Kleidung, die stationäre Patienten bekommen, wenn sie einen längeren Aufenthalt vor sich haben.

Langsam drehte sie sich um und sah ihn an.

»Das Bridge to Recovery liegt auf Long Island!«

Sie erwähnte nicht, dass es sich dabei um eine Entzugsklinik handelte, doch wusste sie nun, warum er keinen Arzt wollte. Er war auf der Flucht. Allerdings nicht vor der Polizei, sondern vor sich selbst.

»Sagen Sie nur, Sie sind von dort abgehauen? Sie hätten sich doch einfach nur entlassen müssen!«

Der Mann schüttelte den Kopf.

»Nein, die hätten mich nie gehen lassen. Dafür weiß ich zu viel.«

Als ihm bewusst wurde, was er sagte, hielt er die Hände vor den Mund. Carolyn war zum Bersten gespannt.

Was zum Teufel geht hier vor?

Sie warf seine Sachen auf den Tisch und setzte sich zu ihm.

»Also… fangen wir noch einmal von vorne an.«

Er seufzte und senkte den Kopf.

»Das glauben Sie mir sowieso nicht.«

»Versuchen Sie es doch? Ich koche uns schnell einen Tee und Sie erzählen mir Ihre Geschichte. Ich verspreche Ihnen, dass ich weder beim Bridge noch bei der Polizei anrufen werde. Es ist eine freiwillige Entzugsklinik und wenn Sie Ihren Entzug nicht fortsetzen wollen, was ich nicht gutheiße, dann ist es letzten Endes trotzdem Ihre Entscheidung.«

Carolyn stand erneut auf, schaltete den Wasserkocher ein und bereitete zwei Tassen vor.

»Es ist keine Entzugsklinik.«

Sie drehte sich zu ihm um und wartete.

»Zumindest nicht der Teil, den ich gesehen habe.«

Die Ärztin war nicht nur irritiert, sondern auch verwundert. Sie kannte das Bridge to Recovery mehr vom Namen her und hatte bisher nichts Negatives darüber gehört.

»Ich weiß nicht mehr, warum ich dort hingekommen bin, geschweige denn wie. Eines Tages wachte ich in einem kleinen Zimmer mit einem vergitterten Fenster und einer dicken Tür auf.«

»Sie wissen also nicht, warum Sie dort waren?«

Es bestätigte ihre Vermutung der Amnesie, doch der Mann lachte.

»Über das was ich weiß, und was ich nicht weiß oder nicht mehr wissen sollte, lässt sich streiten. Doch ich weiß, was sie mir angetan haben!«

Carolyn goss den Tee auf, schob ihm eine Tasse hin und setzte sich wieder an den Tisch.

»Erzählen Sie!«

Er nahm seine Tasse in die Hände und wärmte sich daran.

»Sie haben an mir experimentiert.«

Sie starrte ihn an. Er erzählte und sie fragte sich, wie viel Wahrheit darin stecken konnte. Seine Geschichte klang wie aus einem Film.

»...und ich wusste es immer noch! Immer und immer wieder haben sie mir die gleichen Fragen gestellt: Wo waren sie gestern? Was haben sie dort gemacht? Wer war noch dort?«

Vorsichtig pustete er über den Rand seiner Tasse, setzte sie an seine Lippen und stellte sie wieder ab.

»Nach jeder *Behandlung* die gleichen Fragen und ich konnte sie meistens beantworten. Dafür weiß ich nicht mehr, wie ich heiße oder wo ich herkomme. Ich kenne meine Eltern nicht mehr oder ob ich Kinder habe.«

Er überlegte einen Moment, in dem er trank.

»Ich war dort nicht allein. Der Sabberheini wurde auch behandelt, danach saß er nur noch in einem Rollstuhl und ließ den Rotz aus seiner Fresse laufen.«

Ein Schauer überfiel ihn und er zitterte. Carolyn befürchtete einen Rückfall, doch nach ein paar Sekunden war alles wieder vorbei.

»Kurz darauf war er fort.«

»Wie fort?«

»Entlassen, weg, keine Ahnung. Er war einfach nicht mehr da. Genauso wie Paul.«

»Paul?«

»Ich kann nicht sagen, dass ich ihn gut kannte, er war in dem Zimmer neben mir. Er hat mir erzählt, dass sie ihn wegen Terrorismus verhaftet haben. Dabei hatte er lediglich im Internet über Anthrax recherchiert, war wohl Chemiker oder Biologe oder so. Naja, eines Tages nach seiner Behandlung, begann er sich komisch zu benehmen. Machte erst seltsame Geräusche, dann gab es Tumult in seinem Zimmer und am Ende schrie er wie am Spieß! Am nächsten Tag konnte ich zufällig einen Blick durch die sich schließende Tür werfen und das ganze Zimmer war dunkelrot, als wäre er explodiert oder so was.«

Seine Augen huschten nervös zum Fenster und Carolyn war sich nicht sicher, wie viel sie ihm glauben konnte. Musste sie auch nicht, denn im nächsten Augenblick passierte etwas, womit sie überhaupt nicht gerechnet hatte.

Es war nicht der Stromausfall, der sie überraschte. Seit dem Hurrikan war sie auf solche Momente gefasst. Es war das Splittern von Glas, das sie aufschreckte. Zwei Sekunden später strömte dichter Nebel durch ihre Küche. Sie hustete und bekam keine Luft mehr. Carolyn keuchte, rang nach Atem und als der frische Sauerstoff in ihren Lungen ausblieb, kippte sie ohnmächtig vom Stuhl. Kurz vorher hörte sie ihn noch etwas sagen.

»Die manipulieren unser Gedächtnis!«

Als sie die Augen wieder öffnete, spürte sie reinen Sauerstoff durch ihre Lungen strömen. Zwei Augen studierten die ihren und nahmen ihr dann die Maske vom Gesicht.

»Ms. Peters, es ist alles in Ordnung. Sie sind in einem Krankenwagen.«

Sie sah sich um und bemerkte, dass die rückwärtigen Türen noch geöffnet waren.

»Ich bin noch in meiner Straße.«

Der andere nickte.

»Ja, und Sie müssen auch nicht ins Krankenhaus. Sie benötigten nur etwas Sauerstoff nach der Rauchgranate. Es wird keine bleibenden Schäden geben.«

»Rauchgranate?«

»Das klären Sie lieber mit Agent Smith dort draußen.«

Er deutete auf einen Mann in einem schwarzen Anzug, der gerade eine Zigarette rauchend vor dem Krankenwagen stand. Carolyn setzte sich auf.

»Kann ich gehen?«

Wieder nickte der Sanitäter.

»Natürlich. Reden Sie mit Mr. Smith!«

Sie stand auf und stieg aus dem Krankenwagen. Der Mann im Anzug drehte sich zu ihr um.

»Sind Sie Mr. Smith?«

»Das bin ich. Miss Peters, ich muss mich für die Unannehmlichkeiten entschuldigen. Wir danken Ihnen sehr für Ihre Mithilfe.«

»Mithilfe?«

»Warren Colt ist ein lang gesuchter Verbrecher, der Frauen mit einer Art Mitleidsmasche einwickelt, um sie dann zu verschleppen, zu missbrauchen und zu töten. Er ist seit mehreren Jahren in psychiatrischer Behandlung und während des Hurrikans auf bisher ungeklärte Weise aus dem Hochsicherheitsbereich entflohen.«

Ihr gefror das Blut in ihren Adern.

»Wie haben Sie ihn gefunden?«

Agent Smith lächelte.

»Er hatte sich bereit erklärt, an einem Test-Projekt teilzunehmen. Alle Probanden wurden mit einem subkutanen GPS-Sender markiert, für genau solch bedauerliche Fälle.«

Sie nickte.

»Ich verstehe. Dann hatte ich also riesiges Glück?«

»Das hatten Sie. Selbstverständlich bekommen Sie einen Rechtsbeistand gestellt, für die Schäden und Kosten, die Ihnen verursacht wurden. Noch einmal vielen Dank für Ihre Hilfe und entschuldigen Sie die Unannehmlichkeiten!«
Er hielt ihr seine rechte Hand hin.
Das ist alles? Ein Dankeschön und ein Händedruck? Na warte mal ab, bis mein Anwalt davon erfährt!
Sie ergriff seine Hand und schüttelte sie. Er hatte einen extrem festen Händedruck, dass es schmerzte. Hitze stieg von ihrer Hand durch ihre Adern nach oben und für einen Moment verschwamm die Welt um sie herum. Sie blinzelte und alles war wieder in Ordnung. Nachdem sie ihre Hand zurückgezogen hatte, sah sie sich um. Ein Krankenwagen fuhr gerade die Straße herunter und der Mann vor ihr wandte sich ab und ging.

Am nächsten Morgen saß Carolyn wieder an ihrem Küchentisch bei einer Tasse Kaffee und hatte die neueste Ausgabe des Boston Globe vor sich liegen. Auf der Titelseite war in großen Lettern zu lesen: Serienmörder in Boston auf der Flucht erschossen. Das Bild zeigte sowohl die Front, als auch die Profilansicht eines hageren Mannes. Irgendwie kam er ihr bekannt vor, doch wahrscheinlich war es einfach nur ein Allerweltsgesicht, wie die vielen, die sie täglich auf Arbeit zu sehen bekam. Sie dachte an den Krankenwagen, der gestern ihre Straße herunter gefahren war und an den Mann im schwarzen Anzug.
»Was es nicht alles gibt! Und das bei mir in der Nähe!«
Sie warf einen Blick auf das mit Folie beklebte Fenster und seufzte. Der Hurrikan hatte seine ersten Ausläufer bereits schon vorausgeschickt und sowohl Äste als auch Steine durch die Straße wirbeln lassen. Sie hoffte, dass die Versicherung die Kosten für Fenster und Tür übernahm, doch darum würde sie sich kümmern, wenn der Hurrikan sich aufgelöst hatte.

- 1 -

Punkt sechs Uhr fünfundvierzig riss Ray der schrille Alarm seines Weckers aus dem Schlaf. Langsam öffnete er seine Augen, zwinkerte und wischte sich den Schlafsand heraus. Er überlegte einen Moment, was er letzte Nacht geträumt hatte und konnte sich nicht mehr daran erinnern.
»Möchtest du das Ding nicht endlich mal ausstellen?«
Kacey hatte sich zu ihm umgedreht und stöhnte leise.
»Jetzt bin ich auch wach und habe noch zwei Stunden Zeit.«
Ray drückte auf die Taste des Weckers und das schrille Fiepen verstummte.
»Wie hast du geschlafen?«, fragte er seine Frau.
»Bis jetzt ganz gut, aber wenn ich jetzt schon mal wach bin, was hältst du von Frühstück im Bett?«
Er hatte zwar keinen Hunger, doch kaum hatte sie ihren Satz beendet, glitt ihre Hand unter seine Bettdecke und streichelte sanft über seine Brustwarzen, so dass sie hart wurden. Er schloss die Augen.
»Ich muss zur Arbeit, Schatz!«
Sie ignorierte ihn. Stattdessen rutschte ihre Hand über seinen Bauch zwischen seine Beine und begann seinen Hodensack zu massieren. Er stöhnte. Sein Penis wuchs und wurde hart.
»Sicher, dass du nicht noch etwas Zeit hast?«
Mit einem frechen Lächeln und dem gewissen Funkeln in ihren Augen, wartete sie seine Antwort nicht ab, setzte ihre Massage fort und rutschte zu ihm herüber. Sie knabberte an seiner Brust, rutschte tiefer und küsste seinen Bauch. Ray genoss es, wie sich ihre Zunge weiter hinab schlängelte, nur um an seiner Eichel zu verweilen. Kacey küsste sie erst sanft und ließ dann ihre heißen Lippen darüber gleiten. Ray stöhnte auf. Er wusste, dass sie es laut mochte und hielt sich nicht zurück.
Kacey schlang sich um ihn und glitt langsam hinauf, bis sie seinen Penis mit ihren Schamlippen massierte. Seine Erregung stei-

gerte sich, als er spürte, wie feucht sie war. Sie setzte sich auf ihn und ließ ihn in sich eindringen. Da schrillte der Wecker erneut.

»Oh verdammt, das war der Snooze Knopf.«

Mit seiner rechten Hand schlug er nach dem Wecker, erwischte ihn und riss ihn vom Nachttisch herunter. Er schlug auf dem Boden auf und verstummte. Sie sah ihm begierig in die Augen und ließ ihr Becken langsam rhythmisch vor und zurück kreisen. Jede ihrer Bewegungen übertrug sich auf seine Erregung und ihr Stöhnen ließ ihn die Zeit vergessen. Er krallte seine Finger in ihren Po. Kaceys Finger kratzen über seine Brust und hinterließen rote Striemen. Sie explodierte laut stöhnend auf ihm. Er spürte den Schmerz ihrer Fingernägel kaum. Dafür fühlte er den Tanz seines Orgasmus in ihr.

Kacey drückte ihm einen verschwitzten Kuss auf die Lippen.

»Du darfst zuerst unter die Dusche.«, hauchte sie ihm ins Ohr.

Ray nickte und seufzte. Er kniff noch einmal in ihren Po, stand auf und lief nackt ins Bad.

»Welch süßer Anblick!«, rief sie ihm lachend hinterher.

Eine halbe Stunde später tranken sie gemeinsam eine Tasse Kaffee. Seine Frau saß neben ihm und lächelte ihn verschmitzt an.

»Ich wünsche dir einen schönen Arbeitstag.«

Sie gab ihm einen Kuss auf die Wange. Ray sah auf die Uhr.

»Danke, dir auch. Ich muss los, bin heute schon spät dran.«

Bis ins Büro brauchte Ray eine knappe dreiviertel Stunde. Es war kurz nach acht, als er die Sicherheitsschleuse passiert hatte. Ihm war der Blick von Megan Perry nicht entgangen, der ihn wissen ließ, dass er zu spät war. Sie sagte nichts, doch er wusste, dass seine Vorgesetzte seine Stunden kontrollierte. Immerhin ging es bei seinem Job um die nationale Sicherheit, da durften keine Fehler gemacht werden und Megan war in dieser Hinsicht äußerst penibel. Sie würde ihn sicherlich später darauf hinweisen. Doch Ray war unbesorgt. Jeder kam gelegentlich zu spät, das war kein Weltuntergang.

Er zupfte seine Krawatte zurecht und hing sein Jackett über die Lehne seines Stuhles. Sein Büro teilte er sich mit drei weiteren Kollegen, deren Dienst um halb neun begann. Paula war die

Jüngste von ihnen, noch keine dreißig Jahre alt und frisch von der Universität. Sie hatte Medientechnik studiert und war nach dem Bootcamp erst seit ein paar Monaten im Team. Lara dagegen war schon hier gewesen, als Ray angefangen hatte. Sie war etwas älter als er und immer äußerst gewissenhaft. Der Dritte war Benjamin, kurz B.J. genannt. B.J. war so wie man sich einen typischen Computerfreak vorstellte. Er trug lange Haare, hatte einen großen Bauch und eine Vorliebe für Pizza und Cola und er war ein Meister in seinem Fach. Jeder von ihnen hatte einen eigenen Schreibtisch mit zwei Monitoren. Zusätzlich füllte ein ganzes Monitor-Raster eine gesamte Wand des Büros aus. Auf jedem der Monitore liefen unterschiedliche, kurze Videosequenzen, allesamt stumm geschaltet. Doch das Raster konnte auch genutzt werden, um ein einzelnes Video im Großformat auf der gesamten Wand anzusehen. Sie hatten die Möglichkeit, nach Belieben hinein und hinaus zu zoomen oder die Bilder anzuhalten, vorwärts, rückwärts oder gar bildweise laufen zu lassen. Dies machte einen Großteil ihrer täglichen Arbeit aus.

Ray startete seinen PC, lief in die Küche und holte sich eine Flasche Wasser und ein Glas, in das er eine Vitamin-Tablette fallen ließ, bevor er sich einschenkte. Zurück an seinem Schreibtisch loggte er sich an seinem Computer ein und wurde augenblicklich mit einer Liste von Emails und diversen Warnhinweisen überflutet. Das hieß jede Menge Arbeit. Sein Job als Teamleiter der Videoanalyse-Abteilung bedeutete, dass er nicht nur die Videos auswertete und klassifizierte. Zusätzlich hatte er Zugriff auf eine Reihe von Agenten im Außendienst, die er steuern und koordinieren musste. Jeder Fehler seinerseits kostete nicht nur Zeit und Geld, sondern konnte auch verheerende Auswirkungen auf die Sicherheit des Landes haben. Diese Verantwortung war ihm durchaus bewusst und er war stolz darauf, einen so großen Beitrag leisten zu dürfen.

Er seufzte, holte Luft und flog über die Emails in seinem Posteingang. Ihn erwarteten keine schlimmen Nachrichten und es wurden auch keine Sondermaßnahmen gefordert. Die Welt schien soweit in Ordnung zu sein. Dann wechselte er zum Analyseprogramm. Der Eingangskanal war in drei Haupt-Kategorien unterteilt: Archiv, Risiko und Kritisch. Ein ausgeklügeltes System wertete automatisch jeden Dateneingang nach einem hochkomplexen Algorithmus aus. Über 99% der Daten landeten so im Archiv, ohne je von einem Menschen gesehen zu werden. In den beiden anderen Bereichen blieben immer noch genug Daten übrig, um die achtundzwanzig Beamten der Analyse-Einheit von Colorado Springs zu beschäftigen. Neben ihrem Gemeinschaftsbüro gab es noch vier weitere mit jeweils sechs Analysten, die ihre Berichte ebenfalls an Ray schickten. Sie bekamen permanent kleine Videosequenzen zugestellt, Aufnahmen aus dem gesamten Stadtgebiet, teilweise von Überwachungskameras, Satellitenbildern und gelegentlich auch Handyaufnahmen. Einen Großteil der Videos nahmen ihre eigenen Überwachungsdrohnen auf. Dessen Steuerung übernahm eine andere Abteilung, welche ebenfalls Aufträge von Ray entgegennahm.

»Morgen Boss!«

B.J. schlurfte zu seinem Arbeitsplatz und ließ sich in seinen Bürostuhl fallen. Zwei Sekunden später rutschte er so tief in ihn hinein, dass Ray seinen Kopf hinter der Lehne verschwinden sah. Wenige Minuten später betraten auch die beiden Frauen das Büro und begannen ihre Arbeit.

Ray ignorierte das Archiv und verschaffte sich einen Überblick über die beiden anderen Bereiche. Der Risiko-Eingang enthielt eine fünfstellige Zahl von Video- und Audioschnipseln, welche von einigen Sekunden bis hin zu mehreren Minuten lang waren. Diese wurden von den anderen Analysten geprüft und klassifiziert. Wenn einer seiner Kollegen sein Material als kritisch einstufte, wanderte das betroffene Fragment in Rays Arbeitsgebiet. Doch auch der Kritische Ordner enthielt mehrere Hundert Datenschnipsel.

Na das wird wohl ein langer Tag werden.

Er wusste nicht, wie recht er damit haben würde und machte sich an die Arbeit. Bei jedem einzelnen Datenfragment hörte er sich die Audiospuren genau an und prüfte die Videospuren im Detail. Viele Fragmente stufte das System fehlerhaft ein und nach kurzer Verifizierung schob er eines nach dem anderen ins Archiv.

Nach der Mittagspause öffnete er eine Videodatei, die einen schlanken, sportlichen Mann zeigte, der eine Jeans und ein Baumwollhemd trug. In seiner linken Hand hielt er ein Mobiltelefon an sein Ohr gepresst. An die gedehnte Weitwinkel-Perspektive der Kamera einer Überwachungsdrohne hatte Ray sich mittlerweile so sehr gewöhnt, dass er sie schon gar nicht mehr registrierte. Das Video war belanglos, doch die zugehörige Tonaufnahme ließ ihn aufhorchen.

»Ja Ma'am, ich habe es selbst gesehen. Meinen Kumpel Dean hat es auch erwischt. Das war vor etwa drei Tagen. Wir hatten uns verabredet und nun weiß er nichts mehr. Doch mehr möchte ich am Telefon nicht sagen, es ist mir zu gefährlich. Wann und wo können wir uns treffen?«

Das war eindeutig ein Problem und vor allem ein Risiko. Wenn der Baumwoll-Typ Informationen hatte, die er nicht wissen sollte, dann musste Ray eingreifen. Er schnitt das Gesicht aus dem Video aus und ließ es durch die Personen-Erkennungs-Datenbank laufen. Parallel dazu öffnete er das Protokoll von vor drei Tagen und suchte nach einem gewissen Dean. Nach mehreren Minuten fand er die zugehörige Akte und verknüpfte sie mit dem Video-Schnipsel. Mittlerweile hatte die Personen-Erkennung das Gesicht gefunden. Ein gewisser Peter Stinton. Er glich den Namen mit dem Einwohnermeldeamt ab und erhielt über seine Sozialversicherungsnummer zusätzliche Informationen. Peter war kurz vor seinem vierzigsten Geburtstag und bis vor wenigen Wochen als Bauarbeiter tätig. Hier gab es auch die Verbindung zu seinem Kumpel Dean, der bei der gleichen Firma angestellt gewesen war, bis sie beide entlassen wurden. Einen Grund dafür konnte Ray nicht finden, doch der Firma, welche die beiden bis vor kurzem noch beschäftigt hatte, schien es finanziell nicht gut zu gehen. Das Risiko von Peter Stinton war eindeutig und bedurfte keiner weiteren Freigabe durch seiner Vorgesetzten Megan. Er verknüpfte alle gesammelten Daten und stufte den Fall hoch. Er enthielt jetzt den Status *Im Auftrag* und wurde in einer Unterkategorie des Kritischen Bereiches abgelegt.

Ray hatte, wie alle anderen Agenten, die Basisschulung absolviert. Er wusste, dass sich nun einer der Agenten so lange in das Privatleben von Peter Stinton einmischte, bis der Fall abgeschlossen war. Dann würde er ein weiteres Video im Posteingang finden, zusammen mit dem Protokoll des erfolgreichen Abschlusses. Er füllte sein Glas auf, trank einen Schluck und ging in die Kaffeeküche, quer über den Gang. Am Automaten brühte er sich eine frische Tasse heißen Kaffee und entspannte für einen Moment seine Augen. Berichte wie dieser waren keine Seltenheit. Tatsächlich bestanden die meisten Aufträge in der Sicherstellung der Geheimhaltung. Er kannte nicht alle Details, doch er wusste, dass alle Aufträge stets eine sehr heikle Angelegenheit waren. Nicht nur für die Firma, sondern auch für die Betroffenen. Immer wieder gab es Berichte über fehlgeschlagene Aufträge und nicht selten gab es Inkompatibilitäten, wie diese dann später kategorisiert wurden. Diese Fehler zu minimieren, lag nicht in seinem Aufgabenbereich, damit beschäftigte sich eine weitere Abteilung in einem anderen Stockwerk.

Zurück an seinem Arbeitsplatz fuhr er mit der Sichtung fort. Der große Bildschirm an der Wand des Raumes zeigte aktuell ein Dashboard über die noch offenen Fälle und wie viel Zeit im Durchschnitt für jeden zur Verfügung stand. Die Zahl war zu groß und die dafür nötige Zeit zu klein. Trotzdem hatte er an diesem Tag nicht viele Aufträge zu vergeben. Er prüfte die wenigen Risiko-Einträge seiner Kollegen und forderte mehr Daten an, leitete spezielle Fälle an Megan weiter oder legte weitere dazugehörige Fallakten an.

Es war kurz nach fünfzehn Uhr, als er das nächste Risiko-Fragment öffnete. Noch bevor er die Audioaufzeichnung hörte, wusste er, wen er dort vor sich hatte. Ray unterdrückte ein Stöhnen und versuchte sich nicht anmerken zu lassen, dass er in dieser Hinsicht persönlich befangen war.

Er schloss die Augen, schluckte und verharrte einen Moment mit seiner Maus über dem Abspiel-Knopf. Doch er wusste, er musste es sich anhören. Er musste wissen, was dieses Fragment enthielt.

Vielleicht fällt es ja auch durch das Raster, wie viele andere ebenfalls?

Klick.

Das Video begann sich zu bewegen und in seinen Kopfhörern hörte er Kacey sprechen. Ihm war, als stehe sie direkt neben ihm, verzerrt durch das Weitwinkel-Objektiv. Sie ging mit ihrer Freundin Trish spazieren. Das Bild schwankte und wackelte und drehte sich ständig um die beiden Frauen. Das war nicht ungewöhnlich, die meisten Video-Fragmente waren ähnlich aufgenommen. Er lauschte ihrem Gespräch und spulte langsam stückweise weiter.

»Er hat im Schlaf gesprochen.«, sagte Kacey.

Trish lief neben ihr und sagte kein Wort. Sie wartete drauf, dass seine Frau fortfuhr.

»›Noch ein fehlgeschlagener Auftrag‹, hat er gesagt. Ich weiß, dass er etwas mit Videos macht und es hat wohl etwas mit der nationalen Sicherheit zu tun.«

»Mhmm«, registrierte Trish.

»›Körperliche Inkompatibilität‹, hat er gemurmelt. Doch was ich nicht verstehe, sind die Zusammenhänge. Vor allem, was bedeutet *körperliche Inkompatibilität?*«

»Ich kenne solche Begriffe aus der Medizin.«, antwortete ihre Freundin.

»Du weißt schon, wenn die Blutgruppen nicht zueinander passen, oder bei Organspenden irgendwelche der fünf Milliarden Werte eine Transplantation unmöglich machen. Scheint so, als ob er was mit Genetik zu tun hat. Kann das sein?«

»Ray und Genetik? Nein, ich glaube nicht.«

»Aber irgendetwas medizinisches oder etwas, was damit zu tun hat?«

Wieder verneinte seine Frau.

»Aber irgend so etwas muss es sein.«, beharrte Trish.

Ray hatte genug gehört und stoppte die Wiedergabe. Dieses Video war eindeutig ein Risikofall. Doch es handelte sich dabei nicht nur um Trish, sondern auch um Kacey. Sie war seine Frau! Wenn er jetzt für sie eine Akte anlegte, wurde automatisch ein

Agent auf sie angesetzt. Ray dachte an die fehlgeschlagenen Aufträge und erinnerte sich an einige Abschlussprotokolle aus der Vergangenheit. Sie reichten von kleineren Unverträglichkeiten und allergischen Reaktionen bis hin zu ernsthaften Notfällen wie Schlaganfall und Herzversagen. Bei schlechten Proben oder Fehlern im System waren die Auswirkungen sogar noch drastischer und ließen sich nur noch schlecht medizinisch erklären. In diesen Fällen wurden die Notrufe direkt von ihnen abgefangen, abgearbeitet und ein weiteres Außenteam, mit besonderer medizinischer Ausbildung, sowie ein eigener Notarzt an die Einsatzstelle geschickt. Die Patienten kamen nicht in ein öffentliches Krankenhaus, sondern in ein eigens für sie präpariertes, mit besonderer Überwachung und erweiterten Sicherheitsmaßnahmen.

Selten verstarben die Zielpersonen. Dies konnte in den letzten Jahren deutlich reduziert werden, doch es gab auch heute immer noch Fälle von ›Körperlichen Inkompatibilitäten‹. Sollte er seine eigene Frau diesem Risiko aussetzen?

Ray schloss die Augen, öffnete sie wieder und wusste, was er tun musste. Er verschob das Fragment in den Ordner Archiv.

- 2 -

»Oh Mann, ist die scharf!«

Auf dem Bildschirm der Videokamera waren die langen, gebräunten Beine einer hübschen, jungen Frau zu sehen, die mit Interesse die Auslage der aktuellen Handy-Modelle studierte, nur wenige Meter von Zack Logan entfernt.

Zack schwenkte die Kamera nach oben und folgte den Beinen über ihren Rockansatz bis zu ihrem knackigen Po, um dort einen Moment zu verweilen. Er merkte wie er grinste, doch es störte ihn nicht. Im Gegenteil. Er zoomte so weit heran, bis ihr Hintern den ganzen Bildschirm ausfüllte.

Die junge Frau drehte sich von der Auslage weg und Zack schwenkte die Kamera einmal quer durch den Raum, zurück auf einen Verkäufer, der direkt neben ihm stand.

Er lächelte ihn mit einem breiten Grinsen an.

»Ich sehe, sie gefällt Ihnen.«

»Und wie.«

Zack war hellauf begeistert. Seine Entscheidung war gefallen.

»Die nehme ich.«

Die junge Frau sah auf und lächelte ihn an. Zack grinste über beide Ohren und als sie näher kam, zwinkerte er ihr zu. Sie quittierte es mit einem Augenaufschlag, nur um kurz darauf an ihm vorbei zu gehen und dem Gang zu einem weiteren Regal mit Musik-CDs zu folgen. Sein Blick folgte ihrem provokanten Hüftschwung, bis der Verkäufer ihn erneut aus seinen Gedanken riss.

»Wunderbar, Sie können sie dann am Eingang mitnehmen. Kann ich sonst noch etwas für Sie tun?«

Zack schüttelte den Kopf, verneinte die Frage und bedankte sich. Er sah sich nach der jungen Frau um. Der Platz, an dem sie vor einem Moment noch gestanden hatte, war leer. Seine Augen suchten nach ihren langen, blonden Haaren, doch sie waren wie vom Erdboden verschluckt. Nach kurzer Zeit gab er die Suche mit einem Seufzer auf, reihte sich in die Schlange an der Kasse ein und nachdem er bezahlt hatte, hielt er endlich seine neu erstandene Videokamera in den Händen. Genau sein Ding!

Er verließ gerade das Geschäft, als sich sein Handy bemerkbar machte. Zack warf einen Blick auf das Display, schmunzelte und drückte die grüne Taste, um den Anruf entgegenzunehmen.

»Ja, hallo Timmy, altes Haus? Na, alles klar bei dir?«

Sein bester Freund grunzte am anderen Ende der Leitung.

»Alles bestens Logan, wie sieht's aus, kommst du?«

Zack erinnerte sich, dass er vor ein paar Tagen eine Einladung zum dreißigsten Geburtstag seines besten Freundes Timothy bekommen hatte. Ihm war die stilvolle, elegante Karte aufgefallen. Etwas ausgefallen, doch typisch Timothys Art und wenn sein Freund etwas plante, wurde daraus immer ein Erfolg.

»Natürlich komme ich oder meinst du, ich lasse mir das Spektakel etwa entgehen? Immerhin wirst du in den Kreis der alten Säcke aufgenommen!«

Zack machte eine kurze Pause.

»Doch ich muss gestehen, ich habe keine Ahnung, was ich dir schenken kann. Eine Flasche Schnaps für deinen *Runden* ist etwas zu profan und einen Ferrari kann ich mir mit meinem zarten Gehalt nicht leisten.«

Das war nicht gelogen. Er suchte nach einem Geschenk, das sowohl zu ihm, als auch zu Timothy passte.

»Ach Logan, du weißt, dass du mir nichts schenken musst. Ich freue mich schon, wenn wir uns überhaupt endlich mal wieder sehen.«

Es war ein Jammer, dass die beiden Freunde so weit auseinander wohnten. Doch trotz der Entfernung hielt ihre Freundschaft nun schon seit Jahren. Wie viele andere vor ihnen auch, hatten sie sich in der Schule geschworen, den Kontakt zueinander nicht abreißen zu lassen.

»Ja, Colorado ist halt nicht in Kalifornien.«

»Ja, leider, doch dafür telefonieren wir ja immer mal wieder.«

Nicht gerade wöchentlich und manchmal lagen auch Monate dazwischen, doch sie hielten den Kontakt und zu erzählen gab es immer etwas.

Wenige Minuten später beendeten sie ihr Gespräch und Zack erinnerte sich an ihre gemeinsame Kindergartenzeit. Anfangs hatten sie so ihre Schwierigkeiten, doch es dauerte nicht lange, da gingen sie zusammen durch dick und dünn, durchlebten gemeinsam die Pubertät und trösteten sich gegenseitig, als sie von ihren ersten Freundinnen verlassen wurden. Gemeinsam feierten sie ihren Schulabschluss, bevor Timothy an der Universität von Colorado in Boulder studierte und es Zack in die Sonne zur UCLA nach Los Angeles zog.

Er dachte an die zwischen ihnen liegende Entfernung mit Grauem. Zack konnte das Fliegen nicht ausstehen. Die unnatürliche Enge der Aluminiumröhre ließ ihn an zusammengepresstes Fleisch in einer Wurstpelle denken. Jedes Mal war er überglücklich, endlich wieder aus der Sardinenbüchse aussteigen zu können. Wenn es sich vermeiden ließ, und das tat es in diesem Fall, fuhr er lieber mit dem Zug. Dass er dafür einen ganzen Tag für die Anreise einrechnen musste, störte ihn nicht im Geringsten. Im Gegenteil. So hatte er endlich mal wieder Zeit, um ein Buch zu lesen. Bei diesem Gedanken fiel ihm ein weiterer wichtiger Punkt ein. Er zückte erneut sein Handy und tippte eine Nummer ein. Es klingelte zwei Mal, ehe am anderen Ende abgenommen wurde.

»Hallo Mama.«

Nach einer kurzen Begrüßung kam er gleich zum Kern seines Anliegens.

»Sag mal, Timmy hat in ein paar Tagen Geburtstag. Könnt ihr mich da vom Bahnhof in Colorado Springs abholen?«

Natürlich konnten sie das und sie freute sich schon riesig, ihn zu sehen. Er hatte mit keiner anderen Antwort gerechnet. Vor allem war es äußerst praktisch, dass Timothy in ihrer Heimatstadt feierte. Es gab also ein kleines Freunde-Reunion.

»Klasse! Ich freu mich auch schon auf euch. Hab euch lieb! Und Gruß an Papa!«

Das war erledigt. Alles was ihm jetzt noch fehlte, war ein Geschenk.

Zack schlenderte durch das Beverly Center, ein Einkaufszentrum auf dem Beverly Boulevard, das sich über acht Stockwerke erstreckte. Hier gab es alles, was das Herz begehrte und wo sonst sollte er fündig werden, wenn nicht hier?

Trotz der geräumigen Gänge drängten sich die Menschen. Es schien, als wollte ganz L.A. einkaufen. Dennoch war die Mitte für fliegende Händler reserviert. Zumindest nannte er sie so. Die Aussteller dort wechselten immer wieder und boten Haushaltsgegenstände, Autozubehör und andere überflüssige aber interessante Dinge an. Obwohl es die Leute besser wissen mussten, standen sie in Trauben um die Stände herum. Die Menge zog ihn an und er gesellte sich für einen Moment zu ihnen. Nicht weil ihn die Produkte interessierten, sondern um die Verkäufer zu beobachten, die sich alle Mühe gaben und viele Tricks anwandten, um ihre Ware an den Mann zu bringen. Oder in diesem Fall eher an die Frau.

Nur ein paar Schritte vor ihm stand eine langhaarige Brünette in hautengen, weißen Hosen. Ihr Top war etwas zu kurz, so dass er ihr Arschgeweih, ein Tattoo auf dem Rücken direkt über ihrem Gesäß, aus ihrer Hose herausragen sah. Neben ihr stand ein älterer Mann, der gebannt der Vorführung folgte und Zack war sich sicher, dass er unbedingt einen neuen, vollkommen überteuerten Staubsauger benötigte. Er trug einen grauen Anzug und schütteres Haar bedeckte seinen Kopf.

Zacks Blick glitt zurück zur jungen Dame und dem Tattoo, das ihn immer wieder magisch anzog. Aus dem Augenwinkel bemerkte er, wie der neben ihr stehende Mann angesprochen wurde. Ein junger, adrett gekleideter Snob deutete auf seinen Anzug. Nach wenigen Sätzen schüttelten die beiden kurz die Hände und er verließ den älteren Mann wieder. Es war zu laut, um ihre Unterhaltung mitzuhören, doch für einen Augenblick wirkte der ältere Mann verwirrt. Zack sah wieder zurück zu dem Tattoo und dem darunter sitzenden Knackarsch, einer weitaus angenehmeren Ansicht.

- 3 -

Die letzten drei Tage verbrachte David James damit, sein Ziel ausfindig zu machen und zu observieren. Es war ein Standardauftrag, wie jeder andere auch.

Vor einer Woche bekam er eine verschlüsselte Nachricht auf seinem Handy. Bevor er sich das angehängte Bild einprägte, besah er sich die Details: Bob Burke, Alter 66 Jahre, Rentner, wohnhaft in Los Angeles. Er öffnete seinen Laptop und verband sich über einen mehrfach gesicherten Tunnel mit der Firma. Im dortigen Netzwerk hatte er Zugriff auf ein kurzes Video, das ihm die aktuelle Sachlage präsentierte. David verdrehte die Augen. Es war wieder nur eine Lappalie. Ein Versprecher, der zu viel Kritik andeutete, höchstwahrscheinlich basiert auf dem Frust an der aktuellen Lage und den immer schlechter werdenden Lebensumständen. Trotzdem hatte seine Aussage bewirkt, dass man auf ihn aufmerksam wurde. Er buchte ein Ticket zum Los Angeles International Airport und bestellte ein Cleankit, dass er innerhalb eines Tages an ein Postfach seiner Wahl geliefert bekam.

Am Flughafen von Los Angeles stieg er in ein Taxi und fuhr in die Nähe der Adresse von Bob Burke. Die restlichen Blöcke lief er zu Fuß und beobachtete die Gegend. Am Haus von Burke strich er seinen schicken dunklen Anzug noch einmal glatt und drückte auf den Klingelknopf. Nichts passierte. Burke war nicht zu Hause. David sah sich noch nicht einmal um, zückte ein Dietrichset aus seiner Jacketttasche und knackte innerhalb von Sekunden das Türschloss. Er war so geschickt, dass er nicht einmal einen sichtbaren Kratzer hinterließ. Er schlüpfte ins Haus und zog die Haustür hinter sich zu.

In aller Seelenruhe betrachtete er die altertümliche Einrichtung, fasste nichts an und veränderte auch nichts in der Wohnung seines Opfers. Mit einer beängstigenden Zielstrebigkeit fand er das Bad und trat vor den Spiegel. Bob Burke schien nicht alleine zu leben. Ein Umstand der in seiner Akte nicht vermerkt war, David jedoch nicht weiter störte. Er ignorierte einfach die weiblichen Hygieneartikel und fand nach kurzer Zeit die Rasierutensilien von Burke. Sie waren für ihn nutzlos, ganz anders der Kamm, der nur unweit daneben lag. Vorsichtig säuberte er ihn und sammelte alle Haare und Hautschuppen in einem kleinen, durchsichtigen Hygienebeutel. Danach platzierte er alles wieder dort, wo er es gefunden hatte und verließ die fremde Wohnung. Er war sich sicher, keine einzige Spur hinterlassen zu haben. Mr. Burke würde den Einbruch nicht einmal registrieren.

Mit einem leichten Lächeln auf den Lippen, nahm er ein Taxi zu seinem Hotel. Auf dem Weg hielt er an einem Postfach und entnahm das bestellte Cleankit. Den ersten Schritt hatte er geschafft. Im Hotel angekommen, gab er den Inhalt des Hygienebeutels in das Analysemodul seines Cleankits und ließ ihn untersuchen. Dieser Prozess dauerte nun mindestens eine Stunde. Er hatte auch schon Fälle, in denen die Analyse länger als einen Tag in Anspruch genommen hatte. Die Zeit nutzte er, um sich ausgiebig auszuruhen. Eigentlich war diese Phase seines Jobs sogar die angenehmste. Er wurde dafür bezahlt, zu warten und nichts zu tun. Ob er nun im Hotelpool ein paar Bahnen schwamm, in der Sauna schwitzte oder auf dem Golfplatz seine Konzentration stärkte, die Arbeit wurde auch ohne ihn erledigt. Er musste lediglich sicherstellen, dass der Analyseprozess nicht verunreinigt wurde. Diesmal zog er es vor, die Massagefunktion seines Bettes zu nutzen und sich ordentlich durchschütteln zu lassen. Er genoss die Vibrationen im Rücken und die Lockerung seiner Muskeln, doch leider war der Dollar, den er in den Automaten neben dem Bett steckte, viel zu schnell verbraucht.

Das Analysemodul hatte seine Arbeit erledigt und eine kleine Kontrolllampe leuchtete in einem matten Blau. David entnahm das Ergebnis, eine etwa handflächengroße Scheibe, ähnlich einem Anstecker, und verstaute sie in seinem Jackett. Er hatte keine Ahnung, was genau das Cleankit machte, wie es funktionierte oder was das für ein Zeug war, dass er jetzt bei sich trug. Alles was er wusste, und alles was ihn interessierte, war, dass es funktionierte. Der zweite Schritt war ebenfalls erledigt und er stand kurz vor dem Abschluss seines Auftrages.

Bevor er sein Zimmer verließ, vergewisserte er sich, dass sein Anzug korrekt saß und sich seine Frisur in einem tadellosen Zustand befand. Er befühlte noch einmal das kleine Päckchen in der Tasche seines Jacketts und korrigierte die Position des kleinen Knopfs an seinem Kragen, den er später noch benötigte. Dann öffnete er die Tür und verließ das Hotel.

Wieder fuhr er mit einem Taxi in die Nähe der Wohnung von Bob Burke und lief die restlichen Blocks zu Fuß. Diesmal verließ sein Ziel gerade das Haus und lief zügig die Straße herunter.

Ganz schön flott unterwegs für einen alten Mann!

David folgte ihm in gebührendem Abstand. Bob kam zu einer Bushaltestelle und stieg in den bereits wartenden Bus.

Verdammt, nicht, dass er mir jetzt schon entwischt!

Der Agent eilte die Straße herunter und winkte dem Busfahrer zu. Der Fahrer nickte und wartete, bis auch David den Bus erreicht hatte. Er trat ein, zahlte und der Fahrer setzte seine Tour fort. David sah sich um. Natürlich saß Burke am anderen Ende. Die Menschen um ihn herum störten den Agenten nicht. Sie waren seine Tarnung und Bob Burke würde ihn nicht sehen. Dabei lag sein größter Vorteil im Überraschungsmoment. Sein Ziel würde nicht wissen, was passiert, bevor es auch schon zu spät war.

Und selbst dann nicht, schoss es ihm in den Kopf. *Selbst dann nicht!*

Der Bus hielt, Burke stand auf und drängelte sich zum Ausgang. David folgte der Menschentraube und registrierte, wo er war: Beverly Boulevard. Burke lief nun langsamer als vorher, doch immer noch äußerst zielstrebig. David schloss langsam auf. Sie trennten noch zwanzig bis dreißig Meter und er überlegte sich einen Plan. Natürlich würde er hauptsächlich instinktiv und der Situation angemessen handeln, doch David war gern vorbereitet. Je nachdem wie viele Menschen um sie herum waren oder in welcher Umgebung sie sich befanden, legte er sich verschiedenste Szenarien zurecht, um sein Ziel zu erreichen.

Das große mehrgeschossige Einkaufszentrum vor ihnen war nicht zu übersehen. Burke wollte einkaufen gehen. David legte den Kopf leicht schief. Das würde die Sache auf der einen Seite erschweren, auf der anderen Seite vereinfachen. Der größte Unsicherheitsfaktor waren die Menschen. Im Bus war das Gedränge seine Tarnung. Hier waren sie verstreut und es gab viele von ihnen. Burke betrat das Beverly Center und David folgte ihm in kürzerem Abstand. Stets hatte er den Kopf des Mannes fixiert, der ihn immer noch nicht bemerkt hatte. Das sollte ihm nur recht sein.

Plötzlich mischte sich Burke unter eine Menschenmenge, die gebannt einer Staubsauger-Vorführung lauschte. Damit hatte David nicht gerechnet.

Staubsauger! Ernsthaft?

Ohne sich aufzudrängen, folgte er ihm. Sein Ziel stand neben einer langhaarigen, brünetten Schlampe in hautengen weißen Hosen, die ihr nur knapp über den Arsch reichten. Gern hätte er diesen in Natur gesehen.

Vielleicht ein anderes Mal, zu einer anderen Zeit.

Dann hatte er sein Ziel erreicht und stand neben Burke. Wie alle anderen wandte er sich ebenfalls der Vorführung zu, doch am Rande seines Blickfeldes registrierte er die Bewegungen um sich herum. Er schätzte, dass sich dreißig Menschen hier auf engstem Raum befanden und strich die ersten beiden Pläne, die er sich zurecht gelegt hatte. Keiner schien von Burke oder ihm Notiz zu nehmen. Er griff mit seiner rechten Hand in die Tasche seines Jacketts und aktivierte das Cleankit, das er bei sich trug. Es war nicht sehr groß, etwas kleiner als seine Handfläche. Auf einer der beiden flachen Seiten gab es eine Klebefläche, die für ihn gedacht war. Die andere Seite berührte er nicht.

Auf seinem Handy öffnete er eine App und gab einen Bestätigungscode ein. Ein grüner Haken erschien auf dem Display. Die *Bombe* war scharf. Nur das es eben keine Bombe war, sondern eine Blackbox. Burke folgte immer noch der Vorstellung. David griff an seinen Knopf am Hemdkragen und aktivierte die darin enthaltene kleine Kamera.

Er nahm seinen Arm wieder herunter und stieß absichtlich gegen sein Ziel. Burke drehte sich zu ihm um und sah ihn an. David liebte diesen Moment, Auge in Auge. Es war wie ein unausgeglichener Kampf in einer Arena und er war der sichere Sieger.

»Entschuldigung«, sagte er zu Burke.

»Schon gut«, murmelte sein Opfer.

»Oh, ich glaube, ich habe Sie dort dreckig gemacht.«

David zeigte auf den Ärmel von Burke und begann sofort, einen unsichtbaren Krümel wegzustreichen.

»Ist ja schon gut, es ist nichts passiert.«

Burke zog sich einen Schritt zurück. Anscheinend war es ihm unangenehm. David zog eine kleine Karte aus seiner Tasche und hielt sie Bob entgegen.

»Hier meine Karte. Falls Sie noch etwas finden sollten, melden Sie sich. Ich übernehme natürlich die Kosten für die Reinigung.«

Der alte Mann sah erst ihn an, dann auf die Visitenkarte in seiner Hand. Die flache Scheibe in der Handfläche konnte er nicht sehen.

Als er die Karte entgegen nahm, ergriff David seine Hand und drückte sie kräftig. Burke sah ihn leicht irritiert an, ein Blick, den David nur zu gut kannte. Er nickte noch einmal seinem Ziel zu und schob sich dann an ihm und der Schlampe vorbei in Richtung Ausgang. Er beendete die Aufnahme der Kamera in seinem Kragen, verstaute das Cleankit wieder in seinem Jackett und fuhr mit einem Taxi zurück zu seinem Hotel.

Die verbrauchte Scheibe steckte er wieder in das nun unbrauchbare Analysemodul des Cleankits und überspielte die Videoaufnahme auf seinen Laptop. Nachdem er sich über einen sicheren Tunnel mit seiner Firma verbunden hatte, bestätigte er den erfolgreichen Abschluss seines Auftrages. An die Akte hängte er eine Kopie des Videos an und änderte ihren Status auf *Abgeschlossen*. Jetzt musste er nur noch das Cleankit zurückschicken, damit es geprüft, entsorgt oder neu bestückt werden konnte.

David wollte gerade die Verbindung trennen, als ihn eine neue Email erreichte. Er runzelte die Stirn. Normalerweise kamen die Aufträge in größeren Abständen und er hatte vorgehabt, noch ein paar Tage in L.A. zu verbringen. Er öffnete die Mail und studierte den Inhalt. Ein weiterer Standard-Auftrag. Sein neues Ziel war ein

Schaffner, auf der Zugstrecke zwischen Los Angeles und Colorado Springs. Es wurde Zeit, ein Zugticket zu buchen und ein neues Cleankit zu bestellen.

- 4 -

Ray hatte ursprünglich nicht vor, seine Frau an diesem Abend darauf anzusprechen, was sie ihrer Freundin Trish erzählt hatte. Wie sollte er ihr sein Wissen erklären? Stattdessen unternahm er alles, damit ihr gemeinsamer Abend so verlief, wie an jedem anderen Tag auch. Kacey hatte das Abendessen vorbereitet, als er von der Arbeit zurückkam. Der Tisch in der Küche war gedeckt, sie öffnete den Backofen und holte gegrillte Chicken Wings und gebackene Kartoffeln heraus, die sie auf den Tisch stellte. Aus dem Kühlschrank holte sie eine gekühlte Flasche Weißwein. Ray begutachtete das Etikett, ein kalifornischer Chardonnay, entkorkte sie und schenkte jedem ein Glas ein. Er sprach das gemeinsame Tischgebet bevor sie begannen und während des Essens passierte es dann doch.

»Wann hast du eigentlich Trish das letzte Mal gesehen?«

Kacey sah von ihrem Teller auf.

»Lustig, dass du das ansprichst. Wir waren heute gemeinsam zusammen im Park spazieren.«

Er nickte und knabberte an einem Hähnchenflügel.

»Wie geht es ihr?«

»Gut. Sie hat eine neue Stelle bei Dr. Meyer bekommen, du weißt schon, der Kieferorthopäde in der Nähe vom Pring Ranch Park.«

Ray nickte erneut.

»Das ist schön für sie.«

»Warum fragst du?«

Das war eine gute Frage.

Weil ihr beide zu viel wisst und nicht nur euch, sondern auch mich damit in große Gefahr bringt? Weil euch im schlimmsten Fall körperliche Inkompatibilitäten drohen und mir ein Disziplinarverfahren wegen Insubordination? Weil ihr die nationale Sicherheit gefährdet?

Diese Antworten konnte er ihr nicht geben.

»Nur so, ich dachte nur, ihr könntet ja vielleicht mal wieder etwas gemeinsam unternehmen?«

Doch das braucht ihr ja jetzt nicht mehr, wenn ihr euch heute schon getroffen habt.

Kacey strahlte.

»Ray, das ist eine gute Idee! Was hältst du davon, wenn wir am Wochenende ein Barbecue machen? Wir laden Trish und Marcus zu uns ein, grillen Hamburger, trinken Bier und Wein und haben einfach eine gute Zeit?«

Bevor er antworten konnte, fuhr sie fort.

»Ich werde sie gleich morgen anrufen und fragen, ob sie am Samstag Zeit haben.«

Ray sorgte sich weniger um seine Frau, als um Trish. Sie war eine Klatschbase, die kein Geheimnis für sich behalten konnte. Und genau das machte die ganze Sache so kompliziert.

»Das klingt hervorragend. Ich werde morgen nach der Arbeit gleich alles einkaufen, was wir zum Grillen benötigen. Zur Sicherheit bringe ich auch noch etwas Holzkohle mit. Davon kann man nie genug haben.«

»Du bist echt ein Schatz, Ray. Genau deshalb liebe ich dich so.«

Sie beendeten ihr Abendessen. Ray deckte den Tisch ab und Kacey räumte die Spülmaschine ein.

»Ich bin nächste Woche ein paar Tage in Denver auf einer Konferenz.«, erklärte ihm Kacey.

»Oh. Worum geht es denn da?«

Kacey schloss die Spülmaschine und schaltete sie ein.

»Willst du das wirklich wissen?«

»Nun ja, nicht im Detail, aber grundlegend schon.«

»Also gut, aber sage nicht, ich hätte dich nicht gewarnt.«

Sie setzten sich aufs Sofa und dann begann sie ihm verschiedenste Projektmanagement-Strategien mit ihren Vor- und Nachteilen zu erläutern. Es dauerte nicht lange, da gab Ray auf, verstehen zu wollen, wovon seine Frau eigentlich sprach.

»Ray, hörst du mir überhaupt noch zu?«

Er sah zu ihr hoch.

»Ähm, natürlich, aber irgendwie kann ich dir nicht folgen.«

Sie lachte.

»Habe ich mir doch schon fast gedacht. In Ordnung Ray, lass es mich kurz zusammenfassen.«

Die nachfolgende Erklärung verstand er, ohne dabei einzuschlafen.

»Und was machen wir jetzt?«

»Im Fernsehen kommt ein neuer Film, den ich gerne sehen möchte.«, antwortete Kacey und schaltete den Fernseher ein.

»Dann lass mich nur noch schnell zwei Kerzen anzünden.«

Ray nahm das Feuerzeug vom Couch-Tisch und entzündete beide darauf befindlichen Kerzen. Dann ging er in die Küche und holte eine weitere Flasche Weißwein aus dem Kühlschrank.

»Und dazu ein Gläschen Wein.«

Er schenkte beiden ein.

»Hier für dich, mein Engel.«

»Ray, das ist jetzt schon die zweite Flasche. Willst du mich etwa betrunken machen? Was hast du denn vor?«

Er grinste sie nur an. Sie stießen an und tranken einen Schluck. Der Film war zwar gut, aber nicht sonderlich spannend. Für Rays Geschmack gab es zu viel Gefühlsduselei, doch Kacey mochte es. Sie kuschelte sich an ihren Mann, was wiederum Ray mochte. Er streichelte ihren Arm und trank seinen Wein. Er genoss ihre Nähe, ihren Duft und wie ihre langen, lockigen Haare seinen Nacken kitzelten.

»Ach war das wieder herrlich romantisch.«

Kacey küsste ihn auf seinen Hals. Während des Films hatten sie die zweite Flasche komplett geleert. Ray spürte ihre Lippen auf seiner Haut, wie sich immer wieder ihre Zunge dazwischen schob und langsam über sein Kinn zu seinem Mund hinauf wanderte. Er drückte Kacey fester an sich und küsste sie lang und innig auf den Mund. Sie sank tiefer in seinen Arm und zog ihn mit sich. Er ließ sie auf das Sofa sinken und beugte sich über sie. Ihre Hände schoben ihm sein Shirt über den Kopf. Knopf für Knopf öffnete er ihre Bluse und küsste ihre Brüste. Kacey warf ihren Kopf nach hinten und stöhnte lustvoll auf. Die Beule in seiner Hose wurde immer größer. Sie griff in seinen Schritt und öffnete seine Hose.

Sein steifer Penis schoss wie ein Pfeil heraus und streckte sich ihr entgegen.

»Ich freu mich auch dich zu sehen.«, flüsterte sie mit einem frechen Grinsen und begann ihn sanft zu massieren.

Ray stöhnte, öffnete ihre Hose und zog sie mitsamt ihrem Slip aus. Heute gab es nur wenig Vorspiel. Er legte ihre Beine auf seine Schultern und drang langsam in sie ein. Ihre lustvollen Geräusche turnten ihn nur noch mehr an und sie schaukelten sich gegenseitig auf, bis sie beide laut stöhnend zum Orgasmus kamen.

»Ich werde dich nächste Woche vermissen.«, flüsterte er ihr ins Ohr.

Kacey strich über seinen Rücken, ihre Beine immer noch um seinen Leib gewickelt.

»Und ich dich erst.«, flüsterte sie liebevoll zurück.

- 5 -

Den Schaffner ausfindig zu machen war einfach. Er fuhr jeden Tag die gleiche Strecke, immer und immer wieder. David musste nur den *richtigen* Zug erwischen. Die Vorbereitungen waren nicht einmal der Rede wert. Sein Ziel lebte allein und war ständig außer Haus. David könnte in seinem Bett schlafen, morgens duschen und sich in der Küche gemütlich ein Spiegelei braten, ohne Angst zu haben, erwischt zu werden. Stattdessen konzentrierte er sich auf ein einfaches Detail und nahm mit der Pinzette ein blutiges Pflaster aus dem Mülleimer im Bad, das er in einen Plastikbeutel steckte. Das Bad war sauber und eine Probe die Blut enthielt, war immer eine gute Probe.

Eugene Peterson war ein unbeschriebenes Blatt, Sternzeichen Löwe und 52 Jahre alt. Er war ledig und fuhr einen weißen Toyota Sprinter, der die besten Jahre bereits hinter sich hatte. Alles in seiner Wohnung ließ auf ein tristes Single-Dasein schließen, das nur selten Frauenbesuch empfing. Eugene schien sich von Pizza und Burgern zu ernähren und sein Kühlschrank war vollgestopft mit Cola und Eiscreme. Das erklärte auch seine sagenhaften einhundertundzehn Kilogramm bei einer Körpergröße von einem Meter siebzig. David schüttelte den Kopf. Eugene verkörperte alles, was er verabscheute. Auch wenn er keine moralischen Bedenken hatte, machte dieses Wissen seine Arbeit leichter. Das fette Schwein würde seine Lektion bekommen, dafür würde er sorgen.

Die Probe, die er entnommen hatte, war frisch und gut. Die Analyse des Cleankits benötigte keine zwei Stunden, um sie auszuwerten und das Ergebnis vorzubereiten. In der Zwischenzeit verschaffte sich David Zugang zu seinem Dienstplan. Er wusste, dass Eugene in drei Tagen wieder von L.A. abfahren musste. Diese Chance wollte er nutzen. Trotzdem durfte er nicht die gesamte Strecke mit dem Zug fahren. Falls durch irgendeinen dummen Zufall doch jemand Nachforschungen anstellte, musste er unauffällig bleiben. Die Route führte mit dem Coast Starlight von L.A. über San Francisco zur Davis Station. Danach ging es weiter mit dem California Zephyr über Reno und Grand Junction zur Union Station nach Denver, woraufhin dann die CDOT South Line noch zwei Stunden nach Colorado Springs benötigte.

Eugene wollte er auf dem Abschnitt zur Davis Station, nur ein paar Kilometer nördlich von San Francisco, antreffen. David entschied sich für die Zugfahrt von Santa Barbara nach San Francisco zum Jack London Square. Die Fahrt dauerte neun Stunden und bot reichlich Zeit, um seinen Auftrag abzuschließen. Von dort war es nicht mehr weit zum Oakland International Airport, wo er sich einen Flug zurück nach Hause nehmen konnte. Er mochte den Plan. Er war einfach, enthielt viel Zeit und hatte einen guten Anschluss zur Rückreise.

Drei Tage später mischte sich David kurz nach dem Mittag unter die Wartenden in der Santa Barbara Station. Um ihn herum waren viele einzelne Reisende, einige wenige Familien mit Kindern und ein paar Rucksack-Touristen. Er hatte sich Eugenes Bild derart fest eingeprägt, dass er ihn mit geschlossenen Augen detailgenau beschreiben konnte.

Der Zug hielt mit quietschenden Rädern und zischte und fauchte, als sich die Türen öffneten. David wartete, bis ein Großteil der Reisenden eingestiegen war und machte sich dann auf die Suche nach seinem Platz. Die Fahrkarte hatte er lässig in seine Hemdtasche gesteckt, sein einziges Gepäck war eine kleine Reisetasche, die etwas Wechselkleidung, eine Zahnbürste und Haargel, sowie seinen Laptop und diverse andere Arbeitsutensilien enthielt.

Es dauerte nicht lange, als Eugene seine Fahrkarte entwertete. David wartete. Er wollte kurz nach Abschluss des Auftrages den Zug verlassen und damit bis San Jose warten. Die Fahrt selbst war nicht sehr ereignisvoll, abgesehen von einem jungen, braunhaarigen Mann in einem Abteil schräg vor ihm. Sein Gegenüber schlief die meiste Zeit, doch immer, wenn Eugene nach neu zugestiegenen Gästen fragte, deutete der junge Mann auf sein Gegenüber und jedes Mal überprüfte Eugene dessen nun bereits schon mehrmals kontrollierte Fahrkarte.

Kann der Idiot sich das nicht merken? Wie oft will er ihn noch kontrollieren? Dem Spinner gehört eine Abreibung verpasst! Bei mir macht er das nur einmal.

David konnte nicht wissen, dass sich ihre Wege später noch einmal kreuzen würden und er wusste auch nicht, dass sie sich bereits schon einmal, nur wenige Meter voneinander entfernt, im Beverly Center gekreuzt hatten. Sollte der junge Spinner aufmüpfig werden, kannte er Mittel und Wege, um ihn schnell und wirkungsvoll zum Schweigen zu bringen.

Nächster Halt: Salinas Amtrak Station.

Es war bald soweit. Von Salinas fuhren sie noch knappe zwei Stunden bis San Jose und in der darauf folgenden Kontrolle wollte David zuschlagen.

Der Zug rumpelte weiter und vor seinem Fenster verschwand die Sonne hinter dem Horizont und tauchte den klaren Himmel in ein feurig leuchtendes orange und rot. Emotionslos beobachtete er das Farbenspiel. Eugene kontrollierte erneut die Fahrkarten. David winkte ab. Der Spinner gegenüber ließ seinen Abteilnachbarn noch einmal die Fahrkarte vorzeigen und wieder kontrollierte Eugene die bereits entwertete Karte.

Kurz vor halb neun erreichten sie San Jose. David aktivierte das Cleankit und bestätigte den Code auf seinem Handy, als der Zug die Station verließ. Er registrierte den grünen Haken auf dem Display und aktivierte die Kamera im Knopf an seinem Hemdkragen. Eine Viertelstunde später kam Eugene erneut vorbei. Wieder kontrollierte er die Fahrkarte des Mannes gegenüber des jungen Spinners. David schüttelte unmerklich den Kopf und konzentrierte sich. Er stand auf und versperrte Eugene den Weg.

»Entschuldigen Sie. Ich wollte beim Jack London Square aussteigen. Habe ich die Station bereits verpasst?«

Eugene lächelte ihn an.

»Keine Sorge junger Mann, Sie sind genau richtig.«

Der Schaffner sah auf die Uhr an seinem Handgelenk.

»In einer knappen Stunde werden wir dort halten.«

David spielte Erleichterung.

»Oh, vielen Dank und Ihnen noch eine gute Fahrt.«

Er streckte dem Schaffner seine Hand entgegen, der sie kurz ansah, dann aber doch ergriff.

Mit einer gewissen Befriedigung registrierte David die Wirkung des Cleankits, ließ Eugene stehen und setzte sich wieder auf seinen Sitzplatz. Der Spinner sah zu ihm herüber und er nickte ihm zu.

Werd jetzt ja nicht frech Bürschchen!

Doch der Spinner reagierte nicht auf seinen Gruß, sondern richtete kurz darauf seinen Blick aus dem Fenster.

Kurz nach halb zehn verließ David den Zug und nahm sich ein Taxi zum Oakland International Airport, wo er sich ein Flugticket kaufte, eincheckte und im Sicherheitsbereich seinen Laptop hochfuhr. Über das öffentliche WLAN baute er eine gesicherte Verbindung zu seiner Firma auf und schloss die Akte von Eugene Peterson. Das aufgenommene Videomaterial lud er als Beweis in dessen Akte hoch. Diesmal hatte er keine neue Email und damit keinen neuen Auftrag in seinem Posteingang. Er trennte die Verbindung und fuhr seinen Laptop wieder herunter. Es wurde Zeit, abzuschalten.

- 6 -

Am nächsten Morgen war Ray überpünktlich auf Arbeit. Er hatte seinen ersten Kaffee getrunken und starrte gedankenverloren auf seinen Monitor. Megan betrat das Büro und nickte ihm zu.
»Guten Morgen Ray.«
»Morgen, Megan.«
Sie blieb für einen Moment stehen und sah ihn an.
»Ist alles in Ordnung?«
Ray nickte.
»Ja, alles okay.«
»Du siehst so zerstreut aus.«
»Nein, alles in Ordnung. Ich bin nur noch etwas müde, das ist alles.«
Megan nickte.
»Verstehe. Wenn etwas ist, komm in mein Büro.«
Diesmal nickte Ray.
»Bis später, Megan.«
»Bis später, Ray.«
Er war froh, dass Megan seine Gedanken nicht sehen konnte. Sie kreisten weiterhin um Trish. Wenn sie jetzt anfing, Gerüchte in die Welt zu setzen, würde es nicht sehr lange dauern, bis er davon ebenfalls Berichte bekam. Berichte, die seine Aufmerksamkeit verlangten und höchstwahrscheinlich auch Berichte, die Aktivitäten und Konsequenzen erforderten. Am besten war es, Trish als kritischen Fall einzustufen, doch ohne Verdachtsmomente konnte er keine Akte über sie zusammenstellen und in Auftrag geben.

Megan hatte sein Büro wieder verlassen und Ray öffnete eine weitere Maske auf seinem Bildschirm. Überwachungsanforderung stand in der Überschrift des Fensters. In das Namensfeld tippte er Patricia Dowell und drückte Enter. Er reduzierte die Ergebnisliste mit Hilfe ihrer Adresse und dem Geburtsdatum und verharrte bei dem Feld mit dem Namen Überwachungsgrund. Eine Überwachungsanforderung benötigte immer einen Grund, sei es eine existierende Akte, einen hinreichenden Verdacht oder eine interne Verfügung. Doch in diesem Fall hatte er keinen Grund, den er verlinken konnte. Dann hatte er eine Idee und tippte in das Feld die Worte: Periodische Folgeüberwachung.

Er zögerte erneut, bevor er die Enter-Taste drückte und damit die Anforderung aktivierte. Diese Anforderung setzte eine riesige Maschinerie in Gang, die unter anderem die Privatsphäre von Trish ignorierte und sie zu einem Ziel im Interesse der nationalen Sicherheit machte. Wenn Trish überwacht wurde, wurden zwangsläufig auch seine Frau und er mit observiert. Er erinnerte sich an das gemeinsame Barbecue am Wochenende. Ray musste sicherstellen, dass niemand ein Wort über seine Arbeit verlor, erst recht nicht Trish. Damit war das gestrige Problem nicht behoben, sondern nur um einen oder zwei weitere Tage verschoben. Er seufzte und legte die Anfrage als Entwurf ab, ohne sie abzuschicken oder zu aktivieren. Ray musste noch einmal eine Weile darüber nachdenken und entscheiden, was für Kacey und ihn am besten war. Vielleicht sollte er mit der Überwachung warten, bis das gemeinsame Barbecue vergangen war.

Kurz nach sechzehn Uhr zog er seine letzte Tasse Kaffee aus dem Automaten und hing für einen Moment seinen Gedanken nach. Ihm war nicht entgangen, dass Megan ihn an diesem Tag mehrmals beobachtet hatte. Sie hatte ein Gespür dafür, wenn etwas nicht im Lot war. Doch was sollte er ihr erzählen? Die Wahrheit?

Zurück an seinem Schreibtisch, bemerkte er einen neuen Abschlussbericht. Er öffnete das Videoprotokoll und folgte den routinierten Handlungen des Agenten im Außeneinsatz. Das Zielobjekt war Peter Stinton.

Moment mal, habe ich diesen Fall nicht erst gestern beauftragt?

Noch während das Video lief, öffnete er die Fallakte und staunte nicht schlecht. Tatsächlich. Peter Stinton, der Bauarbeiter im roten Baumwollhemd, der kürzlich arbeitslos geworden war.

Tja, sorry Peter, aber das Leben ist hart!

Es gab bei diesem Auftrag keinerlei Komplikationen, alles verlief nach Plan und noch bevor Peter wusste, was ihm geschieht, war es auch schon passiert. Peter stand verloren in einer kleinen Bushaltestelle. Er rieb sich seine Hand, stieg nachdenklich in den nächsten Bus ein und der Bildschirm wurde wieder schwarz.

Die Fallakte hatte nicht nur das Abschlussprotokoll bekommen, sondern es waren auch diverse zusätzliche Einträge angelegt worden. Einer davon verwies auf eine Probenentnahme, die als Standard angesehen wurde. In diesem Fall stammte die Probe aus einer Kneipe, in der Nähe seiner Wohnung. Mehrere Kompatibilitätsprüfungen waren in Windeseile durchgeführt und protokolliert worden. Alle grün, keine einzige negativ. In anderen Worten, sie waren mit ihren Forschungen so weit, dass sie in vielen Fällen eine einheitliche Standardprozedur anwenden konnten.

Ray nickte und prüfte noch einmal den Verlauf der Akte auf eventuelle Unstimmigkeiten. Zusätzlich forderte er eine weitere Überwachung von Peter Stinton für die nächsten drei Tage an. Hier waren die festgelegten Felder einfach auszufüllen. Alle nötigen Daten lagen vor und in den Grund für die Überwachungsanforderung trug er den häufigsten Standardwert ein: Abschlussprotokoll. Er speicherte und schloss die Akte. Sollte es in drei Tagen keine neuen Informationen zu diesem Fall geben, würde sie komplett geschlossen.

Ray trat kaum durch die Haustür, als Kacey, die gerade in der Küche hantierte, ihm entgegenrief.

»Hallo Schatz, Essen ist gleich fertig und es gibt gute Neuigkeiten.«

Sie wartete keine Antwort ab, sondern fuhr gleich fort.

»Ich habe mit Trish gesprochen. Sie freuen sich beide, uns am Wochenende zu sehen.«

»Na das ist ja wunderbar.«

Er klang weder sonderlich erfreut, noch besonders resigniert, doch er bemühte sich, seine schlechte Laune darüber, nicht anmerken zu lassen.

Nur gut, dass ich den Überwachungsantrag noch nicht abgegeben habe.

Er entschied sich, damit bis nach dem Wochenende zu warten.

Dann musste er dafür sorgen, dass sich Kacey eine Zeit lang von Trish fern hielt.

Seine Frau kam aus der Küche und begrüßte ihn mit einem Kuss, die fettigen Hände weit von sich gestreckt.

»Ich will dich nicht dreckig machen.«

Ray schmunzelte.

»Dreckig kann auch gut sein.«

Sie grinste.

»Vergisst du morgen bitte nicht, noch für das Barbecue einzukaufen? Das wolltest du übernehmen.«

»Natürlich Schatz, immerhin ist Grillen Männersache.«

Kacey hob ihre Augenbrauen und warnte ihn damit, es nicht zu übertreiben. Sie sagte zwar kein Wort, doch ihre Blicke sprachen Bände.

»Dann werde ich jetzt mal den Tisch decken. Wie war dein Tag?«

Ray seufzte.

»Ach weißt du, heute war einer dieser Tage, wo ich den Kopf nicht frei bekommen habe.«

Und das war noch nicht einmal gelogen.

»Ich glaube Megan hat mich im Moment unter Beobachtung, nachdem ich gestern zu spät gekommen bin.«

Seine Frau grinste frech.

»Woran das wohl lag? Hattest du dir deinen Wecker nicht richtig gestellt?«

Er trat hinter sie und griff ihr an den Hintern.

»Nicht frech werden, junge Frau, sonst muss ich dich noch übers Knie legen!«

Sie drückte ihre Rundungen weiter in seine Hand, nur um sich dann abrupt von ihm zu lösen. Sie drehte sich zu ihm um.

»Jetzt wird aber zuerst einmal gegessen.«

»Vergiss das Essen, ich würde jetzt viel lieber an dir naschen.«

Ray schlang seine Arme um ihre Hüfte und zog sie an sich. Ihr lockiges Haar duftete nach Rosen und ihre Haut nach Vanille. Er schloss die Augen und küsste sie sachte auf den Mund. Kacey erwiderte seinen Kuss, öffnete dabei leicht ihre Lippen und kurz darauf spürte er ihre tastende Zunge. Sofort bekam er eine Erektion und seine Hände glitten von ihrer Hüfte abwärts und krallten sich in ihr Hinterteil.

»Warum hast du überhaupt noch etwas an?«, flüsterte er in ihr Ohr, als sie seinen Hals küsste.

»Damit du mich ausziehen kannst.«, flüsterte sie zurück, während seine Küsse über ihren Hals in ihr Dekolleté rutschten.

Ihre Hände hielten seinen Kopf. Er griff an den Saum ihres Shirts.

»Schatz, das Essen wird kalt.«

Er zog ihr das Shirt über die Arme.

»Wir haben eine Mikrowelle.«

Mit einem geübten Griff öffnete er ihren BH und ließ ihn auf den Boden gleiten. Kacey hatte eine Gänsehaut und ihre steifen Nippel machten ihn noch mehr an. Sein Mund glitt tiefer und knabberte an ihren Brustwarzen. Er spürte ihre Erregung und kniete vor ihr nieder. Seine Finger öffneten den Knopf ihrer Jeans, die er kurz darauf von ihren Beinen streifte. Ray küsste den kleinen Hügel zwischen ihren Beinen, der sich ihm in ihrem Slip regelrecht entgegen reckte und Kacey stöhnte leise auf. Sie zog ihn zu sich hoch und küsste ihn erneut auf den Mund. Ihre Hände arbeiteten am Knopf seiner Hose. Sie öffnete seinen Reißverschluss und sein steifes Glied streckte sich ihr in voller Größe entgegen.

»Na wen haben wir denn da?«

Sie streichelte seinen Penis und begann dann seine Hoden zu kneten. Sie kniete sich vor ihn und nahm seine Eichel in den Mund. Ihre Lippen umschlossen sie fest und als sie leicht daran saugte, spürte er, wie sie noch größer wurde.

Ray genoss ihre feuchte Mundhöhle für eine Weile, dann zog er sie wieder zu sich hoch und küsste sie. Kacey streichelte seine Erektion weiter. Ihre Küsse wurden fordernder und ihr Druck fester. Ohne ein Wort drehte er sie um und drückte sie auf den Küchentisch. Sie spreizte ihre Beine, damit er besser in sie eindringen konnte und er nahm die Einladung dankend an. Ihre Brüste rutschten immer wieder über den Tisch, als er sie von hinten nahm. Jeden Stoß quittierte sie mit einem Stöhnen und jedes Stöhnen ließ ihn nur noch geiler werden, bis er schließlich mit einem lauten, tiefen Stöhnen in ihr explodierte und sie dabei so fest auf den Tisch drückte, dass sie sich kaum rühren konnte.

»Bleib drin und mach weiter.«, flüsterte sie und Ray folgte.

Auch wenn seine Erektion langsam nachließ, stieß er weiter in sie hinein und hielt sie noch immer fest auf den Küchentisch gedrückt. Sie stöhnte und zuckte unter ihm. Er nahm ihre Arme und zog sie zu sich. Kacey wurde lauter und ließ sich fallen, um kurz darauf ebenfalls erschöpft zusammen zu sinken.

Gemeinsam lagen sie ein paar Minuten auf den Küchentisch gebeugt und rangen nach Luft.

»Immer noch hungrig?«

»Und wie. Jetzt erst recht!«

An diesem Abend aßen sie nackt.

- 7 -

Kacey bereitete den Tisch im Garten vor. Ray stand am großen Smoker-Grill. Gestern auf dem Rückweg hatte er eingekauft und den ganzen Vormittag damit verbracht, Fleisch und Fisch zu marinieren. Für die Burger hatte er das Hackfleisch vorbereitet und zu Patties geformt, die nun auf einer großen Platte darauf warteten, gebraten zu werden.

»Hallo Kacey!«

Diese Stimme war nicht zu überhören. Er drehte sich um. Trish und Kacey umarmten sich und gaben sich Küsschen auf ihre Wangen. Trish war etwas kleiner als Kacey und hatte lange, schwarze Haare, die ihn an Schneewittchen erinnerten, unterstützt durch ihre helle, weiße Haut und den knallroten Lippen. Er ging zu den beiden Frauen und gab dem abseits stehenden Marcus die Hand.

»Hallo Marcus, wie geht's?«

Marcus freute sich über die Aufmerksamkeit.

»Alles bestens, Ray. Und selbst? Was macht die nationale Sicherheit?«

Ray setzte ein vielsagendes Lächeln auf.

»Keine Sorge, du kannst heute Nacht beruhigt schlafen.«

»Na dann ist ja gut.«

Marcus begrüßte Kacey, während Ray Patricia umarmte.

»Hallo Trish, ich hoffe euch geht es gut?«

»Wunderbar, Ray.«

»Ich fürchte, das Essen wird noch eine Weile dauern, ich habe nicht so früh mit euch gerechnet.«

Ray ging zurück in Richtung Grill.

»Kein Problem, wir haben reichlich Zeit mitgebracht.«

Die beiden Frauen verschwanden in der Küche, so dass die Männer allein im Garten zurück blieben.

Ray sah Marcus an.

»Magst du ein Bier?«

»Da kann ich nicht nein sagen.«

Er holte zwei Flaschen Budweiser aus einer Kühlbox, öffnete sie und reichte eine davon weiter.

»Cheers, Marcus.«

»Cheers!«

Sie stießen an, tranken jeder einen großen Schluck und hielten inne, bis Marcus das Schweigen brach.

»Brauchst du Hilfe beim Grillen?«

Ray schüttelte den Kopf.

»Nein danke, ich komme schon klar. Doch du kannst gerne bei mir bleiben, dann haben die beiden Lästermäuler da drin Zeit, sich auf den neuesten Stand zu bringen.«

Er nickte in Richtung Haus und Marcus lachte.

»Allerdings. Trish kann ganz schön viel erzählen.«

Sie machten Feuer und entzündeten die Kohle in einem Kamin.

»Das wird jetzt eine Weile dauern, bis sie durchgebrannt ist.«, sagte Ray.

»Ich hab gehört, Trish hat eine neue Stelle bekommen?«

Marcus nickte.

»In der Tat. Beim Kieferorthopäden Meyer.«

»In der Nähe vom Pring Ranch Park, Kacey hat es mir erzählt.«

Sie stießen erneut an.

»Und wie läuft es bei dir so?«

Marcus zuckte mit den Achseln.

»Mal so, mal so. Du weißt ja, wie das im Büro ist. Es gibt schlechte Tage und weniger gute Tage, doch im Moment läuft es eigentlich ganz gut. Und bei dir? Woran arbeitest du im Moment?«

Ray lachte.

»Netter Versuch, Marcus, aber du weißt, dass ich darüber nicht sprechen darf.«

»Einen Versuch war es wert. Aber weißt du was, Ray, das macht dich irgendwie mysteriös und dabei bist du kein typischer Man in Black, wie ich ihn mir vorstelle.«

»So, wie stellst du ihn dir denn vor?«

Marcus trank einen weiteren Schluck.

»Nun ja, sehr sportlich, hoch konditioniert, immer schick angezogen und eine Knarre an der Hüfte. Wenn ich dich jedoch so ansehe, ein Mann in den besten Jahren, mit grauem Haar, einem leichten Bierbauch und ohne Waffe.«
Ray lachte erneut.
»Die brauche ich auch nicht. Ich bin ein Sesselpupser an einem großen Schreibtisch. Aber ich sehe immer noch besser aus, als du.«
Sie stießen noch einmal an und tranken ihre Flaschen aus.
»Du machst irgendwas mit Videos, richtig?«
Ray nickte.
»Richtig. Ich bin Datenanalyst und werte hauptsächlich Videos aus.«
Marcus spähte in seine leere Flasche.
»Klingt ja *sehr* spannend. Hast du noch eins?«
Ray holte beiden eine neue Flasche. Die durchgebrannte Kohle verteilte er im Grill. In dem Moment traten die beiden Frauen, jeweils bewaffnet mit einer großen Schüssel Salat, durch die Tür in den Garten.
»Na Jungs, amüsiert ihr euch?«, sagte Kacey.
»Offensichtlich!«, bemerkte Trish mit einem Nicken zu den beiden leeren Bierflaschen.
»Ihr trinkt doch nicht etwa ohne uns?«
»Keine Sorge, es ist genug da und für den Nachtisch haben wir noch eine Flasche Wild Turkey.«
Trish sah sich um, konnte jedoch nirgends den Honiglikör entdecken.
»Wo habt ihr sie denn versteckt? Ich könnte jetzt schon ein Schlückchen vertragen.«
Kacey lachte.
»Na ich glaube, einer als Aperitif kann nicht schaden. Ich hole nur schnell die Gläser.«
Sie verschwand erneut im Haus, während Trish sich zu den beiden Männern gesellte und einen Blick auf das vorbereitete Grillgut warf.
»Das sieht ja schon mal lecker aus!«

»Das wird auch lecker! Gibst du mir mal die Forellen?«

Trish reichte Ray zuerst den Fisch, dann das Fleisch und zum Schluss die Burger-Patties, die er alle auf dem Grill arrangierte, bevor er ihn schloss und auf die Uhr sah. In ein paar Minuten würde er die Sachen umdrehen.

Sie setzten sich an den Tisch, auf dem Kacey mittlerweile vier kleine gefüllte Likörgläser vorbereitet hatte.

»Zum Wohl, auf den gemeinsamen Abend!«

Die vier stießen an und begannen sich zu amüsieren.

Nach dem Essen wärmte die restliche Glut im Grill die Umgebung. Es hatten sich schon eine Menge leerer Flaschen angesammelt und auch der Wild Turkey neigte sich langsam dem Ende zu. Die Sonne war mittlerweile untergegangen und die aufgestellten Fackeln sorgten für ein wohliges, warmes Licht. Mücken summten um sie herum und versuchten, etwas von ihrem Blut zu ergattern.

Trish, die zwischen Kacey und Ray saß, lehnte sich zu ihm herüber.

»Ich wusste ja gar nicht, dass du dich auch mit Medizin beschäftigst?«

Ray sah ihr ins Gesicht.

»Wie kommst du denn darauf?«

Sie zuckte mit den Schultern.

»Nur so, Kacey hat neulich erzählt, dass du medizinische Begriffe im Schlaf murmelst.«

Er sah zu seiner Frau hinüber.

»So, mache ich das?«

Kacey grinste.

»Ja, manchmal erzählst du schon komische Dinge im Schlaf.«

Ray fragte sich noch, was er alles in den Nächten preisgab, da hatte Trish Lunte gerochen.

»Was denn für komische Dinge?«

Kacey hob abwehrend die Hände.

»Ach, ich weiß auch nicht. Das meiste habe ich selbst am Morgen schon wieder vergessen.«

»Aber nicht die physüsche Inprobalibität!«

Es war nicht zu übersehen, dass Trish bereits schon reichlich angetrunken war. Immer wieder lallte sie vereinzelte Worte und kicherte, als ihr bewusst wurde, wie komisch sie sich anhörte. Den anderen erging es nicht besser und Ray entspannte sich.
»Was für ein Ding?«
Marcus war sichtlich irritiert und Ray kam Trish zuvor.
»Ach, das ist so ein medizinischer Fachbegriff. Ich habe neulich ein Buch darüber gelesen. Das muss mich wohl im Schlaf noch eine Weile beschäftigt haben.«
Wie viel weiß Kacey wirklich? Was habe ich noch verraten?
Nachdem Trish und Marcus gegangen waren, begann Ray aufzuräumen. Kacey zog ihn am Arm.
»Ach, lass das stehen, das räumen wir morgen auf. Lass uns stattdessen lieber ins Bett gehen!«
Nur zu bereitwillig ließ er sich dazu überreden, war er doch selbst ganz schön betrunken.
»Kacey, was habe ich denn sonst noch alles so erzählt?«, fragte er, als sie im Bett lagen.
Seine Frau schlang einen Arm um ihn.
»Ach Ray, was weiß ich. Du brabbelst immer wieder mal wirres Zeug. Das meiste davon verstehe ich gar nicht.«
Er atmete tief durch.
»Ich brabbel wirres Zeug?«
»Mhm.«
Sie seufzte leise.
»Was denn so?«
Kacey blinzelte und öffnete ihre Augen wieder für einen Moment.
»Ich weiß es wirklich nicht mehr. Du hast bestimmt einfach nur geträumt.«
Ray nickte langsam.
»Mhmm. Das wird es wohl gewesen sein. Ich hatte bestimmt nur einen schlechten Traum.«
Er fuhr mit seiner Hand über ihren Rücken und streichelte sie. Ihre Wärme fühlte sich gut an. Sie hatte ihre Fingerspitzen auf seine Brust gelegt. Er schloss die Augen und genoss ihre Nähe.

Seine Hand glitt von ihrem Rücken etwas tiefer und blieb auf ihrem Gesäß liegen. Die Rundungen in seiner Hand begannen ihn zu erregen und er spürte, wie sich sein Penis langsam verhärtete. Seine Hand begann ihren Po zu kneten und sein bestes Stück richtete sich zu seiner vollen Größe auf. Er fuhr mit seinen Fingern durch ihre Haare und beugte sich zu ihr herüber, um sie zu küssen. Sie atmete tief und gerade als er seine Lippen auf die ihren drücken wollte, hörte er ihr leises Schnarchen.

»Schlaf gut, mein Engel.«, flüsterte er ihr ins Ohr.

Dann zog er die Decke über sie, kuschelte sich an ihren Rücken und schlang seinen Arm um ihren Bauch.

»Ich liebe dich.«

Doch das hörte sie nicht mehr. Er küsste sie sanft auf ihren Nacken und schloss die Augen.

- 8 -

Am Montagmorgen trat Ray aus dem Fahrstuhl. In Megans Büro brannte Licht. Das war ungewöhnlich. Normalerweise kam sie montags später und blieb dafür unter der Woche länger im Büro. Er steckte seinen Kopf zu der offenen Tür hinein und sah sie an ihrem Arbeitsplatz sitzen.
»Schönen guten Morgen, Megan.«
»Guten Morgen, Ray.«
»Sie sind recht früh dran, heute. Ist bei Ihnen alles in Ordnung?«
Sie sah ihm direkt in die Augen.
»Mein Wochenende war gut, ich hoffe Ihres ebenfalls. Ist bei Ihnen alles in bester Ordnung?«
Ray nickte.
»Alles gut, Megan.«
Sie nickte nicht und sah ihn weiterhin an.
»Haben Sie mir irgendetwas zu berichten?«
Ray schüttelte den Kopf.
»Nein Megan, ich bin eben erst zur Tür rein und habe meinen Rechner noch nicht einmal hochgefahren.«
Er hob abwehrend seine leeren Hände.
»Also noch keine Neuigkeiten seit Freitag. Sie bekommen ihre Berichte, wie gewohnt.«
Langsam nickte Megan. Ray hatte das Gefühl, dass sie noch etwas wissen wollte, konnte jedoch nicht genau deuten, was.
Leise pfeifend betrat er sein Zimmer, schaltete seinen Rechner ein und holte sich eine frische Tasse heißen Kaffee, solange er hochfuhr. Die Uhr an der Wand sprang auf Punkt acht Uhr um. Ray loggte sich ein und startete seine neue Arbeitswoche. Wie jeden Montag hatten sich massenweise Berichte über das Wochenende angesammelt. Er teilte einen Großteil der Daten aus dem Eingang *Risiko* auf seine Kollegen auf und wechselte in den Ordner *Kritisch*. Der Überwachungsbericht von Peter Stinton war eingetroffen und wies keine weiteren Auffälligkeiten auf. Damit

konnte er seine Akte endgültig schließen.

Ebenso der Überwachungsbericht von Bob Burke, dessen Abschlussprotokoll er vor ein paar Tagen geprüft hatte. Der Agent, den er nur unter der Nummer 487 kannte, leistete wirklich ausgezeichnete Arbeit. Er hatte mehrere Berichte von ihm gesehen und jedes Mal wiesen sie eine äußerst saubere und professionelle Arbeit auf. Ray nickte. Inzwischen erwartete er nichts anderes mehr. Agent 487 hatte über das Wochenende einen weiteren Abschlussbericht von Eugene Peterson eingereicht. Sorgfältig prüfte Ray die Aufzeichnung und beauftragte eine Folgeüberwachung für den Schaffner. Die Woche fing gut an.

Nachdem er den Auftrag abgesendet hatte, fiel ihm der offene Entwurf auf. Er hatte ihn fast vergessen, aber er wusste wofür dieser Entwurf war und für wen diese Überwachung galt. Er seufzte. Hatte er eine andere Wahl? Natürlich hatte er die. Er ignorierte den Entwurf und wandte sich wieder dem Dateneingang für die risikobehafteten Berichte zu. Doch irgendwann musste er sich um das Problem kümmern. Kacey nahm diese Woche von Dienstag bis Donnerstag in Denver an einem Kongress teil. Das war äußerst praktisch, wenn er sie aus der Sache weitestgehend heraushalten wollte.

Vertuschen ist das richtige Wort!

Ja, der Teufel auf seiner Schulter hatte recht und die Aufnahme war archiviert. Ray ging es um Schadensbegrenzung und darum, dass Trish ihre Klappe hielt. Wenn sie seine nächtlichen, unbewussten Kommentare für sich behielt, war alles gut. Er konnte es nicht riskieren, dass sie diese herum erzählte. Kacey hatte er unter Kontrolle, da machte er sich keine Gedanken. Immerhin war sie seine Frau und er kannte sie. Doch bei ihrer besten Freundin hatte er Sorge.

»Morgen, Ray.«

Heute war Lara die erste, die nach ihm das Büro betrat. Er grunzte eine Antwort und öffnete den ausgefüllten Entwurf. Die Überwachung setzte er auf drei Tage an und klickte auf den großen, grünen Knopf, der die Beauftragung fertigstellte. In drei bis vier Tagen bekam er die Auswertung und es erleichterte ihn, dass

Trish in dieser Zeit nicht mit seiner Frau sprechen konnte. Ende der Woche wusste er mehr und hatte Gewissheit.

Er brauchte jetzt einen neuen Kaffee. Der Gang zu der kleinen Kaffeeküche war wie ausgestorben, nur das Mahlen des Kaffees und das Plätschern, als die Maschine seine Tasse füllte, zerriss die Stille. Ray nahm sich eine Minute Zeit und sog die Ruhe in sich auf. Er schloss die Augen und hielt inne. Der Kaffeeduft in seiner Nase wirkte beruhigend und vorsichtig nippte er am Rand der Tasse.

Zurück in seinem Büro, war die Atmosphäre vom Klappern der Tastaturen und dem Klicken der Mäuse erfüllt. Bei ihm war ein neuer Risikofall eingetroffen. Er öffnete das Video und sah es sich zweimal an. Der Inhalt war grenzwertig. Ja, die junge Mutter kritisierte mehrmals die Regierung, aber sie lebten in einem freien Land, wo Pressefreiheit und Meinungsfreiheit unantastbar waren. Er wollte es ins Archiv schieben, besann sich dann aus irgendeinem unbekannten Grund eines Besseren. Vielleicht war es Instinkt oder ein stilles Schuldgefühl. Eventuell hatte er auch wieder etwas gut zu machen und suchte dafür eine Art Sündenbock. Diese Gedanken kamen ihm zwar nicht in den Sinn, doch statt das Video in das Archiv zu befördern, leitete er es zur weiteren Überprüfung an Megan weiter. Es dauerte keine fünf Minuten, da erhielt er ihre Antwort: Positiv.

Ray schluckte. Er war versucht, in ihr Büro zu gehen und nach einer Erklärung zu fragen. Doch er wusste, dass dieses Verhalten ihn erst recht auffällig machte und eigentlich sollte er es besser wissen. Also recherchierte er zu dem Gesicht auf dem Video die zugehörigen Daten und legte eine neue Akte an. Die junge Mutter war 32 Jahre alt und lebte in Colorado Springs. Danach versetzte er den Status der Akte auf *Beauftragt*. In seinem Kopf sah er, wie Megan nickte.

Braver Junge, geht doch.

Ray rieb sich die Augen. Es war zwar erst Montag, doch die Woche war jetzt schon anstrengend. Wurde er krank? Er fühlte sich unbehaglich und etwas fehl am Platz. Ray schob es auf die ganze Situation mit Trish. Jetzt konnte und wollte er nicht fehlen, zumal Kacey sowieso nicht zu Hause war. Da konnte er genauso gut arbeiten.

- 9 -

Der Zug hielt mit quietschenden Rädern. Die Türen öffneten sich mit einem lauten Zischen und frische, kalte Luft strömte in den Waggon. Es war eine willkommene Abwechslung gegenüber der stickigen Luft des Abteils. Die Menge strömte auf den Bahnsteig und verteilte sich. Zack stieg aus und streckte sich, dass seine Gelenke knackten. Die Fahrt war lang und steckte ihm tief in den Knochen.

Er nahm sich einen Moment Zeit und suchte seine Eltern. Erst als er sich dem Hauptgebäude näherte, sah er sie. Seine Mutter war schlank und hochgewachsen, trug eine enge Jeans und einen weinroten Blazer. Sein Vater trug ebenfalls Jeans und ein helles Hemd unter seiner Jacke. Im Gegensatz zu seiner Frau wölbte sich sein Bauch über seine Hose. Das Einzige, was auf die verstrichene Zeit hindeutete, waren die grauen Haare, die mittlerweile auch die letzte verbliebene Farbe verschlangen.

»Oh Zack, schön dich zu sehen!«

Seine Mutter lachte, umarmte und drückte ihn, dass ihm die Luft weg blieb.

»Wie geht es dir, Großer?«, sagte sein Vater und umarmte ihn.

Zack strahlte sie an und erwiderte die Begrüßung.

»Komm, wir gehen noch in ein Café und essen eine Kleinigkeit. Du musst ja vor Hunger sterben, nach der langen Fahrt. Wir laden dich ein.«

Nachdem sie seinen Trolley im Auto verstaut hatten, führten ihn seine Eltern in eine große Einkaufsstraße in der Nähe des zentral gelegenen Bahnhofs. Mit zielstrebiger Präzision steuerten sie auf ein kleines Café mit runden Tischen und grün-weißen Schirmen zu. Der Vormittag war bereits etwas fortgeschritten und die Sonne ließ ihre Hitze auf sie herunter sengen. Lauwarme Luft wehte Zack ins Gesicht, als sie sich an einen der freien Tische setzten.

Keine Sekunde später berichtete ihm seine Mutter sämtliche Neuigkeiten aus der Familie und der Nachbarschaft. Zack hörte schweigend zu und stellte ab und an kurze Rückfragen, die dazu dienten, das Gespräch in Gang zu halten. Menschen, die er nicht einmal kannte, interessierten ihn nicht.

Beim Kellner bestellte er ein kleines Frühstück, bestehend aus zwei Brötchen, etwas Wurst, Käse und einer kleinen Dose abgepackter Marmelade, wohingegen sich seine Eltern jeweils mit einer großen Tasse Kaffee begnügten. Er belegte seine Brötchen und schlang sie herunter. Dabei erfuhr er weitere Neuigkeiten und war dankbar, mit vollem Mund nicht antworten zu können. Er kaute, schluckte und nickte. Dann verstummte sie und schließlich stellte sie ihm endlich die Frage, auf die er schon die ganze Zeit gewartet hatte.

»Und Zack«, sie grinste ihn an, »wie sieht's aus mit der Liebe? Hast du inzwischen eine neue Freundin gefunden?«

Das war genau das Thema, über das er mit seinen Eltern nicht sprechen wollte. Er führte zwar hin und wieder eine Beziehung, es gab auch gelegentliche Affären, doch bisher hatte sich noch nichts Festes daraus ergeben. Aber darüber mit seinen Eltern zu sprechen? Das war ganz und gar nicht sein Ding und er wäre gern der Frage ausgewichen. Doch er wusste, er hatte keine Chance. Seine Mutter wollte eine Antwort und sie würde nicht eher Ruhe geben, bis sie eine bekommen hatte. Also tat er das, was er immer tat. Er erzählte ihr, dass er auf seiner endlosen Suche nach der großen Liebe seines Lebens immer noch nicht zu seinem Glück gekommen war. Der Deckel zu seinem Topf schwirrte noch immer dort draußen in der Wildnis umher und wartete nur darauf, gefunden zu werden.

Es entstand eine kurze Pause, die er nutzte, um wieder auf andere Gedanken zu kommen und ließ seinen Blick umherschweifen. Obwohl es noch vormittags war, waren fast alle Plätze belegt. Rings um sie herum wurden die Läden abgeklappert, in der Hoffnung, ein Schnäppchen zu finden. Hier und dort versuchte ein Straßenmusiker sein Glück und stellte sein Talent zur Show. An den Ecken der Gebäude saßen Bettler mit einem Becher vor sich, in der Hoffnung auf eine milde Gabe.

Zacks Vater erkannte die Bedrücktheit der Situation und versuchte das Gespräch in eine andere Bahn zu lenken. Doch Zack hörte ihm nur mit halbem Ohr zu. Sein Blick war auf eine junge Frau auf der anderen Straßenseite gefallen. Sie schimpfte mit ihrem Kind, dessen Eis heruntergefallen war. Laut schreiend deutete es auf die kleine, helle Pfütze zu seinen Füßen, bis eine weitere Frau auf sie zukam und mit ihnen sprach. Ganz beiläufig berührte sie die Mutter des Kindes, die aufschreckte und sich nach der helfenden Hand umsah. Einen Moment verharrte sie perplex in ihrer Pose. Die andere Frau lächelte nur, nickte und ging weiter ihres Weges. Sie sah ihr Kind an. Ihr Kind blickte mit großen Augen und voller Interesse zurück. Dann schüttelte sie irritiert den Kopf, nahm es an die Hand und folgte der Ladenstraße. Das heruntergefallene Eis war bereits vergessen.

Zack stutzte.

War das eben ein Déjà-vu?

Er überlegte, doch so sehr er sich auch anstrengte, er konnte es nicht fassen, es nicht der Erinnerung zuordnen, die tief in seinem Gedächtnis schlummerte und noch nicht dazu bereit war, geweckt zu werden.

»Habt ihr das gerade gesehen?«

Zack sah seine Eltern an.

»Was denn?«

»Die beiden Frauen dort auf der anderen Straßenseite?«

Er zeigte auf die gegenüberliegende Seite der Einkaufspassage und erklärte mit wenigen Worten, was passiert war.

»Meldet sich dort dein sechster Sinn?«

Seine Mutter ging nicht auf seine Schilderung ein. Dafür erinnerte sie sich an seine Kindheit.

»Du wolltest schon früher immer alles ganz genau wissen. Es gab sogar eine lange Phase, in der du als Detektiv unterwegs warst. Auch wenn es stets nur kindliche Spielereien waren, so hattest du schon damals ein Gespür für Ungereimtheiten.«

Er wusste nicht, was er davon halten sollte. Der Ausflug in seine Kindheit war zwar sehr interessant, wirkte jedoch irgendwie fehl am Platz.

»Was soll schon dabei sein?«, sagte sein Vater. »Sie wollte halt

nett sein und hat ihr geholfen.«
War die Lösung wirklich so einfach?
Zack war sich nicht sicher.

- 10 -

Zhen Chao hatte nur eine halbe Stunde Zeit, um die Wohnung von Veronica Clark zu durchsuchen. Diese kurze Zeitspanne umfasste sowohl das Eindringen als auch das Verlassen des Objekts. Dass Ms. Clark nicht allein lebte, sondern ein Kind hatte und verheiratet war, erschwerte die Mission erheblich. Sie hatte die Tagesabläufe der Familie für zwei Tage beobachtet. Der Mann verließ früh das Haus und arbeitete bis zum späten Abend. Veronica blieb einen Großteil der Zeit zu Hause. Einzig der zuverlässige, morgendliche Spaziergang mit ihrem Kind durch den nahe gelegenen Park, bot dreißig Minuten bis zu einer Stunde Zeit.

Kaum hatten die beiden die Wohnung verlassen, verschafte sich Zhen darin Zugang. Es war ein Kinderspiel, die Tür war lediglich zugezogen und nicht abgeschlossen. Die Öffnung dauerte keine Minute und nun stand sie in einer Wohnung, auf deren Boden sich Spielzeug verteilte, alte und frische Kleidung auf verschiedenen Haufen lag und sich in einer Ecke massenweise alte Zeitungen stapelten. In der Spüle stand benutztes Geschirr und Zhen rümpfte die Nase. Die kleine Chinesin hatte eine andere Einstellung zu Ordnung und Sauberkeit. Doch sie war nicht hier, um zu urteilen, sondern musste eine Probe von Veronica finden, und das schnell. In dem Chaos fiel es sicherlich nicht auf, wenn das eine oder andere fehlte, doch sie musste sichergehen, dass es weder vom Kind, noch von ihrem Ehemann stammte.

Zhen ignorierte benutztes Besteck und Geschirr und besah sich die verschiedenen Kleiderhaufen. Hosen, Shirts, Strumpfhosen und Unterwäsche in allen Größen und Farben waren wild durcheinander geworfen.

Zu unsicher. Vielleicht keine reine Probe.

Sie warf einen Blick auf ihre Uhr. Seit Veronica die Wohnung verlassen hatte, waren fünfzehn Minuten vergangen. Wenn sie heute nur einen kurzen Spaziergang machte, kehrte sie innerhalb der nächsten fünfzehn Minuten zurück. Zhen musste sich beeilen. Vorsichtig, um nirgends draufzutreten, lief sie den Flur entlang und fand nach kurzer Zeit das Bad der Familie. In einem Becher standen drei Zahnbürsten, eine kleine und zwei große. Vor dem Spiegel befanden sich Döschen mit allerlei Krimskrams, Parfüm, Make-Up, Feuchtigkeitstücher, sowie ein Kamm und eine Bürste, die sie flüchtig begutachtete, dann wieder ausschloss. Sowohl der Mann, als auch Veronica hatten beide kurze, dunkle Haare und selbst wenn die Chancen gut standen, dass nur ihr Ziel die Haarbürste benutzte, war ihr das Risiko einer kontaminierten Probe immer noch zu groß.

Sie hat ein Kind. Die Probe muss eindeutig sein.

Chao erinnerte sich an einen Fehlschlag vor einiger Zeit, den sie aus nächster Nähe erlebt hatte. Nachdem sie damals ihren Auftrag erledigt hatte und ein paar Meter weiter gegangen war, hörte sie hinter sich Tumult. Sie drehte sich um und sah ihr Ziel auf dem Boden liegen. Der Mann presste eine Hand auf den Mund und die andere vor das linke Auge. Durch seine Finger sickerten dünne rote Fäden von Blut. Sofort benachrichtigte sie die Einsatzstelle und kümmerte sich um das Opfer. Eine Traube von Gaffern bildete sich um sie herum und sie war die einzige, die augenscheinlich erste Hilfe leistete. Das hatte sie auch versucht, doch viel mehr auf das Eintreffen der Unterstützung der Zentrale gewartet. Es dauerte keine zehn Minuten, bis ein Rettungswagen neben ihnen hielt und die Zielperson auf einer Trage mitnahm. Zhen stieg ebenfalls in den Wagen und schloss die Hecktüren hinter sich.

Ein Notarzt kümmerte sich um das Opfer, dass zwischenzeitlich das Bewusstsein verloren hatte. Seine Arme hingen schlaff von der Trage herunter und wurden auf dieser fixiert. Seine Lippen hatten eine tiefe violette Farbe angenommen und waren an mehreren Stellen aufgeplatzt. Das Blut sickerte aus den offenen Wunden und sammelte sich unter seinem Kopf auf der Trage, bis es seinen Weg über den Abflussrinnen zu den Sammelbehältern fand. Dort wo sein linkes Auge gewesen war, klaffte eine große blutrote leere Höhle. Das fleischige Gewebe darin löste sich vor ihren Augen langsam auf. Sie unterdrückte einen Würgereiz und

wandte ihre Augen von dem schaurigen Anblick ab.
»Was zum Teufel ist da passiert?«
Zhen schrie den Notarzt an. Einer der zwei Sanitäter drückte sie auf einen kleinen Stuhl im hinteren Bereich. Sie wollte und konnte nicht sitzen. Auch wenn sie mit ihren 56 Kilogramm auf einem Meter dreiundsiebzig eher ein Fliegengewicht war, hatte sie eine Kraft inne, die mehr als zwei Männer benötigte, um sie zu bändigen.
»Das kann ich nicht sagen.«
Der Arzt strahlte eine Ruhe aus, als lese er beim Frühstück den Sportteil der Zeitung.
»So eine Sauerei! Ich verlange, dass Sie mich in allen Einzelheiten aufklären!«
Ihr Gegenüber wandte sich vom Patienten ab und ihr zu. Er sah ihr einen Moment lang forschend in die Augen.
»Agentin....«
Es beruhigte sie, dass er weder ihren Namen noch ihre Nummer kannte.
»Ganz offensichtlich handelt es sich hier um eine physische Inkompatibilität. Wodurch sie hervorgerufen wurde, kann ich nicht sagen. Vielleicht ein Fehler im System, vielleicht ist es auch ein biologisches Problem vom Opfer.«
Zhen starrte ihn an. Er sah ihr immer noch tief in die Augen und sie glaubte darin unendlich viel Schmerz zu sehen. Schmerz und Leid, dass sie nicht wissen wollte. Dann fügte er einen Satz hinzu, bevor er sich wieder ihrem Zielobjekt zuwandte. Ein Satz, der sie den Rest ihres Lebens verfolgen sollte.
»Vielleicht war die Probe verunreinigt.«
Sie war fassungslos.
»Wie meinen Sie das?«
Er antwortete, ohne sie anzusehen und nahm eine Probe von dem Mann auf der Liege.
»Nun ja, wenn die Probe nicht von ihrer Zielperson stammt oder durch Wirkung von außen verunreinigt oder kontaminiert wird, sei es nur durch einen Tropfen fremden Schweißes, dann kann es zu unerwarteten Komplikationen führen.«

Jetzt setzte sie sich.

»Aber das sollten Sie während Ihrer Ausbildung gelernt haben?«

Er untersuchte weiterhin den Patienten und sah sie nicht an. Sie spürte seinen Seitenhieb wie ein scharfes Messer zwischen ihren Rippen. Sie überlegte, wo und wie sie die Probe entnommen hatte. Hatte sie tatsächlich einen Fehler gemacht oder lag das Problem an einer anderen Stelle? Aus ihren Augen war alles perfekt abgelaufen. Den wahren Grund würde sie nie erfahren.

Sie erreichten das Krankenhaus und Zhen warf einen letzten Blick auf das Opfer. Sein Kopf bestand vom linken Ohr über die Nase bis hin zum rechten Unterkiefer nur noch aus Knochen. Lose Zähne waren aus dem Kiefer gefallen und lagen blutgetränkt in der dicken Lache neben seinem Hals. Die Zersetzung hatte inzwischen nachgelassen und hörte vermutlich bald ganz auf. Dieser Anblick brannte sich für immer in ihre Erinnerung. Sie hatte keine disziplinarischen Maßnahmen erfahren, aber seitdem nahm sie nur noch einhundertprozentig saubere Proben. Es war bisher der einzige Fehlschlag in ihrer Karriere und es sollte auch der letzte bleiben.

Ich benötige eine saubere Probe.

Auf dem Boden des Bades lagen mehrere Handtücher ineinander verknäuelt und lehnten an einem kleinen Mülleimer. Zhen öffnete ihn, sah hinein und verzog die Mundwinkel. Mit einem Stift stocherte sie im Abfall herum, schob ein blutiges Pflaster zur Seite und dann hatte sie ihre Probe gefunden. Aus ihrer Jacke holte sie eine kleine Plastiktüte, zog mit ihren Handschuhen einen eingewickelten Tampon aus dem Eimer und ließ es in die Tüte fallen. Sie schluckte, versiegelte die Tüte und schloss den Mülleimer wieder.

Ein erneuter Blick auf die Uhr. Veronica kam demnächst zurück. Grazil wie ein Reh, stieg Zhen durch die Wohnung zurück zur Tür und spähte vorsichtig hinaus. Noch war niemand weit und breit zu sehen. Leise schlich sie hinaus und zog die Wohnungstür mit einem Klicken hinter sich zu. Sie hatte gerade die Einfahrt verlassen, da bog ihre Zielperson um die Ecke. Zhen wechselte die Straßenseite und blieb außer Sichtweite, bevor sie zurück zu ihrem Hotel fuhr und aus ihrer Probe einen kleinen, roten Fetzen heraus schnitt. Damit befütterte sie das Cleankit und startete die Analyse.

Zwei Tage später lief Veronica am Bahnhof von Colorado Springs vorbei in eine große Einkaufsstraße. Zhen folgte ihr in größerem Abstand. Mrs. Clark hatte ihr Kind dabei, so dass Zhen eine Möglichkeit finden musste, ihren Auftrag zu beenden, obwohl sie nie allein sein würden. Veronica kaufte ihrem Kind ein Waffeleis mit zwei Kugeln und es begann sofort, gierig daran zu lecken. In einer Hand hielt es das Eis, die andere Hand hielt Veronica fest und so liefen sie langsam weiter die Passage herunter, vorbei an mehreren Geschäften.

Mrs. Clark studierte ein Schaufenster, das Handtaschen aus Leder enthielt. Ihr Kind begann zu schreien. Die zweite Kugel Eis war aus der Waffel auf den Boden gefallen. Veronica drehte sich zu ihrem Kind um.

»Ach, Jimmy, was hast du denn jetzt wieder gemacht!«

Jimmy heulte weiter.

»Warum lässt du denn auch einfach dein Eis fallen?«

Jimmy antwortete nicht, sondern zeigte auf sein Eis, das auf dem warmen Boden langsam zerlief.

»Du brauchst nicht denken, dass du jetzt ein neues bekommst!«

Zhen registrierte, dass sich mehrere Augen auf die schimpfende Mutter gerichtet hatten. Vorbeilaufende Passanten besahen sich interessiert das Spektakel, ohne ein Wort zu sagen. Aus dem gegenüberliegenden Kaffee starrten die Leute von ihren Tischen herüber. Trotzdem entschied sie sich, diese Möglichkeit zu nutzen. Innerhalb von Sekunden aktivierte sie das Cleankit und schaltete die Kamera an ihrer Halskette ein. Kurz darauf erreichte sie Veronica und Jimmy.

»Ist alles in Ordnung?«

Ihr Zielobjekt starrte sie an.

»Was wollen Sie?«

Zhen mochte diese Frau nicht. Sie hatte sie von Anfang an nicht gemocht und erst recht nicht, nachdem sie ihre Wohnung gesehen hatte. Dass Veronica derart unfreundlich war, passte zu ihr.

Doch Zhen blieb professionell und konzentrierte sich auf ihre Mission.

»Oh nichts, ich wollte nur helfen.«

Ganz beiläufig berührte sie dabei Veronica an ihrem Oberarm und studierte ihre Reaktion. Mrs. Clark zuckte zurück und kurz darauf verklärten sich ihre Augen für einen Moment. Zhen hatte genug gesehen. Sie lächelte sowohl Veronica als auch Jimmy freundlich zu und lief weiter die Einkaufsstraße herunter, ohne sich noch einmal umzusehen. In einer Seitengasse atmete sie tief durch und schaltete die Kamera wieder aus. Es war alles gut gegangen. Ein weiterer Erfolg ohne menschliche Verluste. Sie nahm sich ein Taxi zurück zu ihrem Hotel, fügte das Videomaterial der Akte hinzu und setzte ihren Status auf *Erledigt*.

- 11 -

Seine Eltern fuhren ihn zum Hampton Inn & Suites, etwas nördlich gelegen zwischen Briargate und Gleneagle. Zack musste zugeben, dass Timothy sich ziemlich ins Zeug gelegt hatte. Durch den herrlichen Blick auf die Rocky Mountains fühlte er sich sofort wieder heimisch, umgeben von viel grün, ganz im Gegensatz zu der Großstadt, in der er jetzt lebte.

Nachdem er eingecheckt hatte, machte er sich frisch und betrat das Hotelrestaurant. Aus einem extra abgetrennten Bereich konnte er schon von Weitem den üblichen Lärm einer Feier hören.

Vor ihm lag ein uriger Raum, der durch gemauerte Säulen in kleinere Bereiche unterteilt wurde. Dazwischen standen Tische, Stühle und in einer größeren Ecke befanden sich flache Sitzecken mit Couches und Sesseln. Die meisten Plätze waren belegt, doch das störte ihn nicht.

In einer Ecke spielte eine kleine Live-Band, die den mit Gemurmel und Unterhaltungen gefüllten Raum mit Jazz belebte. Vor den Fenstern standen lange Tische, auf denen in Chafing-Dishes das Essen gewärmt wurde, gefolgt von Salaten, Wurst- und Käseplatten und einem süßen Bereich mit dem Nachtisch. Eine Bedienung mit einem Tablett voller Sektgläsern kam an ihm vorbei, von denen er sich eines nahm. Er nippte daran und sah sich um. Unter den Gästen erkannte er kein einziges Gesicht. Sein Freund stand zentral vor dem Buffet und machte sich bereit, seine Geburtstagsfeier zu eröffnen. Zack gesellte sich zu einer kleineren Gruppe, nahm einen weiteren Schluck und lauschte der Eröffnungsrede von Timothy.

Timothy wippte mit dem Fuß zum Takt der Musik. Einen Sekt hatte er schon intus und der Alkohol half ihm, sich zu entspannen. Die Uhr zeigte ihm eine halbe Stunde nach der offiziellen Eröffnungszeit, die er auf den Einladungen vermerkt hatte. Er stieg zu den Musikern auf die Bühne und wartete, bis die Musik langsam verebbte. Timothy nahm das Mikrofon und begann eine kurze Ansprache.

»Herzlich willkommen zusammen.«

Er machte eine kurze Pause und sah in die Runde.

»Ich möchte euch allen für euer Erscheinen danken. Es macht mich sehr glücklich, euch alle hier heute Abend begrüßen zu dürfen. Dewy, lange nicht gesehen!«

Er winkte in den Saal und alle Augen folgten ihm. Dewy tippte mit zwei Fingern einen Gruß an die Stirn, als Timothy die nächsten namentlich begrüßte.

»Jerome, vielen Dank, dass du das alles hier möglich machst!«

Leichter Beifall brauste auf.

»Ich danke auch dir Zack, dass du den weiten Weg von L.A. auf dich genommen hast. Es tut gut, dich mal wieder zu sehen.«

Timothy hatte ihn auf Anhieb erkannt, allerdings noch keine Zeit gehabt, ihn persönlich zu begrüßen. Das wollte er sofort nach seiner Rede nachholen.

»Vergesst bitte nicht die netten Kellnerinnen. Die Sektgläser dienen nicht nur zur Zierde, sondern dürfen ruhig getrunken werden. Das gilt natürlich auch für das spätere reichhaltige Buffet. Ich möchte morgen keine Reste essen müssen.«

Er drehte sich leicht ins Profil und strich mit den Händen bedeutsam über seinen Bauch. Gelächter erschall.

»Ein ganz besonderer Dank gilt auch unserer Band heute Abend. Ich bin mir sicher, ihr werdet sie genauso lieben wie ich.«

Erneut gab es einen kurzen Applaus.

»Dann bleibt mir jetzt nichts anderes weiter übrig, als euch eine tolle Feier zu wünschen. Haut kräftig rein, esst euch satt und hoch die Tassen! Doch tut mir bitte einen Gefallen: Wer mit dem Auto gekommen ist, kann hier im Hampton übernachten, ich möchte keine bösen Überraschungen morgen hören!«

Er überreichte das Mikrofon zurück an die Band, die wieder ihre Arbeit aufnahm. Der offizielle Teil war geschafft.

»Tolle Rede.«

Zack gratulierte Timothy und grinste über das ganze Gesicht.

»Schön, dass du da bist. Wie ich sehe, hast du dir bereits selbst geholfen.«

Timothy nickte zu dem Glas in seiner Hand.
»Wie du es verlangt hast.«
Ohne den Sekt zu verschütten, umarmten sich die beiden Freunde.
»Wir haben uns lange nicht mehr gesehen.«
Zack nickte.
»Das ist wohl wahr. Umso schöner, dass es endlich mal wieder geklappt hat. Ich muss dir einiges erzählen, doch ich denke mal, im Moment hast du jede Menge mit deinen Gästen zu tun.«
Er hatte kaum seinen Satz beendet, da wollten auch schon die nächsten Gäste Timothys Hand schütteln.
»Tut mir leid Zack, aber wir werden uns nachher noch länger unterhalten können.«
»Kein Problem, Timmy. Ich hoffe doch, dass wir auch morgen noch Zeit haben werden.«
»Aber sicher doch Zack. Für dich immer.«
Timothy wandte sich ab, Zack trank sein Glas in einem Zug leer und lief langsam durch die Gruppen. Mal stellte er sich zu der einen, dann wieder zu der anderen. Manchmal hörte er nur zu, bei einigen kam er schnell ins Gespräch und andere verließ er wieder, kurz nachdem er sich ihnen vorgestellt hatte. Im Allgemeinen beschränkte sich alles auf recht oberflächlichen Smalltalk. Viele waren Bekannte von Timothy und es schien, als hätten sie keine gemeinsamen Freunde mehr.
Er erreichte zwei junge Frauen und einen Mann, die sich gerade ein neues Glas Sekt von einem Tablett nahmen. Die Kellnerin nahm Zack das leere Glas aus der Hand und reichte ihm ein volles.
»Zack Logan, alter Schulfreund von Timmy.«
»Ich bin Frank und das ist meine Freundin Hanna.«
Sie schüttelten ihre Hände und lächelten einander freundlich an, bis Hanna fortfuhr.
»Jasmin und ich sind Arbeitskolleginnen von Timothy.«
»Hallo Zack, Jasmin Prescott.«
Sie deutete einen kleinen Knicks an.
»Das ist ja fast wie zu Hofe, habe ich hier eine hübsche junge

Prinzessin vor mir?«

Jasmins Lachen musste ihm als Antwort reichen. Seine Augen musterten sie in ihrem langen, blauen Samtkleid und er stellte fest: Sie war eindeutig eine attraktive junge Frau.

»Das ist ein tolles Kleid.«

»Warum setzen wir uns nicht gemeinsam an einen Tisch.«, schlug Hanna vor.

»Gern.«

Zack war der Einladung dankbar. Er würde den Abend in angenehmer Begleitung verbringen.

»Ihr seid also Kolleginnen von Timmy?«

»Ja, wir verstehen uns prächtig mit Timothy.«

Zack hatte sich schon gefragt, woher Timothy solche gut aussehenden Frauen kannte. Bisher hatte er ihn immer als schüchternen, zögerlichen Jungen in Erinnerung. Bevor er darauf eingehen konnte, erklang ein helles Klingeln im Raum. Timothy stand erneut vorn, bewaffnet mit einem Glas und einem Löffel, den er gegen das Glas schlug.

»Freunde, es freut mich zu sehen, dass es euch gefällt und ihr euch kräftig selbst mit den Getränken versorgt. Doch ich weiß, dass ihr nicht nur zum Trinken hergekommen seid.«

Ein leises Lachen glitt durch die Menge und Timothys strahlendes Lachen wurde noch breiter.

»Von daher ist das Buffet jetzt eröffnet. Lasst es euch schmecken!«

Er machte eine ausladende Handbewegung in Richtung des Essens und augenblicklich erfüllte das Scharren und Kratzen von Stuhlbeinen auf dem Boden den Raum. Die Hungrigen erhoben sich und schnell bildete sich eine lange Schlange vor dem Buffet.

Hanna, Jasmin, Frank und Zack blieben sitzen und warteten.

»Was machst du beruflich, Zack?«, fragte Frank.

»Ich bin im Musikbusiness.«

Das war nicht gelogen, wenn es auch nicht die ganze Wahrheit war.

»Du bist Musiker?«

Die drei anderen starrten ihn an.

»Naja, ich komme aus L.A., da sind wir alle irgendwie im Musikbusiness.«

Zack zuckte mit den Schultern.

»Ach was, ich bin in einem Plattenladen. Ich weiß, es klingt altmodisch, aber bei uns findet ihr immer die aktuellsten Scheiben.«

»Ich habe nicht geglaubt, dass es überhaupt noch solche Läden gibt.«

»Viele gibt es nicht mehr. Doch wir haben nicht nur CDs. Viele unserer Kunden kommen vor allem wegen unserer LPs. Vinyl ist immer noch in und so wie ich das sehe, wird es nicht so schnell von der Bildfläche verschwinden.«

Er nippte an seinem Glas.

»Zumindest nicht in den nächsten Jahren. Wie es dann weitergeht, sehen wir, wenn es soweit ist.«

Jasmin schien leicht beeindruckt von seiner Einstellung im Hier und Jetzt zu leben und sich nicht um Morgen zu sorgen.

»Lasst uns schnell gehen, bevor die ersten Nachschlag holen.«

Zack erhob sich und steuerte auf das Buffet zu. Er nahm sich einen Teller und lud reichlich auf. Zurück am Tisch warf er einen interessierten Blick auf Jasmins Teller.

»Isst du nur Gemüse oder hast du dein Fleisch vergessen?«

Jasmin schob mit ihrer Gabel die Bohnen zur Seite und brachte ein kleines Stück Filet zum Vorschein.

»Siehst du, ist alles da.«

Zack lachte.

»Das hätte ich dort gar nicht vermutet bei dieser übersichtlichen Anordnung. Warum versteckst du es denn? Hast du Angst, jemand könnte es sehen?«

Sie knuffte ihn in die Seite und er zwinkerte ihr zu.

»Keine Angst Jasmin, ich werde dich nicht verraten.«

Sie sah ihn mit großen Augen an. Er ignorierte die kurze Pause und gab ihr keine Gelegenheit zu kontern.

»Ich wünschte, ich könnte das. Ich esse das, was mir schmeckt, doch ich sollte meine Ernährung auch etwas umstellen. Ich glaube, es sind mehr schlechte Angewohnheiten in mir, als ich dachte.«

Jasmin äugte auf seinen Teller und Zack quittierte sein Eingeständnis mit einem schuldbewussten Lächeln.
»Weißt du eigentlich, was du dort alles in dich hineinstopfst?«
Nun war es an ihm, sie mit großen Augen anzusehen.
»Allein das Fleisch hat mehr Energie als du für einen ganzen Tag brauchen wirst. Die frittierten Kartoffeln mögen zwar lecker sein, aber mit genug Fett schmeckt einfach alles nach Hähnchen.«
Wie ein Lehrer, hob sie drohend ihre Gabel.
»Deine fünf Bohnen sind ja sehr lobenswert, doch leider viel zu wenig.«
Sie sah ihm tief in die Augen und senkte ihre Stimme.
»Willst du dir das wirklich alles antun?«
Zack prustete vor Lachen und Jasmin schloss sich ihm an. Nachdem sie sich beruhigt hatten, starrte er auf seinen Teller. Sie balancierte ihr Gemüse auf der Gabel.
»Zählst du jetzt deine Kalorien?«, sagte Jasmin.
»Nein, ich weiß nur nicht so recht, wo ich anfangen soll.«
Sie überlegte einen Moment, bevor sie ihm antwortete.
»Sieh es doch mal so. Im Gegensatz zu dir, verbringe ich den ganzen Tag im Büro, wie auch Hanna und Timothy. Und wenn du ständig nur an einem Schreibtisch sitzt, musst du dir zwangsläufig Gedanken über deine Ernährung machen, oder du gehst auf wie ein Hefekloß.«
»Naja, ich gehe dafür mehrmals die Woche Joggen.«
Er stammelte und kam sich vor wie ein kleiner Schuljunge, der sich für einen Pfannkuchen zu viel rechtfertigte. Jasmin half ihm an dieser Stelle.
»Das ist toll. Ich gehe auch joggen. Bei mir in der Nähe gibt es einen Park. Dort gehe ich zwei bis dreimal die Woche abends laufen, im Sommer mehr als im Winter.«
»Weil es im Winter kalt und glatt ist?«
»Das auch, aber eher weil es im Winter früher dunkel wird und man weiß ja nie, wem man unterwegs begegnet und gerade als Frau...«
Sie ließ den Satz unvollendet, zuckte mit ihren Schultern und setzte ein entschuldigendes Lächeln auf.

»Dann sollten wir gemeinsam Laufen gehen. Ich pass dann abends im Park auf dich auf.«

Zack zwinkerte ihr zu, was sie mit einem süßen Lächeln und einem verschmitzten Augenaufschlag quittierte.

»Obwohl du das ja offensichtlich gar nicht nötig hast.«

Ihr Kompliment ging runter wie Öl und dass sie gerade seine Ernährung kritisiert hatte, war wieder vergessen.

Hanna und Frank hatten sich aus ihrem Gespräch ausgeklinkt, führten ihre eigene Unterhaltung und Zacks Welt schrumpfte auf sie beide zusammen. Alle anderen Gäste, die Party, die Musik, alles andere um sie herum wurde unwichtig und blendete sich aus. Zurück blieben nur noch sie beide im Scheinwerferlicht. In diesem Moment waren sie der Mittelpunkt der Welt.

Zack deutete auf ihre Hand.

»Du trägst keinen Ring.«

Es klang wie eine simple Bemerkung, eine Feststellung, doch es war eine Frage. Bevor Jasmin antworten konnte, bemühte sich Zack um eine Erklärung.

»Ich meine, immerhin bist du eine attraktive, junge und hübsche Frau. Da solltest du es doch nicht schwer haben, einen Mann zu finden.«

»Ich bin halt überqualifiziert.«

Jasmin lachte, bevor sie ernst wurde.

»Weißt du Zack, ich verbringe einen Großteil meiner Zeit mit Hanna und Timothy. Naja, Hanna ist vergeben und Timothy...«

Sie machte eine kurze Pause.

»...ist einfach nicht mein Geschmack.«

Zack wollte gerade den Mund aufmachen und fragen, wie sie das mit Hanna meinte, da legte sie ihre Hand auf seinen Arm und begann zu lachen.

»Mach dir nicht zu viele Gedanken. Ich habe im Moment so viel zu tun, dass nach den Überstunden und dem Sport kaum noch Zeit bleibt, etwas anderes zu unternehmen.«

»Und das Wochenende gehört der Familie und den Freunden.«, komplettierte Zack ihre Geschichte.

»Genauso ist es.«

Sein Tagesablauf sah komplett anders aus. Er arbeitete den ganzen Tag in einem Musikgeschäft und hatte dort alle Aufgaben, die man sich denken konnte. Es begann beim Kassieren, ging über das Auffüllen der Regale bis hin zur abendlichen Reinigung. Von seiner Kollegin Gina, mit der er sich blendend verstand, mit ihr aber nichts anfangen würde, zumindest nicht, solange sie gemeinsam arbeiteten, erzählte er Jasmin nichts. Dafür unterhielten sie sich über Musik. Darin kannte Zack sich berufsbedingt richtig gut aus. Ein Thema ergab das andere und nach kurzer Zeit fühlte es sich an, als wenn sie sich schon jahrelang kannten. Sie waren so in ihr Gespräch vertieft, dass sie nicht einmal bemerkten, wie sich Timothy dazu gesellte und ihr Gespräch belustigt mithörte. Er brach in ein lautes, schallendes Gelächter aus, als sie ihn bemerkten.

»Na, ihr zwei Turteltäubchen scheint euch ja prächtig zu verstehen.«

Zack knuffte ihn in die Seite.

»Timmy, schön dass du Zeit hast.«

Timothy unterbrach Zack mit einer Handbewegung.

»Später Zack, später. Kommt mit, ich will euch jemanden vorstellen.«

Sie folgten ihm zu einer größeren Menschentraube. In der Mitte stand eine stämmige Frau mit aschblonden Locken, die bei jeder Kopfbewegung in alle Himmelsrichtungen wedelten.

»Das ist Melissa.«

Melissa hatte ein Glas Sekt zu viel getrunken, denn sie plapperte munter drauf los, erzählte diverse Geschichten und ließ sich auch nicht bremsen.

»Melissa ist Reporterin bei einem kleinen Klatschblatt hier im Ort.«

Timothy war extra darauf bedacht, möglichst leise zu sprechen und flüsterte. Allerdings ohne Erfolg. Obwohl sie mitten in ihrem Gespräch war, hatte sie ihn gehört.

»Dieses sogenannte Klatschblatt, lieber Timothy, ist die Gazette. Wir berichten überregional über Stars, Stories und Sensationen. Da du heute Geburtstag hast, möchte ich dir das noch einmal durchgehen lassen.«

Mit einem Lächeln rügte sie Timothy für seine herablassenden Worte.

»Melissa Lockwood.«, stellte sie sich Zack und Jasmin vor.

Natürlich wollte Zack wissen, über welche Stars und Stories sie denn schon berichtet hatte und tatsächlich erwähnte sie Namen, die ihm bekannt vorkamen. Ein Großteil mussten wohl eher Lokalstars sein, denn von ihnen hatte er noch nie ein Wort gehört. Melissa erzählte ihnen nicht nur von Stars und Sternchen, sondern auch über lokale Sensationsenthüllungen, von denen die meisten so unglaubwürdig waren, dass sie fast wieder wahr sein konnten. Zack beschloss sie etwas aufziehen.

»Das ist ja unfassbar, was du uns da erzählst. Und das basiert alles auf tiefgründigen Recherchen?«

Melissa nickte.

»Dann erzählst du uns als nächstes noch von Aliens und Gedankenlesern?«

Er konnte sich ein Lachen kaum verkneifen. Melissa sah ihm daraufhin mit festem Blick direkt in die Augen.

»Nun ja, mit Aliens kann ich nicht dienen, aber was das Gedankenlesen angeht...«

Sie senkte ihre Stimme in einen verschwörerischen Ton, und fuhr fort.

»Du wirst lachen, aber an so einer Story bin ich gerade dran. Die wird der Knaller, du wirst sehen. Ich habe es selbst nie für möglich gehalten, doch es gibt Leute, die können Gedanken lesen. Sogar noch mehr.«

Melissa ließ ihren Blick über die Runde schweifen.

»Sie gehören zu einer geheimen Bundesbehörde. Die sind so geheim, dass keiner etwas über sie weiß. Aber sie können nicht nur Gedanken lesen, nein, sie können dir auch Gedanken wieder entfernen. Ihr glaubt gar nicht, wie viele es von denen gibt. Was früher noch unter Zensur zu leiden hatte, wird nun einfach aus den Gedanken der Menschen entfernt, bevor es veröffentlicht werden kann!«

Theatralisch warf sie die Arme in die Luft.

»Ich habe noch nicht viel in Erfahrung bringen können, doch habe ich schon einmal mit meinen eigenen Augen gesehen, wie sie arbeiten. Ein Informant hat mich auf sie aufmerksam gemacht. Es geschieht am helllichten Tag! Jederzeit!«

Mittlerweile hatte sie die Aufmerksamkeit, die sie wollte. Alle hingen gebannt an ihren Lippen. Sie senkte ihre Stimme weiter und wurde so leise, dass sie kaum zu verstehen war.

»Sie sehen genauso aus, wie du und ich. Auf der Straße würdest du sie nicht erkennen. In einem Augenblick stehen sie dir noch freundlich gegenüber. Und dann peng!«

Melissa schlug mit einer Hand auf die andere, dass es laut knallte. Viele schraken durch den plötzlichen Lärm auf. Bevor sie reagieren konnten, sprach Melissa weiter.

»Peng... Hast du es vergessen!«

»Ach komm, das ist doch alles gar nicht möglich. Solche Stories werden doch nur wegen der Publicity und den Absatzzahlen veröffentlicht!«

Ein Mann in schwarzen Jeans und einem gelben Poloshirt reagierte als erster. Viele schlossen sich seiner Meinung an. Melissa antwortete darauf nicht. Zack bohrt weiter.

»Was vergisst man denn so?«

Melissas ungläubiger Blick löste sich von dem Mann im gelben Poloshirt und huschte zurück zu Zack. Glücklich einen Zuhörer gefunden zu haben, hellte sich ihre Miene auf.

»Ach, das könnte alles sein. Ein Gedanke, den du im Kopf hast, ein intensives Erlebnis oder dass du vergessen hast, den Herd auszuschalten, als du heute Morgen außer Haus gegangen bist. Frag mich nicht wie, aber irgendwie haben sie eine Möglichkeit gefunden, die aktivierten Synapsen im Gehirn zu trennen. So ähnlich wie Alkohol die Zellen im Gehirn zerstört. Nur, dass sie genau kontrollieren, was du vergisst.«

Wieder antwortete der Mann im gelben Poloshirt als erster.

»Ich glaube eher, du hattest heute zu viel Alkohol, Schätzchen.«

Einige lachten.

»Das mag vielleicht sogar stimmen.«

Ein schüchternes Lächeln umspielte Melissas Lippen.

»Fühle dich nicht zu sicher. Die Regierung kann weitaus mehr, als sie uns glauben lässt und sie setzt bedeutend mehr Mittel ein, als die Bevölkerung überhaupt wissen darf. Natürlich nur zum Schutze des Landes. Oder was glaubst du, woher die ganzen Gerüchte und Verschwörungstheorien immer wieder kommen?«

Daraufhin sagte der Mann nichts und zuckte mit seinen Schultern. Zack war sich sicher, dass selbst Melissa morgen über diese Geschichte lachen würde, gab aber noch nicht auf.

»Ich weiß, dass die Synapsen die Verbindungen im Gehirn sind, sie bilden unser Wissen und unsere Erinnerungen. Aber wie funktioniert eine *Synapsentrennung*? Du sagtest, du hättest mit deinen eigenen Augen gesehen, wie sie arbeiten.«

Die Dankbarkeit in ihren Augen war nicht zu übersehen.

»Oh ja, das habe ich. Sie nennen es Säuberung. Fast so, als würde man eine dreckige Stelle im Haus putzen.«

Melissa dachte kurz nach.

»Im Grunde ist nicht wichtig, wie sie es schaffen, aber sie müssen dich mit irgendetwas berühren. Ich bin mir nicht sicher. Entweder ist es eine Art Chemikalie, mit der man in Verbindung kommt, oder man bekommt irgendetwas gespritzt, ein besonderes Medikament oder vielleicht sogar sowas wie Naniten eingepflanzt, von denen man manchmal im Fernsehen hört. Mikroskopisch kleine Roboter, kleiner als die Zellen deines Körpers. Wenn sie einmal im Körper freigesetzt sind, arbeiten sie ihren programmierten Code ab und räumen in deinem Gehirn auf.«

Ihre Geschichte wurde immer abenteuerlicher und leider auch immer unglaubwürdiger.

»Und wie arbeiten sie jetzt?«

»Wer? Die Naniten?«

»Nein, die...die Säuberer, Agenten oder Gedankenpolizisten... wie immer du sie nennst.«

Zack wusste nicht, wie er sie bezeichnen sollte.

»Oh das. Ich habe es bisher nur einmal gesehen. Nachdem mein Informant mich verlassen hatte, beobachtete ich aus meinem Bürofenster, wie er auf der gegenüberliegenden Straßenseite zur Bushaltestelle ging und dort auf den nächsten Bus wartete. Da

kam ein Mann in einem Anzug und mit einer Aktentasche dazu und stellte sich neben ihn. Sie müssen sich einander vorgestellt haben, denn sie schüttelten die Hände. Es muss ihm unangenehm gewesen sein, denn er zog seine Hand schnell zurück. Der andere klopfte ihm daraufhin auf den Rücken und ging weiter.«
Sie trank einen Schluck.
»Erst später fiel mir ein, was mich an dieser Geschichte so irritierte. Willst du es wissen?«
Zack und Jasmin nickten.
»Er ging, noch bevor der Bus kam! Das heißt, er wollte gar nicht mit dem Bus fahren, sondern war nur da, um ihn zu säubern!«
Sie machte eine kurze Pause. Alle hörten ihr wieder zu. Auch der Mann im gelben Poloshirt.
»Und jetzt kommt's! Ich hatte mich für den nächsten Tag mit ihm verabredet, doch er kam nicht. Also rief ich ihn an und er konnte sich an nichts erinnern. Weder daran, dass er bei mir war, noch darüber, was er mir erzählt hatte, noch über unseren Termin. Er drohte mir sogar die Informationen zu kündigen, wenn ich weiterhin solchen Quatsch über ihn erzählen würde!«
»Der hat dich doch verarscht!«
Wieder der Mann, der schon vorher seinen Argwohn geäußert hatte.
»Nein, das hat er nicht. Da bin ich mir hundertprozentig sicher. Ich muss nur mehr recherchieren und vor allem Beweise finden, bevor ich diese Story veröffentlichen kann. Ich sag dir, die wird das ganze Land aufwecken und die Regierung wird sich wegen jahrelangem Eindringen in die Privatsphäre verantworten müssen.«
Die Leute hatten genug gehört. Innerhalb von Minuten löste sich die Gruppe auf und Melissa blieb allein zurück. Auch Jasmin und Zack waren an ihren Tisch zurückgekehrt. Später sah sich Zack noch einmal nach ihr um, konnte sie aber nirgends entdecken.
»Und, glaubt ihr, was sie sagt?«
Timothy zuckte mit den Schultern.
»Melissa erzählt viel, wenn der Tag lang ist. Ich jedenfalls brauche jetzt erst einmal einen Drink.«

Er winkte einem Kellner und bestellte zwei Elijah Craig Bourbon für Zack und sich, sowie einen Southern Comfort für Jasmin.

Aus einem Gläschen wurden zwei, später drei und es dauerte gar nicht lange, da hörte man von dem Tisch lautes Gelächter und Melissas Geschichte war vergessen.

- 12 -

Zack saß im Bett, den Rücken an das Kopfteil gelehnt. Der einfallende Schein des Mondes erhellte das dunkle Zimmer. Neben ihm lag Jasmin schlafend im Bett. Er nahm sich einige Minuten Zeit und beobachtete sie. Die dünne weiße Decke schmiegte sich an ihren von der Sonne gebräunten, wunderschönen Körper. Ihr Rücken war nur zur Hälfte bedeckt und ein Bein schaute angewinkelt darunter hervor. Sie hatte ihre Arme unter das Kopfkissen geschoben und atmete tief und ruhig in regelmäßigen Abständen.

Mit geschlossenen Augen schob sich ein breites Grinsen auf sein Gesicht. Er erinnerte sich, wie ihre weichen Lippen seinen Penis fest massiert und ihre Zunge seine Eichel zärtlich umspielt hatte. Beim Gedanken daran bekam er erneut eine Erektion. Er legte eine Hand auf ihre Schulter, strich ihr langsam den Rücken hinab und verharrte auf ihrem kleinen, festen Hintern. Sein Hodensack zog sich zusammen und für einen Moment wollte er ihre Bettdecke zur Seite schieben, seinen Kopf zwischen ihren Beinen vergraben, sie sanft mit seiner Zunge wecken und das Liebesspiel der Nacht fortsetzen. Er stellte sich vor, wie sie ihren Po soweit anhob, dass er von hinten in sie eindringen konnte, um sie erst ganz langsam und dann mit stetig schneller werdenden rhythmischen Stößen zu den gleichen lustvollen Lauten zu bringen, die ihn vorher schon so geil gemacht hatten. Sie sah so friedlich aus, sich sicher fühlend neben ihm liegend, dass er sie nicht wecken wollte.

Stattdessen begannen die Geister aus Melissas Geschichte ihr Unwesen zu treiben, und nagten an ihm. Sie wühlten in ihm, wie ein nachtaktiver Hamster, der in seinem Laufrad einen Marathon lief und keine Ruhe gab. Wie ein Ohrwurm, den man morgens im Radio hörte und der sich den ganzen Tag im Kopf festsetzte. Genau so ließen ihm ihre Worte keine Ruhe. Vom Alkohol vernebelt, ließ er seinen Gedanken freien Lauf, führte ihre Geschichte fort und spann sie weiter.

Eine geheime, staatliche Organisation, welche die Gedanken der Menschen lesen kann. Einfach unfassbar. Ist so etwas überhaupt möglich? Wie funktioniert das? Gibt es so eine Technik? Schlimmer noch, sie sind sogar in der Lage, einzelne Gedanken einfach auszulöschen und verschwinden zu lassen. Und die Menschen bekommen davon überhaupt nichts mit! Kann das wirklich sein?

Je länger er darüber nachdachte, desto mehr Fragen taten sich ihm auf. Fragen, auf die er keine Antworten hatte.

Wie können sie die Gedanken lesen? Stimmt das, oder hat es Melissa nur erfunden? Wenn es stimmt, was sie über ihren Informanten erzählte, dann mussten sie zumindest eine Möglichkeit haben, die Erinnerungen zu manipulieren.

Er erinnerte sich an Berichte über Gehirnwäsche. Sie dauerte meist Tage und nicht nur Sekunden. Oft wurde dadurch die gesamte Persönlichkeit des Opfers verändert, seine Einstellungen zu bestimmten Themen, die eigene Meinung oder sogar Interessen. Wie nur eine bestimmte Erinnerung entfernt oder zumindest so stark überdeckt werden konnte, dass sie in Vergessenheit geriet, das war ihm völlig unklar.

Angenommen es funktioniert tatsächlich und ist nicht nur eine wilde Erfindung einer sensationsgeilen Journalistin, dann hätte doch schon irgendein Wissenschaftler dafür einen Nobelpreis bekommen. War es dem Staat tatsächlich gelungen, so eine bedeutende Entdeckung geheim zu halten? Ist das überhaupt möglich? Für den Geheimdienst hat sie einen unschätzbaren Wert. Aber welchen Sinn hatte es, die Einwohner des eigenen Landes zu manipulieren? Welche Gefahr stellten sie dar? Welches Wissen konnten sie haben, das wichtig genug war, um es wieder aus den Köpfen verschwinden zu lassen?

Er wurde einfach nicht schlau aus der Sache. Wieder und wieder stellte er sich die Szene vor, die sie aus ihrem Fenster heraus beobachtet hatte. Stichpunktartig, wie Gedanken auf einem Notizblock, ging er ihre Geschichte noch einmal durch.

Ein Mann wartet an der Bushaltestelle auf den Bus. Er unterhält sich mit einem anderen. Oberflächlicher Smalltalk mit Unbekannten ist nichts Ungewöhnliches.

Wenn er an die ganzen Fahrstuhlgespräche dachte oder in der Warteschlange an der Kasse im Supermarkt. Dadurch hatte noch keiner etwas vergessen. Dann stutzte er.
Was hatte Melissa über den Mann gesagt, mit dem er sich unterhalten hatte? Er war gegangen, bevor der Bus kam!
Dafür kann es viele Gründe gegeben haben. Da muss noch mehr gewesen sein!
Denk nach Zack! Denk nach!
Er trank einen großen Schluck Wasser aus dem Glas von seinem Nachttisch, schloss die Augen, atmete tief ein und ging die Szene in seinem Kopf durch. Noch einmal von vorn. Wieder und wieder und wieder. Irgendein Detail hatte er vergessen. Etwas kleines, unauffälliges, das vielleicht der Schlüssel zu dem Ganzen war. Wie immer, wenn man sich an ein ganz bestimmtes Detail erinnern will, kommt man nicht drauf. Wenn man sucht, was man verlegt hat, findet man es nicht. Genau so ging es ihm auch jetzt.
Zack seufzte und versuchte seinen Kopf frei zu bekommen. Er stieg aus dem Bett und ging zum geöffneten Fenster. Die Luft war warm und der Mond ließ Jasmins Körper noch schöner erscheinen. Durch die Decke hindurch folgte sein Blick ihren Konturen, blieb an ihrem Busen hängen und wieder fühlte er ihre Nippel in seinem Mund. Wie hart sie waren, als er mit seinen Lippen daran gesaugt hatte. Wieder spürte er das bekannte Ziehen in seiner Lendengegend. Eine leichte Brise strich über seinen nackten Rücken und verursachte ihm eine Gänsehaut, wie die Berührung eines Geistes. Er drehte sich um und sah aus dem Fenster. Alles schlief in friedlicher Ruhe. In der Ferne zogen zwei Scheinwerfer eine helle Bahn in die Nacht. Zacks Finger tippelten auf dem Fensterbrett, verharrten dann einen Moment und tippelten erneut. Genau das war es!
Der Mann hatte ihm auf den Rücken geklopft und sie hatten ihre Hände geschüttelt! Was hatte Melissa am Anfang gesagt?
»Es ist nicht wichtig, wie sie es schaffen, wichtig ist nur, dass sie dich berühren.«
Und genau während dieser Berührung muss irgendetwas passieren! In diesem kurzen Moment muss etwas stattfinden, was das

Opfer vergessen lässt.
Zack nickte.
Aber was sollte das sein? Ein Medikament, Gift oder eine Chemikalie? Wie kann man diese unbemerkt aufbringen? Sie muss ja aus einem Behälter kommen und dieser Behälter erregt doch Aufsehen, oder? Der Agent kann sie nicht selbst anfassen, oder? Oder? Vielleicht ist es eine Art übersinnliche Berührung?
Das war genauso weit hergeholt wie die Geschichte mit den Minirobotern, die Melissa erwähnt hatte.
Selbst wenn, gilt für sie nicht auch das Gleiche? So etwas fällt doch auf, oder? Diese Naniten müssen irgendwie gespritzt werden, oder? Oder? ODER?
Es ergab alles keinen Sinn. Er stützte die Arme auf das Fensterbrett und starrte in die Dunkelheit. Hinter sich hörte er leises Rascheln und wandte sich um. Jasmin drehte sich auf die andere Seite. Eine ihrer Brüste war unter der Decke hervor gerutscht und glänzte im Mondlicht. Dieser Anblick war ganz und gar nicht gespenstisch, eher verführerisch. Wie vorhin, als seine Finger sie sanft massierten, während Jasmin auf ihm saß, ihre Schenkel an seine Hüfte gepresst und ihr Becken langsam vor und zurück wiegte. Sein Schwanz war so hart gewesen und er war kurz davor, jeden Moment zu kommen, doch sie zögerte seinen Orgasmus hinaus. Erst als sie hemmungslos auf ihm ritt, entlud er sich laut stöhnend in ihr. Er schmunzelte bei der Erinnerung und einmal mehr bewunderte Zack ihre Schönheit.
Wie aus dem Nichts manifestierte sich in seinem Kopf ein weiteres Detail aus Melissas Geschichte. Ihr Informant hatte seine Hand zurückgezogen, es war ihm unangenehm. Doch es konnte genauso gut etwas anderes bedeuten - *es tat weh*. Keine Schmerzen, eher ein Stich, als wenn man von einem Insekt gestochen wurde.
Zack spann den Gedanken weiter und kam über Bienen und Bienengift zu Moskitos und ihren übertragbaren Krankheiten.
Eine Injektion war also möglich! Nicht tief, doch es ist möglich!
Man konnte *irgendetwas* in den Körper des Opfers einbringen. Etwas, das sich dann selbst an die Arbeit machte und den Rest

erledigte. Etwas, wie kleine Roboter, die ihre Programmierung stur abarbeiten, wenn sie einmal freigesetzt wurden. Etwas, wie Naniten!

Wie funktionieren sie? Benötigen sie Strom oder haben sie eine Art Batterie? Wie werden sie angetrieben? Wie kann man sie programmieren? Kann man sie ausschalten? Kann man sie irgendwie fernsteuern?

Auf einmal drückte seine Blase und nachdem er sie entleert hatte, legte Zack sich wieder ins Bett, hing weiter seinen Gedanken nach und betrachtete Jasmin. Irgendwie kam ihm das alles bekannt vor. Irgendwo hatte er so etwas schon einmal gesehen.

Dieses unangenehme Zusammenzucken eines Stiches oder wenn man sich leicht erschreckt. Genau das war es doch! Die Menschen haben *sich erschrocken.*

Wo war das gewesen? Er war mit seinen Eltern unterwegs und hatte sie gefragt, ob sie es auch gesehen hatten. »Sie wollte nur nett sein«, hatte sein Vater gesagt.

Da war diese junge Frau, die ihr Kind gescholten hatte. Eine andere Frau berührte sie an Arm oder Schulter. Und die junge Mutter war zusammengezuckt. War das vor Schreck oder war er dort Zeuge einer Säuberung gewesen, wie Melissa es genannt hatte? War das alles nur ein dummer Zufall?

Zack dachte weiter nach und grub tief in seinem Hirn nach netten Gesten und erschrockenen Reaktionen.

Was war mit dem Schaffner während der Zugfahrt?

Er rekonstruierte die Szene in seinem Kopf. Ein Fahrgast fragte den Schaffner nach einer Station und ergriff anschließend seine Hand, woraufhin der Schaffner ebenfalls zusammenzuckte. Kurze Zeit später war der Passagier verschwunden. Er war sich sicher, er wusste jetzt, wonach er suchen musste und es dauerte nicht lange, da fand er weitere Erinnerungen.

Er sah noch einmal das hübsche Arschgeweih vor sich und wieder gab es eine Berührung. Wieder zuckte das Opfer zurück. Das war in L.A. Diese Organisation war nicht an einen bestimmten Ort gebunden, sondern bundesweit tätig. Das hieß, sie verfügten über reichlich Geldmittel, das wohl kleinste Problem einer geheimen Behörde des Staates. Zack grübelte weiter vor sich hin und merkte nicht, wie sich sein Blick verklärte und die Müdigkeit ihn überrannte. Bevor er einschlief, tauchte eine weitere Erinnerung vor seinem geistigen Auge auf.

Jemand wollte einem anderen Mann helfen und ihm die Koffer tragen. Während er ihm den Koffer abnahm, zuckte auch dieser Mann zusammen.

Warum wusste er jetzt plötzlich all diese Dinge? War dieses Wissen gefährlich? Er wusste nur, er musste der Sache nachgehen. Sein Forscherdrang ließ ihn nicht locker. Jetzt, da es sich einmal in ihm festgebissen hatte, würde es ihm keine Ruhe mehr lassen, immer weiter an ihm nagen, bis er endlich die Antworten gefunden hatte. Es war zu wichtig, um nicht beachtet zu werden. Vielleicht konnte er für Melissa Informationen sammeln oder sogar einen Beweis finden. Er musste morgen mit Timothy darüber sprechen. Dann verließ ihn sein Bewusstsein und er fiel in einen tiefen und festen Schlaf. Sein Gehirn rotierte und arbeitete und bald träumte Zack von Naniten als eine Art Armee von kleinen U-Booten, die in den Zellen des Körpers umher schwammen und ihre Torpedos auf graue, langarmige Gehirnzellen abfeuerten.

»Guten Morgen du Langschläfer.«

Jasmin weckte ihn mit einem süßen Lächeln im Gesicht.

»Du hast geschlafen wie ein Baby, du musst einen sehr gesunden Schlaf haben.«

Zack blinzelte und schlug seine müden Augen auf. Die Sonne stach ihm in die Augen und blendete ihn.

»Wie spät ist es?«

»Kurz nach zehn.«

»Oh Mist, schon so spät. Das Frühstücksbuffet hat jetzt mit großer Sicherheit schon geschlossen.«

»Keine Sorge Zack, ich wollte dich nicht wecken und bin vorhin kurz ins Restaurant gegangen und habe uns Frühstück mitgebracht.«

»Das ist ja eine wunderbare Idee. Frühstück im Bett.«

Er betrachtete Jasmin und grinste verschmitzt.

»Zuerst knabber ich an meinem Croissant und dann an dir.«
Sie lachte und zwinkerte ihm zu.
»Komm, jetzt iss erst einmal was.«
Er schnitt sich ein Brötchen auf und bestrich es mit Marmelade. Jasmin schenkte ihm einen Kaffee ein und fuhr fort.
»Ich muss gestehen, du bist richtig sexy in deinen Boxershorts. Aber keine Sorge, ich habe dich wieder zugedeckt.«
Er konnte ja nicht wissen, dass sie ihm langsam die Decke heruntergezogen hatte, um ihn zu wecken. Da er davon nicht wach wurde, genoss sie die Aussicht, bevor sie ihn wieder zudeckte, um anschließend das Frühstück zu organisieren. Sie überlegte einen Moment und fügte etwas leiser hinzu, »Vielleicht ist das mit dem Nachtisch keine schlechte Idee.«
Statt eine Antwort abzuwarten, setzte sie sich neben ihn ins Bett und knabberte an einem Croissant.
»Und, wovon hast du geträumt?«
Zack erzählte ihr von seinen Entdeckungen der letzten Nacht und dass die unglaublichen Geschichten, die Melissa gestern auf der Party erzählte, nicht nur reine Hirngespinste waren.
»Du hast also von einer anderen Frau geträumt?«
Sie schmollte absichtlich ein wenig und hatte damit Erfolg. Zumindest hatte sie zu diesem Thema eine andere Meinung.
»So etwas wie Gedankenlesen oder so etwas wie Erinnerungen zu entfernen, gibt es einfach nicht. Das ist absolut unmöglich!«
Zack schüttelte seinen Kopf.
»Ich weiß nicht, dafür gibt es zu viele Zufälle.«
Jasmin seufzte.
»Wenn du unbedingt Detektiv spielen musst, kann ich dich nicht davon abhalten. Schließlich ist jeder für sich selbst verantwortlich! Doch wenn du Beweise findest, Schatz, dann will ich sie auch sehen.«
»Hast du mich gerade *Schatz* genannt?«
Jasmin stutzte einen Moment, senkte den Kopf und biss in ihr Croissant. Zack musterte sie intensiv. Sie errötete und eine wohlige Wärme kribbelte in seinem Bauch. Es fühlte sich gut an.
»Klingt gut.«, sagte Zack. »Ich treffe mich später mit Timmy.«

Jasmin seufzte erneut.

»Magst du nicht lieber mit mir spielen als mit deinem Freund?«

Zack überlegte einen Moment.

»Das ist ein wirklich verlockendes Angebot, auf das ich gerne zurückkommen werde.«

Er beugte sich zu ihr rüber und biss leicht in ihr Ohrläppchen. Sie legte ihren Kopf leicht schief und er sah, wie sein Atem ihr eine Gänsehaut verschaffte.

»Wir hatten uns verabredet. Warum kommst du nicht einfach mit?«

»Das würde ich sehr gern, allein schon wegen dir.« Sie verharrte einen Moment. »Aber eure Art von Spiel gefällt mir nicht, da bin ich lieber außen vor.«

Zack schob die Teller zur Seite, schlang seine Arme um sie und küsste ihren Hals. Sie legte ihre Hand auf seinen Arm und zog ihn näher zu sich heran.

»Na, jetzt noch den Nachtisch?«

Da presste er seine Lippen auch schon auf die ihren.

- 13 -

Timothy und Zack trafen sich in dem gleichen kleinen, gemütlichen Café, in dem er am Tag zuvor mit seinen Eltern gegessen hatte.
»Das war wirklich eine gelungene Feier gestern, Timmy. Kann ich dir noch beim Aufräumen helfen?«
Timothy schüttelte den Kopf.
»Den Großteil der Arbeit hat das Hotelpersonal selbst gemacht. All inclusive.«
Timothy zwinkerte.
»Aber es freut mich, dass es dir gefallen hat. Das freut einen immer, weißt du.«
Sie bestellten sich einen Kaffee und es dauerte nicht lange, bis Timothy ihn fragte.
»Jetzt komm schon, Zack. Ich merke doch, dass du mit mir über irgendetwas reden willst. Und ich kenne dich gut genug, um zu wissen, dass du dich nicht besser fühlen wirst, ehe du mir alles erzählt hast.«
Das war der Moment auf den Zack gewartet hatte. Er kannte Timothy auch gut genug, um zu wissen, dass er ihn darauf ansprechen würde.
»Erinnerst du dich an Melissa?«
Timothy nickte.
»Du meinst die verrückte Journalistin mit ihren Märchen übers Gedankenlesen?«
»Genau. Mir ist diese Geschichte nicht mehr aus dem Kopf gegangen. Und zwar so sehr, dass ich die halbe Nacht nicht schlafen konnte.«
Timothy lachte und klopfte Zack auf die Schulter.
»Ich glaube, das lag eher an deiner Begleitung.«
»Nein im ernst, Timmy. Vielleicht ist alles nur ein dummer Zufall, aber ich glaube, ich habe es selbst schon einmal gesehen. Genau so, wie sie es uns geschildert hat.«

Timothy sagte nichts und so berichtete ihm Zack von seinen Erkenntnissen der letzten Nacht. Timothy hörte schweigend zu, bis er fertig war.

»Ich glaube, es steckt ein bestimmtes Muster dahinter. Selbst wenn Melissa nur eine Geschichte erzählt hat, sind das nun schon mehrere Vorfälle, die alle nach dem gleichen Muster ablaufen. Das kann doch kein Zufall sein!«

Timothy hob seine Hände, als wolle er ihn beschwichtigen.

»Du bildest dir da etwas ein. Wenn es so eine Organisation gibt, dann wäre sie auf jeden Fall schon in den Medien aufgetaucht. Die sind heutzutage so schnell, die schreiben ihre Stories bevor die Betroffenen selbst wissen, was sie demnächst tun werden.«

»Selbst wenn das alles so neu ist, dass niemand etwas darüber weiß?«

Timothy überlegte einen Moment, bevor er antwortete.

»Ok Zack. Das klingt mir zu abenteuerlustig. Wenn das so neu ist, wie du sagst, dann operieren sie nicht landesweit. Es muss sie also länger geben. Und wenn es sie länger gibt, dann sind sie äußerst gut organisiert und sollten auf gar keinen Fall unterschätzt werden. Warum suchst du nicht einfach mal im Internet. Da werden bestimmt alle deine Fragen auf einmal geklärt.«

Das war ja wieder einmal typisch Timothy. Kaum kam eine Situation auf, die auch nur im Entferntesten eine Unsicherheit aufzeigte, suchte er wieder Ausreden und Ausflüchte. Zack war der Neugierige von ihnen beiden und wollte alles ganz genau wissen. Timothy dagegen legte sehr viel Wert auf Sicherheit und Geborgenheit. Auf keinen Fall die eigene Wohlfühlzone verlassen. Nicht nur einmal hatte er dadurch Zack vor der einen oder anderen Katastrophe bewahrt.

»Vielleicht kennt sie ja auch nur deshalb niemand, weil sie jeden, der etwas weiß, sofort säubern?«

Zack dachte einen Moment nach.

»Timmy, ich habe mir folgendes überlegt: Vielleicht können wir Melissa einfach nur Brennstoff liefern. Muss ja gar nicht viel sein. Wir legen uns auf die Lauer und versuchen einige Säuberungen zu filmen. Dieses Material geben wir Melissa und lassen sie

es veröffentlichen. Was hältst du davon?«
»Zack, lass den Scheiß, das bringt doch gar nichts.«
Doch Zack ließ nicht locker.
»Komm schon, Timmy. Nur einen Tag. Einen einzigen, verdammten Tag! Wenn wir dann nichts finden, gebe ich mich geschlagen. Außerdem muss ich dann sowieso wieder zurück nach L.A.«
Sein Freund legte den Kopf schief und rieb sich sein Kinn.
»Hm... Na gut, einverstanden. Damit ist dieser Unfug schnell beendet und ein Tag an der frischen Luft tut mir auch mal wieder gut. Wenn es hilft dich zu beruhigen, schließe ich mich dir an.«
Er machte eine kleine Pause.
»Und wir können noch ein bisschen quatschen, bevor du wieder nach L.A. zurück fährst.«
»Das klingt doch nach einem Plan! Genau dafür habe ich die hier mitgebracht.«
Zack zeigte auf seine Videokamera und war voller Vorfreude auf ihr kommendes Abenteuer.

Davids nächster Auftrag war einfach. Wieder ein alter Knacker, der sich zu weit aus dem Fenster gelehnt hatte, ein Routineeinsatz, keine Herausforderung. Der alte Knilch war so selten zu Hause, dass sich David nicht einmal die Mühe machte, vorsichtig zu sein. Aus einem Papierkorb in der Wohnung fischte er ein benutztes Taschentuch und steckte die Probe in das Analysegerätes seines neuen Cleankits. Das Gerät benötigte diesmal länger. Er war es gewohnt, dass die Dinge mal schneller und mal langsamer von statten gingen.
Das Ergebnis erhielt er einen Tag später, und das war auch gut so. Ansonsten wäre er Zhen begegnet. Doch die kleine schlitzäugige Schlampe wollte er nicht sehen. Er hatte nie verkraftet, dass sie ihn abserviert und ihm einen Korb gegeben hatte.
»Du bist nicht mein Typ.«, hatte sie zu ihm gesagt.
Dabei wollte er sie nur ficken, ihre kleinen Titten und den süßen kleinen Knackarsch ordentlich zum Wackeln bringen. Wer sprach denn gleich von einer längerfristigen Beziehung oder gar vom

Heiraten? Er ließ nicht locker, bis sie ihn leise aber deutlich anfauchte.

»Verpiss dich!«

Sie hatte ihre kleinen Mandelaugen starr auf ihn gerichtet und durchbohrte mit ihrem Blick seinen Kopf, als sei er aus Eis.

Doch David war nicht David, wenn er sich von ihrem Zieren beeindrucken ließ. Im Gegenteil, es forderte ihn geradezu heraus.

»Ach komm schon, Choa, lass uns nur ein bisschen Spaß haben.«

»Ich sagte *nein* und ich heiße Chao!«

»Ja, wie auch immer.«

Er griff an ihren verlockenden Arsch. Wie fest und stramm das süße Teil war! Zumindest solange, bis sie sich wie eine Katze aus seinem Arm heraus drehte. Danach ging alles so schnell, dass er Mühe hatte, die Einzelheiten zusammen zu bekommen. Sie löste sich von ihm und griff nach seinem Arm, der immer noch dort verharrte, wo vorher ihr Hintern war. Sie drehte ihm den Rücken zu und ließ ihn, mit seinen 96 Kilogramm, durch den Schwung der Drehung, wie eine leichte Stoffpuppe über ihre Schulter fliegen. Er landete schmerzhaft mit dem Rücken auf dem harten Boden. Einige Umstehende riefen ein erstauntes »Oh« aus, andere grinsten oder lachten. Sie lachten ihn aus! Er würde diese Scham nie vergessen, die noch immer an seinem Ego kratzte.

Damit nicht genug. Die chinesische Schlampe verdrehte seinen Arm derart, dass er fürchtete seine Schulter auszukugeln. Sie stellte einen ihrer Füße, die in kleinen, zarten, schwarzen Stöckelschuhen steckten, auf seine Brust und bohrte ihren Absatz tief in sein Fleisch. Für einen Moment sah er den schwarzen Slip zwischen ihren Beinen unter ihrem Rock und wären die Schmerzen nicht so groß gewesen, hätte es gereicht, dass er einen Ständer bekam. Zhen verlagerte ihr Gewicht weiter auf seine Brust und verdrehte den Daumen seiner Hand, dass er ebenfalls drohte auszurenken.

»Ich habe *nein* gesagt.«

Sie sprach in einem Ton, als unterhielte sie sich bei einem Kaffee mit ihm über das Wetter.

Die Umstehenden klatschten Beifall und David bekam keinen Ton über seine Lippen. Erst als sie seine Hand und Arm freigab und langsam von ihm wegging, sog er gierig die Luft ein und rieb sich seine wunden Stellen.

»Du dämliche Schlampe...«

Er sprach leise und wütend, doch Zhen hatte ihn gehört. Sie drehte sich noch einmal zu ihm um und funkelte ihn mit zusammengebissenen Lippen an. Er wollte noch viel mehr sagen, doch in diesem Moment wusste er, dass er verloren hatte. David rappelte sich vom Boden auf und ging nach Hause. Seine Schulter schmerzte drei Tage lang und der Abdruck in seiner Brust benötigte noch länger, um wieder zu verheilen.

Es war gut, dass die Analyse einen Tag länger benötigt hatte. Sonst hätte er Zhen gesehen und mit ihr wären die Erinnerungen zurückgekehrt. Dafür sah er den alten Tattergreis etwa zwanzig Meter vor ihm in der gleichen Einkaufsstraße in Colorado Springs, die direkt auf den Bahnhof zuführte. Linkerhand gab es jede Menge Cafés und Restaurants. Zu seiner rechten Seite reihte sich ein Geschäft an das andere. Mit seinem geschulten Blick scannte er die Anwesenden, ohne sein Ziel aus den Augen zu verlieren. Der alte Knacker blieb stehen und besah sich das Schaufenster eines Buchladens. David aktivierte das Cleankit, seine Kamera und schloss zu ihm auf.

Zack deutete auf seine Videokamera, die griffbereit auf dem kleinen, runden Tisch lag.

»Sie ist auf Standby und sofort einsatzbereit. Wir fallen quasi gar nicht auf!«

Timothy nickte.

»Sag mal Timmy, wie ist Jasmin sonst so?«

Sein Freund lachte laut auf.

»Was möchtest du denn wissen?«

Zack zuckte mit den Schultern.

»Naja, was sie gern macht, zum Beispiel! Geht sie oft aus? Hat sie viele Verabredungen? Macht sie gerne Party oder zieht sie einen ruhigen Abend bei einem Glas Wein vor?«

Timothy sah seinen Freund an.

»Vielleicht solltest du sie das lieber selbst fragen?«

»Ja schon, aber...«

Diesmal schmunzelte Timothy und klopfte seinem Freund auf die Schulter.

»Zack, hast du dich verliebt?«

Erst schüttelte er heftig den Kopf und wollte alles abstreiten. Dann dachte er einen Moment nach und war sich nicht mehr sicher.

»Nun ja, ich mag sie schon. Sie ist eine tolle Frau und gestern Abend...«

»Keine Details bitte!«

Timothy unterbrach ihn.

»Denk bitte daran, ich sehe sie jeden Tag auf Arbeit.«

»Alles klar, Timmy. Bei ihr ist es anders als bei den anderen. Aber ob ich verliebt bin?«

Er verharrte einen Moment, bevor er weitersprach.

»Ich glaube, dafür ist es zu früh.«

»Wirst du etwa rot, Zack?«

Timothy lachte erneut.

»Ich... rot? Ach was, das ist die Sonne.«

Zack zupfte sich an seinem offenen Hemd.

»Es ist ganz schön warm heute!«

Sie bestellten sich einen weiteren Kaffee und aßen ein Stück Kuchen. Alles um sie herum schien völlig normal. Der Kellner räumte das leere Geschirr ab und sie hatten keinen Grund, länger die Plätze des Cafés zu blockieren.

»Komm, lass uns durch die Stadt laufen und die Leute beobachten.«

Die Menschen ignorierten einander, starrten auf ihre Smartphones und eilten aneinander vorbei, ohne ihr Umfeld zu registrieren. Ein Passant lief blindlings über die Straße, ohne die Augen von seinem Handy zu nehmen, was quietschende Reifen, eine wütende Hupe und mit großer Sicherheit wüste Beschimpfungen nach sich zog.

»Na, da jagt doch bestimmt jemand Pokémons.«

Die Freunde lachten.

»Mag sein, aber ist es nicht schade, wie abgestumpft alle sind? Noch vor ein paar Jahren hat man einander gegrüßt, früher sogar persönlich gekannt. Heutzutage ist jeder so sehr mit sich selbst beschäftigt, dass er nicht einmal seine Mitmenschen in der U-Bahn oder auf der Straße wahrnimmt.«

»Ja, in der Tat. Da ist es kein Wunder, dass es die Taschendiebe so leicht haben.«

»Du jetzt wieder.«

»Sag mal Timmy, sind wir selbst auch so?«

War er genauso? Nahm er auch nicht wahr, was um ihn herum passierte?

»Das ist mir noch gar nicht aufgefallen. Natürlich, wenn irgendwo jemand laut schreiend um Hilfe ruft oder eine Sirene heult und Blaulicht blinkt, dann herrscht auf einmal Neugier.«

»Ich glaube, da steckt eher Blutdurst und Sensationsgier dahinter! Die ganzen Gaffer holen nur ihre Handys raus und machen Videos für YouTube und Facebook. Es kommt keiner auf die Idee anzupacken und zu helfen!«

Bevor sie weiter darüber nachgrübeln konnten, nahm Zack etwas im Augenwinkel wahr. Er stieß Timothy in die Seite, der laut aufkeuchte.

»Aua, was ist denn?«

David erreichte den alten Mann.

»Entschuldigen Sie, könnten Sie mir sagen, wie spät es ist?«

»Es ist kurz nach halb vier.«

»Zeigen Sie mal.«

David griff nach seiner Uhr. Kurz bevor er sie erreichte, drückte er ihm das Cleankit auf den Handrücken und sah in seinen Augen, dass sein Auftrag beendet war.

Zack deutete auf einen älteren Mann, rechts von ihnen. Er unterhielt sich mit einem gut aussehenden jungen Mann in einem schwarzen Nadelstreifenanzug, nur wenige Meter von ihnen entfernt.

»Entschuldigen Sie, könnten Sie mir sagen, wie spät es ist?«, fragte der junge Mann.
»Das ist doch nichts.«, sagte Timothy.
»Abwarten, vielleicht doch.«
»Dann solltest du deine Kamera einschalten.«
Oh ja richtig, die Kamera.
»Es ist kurz nach halb vier.«
Der ältere Mann starrte auf seine Armbanduhr, ohne sein Gegenüber zu beachten.
Zack drückte auf den Startknopf.
»Vielen Dank.«
Die Kamera summte und Zack richtete sie auf die beiden Männer. Das Display erreichte sein Ziel und fokussierte den älteren Mann, der sich verwundert seine Hand rieb. Der junge Mann im schwarzen Nadelstreifenanzug war inzwischen weitergegangen und in der Menschenmenge verschwunden.
»Du hast ihn verpasst.«, fauchte Timmy.
Zack ignorierte ihn und ging zu dem älteren Mann.
»Sir, ist alles in Ordnung?«
Der Mann sah ihn irritiert an. Er schien desorientiert, als ob er nicht wusste, wo er sich befand oder wer er war.
»Wer sind Sie?«, fragte er, statt eine Antwort zu geben.
»Ich heiße Zack. Kann ich Ihnen helfen? Geht es Ihnen gut?«
Der Mann winkte ab.
»Schon gut, junger Mann, mir geht es gut. Danke der Nachfrage.«
Ohne ein weiteres Wort drehte er sich um und ging seines Weges.
»Na das war ja wohl nix.«, sagte Timothy.
»Nein, ich glaube nicht, dass ich überhaupt etwas Brauchbares aufgenommen habe. Aber glaubst du mir jetzt?«
Timothy überlegte einen Moment, bevor er antwortete.
»Naja, das was ich gesehen habe, hat eine gewisse Ähnlichkeit mit dem, was Melissa und du erzählt haben. Aber auf den zweiten Blick waren das nichts weiter als zwei Menschen, die freundlich miteinander umgingen. Das sieht man heutzutage viel zu

wenig. Vielleicht kommt es dir deshalb komisch vor.«

Zack legte seinen Kopf schief. Das war genau die typische Timothy-Reaktion, die er erwartet hatte. Erst einmal alles abwägen und dann bei den Fakten bleiben. Zack fuhr fort.

»Timmy, ob du es glaubst oder nicht, aber ich habe genau das Gleiche gedacht, als ich es das erste Mal beobachtet habe. Die immer wiederkehrenden Muster und Melissas Geschichte ließen mich weiter denken. Sonst würde ich jetzt langsam meine Tasche packen und mich auf den Heimweg vorbereiten.«

Timothy seufzte.

»Na gut. Lass uns weiter suchen und das nächste Mal...«, er tippte seinem Freund auf die Brust, »reagierst du etwas schneller und schaltest deine Kamera ein. Für was hast du sie denn sonst dabei?«

Zack nickte. Es war dumm von ihm, so lange zu zögern. Wie hatte er es nur vergessen können?

Ohne die Antwort abzuwarten, wandte David sich von den Mann ab und lief weiter. In seinen Augenwinkeln sah er ein Gesicht, das ihm bekannt vorkam. Er lief weiter und überlegte. Erst später erinnerte er sich an den Spinner aus dem Zug, der vom Schaffner Eugene immer und immer wieder die Fahrkarte seines Gegenübers kontrollieren ließ.

Die Welt ist klein, dachte er und rief sich weitere Einzelheiten in Erinnerung. Der Spinner war mit einem Dicken zusammen gewesen. Er hielt etwas in seiner Hand, etwas silbernes, kleines, rechteckiges. David konnte es nicht genau erkennen und tippte auf einen Fotoapparat. Das passte zu den beiden Touristen.

Der Upload des Auftragprotokolls, das Zurückschicken des benutzten Cleankits und die Fertigstellung des Auftrages waren reine Formsache. Ein weiterer stinklangweiliger Routineeinsatz war erledigt. Wieder keine Herausforderung.

Zack sah Timothy an.

»Lass uns zum Bahnhof gehen. Dort ist immer etwas los.«

Am Bahnhof wimmelte es von Menschen. Hier war es leicht

möglich, unbemerkt Leute zu beobachten. Für den Fall, dass die Security sie ansprach, waren sie zwei Touristen, die ihren Urlaub im Internet bloggten. Sie rechneten nicht mit Problemen.

Der Bahnhof selbst bestand aus zwei Ebenen. Im Erdgeschoss, in dem sich die Gleise und Bahnsteige befanden, liefen die meisten Menschen herum. Dort gab es eine Bank, den obligatorischen Zeitungsladen und den Blumenladen. Drei Geschäfte, die in wirklich jedem Bahnhof zu finden sind. Darüber befand sich eine Terrasse mit kleineren Geschäften, einem Café und einem Kiosk für den kleinen Hunger.

Ein Geländer begrenzte die Terrasse. Die beiden Freunde stützten sich drauf, die Videokamera lässig auf dem Geländer im Standby Modus aufgelegt, um die Batterien zu schonen. Zack hatte sie auf die Leute in der unteren Ebene ausgerichtet und Timothy beobachtete die wabernde Masse unter ihnen. Sie lenkten ihre Aufmerksamkeit auf die Bahnsteige, die man von hier oben ausgezeichnet beobachten konnte. Zack erinnerte sich an seine Ankunft.

»Ich bin eben aus dem Zug ausgestiegen, da wurde jemandem angeboten, das Gepäck zu tragen. Der Dank war ein kräftiger Händedruck, eine Säuberung und der arme Kerl musste seine Koffer trotzdem alleine schleppen.«

Timothy sah auf, sagte jedoch nichts.

»Vielleicht können wir jetzt etwas Ähnliches beobachten.«

»Ja, vielleicht. Doch wir müssen schnell sein.«

»Das ist richtig, die Schwierigkeit besteht darin, die richtige Situation zu erkennen.«

Sie hatten schon mehrfach die Kamera laufen lassen, bisher ohne Erfolg.

Da stieß ihn Timothy an und zeigte auf einen jungen Mann, der sich im Zeitungsladen eine Zeitschrift kaufte.

»Der Kerl im blauen Pullover gehört definitiv nicht zu ihm.«

Der Kerl im blauen Pullover lief zielstrebig auf den Mann mit der Zeitschrift zu. Ohne nachzudenken drückte Zack auf den Startknopf und richtete gleichzeitig die Kamera aus. Mit der Zeit hatte er Übung in dem Ablauf und die Handgriffe liefen automatisch ab. Wichtig war nur, die Szene festzuhalten. Um alles andere konnten sie sich später kümmern.

»Es ist zu laut, um sie zu verstehen.«, flüsterte Timothy.

»Ja, aber dafür können wir besser sehen.«

Zack deutete mit seinen Augen auf die Kamera und ließ dabei das Display kaum aus den Augen.

Der Mann im blauen Pullover bot dem anderen Mann eine Zeitschrift an. Er blätterte sie eine Weile durch und legte seine vorherige Zeitschrift weg. Er schien glücklich, dankte dem Mann im blauen Pullover und reichte ihm die Hand. In dem Moment als sich ihre Hände berührten, zuckte sein Arm zurück, als habe er einen Stromschlag bekommen. Noch bevor er reagieren konnte, verließ der Mann im blauen Pullover den Laden und gliederte sich nahtlos in die Menschenmenge ein, um darin zu verschwinden.

Zack und Timothy folgten ihm mit den Augen. Es waren zu viele Menschen um ihn herum. Bereits nach wenigen Metern hatten sie ihn verloren und konnten ihn nicht mehr ausmachen. Er war sprichwörtlich mit der Masse geschwommen und darin untergetaucht.

Der Mann mit seiner neuen Zeitschrift stand benommen an der Kasse und reagierte erst, als die Kassiererin ihn ansprach. Hastig und peinlich berührt, bezahlte er seine Zeitschrift und trat aus dem Laden. Ein paar Schritte weiter blieb er stehen und blätterte in seiner neuen Errungenschaft. Sie schien ihn nicht im Geringsten zu interessieren. Er schüttelte ungläubig den Kopf und warf sie in den nächsten Mülleimer.

»Ich habe alles drauf.«

Zack klang selbstgefällig, sicher und erfreut.

»Ich muss zugeben, es herrscht eine gewisse Ähnlichkeit in den Abläufen und ich finde es sehr merkwürdig. Welcher normale Mensch freut sich über eine Zeitschrift und wirft sie kurz darauf weg? Das ergibt keinen Sinn!«

»Für die meisten Menschen nicht. Für uns jedoch schon.«

Timothy nickte nachdenklich.

»Das war der erste, Timmy. Jetzt müssen wir noch mehr finden.«

»Ich würde gerne wissen, wohin der Kerl im blauen Pullover verschwunden ist.«

Zack hatte laut gedacht und erschrak, als Timothy auf seinen Gedanken antwortete.

»Willst du das wirklich wissen?«

»Natürlich. Dort wo er ist, gibt es noch mehr von seiner Sorte und wir finden jede Menge Material zum Aufnehmen.«

Timothy legte die Stirn in Falten und zog seine Augenbrauen zusammen.

»Das hört sich nach Ärger an. Ich halte das für keine gute Idee. Wahrscheinlich fallen wir nur auf, wenn wir nicht sogar Schwierigkeiten kriegen. Ich kenn dich doch.«

Doch Zack wäre nicht Zack, wenn er darauf eingehen würde. Bevor Timothy weiterreden konnte, hatte er seinen Beschluss gefasst.

»Dem Nächsten, der jemanden zucken lässt, laufe ich hinterher. Ich will wissen, wohin er geht und ob von dort noch mehr Agenten ausströmen.«

Zack wusste nicht so recht, wie er sie nennen sollte. Der Begriff Gedankenpolizei von Melissa schien seine Richtigkeit zu haben, doch waren es keine Polizisten. Er entschied sich, sie Agenten zu nennen.

»Du willst doch wohl nicht etwa im Ernst einem Bundesagenten folgen?«

»Ich nenne sie nur so, sie sind doch gar keine echten.«

»Mag ja sein, aber die sind geschult. Die bemerken mit Sicherheit, wenn sie verfolgt werden. Und dann sind wir geliefert!«

Zack sah seinen Freund an und fasste ihn an den Schultern. Die Videokamera baumelte an seinem Handgelenk.

»Timmy, ich glaube nicht, dass wir uns in Gefahr begeben. Ich will mich bei denen nicht unbeliebt machen. Alles was ich will, sind weitere Säuberungen auf Video, um Melissa handfeste Beweise zu liefern.«

Timothy nickte.

»Hm... na gut. Ich bin immer noch dabei.«

Es entstand eine kurze Pause und Zack konnte das *aber* förmlich in der Luft zwischen ihnen spüren. Und dann kam es.

»*Aber* nur deshalb, um dich vor noch schlimmeren Entscheidungen zu bewahren. Du rennst manchmal blindlings ins Verderben und siehst den Wald vor lauter Bäumen nicht.«

Zack wusste, worauf er hinaus wollte. Timothy ließ es sich nicht nehmen, ihn noch einmal daran zu erinnern.

»Wie damals, als du unbedingt bei Scheißwetter in Aspen Ski fahren wolltest.«

Zack kannte die Geschichte zu gut, musste er sie sich doch öfters vorhalten lassen.

»Ja ich weiß, Timmy. Das warme Wetter löste eine gewaltige Schneelawine aus und mehrere Menschen starben.«

Timothy nickte und antwortete leise.

»Und wer weiß, was die Agenten mit uns machen, wenn sie herausfinden, dass wir sie filmen.«

- 14 -

Ray kam am Donnerstag bestens gelaunt auf Arbeit. Kacey würde morgen Abend von ihrer Konferenz zurückkommen und er hatte die letzten drei Tage abends im Keller ihres Hauses verbracht, um ein Modell der Golden Gate Bridge aus Streichhölzern nachzubauen. Dieses Projekt hatte er vor Jahren begonnen, zwischendurch aufgehört und ab und zu stückchenweise fortgesetzt. Selten nahm er sich dafür so viel Zeit wie in dieser Woche. Die Brücke war noch nicht einmal zur Hälfte fertig, doch das Modell war jetzt schon sehr detailliert erkennbar. Jedes einzelne gespannte Stahlseil bestand aus mehreren Streichhölzern und für die dicken, runden Holme nutzte er Strohhalme, um die Hölzchen zusammen zu kleben. Es war eine sehr filigrane Arbeit, die Ruhe und Fingerspitzengefühl erforderte. Ray war im Moment vollkommen entspannt.

Er fuhr seinen PC hoch und holte sich ein Glas Wasser aus der Küche, in dem er seine tägliche Dosis Vitamintabletten auflöste. Im Dateneingang fand er den Abschlussbericht von Agentin 122, den er sorgfältig prüfte und legte einen Folgeauftrag für die Überwachung von Mrs. Clark an. Nächste Woche könnte er auch diese Akte schließen. Sie machten in letzter Zeit gute Fortschritte und arbeiteten ihre Aufgaben zügig ab. Vielleicht sollte er diesen positiven Aspekt bei Megan erwähnen. Ein Lob las sich gut in seiner Personalakte.

Etwa zu der gleichen Zeit, als David seinen Auftrag erledigte, blinkte sein Messenger. Es war Megan. Die Nachricht war kurz und enthielt nur eine einzelne Zeile, eine Aufforderung.

Komm in mein Büro!

Es war keine Frage und keine Bitte, es war ein Befehl. Das war nicht ungewöhnlich, allerdings recht selten. Meistens diskutierten sie die Fallakten direkt im System, wo alles dokumentiert wurde. Persönliche Unterhaltungen waren nur Smalltalk oder private Dinge.

Ob sie unsere gute Arbeit bemerkt hat und mir gratulieren will? Vielleicht eine Belobigung oder eine Gehaltsaufstufung?

Das wäre eine fantastische Neuigkeit, über die sich auch Kacey freuen würde und kaum kam ihm der Gedanke in den Sinn, überlegte er, wie er es seiner Frau am trickreichsten beibringen konnte.

Vielleicht sollte ich mir einen Spaß daraus machen und eine ›Kündigung‹ erklären. Wenn sie dann total geschockt ist, komme ich mit der guten Nachricht über den Berg. Dann trinken wir einen Sekt oder auch zwei und vögeln auf dem Sofa.

Ray grinste unwillkürlich bei dem Gedanken.

Und am Morgen zum Aufstehen!, fügte er hinzu und grinste noch breiter.

Megan wartete nicht gern. Er sperrte seinen Bildschirm und lief zu ihrem Büro. Bevor er anklopfte, straffte er seine Schultern, prüfte den korrekten Sitz seiner Krawatte und wurde wieder ernst.

»Komm rein, Ray.«

Er schloss die Tür hinter sich und nahm an ihrem Schreibtisch auf der gegenüberliegenden Seite Platz.

»Megan, du wolltest mich sprechen?«

Sie sah ihn mit ernstem Blick an und Ray rutschte mit Unbehagen auf seinem Stuhl hin und her.

Ob sie jetzt das Gleiche mit mir macht? Erst Druck machen und mich dann belobigen?

Megan sagte eine zeitlang nichts, sondern sah ihn an. Ray wurde unruhiger und sah nervös von einer Ecke des Raumes in die andere, dann wieder zurück zu seiner Vorgesetzten, die alle Zeit der Welt zu haben schien und ihn immer noch unverwandt anstarrte. Dann öffnete sie ihren Mund und sprach.

»Ray Smith, ich weiß nicht, was Sie sich dabei gedacht haben, doch ich bin sehr enttäuscht von Ihnen.«

Sein Herz sackte in den Keller und seine Knie wurden weich. Zum Glück saß er, sonst wäre er umgefallen.

Gut oder schlecht? Belobigung oder Kündigung? Was will sie von mir?

Sie machte eine kurze Pause, doch nicht lange genug, um eine Reaktion oder eine Antwort von ihm zu erwarten.

»Ich möchte Ihnen etwas zeigen.«

Ray starrte sie gebannt an. Megan drehte ihren Monitor so, dass sie beide darauf sehen konnten. Der Bildschirm zeigte ihr zentrales System. Er erkannte die verschiedenen Dateneingänge, die Status der Aufträge, sowie Bemerkungen und Kommentare, die er nicht in seinem Zugriff hatte. Ferner hatte Megan zusätzliche Optionen zur Verfügung, die ihm verwehrt waren. Die Markierung lag auf einem Datenfragment im Archiv, dass, wie alle anderen Datenfragmente auch, nur durch einen Zeitstempel markiert war. Dieser lag eine Woche zurück. Megan öffnete die Datei nicht sofort, sondern wandte sich wieder an ihn.

»Bevor ich Ihnen dieses Archiv-Fragment vorspiele, möchte ich, dass Sie noch einmal in sich gehen. Nehmen Sie sich während des Betrachtens die Zeit, die Sie benötigen. Danach erwarte ich von Ihnen eine Antwort.«

Sie sprach in Rätseln. Langsam dämmerte ihm, dass es bei dieser Unterhaltung weder um eine Belobigung, noch um eine Gehaltserhöhung ging. Es fühlte sich an, als hätte sie ihn an den Eiern.

Megan drückte auf Play und die ersten Bilder des Videos liefen über den Bildschirm. Ray wurde schlecht.

»Er hat im Schlaf gesprochen.«

Eine kurze Pause.

»›Noch ein fehlgeschlagener Auftrag‹, hat er gesagt. Ich weiß, dass er etwas mit Videos macht und es hat wohl etwas mit der nationalen Sicherheit zu tun.«

»Mhmm«

»›Körperliche Inkompatibilität‹, hat er gemurmelt. Doch was ich nicht verstehe, sind die Zusammenhänge. Vor allem, was bedeutet körperliche Inkompatibilität?«

»Ich kenne solche Begriffe aus der Medizin. Du weißt schon, wenn die Blutgruppen nicht zueinander passen, oder bei Organspenden irgendwelche der fünf Milliarden Werte eine Transplantation unmöglich machen. Scheint so, als ob er was mit Genetik zu tun hat, kann das sein?«

»*Ray und Genetik? Nein, ich glaube nicht.*«
»*Aber irgendetwas medizinisches oder etwas, was damit zu tun hat?*«
Megan stoppte die Aufnahme und sah ihn wieder an.
»Diese Aufnahme war ursprünglich als Risiko klassifiziert und wurde anschließend von Ihnen als Nichtigkeit archiviert.«
Sie faltete ihre Hände auf dem Tisch und wartete.
Ray schluckte. Was sollte er Megan sagen? Ihm war klar, er saß in der Scheiße. Was er nicht wusste, war wie tief. Musste er nur seine Schuhe putzen, oder konnte er kaum noch darin schwimmen?
»Megan...«
Seine Lippen zitterten.
»Megan, es tut mir leid.«
Megan sagte nichts und wartete weiter.
»Sie haben wohl recht. Es sind ein paar Schlüsselbegriffe gefallen und ich hätte es zumindest an Sie weiterleiten müssen, wenn ich mir bei meiner Entscheidung nicht sicher bin.«
Seine Vorgesetzte nickte langsam, sagte jedoch immer noch nichts.
Ray schluckte erneut. Sein Herz raste und ein dicker Kloß machte sich in seinem Hals breit.
»Es ist nur so...«
Er begann zu stottern und Megan wartete, bis er sich wieder gefangen hatte.
»Es ist nur so, das... ist...«
Der Kloß wurde so dick, dass er kaum sprechen konnte.
»Ihre Frau.«
Megan beendete den Satz für ihn. Ray schossen die Tränen in die Augen. Noch konnte er sich beherrschen und sie zurückhalten. Statt einer Antwort nickte er nur.
Megan starrte ihn weiterhin fragend an und die Pause zog sich ins Unermessliche. Die Stille blähte sich auf, wie ein riesiger Kaugummi und kurz bevor er platzte, fuhr sie fort.
»Ich habe hier noch etwas, dass ich Ihnen zeigen möchte.«
Was ist denn jetzt noch? Kann es noch schlimmer kommen?

Ray hob seinen Blick und sah wieder auf den Monitor.
Megan öffnete ein weiteres Dokument und Ray erkannte sofort, um was es sich dabei handelte.

»Ich halte Ihnen zugute, dass Sie zumindest für Patricia Dowell einen Überwachungsauftrag gestartet haben. Recht spät, doch Sie haben es getan. Dass Sie allerdings dieses Videofragment ohne mein Einverständnis gegen besseren Wissens aus dem Verkehr gezogen haben und das Wissen Ihrer Frau und der Mrs. Dowell vertuschen wollten, sehe ich als Insubordination an. Ich bin mir nicht sicher, ob Sie weiterhin als Teamleiter der Analyse-Abteilung arbeiten sollten.«

Seine Füße und Hände wurden eiskalt. Er bekam kaum Luft und die Welt drehte sich um ihn. Megan fuhr fort.

»Ich bin mir nicht sicher, ob Sie überhaupt noch für uns arbeiten sollten. Immerhin gefährden *Sie* jetzt die nationale Sicherheit!«

Ray wollte etwas sagen, Einspruch erheben, sich rechtfertigen, um Gnade winseln, irgendetwas. Doch er bekam keinen einzigen Ton über seine Lippen.

»Ich sollte Sie auf der Stelle verhaften lassen, Mr. Smith.«

Ihr Blick bohrte sich durch seine Augen und in dem Moment war er sich sicher, dass sie telepathische Fähigkeiten hatte. Sie konnte seine Gedanken lesen, wie ein offenes Buch und wahrscheinlich war er das in dem Moment auch.

»Bitte...«

Megan starrte ihn in Grund und Boden.

»Bitte... Sie ist meine Frau!«

Sie ignorierte sein Flehen.

»Zudem sind Sie persönlich befangen und hätten diesen Fall von jemand anderem beurteilen lassen sollen.«

Es entstand eine kurze Pause und Ray wünschte sich, heute nicht aufgestanden zu sein. Vergessen war die gute Laune, die er heute Morgen mitgebracht hatte und vergessen war das Hochgefühl über die gute Arbeit, die er dachte zu leisten. Alles was er jetzt noch fühlte, war Angst. Die Angst seinen Job zu verlieren, war dabei am Geringsten. Er hatte Angst ins Gefängnis zu müssen, womöglich als Terrorist klassifiziert zu werden und seine Frau nie wieder zu sehen. Wenn, dann durch eine dicke kugelsichere Plexiglasscheibe. Zumindest konnte er sie nie wieder in den Arm nehmen, ihren Duft riechen, ihre Haut schmecken oder ihre Lippen auf den seinen spüren. Er sah, wie sich ihre Hände berührten, unnahbar getrennt durch dickes Glas.

Was passiert mit ihr?

Bevor er sich diese Frage beantworten konnte, sprach Megan weiter.

»Ich möchte Ihnen eine zweite Chance geben, Ray. Sie sind ein guter Mann, da bin ich mir sicher, aber ich dulde keine Insubordination.«

War das ein Hoffnungsschimmer?

»Bringen Sie das in Ordnung!«

Seine Augen flehten sie an.

»Sie ist meine Frau.«

Megans Augen waren unerbittlich.

Genau deshalb!

»Bringen Sie das in Ordnung!«

Ray nickte. Was blieb ihm anderes übrig.

Megan nickte ebenfalls.

Langsam erhob er sich von seinem Stuhl und trottete einen Fuß vor den anderen setzend, schlurfend zur Tür. Er legte seine Hand auf den Türgriff. Bevor er sie öffnete, hörte er Megan.

»Ray.«

Er hob seinen müden Blick und sah zu ihr hinüber.

»Ich erwarte den Abschlussbericht Ende nächster Woche!«

Ray nickte lakonisch.

»Haben Sie das verstanden?«

Er nickte erneut. Megan nickte zurück und sah zur Tür.

»Ich behalte Sie im Auge, Ray. Auf Wiedersehen.«

»Auf Wiedersehen, Megan.«

Er flüsterte so leise, dass er es selbst kaum hörte.

- 15 -

»Komm, lass uns etwas essen gehen, ich habe Hunger.«
»War ja klar, dass du es keine zwei Stunden ohne Essen aushältst, Timmy.«
Zack schmunzelte und klopfte seinem Freund auf den Rücken.
»Hier ist ein McDonalds gleich um die Ecke. Ein Burger, ein paar Pommes und eine Cola?«
»Ich glaube, ich könnte tatsächlich auch etwas vertragen.«
Sie folgten der Straße und bogen gerade um die Ecke, da schaltete Zacks Gehirn auf Hochtouren. Es dauerte einen Moment, bis Zack realisierte, was er intuitiv erfasst hatte und ohne weiter nachzudenken, riss er instinktiv die Kamera hoch, bevor er weitere Details wahrnahm. Vor ihnen stand in einer kleinen Telefonzelle ein glatzköpfiger, bärtiger und übergewichtiger Mann in schwarzer Lederhose und Lederweste. Sein schweres, bulliges Motorrad parkte keine zwei Meter daneben auf der Straße. Dazwischen wartete ein schmächtiger Mann in einem grauen Anzug darauf, dass der Biker sein Telefonat beendete.
»Siehst du die beiden da?«
Timothy nickte.
»Es gibt dort zwei Telefone, warum nimmt er nicht das andere?«
»Vielleicht ist es kaputt?«
Zack schüttelte den Kopf.
»Von hier aus scheint es völlig intakt zu sein.«
Nach einer kurzen Pause äußerte er laut, was er vermutete.
»Das muss ein Agent sein!«
Timothy sah genauer hin. Die Kamera summte leise vor sich hin und zeichnete auf. Der Mann wartete ruhig bis der Biker sein Gespräch beendet hatte und Zack fokussierte neu. Der Biker drehte sich um und wollte gerade die Telefonzelle verlassen, da trat der Agent einen Schritt auf ihn zu.
»Entschuldigen Sie, könnten Sie mir einen Dollar tauschen?«
Er hielt dem Biker eine Banknote hin. Angewurzelt starrte er ihn

in Grund und Boden. Zack erwartete, ein grimmiges »Verpiss dich« zu hören, oder dass der Biker ihn packte und zur Seite stieß. Stattdessen holte er, ohne ein Wort zu sagen, sein Portemonnaie aus seiner Lederweste, das an einer kleinen, silbernen Kette befestigt war, nahm ein paar Münzen heraus und bot sie dem Mann zum Tausch an. Der Agent reichte ihm die Dollar-Note und der Biker drückte ihm die Münzen in die Hand. Genau in diesem Moment zuckten ihre Arme auseinander.

»Der Agent hat den Biker soeben gesäubert!«
Oder zumindest mit etwas in Berührung gebracht.
»Ich habe keine Nadel gesehen.«, flüsterte er Timothy zu.
Ohne eine Antwort abzuwarten, dachte er laut weiter.
»Oder irgendetwas anderes, was die Haut verletzen könnte. Ist es vielleicht eine Chemikalie?«
»Dann muss er selbst infiziert sein. Hat er Handschuhe an?«
Zack schüttelte seinen Kopf.
»Nein, ich habe keine gesehen. Er hat sowohl den Geldschein, als auch anschließend die Münzen in seiner bloßen Hand gehalten.«
Der Agent wandte sich an den Biker.
»Oh, da hat es wohl gefunkt.«
Er war sichtlich darum bemüht, die Stimmung etwas aufzulockern.
»Ich funk dir gleich eine.«
Es waren die ersten Worte, die sie den Motorradfahrer sagen hörten und sie klangen weder freundlich noch einladend.
»Willst du mich hier anmachen, du Wicht? Vergiss es!«
Er stieg auf sein Motorrad, das sofort ansprang und tief und ruhig vor sich hin blubberte.

Zu viel Gas gebend, hinterließ er einen dicken, schwarzen Streifen auf dem Asphalt und verschwand im dichten Verkehr. Der andere Mann betrat kurz darauf tatsächlich die Telefonzelle und führte ein Telefonat.

»Timmy, meinst du, er hat uns bemerkt?«
»Keine Ahnung, lass uns weiter gehen.«
Sie bemühten sich, unauffällig auszusehen und schlenderten langsam weiter. Der Blick nach hinten war ihnen verwehrt und

sie spitzten die Ohren, um jeden Schritt des Agenten mitzubekommen und ihn nicht zu verlieren. Sie betraten die nächste Querstraße und spähten vorsichtig zurück um die Ecke. Der Agent stand in der Telefonzelle und telefonierte.
»Große Sorgen um seine Tarnung scheint er sich ja nicht zu machen.«
»Telefoniert er überhaupt? So emotionslos wie er dasteht?«
Wenige Minuten später legte er auf und lief die Straße in die entgegengesetzte Richtung hinunter.
»Komm, hinterher.«
Zack und Timothy folgten ihm in ausreichendem Abstand, um nicht gesehen zu werden, doch nahe genug, um ihn verfolgen zu können. Die Nachmittagssonne stand tief über dem Horizont und erschwerte die Sicht. Wenn sie nicht aufpassten, tauchte er in der Menge unter oder entwischte ihnen in einer kleinen Gasse. Sie folgten ihm bis zu der nächsten Bushaltestelle.
»Das ist gar nicht gut.«, raunte Zack.
»Was, wenn er uns erkennt?«
Zack antwortete nicht. Langsam kamen sie näher und warteten an einer Hauswand, wenige Meter entfernt, ohne die Augen vom Agenten zu wenden.
»Vielleicht ist das ja ein Standard-Manöver, um Verfolger abzuschütteln?«
»Timmy, entspann dich!«
Der Bus stoppte vor ihnen und der Agent sah sich vorsichtig nach beiden Seiten um, bevor er ihn betrat. Keine fünf Meter hinter ihm standen die beiden Freunde.
»Hat er uns bemerkt?«
»Ich glaube nicht. Was machen wir jetzt?«
»Wir fahren mit!«
Zack wartete, bis fast alle anderen ebenfalls eingestiegen waren und ging auf den Bus zu. Timothy fasste ihn an den Arm und hielt ihn zurück.
»Bist du dir sicher, dass du da einsteigen willst?«
Seine Antwort war ein knappes »Ja«, gefolgt von großen Schritten, bevor er vorne in den Bus einstieg. Timothy zögerte einen

Moment und folgte ihm dann widerwillig. Sie zahlten das Ticket, blieben direkt am vorderen Eingang stehen und hielten sich an einem von der Decke baumelnden Griff fest. Timothy stand mit dem Rücken zu den anderen Fahrgästen, so dass er durch die Frontscheibe sehen konnte. Das bot Zack die Möglichkeit, an ihm vorbeizusehen, ohne selbst entdeckt zu werden. Es dauerte einen Moment bis er den Agenten gefunden hatte. Er saß etwa in der Mitte des Busses am Fenster und sah gedankenverloren nach draußen.

»Ich hab ihn. Er wirkt völlig unscheinbar.«

Der Bus hielt an mehreren Haltestellen, bevor der Agent ausstieg. Einen Moment später sprangen auch Zack und Timothy aus dem Bus, kurz bevor er weiterfuhr.

»Siehst du ihn?«

Sie sahen sich um.

»Dort hinten!«

Timothy zeigte auf eine leere Mauerecke.

»Dort ist er gerade abgebogen.«

Sie folgten ihm und spähten um die Ecke.

»Hoffentlich ist das keine Falle!«

Dahinter wartete keine Armee auf sie und der Mann, den sie verfolgten, lief weiter, ohne sich für sie zu interessieren. Die Betonbauten hatten abgenommen, dafür waren jetzt Wiesen, Bäume und Grün zu sehen. Sie befanden sich in einem kleinen Vorort mit kleinen Häuschen, alle gleich aussehend, hübsch nebeneinander aufgereiht. Jedes mit einem kleinen Garten und einer Einfahrt, in der die verschiedensten Autos parkten. Der Agent lief vor ihnen die Straße entlang. Er hatte es nicht eilig und Zack und Timothy folgten ihm in größerem Abstand. Hier waren nur noch wenig Menschen unterwegs und wenn er sich jetzt umdrehte, sah er sie garantiert. Er bog ab, öffnete ein Gartentürchen, lief geradewegs auf das Haus zu und betrat es.

»Ob er hier wohnt?«

Ein Blick auf den Briefkasten verriet den beiden Freunden seinen Nachnamen.

»Smith. Nicht gerade ein extravaganter Name.«

»Nein, den brauchen wir nicht recherchieren, wahrscheinlich gibt es allein in dieser Stadt schon mehrere tausend Smiths!«
Etwas ratlos standen sie vor dem Haus des Agenten.
»Was machen wir nun? Wir können ja schlecht einbrechen.«
»Wir können nicht ewig hier herumlungern. Die Nachbarn haben immer neugierige Augen und die Polizei kann ich jetzt nicht brauchen.«
»Moment Timmy, ich hab eine Idee.«
»Was hast du jetzt schon wieder vor?«
»Ich möchte ihn mir näher ansehen.«
»Bist du verrückt?«
»Bleib du hier. Der erkennt mich nicht. Ich bin sofort wieder da.«
Mit diesen Worten ließ er Timothy stehen, lief den kurzen Weg auf das Haus zu und stieg die zwei Stufen zur Tür hinauf. Er holte tief Luft und drückte auf die Türklingel.
Offensichtlich war er wirklich verrückt. Timothy hatte recht. Wenn er ihn jetzt erkannte, sah es nicht gut aus. Doch Zack war sich sicher, dass er ihn an der Telefonzelle nicht gesehen hatte. Es dauerte nicht lange, da öffnete sich die Tür und der Mann stand vor ihm. Er sah ihm direkt ins Gesicht.
»Wer sind Sie?«
Zack antwortete nicht, sondern holte aus seiner Tasche eine Fünf-Dollar-Note. Es war nicht einfach in das Innere des Hauses zu spähen, da der Mann die Tür nur so weit geöffnet hatte, dass er selbst hinaussehen konnte.
»Sir, Sie haben dies hier verloren.«
Zack hielt ihm den Geldschein hin.
Der Mann blinzelte, stutzte und überlegte einen Moment. Zacks Herz schlug schneller.
Hat er mich erkannt? Überlegt er gerade, wie er mich überwältigen kann? Ich bin größer als er, meine Chancen stehen zumindest besser.
Es verstrich ein qualvoll langer Moment, dann schüttelte der Mann den Kopf und sagte:
»Junger Mann, das ist mir gar nicht aufgefallen. Vielen Dank für

Ihre Ehrlichkeit.«

Er griff nach dem Geldschein, den Zack ihm leicht zitternd entgegenhielt. Er griff danach und als sich ihre Hände berührten, sprang ein kleiner Funke über. Zack hörte das markante, leise Knistern.

Reflexartig zuckten beide zusammen. Zack mehr als der Agent.

Oh man, oh man, oh man. Jetzt ist es zu spät. Bin ich jetzt infiziert? Werde ich jetzt gesäubert? Wie fühlt sich das an?

Sein Puls und Adrenalin schossen in die Höhe und leichte Schweißperlen bildeten sich auf seiner Stirn. Zack achtete auf jede noch so kleine Reaktion seines Körpers. Am liebsten wäre er schreiend davon gerannt, zwang sich aber, möglichst natürlich zu wirken.

Zittere ich? Kommt das von der Aufregung oder ist da etwas in mir? Ist da etwas in mir? IST DA ETWAS IN MIR?

Der andere Mann entschuldigte sich.

»Junger Mann, es tut mir leid. Ich habe heute neue Schuhe an und einen neuen Anzug. Irgendwie lädt er sich immer wieder elektrisch auf und bei manchen Berührungen springt dann halt der Funke über. Das geht mir schon den ganzen Tag so.«

Zack beruhigte sich etwas. Der Mann bedankte sich noch einmal bei Zack, wünschte ihm einen schönen Abend und schloss die Tür. Benommen ging Zack die Stufen hinunter zurück zu Timothy.

War das wirklich eine Sackgasse? Oder war das nur ein Trick, um ihn in Sicherheit zu wiegen? Hatte er ihn doch gesäubert?

Er zitterte am ganzen Körper und erzählte Timothy, was sich an der Haustür ereignet hatte.

»Na siehst du Zack, es gibt für alles eine logische Erklärung!«

Zack beruhigte sich langsam.

»Jetzt lass uns endlich etwas essen!«

Kurz darauf gönnten sie sich einen Hamburger mit Pommes und Cola, wie sie es vorgehabt hatten. Timothy nutzte jede Gelegenheit, ihn während des Essens aufzuziehen.

»Wie heißt du?«

»Zack Logan, das weißt du doch.«

Timothy nickte.

»*Ich* weiß das, ich will nur wissen, ob *du* das auch noch weißt. Wo wohnst du?«

Zack seufzte.

»In L.A.«

»Mhmm. Und du weißt auch, wer ich bin?«

»Natürlich weiß ich das, Timmy. Timothy Brown, mein bester Kumpel seit eh und jeh.«

Zack knuffte ihn in den Arm und lachte.

»Und wie alt bin ich?«

»Na dreißig, wir haben gerade deinen Geburtstag gefeiert.«

Timothy nickte.

»Gut, die Grundlagen sind noch vorhanden, Zack. Kommen wir zu etwas Aktuellerem.«

Er überlegte einen Moment und ging mit Zack zusammen die letzten Stunden durch.

»Wie heißt die hübsche junge Frau, für die du dich interessiert?«

»Welche hübsche junge Frau?«

Timothys Gesichtszüge entgleisten. Mit großen Augen sah er Zack an und rang um Fassung. Seine Kinnlade klappte herunter.

»Jetzt krieg dich wieder ein Timmy, ich habe dich nur auf den Arm genommen. Du redest von Jasmin. Wie könnte ich ihren Namen jemals vergessen. Ich hoffe nur, sie vergisst mich nicht.«

Timothy biss in seinen Hamburger.

»Ist ja schon gut, ich habe dich verstanden. Du scheinst immer noch zu wissen, wer du bist und warum du hier bist.«

Zack kam auf den Anfang der Verfolgung zurück.

»Der Mann wollte Geld wechseln, da er kein Kleingeld für das Telefon hatte. Klingt logisch.«

Er war froh, dass der Mann von der Telefonzelle kein Agent gewesen war. Sie waren ihm aufgrund einer falschen Schlussfolgerung nach Hause gefolgt. Trotzdem war ihm mulmig zumute.

»Gibt es diese Agenten nun wirklich oder sind das alles merkwürdige Zwischenfälle?«

Allein Zacks Wagemutes hatten sie es zu verdanken, dass sie den Mann nicht länger beobachteten, nur um dann Tage später die

gleiche Entdeckung zu machen.
»Keine Ahnung. Lass uns diese Sackgasse abhaken.«
»Einverstanden, aber das nächste Mal müssen wir vorsichtiger sein.«
»Allerdings, ein echter Agent hätte uns bestimmt bemerkt.«
»Das werden wir wohl erst beim nächsten Mal herausfinden.«
Timothy schüttelte den Kopf.
»Beim nächsten Mal?«
»Ja Timmy. Wir hören doch jetzt nicht auf. Auch wenn Mr. Smith unsere ursprünglichen Schlussfolgerungen wieder in Frage stellt, gibt es immer noch meine Erinnerungen. Und was ist mit dem Mann aus der Einkaufsstraße heute Nachmittag? Der hatte einen verwirrten Eindruck gemacht!«
»Zack, es gibt bestimmt für alles eine einleuchtende Erklärung. Wie du es auch drehst und wendest, wir sind bisher noch kein Stück weiter gekommen.«
Damit gab sich Zack nicht zufrieden.
»Was ist mit den Videoaufnahmen?«
Timothy überlegte einen Moment.
»Wenn ich es mir recht überlege, sind die nicht besonders aussagekräftig. Was haben wir denn da schon?«
Zack zuckte mit seinen Schultern.
»Vielleicht kann Melissa damit etwas anfangen? Ich will aber vorher noch mehr Vorfälle dokumentieren.«

»Komm Zack, du kannst heute Nacht bei mir schlafen.«
Sie fuhren zu Timothys Wohnung.
»Timmy, du hast umgeräumt, es sieht ganz anders aus als beim letzten Mal.«
Seine Wohnung war kleiner und auch nicht so modern und stilvoll eingerichtet wie die von Zack, dafür waren die Wände mit Regalen voller Bücher bestückt. In einer Ecke des Wohnzimmers stand neben einem offenen Kamin ein gemütlicher Ohrensessel aus Leder. Daneben befand sich ein kleiner Tisch, auf dem ein Buch lag und eine Flasche Wein stand.
»Mensch Alter, sieh dir nur diese Bücher an. Sag bloß, du hast

die alle gelesen?«

Timothy nickte.

»Das gibt's ja nicht. Ich weiß gar nicht mehr, wann ich mein letztes Buch gelesen habe. Das muss ja noch in der Schulzeit gewesen sein.«

»Dann solltest du das dringendst nachholen. Kann ich dir nur raten.«

Timothy fuhr sich durch seine braunen, wuscheligen Haare, ging mit einem Seufzer in die Küche und holte zwei Weingläser.

»Hast du kein Bier da?«

»Du weißt, ich bin mehr der Genießer.«

»Na dann Kumpel, lass uns den Wein genießen!«

Zack machte es sich auf dem Sofa gemütlich und telefonierte kurz mit Jasmin. Währenddessen schenkte Timothy beiden ein und ließ sich in den Sessel sinken. Beide starrten auf ihre Gläser in ein paar Minuten des Schweigens. Dann stellte Zack die offensichtliche Frage.

»Wie machen wir jetzt weiter, Timmy?«

Sein Freund überlegte einen Moment, in dem er vorsichtig seine Antwort formulierte.

»Die Frage ist doch eher, ob wir überhaupt noch mehr Zeit investieren sollten...«

Noch ehe er seinen Satz beendet hatte, fiel ihm Zack ins Wort.

»Natürlich! Das ist doch gar keine Frage!«

Timothy war damit nicht einverstanden.

»Wir sollten am besten alles auf sich beruhen lassen.«

»Auf sich beruhen lassen?«

»Ich gebe ja zu, die heute beobachteten Zwischenfälle haben schon etwas Merkwürdiges an sich. Aber bisher haben wir gar nichts, nicht einmal einen Ansatzpunkt. Und falls mehr dahinter steckt, dann ist es viel zu gefährlich, weiterhin in diesem Wespennest zu stochern. Was ist, wenn wir auffliegen? Was passiert dann? Was geschieht dann mit uns?«

Darauf hatte Zack keine Antwort.

»Naja, mit einem Klaps auf den Hinterkopf wird es nicht getan sein. Wer weiß, was das für Leute sind?«

Timothy antwortete nicht. Zack holte tief Luft.

»Ich will wissen, was es mit dieser Gedankenpolizei auf sich hat. Es gibt so viele Parallelen! Nicht nur zu den heutigen Erlebnissen, sondern auch zur Vergangenheit. Ist dir denn bisher nichts aufgefallen?«

Timothy kramte in seinem Gedächtnis.

»Tut mir leid Zack.«

»Dann lass uns einen weiteren Tag auf die Lauer legen. Einen Tag noch Beobachtungen auf Video aufnehmen und...«, Zack legte eine bedeutungsschwere Pause ein, »...einem Agenten folgen.«

Timothy schlug die Hände über dem Kopf zusammen.

»Komm doch mal von dieser Schnapsidee weg. Das ist ein Himmelfahrtskommando.«

Zack schüttelte den Kopf. Er war davon überzeugt und wollte es durchziehen.

»Ich will wissen, wie groß die ganze Sache ist. Aber ich schlage dir was vor.«

Timothy horchte auf.

»Wenn wir morgen nichts Brauchbares finden, legen wir das Ganze ad acta. Doch wenn wir einen großen Schritt weiterkommen, ziehen wir es bis zum Ende durch. Ist das ein Deal?«

Timothy überlegte lange, bevor er antwortete. Zack konnte seine Gedanken förmlich spüren.

Zack kann seine Untersuchung fortsetzen und wird nichts Verwertbares finden. Damit ist die ganze Sache erledigt. Wenn ich jetzt dagegen protestiere, rennt er alleine weiter, ohne dass jemand auf ihn aufpasst.

»Mir ist nicht wohl bei dem Gedanken.«

»Komm schon Timmy, nur einen Tag noch.«

Timothy sagte nichts.

»Bitte.«

Er sah seinen Freund eindringlich an.

»*Bitte.*«

Timothy hob die Hand und signalisierte Zack, nicht weiter auf ihn einzureden.

»Einen Tag noch. Danach ist Schluss. Versprochen?«
»Versprochen.«

- 16 -

Agent 313 stand in der Raucherecke der Zitadelle, einem Einkaufszentrum in Colorado Springs, und rauchte eine Marlboro. Er hatte einen Auftrag, für den er sich Zeit ließ. Sein Ziel plante einen Besuch beim Frisör und er hatte reichlich Zeit für seinen Auftrag eingeplant. Wenn er ihn nicht heute beendete, dann eben morgen.

Der Grund des Auftrages interessierte ihn nicht. Laut Akte war eine Businesslady gefälschten Bilanzen auf der Spur. Das war an und für sich langweilig. Spannend dagegen war, dass diese Bilanzen verschleiert werden mussten, um seine Firma zu schützen. Jede mögliche Verbindung musste um jeden Preis geheim bleiben. Sonst bestand die Gefahr, dass sein Geldgeber in das Zentrum der Untersuchungen geriet und so wurde entschieden, diese Nachforschung gleich im Keim zu ersticken.

Er blies den blauen Rauch aus und beobachtete sein Ziel. Sophie Waters war eine hart arbeitende Frau in der Beratungsbranche. Sie analysierte fremde Firmen und optimierte die internen Strukturen und Prozesse, wofür sie ein Heidengeld kassierte. Ihre Wohnung war penibel aufgeräumt und sauber. Die Ausstattung war schlicht, dennoch modern und er hatte Mühe, eine gute Probe bei ihr zu finden. Täglich leerte sie ihren Müll und sie war generell sehr darauf bedacht, keine Spuren zu hinterlassen. Als ob sie wusste, dass er hinter ihr her war. Die Gläser und Tassen spülte sie sofort in der Küche und ihr Bad war so sauber, dass er kaum Spuren oder Haare in Kamm oder Bürste fand, sondern lediglich leere Hygienebeutel. Selbst ihre Zahnbürste reinigte sie gründlich nach der Nutzung.

Sie war jung, hübsch und erfolgreich und ihr Anblick turnte ihn an. In ihrem Schlafzimmer strich er über das ordentlich gemachte Bett und war nicht über das Spielzeug überrascht, das er in ihrem Nachttisch fand.

»Du kleine, dreckige, geile Sau.«

Er löschte das Licht und schaltete seine UV-Licht-Lampe an. Sein Fund leuchtete im violetten Licht hell auf.

»Na Bingo, was haben wir denn da alles?«

Die offene Schublade enthielt nicht nur Dildos und Vibratoren, sondern auch Handschellen und eine kleine lederne Peitsche. Er holte einen durchsichtigen, gläsern wirkenden Stab heraus, der aus aneinander hängenden Kugeln bestand, trotzdem in keiner Weise biegbar war, hielt ihn gegen das Licht und grinste.

»Na mit dem Ding würde ich dir ja auch gerne mal helfen.«

Mit einem Tupfer strich er über die Vertiefungen der Verbindungsstellen, in der Hoffnung, dort die meisten Spuren zu finden und verpackte ihn anschließend in einem kleinen Plastiktütchen.

Vielleicht sollte ich dich auf ein Date einladen, wenn das hier vorbei ist. Deine Einstellung gefällt mir!

Die folgende Analyse des Cleankits dauerte sehr lange. Er vermutete, dass es an der Qualität und Menge der Probe lag. Je besser und ausreichender die Probe war, desto schneller wurde das Ergebnis geliefert.

Am nächsten Morgen begannen Timothy und Zack ihre Suche in der Zitadelle. Der Vormittag zog sich länger hin, als erwartet. Sie richteten ihr Augenmerk auf Gruppen mit höchsten drei bis vier Personen, oft Begegnungen von Einzelpersonen, doch außer freundschaftlichem Nicken, viel Smalltalk und einigen Lachern, schien es heute wie immer. Zu Mittag aßen sie gebackenen Fisch mit Kartoffeln in einem Meeresfrüchte-Restaurant, das gerade seine Eröffnung feierte.

»Es sieht so aus, als ob wir heute kein Glück haben.«

Timothys Laune war sichtlich erheitert. Er lachte und witzelte, sehr zum Ärgernis von Zack.

»Ja, es scheint gerade so, als wollte man uns aus dem Weg gehen.«

»Zack, sieh es positiv. Wenn nichts passiert, kann uns auch nichts passieren.«

Zack antwortete darauf nicht, sondern stellte ihre Teller zusammen.

»Komm, lass uns gehen.«
Sie verließen das Restaurant. Da fiel Zack eine junge Frau auf der gegenüberliegenden Straßenseite auf.
»O la la. Schicker Anzug, die Lady.«
Sie telefonierte mit ihrem Handy vor einem Friseursalon.
»Siehst du sie?«
Timothy nickte.
»Was macht sie da? Sieht aus, als ob sie ein ganzes Sinfonieorchester dirigiert.«
»Ja, ich habe selten jemand so gestikulieren sehen. Vor allem beim Telefonieren.«
Die Freunde sahen sich die Szene einen Moment an.
»Ich wette, ich weiß, wer bei ihr zu Hause die Hosen anhat.«
Zack schmunzelte.
»Sie würde selbst dir noch Manieren beibringen.«
Timothy nickte vielsagend.
»Oh, von der würde ich mir gerne mal den Hosenboden stramm ziehen lassen.«
»Du meinst wohl besser, den Arsch versohlt bekommen?«
»Nicht nur das...«
Sie lachten.
Wild fuchtelnd, nahm ihr Telefonat kein Ende.
»Sollen wir weiter?«
Er hatte kaum seine Frage beendet, da beendete die Frau abrupt ihr Gespräch, steckte das Handy in ihre Handtasche, ging in den Eingang des Friseursalons und griff nach dem Türknauf. Aus dem Nichts, kam eine zweite Hand und wollte ebenfalls die Tür öffnen. Sie gehörte einem jungen Mann in einem grauen Anzug. Er öffnete die Tür und hielt sie der jungen Frau auf. Den Freunden entging nicht das Zucken, als sich ihre Hände berührten. Sofort heulten ihre Alarmsirenen auf und das Adrenalin schoss in die Höhe. Jetzt hatten sie den Moment verpasst, den sie aufnehmen wollten. Dafür hatten sie einen Agenten vor sich.

Zack wedelte eine nervige Fliege zur Seite und zeigte auf das Schild vor dem Friseursalon. Dort stand in großen und leuchtenden Buchstaben »Diese Woche nur Frauen«.

»Nur Frauen! Was also hat der Kerl dort zu suchen?«
»Das muss ein Agent sein! Und siehst du das? Er betritt nicht einmal den Laden, sondern läuft einfach weiter!«
»Als wäre nichts passiert.«
Sie sahen sich um, niemand hatte etwas bemerkt. Selbst die junge Frau stand etwas ratlos für einen Moment in der Tür, bevor sie schließlich eintrat.
»Wie gestern der alte Mann.«
Zack kommentierte die Situation.
»Sie scheint im Moment selbst nicht so recht zu wissen, wo sie ist oder was sie hier wollte.«
»Eventuell eine Nebenwirkung der Säuberung?«
Timothy schrieb eine kurze Notiz in sein Notizbuch.
Insgeheim bedauerte er seine Entscheidung, Zack noch einen weiteren Tag zugestanden zu haben.
So gut wie der Tag angefangen hatte, so schlecht endete er jetzt.

Agent 313 sah auf seine Uhr. Sophie hatte noch reichlich Zeit zu ihrem Termin. Eben verließ sie Barnes and Noble, einen Buchladen, und lief weiter in Richtung Frisör. Er aktivierte sein Cleankit und machte sich ebenfalls auf den Weg. Kurz bevor sie den Frisör erreichte, blieb sie stehen, gegenüber von einem neuen Meeresfrüchte-Restaurant, und holte ihr Handy aus der Tasche. Sie sprach schnell und leise. Er verstand nicht, was sie sagte, dafür gestikulierte und fuchtelte sie mit ihrer freien Hand wild in der Gegend herum.
Du liebe Güte, da traut sich ja gar keiner in deine Nähe, junge Dame.
Er aß einen Kaugummi und beobachtete Sophie bei ihrem Telefonat. Nachdem sie ihr Gespräch beendet hatte und das Handy wieder in ihre Handtasche steckte, ging Agent 313 zu ihr.
Kaum hatte er sie erreicht, griffen beide zeitgleich nach dem Türgriff und er drückte seine Hand auf die ihre.
»Darf ich Ihnen öffnen, hübsche Frau?«
Er erwartete keine Antwort, da die Wirkung des Cleankits sie für einen Moment verwirrte. Ihre Irritation hielt ungewöhnlich

lange an und er sorgte sich um das Auftreten von Nebenwirkungen. Noch zeigte sie jedoch keinerlei Probleme.
»Vielleicht ein anderes Mal.«
Mit diesen Worten nickte er ihr zu und ging weiter, ohne sich umzudrehen. Im Laufen stoppte er die Kamera und entsorgte seinen Kaugummi. Agent 313 studierte die Schaufenster, folgte der Straße mehrere Blocks entlang, bog ab und kam in der Nähe der Grace and St. Stephen's Episcopal Church zum Stehen. Die anderen Kirchen waren flach und glichen eher größeren Wohnhäusern als einer alten traditionellen Kirche. Diese hier hatte aber einen richtigen Kirchturm, der ihn beeindruckte.

»Los, hinterher!«, rief Zack.
Genau. Das war ja seine wahnwitzige Idee. Er wollte dem Agenten folgen, nur um zu sehen wohin dieser ihn führte.
»Der führt uns nur zu noch mehr Agenten und noch mehr wachsamen Augen, Zack!«
»Eben Timmy, und dort werden wir jede Menge Hinweise sammeln und Melissa zur Verfügung stellen können. Komm schon.«
Und ich habe es ihm auch noch zugesagt.
Nun musste er auch sein Versprechen halten. Zack war ihm bereits ein gutes Stück voraus und Timothy musste sich ranhalten, ihn nicht aus den Augen zu verlieren.

Das Warten hatte sich gelohnt. Und was für einen Hinweis sie gefunden hatten. Viel eindeutiger ging es nicht mehr.
Zack war komplett aufgedreht. Das Blut pochte in seinen Ohren und die Helligkeit nahm an Intensität zu. Seine Augen fixierten den Mann im grauen Anzug und folgten ihm auf Schritt und Tritt.
Timothy war irgendwo hinter ihm. Um ihn machte er sich keine Sorgen. Jetzt war es wichtig, dem Agenten, und dieses Mal war es ein echter Agent, zu folgen, ohne dass er sie bemerkte.
Wie verfolgt man einen Profi?
Das konnte Zack nicht sagen. Er hatte keine Erfahrung mit Beschattungen, Observationen und Verfolgungen. Er vertraute ein-

fach auf seinen Instinkt und hoffte auf den Vorteil durch die Unwissenheit des Anderen.
»Du Mistkerl fühlst dich so sicher.«
Leise murmelte er in voller Konzentration vor sich hin.
»Du glaubst, keiner hat dich gesehen. Einfach einer jungen Frau die Tür aufhalten. Mehr würde kein Mensch bezeugen. Doch ich habe dich gesehen!«
Lässig schlenderte er die Straße entlang, ohne die Schaufenster auch nur eines Blickes zu würdigen. Zack hielt Abstand. Viel Abstand. Er blieb weit hinter ihm, in der Hoffnung, nicht bemerkt zu werden, doch nah genug, um ihn noch im Auge zu behalten. Immer wieder liefen andere Menschen zwischen ihnen und er musste aufpassen, ihn nicht zu verlieren. Seine Augen waren vom Adrenalin geschärft. Er konnte selbst auf diese Entfernung das feine Muster auf seinem Anzug erkennen. Alles andere um ihn verschwamm am Rand seines Blickfelds. Sein Tunnelblick war wie eine Kamera, fokussiert auf einen einzigen Punkt, den Agenten vor ihm.

Die Kamera! Natürlich! Kann ich ihn ins Bild bekommen? Wie soll ich laufen und filmen? Ich sehe ihn ja auch nur von hinten?

Seine rechte Hand schlüpfte in die Trageschlaufe der Kamera und hielt sie griffbereit.

Nur für den Fall der Fälle.

Der Daumen ruhte auf dem Aufnahmeknopf. Falls irgendetwas passierte, war er innerhalb einer Sekunde bereit. Im Moment passierte rein gar nichts. Weder rempelte er jemanden an, noch grüßte er jemanden. Er lief einfach immer weiter geradeaus. Zack verlor sein Gefühl für die Zeit. Waren erst fünf Minuten vergangen oder eine Stunde? Er hatte keine Ahnung und es interessierte ihn auch nicht. Wie ein Raubtier klebte er förmlich an den Fersen seiner Beute. Dann blieb der Agent vor ihm plötzlich stehen.
»Scheiße!«
Und nun dehnte sich die Zeit ins Unendliche.

Was mache ich jetzt? An ihm vorbei laufen? Dann sehe ich ihn nicht mehr und verliere ihn womöglich. Wenn ich auch stehen bleibe, fällt das ebenso auf. Was mache ich jetzt nur?

Der Bruchteil einer Sekunde, in dem er seine Überlegungen durchführte, kam ihm unwahrscheinlich lang vor.

Ich könnte mein Handy nehmen und so tun als ob ich telefoniere. Sind meine Schnürsenkel offen? Muss ich mir die Schuhe binden?

An das was er dann tat, hatte er überhaupt nicht gedacht. Ohne zu wissen wie ihm geschah, sah er wie in Trance, dass sich seine rechte Hand hob, sein Daumen automatisch den Aufnahmeknopf drückte und die Kamera einschaltete. Er filmte die Straße, sah auf das kleine Display der Kamera und anschließend wieder auf die Straße. Sein Blick folgt ihr ein Stück die Straße hinunter, wo eine alte, gotische Kirche stand. Jeder Passant würde glauben, dass er die Kirche filmte. Am rechten Rand seines Bildes, war der Mann im grauen Anzug zu sehen.

»Was macht er?«

Er öffnete mit der linken Hand sein Jackett, während die rechte hineingriff. Zack blieb cool. Er bekam weder mit, wie Timothy ihn eingeholt hatte, noch wie sich Schweißperlen auf seiner Stirn bildeten.

Zieht er jeden Moment eine Pistole aus seinem Halfter? Dreht er sich um und zielt auf mich? Was hat er vor? Sind wir so schnell aufgeflogen? Jetzt die Flucht zu ergreifen, kommt einem Geständnis gleich. Damit ist uns die Aufmerksamkeit, die wir nicht wollen, gewiss.

Bevor Zack weiter nachdenken konnte, schoss eine Flamme heraus und leichter Qualm stieg von einer Zigarette auf. Er stand dort, ganz ruhig, beobachtete seine Umgebung und sog den Rauch tief ein, bevor er ihn wieder als eine dünne, graue Wolke ausatmete. Er genoss seine Zigarette, die Zigarette danach. Die Zigarette nach dem Essen, nach dem Sex, nach der Arbeit, nach der Säuberung. Zack hatte nie etwas für Tabak übrig gehabt. Er schwenkte die Kamera zum Alibi etwas nach links und rechts, als ob er die Umgebung der Kirche aufnahm. Langsam kam er erneut in Bedrängnis. Er konnte ja nicht ewig die Kirche filmen.

Nach kurzer Überlegung stoppte er die Aufnahme und nahm die Kamera herunter. Er drückte auf ein paar Knöpfe und tat, als ob

er sich das soeben Aufgenommene auf dem Display der Videokamera ansah. Dabei drehte er sich so, dass er den Agenten im Augenwinkel gut im Blick hatte. Der zog noch zwei weitere Male an seiner Zigarette, bevor er sich umdrehte und weiterging. Zack und Timothy atmeten auf.
»Na das ging ja noch einmal gut.«
Trotzdem setzten sie ihre Verfolgung fort. Es ging vorbei an der alten Kirche in Richtung eines großen Parkhauses, das sie ebenfalls hinter sich ließen. Die Gebäude wurden höher und eleganter. Viele hatten verglaste Außenwände und andere schienen fast ausschließlich aus Fenstern zu bestehen. Sie befanden sich im Büroviertel der Stadt.

Ein Tourist filmte das imposante Bauwerk. Agent 313 griff in seine Jacketttasche und zündete sich eine weitere Marlboro an. Ihm gefiel die Ruhe und sein Blick schweifte umher. Er genoss die Zigarette und atmete den blauen Dunst tief ein. Sie beruhigte ihn, ohne dass er es nötig hatte. Wozu sollte er hetzen?
Für einen Moment überlegte er, zurück zu Sophie zu gehen, um sie nach ihrer Nummer zu fragen. Genauso schnell wie dieser Gedanke gekommen war, verwarf er ihn wieder. Dafür war es zu früh.
Er drehte sich um und ging weiter die Straße hinunter, bog in der zweiten Querstraße ab und begab sich in Richtung der Zentrale. Sie war eine halbe Stunde zu Fuß entfernt. Das Wetter war schön und er nahm sich dafür die Zeit. Im Büroviertel wurde die Menschenmenge dichter und die Schlipsträger traten sich gegenseitig auf die Füße.
Dann hatte er sein Ziel erreicht. Das Hochhaus mit den verspiegelten Fenstern ragte senkrecht in die Höhe, in der Mitte eines großen Platzes, auf einem kleinen Podest, zu dem 37 Treppenstufen hinauf führten. Er hatte nie erfahren, warum es ausgerechnet 37 Stufen waren, es hatte irgendetwas mit der Primzahl zu tun. Ein letztes Mal ließ er sich die Sonne ins Gesicht scheinen, bevor er durch die großen Türen trat und sich zu einer kleinen Sicherheitsschleuse am rechten Rand begab. Er leerte seine Taschen und

legte sämtliche Inhalte in eine kleine Plastikkiste.
»Gut drauf aufpassen, ist brandheißes Material.«
Der Kontrolleur nickte.
»Natürlich, Sir.«
Agent 313 trat durch den Metalldetektor, der laut piepste.
»Sir!«
»Ja ja, schon gut. Mein Gürtel.«
Er zog seinen Gürtel aus, legte ihn ebenfalls in die Kiste und trat noch einmal durch die Schleuse. Diesmal blieb sie ruhig.
»Vielen Dank Sir!«
Der Agent nickte und nahm seine Sachen entgegen. Mit großen Schritten lief er auf den Fahrstuhl zu und fuhr zu seinem Büro. Eigentlich war es nicht sein Büro, sondern ein Großraumbüro mit mehreren Arbeitsplätzen, die allesamt gleich ausgestattet waren. Wer einen PC brauchte, setzte sich an einen freien Platz und loggte sich mit seinen persönlichen Daten ein. Er komplettierte das Cleankit und schob es abseits. Auf dem Weg nach unten würde er es später bei der zentralen Sammelstelle abgeben. Von seiner Minikamera lud er das aufgenommene Video herunter, öffnete die Akte von Sophie Waters und betrachtete für eine Weile ihr Bild.

Du bist wirklich verdammt hübsch, Süße.

Er hängte das Video an ihre Akte und setze ihren Status auf *Erledigt*. Irgendwo hier in diesem Gebäude registrierte nun jemand den geänderten Status und startete eine Folgeüberwachung, so viel wusste er. Wer das war und wie die Folgeüberwachung ablief oder wie lange sie dauerte, das wusste er nicht.

Zack hatte nicht registriert, wie sie hier hergekommen waren, so fixiert war er auf den Mann, der vor ihm lief. Die Menge der Anzugträger hatte sich explosionsartig gesteigert und es wurde immer schwieriger, den richtigen Mann im Blick zu behalten. Solange er ihn sah, war es kein Problem. Wenn er in eine andere Straße abbog oder kurzzeitig aus dem Blick verschwand, brauchte Zack jedes Mal länger, bis er den Agenten wieder ausgemacht hatte.

»Oh man, wir verlieren ihn. Wir müssen näher ran.«
Er beschleunigte seinen Schritt und verkürzte den Abstand.
»Vorsichtig, sonst bemerkt er uns!«
Timothy war leicht außer Atem und rote Flecken bildeten sich auf seinem Gesicht.
»Das wird er schon nicht. Wir sind jetzt so dicht dran, Timmy, ich kann es spüren.«
Er fühlte sich wie ein Archäologe, der den ersten feinen Knochen eines alten Skeletts gefunden hatte und gespannt auf den Wert seiner Entdeckung wartet. Timothy sagte kein Wort und Zack wusste, dass er am liebsten auf dem Absatz kehrt gemacht und nach Hause gegangen wäre. Die Verfolgung war ihm zu aufregend.
Vielleicht war es ein Fehler, ihn zu überreden.
Es gab zu viele Unsicherheitsfaktoren, trotzdem war Zack dankbar, dass Timothy bei ihm war. Ohne ihn würde er sich vor Angst in die Hose machen und wäre womöglich ebenfalls umgedreht, selbst wenn er das nie zugeben würde. Mit seinem Freund an der Seite konnte er allerdings nicht aufhören.
Der Agent bog erneut ab und betrat eine breite Straße mit noch breiteren Fußwegen. Vor ihnen befand sich ein kleiner Platz, vollgepfropft mit umher strömenden Menschenmassen. Inmitten des riesigen Betonbodens gab es eine kleine Grünfläche, gerade groß genug, um der Umweltquote genüge zu tun. Auf der anderen Seite ragte ein hohes Bürogebäude in den Himmel, dessen Außenfassade derart verglast war, dass sich die Umgebung darin spiegelte.
»Sieh dir diesen Wolkenkratzer an, der muss ja mindestens zwanzig, wenn nicht gar dreißig Stockwerke haben!«
Er überragte alle anderen Gebäude in der Umgebung. Der Mann im Anzug überquerte den Platz, folgte einigen Stufen hinauf zu dem Bürogebäude und verschwand darin.
Bingo! Das musste es sein.
Zack und Timothy blieben mitten auf dem Platz stehen und überlegten, was sie jetzt tun sollten.

Beim Versuch die Kante des Daches zu erkennen, verrenkte sich Timothy den Hals. Es war unmöglich sie von hier unten, direkt vor dem Gebäude, zu sehen. Der Eingang war über eine breite, pompöse Treppe zu erreichen, welche die beiden großen Schiebetüren eher klein und verloren wirken ließ. Männer und Frauen liefen ununterbrochen hinein und hinaus. Es herrschte Betrieb wie auf einem Bahnhof. Fast alle trugen Anzüge.

»Das ist ja wie in einem Bienennest.«

Für einen Moment stellte sich Zack das riesige Bürohaus als großen, gelben Bienenstock vor. Die Menschen um ihn herum summten und schleppten eimerweise Blütenstaub hinein, nur um kurz darauf mit leeren Eimern erneut auf die Suche zu gehen. Wie kam er denn jetzt darauf? Er musste lachen und Timothy stimmte mit ein, nachdem er ihm seine Gedanken schilderte.

»Was willst du jetzt machen?«, fragte Timothy.

»Ich werde mir das Gebäude mal etwas näher ansehen.«

»Und wie willst du das anstellen? Willst du einfach dort hineinspazieren und dich etwas umsehen? Das geht garantiert in die Hose.«

Zack stutzte einen Moment. Timothy schluckte und wusste, Zack hatte eine Idee. Er wusste ebenfalls, dass Zack sie sofort umsetzen würde.

»Jetzt wo du es sagst, warum eigentlich nicht?«

Zack zögerte einen Moment, ging zur Treppe und verabschiedete sich mit einem Zwinkern im Auge.

»Warte hier, ich muss mal.«

Na toll. Das war ja mal wieder typisch Zack. Kaum etwas in den Kopf gesetzt, muss er sofort mit dem Kopf durch die Wand, im wahrsten Sinne des Wortes. Was, wenn er jetzt erkannt wird? Was, wenn er sofort verhaftet wird? Wie lange braucht er?

Timothy überlegte.

Zehn Minuten, vielleicht fünfzehn.

Er sah auf seine Uhr. Zack war gerade erst gegangen, schon stand die Zeit still. Jede Pause des Sekundenzeigers währte eine kleine Unendlichkeit.

Was soll ich so lange tun? Die Umgebung beobachten? Nach

verdächtigen Reaktionen Ausschau halten? Ich kann doch nicht einfach so hier stehen bleiben und abwarten.
 Aber genau das würde er tun. Er hatte viel zu viel Angst, um selbst hinein zu gehen und nach Zack zu suchen. Weglaufen würde er ebenfalls nicht, er konnte seinen Freund ja nicht im Stich lassen, falls er wirklich Hilfe brauchen sollte. Timothy war hin- und hergerissen. Er trippelte von einem Fuß auf den anderen, sah immer wieder zum Eingang, von dort über die verspiegelten Fenster, zurück zu den emsig strömenden Passanten. Nach nicht einmal fünf Minuten, die ihm wie Stunden vorkamen, rollte auf der Straße am anderen Ende des Platzes ein Polizeiauto heran, verlangsamte sein Tempo und hielt an. Sofort schossen ihm die schlimmsten Befürchtungen in den Kopf.
Gleich steigen sie aus und stürmen in das Gebäude. Sie schleifen Zack blutüberströmt in Handschellen die Treppe hinunter, über den Platz und werfen ihn auf die Rückbank, nur um anschließend mit Blaulicht, Martinshorn und quietschenden Reifen in Richtung Polizeirevier oder gleich zu einem Hochsicherheitsgefängnis zu fahren.
 Seine Angst wurde schlimmer, als tatsächlich zwei Beamte in Uniform ausstiegen.

Agent 313 verließ seinen Arbeitsplatz und folgte dem Gang in eine kleine Teeküche, wo er sich einen Kaffee holte und damit in das Raucherzimmer an der Ecke des Gebäudes ging. Das Fenster war geöffnet und die warme Sommerluft strömte herein. Er war alleine in dem Raum, zündete sich eine Zigarette an und stützte sich mit den Ellenbogen auf den Fenstersims. Sein Blick schweifte über den Platz und betrachtete die emsig umher strömenden Menschen. Sie erinnerten ihn an arbeitende Ameisen. Von hier aus konnte er tatsächlich Timothy unten stehen sehen. Allerdings war er ihm nicht aufgefallen und er interessierte ihn nicht. Sieben Minuten später drückte er seinen Zigarettenstummel in den Aschenbecher und ging zurück zu seinem Arbeitsplatz. Er hatte eine Email bekommen und verzog die Lippen.
Schon wieder ein neuer Auftrag. Das ging ja schnell.

In letzter Zeit hatte er das Gefühl, dass die Menge der Aufträge stetig zunahm. Sie waren so viele Leute, nicht nur in Colorado, sondern im ganzen Land vertreten und bald waren sie international aktiv. Wie sollten sie da der Lage Herr werden, wenn sie jetzt schon mit den Aufträgen kaum hinterher kamen?
Wir brauchen dringend mehr Personal!
Gutes Personal war schwer zu finden, besonders für seine Arbeit. Er beschloss das Thema bei nächster Gelegenheit bei seinem Vorgesetzten anzusprechen, öffnete den neuen Auftrag und studierte seine Einzelheiten. Leider keine junge Frau, sondern diesmal eine alte Lehrerin im Ruhestand. Er prägte sich ihr Gesicht ein und suchte die Adresse heraus. Das Spiel begann von Neuem.

- 17 -

Die beiden Polizisten trotteten über den Platz in Timothys Richtung. Kurz bevor sie den Eingang erreichten, knackste es in ihren Funkgeräten. Sie blieben stehen und hielten Rücksprache per Funk. Timothy sackte das Blut aus dem Gesicht und er stand leichenblass in der Gegend herum. Er musste aussehen wie ein Geist in Kleidern.
Das ist bestimmt der Funkspruch, durch den sie Zack verhaften. Jeden Moment stürmen sie los und alles läuft genau so ab, wie ich es vorher gesehen habe.
Nichts dergleichen passierte. Die beiden Polizisten drehten sich um und eilten zu ihrem Wagen. Kurz darauf flammte das Blaulicht auf und mit Sirene und quietschenden Reifen fuhren sie davon. Ohne Zack. Immerhin war es *fast* so abgelaufen, wie er es geahnt hatte. Zum Glück. Er sah noch dem Polizeiauto hinterher, da klopfte ihm eine Hand auf die Schulter. Timothy fuhr vor Schreck zusammen und sein Herz setzte für einen Moment aus.
»Mensch du bist aber schreckhaft.«
Timothy drehte sich zu der nur allzu bekannten Stimme um und seufzte vor Erleichterung, nachdem er Zack erkannte. Zum Glück war alles gut ausgegangen.
»Und schlecht siehst du aus. Geht's dir gut? Ist was passiert?«
Sorge klang in seiner Stimme mit. Timothy erzählte Zack, was eben passiert war, woraufhin er ihn laut auslachte.
»Seit wann hast du denn Angst vor den Cops? Und warum sollten sie mich einbuchten? Ich habe doch gar nichts getan!«
Das war wahr. Wenn Timothy es sich recht überlegte, hatten sie kein Gesetz übertreten. Wer weiß, was es für Gesetze gab, von denen sie nichts wussten?
»Vielleicht sind die so mächtig, dass sie uns ohne Grund verhaften können? Aber schieß los. Was hast du drinnen gesehen?«
Zack holte Luft und begann zu erzählen.
»Das Ding ist wie ein Hochsicherheitsgebäude. Es gibt jede

Menge Überwachung. Die müssen alle Winkel des Eingangsbereiches abdecken! Drinnen gibt es einen Metalldetektor und Sicherheitsleute, die zusätzlich alle Besucher mit Handscannern absuchen und abtasten. Ich vermute, das ist an jedem Eingang so. Es gibt garantiert mehrere solcher Schleusen und so wie es aussieht, sind die Türen mit Codekarten gesichert.«

Timothy schüttelte ungläubig seinen Kopf. Zack fuhr mit seinem Bericht fort.

»Ich habe gesehen, wie alle ihre EC-Karten und Handys abgeben und separat, wie am Flughafen, scannen lassen müssen, als ob ein Magnetfeld sonst alle Daten löscht.«

Jetzt schüttelte Zack seinen Kopf.

»Eines ist auf jeden Fall sicher: Mal eben schnell rein oder raus, ist da nicht drin.«

»Das ist ja unglaublich. Was machen die da?«

»Überall hängt ein Logo SCC, Storage Compression Center. Es könnte sich um ein Unternehmen zur Lagerung von Daten handeln.«

Timothy ordnete und kategorisierte, was er hörte.

»Diese Firma, die SCC, ist also nichts weiter als ein gigantisches Datenarchiv?«

»Das ist doch die perfekte Tarnung! Sie haben Unmengen von Daten über jeden von uns. Ist doch klar, dass diese nicht an die Öffentlichkeit gelangen dürfen. Wahrscheinlich darf auch kein Reporter jemals diese Hallen betreten. Ich würde nur zu gern wissen, woher sie alle ihre Informationen bekommen. Können sie wirklich Gedanken lesen oder ist das nur eine vage Vermutung von Melissa? Vielleicht sammeln sie die Informationen auf anderen Wegen? Und wie entfernen sie die Gedanken?«

Er tippte mit seinem Zeigefinger an seinen Kopf.

»Dann geh noch mal rein und frag am Empfang nach.«

Timothy knurrte ihn an.

»Ach komm schon Timmy, überleg doch mal, was wir herausgefunden haben. Aber noch einmal gehe ich nicht dort hinein. Sonst kommt wirklich noch die Polizei und holt mich ab.«

Plötzlich wurde Timothy ganz still.

»Sag mal, du hast doch Sicherheitskameras erwähnt.«
Zack nickte.
»Hast du auch bemerkt, dass diese nicht nur innen, sondern auch außen rund um das Gebäude herum angebracht sind?«
Zack sah sich um. Tatsächlich. Ihm stockte der Atem. Sie waren klein und unscheinbar an den Verbindungsstellen der Glasplatten angebracht und kaum zu erkennen.
»Ach du Scheiße. Meinst du die haben uns jetzt bemerkt?«
Diese Frage beantwortete sich im nächsten Moment von selbst. Aus dem emsigen Strom von Passanten, die in das Gebäude hinein und hinausströmten, lösten sich zwei Männer in dunklen Anzügen und steuerten direkt auf sie zu.

Ray schlurfte von Megans Büro in die Kaffeeküche und holte sich eine Tasse heißes, schwarzes Gold aus dem Automaten. Am liebsten hätte er ihn mit Wodka versetzt. Ihm war speiübel. Der Kloß in seinem Hals schnürte ihm die Luft ab. Er nippte einen kleinen Schluck Kaffee und sofort zog sich sein Magen zusammen. Er überlegte, ob er auf die Toilette stürzen und sich übergeben musste und beruhigte sich wieder.
Von heute auf morgen, oder eher von jetzt auf gleich, brach seine perfekte Welt wie ein Kartenhaus in sich zusammen und er konnte von Glück reden, wenn er nicht in Guantanamo landete. Hatte er mit so drastischen Maßnahmen gerechnet? Sicher nicht. Hatte er Konsequenzen befürchtet? Auf jeden Fall, aber eher ein Fingerklopfen, eine Zurechtweisung, vielleicht sogar eine Abmahnung. Nie im Leben zog er eine Verhaftung auch nur in Erwägung. Jetzt stand er hier und überlegte seine Optionen.
Habe ich eine Wahl? Die Katze ist aus dem Sack. Trish muss gesäubert werden und Kacey ebenfalls. Das übernehme ich lieber selbst. Wenn es schon um Kacey geht, dann soll sie kein Fremder anfassen.
Ray schlug die Hände vors Gesicht und schluchzte. Nach einem kurzen Moment der Schwäche ging er auf die Toilette und übergab sich. Er spülte seinen Mund aus, spritzte sich das kalte Wasser ins Gesicht und trocknete es mit Papierhandtüchern ab. Dann

sah er sich selbst im Spiegel an.

Du siehst scheiße aus!

Das war nicht gelogen. Er atmete tief durch und nickte sich selbst Mut zu.

»Dann wollen wir mal.«

Zurück an seinem Schreibtisch öffnete er zuerst die Akte von Trish. Der Überwachungsbericht war noch nicht eingegangen. Das war auch nicht nötig.

In seinem Messenger blinkte eine Nachricht von Megan. Die Nummer des archivierten Datenfragmentes, mit einem kurzen Kommentar.

Damit du es nicht suchen musst.

Sie hatte den Videoschnipsel zurück in die Kategorie *Risiko* verschoben. Er verknüpfte ihn mit der Akte von Trish, verharrte einen Moment mit der Maus über dem Knopf *Beauftragen*, schloss die Augen und drückte auf die Maustaste. Jetzt war es eine Frage der Zeit.

Passiert Trish etwas? Geht alles gut?

Seine Finger zitterten. Auch wenn sie nicht anwesend war, spürte er Megans Blick auf ihm ruhen. Wie sie ihn beobachtete und wie sie sich überlegte, welche Strafe für ihn angemessen war.

Ray legte eine zweite Akte an und begann sie langsam auszufüllen. Er brauchte Sekunden für jeden Buchstaben und nach einer gefühlten Ewigkeit hatte er ihren Vornamen eingegeben. *Kacey.* Wieder verharrte er und wieder haderte er mit sich.

Kann ich das meiner Frau wirklich antun?

Der Engel auf seiner Schulter wollte ihn davon abhalten.

Sie hat doch nichts Unrechtes getan! Das Risiko ist viel zu groß!

Der Teufel auf der anderen Schulter widersprach vehement.

Das hat dich sonst auch nicht gestört. Was soll schon schief gehen? Und Megan beobachtet dich!

Ich muss diese Akte anlegen!

Ja, das musst du, allein als Beweis für Megan.

Ja, das musst du, aber du kannst doch trotzdem Kacey da raushalten?

Wie soll das gehen, du verkümmertes Nachtgespenst?

Sein Gewissen rang mit sich selbst.
Wenn ich die Säuberung nur spiele und das Video als Beweis hinterlege?
Du musst eine Nachüberwachung anfordern!
Ich weiß, doch die dauert nur begrenzt. Kacey muss sich solange einfach nur normal verhalten.
Was ist, wenn sie mit Trish redet? Wenn sie überhaupt mit jemand anderem redet? Wenn sie Trish darauf anspricht und merkt, dass Trish nichts mehr von ihrer Unterhaltung weiß?
Ich kann Kacey einweihen und sie bitten, die Klappe zu halten.
Bist du eigentlich komplett bescheuert? Sie einzuweihen macht die Sache noch schlimmer.
Du hast eine Geheimhaltungsverpflichtung unterzeichnet. Wenn sie das herausbekommen, bist du am Arsch.
Wenn ich sie bitte, nie wieder darüber zu reden?
Wie willst du das tun? Wenn sie das Gespräch mitbekommen, bist du ebenfalls am Arsch.
Oh Scheiße, Scheiße, Scheiße, SCHEISSE!
Er hieb mit beiden Händen auf seinen Tisch, dass die Tastatur und Maus hoch sprangen. Mehrere Augen sahen zu ihm herüber.
»Hey Ray, alles in Ordnung?«
»Ja, alles gut.«, knurrte er.
NICHTS IST IN ORDNUNG! wollte er schreien, doch er konnte nicht. Eine Erklärung an sein Team verkomplizierte die Sache.
Was mache ich jetzt?
Langsam tippte er weiter. Für die nächsten Buchstaben benötigte er ebenso lange wie vorher, bis er den Nachnamen eingetippt hatte. *Smith.* Nachdem er in das Feld der Adresse wechselte, klingelte sein Telefon. Sofort griff er danach. Jede Ablenkung, jede Abwechslung war willkommen und weitaus wichtiger, als seine eigene Frau in die Pfanne zu hauen.
»Sir, wir haben hier ein Problem.«
Ray war irritiert.
»Wer ist denn da?«
»Entschuldigung, hier ist Kevin von der Security. Wir haben durch unsere Außenkameras eben eine Aufnahme angefertigt, die

Sie sich sofort ansehen sollten.«

Kevin war der Sicherheitschef der Firma. Er verantwortete die Zugangskontrollen, das Sicherheitspersonal und die Überwachungskameras des Gebäudes. Anscheinend hatte er etwas bemerkt, dass er nicht selbst entscheiden konnte.

»Wo finde ich die?«

»Sie liegt bereits schon im Ordner *Risiko*.«

»Moment.«

Ray speicherte den Auftrag von Kacey und sah in den Ordner *Risiko*. Ganz oben lag ein neues Datenfragment. Der Zeitstempel war erst wenige Sekunden alt. Er legte seine Stirn in Falten und hob die Augenbrauen.

Was soll denn das jetzt sein?

So etwas hatte er noch nie erlebt. Die Videoaufnahme zeigte zwei junge Männer auf dem Platz vor ihrem Gebäude. Anhand der Lage konnte er sofort einschätzen, um welche Ecke es sich handelte. Der eine war stärker gebaut und kleiner als der andere. Er wirkte äußerst nervös. Der größere von beiden sah gelassener und draufgängerischer aus. Er sprach zu dem Kleineren. Ray hörte sich den gesamten Ausschnitt an, bis er einen Satz hörte, der ihn stutzen ließ.

»Das ist doch die perfekte Tarnung! Sie haben Unmengen von Daten, über jeden von uns. Ist doch klar, dass diese nicht an die Öffentlichkeit gelangen dürfen. Wahrscheinlich darf auch kein Reporter jemals diese Hallen betreten. Ich würde nur zu gern wissen, woher sie alle ihre Informationen bekommen. Können sie wirklich Gedanken lesen oder ist das nur eine vage Vermutung von Melissa? Vielleicht sammeln sie die Informationen auf anderen Wegen? Und wie entfernen sie die Gedanken?«

Noch bevor das Video beendet war, antwortete er Kevin, der am Telefon auf ihn wartete.

»Kevin, das ist ein Code Red.«

»Verstanden, Code Red.«

Damit legte Kevin auf. Ray wusste, dass Kevin ein Team zu den beiden hinausschickte, die sie vorläufig festsetzten und dann mussten sie herausfinden, wie viel die beiden wirklich wussten.

Am Ende wurden sie natürlich gesäubert. Sie mussten um jeden Fall verhindern, dass sie mit anderen Menschen sprachen und ihr Wissen weitergaben. Kaum hatte er aufgelegt, klingelte sein Telefon erneut. Er nahm ab und wusste, wer am anderen Ende der Leitung war.

»Was ist passiert?«
»Wir haben einen Code Red. Zwei Unbekannte, direkt vor dem Gebäude.«
»Verstanden. Sobald sie festgesetzt sind, wirst *du* das Verhör führen.«
»Ich?«
»Ja du, Ray. Finde heraus, was sie wissen.«
»Aber Megan, ich bin nur ein Analyst.«
»Sieh es als Sonderaufgabe, Ray.«
Er schluckte.
»Natürlich, Megan.«
Für einen Moment herrschte Stille in der Leitung.
»Ach und Megan?«
»Ja?«
»Ich würde Kaceys Auftrag gern selbst übernehmen.«
Sie überlegte einen Moment, bevor sie antwortete.
»In Ordnung Ray.«
Megan legte auf.

Das kann ja wohl nicht wahr sein. So ein dummer Fehler aber auch. Ich war im Gebäude und habe die Unmengen von Überwachungskameras bemerkt. Wie konnte ich da die Kameras an der Außenseite übersehen?
Zack ärgerte sich über seine eigene Dummheit.
»Scheiße, wir haben nicht einmal daran *gedacht*, dass es hier welche geben könnte!«
»Na klasse, und direkt vor der Linse müssen wir uns auch noch unterhalten. Hätten wir nicht ein paar Meter weiter laufen können?«
Genauso gut konnten sie sich neonfarbene Anzüge anziehen und wild im Kreis springen. Es half nichts, sich darüber jetzt Gedan-

ken zu machen. Sie mussten hier weg, und zwar schnell. Zack packte Timothy am Arm.

»Komm, lass uns hier verschwinden.«

»Das bedeutet nichts Gutes.«

Zack war ein trainierter Läufer, der regelmäßig Joggen ging, Timothys Sport dagegen bestand im Jonglieren von Zahlen. Das konnte nicht gut enden. Und das Schlimmste daran war, er hatte es vorher gewusst. Timothy sparte sich die Luft und statt zu schimpfen, schloss er sich Zack an. Zuerst langsam mit großen Schritten, dann immer schneller werdend, gingen sie quer über den Platz hinein in die Menschenmenge.

»Vielleicht können wir zwischen den Passanten untertauchen.«

Der Strom trieb sie zum nächsten großen Bürogebäude, nicht ganz so groß und auffällig wie das Vorherige, aber auch hier strömten genauso viele Menschen hinein und wieder hinaus. Zack sah sich um.

»Es sind Unmengen von Anzugträgern hier. Unmöglich zu sagen, ob es sich dabei um Agenten handelt oder nicht.«

»Natürlich sind die hinter uns her, wer weiß, wie nah sie schon sind!«

Timothy war nicht erfreut.

Die meisten Passanten achteten nicht auf sie. Einige telefonierten, andere hetzten von einem Termin zum nächsten und wieder andere starrten stur geradeaus oder auf den Boden vor ihren Füßen. Da fiel sein Blick auf einen Mann, der ihn direkt ansah. Sein Blick genügte, er sagte mehr als tausend Worte. In Sicherheit waren sie noch lange nicht. Die Agenten waren hinter ihnen und sie waren nicht so dumm, ein Chaos zu verursachen und sich durch die Menschenmenge hindurch zu drängen.

»Scheiße! Da ist einer.«

Zack zog Timothy am Arm weiter.

»Die schwimmen genauso mit dem Strom, nur schneller als die anderen Fische!«

»Was quatscht du da für eine Scheiße?«

Zack hatte recht. Es war weitaus effizienter, statt einfach drauflos zu stürmen. Gegen die entgegenkommende Menschenmenge anzukommen, kostete nur unnötig Kraft.

»Was machen wir jetzt?«

Timothy war außer Atem. Sie rannten nicht, waren aber mit einer flotten Sohle unterwegs.

»In die Stadt zurück? Dort könnten wir uns hinter einer Ecke verstecken.«

Zacks Gedanke war klar. Dort waren weniger Menschen unterwegs und sie kamen leichter voran. Ihre Verfolger allerdings auch.

»Oder wir schwimmen hier weiter und hoffen, irgendwann unterzutauchen.«

»Das wäre mir am liebsten.«

»Glaub ich Timmy, glaub ich. Aber das geht nicht ewig. Irgendwann versiegt der Strom und das Geschäftsviertel hat bald ein Ende.«

Zack hatte keine Probleme mit der Anstrengung. Er konnte sich trotz des gesteigerten Tempos in einem lockeren Plauderton mit Timothy unterhalten.

»Wir können aber nicht umdrehen.«

Timothy holte extra tief Luft für seinen nächsten Satz.

»Vielleicht wollen die ja gar nichts Schlimmes, sondern nur ein paar Fragen stellen?«

»Das glaubst du doch selbst nicht.«

Zacks Bauch sagte ihm nichts Gutes. Ihnen blieb nur die Flucht nach vorne und er sprach sich mit Timothy ab.

»Pass auf Timmy, bei der nächsten größeren Lücke im Verkehr laufen wir auf die andere Straßenseite. Dort können wir einen Moment untertauchen. Aber sie werden uns weiter verfolgen. Wir müssen dann so schnell wie möglich eine andere Lücke finden.«

Timothy keuchte.

»Was immer du sagst.«

Ihre Herzen pochten und das Blut rauschte in ihren Ohren. Zacks Blick war auf die Straße gerichtet.

Komm schon, eine kleine Lücke ist völlig ausreichend.

»Jetzt!«

Er nickte in Richtung der Lücke, die sich ihnen bot.

»Eins... Zwei... Los!«

Sie rannten über die Straße auf die andere Straßenseite und mischten sich sofort wieder unter die Passanten. Hinter ihnen quietschten bremsende Reifen. Ihre Verfolger überquerten ebenfalls die Straße und rannten hinter ihnen her. Ein Auto hupte und ein Fahrer rief unanständige Dinge aus seinem Fenster. Gesichter aus Anzügen starrten sie an und wütendes Gemurmel erhob sich. Zack achtete nicht darauf, sondern zog Timothy in die nächste Querstraße. Gemeinsam stürmten sie diese hinunter. Die Stimmen hinter ihnen wurden unfreundlicher und lauter. Agenten kämpften sich durch die Menge. Zack hatte im Moment nur Augen für die vor ihm liegende Straße.

Hier muss doch irgendwo noch ein Versteck sein!

Sie bogen in die nächste Querstraße und kurz darauf in eine weitere. In der Zwischenzeit hatten sie jegliche Orientierung verloren. Alles was sie wussten war, dass jemand hinter ihnen her war und sie sich verstecken mussten. Ganz egal wo. Sie bogen um die nächste Ecke, da hatte Zack eine Idee.

Ray scannte die Gesichter der beiden Männer und ließ sie durch die Personensuche laufen. Es dauerte nicht lange, da hatte er den ersten Treffer, Timothy Brown. Die Suche nach dem zweiten Gesicht dauerte länger. Bis er das Ergebnis bekam, glich er Timothys Namen mit dem Einwohnermeldeamt ab und übertrug seine persönlichen Daten, Geburtstag, Adresse und Sozialversicherungsnummer in eine neue Akte. Die erweiterte Suche brachte seinen Lebenslauf, Bonitätsstatus, Bankdaten und persönliche Verbindungen ans Tageslicht. Es war wie eine Spinne, die ihr Netz nach und nach vergrößerte und immer mehr Informationen und immer mehr Details von ihrem Opfer einfing, einwickelte und miteinander verknüpfte. Er konnte so tief in Timothys Leben eindringen, wie er wollte. Alles lag ihm vollkommen transparent offen. Der Urlaub letztes Jahr in Miami, ein Restaurantbesuch im Edelweiss oder eine Auflistung sämtlicher Telefonate von seinem Festnetz und Mobiltelefon aus. Alles was er fand, übernahm er in die Akte. Bei einem Code Red konnte sich jedes noch so kleinste

Detail später als nützlich erweisen.

Die zweite Suche spuckte den Namen Zack Logan aus. Auch hier das gleiche Verfahren. Persönliche Daten, Sozialstatus und die komplette erweiterte Suche. Das System prüfte die Telefonverbindungen und stellte die erste Verbindung der beiden zueinander grafisch dar. Je weiter er in die Vergangenheit vordrang, umso dichter wurde das Netz. Sie waren beide in Colorado aufgewachsen und hatten die gleiche Highschool besucht. Eine typische Jugendfreundschaft. Nun standen sie hier und hatten irgendwie etwas über sie herausgefunden. Ray forschte weiter.

Er hatte einen dritten Namen, Melissa, doch wer war sie? Der Vorname alleine reichte nicht für eine Suche aus, dafür gab es zu viele Frauen mit diesem Namen. Trotzdem startete er eine Kreuzsuche, in der Hoffnung, dass sie in irgendeiner der Millionen existierenden Akten einmal erwähnt wurde.

Die plötzliche Aufgabe vereinnahmte Ray komplett und schlug sie in seinen Bann. Er war jetzt voll in seinem Element und seine Finger huschten über die Tastatur in einem immerwährenden Stakkato des Klapperns, durchbrochen vom Schieben und Klicken der Maus. Im Moment verdrängte er sein persönliches Dilemma, das mit Kacey noch auf ihn wartete.

Ein blinkendes Fenster erregte seine Aufmerksamkeit. Tatsächlich war der Name Melissa tausendfach vorhanden. Er sortierte die Treffer so, dass die neuesten Einträge ganz oben standen und stieß auf die Akte von Peter Stinton. Ray erinnerte sich an diesen Fall. Er war ihm deshalb im Gedächtnis geblieben, da er einen Tag nach der Beauftragung das Säuberungsprotokoll erhalten hatte.

Was hat diese Melissa mit Peter Stinton zu tun?

Laut seinen Aufzeichnungen hatte Peter nur einmal telefonischen Kontakt mit einer Melissa Lockwood gehabt. Sie war Journalistin bei der Gazette, allerdings deuteten aus seinen Unterlagen keine weiteren Informationen auf eine Verbindung zwischen Melissa und Peter hin.

»Na das kann ja was werden.«

Ray musste jede einzelne alte Akte ansehen und auf Querverbindungen zu den beiden Männern prüfen. Er öffnete ein weiteres

Fenster und verteilte seine offenen Informationen auf beide Monitore. Die Suchmaske befüllte er mit Melissa Lockwood und Zack Logan und startete eine Prüfung auf Querverbindungen. Das System lief an.

Er hatte keine Ahnung, wie spät es war oder wieviel Zeit seit dem Code Red vergangen war. Kevin hatte sich seitdem nicht wieder gemeldet. Noch immer huschten seine Finger über die Tastatur und suchten nach Querverbindungen zu Melissa. Die erste Suche brachte kein Ergebnis. Dafür blinkte die zweite Suche auf, ein Zeichen, dass sie beendet war. Ray glich diesmal Melissa Lockwood mit Timothy Brown ab und war gespannt auf das Resultat. Er schob die anderen Fenster in den Hintergrund und wechselte zu dem Suchergebnis.

»Tatsächlich. Sie kennen sich.«

Timothy hatte Melissa vor etwa zwei Wochen das letzte Mal angerufen. Davor in unregelmäßigen Abständen. Das war die Querverbindung, die er gesucht hatte. Ihm war nicht klar, was Peter Stinton damit zu tun hatte, doch darum würde er sich später kümmern.

Ray legte eine dritte Akte an und startete eine erneute Recherche. Die Spinne spann ihr gigantisches Netz weiter.

- 18 -

Vor ihnen lag der Eingang zum Memorial Hospital, einem großen Krankenhauskomplex in Colorado Springs, dessen Hauptgebäude am markantesten durch seine runde Außenform und den durchgängigen Fensterreihen über fünf Etagen ins Auge stach. Hier gab es nicht nur jede Menge Menschen, sondern auch viele Möglichkeiten, sich zu verstecken. Sie traten durch den Eingang und befanden sich in einem gelblich beigefarbenen Raum, dessen Empfang im gleichen Rund gestaltet war wie die Außenfassade. Viele Kranke warteten darauf, sich anmelden zu können.

Zack ignorierte sie und eilte an ihnen vorbei in den nächsten Gang, entlang an großen Bildern von Elefanten, Löwen, Tigern und Zebras. Sie erreichten eine offene Tür und nachdem er sich vergewissert hatte, dass der Raum leer war, zog er Timothy hinein. Beide Freunde rangen nach Luft. Timothy vor Erschöpfung, Zack vor Aufregung.

»Ist dir aufgefallen, dass wir hier auf einer Kinderstation sind?«

Timothy keuchte nach einem Moment Pause und wischte sich den Schweiß von der Stirn.

Zack sah sich um und nickte.

»Jetzt, wo du es sagst.«

»Oh Scheiße, Scheiße, Scheiße...«

Timothy war komplett neben sich.

»Jetzt beruhige dich, Timmy und atme tief durch.«

Er sah immer wieder zur Tür und rechnete jeden Moment damit, dass ein Arzt, eine neugierige Schwester oder die Männer in Anzügen auftauchten. Bisher war niemand zu sehen.

»Die werden uns einsperren, für immer hinter Gitter.«

»Jetzt versuch dich zu entspannen Timmy. Wir haben doch gar nichts getan.«

»Das sehen die aber anders. Du hast doch gesehen, wie sie hinter uns her waren.«

Da hatte Timothy recht.

Ist an der ganzen Sache mehr dran? Sind diese Männer uns deshalb gefolgt?

Wie auch immer, Zack hatte nicht vor, sie danach zu fragen. Sie brauchten einen Plan und den brauchten sie schnell. Es vergingen ein paar Minuten und Timothy beruhigte sich. Zack vergewisserte sich, dass in dem Gang vor ihrem Zimmer keiner nach ihnen suchte und sah Timothy an.

»Halte mich jetzt bitte nicht für verrückt.«

»Das kann nichts Gutes werden...«

»Wir sind doch unschuldig, oder?«

»Wenn du meinst, dass wir nicht wissen, ob wir etwas getan haben, gebe ich dir recht.«

»Jetzt sei nicht sarkastisch Timmy. Ich weiß von keinem Gesetz, das wir übertreten haben.«

»Was nicht heißt, dass es nicht eines gibt.«

»Ja, wie auch immer. Warum gehen wir nicht einfach zur Polizei und bitten um Schutz. Immerhin werden wir verfolgt. Die müssen uns helfen.«

Timothy sah ihn entsetzt an. Er schien nicht zu glauben, was er hörte.

»Du willst zur Polizei gehen? Das kommt einem Geständnis gleich. Die sperren uns sofort ein!«

»Und weshalb?«

Timothy überlegte und biss sich auf seine Unterlippe.

»Na wegen... weil... ach die finden schon einen Grund.«

Zack holte tief Luft.

»Timmy, wir sind unschuldig!«

»Und wenn sie mit denen unter einer Decke stecken? Wenn wir einmal im Revier drin sind, kommen wir dort nicht so leicht wieder heraus.«

Zack nickte.

»Ich glaube, die wissen gar nichts von der Gedankenpolizei. Vielleicht können wir sie anzeigen? Dann müssen sie sich der Sache annehmen und die ganze Geschichte untersuchen.«

Timothy wirkte geistesabwesend, überlegte und wägte die Tatsachen ab.

»Ich muss zugeben, dass wäre eine Möglichkeit. Weswegen willst du sie anzeigen?«

»Da fällt uns schon was ein. Lass es uns einfach versuchen.«

Timothy war sich unschlüssig.

»Naja, wenn wir uns nicht irgendwo verkriechen und verstecken wollen, bis die ganze Sache vorbei ist, habe ich keine bessere Idee.«

»Timmy, die haben unsere Gesichter! Die Sache wird nie vorbei sein. Wir müssen auf jeden Fall irgendwas unternehmen.«

Die letzte Farbe aus Timothys Gesicht verschwand, als er diese Worte nicht nur registrierte, sondern auch verstand.

»Mir gefällt das alles nicht. Wie kommen wir dort ungesehen hin?«

»Ich habe eine Idee. Komm mit!«

Sie schlichen aus dem Zimmer und gingen zurück zum Empfang in Richtung Ausgang.

»Kann ich Ihnen beiden helfen?«

Eine ältere Schwester mit einer Nickelbrille auf der Nase sah sie darüber hinweg an. Timothy schluckte. Zack drehte sich zu ihr um.

»Nein danke, wir kommen zurecht.«

Die Schwester nickte ihnen zu.

»Er sieht aber gar nicht gut aus. Sind Sie sicher, dass es ihm gut geht?«

Zack sah zu Timothy, der ihn für einen Moment anstarrte. Timothy wandte sich an die Schwester.

»Vielen Dank, es geht mir gut. Es ist nur die Aufregung.«

Erneut nickte die Schwester.

»Ich verstehe. Ich bin mir sicher, Ihrem Kind wird es bald wieder besser gehen. Machen Sie sich keine Sorgen, es ist bei uns in den besten Händen.«

Timothy klappte die Kinnlade herunter. Zack zog ihn weiter.

»Vielen Dank!«, rief er der Schwester nach und wandte sich dem Ausgang zu.

Sie mischten sich unter die rauchenden Besucher, die sie wie ein lebendiger Kokon vor neugierigen Blicken schützten. Argwöhnisch beobachteten sie jeden um sich herum, die vorbeilaufenden Passanten und die Leute auf der gegenüberliegenden Straßenseite. Es war weit und breit kein Agent zu sehen.

»Ok, komm, es sieht sauber aus.«

Zack ging voraus und Timothy folgte ihm.

»Was meinte sie mit *unserem* Kind?«

Zack sah ihn an und grinste.

»Meinst du das jetzt im Ernst?«

Ein irritierter Blick reichte ihm als Antwort.

»Timmy, das erkläre ich dir später. Lass uns erst einmal weiter gehen.«

Sie liefen den Bürgersteig entlang. Es schien sicher, aber es fühlte sich nicht so an. Bei jedem Geräusch drehten sie sich um und ihre Köpfe zuckten hin und her, aus Angst etwas zu übersehen. Das Adrenalin schärfte ihre Sinne. Sie sahen und hörten mehr, als sie es jemals für möglich hielten. Der Geräuschpegel um sie herum dröhnte. Wenn Zack sich konzentrierte, konnte er Gespräche mithören, die meterweit entfernt waren. Jeder Schritt, jedes Husten, selbst jede weggeworfene Zigarette hallte in seinen Ohren. Sogar das Licht leuchtete heller als vorher. Jede Bewegung im Augenwinkel schlug Alarm, jedes Flattern der Gardinen hinter den Fenstern verursachte eine Gänsehaut. Seine Nerven waren gespannt bis zum Zerbersten, Schweiß bildete sich auf seiner Stirn und perlte langsam herunter. Sie versuchten, sich nichts anmerken zu lassen. Gemächlich, als war es das normalste der Welt, gingen sie weiter. Es kam ihm vor, als bewegte er sich in Zeitlupe. Der Weg war nicht weit. Sie mussten ein paar Blöcke die Straße hinunter und eine Querstraße weiter. Dort war ihr erstes Ziel und er hoffte, dass er sich richtig erinnerte.

»Meinst du etwa..., sie dachte..., wir beide...«

Timothy war in Gedanken immer noch im Krankenhaus.

»Sind schwul, ja. Sie dachte wir sind ein Paar.«

Seinem Freund verschlug es die Sprache und Zack kicherte.

»Komm weiter, Timmy. Es ist nicht mehr weit. Krieg dich wieder ein, wir sind gleich da.«

Zack klopfte ihm auf den Rücken und wollte ihn aufmuntern. Es tat gut, nicht mehr mit Vollgas durch die Stadt zu jagen und er hoffte, sie hatten die Verfolger abgeschüttelt. Sie überquerten eine Querstraße. Kaum hatten sie die nächste Häuserecke erreicht, hörte Zack hinter sich schnelle Schritte. Sofort stieg die Panik in ihm hoch und das Blut pochte wieder in seinen Ohren. Er drehte sich um und suchte die Straße mit seinen Augen ab. Es war nur eine Frau, die ihrem Freund entgegen lief. Er seufzte und atmete tief durch. Ruhe wäre jetzt gut. Doch Ruhe konnten sie sich vorerst nicht gönnen. Noch nicht. Da drehte sich Timothy zur Seite und alles was aus seinem Mund kam, war ein gehauchtes »Oh nein.«

So leise es war, Zack empfand es fast als Schreien. Er sah in die Richtung, die Timothy den Schrecken eingejagt hatte und was er dort sah, ließ auch sein Blut gefrieren und sein Puls erklomm ungeahnte Höhen.

»Lauf Timmy, lauf!«

Sie rannten so schnell sie konnten.

Die Schritte hinter ihnen wurden lauter. Zack brauchte sich nicht umzudrehen. Er wusste, sie waren ihnen dicht auf den Fersen.

Wie zum Henker haben die uns so schnell gefunden?

Sie waren wohl doch nicht so tief untergetaucht, wie sie angenommen hatten. Die Agenten klebten ihnen an den Fersen, dichter als vorher. Jetzt half es nur noch, die Beine in die Hand zu nehmen. Timothy neben ihm keuchte. Sein ganzer Körper schrie: Ich kann nicht mehr. Aber Timothy rannte weiter. In seinen Augen stand die pure Angst. Angst, die ihn ebenfalls plagte.

Wenn wir jetzt stolpern oder mit jemand zusammen stoßen.

Er wollte nicht daran denken. Die Lage war ernst und die Agenten machten nicht den Eindruck, als wollten sie mit ihnen Kaffee trinken und Kuchen essen.

Gern hätte er Timothy ein paar aufbauende Worte gesagt, ihn angefeuert, motiviert, aber Zack brauchte den Atem für sich selbst. Er staunte über Timothys Ausdauer. Nie im Leben hätte er ihm dieses Durchhaltevermögen zugetraut. Sie erreichten die letzte Querstraße und Timothys Kopf glich einer überreifen Tomate.

»Durchhalten Timmy!«

Zack keuchte. Timothy konnte nur noch nicken. Er brauchte seine Luft zum Rennen. Dann erspähte er endlich ihr Ziel. Mit Freude fixierte Zack das große, weiße U auf dem blauen Schild, das zum Greifen nah schien. Die Treppe zur Station war nicht mehr weit entfernt. Allein hätte er sie schon längst erreicht, doch Timothy war nicht so schnell wie er.

»Auf geht's Timmy, fast geschafft! Da vorne!«

Timothy dagegen war am Ende seiner Kräfte. Der Schweiß rann ihm in Strömen von der Stirn über sein Gesicht herunter und auf seinem Shirt zeigten sich dunkle Schweißflecken. Kurz vor der Treppe bremsten sie etwas ab, um nicht hinunter zu stolpern und sprangen sie herunter, so schnell es ging. Ihre Verfolger kamen näher. Auch sie mussten abbremsen. Den eben eingebüßten Vorsprung holten sie unten angekommen wieder heraus. Timothy wäre am liebsten zusammengesackt. Sie mussten weiter. Stehenbleiben bedeutete aufgeben und sich in die Hände der Verfolger zu begeben.

Sie schlitterten am Fahrkartenautomaten vorbei und es folgten kleine Treppen, die sie in ein, zwei großen Schritten hinunter sprangen. Aus dem Gang wurde eine breite Halle, in der sich links und rechts die Gleise der Bahnlinien befanden. Jetzt war es vollkommen egal wohin. Hauptsache weg von hier.

Eine Bahn stand am Bahnsteig und ohne ein Wort zu sagen, packte Zack Timothy am Arm und stürmte mit ihm zusammen auf den Zug zu. Die Türen schlossen sich bereits. Im letzten Moment stellte er seinen Fuß dazwischen und schob die Tür wieder auf. Er warf Timothy buchstäblich in den Zug, der auf allen Vieren liegen blieb und nach Luft rang, bevor er sich selbst nach innen drückte. Die Türen schlossen sich zischend hinter ihm. Alle Augen waren auf sie beide gerichtet, teils interessiert und teils verächtlich.

»Wir waren spät dran.«

Es war ihm egal, ob seine Erklärung etwas nützte. Es würde die

Leute beruhigen.

Komm schon, fahr los!

Timothy schien das Gleiche zu denken. Speichel rann ihm aus dem Mundwinkel, den er mit einer Hand abwischte. Zack sah durch das Fenster in die Bahnhofshalle. Die Agenten stürmten die Treppe herunter.

Können sie den Zug aufhalten?

Der Zug fuhr an und sie warfen ihnen wütende Blicke zu. Sie hatten es in die U-Bahn geschafft. Jetzt hatten sie einen kleinen Moment Ruhe. Timothy versuchte ein paar wackelige Schritte und setzte sich hin, japsend wie ein Jagdhund. Dicke Adern traten an seinem Hals hervor und pochten wild. Zack warf ihm einen Blick zu, der sagte, sie sollten im Wagon weiterlaufen. Sie waren noch lange nicht in Sicherheit. Zwar waren sie den Agenten vorerst entkommen, allerdings erwarteten sie die Freunde mit hoher Sicherheit im nächsten Bahnhof. Darauf mussten sie sich vorbereiten. Die Agenten wussten, wie sie aussahen und was sie anhatten. Vielleicht konnten die beiden diese Informationen gegen sie verwenden.

»Siehst du die Kids da hinten?«

Er zeigte auf das andere Ende des Wagons, wo Jugendliche standen. Sie trugen Kapuzenshirts und schauten grimmig auf den Boden.

»Die sehen nicht gerade vertrauenserweckend aus und sind bestimmt bewaffnet!«

»Ich hoffe nicht. Aber vielleicht brauchen die ja etwas Kohle.«

Timothy verstand seinen Freund nicht. Zack hatte keine andere Wahl. Ob sie nun einen Kampf mit den Agenten ausfochten oder mit den Jugendlichen, die Chance den Letzteren zu gewinnen, erschien ihm größer. Er trat auf sie zu.

»Hey Jungs. Ich geb euch fünfzig Mäuse für zwei eurer Sweatshirts, jetzt hier sofort.«

Er zog den Geldschein aus seinem Portemonnaie und hielt ihn in der Hand als Zeichen, dass er das Geld auch hatte. Sie lachten. Nur einer starrte ihm in die Augen, als wollte er ihn jeden Moment anspringen und das Geld aus der Hand reißen. Vermutlich rechnete er sich gerade seine Chancen aus, damit durchzukommen. Dann antwortete er.

»Hundert.«

Ohne den Blick von ihm abzuwenden, antwortete Zack.

»Okay, aber dafür müsst ihr auch etwas tun. Timmy gib ihm auch fünfzig Mäuse.«

Timothy kramte in seinen Taschen nach dem Geld. Zack erklärte, was er von ihnen erwartete. Kurz darauf zogen sie ihre neuen Sachen an und eine mechanische Stimme verkündete die nächste Haltestelle.

»Gleich sind wir im nächsten Bahnhof.«

Zack warf einen letzten Blick auf die zwei Jugendlichen, mit denen er den merkwürdigen Deal gemacht hatte und nickte ihnen zu. Sie nickten zurück. Sie hatten sich sein und Timothys Hemd über ihre T-Shirts gezogen im Tausch gegen die Sweatshirts, die sie vorher getragen hatten. Zack hatte mit ihnen vereinbart, sie sollten sie solange tragen, bis sie die U-Bahn-Station verlassen hatten.

Hoffentlich behalten sie die Klamotten lange genug an.

Der Zug hielt und die Türen öffneten sich. Mit zitternden Knien warteten die beiden Freunde, bis die Jugendlichen den Zug verlassen hatten, bevor sie ebenfalls ausstiegen. Ohne sich noch einmal umzusehen, liefen sie, so schnell es ging in die andere Richtung. Auf den ersten Blick waren keine Agenten zu sehen.

Ohne Probleme erreichten sie die Treppe nach oben und zwei Minuten später atmeten sie wieder frische Stadtluft. Bevor sie in der nächsten Seitenstraße verschwanden, suchte Zack einen Moment lang den Ausgang auf der anderen Straßenseite ab. Die Jugendlichen waren weit und breit nicht zu sehen. Er hatte keine Ahnung, ob Agenten sie abgefangen hatten oder ob sie unbehelligt hinausgekommen waren. Für ihn zählte nur, dass sie beide der Gefahr fürs erste entkamen.

- 19 -

Den Rest des Weges legten sie ohne Zwischenfälle zurück. Zack und Timothy standen vor einem hellen, beigen Gebäude im Center Park Drive. Von außen unscheinbar, wiesen lediglich ein Schild und die davor geparkten Streifenwagen auf die Polizeidienststelle hin. Sie hielten ein letztes Mal Rat, ob sie diesen Schritt wagen oder andere in Erwägung ziehen sollten.

»Bist du dir sicher, dass du das tun willst?«

»Naja, viele andere Optionen haben wir ja nicht Timmy, oder fällt dir etwas Besseres ein?«

Timothy zuckte mit den Schultern. Es war ihm nicht egal, aber ihm fiel keine andere Möglichkeit ein. Sein ganzer Körper strahlte Verzweiflung aus.

»Nein... Habe ich nicht.«

»Also vertraust du mir?«

Timothy nickte.

»Das weißt du.«

»Fakt ist, wir werden von Agenten verfolgt, die wir wohl besser nicht auf uns aufmerksam gemacht hätten. Wir wissen fast gar nichts über sie und in welchen Beziehungen sie mit anderen Behörden stehen...«

Er machte eine kurze Pause.

»...wenn es denn welche gibt.«

Timothy nickte.

»Es wäre natürlich der ultimative Super-Gau, wenn die Polizei und *sie* Hand in Hand arbeiten.«

Die Augen seines Freundes wurden größer und er schluckte. Zack sah sich um und betrachtete die Polizisten, die das Revier betraten und wieder verließen. Seit sie davor standen, nahm keiner von ihnen Notiz. Sie warteten ein paar Minuten und nichts geschah.

»Wir stehen jetzt hier bestimmt zwanzig Minuten, wenn nicht gar eine halbe Stunde. Die scheinen nichts von uns zu wissen.«

»Bloß gut Zack, sonst säßen wir jetzt schon hinter Schloss und Riegel.«

»Ja, siehst du, wir sind immer noch frei.«

Zack breitete die Arme aus.

»Die wissen nichts. Fakt ist auch, dass wir kein Gesetz übertreten haben. Das spricht für uns.«

Etwas leiser fügte er hinzu.

»Ebensowenig können wir den Rest unseres Lebens auf der Flucht verbringen. Auch nur die Gewissheit zu haben, jederzeit untertauchen zu müssen, sollte sich auch nur ein Anwesender *verdächtig* benehmen, geht mir ganz und gar gegen den Strich.«

Sie waren keine Geheimagenten sondern ein Musikverkäufer und ein Wirtschaftsangestellter.

»Wollte ich täglich ums Überleben kämpfen, wäre ich zur Armee gegangen. Wir brauchen Hilfe! Und wer ist da besser geeignet als dein Freund und Helfer?«

»Bist du dir sicher, dass es die beste Option ist?«

»Nein Timmy, aber ich sehe im Moment keinen anderen Weg. Wir haben das jetzt mehrmals durchgesprochen. Die positiven Aspekte überwiegen drei zu eins. Wenn du einen besseren Vorschlag hast, ist jetzt dafür die Gelegenheit.«

Timothy sagte nichts. Er starrte vor sich auf den Boden und überlegte.

»Okay. Ich werte das als deine Zustimmung.«

Zack sog die Luft ein, öffnete die Tür und betrat das Polizeirevier. Er war nie vorher auf einer Dienststelle gewesen und er hatte keine Ahnung, was ihn erwartete. Der erste Eindruck war enttäuschend. Weder herrschte Hektik, noch sah er emsig umher rennende Polizisten, stets darum bemüht, sämtliche Fälle zu klären. Es gab keine permanent läutende Telefone und auch keine Sitzreihen mit Verdächtigen, die verhört werden mussten, so wie er sich ein Revier vorstellte. Nein, ganz und gar nicht. Er könnte ebenso in einem stinknormalen Büro stehen.

Links von ihm befand sich ein kleiner Tresen. Dahinter saßen an zwei großen Schreibtischen vier Beamte und tippten an ihren Computern. Weiter hinten befand sich ein abgetrenntes Büro, das wohl dem Chief gehörte. An der Wand zu seiner rechten befanden sich leere Plastikstühle. Plakate an der Wand zeigten aktuelle Suchmeldungen oder Tipps zur Prävention von Einbrüchen. Das war also das aufregende Leben der Polizei.

Sie mussten unschlüssig wirken. Ein Beamter stand von seinem Schreibtisch auf und kam zu ihnen an den Tresen.

»Kann ich Ihnen helfen?«

Das war eine gute Frage. Welche Hilfe erwarteten sie sich? Darüber hatten sie nicht nachgedacht. Bevor Zack antworten konnte, kam ihm Timothy zuvor.

»Wir werden verfolgt.«

Der Beamte hob skeptisch eine Augenbraue. Es musste ihm seltsam erscheinen, dass sich zwei erwachsene Männer durch einen Stalker bedroht fühlten, andererseits hatte er überhaupt keine Ahnung. Allerdings schien es auch seine Pflicht zu sein, sich ihre Geschichte zumindest anzuhören und so führte er die beiden Besucher in ein kleines Büro am Ende des Ganges, worin sich ein Tisch und Stühle befanden.

»Meine Herren.«

Er bot Zack und Timothy einen Stuhl an und setzte sich an die gegenüberliegende Seite des Tisches. Anschließend nahm er sich ein paar leere Blätter von einem Stapel und zog einen Kugelschreiber aus seiner Brusttasche.

»Dann erzählen Sie mir alles in Ruhe und von vorn. Mein Name ist Craven und Sie sind?«

Wieder war es Timothy, der ihm antwortete und die Fakten Schritt für Schritt logisch aufbaute. Zack war zu emotional und stellte Dinge teils nur aus seiner Sicht dar, oder beschrieb sie so, wie er sie empfand. Immer wieder unterbrach er Timothy, um auch seine Erlebnisse mit einfließen zu lassen. Zack schilderte lebhaft die Szenen, an die er sich erst nachträglich erinnert hatte und mit der Gedankenpolizei in Verbindung brachte. Craven sah auf sein Blatt Papier und machte sich Notizen zu dem, was ihm die beiden Freunde schilderten.

»Alles begann, als wir eine Bekannte getroffen haben, die den Stein quasi ins Rollen brachte.«

Er verschwieg ihren Namen und ihren Beruf und Craven fragte nicht weiter nach. Nachfolgend schilderten sie ihre Beobachtungen. Das Detail mit der Videokamera erwähnten sie sicherheitshalber nicht. Ihnen war nicht klar, ob man Personen ohne ihr Einverständnis einfach filmen durfte und die wenigen Szenen, die sie hatten, waren ohnehin nicht gerade aussagekräftig.

Für das Protokoll half Timothys analytisches Denken enorm weiter. Hier war er in seinem Element. Für ihn zählten nur die Fakten und die Punkte, die sie selbst erlebt hatten. Er dichtete nichts dazu, aber er ließ einige Dinge weg. Dinge, die den Polizisten nichts angingen. Wenn er etwas genauer wissen wollte, sollte er nachfragen.

Dessen Haltung hatte sich mittlerweile geändert. Er nahm zwar noch immer Notizen, doch klopfte er nun mit seiner anderen Hand gleichmäßig und monoton permanent auf den Tisch. Das ständige Klopfen und Pochen bohrte sich in Zacks Schädel und hallte dort nach. Anfangs hatte er es nicht registriert, aber nach ein paar Minuten verunsicherte es ihn. Er nahm an, dass es beabsichtigt war, traute sich aber nicht, Craven zu bitten, damit aufzuhören.

Timothy ließ sich davon nicht aus dem Konzept bringen. Er kam zu der Stelle, wo sie den Agenten verfolgten. Der Polizist sah von seinen Notizen auf und die beiden eindringlich an. Es kam ihnen vor, als lag ein leichter Vorwurf in seinem Blick. Als wären sie die Ersten gewesen, die mit der Verfolgung begonnen hatten und die sich jetzt nicht beschweren sollten.

Doch Craven sagte kein Wort und schrieb weiter seine Notizen. Die Beschreibung des großen Bürogebäudes der SCC übernahm Zack. Er war allein darin gewesen, während Timothy draußen gewartet hatte. Zack berichtete von den Dutzenden von Videokameras und den enormen Sicherheitsvorkehrungen, die innerhalb des Gebäudes zu sehen waren. Er berichtete von dem Gespräch mit Timothy außerhalb des Gebäudes vor der Überwachungskamera und dass sie kurz darauf verfolgt wurden.

»Vielleicht wollten die beiden Männer einfach nur mit Ihnen reden?«

»Das mag ja sein, doch dann endet dieses *Reden* nicht in einer Verfolgungsjagd durch die halbe Stadt.«

Zack berichtete über ihre Flucht. Timothy war in dieser Zeit so sehr auf sich selbst konzentriert und darauf bedacht gewesen, durchzuhalten, nicht schlapp zu machen, dass er keine Details wahrgenommen hatte. Er hatte den gesamten Sauerstoff in seinen Muskeln benötigt, da blieb für das Gehirn nicht viel übrig.

»Ich kann dazu nicht viel sagen. Ich weiß nur noch, dass meine Lunge und Beine schmerzten. Es war einfach nur anstrengend und ich hatte eine Mordsangst.«

Zack sprach über die Flucht aus dem Krankenhaus und zu ihrer Rettung in die zum Glück bereitstehende U-Bahn.

Craven zeigte nur wenig Interesse und fragte auch an dieser Stelle nicht weiter nach. Seine Notizen wurden immer länger. Dann kam seine erste wirkliche Reaktion. Er staunte über ihre Verkleidung mit den Sweatshirts der Jugendlichen.

»In meiner bisherigen Laufbahn ist mir noch nichts Vergleichbares passiert.«

Kurz darauf endete der Bericht der beiden Freunde und sie schilderten ihre Ankunft im Polizeirevier.

Craven sagte lange Zeit nichts. Er sah die beiden nicht an, sondern starrte vor sich auf seine Notizen und überlegte. Es war ihm nicht anzusehen, was er dachte. Sein Gesicht wurde zu einer Maske, dem perfekten Pokerface. Das permanente, rhythmische Klopfen seiner linken Hand dröhnte im Raum.

Zack und Timothy sahen sich vielsagend an, ohne ein Wort von sich zu geben. Sie wollten die Reaktion des Polizisten abwarten und seine Vorschläge darüber, was sie tun konnten, anhören.

Die Minuten vergingen. Nach einer kleinen Unendlichkeit, wandte sich der Polizist wieder ihnen zu und schob seine Notizen beiseite. Er sah ihnen in ihre Gesichter und fasste die Geschichte zusammen. Zack und Timothy nickten, während er den Handlungsablauf wiederholte.

»Sie werden also von einer geheimen Organisation, die Sie *Gedankenpolizei* nennen, verfolgt?«

Die beiden Freunde nickten wieder. Ihnen war die besondere Betonung der *Gedankenpolizei* nicht entgangen, aber sie schwiegen. Craven sprach und das, was er jetzt sagte, konnte für sie von entscheidender Bedeutung sein.

»Hm... so wie ich das sehe, haben Sie nun zwei Möglichkeiten. Entweder Sie reden mit den Männern oder Sie gehen denen aus dem Weg. Um es ganz offen zu sagen, glaube ich nicht an die Geschichte von Gedankenlesern und den wundersamen Gedächtnislücken, die Sie mir geschildert haben. Mir ist keine nur annähernd existierende Technik bekannt, welche so etwas im Entferntesten bewerkstelligen könnte.«

»Und warum verfolgen sie uns dann?«

»Reden Sie mit ihnen und Sie werden es erfahren.«

»Die sahen aber nicht gerade vertrauenserweckend aus. Eher als würden sie uns sofort auf mysteriöse Weise verschwinden oder einen Unfall haben lassen.«

Der Polizist seufzte.

»Eigentlich wollte ich das nicht sagen, aber man könnte meinen, Sie leiden unter Verfolgungswahn.«

»Verfolgungswahn?«

Die Antwort kam von beiden im Chor.

»Hören Sie, es gibt keinen Grund, warum jemand Sie verfolgen sollte und ich sehe aktuell auch keinen Handlungsbedarf für die Polizei. Ich kann natürlich Ihre Aussage aufnehmen und eine Untersuchung starten. Doch es liegt kein Verbrechen vor, es wurde kein Gesetz übertreten. Ich habe rein gar nichts in der Hand, um gegen irgendjemand vorzugehen. Damit hat die Polizei keinen Handlungsbedarf.«

Er machte eine kurze Pause.

»Und solange es dabei bleibt, müssen Sie das entweder unter sich klären oder einen Anwalt einschalten. Davon rate ich Ihnen jedoch eindringlich ab, das könnte weitreichendere Konsequenzen haben, als Ihnen lieb ist. Das wird Sie erstens teures Geld kosten und zweitens wird Ihre Aussage unter Umständen ziemlich genau untersucht, bevor jemand tätig wird.«

Zack stand auf. Die Frustration und die Wut standen ihm ins Gesicht geschrieben. Er holte Luft und wollte etwas entgegnen.

Der Polizist hob die Hand und unterdrückte seinen Ärger im Keim.

»Jetzt passen Sie mal auf.«

Zack setzte sich wieder und Craven fuhr fort.

»Hören Sie sich doch einmal selbst zu. Sie reden von Gedankenlesern und Gehirnwäsche auf wundersamste Art und Weise. Es könnte gut sein, dass Sie statt als Opfer, genauso gut als Verrückte betrachtet werden. Die Herren mit den weißen Jacken fragen nicht zweimal nach. Wer weiß, wie lange man Sie wegsperrt und ob Sie je wieder freigelassen werden. Bei denen gilt die Devise, erst handeln, dann reden.«

Die Warnung ging Zack durch Mark und Bein. Von dieser Seite aus hatte er es noch gar nicht betrachtet und er musste zugeben, es klang schlüssig. Wieso hatte er nicht vorher daran gedacht?

»Ich frage Sie jetzt noch ein letztes Mal. Möchten Sie wirklich, dass ich Ihre Aussage aufnehme und eine Untersuchung einleite?«

Für Zack brach eine Welt zusammen. Er sah, wie Timothy ebenfalls in seinem Stuhl zusammensackte.

Das konnte ja wohl nicht wahr sein. Da wandten sie sich in ihrer Verzweiflung an den Freund und Helfer der Nation und der hatte nichts Besseres zu tun, als sie kurzerhand für verrückt zu erklären. Sie wurden komplett vor den Kopf gestoßen. Das letzte Fünkchen Hoffnung erlosch. Sie waren mit offenen Augen in vollem Tempo gegen eine Wand gerannt und fragten sich, wie sie überhaupt auf die glorreiche Idee gekommen waren, mit der Polizei zu reden.

Zack war versucht, viele unsägliche Schimpfwörter in den Mund zu nehmen, doch er hatte genug Anstand und Selbstbeherrschung, dies zu unterlassen.

Sollten sie es wagen und es riskieren, für verrückt erklärt zu werden? Eventuell standen sie in dieser Zeit unter Schutz. Andererseits waren sie dann ebenso aus dem Weg geräumt. Vielleicht gab es noch einen anderen Weg? Einen Weg der nicht ganz so legal war, dafür aber zu Ergebnissen führte?

Sie mussten sich entscheiden, sahen sich eindringlich an und

sagten kein Wort. Trotzdem verstanden sie sich über ihre Blicke. Es war klar, dass sie in dieser Beziehung die gleichen Gedanken hatten.
»Also die Herren?«
Craven wirkte gelangweilt und amüsiert zugleich.
»Wir möchten die Aussage lieber nicht zu Protokoll geben.«
Timothy sprach leise.
»Das habe ich erwartet.«
Craven nickte.
Sie standen auf und er geleitete sie zur Tür.
»Passen Sie auf sich auf und reden Sie mit den Herren. Viele Dinge lassen sich durch ein einfaches Gespräch klären. Oft bildet man sich nur etwas ein, was sich in Wirklichkeit ganz anders darstellt.«
Zack nickte. Sie waren genauso weit gekommen, wie vor ihrem Besuch bei der Polizei. Es war alles umsonst. Wenigstens waren sie nicht verhaftet oder in die geschlossene Anstalt eingewiesen worden.

- 20 -

Nach dem erfolglosen Versuch bei der Polizei waren die beiden am Ende.
»Na das lief ja äußerst beschissen.«
Timothy nickte.
»Und was machen wir nun? Wo sollen wir jetzt hin?«
Zack überlegte einen Moment. Er dachte mehr laut, als dass er Timothy ansprach.
»Die wissen garantiert schon, wer wir sind und wo wir wohnen. Nach Hause, besser gesagt zu dir nach Hause, würde ich jetzt nicht mehr gehen. Das kommt einem Selbstmord gleich. Denk nur an die ganzen Krimis im Fernsehen.«
Timothy seufzte. Es musste schwer für ihn sein, nicht mehr in sein trautes Heim zu dürfen. Allerdings war das nur vorläufig. Zack war sich sicher, dass sie ihn nicht ewig überwachen konnten und irgendwann die Wohnung aufgeben würden.
»Und was sollen wir jetzt tun?«
Timothys Stimme klang eine Oktave höher als gewohnt, ein Zeichen seiner Aufregung. Nur mit Mühe konnte er sich zusammenreißen.
»Wir können doch nicht einfach abwarten, bis wir wieder entdeckt werden. Sollen wir uns dann mit den Leuten *unterhalten*?«
»Nein Timmy. Diese Option ist unsere letzte. Nur im äußersten Notfall, wenn uns gar nichts anderes mehr einfällt. Vorher werde ich nicht mit denen *reden*. Was wir jetzt brauchen, ist ein Plan.«
Einen Plan, was wir als nächstes machen sollten.
Diesen Gedanken sprach Zack nicht laut aus.
Das ist gar nicht so einfach, wenn das halbe Land hinter einem her ist. Andererseits verliefen die letzten Stunden ruhig. Eventuell haben wir sie abgeschüttelt. Der Trick in der U-Bahn war schon ziemlich gut.
Zack grinste unwillkürlich, als er daran dachte. Timothy sah ihn an und verstand sein Grinsen völlig falsch.

»Wie kannst du jetzt an Jasmin denken? Wir haben andere Probleme.«

Zack hatte zwar nicht an Jasmin gedacht, aber das war eine Idee.

»Gute Idee Timmy, bring uns zu ihr.«

Timothy glaubte seinen Ohren nicht zu trauen.

»Du willst jetzt zu ihr? Sag mal, spinnst du?«

»Nicht was du denkst, sie kann uns vielleicht helfen.«

»Und wie soll sie das anstellen?«

»Das weiß ich jetzt auch noch nicht. Aber vielleicht hat *sie* ja eine Idee, was wir jetzt machen können.«

Timothy nickte. Er überdachte alles und kam zu dem Entschluss, dass Zack recht hatte. Alles war besser, als hier auf der Straße herumzulungern und abzuwarten, was als nächstes passierte. Jasmin konnte ihnen vielleicht nicht direkt helfen, aber sie konnten mit ihr reden. Vielleicht glaubte sie ihnen und vielleicht hatte sie eine Idee, was sie tun könnten. Den Weg zu ihr liefen sie durch viele Gassen und vermieden große, öffentliche Plätze, die womöglich überwacht wurden. Der Umweg dauerte zwar länger, dafür erschien es ihnen sicherer. Lieber einen Umweg zu viel, als direkt in die offenen Arme der Agenten zu laufen.

Sie drückten kaum auf die Klingel, da öffnete sich die Tür. Jasmin strahlte.

»Hey Zack, schön dich zu sehen und dich ebenfalls Timothy. Kommt rein!«

Die beiden betraten ihre Wohnung und zogen ihre Schuhe aus.

»Mit dir habe ich überhaupt nicht gerechnet, Tim.«

Sie bedachte Zack mit einem charmanten Lächeln.

»Macht es euch bequem, ich koch schnell einen Kaffee.«

Sie stellte die Tassen auf den Tisch und Zack und Timothy sanken auf ihr Sofa. Ihre Wohnung gefiel Zack. Sie war groß und hell wie seine und sie schienen den Geschmack für stilvolle Möbel zu teilen. Große Fenster fluteten tagsüber die Zimmer mit Licht und abends sorgten Halogenstrahler an der Decke für ausreichend Beleuchtung.

Wie Timothy hatte auch Jasmin viele Bücher, welche die Regale

an den Wänden füllten. Nur ein kleiner Teil davon beschäftigte sich mit Wirtschaft und dem Finanzwesen. Er entdeckte Bücher, die sich mit der Malerei und ihren verschiedenen Epochen auseinandersetzten, sowie eine ganze Reihe von Büchern über viele verschiedene Maler. Er kannte nur die wenigsten von ihnen.
Sie kam mit einer Kanne frisch gebrühten Kaffee zurück, da konnte er seine Neugier nicht länger unterdrücken.
»Du scheinst dich sehr für Kunst zu interessieren.«
Erneut lächelte sie ihn an.
»Du musst meine gesammelten Werke bemerkt haben. Du bist sehr aufmerksam und du hast recht. Ich interessiere mich in der Tat für die Kunst und ihre Geschichte, speziell der Malerei.«
Seine Überraschung war nicht zu übersehen.
»Bevor ich meinen jetzigen Job anfing, habe ich zwei Jahre lang Kunstgeschichte studiert.«
»Das kann man studieren?«
Sie grinste.
»Ja natürlich! Ich wollte mein Hobby zum Beruf machen. Nach ein paar Semestern habe ich mich allerdings ernsthaft gefragt, was ich mit dem Studium erreichen kann.«
Es entstand eine kleine Pause. Bevor er nachfragen konnte, fuhr sie fort.
»Das war nicht viel. Ich bin keine Lehrerin oder Dozentin, als das ich hätte unterrichten können. Ferner liegt es mir nicht, anderen Menschen was beizubringen. Dafür bin ich, glaube ich, viel zu ungeduldig. Entweder man versteht es oder halt nicht. Aber das gleiche Thema immer und immer wieder zu erklären oder mit anderen Worten zu erläutern...«
Sie holte Luft und atmete langsam aus.
»Sorry, das bringt mich um den Verstand, bei sowas flippe ich aus.«
Zack trank von seinem Kaffee und Jasmin sprach weiter.
»Ich könnte ebenso als Restauratorin arbeiten. Gemälde oder Skulpturen müssen immer wieder aufgefrischt oder nach dem originalen Abbild wieder hergestellt werden. Offen gesagt ist mir das aber auch nichts. Ja, ich interessiere mich für Malerei und

Geschichte und kann dir zu fast jedem Künstler und seinen Werken in meinem Regal alle Fakten und Daten nennen, allerdings wirklich selbst aktiv werden, wollte ich nicht.«

Zack nickte interessiert und sprach von seinen Kunstkenntnissen.

»Ich musste in der Schule auch Bilder malen. Voller Hoffnung habe ich wahre Kunstwerke gemalt und gezeichnet, aber die waren leider immer nur gerade gut genug für die Sammlung meiner Eltern.«

Jasmin lachte.

»Dito. So geht es mir auch. Während des Studiums gehörte es dazu, Zeichnungen und Bilder selbst zu entwerfen. Ich habe mich damit mehr schlecht als recht abgemüht. Letzten Endes war dies einer der Gründe, warum ich das Studium aufgegeben habe.«

Sie seufzte bei dem Gedanken daran.

»Ihr seid bestimmt nicht vorbeigekommen, um euch meine Memoiren anzuhören. Habt ihr euch genug ausgetobt und alle geheimen Gedankenleser gefunden?«

Zack und Timothy sahen sich einen Moment an. Sie hatten ganz vergessen, wie skeptisch Jasmin ihrem Vorhaben gegenüber gestanden hatte. Sie hatte es nicht vergessen, auch wenn der Sarkasmus in ihrer Stimme nicht zu überhören war. So weihten sie Jasmin in ihre Erlebnisse ein und erzählten erneut die gleiche Geschichte, die sie vor ein paar Stunden Mister Craven auf dem Polizeirevier erzählt hatten. Jasmin kannte die Vorgeschichte, so dass sie später einstiegen und bei ihr ließen sie die Details nicht weg, die sie auf der Polizeiwache verschwiegen haben.

Wieder berichtete Timothy in seiner sachlichen Tonlage über ihre Beobachtungen und ihre Verfolgungen. Er erzählte von der Sackgasse, wo sie sich geirrt hatten und er erzählte von dem Deal, den er mit Zack abgeschlossen hatte. An dieser Stelle kniff sie die Augen zusammen und sah Timothy scharf an.

»Ich hätte nie gedacht, dass *du* dich auf so etwas einlassen würdest. Das passt überhaupt nicht zu dir.«

»Tut es auch nicht, doch anders konnte ich Zack von seiner fixen Idee nicht abbringen.«

»Na das hat ja wunderbar funktioniert.«
Für einen Moment herrschte betretene Stille.
Zack fuhr fort und erzählte ihr von der Verfolgung des echten Agenten, wie sie zum Bürogebäude der SCC kamen und berichtete in aller Ausführlichkeit von den Überwachungskameras, den Metalldetektoren und anderen Sicherheitsvorkehrungen, die er in den Minuten am Empfang gesehen hatte. Die anschließende Verfolgungsjagd malte er besonders aus. Wie sie sich im Krankenhaus versteckt hatten und anschließend knapp mit der U-Bahn den Fängen der Agenten entwischt waren.
»Ach deshalb habt ihr diese komischen Klamotten an.«
Da erst bemerkten sie, dass sie seitdem weder geduscht, noch Zeit gehabt hatten, sich wieder etwas Vernünftiges anzuziehen. Sweatshirts zählten nicht zu ihrer Lieblingskleidung.
»Keine Sorge, ihr dürft gerne hier duschen. Mit frischen Sachen kann ich euch wahrscheinlich nicht weiter helfen, aber ich habe vielleicht noch ein paar große T-Shirts im Schrank. Die kann ich euch geben.«
»Gerne,«, antwortete Timothy. »doch lass uns vorher noch zu Ende erzählen.«
Es folgte ihr Bericht vom Besuch der Polizei und der Reaktion von Mister Craven. Dazu sagte Jasmin nichts. Immerhin hatte sie genauso reagiert und in ihren Augen war das die einzig vernünftige Reaktion auf eine so unglaubliche Geschichte. Bevor die beiden ihre Meinung dazu einfordern konnten, sagte sie:
»Ihr macht euch jetzt erst einmal frisch und ich mache euch solange etwas zu essen. Ihr müsst Hunger haben.«
Timothy verschwand zuerst im Bad. Zack ging mit Jasmin in die Küche, um ihr zu helfen. Sie belegten Brötchen und legten sie auf eine kleine Platte. Bevor sie diese wieder in das Wohnzimmer trugen, umarmte Zack Jasmin von hinten und küsste sanft ihren Hals. Sie neigte ihren Kopf zur Seite, bot ihm Platz für seine heißen Küsse und lächelte. Zack kam an ihr Ohr und flüsterte:
»Kommst du mit mir duschen?«
Sie drehte sich um und boxte ihn an den Arm.
»Zack!«

Zack grinste breiter als ein Honigkuchenpferd.
»Ich glaube nicht, dass das jetzt eine gute Idee ist. Tim ist noch da.«
Zack fielen einige Gegenargumente ein, doch sie legte ihm ihren Zeigefinger auf den Mund und gab ihm einen Kuss.
»Ein anderes Mal. Jetzt musst du erst sauber werden und dann wird gegessen.«

Die T-Shirts passten mehr oder weniger.
»Dein Shirt sitzt ja wie angegossen, Zack.«
»Danke Timmy, deines darf keine Nummer kleiner sein. Guck mal, wie es die Figur deines zarten Bauches betont.
Beide lachten ein befreiendes, herzliches Lachen.
»Naja, immerhin besser als eines der Sweatshirts.«
»Ja, die Mülltonne habe sie selig.«
Zack roch an seinem Arm.
»Kein Gestank nach Schweiß und Dreck mehr! Dafür nach Mandeln und Honig. Nicht gerade meine Vorstellung eines Männerduftes.«
»Ach, entspann dich. Besser als vorher!«
Auch wenn es sich nur um einfache, belegte Brötchen handelte, genossen sie das Essen wie ein Menü in einem Fünf-Sterne-Restaurant. Sie merkten erst jetzt, wie hungrig sie waren und ihre Sinne und Geschmacksnerven schienen weitaus sensibler zu sein als sonst.
»Was habt ihr jetzt vor?«
Sie waren mit dem Essen fertig und Jasmin lehnte sich auf dem Sofa zurück.
»Naja, wir haben gehofft, du hast dazu eine Idee, so praktisch als Außenstehende.«
Sie holte tief Luft und überlegte.
»Ich würde mich gerne aus der ganzen Sache heraushalten. Doch nachdem, was ihr mir soeben berichtet habt, scheint an dem Thema mehr dran zu sein, als ich je bereit war zu glauben.«
Dennoch war sie skeptisch. Ihr Verstand war genauso scharf wie Timothys, wenn nicht sogar schärfer. Sie überlegte einen Moment

und endete mit laut geäußerten Gedanken zu den letzten Ereignissen.

»Wenn euch die Polizei wieder weggeschickt hat, dann kann es dafür nur zwei Erklärungen geben.«

Jetzt hatte sie die volle Aufmerksamkeit der beiden Männer.

»Entweder gibt es diese Organisation wirklich nicht. Dagegen spricht zum einen die Verfolgung, die ihr euch geliefert habt, andererseits kennen sich doch alle Behörden untereinander, oder? Oder...«

Sie holte noch einmal Luft, denn dieser Gedanke behagte ihr ebenso wenig, wie er den beiden gefallen würde.

»Oder die Polizei kennt eure Gedankenpolizei und arbeitet mit ihr zusammen.«

Die Männer sahen sich an. Jasmin sah förmlich das große Fragezeichen, das sich in ihren Gesichtern bildete.

»Warum haben sie uns dann nicht gleich verhaftet, sondern gehen lassen? Ferner noch dafür gesorgt, dass wir freiwillig gehen?«

Jasmin spitzte die Lippen.

»Genau deshalb. Erstens müssen sie dann keine offizielle Untersuchung starten und zweitens seid ihr nun wieder auf der Straße und keiner bekommt etwas mit, wenn sie euch schnappen.«

Die letzten Worte blieben ihr fast im Hals stecken, aber Zack und Timothy verstanden sie. Sehr gut sogar. Jetzt ergab alles einen Sinn. Bevor sie antworten konnten, fuhr Jasmin mit festerer Stimme fort:

»Oder es gibt diese Gedankenpolizei und die Cops kennen sie nicht.«

»Das waren aber drei.«

Zack scherzte, aber keiner lachte, selbst er nicht.

»Oh man, unsere Lage ist aussichtsloser, als wir dachten. Wie gehen wir damit um? Was auch immer wir tun, wir müssen dafür sorgen, dass wir von den Agenten in Ruhe gelassen werden.«

»Richtig Zack, ich will nicht den Rest meines Lebens auf der Flucht verbringen, in den Untergrund fliehen und mich verstecken.«

So ein Leben wollte keiner führen.

Es herrschte ein paar Minuten Schweigen, das Zack brach.
»Wir müssen mehr über sie herausfinden.«
Timothy sah ihn mit großen Augen an.
»Und wie willst du das anstellen? Hast du schon vergessen, dass sie ihre Augen und Ohren überall haben? Was soll das nützen? Meinst du, die lassen uns in Ruhe? Im Gegenteil, die werden uns erst recht jagen. Vielleicht sollten wir uns einfach eine Zeit lang ruhig verhalten, untertauchen, einen Gang runter schalten und alles geht dann wieder seinen gewohnten Gang. Du weißt schon, die Füße still halten.«
»Ja, das wäre eine Möglichkeit, die ihr in Betracht ziehen könnt.«, sagte Jasmin.
Zack verwarf die Idee ebenso schnell, wie er sie gehört hatte.
»Warum sollen die uns in Ruhe lassen? Ich bin mir sicher, dass sie alles daran setzen werden, uns zu finden. Sei es, um mit uns zu *reden* oder um uns gleich aus dem Weg zu schaffen.«
Er brauchte nicht zu erklären, welche der zwei Möglichkeiten er erwartete.
»Ich glaube nicht, dass sie euch aus dem Weg schaffen wollen.«
Jasmin nahm seinen Gedanken auf.
»Ich glaube eher, dass sie euch vergessen lassen werden. Das wäre der sauberste Weg.«
»Und wir sollen jetzt einfach so zu denen hinein spazieren und in unserem Gehirn herum pfuschen lassen?«
Timothy klang gereizt und angespannt.
»Natürlich nicht. Ich denke auch, dass sie euch nicht in Ruhe lassen werden, bis sie euch gesäubert haben.«
Das einsetzende Schweigen war weitaus bedrückender als das Schweigen vor ein paar Minuten. Ihnen wurde klar, dass sie womöglich keine Ruhe fanden.
»Passt auf. Wir haben zwei Möglichkeiten. Wir können uns stellen und darauf hoffen, dass nichts Schlimmes passiert oder wir können selbst das Zepter in die Hand nehmen und so viel Wissen wie möglich über unsere Gegner sammeln. Wenn wir sie auffliegen lassen, können wir sie uns vom Leib halten.«
Der Gedanke widerstrebte Timothy auf ganzer Linie. Sein ganzer

Körper wehrte sich dagegen. Die Haare an seinen Armen und Beinen stellten sich auf und ein leichtes Zittern lief durch seinen Körper.

»Zack, ich will das nicht. Allein beim Gedanken daran wird mir ganz schlecht!«

»Ruhig Timmy, ruhig. Warte kurz, ich hole dir einen Tee.«, sagte Jasmin und ging in die Küche.

»Ich weiß, Timmy.«, sagte Zack. »Aber überlege doch einmal selbst. Was sollen wir sonst machen? Wie sonst können wir sie loswerden?«

Timothy schüttelte den Kopf.

»Ich weiß es nicht Zack. Ich weiß es nicht.«

»Siehst du! Wenn du keinen besseren Vorschlag hast, bleibt uns nichts anderes übrig.«

Jasmin brachte ihm eine Tasse Darjeeling, den er so gerne trank. Er half ein wenig.

Sie wussten nun zumindest, was sie tun wollten. Die Frage nach dem *Wie* würde sich demnächst zeigen. Vorher mussten sie Vorkehrungen treffen und ein paar Dinge einkaufen.

- 21 -

Zack und Timothy machten sich eine Liste und teilten auf, wer sich um welche Besorgungen kümmern musste. Was benötigte man für so ein Unterfangen? Oben standen Dinge wie Taschenlampe, Batterien und zusätzliche Speicherkarten für die Videokamera und sie setzte sich fort mit Kleidungsstücken zum Wechseln. Am Ende der Liste standen die unwichtigeren Dinge, die man zur Not anderweitig besorgen konnte. Das waren zum Beispiel Papier und Stifte für Notizen.
»Timmy, deine Wohnung wird wahrscheinlich schon überwacht. Ich denke wir sollten uns dort erst einmal nicht mehr blicken lassen.«
Sein Freund stimmte ihm zu.
Zack hätte lieber die modische Ausstattung übernommen, aber Timothy kannte sich nicht mit der nötigen Technik aus. So blieb ihm nichts anderes übrig, als sich selbst darum zu kümmern. Der Tag verlief ruhig und es gab keine wilden Verfolgungsjagden durch die Stadt, was sie zu einem Großteil ihrer Vorsicht zu verdanken hatten. Strecken, für die sie früher nur Minuten brauchten, dauerten nun Stunden. Der direkte Weg führte über öffentliche Plätze mit Überwachungskameras, die umgangen werden mussten. Also nahmen sie die langen Umwege in Kauf und schlängelten sich durch enge Nebenstraßen und kleine Gassen, um nicht entdeckt zu werden.
Am Mittag trafen sie sich wieder. Timothy hatte alles bekommen, was er wollte und zeigte Zack seine Ausbeute. Zu Zacks großer Überraschung bewies Timothy mehr modisches Verständnis, als er ihm zugetraut hätte. Wenn sie schon im Exil oder im Untergrund leben mussten, so würden sie immerhin nicht wie zerlumpte Bettler aussehen. Alles was jetzt noch fehlte, waren neue Speicherkarten. Dann hatten sie alles zusammen, was auf ihrer Liste stand.
Gemeinsam gingen sie in den nächsten Elektronik-Supermarkt.

Die Überwachungskameras des Geschäftes dienten zur Sicherheit gegen Diebstähle. Die Aufnahmen wurden nicht an anderer Stelle gespeichert oder ausgewertet. Im Normalfall wurden diese Aufnahmen nach ein paar Tagen wieder überschrieben und nur dann gesichtet, wenn etwas gestohlen oder eine andere Straftat begangen wurde. Keine Gefahr also, hofften sie. Zack wollte trotzdem nicht mehr Zeit in dem Geschäft verbringen als unbedingt notwendig.

Nach kurzer Zeit fanden sie die richtigen Speicherkarten und warteten an der Kasse, damit sie bezahlen konnten. Es war schon paradox, sie mussten selbst Geld investieren, um ihre eigene Unschuld zu beweisen. Die Welt war wirklich verrückt.

Die Kassiererin schob ihre Ware über den Scanner und nannte den Betrag ohne von der Kasse aufzusehen. Zack öffnete sein Portemonnaie und bemerkte, dass sein Bargeld nicht ausreiche. In den vorherigen Läden hatte er fast alles ausgegeben. Ohne nachzudenken, zückte er seine Kreditkarte. Bevor er sie der Kassiererin geben konnte, legte Timothy eine Hand darauf. Mit einem leisen »Ich mach das.« opferte er sein letztes Geld und bezahlte.

Außerhalb des Ladens schüttelte er den Kopf.

»Zack, wir können nicht mit unseren Kreditkarten bezahlen. Das ist zu gefährlich. Man würde sofort wissen, wo wir sind. *Sie* überwachen inzwischen bestimmt unsere Konten.«

Zack nickte. Daran hatte er nicht gedacht, sondern es völlig außen vor gelassen.

»Aber auf der anderen Seite haben wir nun überhaupt kein Bargeld mehr. Auf Dauer halten wir das nicht lange aus. Spätestens wenn der Hunger kommt, sind wir aufgeschmissen und stehen dann vor der gleichen Misere wie jetzt.«

Es nutzte alles nichts.

»Wie kommen wir an Bargeld?«, sagte Zack.

»Ein Raub kommt überhaupt nicht in Frage!«

Zack riß die Augen auf.

»Natürlich nicht! Oder glaubst du, ein Kassierer lässt sich von einer Taschenlampe beeindrucken?«

»Was ist mit Jasmin?«

»Jasmin steckt schon tief genug mit drin. Ich will sie nicht noch weiter ausnutzen.«

»Hm...«

Dieses »Hm...« erklärte alles und nichts.

Zack überlegte ebenfalls.

»Hm...«

Sie sahen sich an und wieder einmal wussten sie, was sie zu tun hatten. Es gab keine andere Möglichkeit. Sie mussten einmal das Risiko eingehen. Wenn sie keine weiteren Freunde involvieren wollten, mussten sie Bargeld abheben.

»Ich kenne da einen Automaten am Rand der Stadt, etwas abgelegen und wir können schnell weg, falls etwas dazwischen kommt. Nur für den Fall der Fälle.«

Es tat gut, Timothy dabei zu haben. Er passte nicht nur auf Zack auf, sondern er kannte sich aus und führte Zack zu ihrem Ziel.

»Danke Timmy.«

Timothy zuckte mit den Schultern.

»Wofür?«

»Für alles.«

»Freu dich mal nicht zu früh Zack, noch ist es nicht vorbei.«

Wir stehen gerade erst am Anfang.

»Es wird wahrscheinlich sehr brenzlig und wir haben keine Zeit. Hoffen wir, dass es möglichst schnell geht.«

Sein Freund nickte mit ernster Miene. Er war sich der Lage ebenfalls durchaus bewusst.

Zwanzig Minuten später schob Zack mit zittriger Hand seine Kreditkarte in den Geldautomaten. Beim ersten Versuch rutschte er ab und musste neu ansetzen. Beim zweiten Mal klappte es schließlich. Timothy wartete an der Straße und hielt die Augen offen. Er wollte Zack warnen, für den Fall, dass sie unerwarteten Besuch bekamen.

Langsam zog der Geldautomat die Karte ein. Er hatte keine Ahnung, wann er das nächste Mal dazu kommen würde, tippte einen hohen Betrag ein und bestätigte ihn. Es erschien eine Meldung auf dem Schirm, mit der Bitte um Geduld und der Automat ratterte leise vor sich hin.

Zack sah auf die Uhr. Seit er seine Karte in den Automaten gesteckt hatte, waren vielleicht ein oder zwei Minuten vergangen. Diese zwei Minuten fühlten sich an wie eine halbe Stunde.

Wie lange dauert es sonst, wenn ich Geld abhebe? Rattert der Automat da auch immer so lange, ohne das Geld auszuspucken? Oder ist das nur eine Hinhalte-Taktik? Sitzen wir schon in der Falle?

Er sah durch die Glastür hinaus zu Timothy. Der stand ganz ruhig an der Straße und Zack sah, wie er abwechselnd in beide Richtungen blickte und die Straße absuchte. Als er Zacks Blick im Nacken spürte, drehte er sich zu ihm um. Der flehende Ausdruck in seinen Augen war unverkennbar. Er möge sich bitte beeilen. Er konnte es nicht sehen, aber er wusste, dass Timothy genauso nervös war wie er, wenn nicht mehr. Wahrscheinlich hatte er jetzt schweißnasse Hände und sein Puls war genauso auf hundertachtzig wie Zacks. Trotzdem hob Timothy seinen Daumen. Alles sauber, alles in Ordnung, keine Probleme.

Der Automat ratterte immer noch vor sich hin.

Warum dauert das denn so lange?

Zack sah wieder auf die Uhr. Eine weitere Minute war vergangen. Mit einem leisen Kratzen öffnete sich die Schublade des Automaten und blätterte ihm die Geldscheine entgegen, die er angefordert hatte. Seine Kreditkarte wurde wieder aus dem Automaten geschoben.

Die gute Nachricht war, seine Karte war nicht gesperrt. Die schlechte dagegen, dass sein Konto jetzt zwar nicht überzogen war, aber viel war auch nicht mehr darauf. Das Geld musste reichen. Zumindest so lange bis sie alles geklärt hatten. Er nahm seine Karte und die Banknoten, stopfte sie in seine Hosentasche und entfernte sich vom Automaten.

»Das wurde ja auch endlich Zeit.«

Timothy grinste. Er war glücklich, endlich von hier verschwinden zu können. Seine Erleichterung war spürbar.

Ray blieb am Tag des Code Red noch sehr lange im Büro und als er schließlich den Raum verließ, hatte er von Kevin nur die Rückmeldung erhalten, dass ihnen die beiden in einer U-Bahn entwischt waren.

Wenn wir eine synchrone Liveschaltung zu den Außenteams hätten, dann wären wir in der Lage, die öffentlichen Überwachungskameras anzuzapfen. Gerade in einem solchen Fall hätten die Täter überhaupt keine Chance! Wir folgen ihnen auf Schritt und Tritt, ohne dass sie es ahnen, und schlagen dann im entscheidenden Moment zu!

Er würde bei Gelegenheit Megan diesen Vorschlag unterbreiten.

Zu Hause fiel er wie ein Stein in sein Bett. Der Wecker riss ihn am nächsten Morgen um sechs Uhr fünfundvierzig aus dem Schlaf und es kam ihm vor, als war er eben erst eingeschlafen.

An diesem Tag verzichtete er auf seine Vitamintabletten und ließ sich gleich einen extra starken Kaffee aus dem Automaten. Der bittere Geschmack auf seiner Zunge ließ ihn langsam wach werden. Im System gab es keine neuen Meldungen von den beiden Flüchtigen. Sein Blick fiel auf den offenen Entwurf, den er gestern nicht fertiggestellt hatte und sein Herz wurde schwer. Konnte er sich wirklich dazu durchringen? Die Akte auszufüllen und anzulegen war eine Sache, aber es durchzuziehen und seine Frau dem Cleankit auszusetzen, war eine ganz andere. Er seufzte. Egal wie er es anstellte, es wurde nicht besser.

Bis Ende nächster Woche erwarte ich den Abschlussbericht, hatte Megan gesagt. Ihm blieben also noch ein paar Tage Zeit. Nicht viel, aber immerhin noch ein paar Tage.

Megan hatte keinen weiteren Status eingefordert. Das war auch nicht nötig. Ray wusste, dass sie jeden seiner Schritte beobachtete und er wusste, dass sie den Status jeder einzelnen Akte ohne sein Wissen einsehen und überprüfen konnte. Schweren Herzens öffnete er Kaceys Akte und füllte sie weiter aus.

Nachdem er den Straßennamen minutenlang eingetippt hatte, prüfte er seinen Dateneingang auf neue Arbeit. Heute gab es nicht viel zu tun.

Ausgerechnet jetzt! Sonst gibt es immer so viel Arbeit, dass ich kaum hinterher komme. Ausgerechnet dann, wenn ich mal Arbeit bräuchte, herrscht gähnende Leere!

Er konnte nicht wissen, dass Megan einen Teil seiner Dateneingänge selbst bearbeitete. Nicht weil sie ihm nicht mehr ausreichend vertraute, sondern um zu sehen, wie er darauf reagierte und wie er mit der aktuellen Situation umging.

Ray ließ sich Zeit, viel Zeit. Bis zu seiner Mittagspause stellte er Kaceys Akte fertig. Als zuständigen Agenten trug er sich selbst ein und griff zum Telefonhörer.

»Hallo Lou, hier ist Ray.«

Lou begrüßte ihn und fragte, wie es ihm ging.

»Könnte besser sein. Hör zu, ich benötige ein Cleankit, stell bitte keine weiteren Fragen, es ist alles offiziell. Du kannst es im System nachsehen, wenn du möchtest. Ich würde es bevorzugen, wenn du es nicht tust. Die Auftragsnummer lautet KS161109DTUSP.«

Es entstand eine kurze Pause. Er nahm an, dass sie in ihrem System einen entsprechenden Auftrag für das Cleankit anlegte und es auf seine Auftragsnummer programmierte. Durch die Verknüpfung mit der Akte im System, wurde die zu löschende Erinnerung definiert. Lou sagte, es stehe ab sofort zur Verfügung.

»Alles klar, ich hole es später ab. Vielen Dank, Lou!«

Damit legte er auf.

Ob Lou im System seine Nummer prüfte, wusste er nicht. Er wünschte sich von Herzen, dass sie es nicht tat. Er wollte nicht, dass irgendjemand erfuhr, dass seine Frau gesäubert werden musste.

In seinem Kalender vermerkte er sich eine kurze Notiz, später bei Lou vorbeizugehen und das Cleankit abzuholen. Was er damit machte, entschied er, wenn es soweit war.

Der Rest des Tages verlief ausgesprochen ruhig. Er hatte die beiden Akten von Zack Logan und Timothy Brown gestern Abend beauftragt, nachdem Kevin von ihrem Verschwinden berichtet hatte und in der Zwischenzeit erwartete er dazu keinen neuen Status. Trotzdem prüfte er die beiden Akten fast stündlich.

Spät am Abend blinkte sein System auf einmal energisch rot auf. Vor Schreck ließ er fast seine Tasse fallen und konnte sie gerade noch fangen. Ein paar Tropfen hatten sich auf dem Tisch, der Tastatur und seiner Hose verteilt, die er mit der Hand wegwischte. Er stellte seine Tasse ab und prüfte, was ihn aus seiner Lethargie gerissen hatte.

Ein Fenster poppte auf. Es enthielt eine Adresse, etwas außerhalb von Colorado Springs und dazu eine lange, mehrstellige Nummer, die zu der Kreditkarte von Zack Logan gehörte.

»Hab ich dich, Bürschchen!«

Ray griff zum Telefon und drückte eine Kurzwahltaste.

»Kevin, der Code Red hat soeben seine Kreditkarte benutzt. Wenn ihr schnell seid, erwischt ihr sie vielleicht noch!«

Er gab ihm die Adresse und legte auf. Sein Herz pochte und ihm gefiel der Adrenalinschub. Er fühlte sich auf einmal so lebendig wie schon lange nicht mehr. Nervös tippelte er mit seinen Fingern auf dem Schreibtisch und fügte der Akte eine kurze Notiz über Zeit und Ort der Geldabbuchung hinzu. Ihm war klar, dass diese Daten immer etwas zeitversetzt übermittelt wurden. Vielleicht hatten sie ja Glück. Sie waren ihnen gestern schon entwischt und Kevins Jungs waren gut. Sie verstanden ihr Handwerk und diesmal würde es den beiden nicht so leicht fallen, wieder unterzutauchen.

Schnellen Schrittes entfernten sich die beiden Freunde von dem Geldautomaten, bogen in die nächste Seitenstraße ab und von dort in die nächste Querstraße. Nur zur Sicherheit und für den Fall, dass sie doch verfolgt wurden.

Mit jedem Schritt fiel ein Stück Anspannung von ihnen und mit jedem Schritt wurde das Laufen leichter. Es war, als ob eine Last von ihnen genommen wurde. Mittlerweile waren drei weitere Minuten vergangen. Sie bogen um mehrere Ecken und entfernten sich immer weiter im Zick-Zack-Kurs von dem Geldautomaten, von der Falle.

»Vielleicht wird ja noch alles gut. Vielleicht wurde meine Kreditkarte nicht überwacht. Vielleicht haben wir zur Abwechslung einfach mal Glück.«

Die Anspannung war kurz darauf so weit verflogen, dass Zack anfing, erste Witze zu reißen. Nur Timothy sah sich immer wieder nervös um.

Sie bogen um die nächste Häuserecke und liefen eine schmale, enge, nicht überwachte, dunkle Gasse entlang. Am anderen Ende befand sich eine breite Straße, von der Licht in die Gasse strömte.

Kurz bevor sie das Ende der Gasse erreichten, verdunkelte sich der Lichteinfall von vorn und zwei schwarz gekleidete Gestalten kamen direkt auf sie zu. Sie konnten jetzt kein Risiko eingehen. Egal wer das dort vorne war, es war besser, ihnen nicht zu nahe zu kommen.

Zack und Timothy drehten um und liefen die Gasse zurück. Erst im gleichen Tempo, dann langsam immer schneller werdend. Zack hatte kein gutes Gefühl. Hinter sich hörten sie, wie die beiden Männer ihnen folgten. Timothy schluckte. Die beiden Freunde sahen sich an und wie auf ein Zeichen, begannen sie zu rennen. Bevor sie das andere Ende der Gasse erreichten, hörten sie, wie dort Autos mit quietschenden Reifen anhielten. Türen wurden aufgerissen, wieder zugeknallt und tiefe Schritte hallten die Gasse entlang.

Das kann ja jetzt wohl nicht wahr sein!

Zack zerrte Timothy am Arm zurück. Dort waren zwar die beiden anderen Männer, aber vielleicht kamen sie an diesen ja irgendwie vorbei. Sie rissen und rüttelten an allen Türen. Plötzlich gab eine von ihnen nach und Zack fiel durch sie hindurch. Sie rannten durch den Hausflur, auf der anderen Seite wieder heraus und in eine andere kleine, schmale Gasse.

»Wahrscheinlich haben die das ganze Gebiet abgeriegelt. Da kommen wir auf der Straße nicht weit. Vielleicht können wir über die Dächer flüchten.«

Zack sprang zur nächsten Feuerleiter und kletterte nach oben. Timothy gab sein Bestes, um Schritt zu halten.

Sie hörten, wie sich die Agenten in der Gasse trafen, einander unverständliche Worte zuriefen und die offene Tür entdeckten. Es konnte nicht mehr lange dauern, bis sie Zack und Timothy sahen.

Keuchend und auf allen Vieren kletterte Zack auf das Dach des Hauses und half Timothy bei seinem Aufstieg. Möglichst schnell und möglichst leise versuchten sie, die Dächer entlang zu laufen. Zum Glück waren die Häuser miteinander verbunden, so dass sie keine Lücken überspringen mussten. Dafür waren die Ziegel rutschig. Ein Fehltritt und sie stürzten zusammen mit den lockeren Ziegeln in die Tiefe.

Sie kletterten auf das nächste Haus, das etwas größer war und liefen das Dach entlang. Hinter sich hörten sie die aufgeregten Stimmen der Agenten. Zack drehte sich um, sah aber keinen auf den Dächern. Timothy folgte ihm auf den Fersen. Am Ende des Hauses kletterten sie eine Feuerleiter nach unten.

»Vielleicht suchen die Agenten an der falschen Stelle und wir können unbemerkt verschwinden.«

Auf der Straße angekommen, war weit und breit keine Spur eines Agenten zu sehen. Sofort liefen sie in die nächste Querstraße, möglichst weit weg von der Bank und der dunklen Gasse, die sie vorhin durchquert hatten.

Hinter der nächsten Ecke hielten sie an und rangen um Luft. Zack lugte um die Ecke.

»Nichts zu sehen.«

»Haben wir sie abgehängt?«

Timothy kam wieder zu Atem. Zack zuckte mit den Schultern.

Sie liefen weiter und dann kam es, wie es kommen musste.

Hinter sich hörten sie ein lautes »Stehenbleiben oder ich schieße!«

Der schießt niemals, dachte Zack und lief weiter, ohne ihn zu beachten. Kurz darauf hallte ein Schuss durch die Gasse und Beton splitterte auf sie herab. Irgendetwas pfiff durch die Luft. In seinem Augenwinkel sah er Timothys Knie nachgeben und ihn der Länge nach auf den Boden fallen.

Zack stürzte ebenfalls. Nicht vor Erschöpfung, sondern aus Schreck und Angst.

Der Typ hat doch tatsächlich geschossen. Er hätte uns treffen können!

Zack fing sich mit seinen Händen ab und schlug auf dem Boden auf. Neben sich sah er Timothys Gesicht im Staub. Seine Augen waren weit aufgerissen.

»Bist du verletzt?«

Timothy schüttelte den Kopf.

»Dann auf, wir müssen hier weg.«

Er wollte sich gerade wieder aufrichten, da spürte er einen harten Schmerz im Rücken und wurde zurück auf den kalten Boden gedrückt.

»Das würde ich schön bleiben lassen, Bürschchen.«

Über ihm dröhnte eine dumpfe Stimme.

Er sah Timothy direkt in die Augen, als ihre Hände auf den Rücken gedreht wurden und die Handschellen mit einem leisen Klicken einrasteten.

»Es tut mir leid.«

Ray konnte nicht länger still sitzen, stand auf, ging in die Küche und holte sich einen weiteren Kaffee. Immer wieder sah er zur Uhr und überlegte, wie viel Zeit seit der Benachrichtigung vergangen war. Fünf Minuten, zehn Minuten, eine halbe Stunde?

Was treiben die dort draußen so lange?

Aus dem einen Kaffee wurden zwei und schließlich tigerte er unablässig vor seinem Rechner auf und ab. Seine Kollegen baten ihn mehrfach, sich endlich auf seinen Arsch zu setzen. Seine Unruhe übertrug sich auf sie und machte sie ebenfalls nervös. Ray gab nach und setzte sich. Innerlich war er total aufgedreht. Für den Moment hatte er wieder den aktuellen Auftrag über Kacey vergessen. Jede Sekunde, die er nicht daran dachte, bedeutete, dass es ihn nicht belastete. Und wenn er entspannt war, konnte er am besten arbeiten.

Etwa eine Stunde später erhielt er endlich die erlösende Nachricht, auf die er so lange gewartet hatte.

»Wir haben sie.«

Er atmete tief durch und schloss für einen Moment die Augen. Megan wollte, dass er die Befragungen durchführte. Ein Blick auf die Uhr verriet ihm, dass es nach neun Uhr abends war.

Verdammt! Kacey ist schon zurück!
Vermutlich hatte sie auf ihn gewartet und er war nicht zu Hause gewesen. Bis er dort war, war sie sicherlich schon im Bett und schlief.
Die Befragung kann auch bis morgen warten, lassen wir die beiden ruhig etwas schmoren, das wird ihnen gut tun.
Als er nach Hause kam, war Kacey tatsächlich schon im Bett. Sie hatte ihm einen kleinen Zettel in der Küche hinterlassen.
Hallo Honey,
scheint so, dass du heute länger arbeiten musst. Schade, ich hätte mich gefreut dich wenigstens noch kurz zu sehen.
Bin schon im Bett und muss morgen früh raus, doch ich würde mit dir gern gemeinsam zu Abend essen.
Im Kühlschrank findest du eine Kleinigkeit zu essen, lass es dir schmecken.
Ich liebe dich! K.
Er schmunzelte und öffnete den Kühlschrank. Sie hatte ihm belegte Brote vorbereitet und jetzt merkte er, wie hungrig er war. Er nahm den Teller und setzte sich zusammen mit einem Bier vor den Fernseher, den er extra ganz leise stellte. Dort verschlang er gierig seine Brote. Sie war einfach die Beste.
Bis Ende nächster Woche!
Ein Blitz durchfuhr ihn und er erinnerte sich an seine Misere. Wenn er noch nicht gegessen hätte, bekäme er jetzt keinen Bissen mehr herunter. Was hatte er in der ganzen Aufregung heute vergessen?
Das Cleankit!
Auch wenn er Kacey heute nicht säubern würde, so hätte er immerhin eine Probe sammeln, damit das Cleankit befüttern und die Analyse starten können. Aber so hatte er einen Tag mehr Zeit. Oder einen Tag weniger, je nachdem aus welcher Sichtweise man es betrachtete. Wieder seufzte er und stellte seinen Teller in die Spülmaschine.
Im Schlafzimmer sah er seine Frau in ihre Decke eingewickelt liegen. Sie atmete tief, ruhig und gleichmäßig. Er setzte sich in sein Bett, beugte sich zu ihr hinüber und gab ihr einen Kuss auf

die Wange.

»Ich liebe dich, mein Schatz!«

Er rechnete nicht mit einer Antwort, doch Kacey drehte sich schlafend zu ihm um.

»Ich dich auch, Honey!«

Er küsste auch ihre andere Wange und eine dicke Träne kullerte aus seinem Auge.

»Schlaf gut, Kacey.«

Sie grunzte leise und schlief weiter.

Ray brauchte sehr lange, bis er in dieser Nacht Schlaf fand. Er lag wach, dachte nach und grübelte, bis der Schlaf ihn übermannte und ihm die Augen zufielen. Er bekam nicht mit, wie seine Frau am nächsten Morgen aufstand und ihn küsste, so wie er sie am Abend zuvor. Als er aufwachte, war sie längst aus dem Haus und hatte ihm wieder einen kleinen, liebevollen Zettel in der Küche hinterlassen. In der Pfanne fand er etwas Speck und Rührei, das er nur warm machen musste und er erinnerte sich daran, dass er die letzten Tage ohne Kacey das Frühstück aus Faulheit prinzipiell weggelassen hatte.

Muss ich all das tatsächlich riskieren? Gibt es keinen anderen Weg? Irgendeinen?

Er aß und ihm gingen viele Gedanken durch den Kopf. Ray überlegte sogar, komplett mit seiner Frau unterzutauchen, auszuwandern oder irgendwohin zu verschwinden, wo sie niemand fand. Am Ende hatte er keine brauchbare, plausible Lösung parat. Am Ende war er genauso weit, wie am Anfang. Er spülte die Pfanne und das Geschirr und verließ das Haus. Heute durfte er das Cleankit nicht vergessen, sonst würde es Fragen geben.

- 22 -

In der Zentrale herrschte überraschend gute Stimmung, was daran lag, dass sie die beiden Männer gefasst hatten. Ray ging an Megans Büro vorbei.
»Ray, eine Minute.«
Er blieb stehen, drehte sich um und schluckte.
Was will sie jetzt schon wieder?
Vor ihrem Büro holte er tief Luft und trat ein.
»Megan.«
Megan lächelte. War das ein gutes Zeichen?
»Ray, ich möchte mich bei Ihnen für die ausgezeichnete Arbeit des Code Red bedanken.«
Er nickte.
»Sie haben in so kurzer Zeit, so viele Informationen gesammelt und ohne Ihre Überwachung der Kreditkarten, wären sie jetzt wahrscheinlich immer noch da draußen.«
Sie deutete mit ihrem Kopf zum Fenster. Ray nickte erneut. Er war sich nicht sicher, was er von ihrem Lob halten sollte. Durch die Komplikation mit Kacey wirkte es fehl am Platz und er fühlte sich schlechter als vorher.
Als habe sie seine Gedanken erraten, wurde sie ernst und fuhr fort.
»Was Ihre Frau betrifft...«
Ray erstarrte.
War ja klar, dass das jetzt kommen musste.
»...ich habe gesehen, dass Sie sich ein Cleankit bestellt, es aber noch nicht abgeholt haben...«
Er öffnete seinen Mund und wollte etwas sagen, doch Megan ließ ihm keine Chance und sprach weiter. Er stand da wie ein Fisch auf dem Trockenen.
»...was sicherlich der Tatsache des Code Red geschuldet ist.«
Hilft sie mir hier?
Konnte das sein? Ihm drohte eben noch der Strafvollzug und

nun stärkte sie ihm den Rücken? Ray war irritiert und das musste sein Gesicht auch widerspiegeln. Megan lächelte ihm ermutigend zu.

»Schieben Sie es nicht auf die lange Bank, Ray!«

Ihm war nicht klar, ob er damit Zeit gewann, aber er schien Pluspunkte zu sammeln.

»Natürlich, Megan. Allerdings fällt es mir nicht leicht.«

Sie nickte.

»Verständlich und ich respektiere Ihren Mut, es selbst zu tun. Sie wissen, das *es* getan werden *muss*. Das wissen Sie doch?«

Er nickte.

»Ja Megan, selbstverständlich.«

Sie strahlte ihn an.

»Das ist gut zu hören, Ray. Ich freue mich, dass Sie wissen, auf welcher Seite Sie stehen.«

»Danke Megan.«

Ray drehte sich um und ging zur Tür. Das Gespräch klang für ihn beendet. Megan hielt ihn zurück.

»Ray, noch etwas.«

Er drehte sich zurück zu seiner Vorgesetzten und sah sie fragend an.

»Ja Megan.«

»Bringen Sie die Sache mit Code Red *komplett* in Ordnung!«

»Sie meinen....«

»Genau. Sorgen Sie dafür, dass die beiden keine Gefahr mehr für uns darstellen.«

Das wurde ja immer besser. Andererseits, wenn er bereits schon eine Säuberung durchführen musste, was spielten ein oder zwei weitere da noch für eine Rolle. Und die beiden waren ihm vollkommen fremd und gleichgültig. Bei ihnen fiel es ihm leichter. Statt einer Antwort nickte er noch einmal.

»Wenn Sie das erledigt haben, werde ich von disziplinarischen Maßnahmen wegen Ihrer Insubordination absehen.«

Rays Augen wurden groß und wieder nickte Megan mit einem Lächeln im Gesicht.

»Eine Hand wäscht die andere, Ray. Und wir spielen alle im gleichen Team.«

Ihm fiel ein Stein vom Herzen. Das Poltern war so laut, dass es das ganze Stockwerk erschüttern musste, doch es war nur für ihn spürbar. Eine Welle der Erleichterung schwappte über ihn und er war tatsächlich in der Lage, Megans Lachen zu erwidern.

»Danke Megan!«

Er klang befreit.

»Erst die Arbeit, Ray, dann das Vergnügen!«

»Danke Megan.«

Mit diesen Worten verließ er ihr Büro und schloss die Tür hinter sich.

- 23 -

Kurz nach 16 Uhr landete der Flieger des Senators William Bade auf dem Weg zu einem regionalen Kongress in Denver. Die kleine Chinesin lächelte, als die Anzeige von *Im Anflug* auf *Gelandet* umsprang. In ihrem knielangen Rock und einer hellen Bluse wartete sie am Ausgang des Gates darauf, dass der Senator das Gebäude verließ. Sie wollte einen ersten Eindruck von ihm bekommen. Bade war in seinem Umfeld sehr beliebt und hatte nie einen Hehl daraus gemacht, dass er mit einigen Einstellungen der aktuellen Regierung nicht übereinstimmte. Er war der Dorn der Opposition, der immer genau dort zustach, wo es schmerzte. Bade streute Salz in die Wunden der Regierung, zeigte Missstände offen auf und nahm die Probleme der Bevölkerung ernst. Er kam selbst aus einer Farmer-Familie und hatte stets um alles kämpfen müssen, was er bisher erreicht hatte. Ihm war nichts geschenkt worden.

Du hast eine wirklich beeindruckende Laufbahn. Schade, dass du zu weit gegangen bist.

Das war er in der Tat. Nachdem er nun mehrmals nicht nur den Präsidenten, sondern auch CIA und FBI in der Öffentlichkeit kritisiert, Sicherheitslücken aufgedeckt und um Optimierungen gebeten hatte, war er über die SCC gestolpert und auf sie aufmerksam geworden. Im Rahmen der Geheimhaltungspolitik der Firma war es in ihrem äußersten Interesse, dass William Bade sich möglichst ganz aus der Politik zurückzog. Zhen bezweifelte, dass er jegliches Interesse daran verlieren würde und viele Menschen würden bei ihm nach dem *Warum* und *Weshalb* nachfragen, aber das lag nicht in ihrer Hand. Sein Cleankit hatte durch die Zentrale eine vorgesehene Programmierung erhalten, sie musste es nur auf ihn prägen und ihn damit expositionieren.

Die Türen öffneten sich und Bade verließ als einer der ersten den Sicherheitsbereich. Er wurde von einem anderen Mann begleitet, der einen Koffer trug und sich angeregt mit ihm unterhielt. Beide liefen an Zhen vorbei, ohne sie eines Blickes zu würdigen, stiegen in ein Taxi und fuhren davon. Chao nahm das nächste Taxi.

»Folgen Sie dem Taxi.«

Das Auto setzte sich in Bewegung. Nach einer knappen Stunde erreichte sie das *the Art-Hotel*, eines der besten Hotels im Westen, das durch seine außergewöhnliche Architektur und künstlerischen Luxus beeindruckte. Die Zimmerpreise waren genauso beeindruckend, wie sie kurz darauf an der Rezeption feststellte. Chao zückte die schwarze Kreditkarte der Firma, bezahlte die zweihundert Dollar für eine Nacht und folgte dem Senator in den Aufzug.

»Guten Abend, die Herren«, grüßte sie freundlich und schenkte Bade ein besonders bezauberndes Lächeln. Er sprang darauf an.

»Ich wünsche ebenfalls einen guten Morgen, Miss...«

»Ling«, stellt sich Zhen Chao vor.

»Und Sie sind?«

»Bade, William Bade.«

»Schön, Sie kennen zu lernen. Sind Sie etwa *der* William Bade?«

Er strahlte, als er ihr Interesse hörte.

»Der bin ich.«

Bevor er weiterreden konnte, hielt der Fahrstuhl an.

»Sir, wir müssen hier raus.«, sagte der andere Mann, der Zhen skeptisch musterte.

»Natürlich. Miss Ling, ich hoffe wir sehen uns bei der nächsten Fahrt wieder.«

Ein kleines Zwinkern, das sie mit einem Lächeln quittierte.

»Sagen Sie mir nur wann.«

»Ich habe vor, in zwei Stunden zum Essen zu gehen. Vielleicht möchten Sie mich ja begleiten?«

Er zeigte seine makellosen, weißen Zähne, als er breit lachte und verließ den Fahrstuhl.

»Gern, Mr. Bade.«

Zhen deutete eine Verbeugung an, die Türen schlossen sich und bevor er weiterfahren konnte, drückte sie auf den Knopf, der sie wieder öffnete.

Leise stieg sie aus und suchte die beiden Männer, die nur wenige

Sekunden vorher den Fahrstuhl verlassen hatten. Andere Gäste waren auf dem Weg zum Abendessen. Sie sah die beiden gerade noch durch nebeneinander liegende Türen verschwinden, lief an ihren Räumen vorbei und merkte sich die Zimmernummern von Mr. Bade und seinem Begleiter, der offensichtlich sein Bodyguard war.

Ihr eigenes Zimmer befand sich zwei Ebenen höher. Es war komfortabel und bequem eingerichtet. Ein großes Kingsize Bett für mindestens zwei, ein luxuriöses Bad und ein eigener Aufenthaltsbereich luden zum Entspannen ein.

Hier kann es sich leben lassen, staunte Zhen.

Sie hatte einige Hotels gesehen und in vielen noblen Unterkünften übernachtet, allerdings nie auf diese Art und Weise. Chao war beeindruckt und musste sich daran erinnern, warum sie hier war. Um sich selbst zu bestärken, nickte sie und zog dann ein kleines Türschloss-Set aus ihrer Tasche.

»Sicher ist sicher.«

An ihrer eigenen Zimmertür prüfte sie die Funktionalität. Es dauerte nur wenige Sekunden, bis ein leises Klicken ertönte und sich ihre Tür öffnete. Zhen war zufrieden, hatte jedoch nichts anderes erwartet. Jetzt musste sie als erstes eine Probe von William Bade bekommen. Die Herausforderung war seine Bulldogge, die um ihn herum schlich.

Chao erinnerte sich an seine letzten Worte und schmunzelte. Auch wenn er es anders gemeint hatte, so war er ihr eine große Hilfe gewesen. Sie warf einen Blick auf die Uhr und stellte sich einen Alarm.

Zwei Stunden später stand sie an der Zimmertür von Bade und klopfte. Sie hörte keine Geräusche und war sicher, dass er nicht in seinem Zimmer war. Es öffnete niemand. Zhen zückte ihren Türöffner und wieder dauerte es nur wenige Sekunden, bis sich die Zimmertür von William Bade öffnete.

War ihr Zimmer schon imposant und beeindruckend, so glich seines einer ganzen Wohnung. Es war kein Zimmer mehr, sondern eine Suite. Die einzelnen Bereiche waren durch Türen voneinander abgetrennt.

Wofür braucht er so viel Platz? Bequemlichkeit? Luxus?
Sie hatte keine Zeit für solche Gedanken. Sie schätzte, sie hatte eine gute halbe Stunde für ihre Aufgabe, bis er vom Essen zurückkam. Sollte Bade sie hier jetzt antreffen, war sie in großer Erklärungsnot.

Ihr erstes Ziel war das Bad, besser der Badesaal. Neben der großen geräumigen Badewanne befanden sich eine extra Dusche mit Kabine und zwei nebeneinander liegende Waschbecken. Die Kulturtasche von Bade war bereits ausgepackt. Auf den Ablagen standen Zahnbürste, Zahnpasta, Kamm und Rasierzeug. Sie prüfte alle Utensilien einzeln und entschied sich für seinen Nassrasierer. Zuerst ließ sie den gebrauchten Rasierkopf in eine durchsichtige Plastiktüte fallen, die sie sofort in ihre eigene Tasche gleiten ließ. Dann steckte sie einen neuen Rasierkopf auf den Apparat und platzierte ihn an den gleichen Ort, woher sie ihn genommen hatte. Mit hoher Sicherheit bemerkte er den Wechsel nicht. Vielleicht schnitt er sich an der neuen Klinge und vielleicht fiel ihm auf, dass ein Rasierkopf fehlte. Zhen glaubte nicht, dass er auf solche Kleinigkeiten achtete.

Bevor sie das Licht löschte, sah sie sich noch einmal um und nickte zufrieden. Sie hatte keine Spuren hinterlassen. Genauso leise wie sie gekommen war, verließ sie seine Suite. Im Gang kam ihr ein junges Pärchen entgegen. Sie grüßten einander und Zhen lächelte beide an, bevor sie sich zurück auf ihr eigenes Zimmer begab.

Das Analysemodul des Cleankits analysierte die frische Probe und Zhen prüfte ihr Aussehen in ihrem eigenen, viel kleineren Badezimmer. Anschließend ging sie in das hoteleigene Restaurant zum Abendessen.

Sie hatte es kaum betreten, da machte sie Bade ausfindig. Er sie allerdings auch und winkte sie zu sich heran.

»Miss Ling, wir haben noch einen Platz frei, setzen Sie sich doch zu uns!«

Sie lächelte charmant und nahm die Einladung dankend an.

»Ich freue mich, dass Sie mir Gesellschaft leisten.«, sagte Mr. Bade.

»Ich habe Sie nicht im Fahrstuhl gesehen, von daher dachte ich mir, dass Sie bereits schon zu Tisch sind.«

Der Kellner brachte ihr eine Flasche Wasser und sie bestellte sich eine Salatvariation mit Hühnchen. Bade aß sein Roastbeef.

»Was machen Sie beruflich, Miss Ling?«

»Oh, ich bin freiberufliche Trainerin für asiatische Kampfkunst.«

Sie zwinkerte und trank einen Schluck Wasser.

»Sowas gibt's?«

»Es gibt nichts, was es nicht gibt, Mr. Bade.«

»Nennen Sie mich bitte William, oder noch besser Wil.«

»Also gut, Wil.«

»Und Sie heißen?«

»Ling.«

Sie reichte ihm ihre Hand.

»Nein, nicht den Nachnamen, ich meinte Ihren Vornamen!«

Zhen hielt ihm immer noch ihre Hand hin und antwortete, als er sie ergriff.

»Das war mein Vorname. Ich heiße Ling Ling.«

Chao lachte und er stimmte mit ein.

»In dem Fall muss ich mich wohl bei Ihnen entschuldigen.«

Sie wehrte ab.

»Nein, es ist alles in Ordnung. Das passiert mir ständig. Was treibt Sie nach Denver, Wil?«

Er berichtete ihr von dem Kongress, über den sie in seiner Akte gelesen und sich vorab ausgiebig informiert hatte. Der Kellner brachte ihren Salat. Zhen nutzte ihre gesammelten Informationen, um das Gespräch mit dem Senator am Laufen zu halten und schaffte es, dass Bade während des gesamten Essens fast ausschließlich über sich selbst sprach.

Er hört sich gern selbst reden. Das ist bestimmt eine Voraussetzung, um Senator zu werden.

Sein Leibwächter saß die ganze Zeit mit ihnen am Tisch, wirkte abwesend und hielt sich aus ihrem Gespräch heraus. Hätte sie ihn nicht gesehen, könnte sie glauben, dass sie zu zweit aßen. Zhen fragte sich, wie er das die ganze Zeit aushielt. William schien sich darüber keine Gedanken zu machen. Es war, als existierte er für ihn nicht. Selbst als Bade sie auf einen Drink auf sein Zimmer einlud, verzog er keine Miene.

»Vielen Dank, Wil.«

Sie legte ihm eine Hand auf seinen Arm.

»Ich fürchte, ich muss ablehnen. Es war ein langer Tag und ich sollte morgen früh wieder frisch und fit sein. Und soweit ich weiß, hast du auch einen anstrengenden Kongress vor dir.«

Er murrte wie ein Kater und akzeptierte ihren Korb.

»Vielleicht sehen wir uns ja beim Frühstück morgen früh?«

»Gerne, gute Nacht, Wil.«

»Gute Nacht, Ling Ling.«

Zhen verließ das Restaurant und warf an der Tür noch einmal einen Blick auf Bade, der ihr mit einem Lächeln hinterher sah. Sie winkte, drehte sich um und trat durch die Tür. Die Cleankitanalyse auf ihrem Zimmer lief immer noch. Sie wunderte sich nicht. Es kam öfters vor, dass die Analyse der Proben bis zu mehreren Stunden dauerte.

Die Chinesin ging ins Bad, streifte ihre Kleidung ab, stieg in die Dusche und drehte das Wasser so heiß auf, dass der Spiegel sofort beschlug. Das Gespräch mit Bade war zwar angenehm gewesen und er war auch höflich und zuvorkommend, doch irgendwie hatte sie das Gefühl, sich den Dreck von ihrer Haut waschen zu müssen. Normalerweise hatte sie kein Problem damit, anderen etwas vorzuspielen, in die Rolle eines Anderen zu schlüpfen oder besonders Männer mit ihrem Charme um ihren Finger zu wickeln. Heute störte sie etwas. Sie konnte es nicht genau benennen und die heiße Dusche half ihr, dieses Gefühl von sich abzuspülen.

Das Analysemodul des Cleankits arbeitete die ganze Nacht hindurch. Zhen schlief ruhig, tief und vor allem sehr gut. Sie wachte mit den ersten Sonnenstrahlen auf, ohne dass ihr Wecker klingelte. Noch im Nachthemd stand sie vor dem Fenster und dehnte sich, um ihre eingeschlafenen Muskeln aufzuwecken und sich auf den Tag vorzubereiten. Dafür benötigte sie täglich eine Viertelstunde. Danach war sie hellwach und putzmunter. Zhen prüfte den Status der Analyse und war zufrieden, dass das Cleankit die

Programmierung abgeschlossen hatte. Sie zog sich an, koppelte das kleine, aktive Teil vom Analysegerät ab und steckte es in ihre Tasche, bevor sie hinunter zum Frühstück ging.

Das Restaurant war leer. Tatsächlich hatte das Frühstücksbuffet eben erst geöffnet. Zhen nahm sich einen Tee, etwas Obst und Gemüse und setzte sich in eine Ecke, von der aus sie möglichst viel überblicken konnte. Schnell war sie mit dem Essen fertig und nippte an ihrem Tee. Ein müde aussehender Senator samt Begleiter betrat das Restaurant. Ohne die beiden aus den Augenwinkeln zu verlieren, startete sie die Cleankit App auf ihrem Handy und aktivierte den technischen Konterpart mit dem abgerufenen Code. Das Cleankit war jetzt scharf und einsatzbereit. Ein Druck auf den Anhänger ihrer Halskette aktivierte die Minikamera, bevor sie den Blick hob. Die beiden Männer standen direkt vor ihrem Tisch.

»Miss Ling, dürfen wir uns zu Ihnen setzen?«

Zhen tat sehr überrascht, sie zu sehen.

»Natürlich, Wil, aber ich schätze ich bin bereits schon fertig mit meinem Frühstück.«

»Oh, das wäre aber schade. Möchten Sie nicht noch ein paar Minuten bei mir sitzen bleiben?«

Der Bodyguard scannte den Raum und hatte sich von den beiden leicht abgewandt. Zhen stand auf.

»Es tut mir wirklich leid, Wil. Ich habe heute Morgen gleich meinen ersten Termin.«

Sie reichte ihm ihre rechte Hand.

»Vielleicht sehen wir uns ja später noch einmal? Bis dahin wünsche ich dir viel Erfolg auf deinem heutigen Kongress!«

Er ergriff ihre Hand und sie packte seine ebenso kräftig und hielt sie fest. Sein kurzes Zucken fiel niemandem auf, nicht einmal seinem Leibwächter.

Bade sagte nichts. Zhen wartete einen Moment, ließ ihn stehen und schob sich mit einem kurzen Gruß an dem zweiten Mann vorbei, bevor sie das Restaurant verließ. Auf ihrem Zimmer schloss sie die Akte Bade erfolgreich und hängte das zugehörige Säuberungsprotokoll an.

Nachdem sie ausgecheckt hatte, lief sie in Richtung Ausgang am Restaurant vorbei und warf einen schnellen Blick hinein. Von dem Senator war keine Spur zu sehen.

- 24 -

Seine Finger huschten über die Tastatur. Die Akten von Melissa, Zack und Timothy waren schon prall gefüllt. Trotzdem gab es weiterhin etwas zu finden. Mehr Informationen waren mehr Wissen und manchmal war es gerade dieses eine kleine unbedeutende Detail, das auf einmal, als fehlendes Puzzleteil, das ganze Gesamtbild in ein völlig anderes Licht rückte. Ray war regelrecht beseelt von Megans Ankündigung am Morgen. *Keine disziplinarischen Maßnahmen!* Das hieß sein Job, seine Position und sein Gehalt waren gerettet. Er musste lediglich die Sache mit Kacey in Ordnung bringen und dafür sorgen, dass ihre beiden Gäste im Keller ihre Story nicht verbreiten konnten. Das erste Problem drückte ihm wie ein Stein im Magen, das zweite dagegen kümmerte ihn überhaupt nicht. Letztlich gehörte es zu seinen täglichen Aufgaben, auffällige Personen für Säuberungen freizugeben und in diesem Fall handelte es sich um ernsthafte Fälle und keinerlei Lappalien, die er sonst oft genug zu sehen bekam.

Er war nicht verwundert, dass Zacks Eltern ebenfalls aus der hiesigen Gegend kamen. Immerhin kannten sich Timothy und Zack seit ihrer Schulzeit. Dieses Detail bestätigte das Gesamtbild. Zack hatte keine Geschwister und war lange Zeit mit einer gewissen Rebecca liiert. Ray durchforstete die Datenbanken nach ihr.

Ein hübsches Mädchen hattest du dir da ausgesucht.

Die Kreuzverbindungen der Telefonate beschränkten sich auf ein paar Jahre. Der letzte Eintrag lag allerdings mehrere Jahre zurück. Eine Sackgasse.

Schade, dass du sie hast gehen lassen.

Ray stutzte einen Moment.

Wieso mische ich mich in sein Privatleben ein? Er kann doch vögeln, wen er will und wenn es die Oma aus dem Supermarkt ist.

»Also weiter!«

Das Zack nach der Hochschule nach Kalifornien gezogen war,

um dort zu studieren, wusste er bereits. Seitdem lebte er in Los Angeles und hatte nach dem Studium eine Vielzahl von Jobs begonnen und wieder aufgegeben. Zack schien keine Ausdauer zu haben. Immer wieder gab es Lücken in seinem Lebenslauf nach kurzen mehrmonatigen Arbeitsphasen in vielen unterschiedlichen wirtschaftlichen Bereichen.

Nach was suchst du, Zack? Was treibt dich an?

Aktuell arbeitete Zack in einem kleinen Plattenladen mit dem Namen *Jeremiah's*. Aus der Stellenbeschreibung ging nicht genau hervor, was er dort tat. Er bekam kein großes Gehalt, dafür hielt er es dort schon lange aus.

Wer weiß, wie lange noch!

Ray überprüfte das *Jeremiah's* und stellte fest, dass es dort nur drei Mitarbeiter gab. Neben dem Inhaber Jeffrey arbeiteten dort Zack und eine gewisse Gina. Die Prüfung der Kontaktdaten ergab wenig sinnvolle Zusammenhänge. Trotzdem bereitete Ray für beide eine Akte vor. Zumindest eine Überwachung ordnete er für sie an. Sicher war sicher, und wer weiß, wie viel Zack ihnen bereits erzählt hatte. Das war eine gute Frage. Wie lange wusste Zack von ihnen? Seit wann suchte er aktiv nach ihnen? Und die wichtigste Frage war, woher hatte *er* seine Informationen?

Wieder zurück auf Anfang. Reset. Start.

Was wusste er über Timothy und Zack? Den ersten Kontakt hatten sie vor dem Gebäude der SCC. Wie kamen sie dorthin? Ray griff zum Telefon und drückte eine Kurzwahl.

»Kevin, kannst du mir die Überwachungsvideos zukommen lassen, zu dem Zeitpunkt, als unser Code Red auftauchte?«

Es dauerte ein paar Minuten und ein Link zu drei Dutzend Videos von allen Überwachungskameras der Außenseite des Gebäudes erschien auf seinem Monitor.

»Um Gottes willen, das wird wohl eine Weile dauern. Hey, B.J., hilfst du mir, die Videos durchzuforsten?«

B.J. saß zwei Tische neben ihm und sah zu ihm herüber.

»Klar doch, Ray, etwas Abwechslung tut mir auch gut. Worum geht es denn? Nach was halten wir Ausschau?«

Ray erklärte ihm die Situation.

»Du erinnerst dich an den Code Red vorgestern?«

B.J. nickte.

»Also Benjamin, die beiden standen auf einmal direkt vor unserem Gebäude. Ich will wissen, wie sie hierher gekommen sind. Vielleicht finden wir ja einen passenden Hinweis in den Bildern.«

»Hast du etwas Spezielles im Sinn?«

Ray schüttelte den Kopf.

»Nein. Um ehrlich zu sein, weiß ich nicht einmal, ob es überhaupt etwas auf den Videos gibt. Doch irgendwo müssen wir ja anfangen.«

»Verstehe, wenn es dich nicht stört, holen wir Paula und Lara dazu.«

Paula und Lara waren die anderen beiden Videoanalysten im Raum. Ray war nicht wohl bei dem Gedanken, das gesamte Team auf die Videoauswertung anzusetzen. Andererseits schadete es nicht, wenn sie diese schnellstmöglich überprüften.

»Hm, na gut. Aber falls wichtige Daten im Eingang landen, haben diese Vorrang.«

»Verstehe Boss.«

B.J. tippte sich mit zwei Fingern an die Stirn und rief seine beiden Kolleginnen. Gemeinsam teilten sie sich die Videos auf und begannen, sie einzeln durchzusehen.

»Jetzt bräuchten wir eine Gesichtserkennung auf Videobasis.«, sagte Lara.

»Ja, das wäre wirklich toll. Für Fotos haben wir etwas, aber nicht für Videos.«, antwortete Ray.

»Das heißt wohl wirklich, alles manuell prüfen?«

»Jetzt stell dich nicht so an Lara, das machen wir doch ständig!«, mischte sich Paula ein.

»Ja schon, aber das sind auch alles Einzelfälle. So eine Recherche hier ist doch etwas völlig anderes.«

»Dann solltest du vielleicht weniger reden und dich mehr auf deine Daten konzentrieren, Kleine.«, unterbrach sie B.J.

»Gut jetzt mit der Diskussion.«

Ray war gereizt.

»*Ja*, das ist eine Scheißarbeit, und *nein* wir haben dafür kein Tool zur Hand. Du kannst dafür gern einen Verbesserungsvorschlag einreichen, Lara. Ich bin mir sicher, die Jungs von der IT bekommen so etwas hin. Im Moment haben wir für solche Diskussionen keine Zeit. Lasst uns das schnell hinter uns bringen und fertig.«

Daraufhin herrschte geschäftliche Ruhe, unterbrochen vom vereinzelten Klicken der Maus und dem gelegentlichen Klappern der Tastaturen.

Zwei Stunden später waren sie fertig.

»Nichts. Absolut nichts. Auf einmal kommen sie angelaufen und während einer draußen wartet, begibt sich der andere in das Gebäude. Haben wir diese Daten schon geprüft?«

»Nein. Das sollte überschaubar sein, ich kümmere mich darum. Vielen Dank für eure Hilfe! Ihr habt mir wirklich sehr geholfen!«

»Erwähne das bei nächster Gelegenheit bei Megan.«, frotzelte B.J. mit einem Augenzwinkern, das bei allen Vieren ein kurzes Gelächter verursachte.

Ray drückte die gleiche Kurzwahltaste wie vorher.

»Danke für die Außenbänder, Kevin. Ich benötige jetzt die Innenaufnahmen vom Empfang. Einer der beiden war tatsächlich im Gebäude.«

Es dauerte wieder ein paar Minuten und Kevin spielte ihm weitere Videoaufnahmen zu. Diesmal handelte es sich nur um vier Dateien, die sich Ray selbst ansah.

Nach kurzer Suche fand er Zack. Er betrat den Empfangsvorraum, ging in die Mitte und sah nacheinander jede einzelne Überwachungskamera direkt an. Dann wandte sich sein Blick zu den Sicherheitsüberprüfungen und den manuellen Personenkontrollen. Er drehte sich langsam einmal im Kreis. Zwei Sicherheitsleute musterten ihn argwöhnisch. Anscheinend hatte er es bemerkt. Kurz darauf wandte er sich dem Ausgang zu und trat den Rückzug an, zurück zu Timothy.

Auch nichts.

Das war zwar keine verschwendete Zeit, hilfreich war sie allerdings ebenfalls nicht. Er wusste jetzt, was er nicht wusste und davon noch mehr. Wie sollte er herausfinden, wie die beiden auf sie aufmerksam geworden waren?

Erneut holte er sich beide Akten auf den Schirm und rief die Finanztransaktionen auf. Beide hatten vor Tagen im gleichen Hotel übernachtet. Timothys Rechnung war bedeutend höher, was Ray sofort auf seinen Geburtstag zurückführte. An diesem Tag waren alle 101 Zimmer ausgebucht. Ray überflog die Gästeliste und fand einen ebenfalls bekannten Namen. Das sich Melissa und Timothy kannten, war keine neue Information, es bestätigte nur seinen Verdacht, dass Timothys Gäste in diesem Hilton Ableger übernachtet hatten. Trotzdem fügte er die Liste der Hotelgäste den beiden Akten hinzu. Er würde jeden einzelnen Namen überprüfen und auf weitere Querverbindungen checken. Ray würde solange im Heuhaufen suchen, bis er die Nadel gefunden hatte.

- 25 -

Zack kam in einer kleinen nach Urin stinkenden Zelle wieder zu sich. Es gab kein Fenster. Das einzige Licht kam von einer in der Decke eingelassenen Leuchtstoffröhre, die hinter dickem Plexiglas versteckt war. Das Bett auf dem er lag, wenn man es so nennen konnte, ließ sich an der Wand nach oben klappen. Die Matratze hatte eine dicke Beschichtung aus Plastik, deren Anblick die wildesten Phantasien hervorrief. Er wollte nicht wissen, was diese Matratze alles erlebt hatte. Die einzige Decke auf seinem Bett bestand aus dicker Wolle.

Zack setzte sich in seinem Bett auf, schön vorsichtig und langsam. Die kleine Zelle drehte sich um ihn. Er holte Luft und schloss für einen Moment die Augen. Zack war benommen und sein Hinterkopf schmerzte. Er fuhr sich über die wunde Stelle und verzog das Gesicht.

Na toll, das gibt eine dicke Beule.

Außer dem Bett gab es ein Toilettenbecken aus Edelstahl und ein kleines Waschbecken. Der gefliste Boden hatte einen kleinen Abfluss in der Mitte.

Zack sah an sich herab. Er trug das gleiche Shirt, das Jasmin ihm geliehen hatte und seine Hose hatte er auch noch an. Nur seine Taschen waren geleert, inklusive des ganzen Geldes, welches er kurz zuvor abgehoben hatte. Hätte er einen Gürtel gehabt, hätte er ihn vermisst. Offensichtlich wurde sichergestellt, dass man sich hier nichts antun konnte.

Wie fürsorglich. Wie machen sie das nur mit Leuten, denen ohne Gürtel die Hose herunterrutscht?

Zum Glück hatte er seinen Humor nicht verloren.

Zack versuchte sich an die letzten Momente zu erinnern. Er wusste, wer er war und er wusste von der Verfolgungsjagd durch die Stadt, ihren Besuch bei der Polizei und dem Gespräch mit Jasmin. Ebenso konnte er sich an die Shopping-Tour erinnern, daran wie Timothy für ihn die Speicherkarten bezahlt hatte, ihren

Fehler Geld vom Automaten abzuheben und der anschließenden Hetzjagd über die Dächer. Zuletzt sah er Timothy im Staub der Straße liegend und ihn mit großen Augen ansehend.

Ich habe nichts vergessen. Habe ich? Würde ich es wissen, wenn ich gesäubert wurde? Würde ich es merken, wenn mir eine Erinnerung fehlt?

Er überlegte erneut. Nein, die letzten Stunden bis zu ihrer Verhaftung konnte er lückenlos nachvollziehen. An das, was danach geschehen war, konnte er sich nicht erinnern.

Wie ging es Timothy? War er auch hier eingesperrt oder hatte man ihn woanders hingebracht?

So wie er Timothy kannte, erlebte er jetzt seine persönliche Krise. Kein Wunder, kein Mensch war gerne eingesperrt, aber bei Timothy war das anders. Timothy war jemand, der sich immer und überall gegen alles Mögliche absicherte. In einer Zelle eingesperrt zu sein, ohne Hoffnung auf ein Entkommen, musste ihn am Boden zerstören. Und er war schuld daran. Hätte er nicht auf seinen Nachforschungen bestanden, würde Timothy jetzt gemütlich zu Hause sitzen und ein Buch lesen mit einem Glas Wein in der Hand.

Timothy war nur mitgekommen, um auf ihn aufzupassen, das wusste er. So war es auch früher schon, als sie ihre Abenteuer während der Schulzeit erlebten. Timothy war immer seine gute Seele gewesen, die ihn vor dem einen oder anderen Verhängnis bewahrt hatte. Er hatte ihm vertraut!

Wo war er jetzt? Zack hatte noch nie eine Zelle von innen gesehen. Er konnte nicht einschätzen, ob es sich um ein Gefängnis, eine Zelle in einem Polizeirevier oder wo auch immer handelte. Wahrscheinlich gab es dazwischen keine großen Unterschiede. Zumindest war es keine Gummizelle, den Wänden nach zu urteilen, das war schon mal beruhigend. Oder war es besser, in einer Irrenanstalt aufzuwachen? Das hing ganz davon ab, was als nächstes passierte.

Die Tür hatte weder einen Griff noch eine Klinke. Man konnte sie ausschließlich von außen öffnen. Es gab ein kleines verschlossenes Guckloch oben. Am unteren Rand der Tür war eine weitere

Öffnung. Sie war genauso verschlossen wie das Guckloch und die Tür selbst. Ihm blieb im Moment nichts weiter übrig, als abzuwarten.

Bevor er weiter nachdenken konnte, klapperte es an der Tür. Ein Schlüssel drehte sich im Schloss und ohne ein Quietschen schwang seine Zellentür auf. Ein Wachmann füllte den ganzen Rahmen aus. Er trug eine nichtssagende hellgraue Uniform, die keinen Aufschluss darüber zuließ, ob es sich bei ihm um einen Polizisten, einen Soldaten oder was auch immer handelte. Zack hatte eine solche Uniform nie zuvor in seinem Leben gesehen, weder auf der Straße, noch im Fernsehen. Dafür sah er an seiner rechten Seite die Waffe in ihrem Holster baumeln, die garantiert nicht zur Dekoration dort hing. Wer auch immer ihn hier festhielt, hatte keine Hemmungen tödliche Gewalt anzuwenden.

Der Wachmann sagte kein Wort. Unmissverständlich deutete er ihm an, aufzustehen und ihm zu folgen. Für einen Moment überlegte Zack, was er machen sollte. An eine Flucht war nicht zu denken. Er war weder bewaffnet, noch seinem Gegenüber körperlich überlegen. Er hatte keine andere Wahl, stand von seinem Bett auf und verließ zum ersten Mal seine Zelle.

Kaum hatte er sie verlassen, wurde er am Arm festgehalten und durch die Gänge geführt. Alle sahen gleich aus, ein Labyrinth von Gängen und verschlossenen Stahltüren. Eines war ihm sicher: Es handelte sich um ein kleines Gefängnis. In einem Polizeirevier gab es nie im Leben so viele Zellen. Über jeder Tür befand sich eine Nummer. Gerade liefen sie an Zelle Nummer B2074 vorbei.

Oh mein Gott! Gibt es hier über zweitausend Zellen?

Da wäre er geliefert. Dann handelte es sich nicht mehr um ein kleines Gefängnis, sondern um ein großes. Dabei war er noch nicht einmal verurteilt! Wegen welchen Verbrechens auch?

Die Wache führte ihn in einen kleinen Raum, nur ein wenig größer, als seine eigene Zelle. In der Mitte stand ein metallener Tisch mit einem Stuhl auf jeder Seite. Ohne ein Wort deutete sein Begleiter auf den Stuhl und Zack folgte der Anweisung. Der Stuhl war äußerst hart und unbequem, doch das war sein neues Bett auch. Und er war kalt, eiskalt. Genauso kalt wie der Tisch, die

Luft hier unten und der ganze Raum an sich. Was auch immer ihn hier erwartete, war mit Sicherheit kein Kaffeekränzchen. Sein Magen verkrampfte sich und bildete einen dicken Kloß in seinem Bauch. Zack schluckte, schloss seine Augen, atmete tief ein und aus und zwang sich, nicht in Panik zu verfallen.

Es vergingen ein paar Minuten bis sich die Tür, neben der sein Wachmann Position bezogen hatte, erneut öffnete und ein glattrasierter, kahlköpfiger Mann in einem schwarzen Anzug und Lackschuhen den Raum betrat. Er musterte Zack für einen Augenblick, dann stellte er eine Schachtel auf den Tisch und daneben, in einem Pappbecher, herrlich duftenden Kaffee. Einen zweiten Becher behielt er in seiner anderen Hand.

Ein weiterer Augenblick verstrich, bevor der Mann die Schachtel öffnete und sich der köstliche Geruch von frischen Donuts im ganzen Raum verteilte. Zack lief das Wasser im Mund zusammen. Am liebsten hätte er sofort zugegriffen und die herrlichen Leckereien verspeist. Er wusste gar nicht mehr, wann er das letzte Mal etwas gegessen hatte. Er spürte den Hunger und wie zur Bestätigung gab sein Bauch ein lautes Grummeln von sich.

Der Mann lächelte ihn freundlich an.

»Greifen Sie ruhig zu.«

Zack zögerte und sein Lächeln blieb wie eingemeißelt stehen.

»Keine Angst. Ich möchte mich in Ruhe mit Ihnen unterhalten. Sie haben nichts zu befürchten.«

Zack war verunsichert. Er hatte noch nie von einem Verhör gehört, bei dem es etwas zu Essen und zu Trinken gab, und das hier war ein Verhör, so viel stand fest. Was hatte der Mann ihm gegenüber vor? Wer war er überhaupt und was wollte er von ihm? Allerdings war die erste Frage die seinen Mund verließ eine andere.

»Weshalb bin ich hier?«

»Das sagte ich doch bereits, damit wir uns unterhalten können.«

»Bin ich verhaftet?«

Der Mann breitete die Arme aus und zeigte seine Handflächen.

»Verhaftet ist so ein schlechtes Wort. Man verbindet damit immer gleich so viele schlechte Dinge. Sehen Sie sich einfach als unseren Gast.«

»Als Gast in einer Zelle?«

Der Mann hatte immer noch sein stoisches Lächeln im Gesicht und blieb die Antwort schuldig.

»Warum bin ich eingesperrt? Was wirft man mir vor?«

»Mr. Logan, wir möchten uns lediglich mit Ihnen unterhalten. Ich weiß, dass Sie viele Fragen haben, allerdings haben wir auch einige. Sobald Sie uns diese beantwortet haben, dürfen Sie wieder gehen.«

Der Mann legte eine kurze Pause ein und betrachtete Zack mit unverkennbarer Aufmerksamkeit. Als Zack nicht reagierte, fuhr er fort.

»Nun zieren Sie sich nicht so. Nehmen Sie sich einen Donut und trinken Sie einen Schluck Kaffee. Sie werden sich sofort besser fühlen.«

Wie zum Beweis, nahm er sich selbst einen Donut aus der Kiste und biss hinein.

Vergiftet werden sie nicht sein. Was hätten sie davon mich umzubringen? Dann würden sie keine Informationen bekommen. Und wenn sie mich töten wollen, hatten sie längst die Gelegenheit dazu gehabt. Vielleicht bleibt es ja bei dem Gespräch. Und wer weiß, wenn ich alle ihre Fragen beantworte, vielleicht lassen sie mich ja dann gehen? Und was, wenn sie mich umbringen, nachdem sie ihre Informationen bekommen haben?

In Zacks Gehirn ratterte es. Er versuchte alle Optionen abzuwägen. Alles drehte sich immer wieder im Kreis und immer wieder kam er zur gleichen Antwort. Er war hier gefangen und egal was er tat, er würde immer verlieren.

Immer noch lächelnd nahm sich sein Gegenüber langsam eine Serviette aus der Schachtel und wischte sich demonstrativ seine Hände daran ab.

»Greifen Sie zu Mr. Logan, die sind echt lecker.«

Was habe ich schon zu verlieren? Selbst wenn sie mich danach töten, hatte ich wenigstens noch etwas zu essen.

Manchmal war seine eigene Logik unschlagbar und manchmal ging sie ihre eigenen Wege. Am Ende gewannen Hunger und

Appetit die Oberhand, waren stärker als seine Selbstbeherrschung und Zack griff nach einem Donut mit Schokoladenglasur.

Köstlich! Dieser war sogar mit Vanillepudding gefüllt. Sein Gegenüber hatte recht. Sie waren echt lecker.

Zack ließ sich Zeit beim Essen. Immer wieder trank er einen Schluck Kaffee zwischendurch. Er sagte kein Wort. Der Mann gegenüber lächelte ihm die ganze Zeit weiter zu und wartete geduldig bis Zack aufgegessen hatte.

»Schön, dass es Ihnen schmeckt. Bedienen Sie sich ruhig weiter. Ich werde inzwischen mit ein paar einfachen Fragen beginnen.«

Diesmal nahm sich Zack einen Donut mit bunten Streuseln heraus.

»Sie sind also Mr. Logan.«.

Das war mehr eine Feststellung als eine Frage.

»Woher kennen Sie meinen Namen?«

»Aus Ihrem Ausweis.«.

Der Glatzkopf klappte eine mitgebrachte Akte auf. Viel konnte Zack darauf nicht erkennen. Er sah sein Gesicht in der oberen rechten Ecke und seine persönlichen Daten wie Name und Geburtstag. Sogar seine Sozialversicherungsnummer stand darin.

»Woher haben Sie all diese Informationen?«

Der Mann sah von seiner Akte auf.

»Wir haben unsere Quellen und bevor Sie mich weiter fragen, nein, wir sind nicht die Polizei.«

Wieder eine Pause. Langsam ging ihm das eingebrannte Lächeln auf die Nerven.

»Wer sind Sie eigentlich?«

»Mein Name ist Mr. Smith.«

Mr. Smith trug kein Namensschild und Zack bezweifelte, dass Smith sein echter Name war.

Es folgten weitere persönliche Fragen über ihn und seine Person, wie Geburtsdatum, Geburtsort und aktuelle Anschrift. Zack gab sich nicht sonderlich Mühe, diese so genau wie möglich zu beantworten. Er war sich sicher, dass ihnen alle diese Informationen bekannt waren. Innerlich wartete er angespannt auf die Fragen, die Mr. Smith ihm eigentlich stellen wollte, und er sollte auch nicht enttäuscht werden. Es dauerte nicht lange, da kam auch schon die Erste.

»Mr. Logan, was wollten Sie bei der SCC?«

»SCC?«

Zack stellte sich dumm.

»Mr. Logan, wir beide wissen, dass Sie das Gebäude der SCC betreten haben. Was wollten Sie dort?«

Zack wusste genau, von welchem Gebäude Smith sprach. Es handelte sich um das Bürogebäude mit den Unmengen von Sicherheitseinrichtungen. Um das Bürogebäude von dem aus sie verfolgt wurden.

»Sie meinen die Firma, welche sich mit der Lagerung von Daten beschäftigt?«

Der Mann nickte. Er hatte noch immer sein Lächeln im Gesicht.

»Ich musste mal dringend auf die Toilette.«.

Zack setzte ein unschuldiges Lächeln auf.

»Das waren Sie aber nicht.«

Mr. Smith lächelte zurück.

Zack geriet ins Stocken. Seine freche Antwort war nicht beabsichtigt und er wurde nervös. Er wusste nicht so recht, was er antworten sollte und versuchte, sich über einen Flirt mit der Empfangsdame herauszureden. Mr. Smith wollte mehr wissen.

»Was wissen Sie noch über die SCC?«

Zack zuckte mit den Schultern.

»Eigentlich nur, dass es sich um eine Art Hosting-Provider für Daten handelt, was Google halt so hergibt. Wer das Geld hat, kann dort Speicherplatz mieten. So was in der Art.«

Er versuchte die Frage so gut wie möglich zu beantworten und eine schwache Hoffnung keimte in ihm auf, dass sie vielleicht nur ein mögliches Sicherheitsleck überprüften. Nach einem Dutzend weiterer Fragen wurde Zack klar, dass es nicht nur um ein mögliches Sicherheitsleck ging.

»Mr. Logan, wie kommen Sie auf die Idee, die SCC könnte Gedanken lesen?«

Zack stutzte.

»Gedanken lesen?«

Mr. Smith nickte.

»Meinen sie das ernst?«

Wieder nickte Mr. Smith.

»Also hören Sie mal, das ist doch Humbug, wer glaubt denn schon daran?«

»Sie tun es.«

Erneut wusste er nicht, was er darauf antworten sollte.

»Ich? Nun ja... ich... ähm...«

Mr. Smith schrieb etwas in seine Akte.

»Vielleicht sollten wir es mit einer anderen Frage versuchen.«

Statt ihn anzusehen, studierte er die vor ihm liegende Akte und stellte die nächste Frage.

»Mr. Logan, warum glauben Sie, die SCC kann Gedanken entfernen?«

Zack begann lauthals zu lachen. Ein gespieltes Lachen und er wusste nicht, ob es den Agenten überzeugte. Mr. Smith lächelte ihn weiterhin mit seiner stoischen Maske an.

»Gedanken entfernen? Mann, Sie werden ja immer besser.«

»So, werden wir? Nun Mr. Logan?«

»Wie kommen Sie denn auf diese Ideen?«

Mr. Smith blätterte eine Seite um.

»Sie haben darüber gesprochen Mr. Logan. Ich versuche lediglich *Sie* zu verstehen.«

Da fiel es Zack wieder ein. Die Kamera an der Außenseite des Gebäudes. Sie mussten ihre Lippen gelesen haben oder es war irgendwo ein Mikrofon versteckt. Auf jeden Fall hatten sie ihr Gespräch belauscht. Zack realisierte seine Lage und fühlte sich hundeelend.

Wie haben wir nur so naiv sein können!

»Nun Mr. Logan, ich merke schon, Sie fühlen sich unbehaglich. Möchten Sie vielleicht noch einen Kaffee?«

Zack schüttelte den Kopf. Seine Zunge klebte am Gaumen und der Kloß in seinem Bauch rutschte immer höher.

»Denken Sie an die Donuts. Greifen Sie zu, solange sie da sind.«

Wieder schüttelte Zack seinen Kopf. Am liebsten wäre er in der Erde versunken, hätte sich in eine Maus verwandelt und wäre aus dem Zimmer gerannt. Er wollte nur noch von hier verschwinden und alles hinter sich lassen. Doch Mr. Smith ließ ihn nicht gehen.

»Woher haben Sie Ihre Informationen?«

Bei dieser Frage sah er nicht in seine Akte, sondern starrte ihm direkt in die Augen. Zack nahm sich vor, nichts von Melissa zu erzählen. Zum einen brachte er sie damit in große Gefahr und zum anderen war sie seine einzige Chance, seinen Namen wieder reinzuwaschen, wenn sie ihre Reportage veröffentlichte. Wenn er wieder hier herauskam. Bei den letzten Fragen drehten sie sich immer wieder im Kreis. Mr. Smith stellte eine Frage und Zack wich der Frage so gut es ging aus. Der Mann stellte ihm immer und immer wieder die gleichen Fragen und Zack gab immer und immer wieder die gleichen Antworten.

Die Zeit verrann und plötzlich merkte er, wie erschöpft er war. Er wusste nicht, wie viel Zeit vergangen war. Es mussten Stunden gewesen sein. Ohne Ankündigung oder Vorwarnung stand Mr. Smith auf einmal auf. Sein Lächeln im Gesicht hatte sich seit Beginn der Unterhaltung nicht verändert.

»Mr. Logan, ich denke wir sollten unsere Unterhaltung vorläufig beenden und zu einem späteren Zeitpunkt fortführen...«

Er machte eine kleine Kunstpause.

»...wenn Sie wieder *gesprächsbereiter* sind.«

Damit verließ er ohne ein weiteres Wort den Raum. Die Tür schloss sich hinter ihm und Zack sank in sich zusammen. Er stütze die Arme auf den Tisch und vergrub das Gesicht in seinen Händen. Seine Körperspannung ließ nach und ein kleines Gefühl der Erleichterung machte sich in ihm breit. Erleichterung, dieses anstrengende Verhör überstanden zu haben. Er wusste, dass es nur von kurzer Dauer war. Bald würde er zurück kommen und er wusste nicht, ob sie ihm dann immer noch Kaffee und Donuts anbieten würden. Ihre Geduld war nur begrenzt und der Mann hatte ihm deutlich zu verstehen gegeben, dass sie nicht mit sich spielen ließen.

Der Wachmann riss ihn aus seinen Gedanken und führte ihn wieder zurück in seine Zelle. Erschöpft sank Zack auf sein Bett. Hinter ihm wurde die Tür wieder verriegelt. Er war zurück in seinem Loch, zurück in der Gefangenschaft.

- 26 -

Vor zwei Tagen hatte sie einen neuen Auftrag bekommen, eine einfache Sache. Eine Zahnarzthelferin war anscheinend sehr gesprächig und wusste zu viel. Sie war medizinisch ausgebildet und die Bedeutung des Begriffes *physische Inkompatibilität* war ihr kein Fremdwort. Das reichte Zhen aus. Nicht dass sie eine Wahl hatte.

Ihr Zielobjekt, Patricia, wohnte in einem kleinen Haus, am Rande von Colorado Springs, zusammen mit ihrem Mann. Tagsüber waren beide außer Haus, so dass Zhen sich in Ruhe in der Wohnung umsehen konnte. Sie fand zwar viele Proben, war sich aber meist unsicher, ob sie rein genug waren. Sie wollte weder eine falsche Probe, noch aus Versehen Hundehaare mitnehmen. Allein die Vorstellung, welche Fehlschläge es durch eine andere Rasse geben konnte, ließen ihr die Blutzellen gefrieren. Einmal war mehr als genug. Nie wieder! Das hatte sie sich geschworen.

Zwei Stunden später besuchte sie die Praxis, in der Patricia arbeitete, und setzte sich in das Wartezimmer, ohne sich anzumelden. Sie beobachtete eine Zeit lang die Arbeitsabläufe in der Praxis. Immer wieder mussten Patricia und ihre Kollegin dem Arzt helfen, stets auf die Einhaltung der Hygienevorschriften bedacht. Zhen witterte eine Chance. Sie wartete einen unbeobachteten Moment ab und verließ das Wartezimmer. Beide Arzthelferinnen waren nicht am Empfang. Sie nutzte die Gelegenheit, griff in einen der Hygieneeimer und entnahm den obersten Latex-Handschuh, den Patricia kurz zuvor weggeworfen hatte. Eben hatte sie ihn in einer Plastiktüte in ihrer Handtasche verstaut, da öffnete sich eine der vielen Türen. Flink huschte sie um die Ecke des Tresens, gerade rechtzeitig, als ihr Patricia gegenüber stand.

»Kann ich Ihnen helfen?«

Patricia lächelte sie freundlich an und Zhen drehte verlegen eine ihrer schwarzen Strähnen.

»Nun ja, eigentlich habe ich gar keinen Termin...«

»Haben Sie denn Beschwerden?«

Sie hatte strahlend weiße Zähne und glasklare Augen. Zhen mochte sie und fand sie attraktiv, was ihr überhaupt nicht gefiel.

»Nein, Patricia...«

»Kennen wir uns?«

Zhen deutete auf ihr Namensschild, das ein Initial und ihren Nachnamen enthielt.

»Ich habe geraten.«

Jetzt lachte sie selbst und streckte ihr ihre Hand entgegen.

»Ich bin Ling.«

»Trish.«

»So Trish, jetzt kennen wir uns.«

Auf dem Bildschirm am Empfang erschien ein Fenster. Patricia sah kurz hinüber und dann zurück zu Zhen.

»Es tut mir leid, ich muss arbeiten, wenn Sie also...«

»Du bitte.«

Zhen unterbrach sie.

»Okay, wenn du also keine Beschwerden hast, dann fürchte ich, ist das hier weder der richtige Ort noch der richtige Zeitpunkt für einen Plausch.«

Zhen nickte.

»Selbstverständlich. Wie wäre es dann heute Abend gegen 19 Uhr im Mountain View?«

Patricia starrte sie ungläubig an. Chao lächelte.

»Ich... bin... verheiratet...«

Patricia stammelte. Die kleine Chinesin legte ihr eine Hand auf ihren Arm.

»Das macht nichts, lass uns nur bei einem kleinen Essen näher kennen lernen. Mehr nicht.«

»Ich weiß nicht so recht, mein Mann...«

»...muss davon nichts erfahren.«

Sie zwinkerte ihr zu.

»*Du* machst heute einfach Überstunden.«

Patricia wirkte unschlüssig.

»Also Trish, wir sehen uns nachher!«

Zhen winkte ihr zu und verließ die Praxis.

Wie konnte das jetzt passieren? Was hast du dir nur dabei gedacht?

Sie wusste nicht, wie Patricia reagieren würde und ob sie überhaupt am Abend erscheinen würde. Auf jeden Fall sah Zhen sie noch mindestens einmal wieder. Musste sie wiedersehen. Sie hatte kein Problem, Frauen näher kennen zu lernen, aber sie hatte Angst, sich zu verlieben. Patricia würde sich an sie ebenso wenig erinnern, wie an ihr Gespräch mit der anderen Dame, die sie über die physische Inkompatibilität aufgeklärt hatte. Im besten Fall konnte sie Spaß haben und ihren Job trotzdem erledigen.

Zurück im Büro kratzte sie mit einem Wattetupfer die Innenseite des Handschuhs aus, schnitt die Spitze des Wattestäbchens ab und ließ sie durch das Cleankit analysieren. Es lief mehrere Stunden und endete mit einer Fehlermeldung. Es hatte nicht genug Spuren für die Analyse gefunden.

Verdammt!

Die gute Nachricht war, dass sie keine kontaminierte Probe hatte. Die schlechte bedeutete, dass sie heute Abend Patricia nicht säubern konnte.

Zu Hause wählte sie ein gelb-schwarzes Kleid, das ihr knapp über die Knie reichte, dazu Schuhe mit hohen Absätzen und steckte ihre Haare mit zwei Stäbchen zusammen. Eine kurze, schwarze, samtige Jacke bedeckte ihre Arme. Sie legte das komplette Cleankit in ihr Auto und fuhr in Richtung Süden zum Mountain View Restaurant, das zum Cheyenne Mountain Resort gehörte. Ihr Tisch bot einen fantastischen Blick auf die Cheyenne Mountains, die sich dem blauen Himmel kontrastreich entgegenstreckten. Die flache, grüne Ebene davor ließen sie in majestätischer Pracht erscheinen. Zhen war nicht in den Bergen aufgewachsen, doch sie liebte die Berge. Vielleicht gerade deshalb. Der Kellner brachte ihr ein Glas Weißwein und sie wartete auf den Sonnenuntergang.

»Hallo Ling.«

Es dauerte einen Moment bis sie registrierte, dass sie gemeint war. Die warme Hand auf ihrer Schulter war eindeutig. Zhen stand auf und umarmte Patricia.

»Hallo Trish.«

Zhen gab ihr ein Küsschen auf ihre Wange und dem Kellner ein Zeichen, ein zweites Glas Wein zu bringen.

»Schön, dass du gekommen bist.«

Patricia wirkte nervös.

»Nun ja... Normalerweise mache ich so etwas nicht.«

Chao lächelte.

»Was denn, essen?«

Sie setzten sich und Patricia staunte, als der Kellner ihren Wein brachte.

»Aber...«

Zhen legte ihr eine Hand auf den Arm.

»Schon gut, der ist für dich.«

Sie erhob ihr Glas und stieß mit Patricia an.

»Auf einen schönen Abend!«

Gemeinsam tranken sie einen kleinen Schluck und die Sonne färbte den Himmel rot ein.

»Schau mal Trish, ist das nicht wunderschön?«

»Das ist es.«

Ohne ein Wort zu sagen, saßen sie sich schweigend gegenüber und beobachteten den Sonnenuntergang. Nachdem das Farbenspiel ein Ende fand, studierten sie die Karte und bestellten das Essen.

»Also Ling, was machst du beruflich?«

Zhen schmunzelte, beugte sich zu ihr hinüber und senkte ihre Stimme.

»Ich bin eine Agentin in geheimer Mission.«

Patricia lachte.

»Hast du dann auch eine Knarre?«

»Ich komme ohne klar, das kann ich dir später gerne zeigen.«

Sie spitzte ihre Lippen und beobachtete die Reaktion. Patricia wirkte entspannter, als noch vor einer halben Stunde.

»Dann hast du sicherlich auch keine Handschellen dabei.«

Na du gehst aber ran, Trish, wer hätte das gedacht?

»Auch die brauche ich nicht...«

Und auch das kann ich dir später gerne zeigen.

Stattdessen antwortete sie, »...dafür gibt es genug andere Mittel und Wege.«

Sie bekamen ihr Essen und der Wein wurde aufgefüllt. Patricia aß Filet vom Atlantischen Lachs mit einer cremigen Lauchsoße. Zhen gönnte sich geröstete Schweinelendchen mit karamellisierten Äpfeln.

»Was machst du den ganzen Tag als *Geheimagentin*?«

Zhen lachte.

»Das kann ich dir verraten, aber danach müsste ich dich leider umbringen.«

»Ohne Waffe?«

»Keine Sorge, ich leg dich auch ohne flach.«

Sie zwinkerte ihr zu und lenkte das Gespräch auf Patricia, immer darauf bedacht, ihren Mann herauszuhalten. Sie wollte, dass Patricia diesen Abend nicht an ihren Mann dachte und sie war damit erfolgreich.

Der Kellner brachte die dritte Runde Wein. Zhen hielt Patricias Hand und streichelte ihren Handrücken.

»Ich sollte mit dem Wein aufhören, ich muss noch Auto fahren.«

»Kein Problem, Trish, darum machen wir uns Gedanken, wenn es soweit ist.«

Sie kicherten und glucksten, wie zwei kleine Schulkinder. Zhen konnte ihre Augen nicht von Patricias Lippen wenden und bei jedem Wort, das sie sprach, spürte sie, wie ihre eigenen Lippen immer größer zu werden schienen. Sie drückte ihre Hand.

»Hast du Lust etwas Verrücktes zu tun?«

»Wie verrückt meinst du denn?«

»Ganz verrückt. Komm mit.«

Nachdem sie für beide gezahlt hatte, stand sie auf und nahm sie an der Hand mit. Gemeinsam liefen sie zu ihrem Auto und sie holte das Cleankit Set heraus.

»Du willst doch jetzt nicht noch Auto fahren?«

»Nein Trish, ganz bestimmt nicht.«

Zhen brachte ihre Lippen an ihr Ohr.

»Dafür habe ich etwas anderes vor.«

Sie liefen weiter zur Rezeption. Das ganze Resort bestand aus kleineren Hotels, von denen sie das erstbeste betrat und ein Zimmer für eine Nacht buchte. Patricia kicherte immer wieder. Zhen strich ihr über den Rücken und ließ ihre Hand knapp oberhalb ihres Pos zum Erliegen kommen. Auf dem Zimmer stellte sie das Set, das einem kleinen Koffer glich, auf den Tisch.

»Was ist das?«

Patricia war neugierig und betrachte es genau.

»Ein Alkoholtest. Ich brauche von dir nur eine Blutprobe oder so und dann kann das Gerät sie analysieren.«

»Wow, das ist ja praktisch. Aber ich möchte mich nicht stechen.«

Zhen nahm ihre Hand in die ihre.

»Keine Angst, das mach ich für dich. Du bist einfach *gaaanz* tapfer.«

Patricia kicherte erneut. Zhen zückte eine Stecknadel und pikste Patricia in den Finger.

»Aua!«

»Psst. Schon gut.«

Sie drückte ihr einen Tropfen Blut auf ein kleines Plättchen, steckte es in das Analysemodul des Cleankits und startete die Analyse.

»Das dauert jetzt einen Moment.«

Zhen flüsterte und führte Patricias blutenden Finger zu ihrem Mund.

Sie wischte die Wunde ab und gab einen Kuss darauf. Patricia wehrte sich nicht, auch nicht, als sie ihren Finger in den Mund nahm, ihn mit ihrer Zunge umkreiste und sanft daran saugte. Sie konnte regelrecht sehen, wie es sie geil machte. Die Brüste unter ihrer dünnen Bluse wurden fester und Zhen trat einen Schritt näher an sie heran, nahm ihren Kopf in beide Hände und brachte ihre Lippen ganz dicht vor die ihren. Sie verharrte für einen Moment und genoss das leise Knistern in der Luft, bevor sie mit ihren Lippen Patricias Mund erst zaghaft berührte und dann fester auf sie presste. Sofort ließ Patricia einen leisen Seufzer hören und öffnete ihre Lippen. Zhen trat einen weiteren Schritt an sie heran und ließ ihre Finger langsam über die Außenseiten ihres Halses an ihr herab gleiten. Patricias Brustwarzen drückten sich durch ihre Bluse und auch Zhen spürte das pulsierende Blut in ihrem Schritt.

Keiner von beiden sprach ein Wort, als sie sich gegenseitig auszogen und kurz darauf nackt im Bett lagen. Zhen nahm einen Seidenschal und verband damit Patricia die Augen, bevor sie ihren gesamten Körper mit leichten zarten Küssen eindeckte. An ihrer Vulva verharrte sie kurz, nur um sich dann mit ihrer Zunge langsam zu ihrem Kitzler vorzutasten. Patricia spreizte die Beine und griff nach ihrem Kopf. Zhen ließ sie eine Weile gewähren, nahm ihr die Binde von den Augen und fesselte damit ihre Hände vor ihrem Bauch. Sie setzte sich rittlings auf ihren Oberkörper und ihre Arme und strich mit ihren Händen über Patricias Beine. Sie glitt an ihren Außenseiten hinab in Richtung der Füße und an ihren Innenseiten nach oben, bis sie den warmen feuchten Punkt erreichte, den sie suchte. Zhen beugte sich nach vorn und küsste sie erneut zwischen den Beinen, während sich ihre Finger langsam einen Weg in ihr Inneres bahnten.

Sie hörte Patricia hinter sich immer lauter stöhnen und spürte, wie Patricias Arme ihre eigenen Beine auseinander drückten. Zhen hörte nicht auf und streckte ihr Gesäß nach hinten, bis sie Patricias Zunge an ihrer eigenen Vagina spürte. Auch Zhen stöhnte. Die Vibrationen von Patricias Lauten übertrugen sich in ihren Unterleib, was sie noch mehr anturnte. Zhen drückte sich auf ihr Gesicht und wurde sofort dafür belohnt.

»Mach mich los.«

Zhen befreite Patricias Arme, die sich augenblicklich um ihr Becken schlangen. Patricia gönnte ihr keine Pause und Zhen zuckte laut stöhnend auf ihrem Gesicht, während ihre Finger weiterhin Patricias angeschwollenen Kitzler massierten. Trish bäumte sich auf, spannte ihre Muskeln an und ihre gemeinsamen Laute wurden zu einem Duett der Lust, nur um dann erschöpft nebeneinander zu liegen und die gegenseitige Wärme zu spüren.

»Was sagt mein Alkoholtest?«

Zhen warf einen Blick auf den Koffer und sah das positive Ergebnis. Das Cleankit war bereit.

»Einen Moment.«

Sie stand auf, ging zum Tisch und stand nackt mit dem Rücken zum Bett. Auf ihrem Handy startete sie eine App, tippte den Code in das fertige Cleankit und nahm es mit sich.

Zhen setzte sich erneut auf Patricia und hielt das Cleankit zwischen ihren Händen. Sie tat, als las sie davon ab.

»Du solltest jetzt auf gar keinen Fall Auto fahren, bleib eher noch ein oder zwei Stunden liegen, von mir aus auch gern bis morgen früh, bis du wieder gehst. Magst du es sehen?«

»Ja, zeig her!«

Patricia streckte ihr den linken Arm entgegen und Zhen drückte ihr das aktivierte Cleankit in ihre Handfläche. Sie spürte das leichte Zucken. Dann wanderten ihre Augen im Zimmer umher. Zhen beugte sich zu ihr herunter.

»Mach die Augen zu und schlaf, Trish.«

Sie tat, wie ihr geheißen und war nach wenigen Minuten eingeschlafen. Zhen packte ihre Sachen zusammen, zog sich an und verließ das Hotel. Am nächsten Tag setzte sie die Akte auf *Erledigt* und hing diesmal kein Videoprotokoll an. Stattdessen vermerkte sie, dass die Videoaufnahme eine Fehlfunktion hatte. Sie wusste, dass in jedem Fall eine Überwachung gestartet wurde, was machte es da aus, wenn sie gelegentlich kein Video zur Verfügung stellte?

Zhen seufzte. Patricia gefiel ihr, leider war sie verheiratet und leider würde sie sich nicht an sie erinnern.

- 27 -

Wie alle anderen Agenten auch hatte Ray, während seiner Ausbildung, verschiedene Methoden und Wege gelernt, wie er andere Menschen für sich gewinnen konnte, sie überzeugen konnte ihm zu helfen sowie Grundlagen über Verhörtaktiken und Prinzipien. Allerdings handelte es sich dabei um Grundwissen, das er seitdem kaum vertieft hatte. Bei ihnen gab es dafür speziell geschultes Personal, das sich regelmäßig weiterbildete und stets auf dem neuesten Stand der Technik war. Wieder einmal fragte er sich, wie sinnvoll es war, dass er die beiden verhörte, während er mit dem Fahrstuhl in die untersten Etagen des Gebäudes fuhr. Er betrat einen kleinen Sicherheitsraum und wies sich aus.

»Ah, Mr. Smith!«

Ein Mann in den dreißiger Jahren und einem braunen Ledermantel begrüßte ihn. Ray nickte.

»Guten Tag, Sie sind?«

»Ach, hier unten heißen wir alle Mr. Smith! Praktisch, oder?«

Ray starrte ihn an, ohne eine Miene zu verziehen. Er verstand den Sinn dahinter, war jedoch nicht begeistert, dass es ausgerechnet sein Name sein musste.

»Ich möchte mit einem der beiden Code Reds sprechen.«

Der Mann im Ledermantel musterte ihn für eine halbe Minute und wies zu einem kleinen Tisch mit zwei Stühlen.

»Mr. Smith, setzen wir uns für einen Moment.«

Ray folgte ihm zu dem Tisch und nahm neben ihm Platz.

»Mr. Smith, haben Sie schon einmal ein Verhör geführt?«

Ray schüttelte den Kopf.

»Nein, habe ich nicht.«

Der andere legte seine Stirn in Falten.

»Nun, in dem Fall habe ich eine einfache Frage an Sie, Mr. Smith.«

Es entstand eine kurze Pause, bevor er fortfuhr.

»Was wollen Sie hier unten? Überlassen Sie diese Arbeit den Profis.«

Nach einem weiteren Moment fügte er ein weiteres Wort hinzu, das er eindringlich betonte.

»Bitte!«

Ray nickte.

»Mr. Smith.«, wenn er denn wirklich so hieß, »ich würde liebend gerne die Arbeit den Spezialisten überlassen, die dafür extra geschult wurden und mit Sicherheit auch über jede Menge Erfahrung verfügen...«, der andere nickte, »...doch meine Vorgesetzte hat mich ausdrücklich darum gebeten.«

Sein Gegenüber hob die Augenbrauen und sah ihn überrascht an.

»Wer ist denn das?«

Ray antwortete mit einem Lächeln.

»Wenn ich Ihnen jetzt Ms. Smith als Namen nenne, wird Ihnen das sicherlich nicht weiterhelfen, oder?«

Mr. Smith lachte.

»Sie lernen schnell, dass muss ich Ihnen lassen. Das gefällt mir. Vielleicht sind Sie hier ja doch nicht falsch. Aber Spaß beiseite, wer ist Ihre Vorgesetzte?«

»Megan Perry.«

»Megan? So ist das also.«

»Kennen Sie sie?«

»Nicht direkt. Geben Sie mir bitte eine Minute? Ich muss kurz telefonieren.«

Ray nickte.

Mr. Smith blieb am Tisch sitzen, holte sein Mobiltelefon aus dem Mantel und wählte eine Nummer aus seinem Adressbuch.

»Hallo Ms. Perry, hier ist das zweite Untergeschoss, Verhör und Befragung.«

Ray hörte nur eine Seite des Gesprächs.

»Wir haben hier einen Mr. Smith, der mit unseren Besuchern reden möchte.«

Er sah ihn kurz an.

»Ja, ein Mr. Smith. Ein praktischer Name, finden Sie nicht auch?«

Megan sprach einige Sätze und Mr. Smith ließ immer wieder ein

Aha oder ein *Mhm* und gelegentlich auch ein *Soso* fallen.
»Ich verstehe, Ms. Perry.«
Ohne sich zu verabschieden, beendete er das Telefonat und ließ sein Telefon wieder in seine Jackentasche gleiten. Dann sah er zu Ray.
»So, Ray. Du hast also etwas ausgefressen?«
Ray zuckte mit den Schultern.
»Darf ich fragen, was?«
»Mir wäre es lieber, wenn das zwischen Megan und mir bleibt.«
»Hmm... verstehe.«
Er überlegte einen Moment, bevor er weiter sprach.
»Ich schlage Ihnen folgenden Ablauf vor. Ich werde mit Ihnen kurz durchsprechen, wie Sie sich während eines Verhörs zu verhalten haben und welche Fragen Sie stellen sollen. Sie wissen schon, die Grundlagen etwas auffrischen. Das nötige Selbstbewusstsein kann ich Ihnen nicht beibringen. Entweder Sie haben es drauf oder Sie müssen es ganz schnell lernen. Glauben Sie mir, die anderen merken sofort, ob Sie stark sind oder ein Strohhalm im Wind.«
Ray nickte.
»Und dann dürfen Sie *ein* Gespräch mit einen von beiden führen. Haben Sie mich verstanden? Genau *ein* Gespräch. Und ich sage absichtlich Gespräch, weil wir das kaum Verhör nennen können, da bin ich mir ziemlich sicher. Von daher beschränken wir Ihren Kontakt auch auf das absolute Minimum, um unsere Ergebnisse nicht zu gefährden.«
Jetzt war Ray verunsichert.
»Nur ein Gespräch? Ich dachte, ich sollte....«
Der andere unterbrach ihn, bevor er seinen Satz beenden konnte.
»Ja sicher, was auch immer. Ich sage Ihnen, dass Sie nur ein einziges Gespräch führen werden. Ich kläre das mit Ihrer Vorgesetzten.«
Ray nickte. Ihm wäre gar kein Gespräch lieber, aber nun war er schon hier.
Die nächste halbe Stunde verbrachte Mr. Smith damit, ihm die grundlegenden Verhaltensweisen in einem Verhör nahe zu brin-

gen. Die Körpersprache war eines der wichtigsten Aspekte, sogar vor den Fragestellungen. Dabei ging es sowohl um die Körperhaltung des Befragten, als auch um die Körperhaltung des Fragenden. Wenn diese beiden Punkte stimmten, war der erste Schritt gemacht.

»Welche Fragen wollen Sie ihm denn stellen?«

Das war eine interessante Frage.

»Nun ja, ich dachte wir fangen einfach mal grundlegend an und dann ergibt sich schon etwas.«

»Falsch! Wie wollen Sie denn in ein Verhör gehen, wenn Sie noch nicht einmal eine Erwartungshaltung haben, was Sie wissen wollen? Wenn Sie mit ihm nur Kaffee trinken möchten, sagen Sie das gleich. Das bekommen wir schnell arrangiert! Herrgott, bin ich denn nur von Amateuren umgeben?«

Offensichtlich war Mr. Smith gereizt und Ray überlegte, was er wissen wollte.

»Hm... Ich hätte da mehrere Fragen...«

Der Agent unterbrach ihn.

»Konzentrieren Sie sich auf drei. Welche drei Fragen wollen Sie ihm stellen?«

Ray nannte ihm drei Fragen und er nickte.

»Für den Anfang sind das gute Fragen, ich bin damit einverstanden.«

»Sie sind damit einverstanden?«

Er sah ihm in die Augen.

»Meinen sie etwa, ich lasse Sie mit unseren Gästen über Gott und die Welt reden? Noch einmal, einen Kaffeekranz können wir ein anderes mal organisieren. Wir sind hier, weil wir schnell bestimmte Informationen erhalten möchten, ohne Zeit zu verschwenden. Also verschwenden Sie jetzt nicht meine Zeit!«

Ein leises »Verstehe« war alles, was Ray dazu sagte.

»Gut, dann wissen Sie jetzt, wie Sie sich zu verhalten haben und welche Fragen Sie klären möchten. Was machen Sie, wenn sich ihr Gegenüber quer stellt? Wenn er Gegenfragen stellt, keine Antworten liefert oder ständig nur ausweicht?«

Ray war überfragt.

»Ich werde Ihnen dazu jetzt einmal ein paar Dinge erläutern.«
Eine weitere halbe Stunde verging, in der sie verschiedene kleine Dialoge durchsprachen, kleine Rollenspiele übten und Mr. Smith Ray ins Schwitzen brachte. Oft brachte er ihn so sehr aus dem Konzept, dass er seine Frage vergaß und einmal reagierte er überhaupt nicht und sprach kein Wort. Es waren alles Möglichkeiten, auf die Ray treffen konnte und er hatte keine Ahnung, wie er sich dann verhalten sollte. Wie zum Teufel sollte er das Wissen, das sich andere über Jahre angeeignet hatten, innerhalb von wenigen Stunden in sich aufnehmen und so verinnerlichen, dass er es routiniert anwandte? Das war ein Ding der Unmöglichkeit. Er gab sich Mühe und Mr. Smith übte sich in Geduld, ihn in der Kürze der Zeit auf alle möglichen Eventualitäten vorzubereiten.

- 28 -

Mr. Smith klopfte Ray auf die Schulter. Ray kannte seinen Namen immer noch nicht.

»Das schaffst du schon, Großer. Denk immer daran, zeig ihm, wer der Löwe ist und ›wer fragt, führt‹!«

Ray schluckte und fragte sich, warum er so nervös war. Im Grunde wollte er sich nur mit Timothy unterhalten und ihm ein paar Fragen stellen. Er hatte sich extra Timothy ausgesucht, da Zack eher einen rebellischen Eindruck auf ihn machte. Ray glaubte, dass Timothy einfacher zu befragen war und sich weniger sträuben würde als Zack. Mit einem schwachen Nicken betrat Ray den kleinen kahlen, steril wirkenden Raum im Untergeschoss, den sie provisorisch als Verhörraum eingerichtet hatten. Die Wände waren komplett gekachelt, vom Boden bis zur Decke und an einer Wand hing ein zusammengerollter Wasserschlauch. In der Mitte des Raumes sah er einen kleinen Abfluss in einer Vertiefung und fragte sich, wozu dieser Raum früher gedient hatte. Es roch muffig, nach abgestandener Luft, vermischt mit Desinfektionsmittel. Ein Geruch, der ihn spontan an einen Raum in einem Krankenhaus erinnerte.

An dem kleinen Metalltisch in der Mitte erkannte er Timothy Brown, den er bisher nur auf Fotos und Videoaufnahmen gesehen hatte. Trotzdem wusste Ray so viel über ihn, dass ihm schwindelig wurde. In seiner Hand hielt er eine dicke braune Akte, vollgestopft mit allem, was er über ihn herausgefunden hatte.

Ray nickte Timothy freundlich zu, zog den Stuhl kratzend über den Boden und setzte sich, ohne sein Gegenüber aus den Augen zu lassen. Es war seltsam, ihm persönlich gegenüber zu sitzen.

Was mache ich, wenn er mich jetzt anspringt?

Darüber hatte er mit Mr. Smith in der Kürze der Zeit nicht gesprochen. Er war sich sicher, dass die draußen wartende Wache den Lärm hören und ihm zu Hilfe eilen würde.

»Guten Tag, Mr. Brown.«

Timothy starrte ihn mit fragenden Augen an. Ray konnte seine Frage förmlich in ihnen ablesen.

»Oh, ich weiß eine Menge über Sie, Timothy.«

»Wer sind Sie?«, fragte Timothy.

Ray lächelte. Zumindest diese Frage konnte er beantworten, ohne sich zu verbiegen. Er musste nicht einmal lügen und er erinnerte sich an einen der ersten Sätze, den er hier unten im zweiten Untergeschoß vom Agenten in der braunen Lederjacke hörte.

»Sie dürfen mich Mr. Smith nennen.«

Timothy verdrehte die Augen.

»Natürlich, warum auch nicht. Also Mr. Smith, wo bin ich?«

Mr. Smith hatte ihn eindringlich davor gewarnt, keinerlei Hinweise darüber zu geben, wo sie waren, welches Datum es war, wie lange sie hier waren oder warum sie überhaupt hier waren.

Ihm gefiel nicht, wie dieses Gespräch begann. Sie hatten gerade einmal eine handvoll Worte gewechselt und schon fühlte er sich, wie ein kleiner Schuljunge.

Wer fragt, führt!

Im Moment fragte Timothy. Er musste den Spieß umdrehen und ignorierte die Frage.

Stattdessen öffnete er seine Akte, blätterte und las die Fakten. Es gab ihm das Gefühl von Sicherheit.

Wissen ist Macht!

Das Gefühl etwas in den Händen zu halten, oder besser sich daran festzuhalten, wirkte beruhigend. Jetzt wusste er, warum er sich vorher seine Fragen überlegen sollte. Im Moment hatte er genug damit zu tun, nicht auszuflippen.

Ich bin kein Agent im Außendienst. Ich bin Videoanalyst. Was verdammt noch mal, habe ich hier unten zu suchen?

Ray erinnerte sich an seine drei Fragen und entschied sich, die erste Frage auszubauen. Ursprünglich wollte er wissen, wer Melissa war, allerdings wusste er das bereits. Was sollte er mit der Antwort also anfangen? Stattdessen stellte er eine andere Frage.

»Mr. Brown, kennen Sie einen Peter Stinton?«

»Nein.«

Das war eine kurze, knappe Antwort. Ray hatte erwartet, dass

Timothy ihm bereitwillig alles über den bereits gesäuberten Peter erzählte. Statt eines Lebenslaufes bekam er ein kurzes und knappes *Nein*. Die ernüchternde Antwort beunruhigte ihn und er spürte in seinem Magen, wie sich seine Nervosität ausdehnte.
»Verstehe.«
Ein reiner Kommentar, um Zeit zu schinden. Er blätterte weiter in der Akte.
»Sie kennen Zack Logan seit Ihrer Kindheit, ist das richtig?«
»Ja.«
Verdammt! Was sollen diese kurzen Antworten? Wie soll ich ein sinnvolles Gespräch führen, wenn Timothy immer nur so knapp antwortet?
Ray überlegte einen Moment. Vielleicht musste er seine Fragen anders formulieren, einfacher und offener. Er musste Fragestellungen finden, die nicht mit einem *ja* oder *nein* zu beantworten waren.
»Gut, Mr. Brown, ich möchte Ihnen eine andere Frage stellen.«
Timothy sah ihn entspannt und unbeeindruckt an.
»Woher kennen Sie beide die SCC?«
»Die was?«
»Die SCC.«
»Was ist die SCC?«
Ist das dein ernst? Willst du mich verarschen?
Ray spitzte die Lippen.
»Mr. Brown, Sie wurden dabei beobachtet, wie Sie sich unerlaubt auf einem Privatgelände aufgehalten haben. Ich möchte von Ihnen wissen, was Sie dort zu suchen hatten.«
»Was denn für ein Privatgelände? Wir haben keine privaten Grundstücke betreten!«
Ray zog das Foto aus der Akte, das Zack und Timothy zeigte, aufgenommen von einer der Überwachungskameras der Zentrale. Er schob ihm das Foto kommentarlos über den Tisch.
»Ja, das sind Zack und ich. Aber das Foto konnte überall gemacht worden sein. Wo soll das gewesen sein?«
»Dieses Foto stammt von einer Überwachungskamera eines Hochsicherheitsbereiches. Sie haben sich nicht nur unerlaubt

Zutritt verschafft, sondern stehen auch unter Verdacht, geheime Informationen gestohlen zu haben.«
Timothy riss seine Augen auf.
»Was bitteschön? Hochsicherheitsbereich? Geheime Informationen?«
Irgendwie komme ich hier nicht weiter.
Er blätterte erneut in seiner Akte auf der Suche nach einem stichfesten Beweis. Alles was er hatte, war eine Ansammlung von Querverbindungen. Er hatte Details über Melissa Lockwood, Peter Stinton, Zack Logan und natürlich Timothy Brown. Außer dem kleinen Videoschnipsel, das die Überwachungskamera aufgezeichnet hatte und das zugegebenermaßen hochbrisant für die Zentrale war, hatte er nichts, womit er Timothy unter Druck setzen konnte. Da fiel ihm ein weiteres Detail ins Auge.
»Nachträglich möchte ich Ihnen noch alles Gute wünschen.«
Er erntete einen irritierten Blick.
»Nun ja, Sie hatten kürzlich Geburtstag, richtig?«
Mr. Brown schüttelte seinen Kopf.
»Achso, ja, hatte ich.«
»Wie gesagt, herzlichen Glückwunsch!«
»Danke.«
Der Sarkasmus in seiner Stimme war nicht zu überhören.
»War Zack Logan deshalb in der Stadt? Um Ihren Geburtstag zu feiern? Er wohnt in L.A., richtig?«
Timothy nickte.
»Ja, wir haben meinen Geburtstag gefeiert und er blieb noch ein paar Tage länger. Was wollen Sie von mir?«
Ray überlegte einen weiteren Moment. Bisher hatte er keine Neuigkeiten erfahren, sondern ausschließlich Bestätigungen über Dinge bekommen, die er bereits wusste. Er entschied sich, seine letzte wichtige Frage zu stellen, die er Agent Smith genannt hatte.
»Wie sind Zack und Sie auf die SCC aufmerksam geworden? Wie haben Sie diese gefunden?«
»Ich weiß immer noch nicht, wer die SCC ist. Wovon sprechen Sie eigentlich?«
Ray tippte auf das vor ihm liegende Foto. Timothy seufzte.

»Wurde das auf einem großen *öffentlichen* Platz vor einem hohen Bürogebäude aufgenommen?«

Sollten ihn der Unterton und die Betonung des öffentlichen Platzes provozieren? Ihm fiel sofort der Widerspruch zum Privatgelände auf. Timothy konnte nicht wissen, dass das Gelände tatsächlich als privat gekennzeichnet und trotzdem jederzeit für alle zugänglich war. Man hatte sich damals entschlossen, so wenige Sicherheitsmaßnahmen wie möglich zu zeigen. Das entsprach einem alten Prinzip gegen Einbrecher. Wer etwas zu schützen oder zu verbergen hatte, sicherte es. Einbrecher machten sich diese Logik zu Nutze und spähten bevorzugt die Häuser aus, die über reichliche Sicherheitseinrichtungen verfügten. Der Zugang war zwar schwieriger, die winkende Beute schien dafür umso größer.

»Dieses Foto wurde tatsächlich vor einem hohen Bürogebäude aufgenommen. Was hatten Sie dort zu suchen?«

Timothy antwortete nicht. War er hier auf eine Spur gestoßen?

»Mr. Brown, dies wird das einzige Gespräch sein, das Sie mit mir führen werden. Ich kann leider nicht für die anderen sprechen, doch ich zumindest bin nur auf der Suche nach der Wahrheit. Also helfen Sie mir bitte und sagen Sie mir, was Sie dort wollten.«

Anscheinend hatte Timothy darauf keine passende Antwort. Er starrte Ray eine lange Zeit wütend an. Ray kniff die Lippen zusammen und wusste, dass er keine Antwort bekam.

»Also gut. Vielen Dank für Ihre Zeit, Mr. Brown.«

Damit erhob er sich von seinem Stuhl, nahm das Foto wieder an sich und steckte es zurück in seine braune Aktenmappe. Dann begab er sich in Richtung Tür.

»Wir haben nichts Unrechtes getan.«

Er wandte sich noch einmal zu Timothy um.

»Was haben Sie gesagt?«

Timothy räusperte sich, bevor er antwortete.

»Ich sagte, wir haben nichts Unrechtes getan!«

»Das liegt wohl tatsächlich im Auge des Betrachters, Mr. Brown. Ich bin nicht hier, um über Recht oder Unrecht zu entscheiden. Ich wollte lediglich Informationen und die Wahrheit von Ihnen hören.«

Mr. Brown seufzte und ließ den Kopf hängen. Ray entschied, dass es Zeit war zu gehen.

»Einen schönen Tag noch, Mr. Brown.«

Er klopfte an die Tür. Kurz darauf wurde ihm geöffnet und er verließ den Raum. Neben der Wache an der Tür wartete bereits schon Agent Smith auf ihn. Er legte ihm einen Arm um die Schulter und führte ihn in Richtung seines Büros.

»Gar nicht so schlecht für den Anfang, Newbie. Gar nicht so schlecht.«

Ray antwortete nicht.

»Wissen Sie, wenn Sie da *oben* mal keine Lust mehr haben, können Sie gerne zu uns hier nach *unten* kommen. Sie haben Potential, das muss ich Ihnen lassen.«

»Ich habe rein gar nichts herausgefunden.«

»Das würde ich so nicht sagen, Mr. Smith. Jedes Verhör liefert Hinweise. Man muss Sie nur zu deuten wissen. Natürlich bekommen Sie eine Kopie der Videoaufzeichnung.«

Nach einer kleinen Pause fügte er hinzu: »Für Ihr persönliches Archiv.«

Ihm war egal, was sie mit den Videodaten machten. Verhöre zu führen, lag nicht in seiner Natur und er war froh, es überstanden zu haben. Ray wollte wieder frische Luft atmen. Die abgestandene Luft des Kellers erdrückte ihn.

»Vergessen Sie bitte nicht, sie anschließend zu säubern.«

»Natürlich nicht, Mr. Smith. Natürlich nicht.«

Da war er wieder, der Sarkasmus. Selbstverständlich würden sie es nicht vergessen. Aber er fühlte sich einfach besser, nachdem er es noch einmal erwähnt hatte.

Sie erreichten den Fahrstuhl und Ray wandte sich noch einmal an den Agenten.

»Vielen Dank, Mr. Smith.«

Mr. Smith lächelte still.

»Gerne, Mr. Smith. Darf ich Ihnen einen Rat mit auf den Weg geben?«

Ray war nicht überrascht.

»Gerne.«

»Sie sind zu freundlich. Manchmal mag das recht hilfreich sein, aber Sie wollten hier Informationen bekommen. Ohne einen gewissen Druck sind nur die wenigsten bereit, alles freiwillig heraus zu posaunen. Seien Sie beim nächsten Mal einfach...«

»Nicht ganz so freundlich?«

Ray beendete seinen Satz.

»In der Tat. Ich wollte eher sagen, seien Sie ein Arsch. Aber Sie haben es auch ganz gut getroffen. Einen schönen Tag noch.«

Die Fahrstuhltüren schlossen sich zwischen ihnen und Ray kehrte in seine eigene Welt zurück.

- 29 -

»Hallo, mein Schatz!«
Kaum schloss er die Haustür hinter sich, fiel ihm Kacey in die Arme und drückte Ray einen langen Kuss auf seinen Mund. Er war warm und feucht und ihr Parfüm kitzelte in seiner Nase. Ray schloss die Augen und nahm ihren Kopf in seine Hände. Es fühlte sich gut an. Kacey schlang ihre Arme um seine Hüften und seufzte leise.
»Hmm, das hat mir gefehlt.«
Sie sah ihm in die Augen. Ray strahlte.
»Du hast mir gefehlt.«
Kacey lächelte keck und hob sein Kinn mit ihrem Zeigefinger.
»Das will ich doch stark hoffen!«
Er bemerkte ihre strahlenden, forschenden, blauen Augen, die alles über ihn zu wissen schienen, bevor er es selbst wusste.
Wie viel weißt du, Kacey?
Seine Frau stutzte einen Moment und kniff ihre Augen zusammen.
»Bedrückt dich etwas, Ray?«
Wie gut du mich doch kennst, Liebling.
»Ach Kacey, es war ein langer Tag und wir hatten gestern eine Art Notfall. Ich bin einfach erledigt.«
»Warst du deshalb gestern erst so spät zu Hause?«
Ray nickte.
»Ja Schatz und ich entschuldige mich dafür. Ich wollte da sein, wenn du von deiner Reise zurück kommst.«
»Schon gut, Ray. Ich war so erschöpft, dass ich nur kurz Essen gemacht habe und dann ins Bett gefallen bin. Ich habe geschlafen wie ein Stein. Wann bist du gekommen? Davon habe ich gar nichts gemerkt.«
Er lächelte.
»Das habe ich gesehen. Nicht einmal meinen Kuss hast du erwidert.«

Sie boxte ihm in den Arm.
»Deinen Kuss?«
Ray nickte.
»Ja, ich wollte dich nicht wecken. Komm, lass uns erst einmal gemeinsam essen. Dann kannst du mir von deiner Konferenz berichten.«
»Gerne, ich habe aber noch nichts vorbereitet.«
Er lachte und hielt sie an den Händen.
»Das macht nichts. Ich habe extra etwas vom Chinesen mitgebracht. Was möchtest du lieber? Die gebratenen Nudeln oder das Chop Suey?«
»Beides klingt lecker. Ich hole zwei Teller und wir teilen uns einfach beides? Was meinst du?«
»Gerne.«
Kurze Zeit später saßen sie am Tisch, vor sich die beiden geöffneten Boxen der Gerichte. Ray nahm sich etwas vom Chop Suey und Kacey wickelte die ersten Nudeln auf ihre Gabel. Sie hatten Hunger und verzichteten auf den Gebrauch von Stäbchen.
»Was für einen Notfall hattet ihr denn gestern?«
Ray stocherte in seinem Essen.
»Es ist das erste Mal, seit ich dort arbeite, dass wir tatsächlich einen Code Red hatten.«
Er war sich nicht sicher, wie viel er seiner Frau erzählen durfte. Allerdings konnte er sie nicht im Dunkeln stehen lassen.
»Was ist ein Code Red?«
»Naja, sowas wie ein roter Alarm auf der Enterprise.«
Sie lachte.
»Alles klar, das verstehe ich. Aber ihr wurdet nicht von den Klingonen angegriffen?«
Er liebte ihren Humor. Sie schaffte es immer wieder, ihn aufzuheitern.
»Nein, natürlich nicht. Es gab eine Verfolgungsjagd von zwei Flüchtigen durch die Stadt und sie sind uns entwischt.«
Ihr blieb der Mund offen stehen.
»Du machst Witze! Ich dachte du bist in der Analyse-Abteilung?«

Ray schmunzelte.
Das dachte ich auch.
Dann lachte er.
»Richtig. Am Ende habe ich ihnen eine Falle gestellt.«
Ihre Augen wurden immer größer.
»Und dadurch habt ihr sie verhaftet?«
Er nickte.
»In der Tat. Dadurch haben wir sie erwischt.«
»Dann bist du also quasi sowas wie ein Held? Ich bin so stolz auf dich.«
Ray seufzte.
Wenn du nur die ganze Wahrheit wüsstest.
Ihre Worte regten etwas in ihm. Er fühlte sich durch sie besser, regelrecht beflügelt. Ihre Bewunderung tat ihm gut und stärkte sein Ego.
»Heute habe ich mich mit einem von ihnen unterhalten.«
Kacey kam aus dem Staunen nicht heraus.
»Das glaube ich jetzt nicht. Du hast ihn verhört? Darfst du denn sowas? Und woher kannst du das?«
Er schob sich die nächste Gabel in den Mund und aß, bevor er antwortete.
»Glaub mir Kacey, das war absolut nicht meine Idee. Ich muss zugeben, ich war ganz schön nervös.«
Vor seinem geistigen Auge erinnerte er sich an den anderen Mr. Smith.
»Und anscheinend war ich nicht besonders gut in dem Job.«
»Ist doch klar. Muss man sowas nicht vorher richtig lernen und üben und so?«
Ray lächelte schief.
»Ich glaube schon. Wie war es bei dir?«
Den Rest des Essens berichtete Kacey von ihrer Konferenz. Er verstand nur einen Bruchteil von dem, was sie ihm sagte, aber er war froh, ihre Stimme zu hören. Sie kuschelten sich aufs Sofa und er nahm sie in den Arm. Kacey fuhr fort. Ray schloss die Augen und strich ihr durch das Haar. Im Moment konnte er ihr stundenlang zuhören. Sie roch wunderbar und es war schön, ihre

Nähe zu spüren, sowie die Wärme, die ihr Körper ausstrahlte und das tiefe Vertrauen zueinander.

Oh Kacey, ich liebe dich so sehr. Ich hoffe du verzeihst mir, was ich dir antun muss.

»Hey, schläfst du etwa schon?«

Er blinzelte. Sie hielt ihr Gesicht dicht über seines und sah ihn an.

»Du musst nicht antworten, Ray. Du hast geschnarcht.«

Ray blinzelte erneut.

»Was? Ich habe geschnarcht?«

Sie lachte und bejahte.

»Habe ich dich so sehr gelangweilt?«

»Nein, es war toll dir zuzuhören. Es war so entspannend wie lange nicht mehr.«

»Was du nicht sagst, aber du hast recht. Lass uns ins Bett gehen.«

Er grinste.

»Das klingt gut.«

»...und schlafen!«

- 30 -

Das Bett war unnatürlich hart und unmenschlich unbequem. Die Nächte in Gefangenschaft hatte Timothy sich anders vorgestellt. Zumindest waren sie ruhig. Ihm gingen zu viele Gedanken durch den Kopf und die Unbehaglichkeit seiner Unterkunft verhinderte einen angenehmen Schlaf. Die erste Hälfte lag er wach auf seinem Bett und starrte an die Decke. Er wusste weder wo er war, noch was aus ihm werden würde. Er wusste nicht, wie es Zack erging und vermutete, er durchlebte das Gleiche.

Dann kamen die Verhöre. Das erste verlief relativ harmlos, fast schon wie ein Sonntagnachmittag bei Oma mit Kaffee und Kuchen. Von den vielen Fragen, die Mr. Smith ihm stellte, konnte er die wenigsten beantworten und bei anderen stellte er sich dumm. Ob sie ihm glaubten, war ihm egal. Die ganze Situation erschien ihm skurril und unwirklich, fast paradox. Das konnte nur ein Albtraum sein. Er hoffte, jeden Moment aufzuwachen und in seinem bequemen Bett zu Hause zu liegen.

Timothy wachte nicht auf. Im Gegenteil. Er schlief nicht einmal ein, auch nicht in der zweiten Nacht. Die Monotonie der Gedanken versetzte ihn in einen leicht dösenden Zustand, bis er sich das erste Mal umdrehte und prompt von seinem Klappbett, wie er es nannte, herunterfiel. Zum Glück war es nicht sehr hoch und er kam mit einem Schreck und einem blauen Fleck davon.

Der Hunger machte ihm mehr zu schaffen. Am Tag zuvor gab es Leckereien und ein karges Abendessen, bestehend aus zwei Scheiben Brot mit etwas Käse, Wurst und einem leeren Pappbecher. Das Wasser musste er sich von seinem Waschbecken holen. Sein Frühstück heute Morgen sah nicht anders aus und so hungrig er auch war, so wenig konnte er essen. Es bestand kein Zweifel, er war nicht im Hilton. »Friss oder Stirb« lautete die Devise.

Es fiel ihm schwer, sich auf die aktuelle Situation einzustellen. Ihn drängte nur ein Gedanke: Er musste so schnell wie möglich hier heraus.

Wieder knurrte sein Magen. Als sich seine Zellentür das nächste Mal öffnete, gab es erneut kein leckeres Fünf-Gänge-Menü, sondern ein grimmig dreinblickender Wachmann stand davor und wies ihn an, seine Zelle zu verlassen. Erneut wurde er in einen Verhörraum gebracht.

Timothy versuchte sich zu orientieren, was wunderbar funktionierte. Die Türen waren durchnummeriert und auch wenn die Gänge alle gleich aussahen, konnte man sich gut zurechtfinden. Er war sich sicher, dass er sich unter der Erdoberfläche befand. Die Luft war feucht und kalt wie in einem Kellergewölbe. Er konnte den Rost in der Luft schmecken. Wenn es eine Klimaanlage gab, wäre die Luft trockener. Er kannte die Luft von Klimaanlagen, da er einen Großteil seiner Zeit im Büro verbrachte und hatte ihnen schon die eine oder andere Krankheit zu verdanken gehabt, speziell im Sommer, wenn es so heiß war, dass man sich allein von der kühlen Büroluft erkältete.

Wieder musste er sich an einen Metalltisch auf einen kalten Metallstuhl setzen. Sein Gegenüber ließ ihn warten und die Tür war verschlossen. Er wusste, dass außen die Wache wartete. Jeder Versuch zu fliehen, war aussichtslos.

Hoffentlich gibt es wieder etwas zu essen.

Das war der einzige Grund, sich auf das Verhör zu freuen. Sein Bauch meldete sich abermals zu Wort und langsam wich die Vorfreude dem Unbehagen. Er war immer noch allein in dem Raum und die Zeit verging.

Sie hatten ihn doch nicht vergessen?

Timothy stand auf und tigerte durch den Raum. Hier gab es nichts Interessantes zu sehen. Es gab die gleiche Beleuchtung wie in seiner Zelle, eine in die Decke eingelassene Leuchtstoffröhre, durch ein undurchsichtiges Kunststoffglas geschützt, eben mit der Decke abschließend. Der gefliste Boden hatte einen kleinen Abfluss in der Mitte.

Wozu gibt es hier einen Abfluss?

Die Frage ängstige ihn und in seinen Gedanken sah er sich an einen Stuhl gefesselt, die Arme und Beine von den Fesseln wundgescheuert, mit einem Knebel im Mund. Ein dicker Mafiosi stand vor ihm und benutzte ihn als Sandsack. Seine neuen Schlagringe blitzten im Licht der Neonröhren. Timothys Sicht wurde durch einen blutigen Schleier getrübt und er war so schwach, sein Kopf hing schlapp herunter. Er sah sein eigenes Blut auf den Boden tropfen und langsam in schmalen Rinnsalen im Abfluss verschwinden.

Das Bild wich einem Hochdruck-Reiniger, der die blutigen Reste von den Fliesen abwusch und in den Abfluss spülte. Timothy schloss die Augen und zwang sich zurück in die Realität.

Vielleicht diente der Abfluss der Einfachheit halber zu gewöhnlichen Reinigungszwecken, oder der Raum gehörte früher zu einer Schlachterei oder anderem Gewerbe, das tägliche Reinigungen erforderte.

Bei dem Gedanken an eine Schlachterei schüttelte es ihn. Seine Vorstellungen an halbe Schweinehälften und den Gedanken zuvor ähnelten sich auf zu furchteinflößende Art und Weise.

Seine Armbanduhr hatte man ihm abgenommen und die Zeit schien hier unten andere Wege zu gehen, als über der Erde.

Wie lange warte ich hier schon? Eine Stunde? Zwei?

Er war müde und gereizt. Es kam ihm vor wie auf einem Amt. Das Warten auf das Unvermeidliche. Das Warten auf unerwünschte Dinge vergeht immer langsamer als Vorfreude. Es zermürbt.

Genervt setzte er sich wieder auf seinen Stuhl und starrte auf die Tür, als ob er sie mit seinen bloßen Gedanken öffnen konnte. Es rührte sich nichts und so sehr er sich auch konzentrierte, sie blieb weiterhin verschlossen. Wie seine Zelle, hatte auch diese Tür weder einen Griff noch eine Klinke auf der Innenseite. Sie wurde von außen verriegelt, wie in einem Kühlhaus.

Bin ich in einer Kühlzelle?

Das erklärte den Abfluss. Die Temperatur war frisch aber nicht kalt. Seine Augen suchten die Wände nach versteckten Lüftungsschächten ab und konnten keine entdecken. Wenn das wirklich eine Kühlkammer war, dann wurde die Temperatur anders geregelt.

Wollten sie ihn tiefgefrieren? War er schon überflüssig und nutz-

los?
Vor Langeweile trommelte er mit seinen Fingern auf dem Metalltisch. Die Akustik war grauenhaft und er war immer noch alleine.
Lassen die mich hier sitzen, bis ich verhungert bin?
Timothy stand auf und hämmerte gegen die Tür. Keine Reaktion. Er klopfte noch einmal, diesmal stärker und rief, ob da noch jemand war. Wieder gab es keine Antwort.
Nach weiteren langen Minuten des Umhertigerns setzte er sich wieder auf seinen Stuhl. Inzwischen mussten Stunden vergangen sein und seine Gereiztheit wich der Furcht.
Es sieht nicht gut aus. Haben sie etwas gegen mich in der Hand? Woher? Zack würde mir nichts in die Schuhe schieben. Wir sind Freunde! Oder? Was würde ich tun, falls ich Zack belasten muss, um hier herauszukommen?
Das war eine gute Frage. Eine Frage, auf die er keine Antwort suchte, solange es sich vermeiden ließ.
Andererseits ist dann zumindest einer von uns beiden wieder frei. Oder ist das nur ein Vorwand? Werde ich hier die ganze Zeit beobachtet?
Seine Augen suchten noch einmal den Raum ab, endeckten jedoch auch keine Kameras.
Werden die Gänge durch Kameras überwacht?
Anscheinend legten sie mehr Wert darauf, niemand unbemerkt in oder aus dem Gebäude zu lassen, als darauf, was im Gebäude selbst passierte. Vielleicht sollte es in dem Raum keine Kamera geben? Somit konnten keine kompromittierenden Beweise aufgenommen werden. Und damit war er wieder beim Anfang des Kreislaufs seiner zermürbenden Gedanken.
Wieso kommt denn keiner?
Ihm blieb nichts weiter übrig, als zu warten. Er lehnte sich zurück und schloss die Augen. Wenn er hier stundenlang warten musste, konnte er die Zeit nutzen, um den heute Nacht versäumten Schlaf nachzuholen.
Der Stuhl war ebenso unbequem wie sein Klappbett und sein Rücken schmerzte. Er streckte sich, ließ den Kopf nach hinten hängen und starrte an die Decke. Sie war so sauber wie der Rest

des Raumes. Nicht einmal eine kleine Spinne entdeckte er. Timothy resignierte und starrte wieder auf die Tür.

Er wusste nicht, wie viel Zeit inzwischen vergangen war, da öffnete sich mit einem Mal die Tür und ein Mann betrat den Raum. Es war wieder ein anderer Mann als der, dem er letztes Mal gegenüber gesessen hatte.

Der Mann behielt seinen braunen Ledermantel an, setzte sich auf den anderen Stuhl und starrte Timothy an. Timothy starrte zurück, gespannt was als nächstes kam. Der Mann sagte kein Wort. Timothy musterte sein Gegenüber. Er war etwa Mitte vierzig und hat eine vollkommene Glatze, kein einziges Haar. Sein rundes Gesicht strahlte keine Freundlichkeit aus, aber auch keine Abneigung. Es war die Härte, die aus seinen Augen sprach. Eine Härte, die Timothy schweigen ließ. Auf eine intuitive Art und Weise war ihm bewusst, dass er keinen Angriffspunkt geben sollte, sei es durch ein falsches Wort oder eine falsche Reaktion. Die gute Nachricht war, dass man ihn nicht vergessen hatte, ihn verhungern lassen oder einfrieren wollte. Was passierte nun? Der Mann starrte Timothy immer noch an, als warte er auf eine Reaktion seinerseits. Was sollte er ihm sagen? Sie saßen sich eine ganze Weile gegenüber, keiner sagte einen Ton und die Sache wurde Timothy unheimlich. Mr. Brauner Ledermantel war nicht in Gesprächslaune. Und zum Essen hatte er auch nichts dabei. Schließlich hielt es Timothy nicht mehr aus.

»Ich habe nichts getan und gegen kein Gesetz verstoßen.«

Der Mann hob nur eine Augenbraue, sagte aber weiterhin kein Wort.

»Warum darf ich nicht gehen, wenn ich nur Ihr Gast bin?«

Sein Gegenüber sah ihm in die Augen, suchte etwas Unergründliches, sagte jedoch weiterhin kein Wort.

»Sie können mich nur vierundzwanzig Stunden festhalten, danach müssen Sie mich verhaften oder gehen lassen. Ich kenne meine Rechte. Die Zeit ist inzwischen um!«

»Mr. Brown... Mr. Brown...«

Er konnte reden. Aber nicht viel. Eine tiefe, sonore Stimme brummte in dem kalten Zimmer. Der Mann schüttelte langsam seinen Kopf.

»Sie wissen anscheinend nicht, in welch misslicher Lage Sie sich befinden.«

»Missliche Lage? Sie wollten nur mit mir reden!«

»Mr. Brown, als Verdächtiger in terroristischen Aktivitäten besitzen Sie keinerlei Rechte dieses Landes mehr. Sie werden wohl noch eine Weile unsere *Gastfreundschaft* nutzen müssen.«

Das Wort Gastfreundschaft betonte er dabei besonders und ein kurzes, höhnisches, hohes Lachen entblößte seine weißen Zähne. Aber wovon redete er da?

»Terroristische Aktivitäten?«

Der Mann sagte wieder kein Wort, sondern starrte Timothy erneut an.

Wenn er tatsächlich keine Rechte mehr hatte, dann konnten sie mit ihm machen, was sie wollten. Der Verdacht an sich reichte schon aus. Woher kam dieser? Gab es dafür irgendwelche Hinweise? Und wenn ja, welche?

»Was für terroristische Aktivitäten? Woher kommt Ihr Verdacht?«

Mr. Brauner Ledermantel neigte seinen Kopf etwas zur Seite, richtete ihn wieder auf. Er wirkte gelangweilt.

»Mr. Brown, Sie stellen zu viele Fragen. Sie sollten lieber unsere Fragen beantworten.«

Timothy nickte. Und kurz darauf regnete wieder eine scheinbar unendlich lange Liste von Fragen auf ihn ein. Fragen, auf die er keine Antwort hatte oder geben wollte. Was nutzte es, Melissas Namen preiszugeben? Sie konnte ihm noch helfen, sollte er irgendwann hier herauskommen. Das ging nur, wenn sie selbst nicht verhaftet wurde.

Moment, ich bin nicht verhaftet, oder?

Der Mann war mit seinen Antworten nicht zufrieden. Ganz und gar nicht zufrieden. Im Gegenteil. Trotzdem blieb seine Stimme ruhig und monoton, wirkte geradezu gelangweilt und einschläfernd, was ihr nicht die Härte der Worte nahm.

»Mr. Brown, warum weigern Sie sich, mit uns zu kooperieren?«

Timothy starrte ihn an.

Smith nahm jeden einzelnen seiner Finger und ließ ihn an allen drei Gelenken knacken.

»Wissen Sie, es gibt andere Mittel und Wege, damit Sie unsere Fragen beantworten, äußerst effektive Mittel.«

Wieder blitzte das höhnische Lachen über sein Gesicht. Ein Lachen, das Timothy Angst machte.

»Am einfachsten ist natürlich rohe, körperliche Gewalt.«

Er schlug eine Faust in die andere Hand. Das Klatschen hallte durch den Raum. Timothy spürte es förmlich und spannte seine Muskeln an, doch er wurde nicht geschlagen.

»Andererseits haben wir auch gewisse *Medikamente*, die Ihnen helfen werden, sich zu erinnern.«

Timothy wusste, über was für Medikamente er sprach. Das brauchte er ihm nicht näher zu erläutern. Drogen oder ein Wahrheitsserum, deren Nebenwirkungen unbekannt waren. Im Krieg ist alles erlaubt, im Krieg gegen den Terrorismus.

»Die genaue Reihenfolge müssen wir uns noch überlegen. Allerdings sind solche unfreundlichen Mittel so *früh* oft noch fehl am Platz. Sollen wir es noch einmal im Guten probieren?«

Timothy nickte. Ein dicker Kloß hatte sich in seinem Hals ausgebreitet und trocknete ihn aus. Er versuchte etwas zu sagen, aber außer einem Krächzen kam kein Wort aus seinem Mund.

»Na, na, na. Wer wird denn gleich? Gönnen Sie sich am besten etwas Ruhe und denken noch einmal genau über alle Fragen nach. Ich bin mir sicher, dass Sie sich noch an das eine oder andere Detail erinnern werden.«

Wieder schlug er seine Faust in die andere Hand.

»Ich gebe Ihnen eine letzte Chance. Nutzen Sie die Zeit.«

Mit diesen Worten stand der Mann mit der Glatze und dem braunen Mantel auf und verließ den Verhörraum. Timothy blieb für einen Moment allein zurück und versuchte zu verarbeiten, was man ihm gerade angedroht hatte.

Sie würden ihn zusammenschlagen, verletzen, vielleicht sogar die Knochen brechen oder Nägel und Zähne ziehen. Er erinnerte sich auf einmal an die vielen unendlichen Methoden zur Folter und der Kloß in seinem Hals drückte auf seinen Magen. Seine Fingernägel schmerzten und instinktiv prüfte er, ob sie noch in seinen Fingern steckten.

Wenn das alles nichts nutzte, würden sie ihn vergiften oder mit anderen Drogen vollpumpen. Drogen, die ihn derart willenlos machten, dass er die Kontrolle über sich und seinen Körper verlor. Drogen, die ihn vielleicht abhängig machten, seinen Körper zerstörten, wenn nicht sogar umbrachten. Wo war er nur hineingeraten?

Die Wache, die Timothy zurück in seine Zelle brachte, war diesmal eine andere als die, die ihn zum Verhör gebracht hatte. Er musste so lange im Verhörraum gewesen sein, dass es einen Schichtwechsel gegeben hatte.

Wie spät war es?

Er hatte keine Ahnung. Ebenso wurde er auch nicht am Arm geführt, sondern er durfte neben der Wache laufen. Wie die anderen Wachen, sagte auch diese kein Wort.

Sie folgten den identisch aussehenden Gängen. Weit und breit war weder ein Lebenszeichen von Zack noch von irgendjemand anderem zu sehen. Es schien, als ob Timothy alleine hier unten eingesperrt war.

Er versuchte ein Gespräch mit der Wache zu beginnen und fragte nach der Uhrzeit. Der Mann sah auf seinen Arm. An der Stelle wo sonst seine Uhr war, war nur ein Streifen heller Haut zu sehen.

Vor Timothys Zelle angekommen, gebot er ihm, stehen zu bleiben. Die Wache ging ein paar Schritte weiter und nahm den Schlüsselbund vom Gürtel. Er musste neu sein, denn er wusste nicht, welcher Schlüssel passte und begann ihn zu suchen. Für den Moment war Timothy unbeobachtet. Die Wache konzentrierte sich zu sehr auf die Schlüssel. Das Verhör hatte Timothy Angst gemacht. Angst, die ihn an einen Stuhl gefesselt sitzen und unmenschliche Qualen erleiden sehen ließ. Angst, die ihm die nötige Kraft gab, seine Chance zu nutzen. Langsam und ohne einen Laut schlich er sich an die Wache heran.

Jetzt bitte nur nicht umdrehen, nur nicht umdrehen.

Seine Augen fixierten die Waffe, die an dem Gürtel hing. Wenn er schnell war, konnte er sie aus dem Holster ziehen. Timothy hatte noch nie eine Waffe in der Hand gehabt, aber im Fernsehen sah das nicht schwer aus. Das bekam er hin. Er hoffte, nicht den Abzug drücken zu müssen.

Die Wache klapperte weiterhin mit den Schlüsseln und fluchte vor sich hin. Timothys Hand näherte sich dem Holster und einen Sekundenbruchteil später hatte er den Griff der Pistole in der Hand und zog einmal kräftig daran. Die Pistole kam nicht aus dem Holster. Er hatte einen kleinen Lederriemen übersehen, der die Pistole im Holster sicherte.

»Was zum...«

Weiter kam der Wachmann nicht.

Timothy zerrte noch einmal kräftig an der Pistole. Panik stieg in ihm hoch und verlieh ihm eine zusätzliche, bisher ungeahnte Kraft. Der Druckknopf des kleinen Lederriemens sprang auf und federleicht ließ sich die Pistole aus dem Holster ziehen. Timothy hielt sie fest umklammert und zielte zitternd auf die Wache.

»Aufschließen!«

Der Wachmann hielt einen Schlüssel in der Hand. Timothy vermutete, er hatte ihn gerade gefunden.

»Gaaanz ruhig.«

»Ich sagte, aufschließen!«

Die Wache schloss seine Zelle auf.

»Her mit den Schlüsseln.«

Ohne ein Wort hielt er ihm die Schlüssel hin. Timothy ließ ihn nicht aus den Augen und nahm ihm den Schlüsselbund ab.

»Rein da! Nach ganz hinten!«

Der Wachmann lief zur rückwärtigen Wand der Zelle. Die Pistole in Timothys Hand zitterte. Er hielt sie weiterhin auf den Wachmann gerichtet, so stabil es ging.

»In welcher Zelle ist Zack Logan?«

Seine Stimme war brüchig.

»Legen Sie die Waffe hin.«

Timothy räusperte sich und sprach lauter.

»In welcher Zelle ist Zack Logan?«

Die laute Stimme verlieh ihm Selbstvertrauen. Nicht viel, aber immerhin etwas.

»Hören Sie, Sie können hier immer noch...«

»IN WELCHER ZELLE IST ZACK LOGAN?«

Der Wachmann seufzte.

»Ich weiß es nicht.«

»Wirklich?«

Timothy griff die Pistole mit beiden Händen und zielte. Der Wachmann hob die Hände.

»Hey, hey, hey... immer schön langsam. Ich bin mir sicher, dass in diesem Gang keiner weiter einsitzt. Vielleicht auf der anderen Seite.«

Das war nicht die erhoffte Antwort, dafür war es ein Ansatz, dem er folgen konnte. Die Pistole weiterhin zitternd auf den jungen Wachmann gerichtet, schloss er seine Zellentür und legte die Verriegelung um.

Er holte einmal tief Luft und atmete durch. Die Wache hämmerte von innen gegen die Tür. Ein dumpfes Pochen, das am Ende des kurzen Ganges nicht mehr zu hören war. Ihm war bewusst, in welcher Gefahr er sich befand. Er erkannte allerdings auch seine Chance, von hier zu fliehen. Doch vorher musste er Zack finden.

- 31 -

Mit der rechten Hand hielt er die Waffe des Wachmanns umklammert und eilte den Gang hinab. Wenn er dem überwältigten Wachmann glaubte, gab es hier keine weiteren Gefangenen. Timothy kam selbst zu einem ähnlichen Entschluss, so still, wie es in seiner Umgebung war. Sie mussten sie getrennt haben und Zack musste in einem der anderen Gänge gefangen gehalten werden.

Woran erkenne ich seine Zelle? Sein Name wird bestimmt nicht in großen Buchstaben an der Tür stehen!

Timothy bog in den ersten Gang ab, den er erreichte. Vorsichtig lugte er um die Ecke. Er wusste nicht, ob andere Wachen hier patrouillierten und spähte nach Überwachungskameras. Es war nichts zu sehen. So leise er konnte, eilte er weiter. Am liebsten hätte er laut nach Zack gerufen. Doch zu welchem Preis? Damit machte er nur auf sich aufmerksam und da konnte er auch gleich auf den nächsten Alarmknopf drücken. Nein, er musste es alleine schaffen.

Was soll ich jetzt tun? Ich kann nicht jede einzelne Zelle aufschließen und nachsehen.

Dazu fehlte die Zeit und er musste für jede Zelle den passenden Schlüssel suchen.

Wozu haben die Zellen überhaupt Schlösser, wenn die Türen von außen durch doppelte Hebel gesichert waren?

Da hatte er eine Idee.

Das Guckloch. Klar dauert es, jedes einzeln zu öffnen und hinein zu spähen, ist aber schneller, als die Türen aufzuschließen.

Sofort machte er sich an die Arbeit. Die Gucklöcher waren durch eine kleine Platte versperrt, die er lediglich zur Seite schieben musste. Er versuchte sein Glück an der nächstbesten Zelle. Sie war leer. Die anderen Zellen ebenso. Genauso leer und verstaubt, wie alle anderen in diesem Gang.

Hatte der Wachmann gelogen? Musste er die Zellen in seinem

Gang auch durchsuchen? Nein.
Timothy wusste nicht warum, aber er glaubte ihm. Er gab zu, die Türen waren dick und dämpften die Geräusche von außen. Wenn da noch jemand gewesen wäre, musste er ihn einmal gehört haben.

Mittlerweile hatte er das Ende des Ganges erreicht. Alle Zellen waren leer.

Wie lange dauert es, bis sie den Wachmann vermissen? Der muss sich bestimmt immer mal wieder melden!

Timothy überlegte einen Moment.

Nein, der Wachmann hatte kein Funkgerät bei sich gehabt. Entweder war er allein, das war gut, denn dann konnte er laut schreiend durch die Gänge rennen, oder aber, und die andere Alternative gefiel ihm weit weniger, musste der Wachmann in einer Art Zentrale vorbeischauen. Dort würde man sein Fehlen bemerken. Er tat gut daran, seinen Freund so schnell es ging zu finden.

Zack wo steckst du nur!

Timothy spähte vorsichtig in den nächsten Gang. Weit und breit war keine Wache zu sehen.

Wie viel Zeit habe ich noch, Zack zu finden?

Die Zellen dieses Ganges waren ebenfalls leer, genauso wie die Zellen des Ganges danach. Mit seiner rechten Hand umklammerte er immer noch die Waffe. Seine Adern pochten das Blut durch den Körper.

War da ein Geräusch? Sind das Schritte? Bilde ich mir das ein?
»Zack?«

Keine Antwort. Er spähte in die nächsten Zellen und wurde lauter.

»Zack?«

Weiterhin keine Antwort. Wenn es in der Nähe eine Patrouille gab, hatten sie ihn gehört. Dann war jetzt alles zu spät.

»ZACK?«

Was war das? War das eine Antwort? War das durch eine Tür gedämpfte Stimme?

Er lief geradeaus und lauschte.

»ZACK?«

Dort war es wieder. Er kam näher. Inzwischen war ihm alles egal. Sein Freund antwortete ihm und seine Stimme lotste Timothy zu seiner Zelle. Zack pochte und hämmerte von innen gegen seine Zellentür und rief immer wieder nach Timothy.

Timothy öffnete das Guckloch der Zelle und vor ihm stand sein Freund. Was für ein Anblick. Da war er tatsächlich.

»Zack.... ich hab dich gefunden.«

»Hast du, wie bist du entkommen? Egal, mach die Tür auf!«

Zack sprach so schnell er konnte. Es war nicht zu übersehen, er wollte dort heraus und es war gut, dass Timothy vor seiner Tür stand und nicht einer der Agenten.

Genau, die Tür.

Bei der ganzen Freude darüber Zack gefunden zu haben, hatte er ganz vergessen, die Tür zu öffnen. Er legte die beiden Hebel um. Die Tür ging nicht auf. Sie war verschlossen. Er fummelte an dem Schlüsselbund herum, den er dem Wachmann abgenommen hatte.

Welcher Schlüssel war es denn jetzt?

»So viele Schlüssel.«

Er murmelte vor sich hin, laut genug, damit Zack ihn hören konnte.

»Ich kann nicht alle ausprobieren. Gibt es denn hier kein System? Es gibt immer ein System!«

Zack tigerte in seiner Zelle auf und ab. Eine Mischung aus Aufregung, Vorfreude und Angst schaltete jegliches vernünftiges Denken aus.

»Mach schon Timmy, hol mich hier raus!«

Timothy sah auf die Zellen und deren Beschriftungen. B2039 stand über Zack seiner Zelle. Wieder betrachtete er die Schlüssel. Tatsächlich. An den Köpfen der Schlüssel waren in kleinen Lettern die Zellennummern eingraviert.

Seine Hände zitterten. Er wusste nicht, ob aus Angst und Aufregung oder vor Freude Zack wiederzusehen. Vermutlich alles zusammen. Es dauerte einen Moment, ehe er den richtigen Schlüssel gefunden hatte. Einen Moment, der Zack in den Wahnsinn trieb. Er war so dicht dran hier herauszukommen, für ihn

war jede weitere Sekunde die Hölle, eine weitere kleine Ewigkeit.
»Timmy...«
Zacks Geduld wurde auf die Probe gestellt. Schließlich hatte Timothy den richtigen Schlüssel in der Hand. B2039. Jetzt musste er nur die Zelle aufschließen. Das war leichter gesagt als getan. Selbst betrunken war es leichter eine Tür aufzuschließen als jetzt. Seine Finger zitterten, sie konnten kaum den Schlüssel halten.
»Timmy, entspann dich!«
Sein Freund stand nur wenige Zentimeter vor ihm und starrte ihm durch das Guckloch entgegen.
Woher nahm Zack auf einmal diese Ruhe?
»Atme tief ein und aus und beruhige dich.«
Timothy holte tief Luft und atmete langsam wieder aus. Wie ein Taucher, der sich auf einen Tauchgang vorbereitet, füllte er seine Lungen vollständig mit Luft und leerte sie wieder. Die Tiefe des Atmens entspannte ihn.
»Noch einmal.«
Timothy sog erneut die Luft ein und blies sie langsam wieder aus.
»Danke.«
Seine Hände beruhigten sich. Sie zitterten noch immer, waren aber inzwischen stark genug, um die Zellentür aufzuschließen. Er drehte den Schlüssel kaum im Schloss um, da drückte Zack die Tür auf, huschte in den Gang und umarmte Timothy.
»Danke mein Freund. Ich bin dir was schuldig.«
Timothy nickte. Der Dank war überflüssig. Alles was er wollte, war hier raus zu kommen. Nur noch raus.
»Lass uns von hier verschwinden.«
»Ja, das sollten wir.«
Timothy drehte sich nach einem Exit-Schild um und fand keins. Sie mussten einfach die nächste Tür nehmen und versuchen, den richtigen Weg zu finden.

- 32 -

Sie traten durch die nächste Tür und fanden sich in einem anderen Gang voller Zellen wieder. Noch immer waren sie allein und weit und breit war keine Wache zu sehen.
»Wie unachtsam sind die denn? Ich hätte mehr, als nur eine Wache postiert.«
»Ja Zack, aber lieber so, als wenn es hier von Wachen wimmelt.«
»Du hast recht Timmy, unsere Chancen sind so bedeutend besser.«
Timothy horchte und Zack sah ihn fragend an.
»Alle anderen Zellen sind leer.«
Sie hörten keine Geräusche, nur ihre eigenen Schritte hallten durch den Gang und ihr Herzschlag pochte in ihren Ohren.
»Lass uns endlich von hier verschwinden!«
Timothy nickte.
»Ich glaube, ich habe den Grundriss verstanden. Wenn ich mich nicht irre, geht es hier zum Ausgang.«
Zack folgte mit seinem Blick dem ausgestreckten Arm von Timothy. Er deutete den langen Gang hinunter, zu dessen Seiten sich links und rechts jeweils die Zellentüren befanden. Er nickte und sie liefen auf die Tür am Ende des Ganges zu. Sie trug keine Nummer, dafür war sie ebenfalls verschlossen. Timothy suchte am Schlüsselbund, fand einen Schlüssel ohne Nummer der passte und schloss die Tür auf. Sie traten durch sie hindurch und befanden sich in einem dunklen Treppenhaus. Die feuchte Luft wich dem Geruch von Staub und Desinfektionsmitteln. Das Licht war ausgeschaltet, von oben fiel gerade so viel Licht herein, dass sie die Stufen und einen Handlauf ausmachen konnten.
»Na sieh dir das an! Das ist gar nicht schlecht für den Anfang, jetzt müssen wir nur noch von hier verschwinden.«
Zack flüsterte und Timothy antwortete in gleicher Lautstärke.
»*Nur* ist gut. Wir haben keine Ahnung, wo wir sind.«
»Darüber machen wir uns später Gedanken. Zuerst müssen wir

weg, bevor sie unsere Flucht bemerken. Sonst...«

Zack zog mit seinem Zeigefinger eine Linie über seinen Hals. Timothy verstand und nickte. Zack hoffte, dass man noch nicht nach ihnen suchte. Trotzdem mussten sie sehr vorsichtig sein. Vorsichtiger als bei ihren Recherchen vor der Festnahme.

Sie liefen die Stufen der Treppe nach oben. Auf einer Tafel in der nächsten Ebene stand in großen Buchstaben B1.

»B1. Das muss das erste Kellergeschoss sein. Kein Zweifel.«

»Das passt. Ich habe vermutet, dass sich die Zellen unter der Erde befinden.«

Sie stiegen eine weitere Ebene nach oben. Überglücklich sahen kurz darauf die Buchstaben E0 an der Wand. Timothy wollte durch die Tür spähen, da hielt ihn Zack am Arm zurück.

»Warte Timmy, wir können noch nicht gehen.«

»Was soll das heißen, wir können *noch nicht* gehen?«

»Wir brauchen noch unsere Sachen.«

»Was für Sachen?«

»Unsere persönlichen Sachen. Geld, Ausweise und die Videokamera. Du weißt schon.«

»Ach scheiß auf das Zeug Zack, wir müssen hier raus!«

Timothy glaubte nicht, was Zack sagte. Doch sein Freund beharrte auf seiner Meinung.

»Wenn wir jetzt gehen, haben wir nichts in der Hand.«

»Dann verstecken wir uns.«

Es war klar, dass Timothy verschwinden wollte, aber er verstand nicht, dass sie dann verloren waren. Was sollten sie ohne Beweise tun?

»Wie lange? Einen Monat, ein Jahr? Du siehst selbst, wie gut die organisiert sind!«

»Dann sammeln wir neue Beweise.«

»Timmy, die kennen uns. Wir haben dafür keine Zeit!«

Timothy sagte nichts. Zack nutzte die Pause, um seinen Standpunkt zu untermauern.

»Wir brauchen die Videokamera. Das, was wir aufgenommen haben, bestätigt unsere Geschichte. Ohne die Videos sind wir aufgeschmissen!«

»Zack, ich kriege gleich einen Herzkasper. Es war schlimm genug, eingesperrt zu sein. Jetzt willst du noch Mission Impossible spielen? Wir sollen nach unseren Sachen suchen? Die sind höchstwahrscheinlich in einem dicken Safe verschlossen.«
»Timmy...«
Zack flehte ihn an.
»Zack ich sag dir eins, wenn wir hier heil herauskommen, schuldest du mir was.«
»Alles was du willst, Timmy.«
Timothy nickte. Glücklich schien er mit dieser Entscheidung nicht. Auch Zack wollte lieber eher als später von hier verschwinden, aber sie mussten die ganze Sache auffliegen lassen, wenn sie nicht den Rest ihres Lebens auf der Flucht verbringen wollten.
»Also gut. Wo fangen wir an?«
Timothy sah Zack fragend an.
»Gute Frage. Wir wissen nicht, wie hoch das Haus ist und wo wir uns befinden. Wir können praktisch über alles stolpern, von einem einfachen Büro bis hin zu einer hoch gesicherten, geheimen Atomwaffentestfabrik oder einem NASA-Forschungslabor.«
»Ja, aber wir suchen nur eine Kamera!«
»Wir sollten uns aufteilen.«
»Auf gar keinen Fall!«
Timothy war nicht wohl bei dem Gedanken, auf sich alleine gestellt zu sein.
»Wir wären schneller in unserer Suche.«
»Genau, und keiner bemerkt, wenn der andere wieder *hops genommen* wird.«
»Mir ist auch nicht wohl bei dem Gedanken, wieder in einer Zelle zu landen, die wir gerade erst verlassen haben. Haben wir eine andere Wahl?«
Zacks Gedanken rasten.
Sollen wir uns ewig verstecken oder wenigstens versuchen *uns zu retten? Wenn wir jetzt dieses Gebäude verlassen, kommen wir nie wieder herein und alle Informationen, die wir bis jetzt gesammelt haben, sind verloren. Nein, wir müssen sie wieder be-*

schaffen. Im Zweifel suche ich alleine.

»Hör zu, Timmy. Ich weiß, du hast Angst und willst hier nur so schnell wie möglich wieder heraus. Mir geht es genauso. Wenn du lieber verschwinden möchtest, ist das in Ordnung. Ich bringe dich auch bis zur Tür. Aber ich gehe nicht ohne die verfluchte Kamera. Sie ist unsere einzige Möglichkeit, unsere Unschuld zu beweisen. Nicht vor denen hier, sondern vor dem Rest der Gesellschaft.«

Timothy zögerte und haderte mit sich. Er war hin und her gerissen. Sein Bauch flehte ihn an, bettelte, ja schrie regelrecht »Lass uns von hier verschwinden. Nun mach schon! Mach!«. Sein Kopf dagegen analysierte und wog die Fakten ab. Zack hatte recht. Sie mussten einen Weg finden, wieder ein geordnetes Leben zu führen. Das ging nicht, wenn sie ihr Leben lang verfolgt wurden. Sie mussten es zumindest versuchen.

»Nein Zack, ich lass dich nicht hängen. Wir finden einen Weg aus diesem Schlamassel.«

Seine Stimme überzeugte nicht einmal ihn selbst.

»Doch wir gehen gemeinsam. Alleine kriege ich eine Krise und dreh durch. Ich schwöre dir, ich flippe aus. Es war schlimm genug, alleine deine Zelle zu suchen.«

Zack nickte.

»Okay, es dauert länger und wenn sie uns schnappen, sitzen wir beide hinter Schloss und Riegel. Aber ich bin froh, dass du mitkommst. Ich scheiß mir auch vor Angst in die Hose.«

Sie spähten durch die Tür. Es war ein kurzer, flüchtiger Blick durch den schmalen Spalt, den sie geöffnet hatten. Vor ihnen lag eine große Halle, in der reger Betrieb herrschte. Viele Leute liefen kreuz und quer und keiner nahm Notiz von den beiden. Die meisten liefen zu den breiten, mittig angelegten Treppen und Fahrstühlen.

»Wir können in der Menge untertauchen und mit ihr schwimmen.«

Zack staunte, so etwas von Timothy zu hören. Das waren ganz neue Töne. Schoss er über sich hinaus oder war es eine Nebenwirkung des Adrenalins? Timothy wurde nicht etwa unvorsichtig?

»Nein Timmy. Sobald uns nur einer erkennt, sind wir geliefert. Oder eine Sicherheitskamera fängt uns ein. Schon wieder...«

Er brauchte den Satz nicht zu beenden.

»Du hast recht. Lass uns kein unnötiges Risiko eingehen.«

Zack nickte.

»Komm, wir fangen in der ersten Etage mit unserer Suche an.«

- 33 -

Herrschte im Erdgeschoss noch Lärm und Hektik, wirkte die nächste Etage wie ausgestorben. Erneut spähten sie durch einen schmalen Spalt der Tür vom Treppenhaus. Weit und breit war kein Mensch zu sehen. Es war fast totenstill.
»Wo sind die Leute alle hin?«
Timothy flüsterte.
»Keine Ahnung, das ist gespenstisch.«
Zack lugte in alle Winkel, die er durch den schmalen Türspalt sehen konnte.
»Ich kann keine Kameras sehen, vermutlich kommt in das Gebäude keiner unbemerkt rein oder raus. Hier drinnen ist es entspannter.«
»Hat wohl zumindest den Anschein.«
Keiner sprach aus, dass der Schein trügen konnte, wie sie aus trauriger Erfahrung in jüngster Vergangenheit wussten. Sie konnten nicht wissen, dass die Arbeitszeiten der Mitarbeiter streng kontrolliert wurden, abhängig von ihrer Anwesenheit an ihrem Arbeitsplatz. Eine zusätzliche Überwachung war nicht notwendig.
Zack musterte die Umgebung. Irgendetwas störte ihn. Irgendetwas war hier anders. Irgendetwas fehlte. Er brauchte ein paar Minuten, bis er den Unterschied bemerkte.
»Ach du Scheiße.«
»Was ist los?«
Timothy spähte ohne Erfolg an Zack vorbei. Dieser klärte ihn auf.
»Die Türen Timmy, die Türen. Sie haben keine Klinken und sind durch elektronische Schlösser gesichert. Wie sollen wir da durchkommen?«
Sein Freund zuckte mit den Achseln.
»Ich bin Buchhalter Zack, kein Hacker.«
Er hatte mehr Erfahrung im Umgang mit Computern als Zack,

aber er erkannte ebenfalls das Problem.

»Dort durchzukommen ist unmöglich. Wenn du da rein willst, brauchst du eine gültige Codekarte.«

Zack legte seine Stirn in Falten.

»Wo zum Teufel soll ich so eine Codekarte herbekommen?«

Timothy zuckte erneut mit den Schultern.

»Wir brauchen so eine Karte!«

Zack sah Timothy an, blickte regelrecht durch ihn hindurch und überlegte. In seinem Kopf formten sich mehrere Gedanken zu einer Idee.

»Warte hier!«

Mit diesen Worten ließ er Timothy im Treppenhaus zurück und schlich den Gang hinunter. Hinter sich hörte er seinen Freund leise fluchen, der im Treppenhaus verharrte. Er ignorierte ihn und suchte Wände, Decken und Türen nach Kameras ab. Zeitgleich hielt er nach Verstecken Ausschau, für den Fall, dass im nächsten Moment jemand um die Ecke bog. Das war nicht einfach. Es war ein langer, weißer Gang mit wenigen, in großen Abständen voneinander eingelassenen Türen ohne Klinke. Über jeder Tür hing eine kleine Tafel mit den Buchstaben FL und einer Nummer. Dazwischen sah er abzweigende Gänge.

Plötzlich hörte er lauter werdende Schritte, die näher kamen. Jeden Moment musste der andere aus einem der Gänge einbiegen und ihn sehen. Zack sah zur Tür zum Treppenhaus. Sie war zehn Meter entfernt. Zu weit für einen Sprint. Für einen Sprint, der ihn verdächtig machte. Hastig sah er sich in alle Richtungen um.

Mist! Es gibt kein Versteck.

Auf einmal bog aus einem der Gänge ein Mann in einem weißen Kittel um die Ecke und kam ihm direkt entgegen. Ohne zu überlegen senkte Zack seinen Kopf und tat, als ob er in Gedanken versunken durch den Gang lief. In seinen Augenwinkeln ließ er den Mann im weißen Kittel nicht aus den Augen. Sein Herz pochte und ihm wurde übel.

Die durch den Teppich gedämpften Schritte wurden lauter. Zum Glück achtete der Mann im weißen Kittel ebenfalls nicht auf ihn. Zack sah deutlich eine Codekarte an einem Ausweisjojo an seinem Gürtel baumeln. Keine zwei Meter vor ihm bog der Mann in einen anderen Gang ab und entfernte sich von ihm. Der Mann wurde an einer der hinteren Türen langsamer und verschwand darin, ohne seine Codekarte zu benutzen. Zack folgte ihm und erkannte deutlich das große Symbol.

Natürlich, wieso habe ich nicht gleich daran gedacht! Es muss hier Toiletten geben.

Da hatte er eine Idee. Sie war riskant und wenn es schief ging, brauchte er sich um eine Flucht keine Gedanken mehr machen. Er wartete, dass der Mann von der Toilette zurück kam.

Das Ausweisjojo hängt an der linken Seite!

Die Tür wurde geöffnet. Sein Herz raste. Erneut ertönten die Schritte auf dem Gang. Er schluckte, atmete tief durch und betrat ebenfalls den Gang. Auf der rechten Seite näherte er sich dem Mann, den Kopf gesenkt und den Blick starr auf den Boden gerichtet.

Wie weit noch?

Die Schritte wurden lauter.

Gleich!

Er sah einen Fuß und trat einen Schritt nach links, genau in den Weg des anderen. Sie rempelten einander an und Zack griff mit seiner rechten Hand zum Ausweisjojo des anderen. *Schnipp.* Ein leises Klicken ertönte und der Clip löste sich von Gürtel.

»Oh Entschuldigung.«

Zack sah flüchtig auf.

»Passen Sie doch auf!«

»Tut mir leid.«

»Schon gut, es ist ja nichts passiert.«

Zack lief weiter in Richtung der Toilette und lauschte.

Hat er es gemerkt? Kommt er mir gleich hinterher? Löst er gleich einen Alarm aus?

Er lauschte den Schritten. Sie wurden leiser. Zack atmete hörbar aus und sah dem Mann hinterher. Er sah gerade noch den weißen Kittel um die Ecke biegen, stützte sich an einer Wand ab und atmete tief durch. In seiner Hand hielt er den kleinen runden schwarzen Clip, das Ausweisjojo. Daran baumelte die Codekarte, die an einem Faden aus dem Ausweis gezogen werden konnte, um anschließend wieder durch eine Feder zurückgezogen zu werden.

Bingo!

Zurück im Treppenhaus präsentierte er Timothy die gestohlene Codekarte mit stolzem Gesicht.

»Schau mal, was ich hier habe.«

»Wie bist du denn an die gekommen? Will ich das überhaupt wissen?«

»Ich habe sie gestohlen. Lass uns sehen, ob diese Karte funktioniert.«

Sie gingen zur ersten Tür, die mit FL03 beschriftet war. Sie hatte weder ein Schloss noch einen Türgriff. Gäbe es keinen Rahmen, hätte es sich genauso gut um ein Stück eingelassene Wand handeln können. Daneben befand sich ein kleiner, quadratisch hervorstehender Block aus Kunststoff an der Wand, in dem eine kleine blaue Leuchtdiode vor sich hin glomm. High-Tech in Perfektion. Absolute digitale Zugangskontrolle.

»Ein Wunder, dass es hier keinen Retinascanner gibt.«

»Oder Fingerabdruckleser.«

Zack sah Timothy an und sog die Luft ein.

»Warte Zack, was, wenn es einen Alarm gibt, wegen unberechtigtem Zugang?«

»Das ist Quatsch, dafür gibt es extra die Codeschlösser. Nur wer darf, kommt auch rein.«

Ohne weiter nachzudenken, nahm er die gestohlene Codekarte und hielt sie an das Lesegerät

»Funktioniert sie?«

Er hielt den Atem an. Nichts passierte. Dann wechselte die Diode ihre Farbe von blau auf grün und mit einem leisen Summen schob sich die Tür wie von Zauberhand zur Seite. Ihre Sorge war unbegründet und die beiden betraten den dunklen Raum. Hinter ihnen schloss sich die Tüch wieder. Eines nach dem anderen flammten die Lichter an der Decke auf und tauchten den Raum in ein weiches weißes Licht. Zack war begeistert.

»So etwas brauche ich unbedingt zu Hause.«

»Was ist das hier?«

Timothy sah sich um. Computer begannen zu piepsen und ihre Monitore flackerten auf. Im Raum stand eine riesige Maschine, wie eine Art Fließband.

»Na hoffentlich läuft das Ding jetzt nicht los.«

»Ja, der Lärm wäre fatal.«

Sie verharrten einen Moment, bereit den Rückzug anzutreten und starrten das gewaltige Monstrum vor sich an. Die Maschine blieb stumm.

Zack trat einen Schritt näher heran und besah sie von einem Ende zum anderen. Ein gewaltiger hüfthoher Block aus Metall, dessen Oberseite aus durchsichtigen Plastikklappen bestand. Jedes einzelne Modul war gut ein Meter breit und konnte geöffnet werden. Er hob einen Deckel nach dem anderen und studierte das Innenleben der Maschine.

»Die Maschine setzt filigranste Kleinteile zusammen. Viele Teile sind nicht größer als ein Stecknadelkopf. Sie laufen auf Schienen in die einzelnen Module und werden Stück für Stück an das Folgemodul weitergereicht. Wie eine Autofabrik im Kleinformat. Nur viel kleiner, mikroskopisch klein.«

»Was stellt dieses Ding her?«

Er ging zum Ende der Maschine, neugierig, was sie produzierte. Der Auffangkorb am Auslaufband war leer. Er sah ein zweites Mal hinein und ihm fiel ein kleines, fingernagelgroßes Teil in einer Ecke auf. Es war kein Dreck, dafür wurden die Räume zu sauber gehalten. Es musste also ein Produkt der Maschine sein. Zack nahm es heraus und drehte es zwischen seinen Fingern hin und her. Timothy kam näher und beäugte ebenfalls ihren Fund.

»Was hast du gefunden?«

Zack gab ihm das kleine tiefschwarze Teil.

»Ich habe keine Ahnung, unsere Sachen sind jedenfalls nicht hier. Lass uns weitergehen.«

»Einen Moment noch. Das sieht ja aus wie...«

Zack der weitergegangen war, verharrte und drehte sich zu Timothy um.

»Wie was?«

Timothy schwieg und betrachtete das Objekt zwischen seinen Fingern. Er hob es gegen das Licht und drehte es hin und her. Worte wie »das gibt's doch gar nicht«, »heilige Scheiße« und »unvorstellbar« glitten aus seinem Mund. Worte, die Zack nur selten von ihm hörte.

»Was ist denn?«

»Weißt du, was das ist?«

Natürlich nicht. Woher sollte er das wissen? Zack brauchte nicht zu fragen. Timothy zeigte ihm, was er meinte.

»Schau es dir mal genau an. Hier.«

Timothy schob zwei feine hauchdünne Plättchen an der Oberseite auseinander. Sie bestanden aus einem dünnen Gewebe. So dünn, das man durch sie hindurchsehen konnte.

»Wenn es Beine hätte, sähe es aus wie eine Fliege.«

»Genau. Und ich wette, es kann auch fliegen.«

»Und wozu sollte jemand Fliegen *bauen*? Die gibt es wie Sand am Meer!«

Timothy drehte die Fliege auf den Rücken und hielt sie gegen das Licht.

»Sieh genau hin. Es ist schwer zu erkennen, aber das dort....«

Er zeigte auf den Kopf der Fliege. Es war nicht einfach, seine Finger waren zu groß, um die Stelle genau zeigen zu können.

Zack nahm die Fliege und drehte sie ebenfalls im Licht hin und her. Er brauchte eine Weile ehe er fand, was Timothy meinte und dann fiel auch ihm die Kinnlade herunter.

»Was um alles in der Welt...«

Timothy nickte.

»Ich wette, es gibt nicht nur eine davon. Wenn sie hier eine Maschine haben, die diese Dinger baut, muss es davon Hunderte, wenn nicht gar Tausende geben.«

Zack stutzte.

»Dafür steht also das FL an der Tür. Garantiert bedeutet es Fliegen-Labor oder Fly-Lab.«

»Naja, Food-Locker wird es sicherlich nicht heißen.«

Es war selten, dass Timothy scherzte. Umso mehr wunderte sich Zack darüber. Aber er hatte recht.

»Moment mal! Das erklärt, woher die Gedankenpolizei ihre Infos hat. Sie schicken diese kleinen Scheißdinger durch die Gegend, ausgestattet mit Kamera und Mikro und lassen sie die Drecksarbeit machen.«

Timothy stimmte zu.

»Ja, kein Mensch vermutet hinter einer gewöhnlichen Fliege einen Lauschangriff. Damit überwachen sie alles und jeden und horchen uns ungestört aus. Stell dir mal die Möglichkeiten für die Geheimdienste vor. Es werden keine Agenten mehr undercover eingeschleust, sie schicken einfach eine Fliege hin.«

»Aber die sind so klein.«

Zack glaubte es nicht.

»Die brauchen Strom, oder?«

»Natürlich. Jedes Gerät benötigt Strom.«

Zack dachte laut.

»Wenn ich mir vorstelle, dass der Körper der Fliege den Motor trägt, der die Flügel, als auch Kamera, Mikrofon und Batterie antreibt.«

Er machte eine kleine Pause.

»Dann kann sie nicht sehr weit fliegen, bevor der Saft alle ist. Und wenn ich daran denke, dass für die Sendeleistung ebenfalls Energie benötigt wird, muss der Einsatzradius sehr klein sein.«

»Täusch dich mal nicht.«

Timothy zeigte auf die Stelle an seinem Arm, wo vor ihrer Verhaftung noch seine Armbanduhr war.

»Ach Mist, die ist ja weg. Meine Uhr wird von einer Mikrozelle angetrieben. Die ist sauklein und hält ewig.«

Zack seufzte.

»Ich wünschte, ich hätte meine Kamera. Stell dir mal die Möglichkeiten vor, die diese Technologie mit sich bringt. Das Thema Datenschutz und Privatsphäre rückt auf einmal in ein ganz neues Licht. Wie du sagtest, Spionage wird zu einem Spiel, bewaffnet mit Joystick und Monitor. Politiker, Anwälte, Firmengeheimnisse. Alles innerhalb von zwei Flügelschlägen zu haben.«

»Vorausgesetzt der Preis stimmt.«

Da war er wieder, der analytische, mit Zahlen spielende Timothy.

Von seinen Gedanken geschockt, überwältigt und übermannt ließ Zack die Fliege in seine Hemdtasche gleiten. Timothy freute sich über ihre Entdeckung, er lachte sogar.
»Gut, dann können wir ja jetzt von hier verschwinden.«
»Wie meinst du das?«
Zack sah ihn fragend an.
»Jetzt haben wir den Beweis, was hier vor sich geht. Den Beweis, den du die ganze Zeit gesucht hast. Die Kamera ist damit unwichtig geworden.«
»Diese Fliege alleine beweist noch gar nichts. Wir brauchen das Videomaterial.«
Timothy verdrehte die Augen.
»Mensch Zack, uns braucht nur eine Wache entdecken und wir sind geliefert. Dann hilft uns kein Videomaterial mehr. Die Fliege in deiner Hemdtasche macht alles schlimmer. Überleg mal. Wir sind keine Verdächtigen mehr, sondern belastende Zeugen, und du weißt ja, was mit unerwünschten Zeugen passiert.«
Zack verzog das Gesicht.
»Ja, ich sehe auch ab und zu fern. Trotzdem will ich meine Kamera wieder haben.«
»Wo wir gerade dabei sind...«
Timothy machte eine kurze Pause, bevor er fortfuhr. Zack sah ihn mit fragenden Augen an.
»Wurdest du *unten* auch verhört?«
»Meinst du mit *unten* den Keller, wo sie uns gefangen gehalten haben?«
Timothy nickte und Zack legte seinen Kopf leicht schief.
»Ja. Es begann alles ganz freundlich mit Kaffee und Donuts.«
»Bei mir auch«
»Und dann kamen die Fragen. Immer und immer wieder dieselben Fragen.«
»Was wissen sie über die SCC? Was wissen sie über Gedankenmanipulation? Wer weiß noch davon?«
»Und dann auch die Drohungen über Folter?«
Zack erinnerte sich und ihm lief ein Schauer über den Rücken. Er nickte.

»Mensch, du wirst ja ganz blass!«
»Ja, das war schon ein gruseliger Gedanke.«
»Und trotzdem willst du das Risiko auf dich nehmen, noch einmal gefasst zu werden? Nur wegen der blöden Kamera?«
Zack zuckte mit den Schultern.
»Timmy, ich glaube, ich habe keine andere Wahl. Wenn ich, wenn wir, irgendwie heil aus der Sache herauskommen wollen, müssen wir den ganzen Laden auffliegen lassen. Anderenfalls enden wir als Fischfutter. Du weißt, wie leicht sie uns finden.«
Er deutete auf die Maschine neben ihnen. Timothy schluckte und nickte.
»Du hast recht. Lass es uns schnellstmöglich hinter uns bringen.«
Sie gingen zurück zur Tür.
»Schau dir mal die Kittel an. Damit gehen wir glatt als Mitarbeiter durch.«
»Gute Idee, Zack. Mit ihnen fallen wir weniger auf.«
Jeder nahm sich einen der weißen Kittel, die neben der Tür hingen. Zum Glück waren die Labore untereinander verbunden. Sie mussten nicht zurück auf den Gang, denn wie der erste Raum, waren sie alle verlassen. Licht flammte auf, wenn sie einen Raum betraten und erlosch wieder, nachdem sie ihn verließen. In den nachfolgenden Räumen standen ähnliche Maschinen. Die meisten waren kleiner und kürzer und schienen als Zulieferer zu dienen und die zugehörigen Kleinteile zu erzeugen.
»Das ist ja wie in einem riesigen Industriepark hier.«
»Allerdings. Was hier an Wissen drin steckt, ist überwältigend!«
»Wie kannst du sie bewundern? Wir müssen hier weg und zwar schnellstens!«

Sie verließen die Fliegen-Labore und kamen an einen Raum mit der Aufschrift AR. Der Raum war übersät mit Monitoren.
Die Tür schloss sich hinter ihnen und die Monitorwand erwachte zum Leben. Jeder der Monitore zeigte ein wackeliges Bild, manche unscharf, dann wieder fokussierend. Die Bilder schienen willkürlich gewählt und wechselten alle paar Sekunden. Zack ging an

einen der Schreibtische und setzte sich den Kopfhörer auf, den er darauf fand. Auf seinem Monitor erschien ein wackeliges Bild. In seinem Kopfhörer vernahm er dazu den Ton. Es zeigte einen Mann, der gebannt auf einen Monitor starrte und hektisch auf die Tastatur einhämmerte. Im Hintergrund brabbelte ein Gewirr von Stimmen. Er wollte den Kopfhörer ablegen, da drehte sich plötzlich das Bild und das von Menschen übersäte Börsenparkett war zu erkennen. Die meisten Anwesenden waren Asiaten. Kurz darauf flog das Bild eine Kurve und zeigte wieder auf den Mann. Das Video musste von einer Fliege aufgenommen worden sein.

Zack stand auf und ging zu seinem Freund. Timothy fand in der Zwischenzeit etwas anderes. Sein Monitor zeigte viele kleine Filmschnipsel, die wie Staubpartikel von links nach rechts wanderten und dabei immer weniger wurden. Am oberen Rand stand in großen Buchstaben »Filter in progress«.

»Ist es das, was ich glaube, was es ist?«

»Ich glaube schon.«

Timothy zeigte auf seinen Monitor.

»Es scheint, als ob aus der Flut von Informationen eine Vorselektion stattfindet. Praktisch, wenn man nicht alle Aufnahmen analysieren will, sondern sich nur auf die konzentrieren möchte, die *Potential* haben.«

»Und mit Potential meinst du so etwas wie verdächtige Schlüsselworte? So, wie derzeit unsere Emails nach Worten wie Bombe, Terror und Attentat gescannt werden?«

Timothy nickte.

»Genau. Ich weiß nicht, wonach hier gesucht wird, aber jetzt überlege mal, was das heißt.«

Zack hatte keine Ahnung.

»Ich weiß nicht, worauf du hinaus willst.«

Timothy zeigte erneut auf den Monitor. Auf die linke Seite, wo die Unmengen von Filmschnipseln hineinliefen.

»Jeder dieser kleinen Überwachungsfilme stammt von einer der Fliegen, die wir gefunden haben. Den Rest kannst du dir jetzt selbst zusammen reimen.«

Seine Knie wurden weich wie Butter und Zack setzte sich. Es

dauerte ein paar Sekunden, bis er das ganze Ausmaß realisierte, was Timothy mit *selbst zusammen reimen* meinte.

»Es muss Milliarden von den Dingern geben.«

Timothy sah ihn fordernd an.

Es gibt noch etwas. Denk nach Zack, denk nach!

»Sie sind nicht ferngesteuert?«

Timothy schüttelte seinen Kopf.

»Nein Zack, das kann ich mir nicht vorstellen. Dafür bräuchten sie Unmengen von Personal und...«

Er machte eine kurze Pause.

»...und sie müssten die Daten nicht filtern.«

Das ergab Sinn. Zack war völlig perplex. Es gab nicht viele Situationen, die ihn überforderten, aber die frisch gewonnene Erkenntnis über die nächste Stufe der Kontrolle und des Verlusts der Privatsphäre saß ihm in den Knochen.

Er starrte eine Weile vor sich hin. Timothy sah sich weiter im Raum um. Nachdem Zack sich gefangen hatte, sah er zu seinem Freund, der zwei Tische weiter gegangen war.

»Das heißt Milliarden von den Drecksviechern fliegen auf der ganzen Welt umher, scannen uns, filmen uns und schicken sämtliches Material hierher...«

Zack begann seine Zusammenfassung und Timothy beendete seinen Satz.

»...wo es dann automatisiert ausgewertet und analysiert wird, genau.«

»Warum? Und wofür?«

»Ich weiß es nicht und es erklärt nicht, wie sie die Erinnerungen löschen. Am Ende handelt es sich nur um eine Überwachung.«

Zack verstand seinen Freund und nickte. Es musste noch mehr geben, noch mehr Informationen, noch mehr Beweise.

»Komm Timmy, lass uns gehen! Wir müssen weiter. Hier gibt es nichts mitzunehmen, außer der Bestätigung, dass wir am Arsch sind.«

Nicht einmal ein Foto kann ich machen!

Wenn er nur seine Kamera hätte! Damit hätte er einen weiteren Beweis aufnehmen können.

- 34 -

»Das war der letzte Raum auf dieser Ebene.«, konstatierte Timothy.
Zack nickte.
»Und immer noch keine Spur von unseren Sachen.«
»Weißt du, wie spät es ist?«
Diesmal schüttelte Zack den Kopf.
»Sorry, Timmy. Ich weiß weder, wie spät es ist, noch wie lange wir auf dieser Etage verbracht haben. Es wird Zeit, weiter zu suchen. Lass uns auf die nächste Ebene gehen.«
Sein Freund stimmte zu. Vorsichtig prüften sie die erste Tür auf dem nächsten Stockwerk. Sie war ungesichert.
»So wie es aussieht, sind hier nirgends Code-Schlösser angebracht. Es gibt Türklinken und das Licht schaltet sich allein ein und aus.«
In der Tat war alles so, wie es sein sollte.
»Ein regelrechter Unterschied wie Tag und Nacht zum Stockwerk unter uns.«, sagte Zack.
High-Tech-Zukunft und Gegenwart.
Er weihte seinen Freund allerdings nicht in diesen Gedanken ein.
»Das macht es uns einfacher.«
Zack stimmte Timothy nicht zu.
»Ich glaube nicht. Unsere Sachen werden wir wohl kaum hier finden.«
Es gab keine Maschinen und Überwachungsmonitore, dafür jede Menge Büros, deren Fenster durch Jalousien verschlossen waren. Sie hörten das Klappern von Tastaturen und leise Telefongespräche durch die offenen Türen, unterlegt von dem Hintergrundrauschen eines ständigen Gemurmels. Zack spähte den Gang hinunter. Mittig befand sich eine kleine leere Kaffeeküche mit einem Kaffeeautomaten, sowie einigen Hängeschränken mit gläsernen Türen, die Tassen und Gläser enthielten.
»Etwas zum Trinken ist jetzt genau das Richtige.«

Seit ihrem kargen Frühstück, bestehend aus einem trockenen Brötchen und etwas Wasser aus dem Waschbecken, hatten sie nichts zu sich genommen. Ihre Flucht und der Weg bis hierher hatte ihnen die Kehlen ausgetrocknet. Sie waren wie zwei Verdurstende vor der verlockenden Quelle. Wie konnten sie da widerstehen? Mit wenigen schnellen aber leisen Schritten nutzte Zack die Chance um eine Flasche Wasser zu holen. Er erreichte die kleine Küche und sah sich um. Vor ihm standen Kisten mit Wasserflaschen in zwei verschiedenen Marken, einmal mit und einmal ohne Kohlensäure. Ohne nachzudenken, bückte er sich und griff nach der nächsten vollen Flasche. Hinter ihm hörte er Schritte.

»Servus Kollege, richtige Zeit für einen Kaffee zum wach werden.«

Der andere warf nur einen kurzen Blick auf Zack und widmete sich dem Kaffeeautomaten. Zack war froh, den Kittel zu tragen. Jetzt zahlte er sich aus.

Statt einer Antwort, gab er ein leises »Hmm hmmm« von sich.

»Mensch, du schläfst mir ja gleich ein. Hier, nimm dir erst einmal einen Kaffee.«

Der Mann holte zwei frische Tassen aus dem Schrank, stellte sie in die Kaffeemaschine und drückte einen Knopf. Kurz darauf floss das schwarze dampfende Getränk hinein. Eine davon reichte er Zack.

»Das baut einen immer auf.«

Er klopfte Zack auf den Rücken und verließ die Kaffeeküche. Zack atmete tief durch.

Man, man, man, das war knapp. Anscheinend ist man es gewohnt, fremde Leute zu sehen.

Er wirkte so freundlich und offen, geradezu schizophren, wenn Zack an die aalglatten, unfreundlichen Gestalten aus den Kellerräumen dachte. Timothy betrat die Küche und erneut wurde er aus seinen Gedanken gerissen. Sein Freund goss sich heißes Wasser in eine Tasse. Aus der nebenstehenden Kiste mit Teebeuteln suchte er sich einen Kräutertee aus und hängte ihn in seine Tasse.

»Lediglich die Grundausstattung, ich hätte es wissen müssen.«

Sein Blick fiel abwertend auf die beschränkte Auswahl.
So kurz dem Chaos entsprungen und schon wieder anspruchsvoll.
»Sei froh, dass du überhaupt einen Tee bekommst.«
Es lag weder Sarkasmus noch Ironie in Zacks Stimme. Er klang nüchtern, realistisch und erschöpft, vor allem erschöpft.
»Timmy, wenn ich an die letzten Stunden denke, ist es paradox. Wir sind aus unseren Zellen geflohen, obwohl wir nicht verhaftet waren. Statt in Windeseile so schnell wie möglich zu verschwinden, stehen wir in einer Kaffeeküche, nur wenige Meter über unseren Gefängnissen und trinken jetzt Tee und Kaffee. Fehlen nur noch Kuchen und Kekse.«
»Oder Donuts.«
Die ganze Situation wirkte derart komisch, dass Zack nicht anders konnte und lachte. Timothy sah ihn teils böse, teils ängstlich an. Er versuchte sich zu beruhigen, ohne Erfolg. Stattdessen wurde es schlimmer und für einen Moment feixte er lauthals, bis ihm die Tränen über die Wangen liefen. Nachdem er sich wieder gefangen hatte, schluckte er und gluckste noch eine Weile leise vor sich hin.
Sie leerten die letzten Tropfen aus ihren Tassen, da liefen zwei Wachmänner an der Kaffeeküche vorbei. Sie hatten sie entweder nicht bemerkt oder ignoriert. Sie unterhielten sich weiter, ohne die beiden zu beachten.
»Hast du gehört. Die haben mal wieder den Code vom Asservaten-Safe geändert, weil zwei Gefangene inhaftiert worden sind.«
»Ja und ich kann mir den nie merken. Habe ihn mir mit einem Post-it unter die Tastatur geklebt. Da sieht nie jemand nach. Warum auch, der Safe ist ja im Keller.«
»Sei lieber vorsichtig. Du weißt nicht, wann die nächste Überprüfung kommt.«
»Richtig. Ich muss heute Abend meine Unterlagen wieder zurückbringen, da werde ich den Zettel entsorgen.«
Zack rammte seinen Ellenbogen in Timothys Bauch. Eben völlig gelöst, stand er nun starr vor Angst und traute sich kaum, seinen Tee herunterzuschlucken. Timothy zitterte und starrte seinen

Freund an, der den beiden Wachen hinterher sah, die gerade in einem Büro nur wenige Türen weiter verschwanden.

»Timmy, hast du das gehört?«

Aufregung schwang in seiner Stimme mit.

»Ich habe es gehört.«

Timothy klang ganz und gar nicht aufgeregt.

»Der Asservaten-Safe. Da müssen unsere Sachen drin sein und der Kerl hat den Code dazu aufgeschrieben. Wir müssen uns den Code besorgen, den Safe suchen und schon sind wir auf dem Weg nach draußen.«

Timothy verzog seine Mundwinkel.

»Das wird mir zu gefährlich, Zack. Du willst tatsächlich in das Büro der Wache einbrechen und dann den Safe knacken? Warum rennst du nicht gleich laut schreiend durch den Gang und stellst dich? Dann überlebst du vielleicht! Lass uns lieber verschwinden. Komm schon!«

Zack schüttelte den Kopf.

»Timmy, wir haben's fast geschafft. Du wirst doch jetzt nicht aufgeben?«

Timothy schüttelte den Kopf. Ohne auf Zack einzugehen, schnitt er ein anderes Thema an.

»Zack, ist dir aufgefallen, dass er sagte ›zwei Gefangene wurden inhaftiert‹? Diese Gefangenen sind wir.«

Zack nickte.

»Und das, wobei wir immer nur als Gäste bezeichnet wurden.«

Der Sarkasmus war nicht zu überhören.

»Ja. Aber das heißt, dass sie uns bald suchen werden. Wir müssen vorsichtig sein. *Noch* vorsichtiger! Die haben garantiert Fotos von uns.«

Zack sah weiterhin in den Gang und antwortete ohne seinen Freund anzusehen.

»Trotzdem müssen wir in sein Büro, um an den Code zu kommen. Ich habe gesehen, wie die beiden in dieses Zimmer gegangen sind.«

Er zeigte auf eine Tür, wenige Meter den Gang hinunter.

»Dort ist es und dort ist der Code notiert. Wie wäre es, wenn wir eine Sicherheitsüberprüfung vortäuschen?«

Zack dachte laut. Timothy war dagegen.

»Das wird nicht funktionieren. Die wissen, wie wir aussehen. Damit sind wir schneller wieder dort, wo wir hergekommen sind, als wir bis drei zählen können.«

Welchen Ort er damit meinte, musste Timothy nicht näher beschreiben. Zack stimmte ihm zu und verwarf die Idee.

»Stimmt, wir brauchen eine andere Lösung.«

Noch während sie überlegten, hörten sie eine Frau auf dem Gang.

»Komm, ich lade dich heute auf einen Kaffee ein.«

Der amüsante Unterton war nicht zu überhören. Immerhin gab es den Kaffee kostenlos. Die Freunde verließen die Kaffeeküche und täuschten eine angeregte Unterhaltung vor. Aus den Augenwinkeln erkannte Zack im Gesprächspartner der Frau den gleichen Wachmann von vorher. Er rempelte Timothy an und raunte ihm zu.

»Da ist der gleiche Wachmann. Wenn er hier ist, kann er nicht in seinem Büro sein. Das ist unsere Chance.«

Das schien einfacher zu werden, als erwartet. Sie gaben sich Mühe möglichst unauffällig zu wirken, warteten, bis die beiden die Kaffeeküche betraten und verschwanden im Büro des Wachmannes. Timothy schloss hinter ihnen mit zittrigen Händen die Tür und beobachtete durch die Jalousien den Gang. Zack untersuchte den Computer.

»Tatsächlich. Unter der Tastatur klebt ein gelbes Post-it.«

Darauf stand eine zehnstellige Zahlenfolge. Er nahm sich einen Kugelschreiber vom Tisch und schrieb den Code auf einen Notizblock, der sich auf dem Schreibtisch befand, trennte den Zettel sauber vom Block und steckte ihn in seine Hosentasche. Er war fertig und stellte die Tastatur wieder an ihren Platz, da warnte ihn Timothy.

»Achtung, da kommt jemand.«.

Es gab nicht viele Möglichkeiten sich zu verstecken. Außer dem Schreibtisch und einer Topfpflanze gab es nichts, was die Sicht versperrte und unter dem Schreibtisch war nicht genug Platz für

sie beide. Timothy erkannte das Dilemma und rannte zur Tür.
Stürmt er jetzt etwa auf den Gang und spielt den Helden?
Gerade wollte er ihn auffordern stehen zu bleiben, da erkannte er seinen Plan.

Zack kroch unter den Schreibtisch und Timothy blieb einfach hinter der Tür stehen. Die Tür öffnete sich nach innen und verdeckte ihn. Wer auch immer die Tür öffnete, durfte sie nicht von innen schließen. Zack kauerte sich unter dem Schreibtisch zusammen. Die Tür öffnete sich und beide hielten den Atem an.

Ein junger Mann kam herein und träumte vor sich hin. Sein Kopf wackelte zu der Musik aus seinen Kopfhörern. Er lief zu dem einzigen Schreibtisch im Raum, dem Schreibtisch, unter dem sich Zack versteckte. Zack sah zwei Halbschuhe und zwei Beine in einer Jeans auf ihn zukommen. Er wappnete sich und bereitete sich vor, entdeckt zu werden und machte sich zum Sprung bereit. Wenn er ihn schon fand, dann wollte er sein Glück versuchen und fliehen.

Die beiden Jeansbeine kamen näher und blieben nur Zentimeter vor ihm stehen. Wenn er seine Hand ausstreckte, konnte er sie berühren. Zack bewegte sich keinen Millimeter. Er schwitzte. Dann gab es ein klatschendes Geräusch, als ein Brief über ihm auf dem Schreibtisch landete. Die beiden Beine drehten sich um und verließen den Raum.

»Das war ganz schön knapp.«, flüsterte Timothy einen Moment später.

Zack stimmte ihm zu.

»Da hast du verdammt noch mal recht. Aber wir haben jetzt den Code und wissen, wo wir suchen müssen. Zeit, das verdammte Video zu holen!«

»Und zu verschwinden!«

»Alles klar Timmy, lass uns gehen.«

Diesen Morgen fühlte sich Ray hundeelend. Er hatte nicht nur schlecht geschlafen und geträumt, sondern er hatte dieses Gefühl, dass er irgendetwas übersehen hatte. Was genau, konnte er nicht sagen und es auch nicht näher eingrenzen. Es war wie eine dunkle schlimme Vorahnung. Dementsprechend müde und gereizt fuhr er ins Büro.

»Das war gute Arbeit gestern, Ray.«

Megan hatte ihn auf dem Weg zu seinem Arbeitsplatz wieder abgefangen und in ihr Büro gebeten. Langsam fühlte er sich unbehaglich und sehnte sich zu den Zeiten zurück, bei denen er morgens eine Tasse Kaffee und seinen Vitamin-Cocktail in Ruhe trinken konnte, ohne von irgendjemandem gestört zu werden. Vor allem nicht von Megan. Im Moment waren diese Zeiten, bis er das Problem mit Kacey löste, vorbei. Gestern Abend hatte er das Cleankit entgegengenommen, allerdings lag es seitdem genauso in seiner Schreibtisch-Schublade im Büro. Selbst wenn er gestern gewollt hätte, war er nicht in der Lage, seinen Auftrag zu vollenden.

»Vielen Dank, Megan.«

Sie sah ihn an und wartete einen Moment.

»Ich habe von *Agent Smith* nur Gutes über Sie gehört. Sie haben ihn gestern beeindruckt.«

Ray hob die Augenbrauen.

»Tatsächlich? Ich hatte eher das Gefühl, wie ein Schuljunge vor einer Inquisition zu stehen.«

Megan lachte.

»Sehen Sie, deshalb ist er der Beste, den wir haben.«

»Ähm, Megan.«

Sie sah ihn fragend an und als sie nicht nachhakte, fuhr Ray fort.

»Er meinte, gestern war mein einziges Verhör mit den beiden. Er wird mir kein zweites gewähren. Ich werde also nicht in der Lage sein, meinen Auftrag im Keller weiter fortzuführen.«

Megan schmunzelte.

»Wie ich schon sagte, Ray, Sie haben ihn tatsächlich beeindruckt.«

Ray wartete, bis sie weitersprach.

»Ich habe gestern Abend mit ihm gesprochen und er wird Sie auch mit dem zweiten Gefangenen sprechen lassen.«

Das war eine überraschende Nachricht. Er wusste nicht, ob er sich darüber freuen oder ärgern sollte. Dafür tat es seinem Punktekonto bei Megan gut.

»Natürlich, Megan. Ich werde heute Nachmittag auch nach Zack sehen.«

»Das freut mich zu hören. Sie machen sich gut, Ray. Es wäre äußerst schade, Sie zu verlieren.«

Da waren sie wieder, die kleinen Nadeln, die immer genau dann zustachen, wenn er sich gerade besser fühlte. Es war lange nicht alles gut und Ray vermutete, es dauerte noch sehr lange, bis er sein altes Vertrauen zurück gewann. Noch hatte er seinen Job und keine Restriktionen auferlegt bekommen. Trotzdem musste er noch einen anderen, unangenehmen Auftrag erledigen. Es war nur eine Frage der Zeit, bis Megan ihn wieder darauf ansprach.

»Vergessen Sie heute bitte ihr Cleankit nicht!«

Da war es auch schon.

»Sie können keine Fortschritte erzielen, wenn Sie die Prägung nicht durchführen.«

Ray nickte. Natürlich war ihm das klar und wahrscheinlich war genau das der Grund, weshalb er es gestern vergessen hatte. Er vermutete, sein Unterbewusstsein sträubte sich derart dagegen, dass es sein aktives Bewusstsein hinderte.

»Ich werde das Cleankit heute mit nach Hause nehmen, versprochen.«

»Oh, Sie müssen mir nichts versprechen, Ray. Ich urteile nur nach Ihren Taten.«

Sie lächelte noch immer, diesmal ein kaltes, steiniges Lächeln ohne Wärme und Freundlichkeit. Es war eine Warnung. Eine Warnung, die er verstand.

»Selbstverständlich, Megan. Selbstverständlich.«

Ray verließ ihr Büro, ohne sich noch einmal umzudrehen.

Im System gab es einen neuen abgeschlossenen Auftrag. Er öffnete das angehängte Video und sah durch eine verzerrte Weitwinkel-Perspektive auf einen bekannten und beliebten Senator, wie er eine weibliche Stimme begrüßte, die der Agentin gehören musste, die den Auftrag übernommen hatte. Kurz darauf ein Händeschütteln und die typische Reaktion des Zielobjekts. Das

Video endete. Ray bemerkte die Agenten-Nummer 122. Sie war eine äußerst effektive Agentin. Stets präzise, akkurat und sauber. Ihre Akte wies nur einen einzigen Fehlschlag auf, vergleichsweise gering im Verhältnis zu der Menge der Aufträge, die sie bearbeitete und im Vergleich zu anderen Agenten. Agentin 122 nahm ihre Aufgabe sehr ernst und tolerierte keine Fehler.

Ray forderte, dem Standardprozess folgend, eine Folgeüberwachung für William Bade an, auch wenn es überflüssig wirkte. Soeben brachte der Nachrichten-Ticker die neuesten Meldungen. Darunter war eine Nachricht über den Senator. Vollkommen überraschend stand er auf dem gestrigen Kongress in Denver vor der versammelten Menge und erklärte ohne Einleitung oder Grund seinen Rücktritt aus der Politik, statt sein Referat mit anschließender Podiumsdiskussion zu halten. Ray durchforstete verschiedene Online-Zeitschriften und erhielt durchgängig das gleiche Bild. William Bade vor den Mikrofonen mit einer stets ähnlich lautenden Schlagzeile: »Bade erklärt Rücktritt«

Selbst auf CNN lief ein kurzer Videomitschnitt des Kongresses, der Bade zeigte.

»Aus persönlichen Gründen, möchte ich nicht weiter an der Mitgestaltung des Landes teilhaben und ziehe mich hiermit aus der Politik zurück.«

Ray hielt das Video an und studierte lange und gründlich die Mimik und Gestik des Senators. Er wirkte absolut souverän und selbstsicher wie eh und jeh und war der gleiche Mensch, wie auch vor der Säuberung. Aus irgendeinem unbekannten Grund, zog er sich von heute auf Morgen aus der Politik zurück. So wirkte es auf Unbeteiligte.

»Perfekte Arbeit.«

Er wollte die Akte gerade schließen, da fiel ihm eine Aktualisierung auf. Jemand hatte in der Zwischenzeit den Inhalt geändert. Ray lud die Daten neu und schmunzelte. Auch Megan war Agentin 122 aufgefallen. Ein kurzer Kommentar am Ende der Akte garantierte ihr einen Bonus auf die nächste Gehaltszahlung. Eine mehr als faire Geste, wie Ray fand.

Zack und Timothy wurden im Keller weiter verhört. Ray saß an seinem Arbeitsplatz und konnte an nichts anderes denken, als an Kacey. Heute war es noch nicht soweit. Heute nahm er nur eine Probe und ließ sie vom Cleankit analysieren, damit es die Programmierung vornehmen konnte. Wann und ob er dann das programmierte Cleankit einsetzte, war ein anderes Thema. Megan würde jedoch einen Fortschritt sehen.

Am frühen Nachmittag war ein Großteil seines Tagesgeschäfts erledigt und er brauchte eine Pause. Das zweite Gespräch war eine willkommene Ablenkung. Nachdem er gestern mit Timothy gesprochen hatte und Megan ihn dazu aufgefordert hatte, auch mit Zack zu sprechen, ging er zum Fahrstuhl. Es dauerte einen Moment, bis er sein Stockwerk erreichte und mit einem leisen Gong hielt. Ray stieg ein und drückte erneut auf den Knopf U2.

Zwei Minuten später stand er im Keller des Gebäudes und lief den gleichen Weg wie gestern zum Büro von Agent Smith.

»Ah, Mr. Ray Smith. Schön, dass Sie uns beehren!«

»Agent Smith.«

Sie grüßten einander, ohne sich die Hände zu reichen.

»Ich nehme an, Sie folgen meiner Einladung und möchten heute mit dem anderen Gast sprechen?«

Ray nickte.

»In der Tat. Es wurde mir nahe gelegt, auch bei ihm mein Glück zu versuchen.«

Agent Smith lächelte.

»Das kann ich mir gut vorstellen. Sie sollten wissen, dass wir inzwischen mehrfach mit beiden gesprochen haben. Seien Sie also nicht verwundert, falls er Sie komisch ansieht. Nur für den Fall, dass sich die Fragen wiederholen, selbstverständlich.«

»Wiederholen die sich nicht sowieso ständig?«

»Natürlich tun sie das, natürlich tun sie das.«

Agent Smith lachte. Er war sichtlich gut gelaunt.

»Haben Sie denn Fortschritte gemacht?«

»Die haben wir und selbstverständlich lasse ich Ihnen sämtliche Informationen nach Abschluss zukommen und trage die Ergebnisse in Ihre Akten ein.«

Ray hatte keine andere Antwort erwartet.

»Also gut. Ich schätze, ich sollte dann jetzt mit dem anderen, Zack Logan, sprechen.«

»Das sollten Sie tun. Mr. Logan wurde heute noch nicht befragt, sein Freund dagegen heute Morgen schon. Wahrscheinlich wartet er ungeduldig in seiner Zelle auf sein heutiges Interview. Was meinen Sie, Ray?«

Er zuckte mit den Schultern und es war ihm auch herzlich egal, was Zack in seiner Zelle tat. Er wollte nur das Verhör hinter sich bringen.

»Wissen Sie denn schon, was Sie ihn fragen wollen?«

Ray war diesmal besser vorbereitet. Es waren die gleichen Fragen, die er auch Timothy gestellt hatte. Eine Überprüfung der beiden Antworten gab vielleicht Aufschluss über den Wahrheitsgehalt.

»Das ist eine gute Strategie, Ray von der Videoanalyse.«

Je länger Ray mit Agent Smith zusammen war, desto unbehaglicher fühlte er sich in seiner Gegenwart. Er hatte stets das Gefühl, sich rechtfertigen zu müssen. Wie er heute Morgen Megan berichtete, fühlte er sich wie ein Schuljunge, doch Agent Smith ließ Gnade walten.

»Lassen Sie mich nur veranlassen, dass er in den Verhörraum gebracht wird.«

Damit wandte er sich von Ray ab und ging zu einem kleinen Pult, auf dem Kameras, Schubfächer, haufenweise Papier und ein Telefon untergebracht waren. Er drückte auf eine Kurzwahltaste und hielt sich den Hörer ans Ohr.

Nach einer Weile legte er wieder auf. Es rührte sich nichts und er bekam keine Antwort. Smith probierte es erneut und bekam wieder keine Reaktion.

»Ich erreiche Johnny nicht. Das ist ungewöhnlich.«

»Wer ist denn Johnny?«

»Johnny läuft in den Gängen rum und hält Wache. Er nennt es Patrouille, für mich lungert er in der Gegend herum.«

»Warum?«

»Nun ja, wir haben meist nur wenige Besucher hier unten. Ihr macht da oben recht gute Arbeit, so dass wir kaum noch Gäste

haben. Da ist eine Patrouille nicht nötig. Johnny ist neu, und ich lasse ihn etwas an der langen Leine laufen.«
Ray nickte.
»Verstehe, damit er sich nicht so nutzlos vorkommt?«
»Exakt. Es kann ziemlich langweilig werden. Und so hat er zumindest etwas zu tun.«
»Wann haben Sie ihn das letzte Mal gesehen?«
Smith überlegte für einen Moment.
»Ich ließ Mr. Brown in einen Verhörraum bringen und sprach mit dem jungen Burschen. Danach habe ich Johnny gebeten, ihn zurück in seine Zelle zu bringen.«
Er sah auf seine Armbanduhr.
»Das war vor ein paar Stunden, so gegen Mittag herum. Seitdem wird er wieder Patrouille spielen.«
»Und wie finden wir ihn?«
Smith hob die Arme.
»Die Gänge hier sind nicht so lang. Den finden wir schon. Wenn nicht, dann holen wir unseren Gast eben selbst aus seiner Unterkunft.«
Ray stimmte zu. Er war sich nicht sicher, ob er das wirklich wollte. Es fühlte sich irgendwie *komisch* an, als ob irgendetwas nicht stimmte. Vielleicht war es eine Vorahnung, ein Omen oder einfach nur sein Bauchgefühl. Das gleiche schlechte Gefühl, das er bereits heute Morgen hatte. Seine Sinne rieten ihm, vorsichtig zu sein.
Zusammen mit Agent Smith liefen sie durch die ausgestorbenen Gänge. Nirgends war eine Spur von Johnny.
»Vielleicht ist er ja gerade auf dem Klo.«
Ray versuchte die Stimmung aufzulockern.
»Ja, vielleicht. Vielleicht vögelt er aber auch gerade seine Freundin in einer der vielen Zellen, hier.«
»Na, das würden wir hören, meinen Sie nicht?«
»Nicht hier unten. Die Wände sind zu dick. Die können sich da drinnen die Seele aus dem Leib kreischen, ohne dass es jemand mitbekommt.«
»Dann vögelt er vielleicht doch gerade seine Freundin hier un-

ten.«

Ray lachte. Smith stimmte nicht mit ein und Ray verstummte wieder.

Nach zehn Minuten brachen sie ihre Suche ab.

»Scheiß auf den Kerl, der ist gefeuert.«

Ray schluckte, ließ sich aber nichts anmerken. Offensichtlich war Smith kein angenehmer Vorgesetzter und duldete keinerlei Fehler in seiner Abteilung.

»Kommen Sie, Ray. Wir holen uns diesen Zack Logan selbst.«

Zielstrebig bogen sie ab und standen innerhalb von wenigen Minuten vor einer der vielen verschlossenen Türen. Über der Tür prangte eine kleine Nummer B2039. Das also war die Zelle von Zack Logan.

Sie eilten die Treppen herunter, darum bemüht, so wenig Lärm wie möglich zu verursachen. Auf der Ebene mit dem Fliegen-Labor hielten sie kurz inne und beobachteten mehrere Sicherheitsmänner, welche die Räume durchsuchten. Dann und wann rief einer »Sauber« und wandte sich dem nächsten Raum zu.

Der Mann, dem Zack die Codekarte gestohlen hatte, sprach mit einer der Wachen.

»Gut, dass wir hier schon waren.«

Nur kurz darauf erreichten sie die Ebene B1 gefolgt von B2, in denen sich die Zellen befanden. Die Treppe führte noch eine Etage tiefer und es folgte B3.

Sie traten durch die Tür der untersten Ebene und fanden sich in endlosen Gängen wieder.

»Oh man, das sieht hier ja aus wie bei den Zellen.«

»Ja, aber hier können die Türen nicht verriegelt werden.«

»Also sind es keine Zellen. Lass uns trotzdem auf Überwachungskameras achten.«

Timothy nickte.

»Worauf du dich verlassen kannst!«

Sie kamen nur langsam voran.

Die ersten Zimmer waren leer. Sie waren gefliest und hatten einen kleinen Abfluss in der Mitte.

»Sieht aus wie ein Raum, in dem ich verhört wurde.«, sagte Zack.
»Ja, doch ich kann mich nicht erinnern, eine Treppe genommen zu haben.«
»Weiter!«
Zack drängelte.
Die nächsten zwei Türen waren verschlossen. Timothy sah die Schlüssel durch und schüttelte den Kopf.
»Die Räume beginnen alle mit der Nummer drei. Meine Schlüssel fangen alle mit zwei an. Die erste Ziffer spiegelt wohl die Ebene wieder. Verdammt!«
»Der Safe ist durch einen Code gesichert.«
»Ist ja richtig, aber der Safe kann auch hinter einer solchen Tür stecken.«
Zack sog die Luft ein.
»Wenn das wirklich der Fall ist...«
Er wollte seinen Satz unvollendet lassen. Timothy tat ihm diesen Gefallen nicht.
»...dann müssen wir uns dafür den Schlüssel besorgen.«
»Wo sollen wir den herbekommen?«
»Jetzt male den Teufel nicht an die Wand. Ich habe das Gefühl, dass der Raum nicht doppelt und dreifach gesichert sein wird. Dafür fühlen die sich viel zu sicher.«
Die nächste Tür ließ sich wieder öffnen. Der Raum enthielt staubige Regale aus Blech. Sie waren allesamt leer.
In den anderen Räumen sah es nicht anders aus. Sie fanden eine Besenkammer, einen Raum mit Reinigungschemikalien und eine Art Kleiderkammer.
»Wo sind wir hier gelandet? Brauchst du einen neuen Anzug?«
Von einer Wand zur anderen, an beiden Seiten des Raumes, befand sich eine lange Stange auf der mehrere Dutzend Anzüge auf Kleiderbügeln hingen, in durchsichtige Folie eingepackt. In unregelmäßigen Abständen waren die Bügel durch nummerierte Größenangaben getrennt.
»Ich könnte in der Tat einen Anzug gebrauchen, doch ich fürchte, dafür reicht die Zeit nicht.«

Sie verließen den Raum und erreichten eine Abzweigung. Aus einiger Entfernung sahen sie die Videokamera an der Decke, die sich in regelmäßigen Abständen drehte und einen der drei Gänge aufnehmen konnte. Sie warteten, bis sie sich von dem Gang wegdrehte, in dem sie sich selbst befanden, bevor sie zur nächsten Tür eilten und sich schrittweise näherten, bis sie genau unter der Kamera standen. Dort warteten sie, bis sie den nächsten Gang freigab.

»Jetzt.«

Sie erreichten einen Raum voller Kartons und Kisten. Sie waren teilweise geöffnet und enthielten jede Menge kleinteiligen Schrott.

»Ist das hier die Müllkippe?«

Zack griff vorsichtig in einen der Kartons und zog ein handtellergroßes, kreisförmiges Gebilde heraus.

»Was ist das?«

»Sieht aus, wie einer der runden Anstecker, den sie bei Wahlen verteilen. Zack for President!«

Zack lachte nicht. Er drehte den Anstecker in seinen Fingern und erkannte, dass er aus mehreren Teilen bestand. Eine Seite enthielt kleine Löcher und ließ sich in die andere Seite hinein drücken. Vorsichtig darauf bedacht, den Löchern nicht zu nahe zu kommen, drückte Zack die kleine Platte. Aus den Löchern drückten sich kurze, spitze Nadeln.

»Jetzt sieh dir das an.«

»Die Nadeln sind hohl.«

Nach Timothys Bemerkung erkannte es auch Zack.

»Ob damit irgendetwas verabreicht wird?«

Zack ließ die Nadeln wieder im Button verschwinden und drehte das Gerät weiter in den Händen. Auf dem schmalen Rand war etwas eingraviert.

»Schau mal hier, Timmy. Da steht etwas.«

Er versuchte es zu entziffern.

»Sieht aus wie... Clean... kit... Typ... und irgendeine Nummer.«

Timothy runzelte die Stirn.

»Hast du gerade Cleankit gesagt?«

Zack nickte.

»Glaube schon. Meinst du...«

»Ja, Zack. Ich glaube damit werden die Säuberungen durchgeführt.«

»Meinst du, es ist ungefährlich?«

»Ich habe keine Ahnung. Willst du es etwa mitnehmen?«

»Gute Idee, aber wo soll ich es verstauen, ohne Gefahr zu laufen, es aus Versehen zu drücken?«

»Vielleicht in deiner Kitteltasche?«

Zack überlegte. Das Modell der Fliege steckte in seiner Hemdtasche. Aber in der Kitteltasche erschien es ihm sicherer.

»Gut, ich stecke es mit ein.«

Sie warteten und spähten durch den Türspalt, bis die Kamera sich wieder einem anderen Gang zuwandte und setzten ihre Suche fort.

Etwas weiter hinten betraten sie einen Raum, der ebenfalls voller Regale war.

»Oh man, ist das widerlich!«

In diesen Regalen standen reihenweise Gläser, die mit einer durchsichtigen Flüssigkeit gefüllt waren.

»Was ist das in den Gläsern?«

»Sieht aus wie Organe.«

»Bist du dir sicher?«

»Nicht ganz. Das sieht aus wie die Überreste von Organen.«

»Das ist ja ekelig. Wozu hebt man sowas auf? Wir haben den Safe noch nicht gefunden. Schade, dass ich meine Kamera nicht habe, dann könnte ich das aufnehmen und als Beweis protokollieren. Lass uns weiter gehen, wir müssen diesen Raum finden! Vielleicht...«

Er machte eine kurze Pause.

»Vielleicht, was?«

»Vielleicht können wir später noch mal hier vorbeikommen?«

Zack sprach weiter, bevor Timothy antworten konnte.

»So quasi auf dem Rückweg?«

Timothy starrte ihn an.

»Ich glaube, du bist völlig übergeschnappt. Lass uns weitersuchen!«

Sie durchsuchten noch mehrere Räume, bis sie plötzlich in einem Zimmer standen, das nur eine weitere Tür enthielt, eine riesige Stahltür.
»Was zum Henker...«
Timothy staunte.
»Ich schätze, die ist dicker als üblich.«
»Die sieht aus wie der Tresor einer Bank.«
Der Safe hatte kein großes Rad mit dem man die Sicherheitsbolzen lösen konnte, sondern ein kleines unscheinbares Tastenfeld in der Mitte der Tür.
»Dann wollen wir mal.«
Zack zog den Notizzettel aus seiner Hosentasche, las leise den zehnstelligen Code ab, tippte die Ziffern in das Tastenfeld und bestätigte seine Eingabe. Es folgten drei hohe kurze Pieptöne.
»Falscher Code. Versuch es noch mal.«
Wieder las er den Code ab und tippte ihn Ziffer für Ziffer ein. Nach einem leichten Zögern bestätigte er ihn erneut. Es folgte ein kurzes tiefes Brummen und der Tresorraum öffnete sich. Die ungefähr einen halben Meter dicke Stahltür schwang langsam auf und offenbarte ihnen ihr Geheimnis.
»Heiliger Bimbam. Sieh dir das an.«
Sie standen in einem gewaltigen, unterirdisch angelegten Asservaten-Saal. Er war so groß, der Begriff Kammer war untertrieben. Wie von Geisterhand eingeschaltet, flammten die Lichter an der Decke auf.
»Sind das viele Gänge, da werden wir nie fertig!«
Jedes Regal erstreckte sich mehrere Meter in den Raum, vollgestopft mit Unmengen von Kisten. Alle trugen eine Nummer, aber keine Namensschilder. Die trockene Luft reizte ihre Kehlen und sofort legte sich Staub auf ihre Zungen. Ihre Schritte hallten durch den Raum, zurückgeworfen von den weiten Wänden, wie in einer großen Tropfsteinhöhle. Zack trat in einen Gang, zog wahllos einige Kisten heraus und sah hinein. Er fand jede Menge Uhren, Portemonnaies, Schlüssel, Ringe und andere persönliche Gegenstände, die allesamt nicht ihm gehörten. Er seufzte und sah sich um. Vor seinem geistigen Auge sah er die Arbeit, die auf sie

zukam. Er drehte sich nicht zu seinem Freund um, sondern stürzte sich in die Arbeit.

»Na das kann ja was werden. Timmy ich fange hier an, ruf mich, wenn du was gefunden hast.«

Er hatte drei Kisten durchsucht, da bat Timothy ihn mitzukommen. Zack schloss den Karton, stellte ihn zurück ins Regal und folgte seinem Freund, der zielstrebig auf ein bestimmtes Regal zusteuerte und für einen Moment auf die Kartons sah. Nach einer Weile schien er gefunden zu haben, wonach er suchte und zog einen der neueren Kartons heraus.

»Bitteschön. Mach schnell.«

Zack öffnete die Kiste und zu seiner großen Überraschung befanden sich ihre persönlichen Gegenstände darin, die ihnen zu Antritt ihres Besuches abgenommen worden waren.

»Woher hast du das gewusst?«

»Register, Zack, Register. Gerade du solltest dich damit auskennen.«

Timothy hatte natürlich recht. Zack arbeitete jeden Tag im Musikladen mit Registern, Listen und Karteiakten. Warum war er nicht selbst darauf gekommen? Der beständige Timothy hatte dem sonst so souveränen Zack etwas vorgemacht. Das kam viel zu selten vor, als dass Timothy die Situation nicht auskostete. Zack gönnte Timothy seinen Erfolg. Jetzt, wo sie hatten, was sie wollten, konnten sie aus diesem Irrgarten verschwinden.

Sie steckten ihre Gegenstände ein und Zack zog die Schlaufe seiner Videokamera fest um sein Handgelenk. Noch einmal würde er sie nicht verlieren.

- 35 -

»Wollen Sie?«

Smith sah Ray fragend an.

Was soll dabei schon passieren? Immerhin ist er unbewaffnet.

»Ich versuch mal mein Glück.«

Ray atmete tief durch. Smith steckte einen Schlüssel ins Schloss und wies auf die Tür.

»Sobald Sie wollen. Einfach aufschließen.«

Er griff den Schlüssel und drehte ihn im Schloss herum. Es knirschte und er hörte einen Riegel umschnappen. Er griff nach den beiden Sperrhebeln, legte sie ebenfalls zur Seite, öffnete die Tür und sah in die Zelle.

»Agent Smith. Ist das die richtige Zelle?«

Smith, der hinter der Tür stand, starrte ihn verärgert an.

»Natürlich, wieso denn?«

Ray trat einen Schritt zurück.

»Nun ja, weil diese Zelle leer ist.«

»Was ist sie?«

Smith drängte sich an ihm vorbei und starrte ebenfalls in die leere Zelle.

»Was ist denn das für eine gequirlte Scheiße? Und wo zum Henker ist dieser Johnny? Kommen Sie mit!«

Sie stürmten durch die Gänge. Ray folgte Smith, bis sie eine andere Zelle erreichten. Smith fummelte am Schlüsselbund einen weiteren Schlüssel hervor, steckte ihn ins Schloss, drehte ihn herum und öffnete die Tür.

»Das kann ja wohl nicht wahr sein!«

»Sir, es tut mir leid!«, sagte eine unbekannte Stimme.

»Johnny, was ist passiert?«

»Er hat mich überwältigt, als ich mit dem Schloss beschäftigt war. Dann hat er mich hier eingesperrt.«

»Wo ist Ihre Waffe?«

»Die hat der Gefangene.«

»Zum Himmel noch mal. Los, raus hier, lösen Sie Alarm aus, wir haben eine Gefahrensituation!«

Das also war Johnny. Ray hatte nicht viel Zeit nachzudenken. Zu dritt rannten sie die Gänge entlang, zurück in Smiths Büro. Kaum angekommen, drückte Smith auf einen der Knöpfe und es dauerte keine zehn Sekunden bis sich Kevin bei ihnen meldete. Smith sprach in sein Telefon.

»Kevin, die beiden Gefangenen sind abgehauen. Fragen Sie nicht wie, finden Sie sie!«

Der Sicherheitschef antwortete etwas.

»Verstehe. Wir beginnen hier unten.«

Smith legte auf und wandte sich an die beiden anderen.

»Kevin sagt, die können das Gebäude nicht verlassen haben. Das hätten sie mitbekommen. Sie müssen also noch irgendwo hier sein. Wir beginnen unten und durchsuchen alles systematisch, Schritt für Schritt.«

Er deutete auf den Fluchtplan neben der Tür und wies jedem von ihnen einen bestimmten Gang zu.

»Hier sind Schlüssel. Die sind alle nummeriert. Wir beginnen an den äußeren hinteren Gängen und arbeiten uns dann bis zum Fahrstuhl vor. Weiß jeder, was er zu tun hat?«

Johnny und Ray nickten.

»Also dann, los jetzt.«

Sie verließen sein Büro und teilten sich auf. Ray orientierte sich für einen Moment, lief zu dem Gang, der ihm zugewiesen worden war und machte sich auf die Suche nach den beiden. Ihm war nicht klar, wie er sich verhalten sollte, wenn er sie tatsächlich fand. Das würde er sehen, wenn es soweit war.

Sie verließen den riesigen Tresor, spähten nach der Kamera, die den Gang überwachte und begaben sich zurück in das Treppenhaus. Über ihnen verließen mehrere Stiefel das Treppenhaus und schlossen eine Tür hinter sich. Die beiden Freunde stiegen die Stufen zum Erdgeschoss hinauf und standen vor der Tür mit der Bezeichnung E0.

»Wir können nicht durch die Vordertür. Das käme einem Wunder gleich.«

Zack erinnerte sich an die Sicherheitsvorrichtungen.

»Selbst wenn wir unerkannt da durchkommen und das bezweifle ich stark, wird man uns durchsuchen.«

Nein, die Vordertür kam nicht in Frage.

»Ein Büro hier im Erdgeschoss nützt uns ebenfalls nichts. Ich erinnere mich an die Gitter vor den Fenstern. Ich fürchte, der einzige Weg führt nach oben.«

»Sag mal, guckst du kein Fernsehen?«, sagte Zack.

»Ich lese lieber.«

»Da laufen immer alle aufs Dach und weißt du, was dann passiert?«

»Sie werden geschnappt?«

Der Sarkasmus in Timothys Stimme war nicht zu überhören. Zack nickte.

»Hast du eine bessere Idee?«

»Nein. Unterirdisch gibt es keine Fenster und das Erdgeschoss fällt aus.«

Es blieb ihnen nichts weiter übrig, als einen anderen Weg zu finden.

Sie folgten den Treppen auf die erste Ebene. Timothy stand der Schweiß auf der Stirn. Zack lauschte im Treppenhaus. Es war alles ruhig. Zu ruhig, wie die Ruhe vor dem Sturm. Auch hinter der Tür mit der Aufschrift E1 konnte er durch das vergitterte Sicherheitsglas nichts erkennen.

»Komm Zack, lass uns weiter gehen.«

Timothy stand wieder auf, aber Zack zögerte. Timothy kannte das Zögern. Es bedeutete nichts Gutes. Zack wollte etwas und wusste selbst, dass es nicht klug war. Timothy ahnte auch schon was.

»Auf gar keinen Fall!«

»Es dauert nicht lange.«

»Vergiss es, wir müssen weiter.«

Zack legte seine Hand auf den Türgriff, um die Tür zu öffnen, da zerschnitt eine laute Sirene die Stille.

»Scheiße, was hast du jetzt gemacht?«

»Gar nichts.«

Die beiden Freunde sahen sich an. Das blanke Entsetzen stand ihnen im Gesicht, in der Erkenntnis, dass der Alarm ihnen galt. Zack nahm seine Hand wieder vom Türgriff.

»Vielleicht hast du recht und es ist wirklich keine gute Idee, noch einmal in das Fliegen-Labor zu gehen.«

Die Wachen waren inzwischen weiter gegangen, aber der Alarm war alles andere als hilfreich.

»Komm lass uns von hier verschwinden.«

Zusammen stürmten sie die Treppe hinauf und kurze Zeit später hörten sie bereits schnelle Schritte unter sich die Treppen hinaufeilen.

»Los Timmy, wir müssen hoch.«

Ohne darauf zu achten, was für einen Lärm sie verursachten, rannten sie die Stufen hinauf. Die Schritte unter ihnen kamen näher. Die Zahlen der Ebenen flogen an ihnen vorbei. Das Sicherheitsteam war zwei Ebenen unter ihnen. Zack riss ohne zu gucken die nächste Tür auf und stürmte in den Gang hinein. Wieder sah er gesicherte Türen und keine Möglichkeit sich zu verstecken. Außer Atem fingerte er die Codekarte aus seiner Hosentasche. Timothy stützte sich auf seine Knie und hustete. Zack spürte endlich die Karte zwischen seinen Fingern, zog sie heraus und hielt sie zitternd vor das Lesegerät. Das gelbe Licht erlosch und flackerte sofort wieder auf.

»Scheiße.«

»Nochmal.«

Die Schritte im Treppenhaus wurden lauter.

»Mach schon, die sind nicht mehr weit!«

Zack drückte die Karte erneut gegen das Lesegerät. Sein Zittern war zu stark, als das er sie ruhig halten konnte. Das gelbe Licht ging aus und der Bruchteil der Sekunde wurde zu einer Ewigkeit.

Daraufhin leuchtete die grüne Diode auf und die Tür schob sich mit einem leisen Summen zur Seite. Zack zerrte Timothy in den Raum, der dahinter auf den Boden sank.

Sie befanden sich in einem kleinen weißen Raum. Die Tür schloss so dicht hinter ihnen ab, dass sie nicht mehr hören konnten, was außen vor sich ging. Vor ihnen hingen weiße Overalls an kleinen Plastikhaken neben der Tür. Für einen kurzen Moment sahen sie sich an.

»Es sieht nicht gut aus Zack.«

»Nein, Timmy. Es sieht nicht gut aus.«

Zack reichte Timothy eine Hand und zog ihn vom Boden hoch.

»Tarnung half uns schon einmal, warum nicht ein zweites Mal?«

Sie nahmen sich jeweils einen der weißen Overalls vom Haken und zogen ihn über ihre Kittel. Vor ihnen befand sich eine kleine Luftschleuse mit Türen aus dickem Glas. Sie erkannten kaum, was sich dahinter befand, doch sie konnten keinen anderen Weg gehen.

»Ich hoffe da gibt es einen zweiten Ausgang.«

Zack straffte die Schultern und betrat die Luftschleuse.

»Ich glaube nicht, dass sie für zwei Leute ausgelegt ist.«

»Das werden wir gleich sehen.«

Timothy quetschte sich neben ihn. Die Schleuse bot gerade genug Platz für sie beide.

Kurz darauf verließen sie die Schleuse durch die andere Tür und standen in einem weiteren Labor.

»Hier gibt es keine Fenster. Wie hoch sind wir?«

»Ich habe keine Ahnung, sicherlich hoch genug, um uns den Hals zu brechen, falls du an *diesen Weg* gedacht hast.«

Zack verschaffte sich einen schnellen Überblick über den Raum, zückte seine Kamera, schaltete sie ein und schwenkte einmal quer über das Labor. An der Wand standen in großen Lettern die Buchstaben NL02. Auf den Tischen standen Elektronenmikroskope und merkwürdig aussehende Apparate, deren Zweck sie nicht erahnten.

»Timmy, hast du irgendeine Ahnung, was das hier ist?«

»Nein, aber sollten wir nicht weiter?«

»Nur einen kurzen Moment zur Beweisaufnahme.«

Timothy setzte sich auf einen Bürostuhl und inspizierte den Computer. Zack bemühte sich, den Raum in Großaufnahmen auf Video festzuhalten und hörte seinen Freund eine Weile vor sich hin fluchen.

Dann war Ruhe. Er drehte sich zu Timothy um und sah ihn gebannt auf den Monitor starren.

»Timmy, was hast du?«

Timothy gab keine Antwort.

Zack ging zu ihm und sah auf den Bildschirm. Er sah eine kurze Zusammenfassung und mehrere Menüpunkte.

»Was sind denn Naniten?«

Timothy sah ihn an.

»Naniten? Das habe ich schon mal gehört. Lass mich einen Moment überlegen.«

Timothy sah zurück auf den Bildschirm und klickte sich durch die Menüpunkte.

»Genau, Naniten sind eine Art mikroskopisch kleinste, intelligente Maschinen, die darauf programmiert werden können, eine bestimmte Aufgabe zu erledigen. Im Körper zum Beispiel können sie bei offenen Wunden schneller die Blutung stoppen oder die Knochenheilung bei einem Bruch verkürzen. Allerdings dachte ich immer, die Technik ist noch nicht so weit.«

Timothy zeigte auf Zacks Hemd.

»Denk nur mal an die Fliege und das seltsame Cleankit in deiner Kitteltasche.«

Wieder einmal hatte er recht. Sie hatten es hier nicht mit einem gewöhnlichen Unternehmen zu tun.

»Oh man Timmy, die sind in jeglicher Hinsicht weiter, als es die breite Öffentlichkeit weiß. Ich wette, die halten die Informationen absichtlich geheim.«

»Stell dir den Aufruhr vor, wenn man erfährt, dass die Privatsphäre, so wie wir sie kennen, überhaupt nicht existiert. Was denkst du, was dann los ist?«

Chaos. Revolten. Aufstände. Die Menschen würden für ihre Rechte auf die Straße gehen und protestieren. Egal wie viele Gesetze man auch schmiedet, wenn es so einfach war, ausspioniert zu werden, dann hilft auch die härteste Strafe nichts.

Die Freunde starrten eine Weile auf den Bildschirm. Timothy legte seinen Kopf leicht schief und überlegte.

»Diese Naniten können so ziemlich alles im Körper anstellen?«

»Alles was sich in irgendeiner Art und Weise regulieren lässt. Sie können zum Beispiel deine Muskeln mit so vielen Nährstoffen versorgen, dass du praktisch Superkräfte bekommst. Sie können eine bedeutend schnellere Wundheilung in Gang bringen oder aber auch überschüssiges Fett verbrennen.«

»Ich verstehe. Können Sie auch Gedanken auslöschen?«

Jetzt verstand Zack worauf Timothy hinaus wollte. Natürlich. Wieso dachte er nicht gleich daran?

Die Gedankenpolizei hatte keine Gedankenleser und Telepathen, wie sie bereits an den Mikrofliegen sehen konnten, sondern sie setzten hochspezialisierte Technik ein. Durch die Fliegen überwachten sie alles oder spionierten aus, was sie wissen wollten. Und mit den Naniten beeinflussten sie ihre Opfer.

Timothy öffnete einen medizinischen Bericht und las daraus vor.

»Erinnerungen sind genau genommen, nichts anderes als Verbindungen von Synapsen im Gehirn. Wenn diese wieder getrennt werden, dann gehen auch die Erinnerungen verloren. Das ist nicht einfach. Sind diese Naniten einmal im Körper, müssen sie bis zum Gehirn vordringen. Das erste Problem besteht darin, den in sich geschlossenen Nervenkreislauf zu infiltrieren, der vollkommen abgeschottet vom restlichen Organismus arbeitet. Ähnlich einer Lumbalpunktion dringen sie in den Duralsack ein. Das Gewebe, das diesen umschließt, ist wie ein gewebtes Shirt angelegt, sich überkreuzende Fäden, die erst in ihrer Gänze Stabilität verleihen. Da eine Nadel es durchdringen kann, stellt es für die winzig kleinen Naniten überhaupt kein Problem dar.«

Timothy nickte.

»Das klingt plausibel. Das zweite und größere Problem besteht darin, im Gehirn die richtigen Synapsenverbindungen zu finden und diese zu trennen.«

»Und wie finden sie diese?«

»Ich habe keine Ahnung. Das kann ich mir bei bestem Willen nicht erklären. Ich denke mal dafür haben sie diese Cleankits.«

»Kann man diese Synapsenverbindungen einfach so trennen?«

»Timmy, ich weiß es nicht. Scheint so, doch wie das funktioniert...«

Er ließ den Satz unvollendet, dafür hatte Timothy etwas Interessantes gefunden.

»Anscheinend verfügen sie über einen Empfänger und können darüber programmiert werden. Wie mein WLAN zu Hause.«

Das ließ Zack aufhorchen und riss ihn aus seinen Gedanken.

»Warte mal. Das bedeutet auch, dass die Naniten separat angesprochen werden können, dass sie eine eigene Adresse haben, einen eigenen Namen, an den die Programmierung geschickt wird. Sonst bekommen alle Naniten in Reichweite den gleichen Auftrag.«

Timothy war wieder schneller.

»Sie nutzen die DNS des Opfers. Das ist die Adresse, mit der sie sich identifizieren.«

Das ergab einen Sinn.

»Wenn sie die DNS des Opfers als Adresse nutzen, müssen die Agenten zuerst eine DNS-Probe besorgen, bevor sie die Naniten einsetzen können.«

»Das ist richtig, aber sowas ist ja heutzutage kein Problem mehr. Ein stehengelassenes Glas in einem Cafe, ein ausgespuckter Kaugummi oder eine weggeworfene Zigarette sind die einfachsten Möglichkeiten. So skrupellos wie die sind, schrecken die bestimmt nicht davor zurück, in die Wohnungen einzubrechen und ein Haar aus der Haarbürste mitzunehmen oder eine Zahnbürste verschwinden zu lassen.«

Instinktiv überlegte Zack, ob er eine Zahnbürste zu Hause vermisste. Dabei würden sie mehr als genug von seiner DNS in seiner Zelle finden.

Diesmal war es Zack, der ihre Gedanken weiter trug.

»Und die Agenten benötigen sie, um die Naniten zu injizieren. Dabei ist es anscheinend vollkommen egal wohin. Die suchen sich dann ihren eigenen Weg. Daher auch die Nadeln im Cleankit. Erinnerst du dich an die Bushaltestelle, von der Melissa erzählte?«

»Es passt alles zusammen.«

»Hier!«

Zack zog eine kleine Speicherkarte aus seiner Videokamera und gab sie Timothy.

»Kopier so viel wie möglich drauf, was du findest.«
Timothy tat wie ihm geheißen. Nach ein paar Minuten stöhnte er auf.
»Was ist?«
Sein Freund antwortete nicht, sondern zeigte nur auf den Monitor.
Zack begann zu lesen und auch er stöhnte.
Timothy hatte ein Archiv gefunden, das reihenweise Berichte über Versuchsobjekte enthielt und scrollte wahllos über einige der Dokumentationen. Laut las er einige Abschnitte vor.
»Subjekt 5293: Nach Verabreichung von 5X-3 plötzlich auftretende Verhaltensstörungen. Proband wenige Tage später Ex. 5X-3 unbrauchbar.«
Zack stöhnte.
»Subjekt 8931: 9X-5 verursacht Lähmungserscheinungen und Verlust der Sprache.«
Klick, klick, klick.
»Subjekt 9124: Sofort ex nach 34T-4.«
Klick, klick, klick.
»Subjekt 10394: Nach 54U-43 Inkontinenz.«
Und so ging es immer weiter. Ein Bericht nach dem anderen.
»Verdauungsstörungen, unerklärliche Autoimmunreaktionen, ex, Gesichtslähmung, ex, ex, innere Blutungen, ex, Organversagen, ex.«
Es nahm einfach kein Ende. Ein Bericht zeigte das Bild einer jungen Frau, deren Körper sich selbst zersetzte. Ihre letzten Tage verbrachte sie in einer Kompressionskammer in einem Krankenhaus, aber auch die Ärzte konnten ihr nicht helfen. Zack sah auf das Bild, dass die junge Frau in einer Art Ganzkörperverband zeigte. Ihr Kopf war umwickelt mit Löchern für die erblindeten Augen und einem Loch, das einmal ihr Mund gewesen sein musste. Anbei war ein Link zum Autopsie-Bericht. Timothy vermied es, diesen zu öffnen und kopierte die Daten auf die Speicherkarte.
Timothy überlegte einen Moment.
»Erinnerst du dich an den einen Raum im Keller? Die ganzen Organe, die wir dort gesehen haben? Das sind bestimmt die Er-

gebnisse der Fehlschläge.«

Zack nickte.

»Ja, das war schon ekelig. Aber das hier übertrifft es noch um Meilen!«

Die nächste Datei beschrieb unaufhaltbare Wucherungen am ganzen Körper. Ein junger Mann, Anfang dreißig, hatte über Nacht Schwellungen und Wucherungen an Armen und Beinen bekommen. Eine Woche später waren sie so groß, dass er sie nicht mehr überdecken konnte. Sein Hausarzt wies ihn ins Krankenhaus ein und in einer Notoperation wurden die größten Stücke entfernt. Doch das Fleisch des Mannes wucherte weiter. Inzwischen hatte es die Muskeln erreicht. Es war nicht mehr nur reine Haut, die sich nach außen wölbte, sondern seine eigenen Muskeln und Organe. Eine Woche nach der Operation war er an sich selbst erstickt.

Klick, klick, klick.

Ein jugendlicher Schüler drehte plötzlich durch und wurde gewalttätig. Innerhalb von drei Tagen wurde er zweimal der Schule verwiesen. Am Tag darauf lief er Amok und erschoss sich selbst, nachdem er drei Lehrer und achtzehn seiner Mitschüler ermordet hatte. Die Flut von Fehlschlägen nahm kein Ende.

»Oh mein Gott.«

Die beiden Freunde waren bis aufs Mark schockiert. Zack setzte sich. Sein Magen fühlte sich an, als wollte er sich übergeben und seine Knie waren weich. Er zitterte und hatte den Atem angehalten.

»Das ist wichtiger. Nimm alles mit was geht!«

Ihm war speiübel. Nur mit Mühe unterdrückte er den Würgereiz in seinem Hals. Dabei hatten sie nur ein paar der Dokumente überflogen. Wer weiß, was in den anderen Berichten stand. Das Ausmaß nahm eine unermessliche Größe an.

»Die Schweine haben tatsächlich an Menschen herumexperimentiert. Ich wette, die wussten es nicht einmal.«

Wo führt das alles hin? Was entdecken wir noch?

Da öffnete sich die Tür vor der Luftschleuse mit einem lauten Zischen.

»Scheiße! Schnell raus hier.«

Timothy sprang von seinem Stuhl auf.

»Die Speicherkarte!«

Zack riss sie aus dem Laufwerk und zog das Stromkabel aus dem Computer. Sie stürzten in eine weitere Luftschleuse und lösten den Mechanismus aus. Die Schleuse pumpte. Bewaffnete Männer traten aus der anderen Luftschleuse heraus und durchsuchten das Labor. Kurz bevor ihre Schleuse den Wechsel beendete, wurden sie entdeckt. Zack sah, wie ein Wachmann in sein Funkgerät sprach. Bevor er eine Reaktion abwarten konnte, öffneten sich die Türen und gab die beiden wieder frei. Ohne sich umzusehen, liefen sie weiter.

- 36 -

Sie verließen das Labor, flohen zur nächsten Treppe und rannten die Stufen hinauf. Hinter sich hörten sie die Rufe und das Trampeln ihrer Verfolger. Die Schweißflecken auf ihren Hemden wurden größer und klebten an ihren Rücken. Sie fühlten sich wie in einem Labyrinth gefangen. Sie wollten nur fliehen, verschwinden und weg, so weit weg wie möglich.

Vier Etagen höher verließen sie das Treppenhaus und rannten durch die Flure, ohne nach links und rechts zu sehen. Vorsicht war überflüssig. Man hatte sie gefunden und jetzt hieß es nur noch, dass eigene Leben zu retten.

Zack stieß mit einem Mann zusammen, der einen Stapel Papier trug. Die Blätter segelten durch die Luft und verteilten sich im Flur. Ein eilig dahin gerufenes »Tschuldigung« musste reichen, ohne anzuhalten. Im darauf folgenden Gang rempelte Timothy den Nächsten an. Er verschüttete seinen Kaffee auf sein weißes Hemd und fluchte lauthals. Timothy hatte keinen Atem für Entschuldigungen. Sie waren nutzlos, den bösen Beschimpfungen hinter ihnen zu urteilen.

Im nächsten Treppenhaus sah es genauso aus. Für einen Moment wollten sie nach unten. Dieser Weg blieb ihnen weiterhin versperrt. Unter ihnen trampelten die Wachen die Stufen herauf und riefen sich gegenseitig Kommandos zu. Es gab nur die Richtung auf das Dach.

Völlig außer Atem und total erschöpft, erklommen sie die letzten Stufen der Treppe. Sie hatte ein kleines Geländer und endete an einer kleinen verrosteten Stahltür. Zack ergriff den Sperrbalken der Tür und stemmte sich dagegen. Die Tür war nicht verschlossen.

»Timmy, sobald wir dort durchgehen, gibt es kein zurück mehr. Die Tür lässt sich von außen nicht öffnen. Dann müssen wir einen anderen Weg finden.«

»Ich weiß Zack, aber auf der Treppe hinter uns sind die Wachen, und sie sind nicht mehr weit weg.«

Die beiden Freunde sahen einander an und nickten. Wie zur Bestätigung hallten die Stimmen der Wachen durch das Treppenhaus.

Kaum verließen sie das Gebäude, umströmte sie kühle Nachtluft, erfrischend, wie ein Sprung ins kalte Wasser an einem heißen Sommertag. Sterne funkelten am wolkenlosen Himmel und der Mond sah auf sie herab. Er schien traurig auf sie zu lächeln, als fühle er ihr Leid, einsam oben am Sternenhimmel. Timothy sog gierig die kalte Luft ein. Zack zerrte ihn am Arm hinter sich her und stand selbst auch nur noch wackelig auf den Beinen.

Weiter Timmy, weiter. Wir können jetzt nicht schlapp machen.

Die Luft zum Reden ging ihm aus. Sie stolperten über die Betonplatten des Daches zum Rand. Vor ihnen lagen metallene Blöcke und Kästen der Klimaanlage und des Belüftungssystems. Nachdem sie einen der silbernen Aluminiumblöcke hinter sich ließen, sackte Timothy zusammen und blieb auf seinen Knien liegen. Zack hielt seinen Arm im Griff und wurde zurückgerissen.

»Steh auf Timmy! Komm schon!«

Timothy lächelte müde. Seine Augen baten um eine Pause, die er nicht bekam. Noch nicht. Aus seinem Mund kam ein einziges Pfeifen und Röcheln. Speichel tropfte aus seinem offenen Mund und lief vor ihm auf den Boden. Timothy sah Zack mit einem Blick an, den Zack noch nie an ihm gesehen hatte. Er sah müde und friedlich zugleich aus.

»Nein, nein, nein, nein, nein!«

Die Tür zum Dach öffnete sich ein zweites Mal.

Sätze wie »Dort sind sie!« und »Jetzt sitzen sie in der Falle.« dröhnten durch den Nachthimmel.

Zack sah auf seinen Freund und Verzweiflung machte sich in ihm breit. Er wünschte sich, Melissa nie getroffen und nie von der Gedankenpolizei gehört zu haben. Sie brachte ihnen nur Unglück.

Timothy musste aufstehen und weiterlaufen. Sie hatten nur noch eine kleine Chance, wenn sie sich beeilten. Aber Timothy stand nicht auf. Er lächelte noch immer.

»Mach... das du... von hier.... verschwindest.«
Zack gefror das Blut in seinen Adern.
Die Männer kamen näher. Zwei postierten sich neben der einzigen Tür. Der Weg war ihnen versperrt. Die anderen teilten sich auf und kreisten sie ein.
»Geh!«
Das Flehen in Timothys Augen wurde größer.
Zack zögerte.
Geh!
Sie sagten kein Wort, doch ihre Augen sprachen Bände.
Ich kann nicht.
GEH!
Die Wachen waren nur noch wenige Meter entfernt.
»Ich hol dich hier raus.«
Seine Worte waren nur ein leises Flüstern, aber Timothy nickte. Er wirkte erleichtert, als nahm Zack eine schwere Last von seinen Schultern. Ein letztes freundschaftliches Lächeln und ein eindringlicher Blick von hier zu verschwinden, waren die letzten Bilder von seinem Freund.
Zack machte einen gewaltigen Satz über das nächste Lüftungsrohr. Timothy griff in den Bund seiner Hose und zog die Pistole des Wachmanns hervor.

»Sir, wir haben sie!«
Der Ruf hallte durch die Gänge und löste eine Welle der Erleichterung aus.
»Sehr gut, wo sind sie?«
»Im Treppenhaus, auf dem Weg nach oben.«
»Warten Sie Kevin, ich komme mit Ihnen.«
Smith stürmte den Gang entlang in Richtung Fahrstuhl. Johnny und Ray folgten ihm. Sie trafen Kevin am Eingang zum Treppenhaus, direkt neben den Fahrstuhltüren, die er offen hielt.
»Zwei Trupps haben bereits die Verfolgung aufgenommen.«
»Von oben können sie nicht entwischen.«, bemerkte Ray.
»In der Tat.«, sagte Smith.
»Dort sitzen sie in der Falle.«

Über sich hörten sie irgendwo das Poltern von mehreren Dutzend harten Stiefeln auf den Treppenstufen.

Sie betraten den Fahrstuhl. Kevin nutzte seinen Sicherheitsschlüssel, entriegelte die Notfallsperre und drückte den obersten Knopf. Leise schlossen sich die Türen und kaum spürbar setzte sich der Fahrstuhl in Bewegung. Kurze Zeit später öffneten sich die Türen wieder genauso geräuschlos und sie wurden erwartet.

»Wo sind sie?«

Eine knappe, kurze und direkte Frage von Kevin an einen Sicherheitsmann, der in kugelsicherer Uniform mit Springerstiefeln und Helm vor ihm stand. An seiner Seite steckte eine Pistole im Halfter, auf der anderen Seite erkannte Ray einen Teleskop-Schlagstock.

»Sie sind eben auf das Dach geflüchtet.«

Kevin nickte.

»Das ist eine Fluchttür, die lässt sich nur von innen öffnen.«, sagte er an Smith und Ray gewandt.

»Das heißt, sie sitzen jetzt tatsächlich in der Falle.«

Kevin nickte erneut.

»Sie können von dort nicht verschwinden. Lassen sie uns also professionell handeln und die beiden lebend fangen.«

»Ja, Sir.«

Der Wachmann nickte, drehte sich um und verschwand in Richtung Treppe.

Kevin hielt Smith, Ray und Johnny zurück.

»Ihr wartet hier, bis die Luft rein ist.«

Damit wandte er sich ebenfalls von ihnen ab und folgte dem Wachmann.

Ray und Smith sahen einander an, ohne ein Wort zu sagen und nickten. Vorsichtig folgten sie Kevin durch die Tür. Dahinter führte die Treppe nach oben. Von ihrem Standpunkt aus erkannten sie nichts. Langsam stiegen sie die Stufen hinauf, erreichten den nächsten Absatz und folgten den Treppen in das nächste Stockwerk. Die Türen hier waren weder gekennzeichnet, noch gab es Farbe oder Tapete an den Wänden. Ihnen blickte der blanke Beton entgegen. Sie erreichten den nächsten Absatz, sahen gerade noch, wie die oberste Tür aufgedrückt wurde und die Wachen hinaus stürmten. Zwei von ihnen blieben zusammen mit Kevin im Treppenhaus stehen. Der Sicherheitschef warf einen kurzen Blick zu ihnen herunter, sagte jedoch nichts. Stattdessen konzentrierte er sich darauf, was draußen vor der Tür auf dem Dach vor sich ging.

Dann fiel ein Schuss.

In der Deckung des Rohres kroch Zack zum Rand des Daches. Hinter ihm zerriss ein Schuss die nächtliche Stille.

Das kann ja wohl nicht wahr sein!

Zack sah sich um. Aus der Mündung von Timothys Waffe stieg dünner Rauch auf. Timothy hatte noch nie mit einer Waffe geschossen. Die Kugel flog weit an den Männern vorbei in den Nachthimmel.

Die Männer sprangen in Deckung und sofort wurde es laut auf dem Dach. Sie riefen sich einander Befehle zu und organisierten sich neu.

Zack nutzte die Zeit und arbeitete sich voran.

Sei nicht so ein Idiot Timmy!

Sein Blick fiel auf die Tür und die beiden Männer, die neben ihr kauerten.

Scheiße!

Er wägte seine Chancen ab, blindlings drauflos zu stürmen, in der Hoffnung, sie zu überraschen, da fiel sein Blick auf zwei dicke Kabel am Rand des Daches und er erkannte den Aufzug der Fensterputzer. Ein weiterer Schuss knallte hinter ihm und aus dem Augenwinkel sah er Mündungsfeuer.

Geduckt folgte Zack den Kabeln und kletterte in den Außenaufzug. Er riskierte einen flüchtigen Blick nach unten und sofort begann sich das Bild zu drehen.

Nicht nach unten sehen!

Er schloss kurz die Augen, hob den Kopf und starrte auf das dünne Geländer direkt vor ihm. Seine Finger krallten sich daran fest.

Nur nicht loslassen, nur nicht loslassen. Auf gar keinen Fall nach unten sehen.

Auf dem Dach fielen weitere Schüsse. Die Wachen hatten ebenfalls das Feuer eröffnet.

Zack sah sich um und fand die Steuerung des Aufzugs. Wahllos drückte er auf den Knöpfen herum. Der Aufzug ruckelte und Wind pfiff ihm um die Ohren. Stück für Stück, Zentimeter für Zentimeter senkte er sich nach unten. Zack sank auf den Boden des Korbes und die Fenster zogen an ihm vorbei. Sein Blick richtete sich auf den Rand des Daches, von dem er sich langsam entfernte und auf dem immer noch geschossen wurde. Timothy lebte noch. Sonst wären die Schüsse verstummt. Seine Hoffnung, ein letztes Lebenszeichen von ihm zu sehen, verstrich mit dem sich entfernenden Rand des Daches.

Je tiefer er kam, desto stärker ließ der Wind nach. Er fror, obwohl er den Overall und den Kittel über seinem Hemd trug, aber er zitterte nicht wegen der Kälte. Er konnte nichts mehr tun. Er hatte Timothy alleine gelassen, zurück gelassen. Timothy hatte ihn gerettet, wieder einmal, wie immer.

Die Welt um ihn herum verschwamm. Während er sich darüber wunderte, bemerkte er die Tränen, die über seine Wangen liefen.

Timmy, ich schwöre, ich hole dich da raus. Ich rette dich. Jetzt bin ich an der Reihe. Ich lasse die Saubande auffliegen und hole dich da raus. Ich verspreche es.

Die Abstände zwischen den Schüssen wurden kürzer. Durch die Pausen entstand ein seltsamer Rhythmus. Einmal lang. Dreimal kurz. Einmal lang. Viermal kurz. Eine Melodie des Grauens und der Verdammnis.

Sein Mund öffnete sich und schloss sich wieder, wie ein Fisch, der auf dem Trockenen nach Luft ringt und schrie einen stummen Schrei aus.

Das Wackeln und Ruckeln des Aufzugs hörte auf. Zack blieb versteinert sitzen. Die Schüsse auf dem Dach verstummten.

Durch die Dunkelheit erkannte er den Rand des Daches nicht mehr. Die Sirene in seinem Inneren schrie Alarm. Sie heulte und zerrte in seinen Ohren. Sie schrie und brüllte ihn an, aufzustehen und fortzulaufen. Zack verstand.

Er kämpfte sich auf seine wackeligen Beine und verließ den Aufzug. Ohne nach links und rechts zu blicken, ohne sich umzusehen und ohne ein festes Ziel, stolperte er geradeaus in die Nacht hinein. Langsam, Schritt für Schritt, immer weiter und weiter bis ihm die Beine den Dienst versagten und er in einer kleinen Seitenstraße auf die Knie fiel. Abgeschieden und abseits ließ er seinen Gefühlen freien Lauf.

»Verdammte Scheiße!«
Kevin fluchte und augenblicklich herrschte ein geordnetes Chaos. Mehrere Wachen stürmten zurück in das Treppenhaus, andere suchten draußen Deckung.
Ein weiterer Schuss zerriss die Nachtluft.
»Zwei links, zwei rechts. Bleibt in Deckung, ich habe keine Lust eure Mami anzurufen.«
Kevin instruierte die übrigen Wachen im Treppenhaus und wartete auf einen ruhigen Moment.
»Los, jetzt.«
Sie stürmten auf das Dach und kurz darauf erklang das monotone Stakkato ihrer Waffen, als die Schießerei auf dem Dach begann.
Ray und Smith folgten der Treppe bis zur Sicherheitstür, die durch einen Keil einen Spalt offen gehalten wurde, und spähten hinaus in den schwarzen kühlen Nachthimmel. Außer dem Aufflackern von Mündungsfeuern, den weißen Rauchfahnen des Schwarzpulvers und den Schreien und Rufen der Wachen, erkannten sie nichts.
Dann wurde es ruhig.
Sie warteten einen Moment und folgten den anderen Männern auf das Dach. Die Wachen standen vereinzelt herum, manche hockten hinter ihrer Deckung. Nach und nach richteten sich alle auf, sahen einander an und sammelten sich in der Nähe der Tür.
»Was ist eben passiert?«
Kevin war außer Atem.
»Einer der Verdächtigen hat das Feuer eröffnet und wir mussten uns zur Wehr setzen.«

»So eine Scheiße! Haben wir irgendwelche Verluste?«
»Nein Sir, alle noch da.«
»Und die beiden Geflohenen?«
Der Wachmann nickte in Richtung des Daches.
»Der, der uns angegriffen hat, liegt dort hinten.«
Kevin wurde ungeduldig.
»Und der andere? Muss ich euch alles aus der Nase ziehen?«
»Den suchen wir noch.«
Der Sicherheitschef riss die Arme hoch.
»Wie, den sucht ihr noch? Wie kann er denn hier oben verloren gehen?«
Der Wachmann ließ sich nicht aus der Ruhe bringen.
»Im Moment suchen wir das Dach ein zweites Mal komplett ab, dann wissen wir mehr.«
»Dann tun Sie das, verdammt noch mal!«
Ray sah sich auf dem Dach um. Es war übersät mit großen Stahlkästen der Klimaanlage. Dicke Rohre zogen ihre Bahnen und versperrten die Sicht, trotzdem würde es nicht sehr lange dauern, bis das Sicherheitspersonal das Dach abgesucht hatte.
Er warf einen Blick dorthin, wohin der Wachmann genickt hatte, und sah eine Person auf dem Boden liegen. Ray trat näher heran und erkannte Timothy Brown. Traurig schüttelte er den Kopf.
»Er ist nicht hier!«
Der Wachmann war zu Kevin zurück gekehrt.
»Was soll das heißen, er ist nicht hier?«
»Naja, er ist nicht auf dem Dach.«
Kevin wurde ungemütlich.
»Und wo zum Teufel ist er dann?«
Die Wache zögerte einen Moment und zeigte auf den Rand des Daches.
»Wir vermuten, dass er den Außenlift der Fensterputzer genommen hat. Ich habe einen Trupp zur Überprüfung nach unten geschickt.«
Kevin nickte.
»Na immerhin etwas. Ich werde sofort dort unten nachsehen.«
Ohne ein weiteres Wort wandte er sich dem Treppenhaus zu und

verschwand in der offenen Tür.

Smith folgte ihm, ohne auf Ray zu achten und Ray schloss sich ihm ebenfalls an. Sie erreichten den Fahrstuhl, dessen Türen sich gerade schlossen und schlüpften in die Kabine, in der Kevin wartete.

»Sie folgen mir wohl überall hin?«

Agent Smith sah ihn an.

»Ich kann Ihnen helfen, wenn Sie ihn finden.«

»Ja vielleicht.«

Er brummte und warf einen ärgerlichen Blick auf Ray.

Schweigend fuhren sie in das Erdgeschoss und verließen das Gebäude. Der Suchtrupp erwartete sie bereits.

»Wir haben ihn verloren. Er war weg, als wir ankamen.«

Kevin nickte.

»Für eine großflächige Suche haben wir keine Leute.«

Er machte eine kurze Pause.

»Es scheint so, als stehen wir wieder da, wo wir vor zwei Tagen waren.«

Ray vernahm die Worte und erinnerte sich an den Deal, den er mit Megan hatte.

Wenn Zack jetzt verschwunden war, war dann sein Deal mit Megan hinfällig? Sofort krampfte sich sein Magen zusammen.

»Finden Sie ihn!«, flüsterte er.

»Bitte!«, fügte er nach einem Moment hinzu.

Er bemerkte, wie Smith ihn musterte. Weder er noch der andere kommentierten seine Bitte.

- 37 -

»Oh Timmy!«
Zack seufzte. Er hatte keine Ahnung, was mit seinem Freund passiert war. Vor seinem inneren Auge sah er immer und immer wieder ihre Flucht, nein *seine* Flucht vom Dach. Timothy, der außerstande war, weiterhin einen Fuß vor den anderen zu setzen und seine Augen, diese flehenden Augen, bohrten sich regelrecht in seinen Hinterkopf. Sein Freund hatte ihm das Leben gerettet und seine Flucht ermöglicht, aber zu welchem Preis?
»Oh Timmy, was hab ich nur getan?«
Noch einmal sah er die Dachkante langsam nach oben steigen, als sich der Fensteraufzug nach unten senkte. Wieder hallte das Stakkato der Schüsse in ihm nach. Von den Erinnerungen geblendet, zuckte er zusammen und hielt sich die Ohren zu. Die Schüsse wurden nicht leiser. Weiterhin ratterten sie und jeder einzelne Schuss verstärkte die zunehmende Übelkeit in seinem Magen. Er würgte und übergab sich. Der bittere Geschmack der Galle brannte in seinem Hals, seine persönliche Strafe.
Dann kam die Stille. Eine weitaus mahnendere Stille, als die Schüsse, die ihn eben bedrückten.
Was ist passiert? Haben sie Timmy erschossen? Ihn kaltblütig ermordet? Sind ihm die Kugeln ausgegangen? Hat er sich ergeben?
Wieder kreisten seine Gedanken über den Ausgang des Schusswechsels auf dem Dach. Es gab viel zu viele Möglichkeiten. Erneut krampfte sich sein Magen zusammen. Diesmal behielt er seinen Inhalt bei sich.
Im besten Fall hatten sie ihn verhaftet. Im schlimmsten Fall...
Diesen Gedanken wollte er nicht zu Ende denken. Da fiel ihm ein Satz ein, den Timothy vor nicht einmal zwei Stunden zu ihm gesagt hatte.
»*Wir sind jetzt keine Verdächtigen mehr, sondern belastende Zeugen. Und man weiß ja, was mit unerwünschten Zeugen pas-*

siert.«

Zack schauderte. Die Haare an seinem Nacken stellten sich auf und ein eiskalter Schauer lief ihm den Rücken herunter.

Er stieg im erstbesten Hotel für eine Nacht ab. Sein Zimmer bezahlte er bar. Dank des Asservatensafes hatte er wieder ausreichend Bargeld bei sich, um sich mehrere Tage über Wasser zu halten. Der Mann am Empfang runzelte bei seinem Anblick die Stirn, nahm sein Geld aber trotzdem. Zack war es egal. Er sah aus wie ein Penner von der Straße, verschwitzt und stinkend. Seine Kleider waren verdreckt und voller Schmutz. Die Spuren der Flucht und der Aufenthalt in der Zelle waren nicht zu übersehen. Seine Haut war zerkratzt und verschorft, er hatte Blessuren an Armen, Beinen und im Gesicht und er benötigte dringend eine Dusche. Seine Hose hatte Risse bekommen, an seinen Händen klebte Öl vom Aufzug und er stank. Doch im Moment hatte er andere Sorgen.

Auf seinem Zimmer angekommen, schaltete er als erstes den Fernseher ein und suchte einen Nachrichtenkanal. Die aktuellsten Nachrichten wurden von einer adrett gekleideten jungen Frau verlesen. In der Zeit ließ er Wasser in die Badewanne laufen. Am meisten interessierte ihn, was die Medien über die Schießerei auf dem Dach berichteten. Das Top-Thema des Abends war ein nichteingelöstes Wahlversprechen über die Sanierung der öffentlichen Schulen und der unerklärliche Rücktritt des Senators William Bade.

Zack seufzte erneut. Er erhoffte sich zumindest eine Kleinigkeit, einen kleinen Satz oder ein kurzes Bild über das Geschehen auf dem Dach, vielleicht sogar ein Lebenszeichen von Timothy. Die Nachrichten brachten darüber gar nichts. Als wäre nie etwas passiert.

Er stieg in die Wanne, tauchte im warmen Wasser unter und hielt die Luft an, solange er konnte. Sensorische Deprivation: Alle Sinne abschalten. Kein Geschmack, kein Geruch, nur der gleichmäßige Druck des Wassers und die konstante Wärme waren seine einzigen Empfindungen. Einen Moment lang war er nur für sich und mit den Erinnerungen der letzten Stunden. Es brauchte Zeit, sie zu verarbeiten. Immer und immer wieder schossen ihm die Bilder durch den Kopf. Timothy, wie er ihn mit großen und entschlossenen Augen ansah. Timothy, der sonst immer der Ängstliche war. Timothy, der immer auf ihn aufpasste.

Scheiße, ohne Timothy säße er jetzt immer noch in seiner Zelle! Timothy hatte ihm an diesem Abend zweimal das Leben gerettet. Gerade vor ein paar Tagen hatten sie seinen Geburtstag gefeiert und jetzt war er nicht mehr am Leben.

Natürlich ist er noch am Leben.

Eine entschlossene Stimme in seinem Kopf war nicht bereit ihn aufzugeben, ihn loszulassen. Natürlich ist er das. Er war ja gerade noch hier, da kann er nicht tot sein.

Warum musste ich mir auch unbedingt die Geschichte von dieser Melissa anhören?

Wäre er nur weiterhin wie ein dummes Schaf durch die Stadt gelaufen. Manchmal sind es Kleinigkeiten, wie der Flügelschlag eines Schmetterlings, die große Dinge ins Rollen bringen und Veränderungen hervorrufen.

Veränderungen! Was habe ich denn verändert? Gar nichts! Ich habe alle durch meine dämliche Neugier in Gefahr gebracht. Timmy, Melissa, Jasmin, mich!

Jasmin! Ohne Timothys Geburtstag hätte er Jasmin nicht kennengelernt. Sofort hatte er ihr schmales Gesicht vor Augen, ihre strahlenden, blauen Augen und ihr charmantes Lächeln. Nur zu gerne wollte er sie umarmen, festhalten und ihr sein Herz ausschütten. Aber Jasmin durfte er nicht besuchen. Damit brachte er sie in noch größere Gefahr, als sie jetzt schon war. Diese Leute wussten alles über ihn. Und mit alles meinte er wirklich alles.

Er stieg aus der Wanne, trocknete sich ab und zog sich wieder an. In den Nachrichten gab es weiterhin keine Notiz über die Schießerei. Zack schaltete den Fernseher aus und sah sich in seinem Zimmer um. Die Minibar enthielt eine kleine Flasche Whiskey. Er trank sie in einem Zug leer, danach den Kräuterlikör und den Wodka. Anschließend den Cognac. Es schmeckte alles gleich. Nachdem er in der Minibar nichts mehr fand, verließ er besseren Wissens sein Zimmer und ging nach unten in die Hotelbar. Ohne auf die anderen Gäste zu achten, setzte er sich an den Tresen und bestellte sich Tequila. Er hasste Tequila. Als Jugendlicher hatte er damit schlechte Erfahrungen gemacht. Die Sky Sox, das Baseball-Team seiner Lieblingsmannschaft, hatte es damals als Außenseiter bis in das Finale der Major League geschafft. Sie hatten sich souverän gegen übermächtige Gegner durchgesetzt und es trennte sie nur noch ein Spiel vom lang ersehnten Titel. Eine Karte und die Fahrt zum Austragungsort konnte er sich nicht leisten, also besuchte er das organisierte Public Viewing im Stadion des Teams. Es gab Bier und Sprechgesänge, Anfeuerungen und Laola-Wellen. Das Spiel blieb bis zum letzten Inning spannend. Dann geschah das Unerwartete. Etwas, womit keiner gerechnet hatte. Etwas, was unmöglich schien. Etwas, das nicht passieren durfte. Sie verloren.

Nach dieser brutal niederschmetternden Niederlage zog der Mob in eine nahe Kneipe, die unter den Jugendlichen sehr beliebt war. Das lag weniger am Ambiente als an den Preisen. Die billigste Limonade war teurer als Bier und Bier war teurer als Schnaps. Normalerweise herrschte dort eine raue Atmosphäre, doch an diesem Abend war alles anders. Man bemitleidete und tröstete sich gegenseitig, weniger mit Worten als mit Getränken und Trinksprüchen. An diesem Abend lernte Zack Tequila kennen. Natürlich kannte er Tequila schon vorher. Doch an diesem Abend lernte er Tequila *richtig* kennen. Tequila mit Salz und Zitrone. Für nur einen Dollar. Jeder gab abwechselnd eine Runde aus. Er wusste nicht mehr, wie viele Leute dort waren oder mit wie vielen Freunden er hinein gegangen war. Er erinnerte sich lediglich an die letzten beiden mit denen er die Kneipe verließ. Ihm war entfallen, wie viel sie getrunken hatten. Es war eindeutig zu viel. Die Straße war in der Zwischenzeit weich geworden. Seine Füße versanken im Teer, wie in Gummi oder einem Schwamm und kaum hatte er sein Gleichgewicht stabilisiert, drehte ihn jemand im Kreis.

Der Heimweg war anstrengend und dauerte länger als sonst. Er kam den Umständen entsprechend sicher und gesund nach Hause und war froh, endlich in seinem Bett zu liegen und die Augen schließen zu können. Selbst mit geschlossenen Augen drehte sich die Welt in seinen Kopf. Das Laufen war besser als das Liegen und kurze Zeit später hielt er die Kloschüssel zwischen seinen Händen und ließ sich die Hälfte der Getränke noch einmal durch den Kopf gehen. Das war das letzte Mal, dass er Tequila getrunken hatte, bis heute.

Im Gegensatz zu seiner Jugend schmeckte der Tequila ihm heute überhaupt nicht. Es bewahrte ihn vor einer Überdosis. Zack bezahlte seine Drinks, ging auf sein Zimmer und ließ sich in sein Bett sinken. Dank des Alkohols fiel er in einen traumlosen Schlaf und er war dankbar dafür. Lieber keinen Traum als keinen Schlaf oder die Albträume, die ihn ab sofort jede Nacht überwältigen würden.

- 38 -

Er pikste eine Kartoffel mit seiner Gabel auf und schob sie einmal quer über den Teller, bevor er sie mit seinem Messer halbierte, in den Mund steckte und lange darauf herum kaute. Anfangs erzählte Kacey von ihrem Tag, in der Hoffnung ihn abzulenken und auf andere Gedanken zu bringen. Ohne Erfolg. In Rays Kopf herrschte Chaos.

»Was ist denn los, Schatz?«

Er sah seine Frau an und schluckte den Bissen herunter.

»Was ist passiert?«

Ray holte tief Luft und atmete geräuschvoll aus.

»Erinnerst du dich an die beiden Flüchtigen, von denen ich dir erzählt habe?«

Kacey nickte.

»Ja, nur durch dich konntet ihr sie festnehmen.«

Ray lächelte ein müdes Lächeln.

»In der Tat.«

»Und du solltest sie befragen.«

Wieder nickte Ray.

»Auch das ist richtig. Aber heute ist etwas passiert.«

Er konnte sehen, wie ihr die Frage nach dem *was* auf der Zunge lag. Sie schwieg und wartete. Ray benötigte einen Moment und legte sich die folgenden Worte zurecht. Es entstand ein Moment der Stille. Selbst das Essen blieb unangetastet.

»Heute sollte ich den Zweiten der beiden befragen, doch sie sind geflohen.«

»Sie sind was?«

Kacey riss ihre Augen auf.

»Wie konnte das passieren?«

Ray ließ die Frage unbeantwortet und zuckte mit den Schultern.

»Nun ja, die gute Nachricht ist, dass wir einen von beiden auf dem Dach erwischt haben.«

Das Timothy Brown niedergeschossen wurde, ließ er aus. Kacey staunte und schloss ihren Mund.

»Und der andere?«

Ray verzog einen Mundwinkel und sprach leise und bedrückt weiter.

»Der ist abgehauen.«

»Vom Dach?«

»Ja. Vom Dach. Mit einem Außenaufzug, auf und davon.«

Kacey sah ihn irritiert an.

»Wieso nur einer und nicht beide?«

Er überlegte. Über diese Frage hatte er noch nicht nachgedacht.

»Das ist eine gute Frage. Ich weiß es nicht. Vielleicht ist der eine nur gestolpert oder wollte nicht oder... Ach was weiß ich.«

Sie legte ihm eine Hand auf den Arm und setzte ihr Essen fort.

»Ray, das kommt wieder in Ordnung. Du hast sie einmal gefunden, du wirst es wieder tun.«

Wieder lächelte er nur müde.

»Du bist gut in deinem Job. Du wirst ihn finden!«

Ihre Aufmunterung half ein wenig.

»Danke, Kacey.«

Du stehst übrigens unter Beobachtung. Ich muss dich säubern, Schatz. Weißt du, das ist eigentlich ungefährlich. Ich sehe täglich Berichte, in denen Menschen nicht einmal mitbekommen, dass sie mit einem Naniten-Virus infiziert werden. Sie vergessen einfach. Fertig. Aus. Wahrscheinlich hätte ich überhaupt keine Bedenken bei dir, wenn ich nicht die anderen Berichte gesehen hätte, die Ausnahmen. Die tödlichen Ausnahmen. Ich möchte dich nicht verlieren, Schatz. Ist das so schwer zu verstehen?

»Worüber denkst du nach?«

Sie drückte seinen Arm.

Soll ich es ihr sagen? Wird sie es verstehen?

Er sah ihr lange in die Augen, bevor er sich entschied.

»Da ist noch etwas.«

»Ja, was denn?«

»Du weißt, dass ich einen Großteil meiner Zeit damit verbringe, Videos auszuwerten und zu analysieren.«

Sie nickte.

»Vor ein paar Tagen, kurz bevor wir unser Barbecue mit Trish und Marcus hatten, schloss ich eine Videoauswertung falsch ab.«
Kacey sah ihn an und wartete, dass er weitersprach. Er hatte gehofft, sie würde nachfragen.
»Nun ja, mein Ergebnis wurde geprüft und ich stehe im Moment nicht gut da.«
»Aber ein Fehler kann jedem Mal passieren, Ray.«
Sie schenkte ihm ein strahlendes Lächeln.
Vielleicht hast du recht. Aber sicherlich nicht solch ein Fehler!
»Kannst du ihn denn wieder in Ordnung bringen?«
Oh Kacey!
Ray war sich nicht sicher, wie er darauf antworten sollte und schluckte erneut.
»Ja, das könnte ich.«
Mit einem gewissen Risiko!
Wieder strahlte sie ihn an.
»Na dann ist doch alles super. Mach das! Bring den Fehler in Ordnung und du musst dir keine Gedanken mehr machen!«
Leider ist das nicht ganz so einfach, Schatz. Würdest du genauso reagieren, wenn du wüsstest, dass es um dich geht?
»Hmmh.«, war alles, was er dazu herausbrachte.
Kacey aß fertig und stand auf. Sie warf einen Blick auf seinen Teller und sah ihn mit fragenden Augen an.
»Magst du nicht mehr? Ist es so schlimm?«
Ray stand auf, nahm seinen Teller und half ihr beim Abräumen.
»Alles wird gut, Ray. Alles wird gut.«
Heute Abend würde er von ihrer Zahnbürste eine Probe nehmen und damit sein Cleankit prägen. Wieder ein Schritt, der ihm neue Zeit verschaffte. Über den darauf folgenden Schritt musste er reichlich nachdenken. Vor ihm fürchtete er sich. Er schien in so weiter Ferne, dass er sich darüber jetzt keine Gedanken machte.

- 39 -

»Ray, ich weiß wirklich nicht, wie lange ich Ihr Fehlverhalten noch tolerieren kann!«
Megan blieb ruhig, aber ihre Stimme bebte.
»Sie haben *uns* nicht nur hintergangen und enttäuscht, sondern den Code Red laufen lassen. Damit haben wir zwei Code Red innerhalb weniger Tage. Diese Situation ist bisher einmalig, Mr. Smith und man wird nach dem Verantwortlichen suchen. Glauben Sie mir, dass ich meinen Kopf nicht dafür hinhalten werde.«
Er schluckte. Zum Glück saß er auf dem Stuhl auf der anderen Seite ihres Schreibtisches. Seine Knie zitterten so stark, dass er fürchtete, vom Stuhl zu fallen. Megan erinnerte ihn, was in den letzten Tagen passiert war.
»Zuerst decken Sie Ihre Frau und untergraben meine Autorität. Dann dauert es *Tage*, bis Sie eine Akte von ihr angelegt haben und dann wiederum *Tage*, bis Sie ihr Cleankit abholen. Selbst danach dauert es noch einmal *Tage*, bis Sie eine Probe analysieren ließen!«
Natürlich waren die Zeiträume übertrieben, doch sie hatte recht. Ray schob es lange vor sich hin, immerhin war Kacey *seine Frau*. Aber Megan war noch nicht fertig.
»Dann kommt der Code Red dazu und Sie haben diese einmalige Chance, sich zu rehabilitieren. Und was machen Sie daraus? Sie lassen einen von beiden laufen!«
Er öffnete den Mund und wollte etwas sagen. Megan ließ ihm keine Chance.
»Ja, wir haben einen und was ist mit dem anderen? Was, wenn er jetzt überall seine Geschichten herumposaunt? Wollen Sie wirklich, dass jede gottverdammte Zeitung, jeder gottverdammte Radiosender und jede einzelne gottverdammte TV-Station der Welt sich auf die Suche nach uns macht? Wollen Sie das wirklich?«
Ray schüttelte den Kopf. Es hatte keinen Sinn, Megan darauf aufmerksam zu machen, dass es nicht seine Schuld war. Johnny

hatte sich von Timothy Brown übertölpeln lassen und damit den beiden die Flucht ermöglicht. All das hatte er in der Akte des Code Red protokolliert. Doch wenn er Megan jetzt widersprach, wurde sie nur wütender und falls es schlecht lief, setzte sie ihn sofort vor die Tür. Das allerdings bedeutete, dass sich jemand anderes um Kacey *kümmern* würde und das wollte er um jeden Preis vermeiden. Also saß er nur da, wie ein Schluck Wasser, und ließ ihre Standpauke über sich ergehen.

»Es tut mir leid.«

»Das möchte ich auch für Sie hoffen! Kümmern Sie sich um diesen Code Red und beenden Sie endlich die Akte von Ihrer Frau!«

Da war der giftige Pfeil und traf genau ins Schwarze. Ray starrte Megan an, erhob sich von dem Stuhl und verließ ihr Büro.

Zurück an seinem Platz durchforstete er die Akte von Zack Logan, die inzwischen beachtlich angewachsen war. Er konnte sich an keinen vergleichbaren Fall erinnern, bei dem sie so viele Informationen über eine Zielperson gesammelt hatten. Wahrscheinlich befanden sich in dieser Akte mehr Informationen über ihn, als er selbst wusste.

Das Problem mit Kacey würde er selbst lösen, vielleicht nicht sofort, vielleicht auch nicht morgen. Viel wichtiger war es im Moment, diesem Zack Logan auf die Spur zu kommen. Er würde mit hoher Sicherheit bedeutend vorsichtiger vorgehen, nachdem er sich über die Nutzung seiner Kreditkarte selbst ins Fadenkreuz manövriert hatte. Vielleicht macht er einen weiteren Fehler. Währenddessen versuchte Ray so viele Überwachungsmöglichkeiten wie nur möglich zu bekommen. Von ihren eigenen Tools bis hin zur Nutzung und Auswertung von Überwachungskameras auf öffentlichen Plätzen. Allerdings war das eine äußerst mühselige Arbeit, die ihn mehrere Stunden Zeit kostete und am Ende erfolglos blieb. Die Handydaten hatte er bereits ausgewertet. Zack hatte seine Standortfreigabe nicht aktiviert, so dass nicht eindeutig war, wo sich sein Handy aufhielt, wenn es kurzfristig eingeschaltet war. Seit der Flucht von der SCC war es wie vom Erdboden verschluckt. Es wunderte Ray nicht im Geringsten. Jeder Mensch wusste, dass Handysignale geortet werden konnten. Warum sollte

Zack sich der Gefahr aussetzen, es zu riskieren?

Ray prüfte die verknüpften Akten und die zugehörigen Status. Unter anderem fand er zwei Abschlussberichte, die er sich näher ansah.

- 40 -

Das war zur Abwechslung ein anderer Auftrag. Nicht immer nur Opas, die sich im Ton vergriffen oder ihre Meinung offen äußerten. Es war nicht das Gelbe vom Ei, die Cremé de la cremé, aber immerhin hatte er jetzt eine Journalisten-Schlampe, die sich zu weit nach vorn gewagt hatte. Als David den Auftrag erhielt, war er sofort dabei und beschloss, ihr mehr Zeit zuzugestehen als anderen Zielobjekten. Dass sie für eines der größten Blätter von Colorado Springs arbeitete, machte die Sache noch interessanter. Es war das Salz in der Suppe, denn er wollte um jeden Preis diskret vorgehen. Kein Aufsehen, keine Auffälligkeiten und so einfach wie möglich.

Zuerst musste er herausfinden, wie viel Melissa bereits dokumentiert hatte. Das war einfach. Er forderte eine Überwachung ihres Büros und ihrer Kollegen an. Schnell spähte er mittels Fernzugriff ihre Passwörter und Zugriffsdaten aus, sowohl von ihrem Firmen-PC als auch von ihrem privaten Laptop.

Melissa verbrachte den Großteil des Tages auf Arbeit und war selten zu Hause. Ihre Tür öffnete er binnen Sekunden und schnell war David klar, dass er einen Single-Haushalt vor sich hatte.

Kein Wunder, wenn du den ganzen Tag arbeitest. Welcher Mann will denn nur an sich selbst herumspielen?

Ihre Wohnung war einfach, funktionell und sauber. Hier und da stapelte sich Papier oder Wäsche. An den Staubspuren in den Regalen erkannte er, dass viele Bücher unbenutzt waren. Sie hatte kein eigenes Arbeitszimmer, doch ihr Laptop stand zusammengeklappt auf ihrem Couchtisch. Ihr Tablet lag daneben. David ließ sich auf das Sofa plumpsen, öffnete den Laptop und gab das erspähte Passwort ein. Er erhielt Zugriff auf alle ihre privaten Dateien. Ihre Dropbox enthielt hauptsächlich Fotos von ihrem Handy, nur wenige andere Dokumente und einen kleinen VPN-Connector, mit dem sie sich in ihr Firmennetz einwählen konnte. Er ignorierte ihn. Ihm war klar, dass diese Zugriffe protokolliert wurden und zeitgleiches Einloggen sowohl von ihrem Arbeits-PC als auch ihrem Laptop zu Hause, konnte neugierige Administratoren aufwecken. Stattdessen verfolgte er ihren Browser-Verlauf und schmunzelte bei der Liste ihrer zuletzt besuchten Webseiten.

Soso, du besorgst es dir also vor dem Laptop selbst.

Er fand private Details und Informationen, die ihn nicht interessierten. Unterlagen über ihre Recherche oder einen vorbereiteten Artikel fand er nicht. Er rechnete auch nicht damit. Die meisten Journalisten bewahrten ihre Entwürfe im firmeneigenen Content Management System auf, wo sie nicht nur einfacher bearbeitet, sondern vor allem regelmäßig gesichert wurden. Trotzdem checkte er anschließend ihr Tablet und durchforstete ihre Papierakten, die sich in einem kleinen Container in der Ecke des Wohnzimmers befanden. Alles ohne Erfolg. Er war sich sicher, dass sie keine sensiblen Daten zu Hause hinterlassen hatte.

Am Kühlschrank hingen eine Karte aus Hawaii und eine Geburtstagskarte, die mehrere Monate alt war. Der Inhalt war ernüchternd. Bis auf etwas Gemüse, Obst, Käse und Brot fand er zwei Flaschen Wein und im Tiefkühlfach eine Flasche Wodka.

So gefällst du mir schon besser.

Ihr Bett im Schlafzimmer war ordentlich gemacht und ihr Nachthemd lag sauber zusammengelegt unter ihrem Kopfkissen. Er öffnete ihre Schränke, deren Inhalte penibel geordnet waren. David fragte sich, woher Melissa die Zeit nahm, alles fein säuberlich einzuordnen. Eine Kommode enthielt Dessous und Unterwäsche und er war nicht über den kleinen Schuhkarton unter ihrem Bett überrascht. Er enthielt Spielzeug, das zu ihrem Browserverlauf passte.

Wenn du Schlampe jünger wärst, würden wir uns sehr gut verstehen.

Im Bad klopfte er ihre Haarbürste auf einer Folie aus und sammelte die herabgefallenen Hautschuppen, zusammen mit einigen Haaren ein. Das genügte als Probe. Noch am selben Abend hatte das Cleankit die Probe analysiert und programmiert.

Die größere Herausforderung lag in der Überprüfung ihres Arbeitsplatzes. Ständig schien dort jemand tätig zu sein und nachts wartete eine scharfe Alarmanlage darauf, endlich ihre Sirenen heulen zu lassen.

Oh man, das Ding ist stärker gesichert als Fort Knox. Was ist so besonders an ein paar Schlagzeilen?

David hatte dafür kein Verständnis. Wer die Schlagzeile als erstes herausbrachte, verdiente damit sein Geld. *No news are good news*, traf überhaupt nicht zu. *Any news are good news*, dagegen schon. Längere Zeit unbemerkt dort zu verbringen, erschien unmöglich. Erst recht eine Suche nach Daten. David hatte eine Idee.

Er tauschte seinen Anzug gegen einen älteren Mantel und klappte den Kragen hoch. Mit tief in den Taschen vergrabenen Händen betrat er das Büro der Redaktion zur Mittagspause. Einige Arbeitsplätze waren besetzt. Keiner der Anwesenden nahm Notiz von ihm. Er setzte sich an einen freien Arbeitsplatz und schaltete den PC ein. Ein Mann, der einen Tisch weiter saß, sah kurz von seinem Monitor auf und zu ihm herüber. David bereitete sich darauf vor, schnell zu fliehen oder falls das nicht half, den anderen in einen Kampf zu verwickeln. Der Mann nickte ihm freundlich zu und wandte sich wieder seinem eigenen Monitor zu. David entspannte sich.

Der PC fragte ihn nach seinen Login-Daten. Erneut nutzte er die ausgespähten Daten von Melissa. Über einen USB Stick schleuste er ein kleines Programm in ihr Benutzerkonto, das sich selbst startete, wenn sie sich zukünftig einloggte. Er entfernte den Stick und verbarg ihn in seiner Manteltasche. Anschließend fuhr er den PC herunter und verließ die Redaktion. Ab sofort hatte er jedes Mal, wenn sich Melissa auf Arbeit in ihr Firmennetzwerk einloggte, von außen Zugriff auf ihren PC und konnte vollkommen unbemerkt in ihren Daten schnüffeln. Der Trojaner war als Browser-Erweiterung getarnt und für einen Systemadministrator sah es aus, als würde Melissa im Internet surfen. Er musste nicht lange warten. Bereits am nächsten Tag erhielt er auf seinem Laptop eine Benachrichtigung über eine offene Verbindung zu Melissas Rechner.

David öffnete die Verbindung über den Trojaner und sah Melissas Bildschirm. Er sah, was sie sah. Jeder Tastenanschlag und jede Mausbewegung wurde registriert und auf seinem PC synchron dargestellt. Parallel öffnete er ein zweites Fenster, in dem er Zugriff auf ihr Dateisystem hatte. Solange die Verbindung stand und Melissa eingeloggt war, konnte er ungestört in ihren Daten und Dokumenten suchen, sie lesen und bearbeiten. Vorerst begnügte er sich damit, die Daten in Melissas Firmennetzwerk zu analysieren.

Zuerst prüfte er ihre offenen Entwürfe. Es handelte sich um kleinere Reportagen über diverse lokale Persönlichkeiten, nichts, was ihn interessierte. Ihre zur Freigabe gesendeten Dokumente waren völlig belanglos. Er verbrachte lange Zeit in ihrem System und suchte nach versteckten Daten, Bildern und Dokumenten. Alles war negativ. Er fand eine Telefonnummer von Peter Stinton, der nicht mehr mitspielte. Er wollte die Verbindung gerade trennen und warf einen letzten Blick auf Melissas aktiven Bildschirm. Tatsächlich schrieb sie gerade an einem Artikel über Gedankenkontrolle. Es war kein Dokument in ihrem Content Management System, sondern eine einfache, stupide Word-Datei mit dem treffenden Titel *Einkaufsliste*.

»Du weißt tatsächlich etwas. Ich fürchte jedoch, nicht mehr lange.«

Er wartete geduldig, bis Melissa ihre Arbeit beendete und ihr Schreibprogramm schloss. Für ihn war es nur ein Tastendruck und das vorher selektierte Dokument verschwand von ihrem PC. Er verschob es nicht in den Papierkorb, sondern löschte es direkt. Zur Sicherheit prüfte er anschließend den Papierkorb. Ihr Dokument *Einkaufsliste* war endgültig verschwunden. Danach trennte er die Verbindung, schaltete seinen Laptop aus und begab sich zu einem kleinen italienischen Bistro, in der Nähe ihrer Redaktion. Auf einem Prepaid-Handy wählte er ihre Nummer.

»Ist dort Melissa Lockwood?«

Melissa bestätigte seine Frage.

»Ich habe Informationen über eine geheime Organisation und Gedankenmanipulation. Sind Sie interessiert?«

Natürlich war sie das.

»Ich bin in einem kleinen italienischen Bistro, unweit der Gazette, kennen Sie dieses?«

Er hatte es nicht ohne Grund ausgewählt. Für sie war es eine bekannte Umgebung und sie würde die ganze Zeit glauben, die Fäden in der Hand zu halten. Sie würde nicht merken, dass er sie an der Nase herumführte.

»Vielen Dank, ich werde dort auf Sie warten.«

- 41 -

Melissa betrat kurz nach ihrem Telefonat mit David das kleine italienische Bistro und sah sich um. David beobachtete sie für einen Moment von seinem Platz, der von einer hellen Lampe erstrahlt wurde. Der Tisch hinter ihm lag im Dunkeln. Zögernd hob er eine Hand und deutete ein Winken an. Seine Zaghaftigkeit kam gut an. Kurz darauf saß Melissa ihm gegenüber.
»Wer sind Sie?«
»Das möchte ich nicht sagen. Die sind hinter mir her.«
David sah sich nach allen Seiten um. Melissa nickte.
»Ich verstehe, wie soll ich Sie dann nennen?«
»Nennen Sie mich Jim.«
»Also gut, Jim, wer ist hinter Ihnen her und was wissen Sie.«
Oh, ich weiß so einiges über dich, du freches Luder!
»Sie haben meinem Kumpel irgendetwas angetan.«
Er gestikulierte wild mit den Armen.
»Jim, beruhigen Sie sich, möchten Sie einen Kaffee?«
Sie legte ihm beschwichtigend eine Hand auf den Arm.
David nickte. Melissa winkte den Kellner heran und bestellte auf italienisch zwei Kaffee. Der Ober nickte und verschwand.
»Fangen wir von vorne an. Was ist passiert?«
David taxierte sie für einen Moment, bevor er sprach.
»Haben Sie ein Diktiergerät dabei? Sie nehmen das ganze Gespräch nicht etwa auf?«
Wieder sah er sich nervös im Raum um und Melissa hob abwehrend die Hände.
»Nein, Jim, ich nehme unser Gespräch nicht auf. Es ist völlig informell, nur unter uns beiden. Ich weiß noch nicht, worum es überhaupt geht.«
David war inzwischen komplett in die Rolle von Jim geschlüpft. Statt eines selbstbewussten, arroganten Agenten war er nun ein von Nervosität getriebenes ängstliches Häufchen Elend, dass sich selbst nicht wertschätzte. Dieses Spiel gefiel ihm und machte ihm

Spaß.

»Es begann alles vor ein paar Wochen. Mein Kumpel Bob arbeitet auf dem Bau und hat dort einen Kollegen Peter. Ich weiß nicht mehr genau, worum es ging, doch Bob hat immer viel von Peter erzählt, bis vor ein paar Tagen. Da hat er sich *verändert*.«

Absichtlich betonte er das letzte Wort. David wusste, dass Melissa den Namen Peter kannte. Spätestens wenn sie den Nachnamen erfuhr, hatte er sie komplett an der Angel. Der Kellner brachte die zwei Kaffee und stellte sie auf ihren Tisch.

»Inwiefern hat er sich verändert?«

»Nun ja, von heute auf morgen hat er Dinge *vergessen*. So hatten sie am Vortag bestätigt, sich zum Spiel der Buffaloes zu treffen. Peter hatte extra Karten besorgt. Als Bob ihn dann an dem Tag abholen wollte...«

David machte mit seinen Armen eine verteilende Geste und blieb still.

»Hatte er ihren Termin vergessen?«

David nickte.

»Das kann passieren, warum ist das auffällig?«

»Aber das war doch sein Geschenk!«

Sie sah ihn irritiert an.

»Wie bitte? Was war sein Geschenk?«

»Na die Karten!«

Da Melissa nicht schnell genug darauf ansprang, holte David weiter aus.

»Peter schenkte Bob die Karten zum Geburtstag und vergisst dann einfach, dass sie dorthin wollten?«

»Vielleicht hatte er an dem Tag einfach viel um die Ohren?«

Es schien David, als wollte sie die Zusammenhänge nicht verstehen oder sie wartete tatsächlich auf einen stärkeren Beweis.

»Nein, Ms. Lockwood. Dieser Stinton erinnerte sich immer an alles, der vergaß nie etwas. Nicht einmal Telefonnummern und die stehen ja nun wirklich nur im Adressbuch. Wann wussten Sie das letzte Mal eine Telefonnummer auswendig? Sie tippen auf den Namen und es klingelt. Aber Stinton kannte die Nummern immer *alle*. Wieso sollte er da ein Geburtstagsgeschenk vergessen?«

»War er an dem Tag vielleicht nicht allein?«
Dann stutzte sie.
»Was sagten Sie? Wie war sein Name? Peter Stinton?«
Jetzt hatte er sie. David nickte.
Wurde ja auch endlich Zeit. Bist heute nicht gerade die Hellste!
»Ja, das sag ich doch die ganze Zeit!«
Bevor er weitersprechen konnte, unterbrach sie ihn.
»Wie sieht dieser Peter Stinton aus?«
David starrte sie fragend an und zögerte einen Moment. Nicht, weil er es nicht wusste, sondern er wollte glaubhaft wirken.
»Aber ich bin noch gar nicht fertig, es geht doch um Bob.«
»Bitte Jim, wie sieht Peter aus? Danach kommen wir zu Bob.«
Er beschrieb ihr das Bild, dass er aus der Akte kannte. Tatsächlich hatte er Peter Stinton nie im Leben getroffen. Immer wieder nickte Melissa zwischendurch.
»Danke Jim, was hat das jetzt mit Bob zu tun?«
»Nun ja...«
Er machte eine kurze Pause.
»Bob hat sich total über Peter aufgeregt, also habe ich ihn auf ein Bier eingeladen.«
Er trank einen Schluck aus seiner Tasse, bevor er weiter sprach.
»Und nachdem wir ein paar Bier getrunken haben, ließ sich Bob über Peter aus, Sie wissen schon.«
Melissa wartete.
»Nun ja, er hat ihn regelrecht schlecht gemacht. Zumindest hat er Peter oft zitiert und es klang nicht, als ob Peter paranoid wirkte. Es ging auch um irgendeinen Dean, und dass Dean ebenfalls von heute auf morgen Dinge vergessen hatte.«
Er hatte eindeutig ihr Interesse erregt. Sie ließ es sich nicht anmerken.
»Verstehen Sie? Erst dieser Dean, dann Peter, und jetzt...«
David schlug sich die Hände vor sein Gesicht und holte tief Luft.
»Jetzt auch Bob?«
Er nickte.
»Ja, jetzt auch Bob. Erst gestern habe ich ihn wieder getroffen

und ich fragte ihn, ob zwischen Peter und ihm wieder alles in Ordnung sei.«

David schniefte.

»Bob wusste nicht einmal, dass Peter ihm Karten für die Buffaloes geschenkt hatte!«

Er schüttelte seinen Kopf.

»Peter hatte Bob zur Sicherheit ihre Nummer gegeben, und Bob gab sie mir. Nachdem sich das alles wiederholt, habe ich Angst, dass ich der nächste bin.«

Den letzten Satz flüsterte er so leise, dass sie ihn kaum verstand.

Melissa starrte ihn lange an. David beschloss sie herauszufordern.

»Sie glauben mir nicht!«

Er erhob sich von seinem Platz.

»Vielleicht sollte ich lieber gehen.«

Nach zwei Schritten legte sie ihm ihre Hand auf seinen Arm.

»Warten Sie. Ich möchte hören, was Sie zu sagen haben.«

Das war die Chance, auf die David wartete. Mit seiner anderen Hand, drückte er ihr das Cleankit auf die Hand. Von außen sah es aus, als ob er ihre Hand zwischen seinen hielt. Er wartete die Reaktion ihrer Augen ab und schüttelte dann den Kopf.

»Ich glaube, das müssen wir auf ein anderes Mal verschieben. Schönen Abend Ms. Lockwood.«

David verließ das Bistro. Er streifte Jims Hülle von sich ab und ließ die imaginäre Person zusammen mit Melissa Lockwood im Bistro zurück. Die Reporterin starrte auf ihre Tasse und David verschwand, bevor sie sich zu ihm umdrehen konnte.

Noch am gleichen Abend setzte er den Status der Akte auf *Abgeschlossen* und hing das Videoprotokoll an.

David war an diesem Abend stolz auf sich. Mit einem Whiskey feierte er seinen grandiosen Einfall, die Reporterin mit der Wahrheit zu ködern, um sie dann ohne weitere Informationen, gesäubert sitzen zu lassen. Zudem hatte er seinen Auftrag erledigt. So schnell suchte sie nun nicht mehr nach ihnen.

- 42 -

Zack schlug am nächsten Morgen die Augen auf und wollte sie am liebsten sofort wieder schließen. Jede einzelne Faser, jeder Muskel seines Körpers schmerzte, als hätte er gestern an einem Triathlon teilgenommen.
Was zum Teufel? Wo bin ich? Was ist passiert?
Es dauerte einen Moment, dann hämmerte die Erinnerung auf ihn ein, wie ein Hammer auf einen Amboss. Jedes kleine Detail, das er am liebsten vergessen hätte, stach in seinen schmerzenden Kopf und verursachte höllische Kopfschmerzen. Ein Teil stammte vom Alkohol, der Rest lag an den traumatischen Erlebnissen des gestrigen Tages.
Timmy!
Was war mit ihm? Erneut durchlebte er die letzten Momente. Die Schüsse und die einsetzende gespenstische Ruhe.
Zack quälte sich aus dem Bett und nahm eine Dusche. Sie frischte den Körper auf, seinem Kopf half sie nicht. Es gelang ihm einen Teil der Geister, die ihn quälten, für den Moment abzuwaschen und wegzuspülen. Hoffentlich lange genug, um sich zu sortieren.
Das Frühstück im Restaurant des Hotels beschränkte sich auf eine Kanne Kaffee und eine kleine Schüssel Cornflakes. Sein Körper verweigerte jegliche Nahrung, doch Zack zwang sich, wenigstens eine Kleinigkeit drin zu behalten. Wer wusste, was der Tag ihm brachte und wann er das nächste Mal etwas zu Essen bekam.
Sein leerer Blick streifte die anderen Gäste, die ihr Frühstück sichtlich genossen. Einige lachten und unterhielten sich, andere lasen die Zeitung. Zacks Blick erstarrte auf der Zeitung auf seinem Tisch. Er las weder die Überschriften noch interessierten ihn die gestrigen weltbewegenden Themen. Er durchlebte seine eigene Story, die es wert war, auf der Titelseite abgedruckt zu werden. Die schwarzen Buchstaben auf dem weißen Grund bohrten sich durch sein Auge. Etwas regte sich in ihm und aktivierte einen

Denkprozess in seinem Gehirn, ohne dass es ihm selbst bewusst war. Ein Gedanke formte sich zu einer Idee und dann fiel es ihm wie Schuppen von den Augen. Er wusste, was er als nächstes tun musste. Er war es Timothy schuldig. Die Schonfrist war vorbei und auf ein lebenslanges Versteckspiel hatte er genauso viel Lust, wie darauf, Toiletten zu schrubben. Die kurze Zeit als Schüler, in der er sich damit sein erstes Taschengeld verdiente, sollte das letzte Mal gewesen sein.

Er verließ das Hotel und besorgte sich frische Kleidung. In einem Second-Hand Shop kaufte er ein kurzärmeliges Hemd. Leider unifarben, aber wenigstens ein Hemd. In der Not frisst der Teufel Fliegen und Zack war nicht wählerisch. Eine neue Hose komplettierte sein Outfit. Er behielt die Sachen an und warf die alten Klamotten in den Mülleimer an der nächsten Straßenecke. Anschließend kaufte er sich neue Schuhe und fuhr mit dem Bus. Obwohl er vor Nervosität und Aufregung platzen müsste, war er ruhig und entspannt. Er war sich sicher, dass Richtige zu tun. Das, was Timothy von ihm erwartet hätte. Als wäre es im Plot seines Lebens festgeschrieben und er bräuchte nur die Regieanweisungen zu befolgen, die im Drehbuch standen. Von der Bushaltestelle warf er einen Blick auf das Bürogebäude vor ihm. Es war älter, der Putz verfärbte sich an vielen Stellen und nahm den typischen Grauton alter Gebäude an. Das Haus musste mindestens fünfzig oder sechzig Jahre alt sein, wenn nicht noch älter. Die Fenster waren aus Holz, nicht vergittert und teilweise geöffnet, was ihn beruhigte. Er benötigte das Gefühl der Sicherheit für den unwahrscheinlichen Fall, dass er erneut fliehen musste.

Er vergewisserte sich, dass er die Datenkarte und seine Videokamera bei sich hatte, zögerte einen Moment, atmete tief durch und betrat das Gebäude. Es war kühl und es roch modrig. Zack folgte der breiten Treppe nach oben in das zweite Stockwerk und öffnete die Tür. Sofort schlug ihm hektischer Lärm und rege Betriebsamkeit entgegen. Wüsste er es nicht besser, hätte er glauben können, er sei auf dem Börsenparkett. Aber es war nicht die Börse. Vor ihm befand sich ein Großraumbüro mit einem Dutzend Schreibtischen, die von zwei gegenüberliegenden Seiten belegt waren. Telefone klingelten und Menschen sprachen. Es war so laut, dass es an ein Wunder grenzte, dass sie sich verstehen konnten.

Weiter hinten sah er einzelne Büros mit Rollläden und Türschildern. Davor fand Zack sein Ziel. Ihre aschblonden Locken ließen ihren Kopf auch von hinten wie einen Pilz aussehen. Zielstrebig ging er zu ihrem Schreibtisch. Keiner der Anwesenden hielt ihn auf oder interessierte sich auch nur im Geringsten für ihn. Anscheinend waren sie es gewohnt, dass Fremde hier ein und ausgingen. Umso besser. Er wollte sich nicht erklären, sondern es einfach durchziehen. Er erreichte ihren Schreibtisch und trat neben sie.

»Hallo Melissa.«

Die Frau drehte sich um und sah ihn an. Sie hatte kleine Fragezeichen in den Augen und wartete, dass er fortfuhr und sie nicht weiter bei ihrer Arbeit störte. Zack ignorierte diesen Blick.

»Wir müssen reden.«

Nach einer kurzen Pause fügte er hinzu »Allein.«

»Alles klar.«

Sie sprach in einem so beiläufigen Tonfall, als passierte ihr das jeden Tag.

»Worum geht's?«

»Timmy ist tot.«

Seine Worte waren nur ein Flüstern. So leise, dass seine Stimme im Unterbewusstsein sie nicht hören konnte, aber sie hörte sie. Natürlich hörte sie zu.

Das kannst du nicht wissen. Vielleicht lebt er noch.

Er hatte so leise gesprochen, dass sie ihn unmöglich verstehen konnte. Trotzdem begriff sie. Melissa stand auf, griff nach Diktiergerät, Notizblock und Stiften, nahm ihre Handtasche und forderte Zack auf, ihr zu folgen.

Genauso wenig wie von seinem Kommen Notiz genommen wurde, wurde auch sein Gehen registriert. Alle arbeiteten ungestört weiter. Kein Einziger sah neugierig auf. Dies war der perfekte Ort, um unterzutauchen.

Melissa führte ihn in ein kleines italienisches Bistro auf der gegenüberliegenden Straßenseite. Die Landesfarben zierten die Wände und kleine Tische waren im Raum verteilt. Auf jedem Tisch standen eine kleine Kerze und eine Rose. Der Duft von Mehl und frischer Pizza lag in der Luft. Sie schien den Besitzer zu kennen, denn er begrüßte sie sofort mit ihrem Namen, nachdem sie das Bistro betraten.

»Bon journo Frederico, due Espresso prego.«

Zack sprach kein Italienisch, verstand aber, dass sie soeben zwei Espresso für sie bestellt hatte. Melissa führte ihn an einen Tisch in der hintersten Ecke des Bistros. Die Lampe darüber war aus. Entweder defekt oder absichtlich ausgeschaltet. Melissa lief zielstrebig darauf zu, es musste ihr Stammtisch sein. Zack folgte ihr und sie setzten sich an den dunklen Tisch. Genau der richtige Ort um eine Verschwörung zu planen oder aufzudecken.

Hatte sie sich an genau diesem Tisch mit ihrem Informanten unterhalten? Mit dem Informanten, der den Stein ins Rollen gebracht hatte? Mit dem Informanten, der inzwischen nichts mehr wusste und nicht im Geringsten ahnte, was er angeleiert hatte?

Die Gedanken schossen durch seinen Kopf. Sie hatten sich kaum gesetzt, da servierte ihnen Frederico jeweils einen Espresso und ein Glas Wasser.

»Vielen Dank.«, sagte Zack.

Das galt sowohl Frederico als auch Melissa.

»Keine Ursache. Was sagten Sie, Timothy ist tot?«

Sie kam direkt auf den Punkt.

Zack nickte.

»Oh mein Gott. Wie ist das denn passiert?«

Diese Frage wollte und konnte Zack nicht beantworten. Noch nicht. Es war zu früh, um über die Details der letzten Nacht zu reden und es war nicht einmal sicher, dass Timothy tot war. Er überlegte seine Antwort, da schossen ihm die Tränen in die Augen. Er hielt sie zurück und benötigte einen Moment, sich zu fangen. Melissa ging nicht weiter darauf ein. Auch wenn sie Reporterin eines Klatschblattes war, wie Timothy sie genannt hatte, hatte sie genug Anstand und ließ ihm Zeit. Zack wusste, sie musste erfahren, was gestern Nacht passiert war, aber was

Timothys Tod anging, war es zu früh. Er würde es ihr später erzählen.

»Sie müssen ihn gut gekannt haben. Aber wer sind Sie und woher wissen Sie, dass ich ihn kannte?«

»Zack, Zack Logan. Wir haben uns auf seiner Geburtstagsfeier kennengelernt.«

Sie überlegte einen Moment und nickte.

»Richtig. Er hatte Geburtstag. Das ist gar nicht lange her, nicht wahr.«

Sie tranken ihren Espresso.

»Das ist der Grund, warum ich zu Ihnen komme.«

Sie sah vom Tisch auf und in seine Augen. Neugier war darin zu sehen, als hatte er ihren Reporter-Instinkt geweckt.

»Es geht um das, was Sie an seinem Geburtstag erzählt haben.«

Sie überlegte noch einmal. Ein unendlich stiller langer Moment entstand. Sie überlegte, was Zack verunsicherte.

»Was... habe ich denn so erzählt?«

Dann war sie wohl doch betrunken.

Es war Zacks erster Gedanke, doch nun war es zu spät. Jetzt musste er die Karten auf den Tisch legen. Er versuchte die Geschichte mit ihrem Informanten wiederzugeben, der von der Gedankenpolizei gesäubert worden war. Bevor er zu seinem eigentlichen Thema kam und ihr die gefundenen Beweise geben konnte, unterbrach sie ihn sanft aber bestimmt.

»Zack, das was Sie mir da erzählen, ist einfach unglaublich. Ich soll Ihnen diese Geschichte erzählt haben? Das kann nicht sein. Selbst betrunken, würde ich mir solchen Blödsinn nie einfallen lassen.«

Zack saß da wie gerädert. Ihr letzter Satz hallte in ihm nach.

Selbst betrunken, würde ich mir solchen Blödsinn nie einfallen lassen.

Ein immer wiederkehrendes Echo.

Selbst betrunken, würde ich mir solchen Blödsinn nie einfallen lassen.

Selbst betrunken, würde ich mir solchen Blödsinn nie einfallen lassen.

Sie war der Grund. Sie war der Auslöser, dass er sich auf die Suche gemacht hatte. Sie hatte veranlasst, dass er die Puzzlestückchen zusammenzählte und sie war der Grund, dass sein bester Freund jetzt nicht neben ihm saß. Und sie würde sich, selbst betrunken, solchen Blödsinn nie einfallen lassen?

Gerade hatte er seine Beweise auf den Tisch legen wollen. Nun war er sich nicht mehr sicher, ob es überhaupt sinnvoll war. Bevor er sich sammeln und überlegen konnte, wie er reagieren sollte, fuhr sie fort.

»Wissen Sie, ich berichte über reale Fälle und Fakten und nicht über Sensations-Hascherei oder Verschwörungstheorien.«

Zack wusste nicht mehr, was er sagen sollte. Mit offenem Mund und großen Augen starrte er sie an. Das schien ihr nur recht zu sein. Sie nutzte die entstandene Pause, nahm eine Serviette und kritzelte eine Telefonnummer darauf.

»Wenn Sie unbedingt *solche Informationen* verkaufen müssen, wenden Sie sich lieber an Mr. Hayden. Er ist dafür der richtige Ansprechpartner.«

Er brachte keinen vernünftigen Satz über die Lippen.

War es das jetzt? War alles umsonst?

Weiterhin starrte er sie fassungslos an.

Ist Timothy für Nichts gestorben? Er lebt noch!

»Ich gebe Ihnen diese Nummer nicht, weil ich Sie mag. Ich kenne Sie nicht einmal. Sondern dafür, dass Sie sich die Mühe gemacht haben, mich persönlich aufzusuchen. Timmy war ein guter Freund von mir. Guten Tag.«

Melissa klemmte einen Fünfdollarschein unter ihre Tasse, stand auf und ohne sich ein weiteres Mal umzusehen, verließ sie das Bistro. Völlig von Sinnen drehte Zack die Serviette in seinen Fingern und starrte auf die Telefonnummer. Er fühlte sich wie im falschen Film. Sein Rettungsanker war eingeholt und das rettende Boot hatte abgelegt. Alles was ihm blieb, war auf den Hai zu warten. Fressen oder gefressen werden. Jäger oder Beute. Täter oder Opfer. Oder sich an den kleinen dünnen Strohhalm klammern, den sie ihm hinterlassen hatte. Er steckte die Serviette ein und verließ das Bistro. Frederico wünschte ihm einen schönen

Tag auf Italienisch. Zack ignorierte ihn.

- 43 -

Zack lief ziellos durch die Straßen.
Was war passiert?
Das Gespräch mit Melissa verunsicherte Zack. Sie war es gewesen, die ihn auf die Spur gebracht hatte. Durch ihre Geschichte hatte er sich zusammen mit Timothy auf den Weg gemacht und ihre eigene Recherche gestartet. Eine Recherche, die nur zu wahr wurde. Sie waren in ein regelrechtes Wespennest gestoßen und fanden eine Wahrheit, die unbedingt bekannt werden musste. Eine Wahrheit, die seinem Freund das Leben gekostet hatte.
Das kannst du nicht wissen.
Jetzt wollte sie nichts mehr davon wissen? Dafür gab es nur zwei Möglichkeiten. Entweder war ihre Geschichte einfach nur eine Geschichte. An den Haaren herbeigeholt und um Aufmerksamkeit bettelnd. Wenn er es recht überlegte, glaubte er nicht daran. Sie hatte in so vielen Belangen recht gehabt und viel wichtiger, ihre Geschichte war nicht frei erfunden. Oder es gab einen anderen Grund, den offensichtlicheren Grund, den Grund der ihre Geschichte noch deutlicher untermauerte!
Zack erinnerte sich an das Cleankit, das er gefunden hatte und nickte. Das muss es gewesen sein. Zu traurig, dass sie ihre eigene Story nicht schreiben würde. Er kam zu spät. Selbst wenn er ihren Namen nie verraten hatte, mussten *sie* ihn anders erfahren haben. Vielleicht hatte Timothy ihn genannt, vielleicht wurde sie beobachtet. Wer konnte das wissen? Und wer konnte im Geringsten ahnen, wie gefährlich ihr James Bond Spiel werden würde? Er zumindest hatte nie im Traum daran gedacht.
Spiel mit dem Feuer und du verbrennst dir die Finger.
Das Feuer erinnerte ihn an Jasmin.
Jasmin - viel zu gefährlich!
Er durfte sie nicht sehen, fühlte sich einsam und brauchte jemanden zum Reden. So viele Gedanken und Gefühle kämpften in seinem Kopf, rangen nach Luft zum Atmen und wollten gehört

werden. Die Angst um seinen Freund, die Angst um Jasmin, alles in seinem Hirn pochte und sein Kopf schien zu platzen. Er brauchte Rat, Hilfe oder einen Wegweiser. Er brauchte ein Ohr, dem er seine Seele offenbaren und sich freireden konnte. Ohne seinen Freund fühlte er sich aufgeschmissen. Timothy hatte ihn verstanden und gewusst, wie er tickte. Mit ihm konnte er reden, egal worüber und egal wann. Wenn es wichtig war, hatte Timothy immer ein Ohr für ihn frei. So waren gute Freunde nun einmal.

Die einzige Person, der er noch vertrauen konnte, war Jasmin. Seine Eltern hatten mit der ganzen Sache nichts zu tun und Zack war sich sicher, dass man sie überwachte. Zum Glück wussten sie nichts. Mit ihnen konnte er nicht sprechen. Das war für sie alle am sichersten. Jasmin dagegen war bereits involviert. Sie würde ihn verstehen, selbst wenn sie ihm nur zuhörte. Mehr musste sie gar nicht tun. Das reichte ihm vollkommen aus. So wie neulich, als er sie zusammen mit Timothy besucht hatte.

Er grübelte und überlegte, ob er das Risiko eingehen und sie besuchen sollte. Auf einmal blieb er stehen und starrte auf ihre Haustür. Er hatte keine Ahnung, wie er hierhergekommen war. Seine Füße hatten den Weg von allein gefunden. Sein Verstand flehte ihn an, bewusst von ihr fern zu bleiben und sie nicht in Gefahr zu bringen. Sein Herz dagegen bettelte, sie in den Arm zu nehmen und sein Herz gewann. Es übernahm die Kontrolle über den Verstand und führte ihn zu ihr. Er wartete einige Minuten und überlegte. Schadeten ihnen ein paar Minuten? Eine feste Umarmung, den Duft ihrer Haare riechen und sie in seinen Armen spüren?

Die Straße war leer. Kein Mensch war weit und breit zu sehen. Ein Blick auf die Uhr verriet ihm warum. Die meisten arbeiteten. Er versuchte sich zu erinnern, ob sie frei hatte oder ebenfalls arbeiten musste. So sehr er sich anstrengte, er konnte keinen klaren Gedanken fassen. Was schadete es, zu klingeln? Wenn sie da war, würde sie öffnen und wenn nicht, dann nicht. Zögernd wanderten seine Finger über die Klingelschilder und verharrten eine Weile über dem Namen Prescott, ein letztes Zögern, bevor er schließlich den Knopf drückte.

Nichts passierte.

Er wartete einen Augenblick, gab ihr genug Zeit zu antworten und als die erhoffte Antwort ausblieb, klingelte er ein zweites Mal.

Nichts passierte.

Sie war wohl arbeiten.

Als Zhen die Akte bekam, war sie zuerst irritiert. Ganz oben las sie in fetter, roter Schrift die Worte CODE RED und stellte sich instinktiv auf eine Herausforderung ein. Je mehr sie die Akte studierte, desto entspannter wurde sie. Obwohl die Akte als hochkritisch eingestuft war, handelte es sich bei diesem Fall um einen Ausläufer und nicht die Hauptperson selbst. Im Grunde ein ganz normaler Auftrag. Der einzige Unterschied lag im Zeitfaktor. Ein Code Red musste sofort erledigt werden. Jeder zusätzlich verstrichene Tag stellte ein weiteres Risiko dar, dass sich exponentiell vergrößerte. Sie verglich es mit einem Virus. Wenn nicht schnell gehandelt wurde, breitete er sich innerhalb von einer Woche schlagartig aus und infizierte ganze Länder und Kontinente. So galt es auch hier, möglichst schnell und vor allem professionell zu reagieren.

Ihr Ziel war eine junge Frau, ungefähr im gleichen Alter wie sie selbst, amerikanischer Herkunft, die verdammt gut aussah. Zhen warf einen Blick auf die Querverbindungen, auf den Ursprung des Code Red und legte sich einen groben Plan zurecht. Er war sehr einfach und äußerst effektiv. Sie würde ihr Ziel nicht suchen, sondern es zu sich kommen lassen. Zuerst benötigte sie jedoch eine saubere Probe.

Die Wohnung der Frau war sauber, geräumig und gut aufgeteilt, mit viel Licht durch die großen Fenster. Zhen nickte und lächelte. In den Regalen standen Bücher über Kunst, Malerei und Nachschlagewerke über Bilder. Auf einem Tisch lag ein aufgeschlagenes Buch, das nicht in dieses Umfeld passte. Sie überflog die offenen Seiten und kam zu dem Schluss, dass es sich um Bilanz- und Wirtschaftsprüfung handelte. Es passte zu dem Profil ihres

Ziels, wenn auch nicht zu ihrer Wohnung.

Alles deutete darauf hin, dass Ms. Prescott allein lebte. Das erleichterte die Suche nach einer passenden Probe. Zhen betrat das Bad und sah sich um. Die Dusche war sauber, die Wanne und das Waschbecken ebenfalls. Auf einem kleinen Sims lag eine Haarbürste, die allerdings nur wenige Haare enthielt.

Nicht genug für eine Probe.

In der Küche fand sie eine gefüllte Spülmaschine und einen vollen Mülleimer. Sein Inhalt war ebenfalls unbrauchbar. Besser gesagt, das Risiko einer Kontamination war ihr zu hoch. Wieder hatte sie den halboffenen Schädel vor Augen und erinnerte sich an den kalten, abschätzenden Blick des Notarztes aus dem Krankenwagen.

Das nächste Zimmer war das Schlafzimmer der jungen Frau. Ein großer Spiegelschrank füllte die linke Seite aus. Rechterhand befand sich ein großes, metallenes Kingsize Bett. Sie spitzte die Lippen und lächelte. Es gefiel ihr. Der Boden des Zimmers war erst kürzlich geputzt worden und die Fenster waren streifenfrei sauber. Ohne zu zögern öffnete Zhen die oberste Schublade des Nachttisches. Sie war fast enttäuscht lediglich ein Buch vorzufinden. Das Lesezeichen steckte im hinteren Drittel von »Großmutters Haus«, aber ihr fehlte weiterhin eine saubere Probe. Das Bettzeug lag sauber zusammengefaltet auf der Matratze und sie wollte es nicht verändern. Trotzdem warf sie einen Blick unter das Kopfkissen und lächelte.

Voila!

Sie steckte das gefundene, benutzte Papiertaschentuch in einen kleinen, durchsichtigen Plastikbeutel, den sie versiegelte, bevor sie die Wohnung verließ.

Nachdem das Cleankit die Probe analysiert hatte, benutzte sie ein öffentliches Telefon und wählte eine Nummer. Ms. Prescott nahm den Anruf entgegen.

»Ms. Prescott?«

Sie bestätigte.

»Ich habe eine Nachricht von Zack Logan für Sie. Wo können wir uns treffen?«

Es herrschte einen Moment Pause in der Leitung und Zhen befürchtete, dass Jasmin auflegte.

»Ms. Prescott, sind Sie noch da?«

Ein zögerliches *Ja* erklang.

»Ich möchte nicht am Telefon darüber sprechen. Können wir uns irgendwo treffen?«

Erneut eine Pause. Diesmal wartete Zhen länger, bis Jasmin antwortete.

»Nein, das geht wirklich nicht am Telefon. Hören Sie, ich habe nicht viel Zeit und möchte den Anruf schnell beenden, bevor man ihn zu mir zurückverfolgen kann. Wann haben Sie für mich zehn Minuten Zeit?«

Sie erhöhte den Druck auf Jasmin und dieses Mal antwortete sie gleich.

»Gut, das lässt sich einrichten. Wo?«

Durch die Strategie, dass ihr Ziel entschied, wann und wo sie sich trafen, schöpfte Ms. Prescott keinen Verdacht und fühlte sich sicher. Selbst wenn sie ihren Treffpunkt kurzfristig verlegte, war das für Zhen kein Problem. Sie musste sie nur persönlich treffen.

»Vielen Dank, Ms. Prescott. Heute, pünktlich achtzehn Uhr bei Subway in der Zitadelle. Auf Wiedersehen.«

Sie legte auf und sah auf die Uhr. Bis dahin waren noch drei Stunden Zeit.

Zhen Chao würde eine Stunde vor dem vereinbarten Zeitpunkt in der Zitadelle sein. Sie kannte das Einkaufszentrum, doch sie hasste Überraschungen. Laut Akte, schätzte sie Jasmin nicht so übervorsichtig ein, ihr eine Falle zu stellen. Trotzdem blieb Zhen vorsichtig. Der Code Red kam nicht aus heiterem Himmel und sie wusste nicht, wie viel Jasmin wusste, selbst wenn das in drei Stunden nicht mehr wichtig sein würde.

Zack drehte sich um und wollte die wenigen Stufen von der Haustür hinunter laufen, da knackste die Gegensprechanlage. Außer dem Knacksen und Rauschen hörte er nichts. Er rief ihren Namen und bat sie die Tür zu öffnen, in der Hoffnung, dass sie ihn hörte. Ob sie ihn verstand, wusste er nicht. Kurz darauf summte der Türöffner. Er schlüpfte in das Treppenhaus und eilte die Treppen hinauf. Kaum im vierten Stock angekommen, stand sie in der Tür und sah ihn mit neugierigen Augen an.

»Du bist ja zu Hause!«

»Ja, ich habe seit gestern Abend Kopfschmerzen. Ich schätze, ich werde krank.«

Es gab keine Küsse, keine Umarmungen, keine Fragen. Sie sah ihn einfach nur an.

»Timmy....«

Weiter kam er nicht. Die Tränen schossen ihm in die Augen und liefen seine Wangen herab. Jasmin war ihm bereits so vertraut, er fühlte sich sicher und geborgen bei ihr und hatte keinen Grund seine Emotionen zurückzuhalten. Sie würde es verstehen. Sie öffnete ihre Tür, ließ ihn in die Wohnung und bat ihn, sich zu setzen. Er sammelte sich. In der Zeit holte sie einen Kaffee aus der Küche, den er dankbar annahm. Ein Kaffee der beruhigte. Vielmehr war es die heiße Tasse, an der er sich festhalten konnte. Sie setzte sich neben ihn und gab ihm Zeit, sich zu fangen und nippte an ihrer eigenen Tasse. Zack atmete tief durch und gewann seine Fassung zurück.

Als er wieder klare Worte fassen konnte, strömte alles auf einmal aus ihm heraus. Im ersten Ansatz kamen nur unzusammenhängende Sätze und Brocken heraus, bis sie ihm Einhalt gebot. Er holte ein zweites Mal tief Luft und begann mit dem Wichtigsten zuerst.

»Timmy ist tot.«

Du weißt es nicht.

Jasmin nickte. Sie wirkte traurig, allerdings nicht so traurig, wie sie hätte sein müssen. Der Tod eines nahen Bekannten reißt tiefe Wunden auf und Jasmin kannte Timothy gut, sie arbeiteten seit Jahren zusammen. Erst vor ein paar Tagen hatte Zack mit ihm hier bei ihr auf eben dem gleichen Sofa gesessen und zusammen hatten sie Pläne geschmiedet. Ihre Traurigkeit war eher die Traurigkeit einer ›Habe ich gekannt, aber nicht sehr gut‹-Person. Wahrscheinlich hatte sie nach seinem ersten Wort im Hausflur begriffen.

»Sie müssen ihn gut gekannt haben.«

Die Worte spendeten keinen Trost. Stattdessen heulte eine riesige Alarmsirene in seinem Kopf auf und am liebsten wollte er wieder losheulen. Dieser eine Satz zerstörte seine gesamte verbliebene restliche Hoffnung, die er in Jasmin gelegt hatte. Dieser eine Satz brachte ihn zum Verzweifeln. Ohne weiteren Mut ließ er sich zurück ins Sofa sinken und beantwortete bereitwillig alle ihre Fragen, die sich hauptsächlich um Timothy drehten. Wie eine Maschine, ein Informationsterminal. Auf einmal kam sie ihm fremd vor. Das war nicht die Jasmin, die er kennengelernt hatte. Das war eine andere Jasmin, eine neue Jasmin. In gewisser Weise hatte er damit recht. Sie kannte ihn nicht mehr. Für sie war er ein Fremder, der zufällig einen gemeinsamen Bekannten hatte, der gestorben war. Ein Fremder, dem man aufgrund einer traurigen Gemeinsamkeit Trost spendete. Ein Fremder, den man anschließend vor die Tür setzte, abschloss und sich danach den eigenen Problemen widmete.

Zack versuchte es erst gar nicht, sie über die ganzen Umstände zu informieren. Sie war schon früher dagegen gewesen, als sie wusste, worum es ging. Da schenkte sie ihm jetzt erst recht keinen Glauben. Er verbrachte keine Stunde bei ihr, viel weniger als er sich erhofft hatte. Dafür starb ein Teil in ihm. Er hatte sie verloren. Trauer und Selbstzweifel fraßen sich durch seine Gedanken. Bis auf seine Eltern waren alle, die ihm etwas bedeuteten und alle, denen er etwas bedeutete, aus seinem Leben gestrichen. Als habe er nie existiert. Seine Existenz bestand nur noch auf dem Papier. Blut ist stärker als jedes andere Band, oder? Erkannten seine Eltern ihn noch? In Gedanken versunken lief er erneut durch die Gassen der Stadt.

Kurz vor fünf Uhr nachmittags, am Tag bevor Zack Jasmin besuchte, trank Zhen einen Kaffee und beobachtete die umherströmenden Menschen. Von Ms. Prescott war nichts zu sehen. Das Subway befand sich schräg gegenüber und war heute nicht sehr belebt. Die Verkäufer unterhielten und langweilten sich. Eine halbe Stunde später, erkannte sie Jasmin, die gerade die Zitadelle betrat.

Du bist zu früh!

Sie beobachtete ihr Ziel und folgte ihr in ausreichendem Abstand. Jasmin ging direkt zum Subway, sah sich nicht um und blieb kurz davor stehen. Vorsichtig spähte sie durch die Fensterscheiben und beobachtete die Gäste. An drei Tischen saßen zwei Pärchen und ein einzelner Mann. Danach sah sie sich im Einkaufszentrum um. Zhen verschwand im Eingang eines Geschäftes, bevor Jasmin sie sehen konnte.

Du bist wirklich schlau.

Nachdem Zhen das Geschäft wieder verlassen hatte, war Jasmin weitergelaufen. Sie folgte ihr und beobachtete, wie sie die Lage sondierte, die sie umgebenden Menschen studierte und sich fragte, ob Zhen ebenfalls hier war. Chao war so lange im Geschäft, dass Jasmin sie nicht sehen würde. Dafür war die junge Frau zu unerfahren.

Fünf Minuten vor sechs Uhr betrat Jasmin schließlich das Subways und kaufte sich einen Salat, mit dem sie sich an einen der freien Tische setzte. Zhen beobachtete sie von außen und wartete bis die Uhrzeit auf die volle Stunde vorgerückt war. Sie nutzte die verbleibenden Minuten und aktivierte das Cleankit und die Kamera für das Protokoll. Anschließend betrat sie das Restaurant, lief zielgerichtet auf Jasmins Tisch zu und setzte sich ihr gegenüber.

»Hallo, Ms. Prescott.«

Jasmin sah die kleine Chinesin an und schob ihren Salat zur Seite. Ihre Hände lagen zusammengefaltet auf dem Tisch.

»Wer sind Sie?«

Sie ging nicht auf ihre Frage ein.

»Wir haben miteinander telefoniert.«

Jasmin nickte.

»Wie geht es Zack?«

Chao lächelte.

»Keine Sorge, ihm geht es gut.«

Mit diesen Worten griff sie nach Jasmins Händen und drückte

ihr das Cleankit auf den Handrücken.

»Und Sie müssen sich keine Sorgen um ihn machen.«

Zhen beobachtete, wie sich ihre Augen verklärten und lächelte. Leicht irritiert saß Jasmin in dem Restaurant. Die Pause nutzte Zhen, um sich von ihr zu verabschieden und verließ das Subways. Außerhalb warf sie einen letzten Blick durch die großen Scheiben und sah Jasmin ein letztes Mal an. Sie rieb sich verwundert ihre Hände und fragte sich, was sie hier machte. Ihr Blick fiel auf ihren Salat. Sie griff danach und setzte ihr Essen fort. Chao verließ die Zitadelle lächelnd. Es lief bedeutend einfacher und schneller, als erwartet.

Zurück an ihrem Laptop speicherte sie das aufgenommene Video in der Akte und setzte ihren Status auf *erledigt*. Wieder ein weiterer erfolgreicher Auftrag ohne *körperliche Inkompatibilitäten*.

- 44 -

Was war passiert? Innerhalb von Stunden stellte sich seine Welt komplett auf den Kopf und veränderte sich. Der Gedanke, dass Jasmin ihn nicht mehr kannte, machte ihn wütend und traurig zugleich. Allein das Wissen, dass ihre Beziehung beendet war, bevor sie richtig anfangen konnte, zerriss ihm das Herz. Sie war bereits sein Fels in der Brandung gewesen, sein Ruhepunkt, zu dem er zurückkehren konnte. Der Leuchtturm, der ihm auf stürmischer See den Weg wies. Aber Jasmin hatte ihn einfach vergessen und er stand wieder allein da.

Timothys letzte Sekunden zerquetschten ihm zusätzlich sein Herz. Sein Freund war tot.

Ich weiß du dämliche Stimme, halt einfach die Klappe!

Seine Hoffnung, die Story publik zu machen, löste sich in Luft auf. Er vergrub seine Hände in den Hosentaschen und trottete eine weitere Gasse entlang. Mittlerweile störte es ihn weder, ob er gesehen wurde, noch ob sie von ihm Notiz nahmen. Wenn sie ihn unbedingt umbringen wollten, sollten sie es tun. Was hatte er noch zu verlieren? Da stießen seine Finger auf etwas, dass er bereits vergessen hatte. Er holte die zusammengelegte Serviette heraus und las die zwei Zeilen, die in einer sauberen und klaren Handschrift geschrieben waren. Darauf stand der Name Donald E. Hayden und eine Telefonnummer.

Die Telefonnummer des Klatschreporters, welche ihm Melissa mit einem leicht abfälligen Grinsen in der kleinen Pizzeria gegeben hatte. Einen Versuch war es wert und so fingerte er sein Handy aus der anderen Hosentasche und schaltete es ein. Es zeigte ihm vier Anrufe in Abwesenheit von immer der gleichen unbekannten Nummer. Zack ignorierte sie, klemmte die Serviette zwischen zwei Finger und tippte mit der anderen Hand die Ziffern ab und lauschte. Es knackste und knirschte in der Leitung. Dann klingelte es. Einmal. Zweimal. Dreimal. Viermal. Fünfmal. Zack wollte auflegen, da meldete sich eine Stimme am anderen

Ende.

»Hallo, Donald Hayden ist im Moment leider nicht zu erreichen. Bitte hinterlassen Sie eine Nachricht, zusammen mit Ihrem Namen und Telefonnummer.«

Es folgte das typische Piepsen und Zack legte auf.

»Na klasse! So eine Scheiße!«

Das Glück verließ ihn.

Ich kann es später probieren. Was soll ich tun? Soll ich bei meinen Eltern vorbeischauen? Ein letztes Mal bevor sie mich ebenfalls vergessen? Blut ist dicker als Naniten, Chemikalien und der technologische Scheiß, den ich gesehen habe! Sein eigenes Kind kann man nicht vergessen, oder? Oder?!

Erneut fingerte er an seinem Handy herum, drückte die Kurzwahltaste seiner Eltern und betete, dass sie ihn noch kannten. Das Telefon klingelte und klingelte.

Zack wurde nervös.

Warum nimmt denn niemand ab? Sie sind um diese Uhrzeit immer zu Hause!

Er ließ es weiter klingeln.

»Hallo?«

Eine weibliche Stimme antwortete. Es war nicht seine Mutter.

»Wer ist da?«

»Ich, äh, bin die Nachbarin.«

»Mrs. Stein?«

»Zack?«

»Ja, was ist los? Ich wusste nicht, dass meine Eltern verreisen wollten.«

Stille auf der anderen Seite. Sie dehnte sich aus und passierte den peinlich berührten Bereich. Die Stelle, die jeder gern vermied und die sich einfach nicht vermeiden lässt, wenn man der Überbringer schlechter Nachrichten ist.

»Mrs. Stein? Sind Sie noch da?«

»Ja... äh... Zack.... es ist etwas passiert.«

Oh nein. Nicht meine Eltern. Sie haben mit der ganzen Geschichte nichts zu tun. Sie wissen nichts. Das ist einfach nicht fair!

»Zack, es gab einen Unfall. Sie wurden in das Colorado Memorial Hospital gebracht. Frag dich dort auf der Intensivstation durch.«

Mrs. Stein gab ihm die Adresse des Krankenhauses.

Intensivstation.

Das klang nicht gut. Sein Gehirn lieferte ihm die schlimmsten Bilder. Bilder, die einem Horrorfilm entsprungen sein konnten. Das Kettensägenmassaker, zerstückelt und zerfetzt. Nein, so brutal gingen *sie* nicht vor. *Sie* bevorzugten subtilere Methoden. Wege, die nicht auffielen. *Sie* setzten Mittel wie Nanobots ein, um ihre Spuren zu verwischen. *Sie* würden keine Massaker veranstalten. Zumindest *etwas* war passiert, so viel stand fest.

Ob er wollte oder nicht, er musste sie besuchen. Seine Eltern lagen auf der Intensivstation. Er musste sie sehen, wissen, ob sie überlebten und herausfinden, was passiert war. Mehr Informationen würde er im Krankenhaus bekommen.

»Danke, Mrs. Stein.«

»Es tut mir leid für dich Zack, mach es gut.«

Sie verabschiedeten sich und die Verbindung wurde unterbrochen. Ihm war zum Heulen zumute. Er benötigte ein paar Minuten, um sich zu fangen und überlegte, was er als nächstes tun sollte. Der nächste Schritt war klar. So schnell es ging, eilte Zack zur nächstgelegenen Bushaltestelle. Es erschien ihm die sicherste Art zu Reisen. Trotz der Menschen blieb er anonym und erreichte schnell sein Ziel. Seit seiner Verfolgungsjagd vom Bürogebäude hatte er eine Abneigung gegen U-Bahnen. Busfahren war im Vergleich dazu relativ sicher, selbst wenn Melissas Informant an einer Bushaltestelle gesäubert wurde. War das nicht eine Ironie des Schicksals?

Ray Smith schloss eben den letzten Abschlussbericht, da weckte eine rot blinkende Warnung schlagartig sein Interesse. Er klickte auf das kleine Symbol und las die kurze Meldung. Sie war mit der Akte von Zack Logan verknüpft und enthielt eine einzige Zeile mit einer ansteigenden Zeit. Ray klickte auf den Eintrag und kam zu einem laufenden Telefongespräch von Zack Logans Mobiltelefon. Er wollte sich mehr Informationen anfordern, als das Blinken aufhörte und die rote Meldung nur noch als graue Zeile dargestellt wurde. Das Telefonat war beendet. Es wurde automatisch eine Ortung durchgeführt. Auf einer Karte war ein großräumiges Gebiet von Colorado Springs dargestellt. Die drei Sendemasten, die das Signal am stärksten empfangen hatten, bildeten ein Dreieck auf der Karte und anhand der Empfangsqualität und Stärke wurde die ungefähre Position gemittelt. Er sah die Sendemasten, die den Standort von Zack Logan triangulierten. In dem großen schattierten Dreieck entstand ein großer Kreis, der die Position des Ziels markierte. Sie wurde von der Sendeleistung und Empfangsqualität jedes Sendemasten bestimmt. Je höher die Signalstärke war, desto näher war das Handy an diesem Sendemast und damit weiter entfernt von den anderen beiden. Mit den drei nächstgelegenen Sendemasten ließ sich der Standort des Handys metergenau bestimmen, sofern das Handy lange genug eingeschaltet war.

Durch den zu kurzen Anruf blieb ein großflächiges Areal übrig, das zu ungenau für einen gezielten Zugriff war. Ray übertrug diese Informationen in Zacks Akte und drückte einen Knopf für ein sofortiges Update aller beteiligten Agenten. Auf ihren Mobiltelefonen erschien ein Update mit Zeit und Ort der Information.

Aber Ray hatte mehr. Er hatte eine neue Telefonnummer, die Zack nie zuvor angerufen hatte. Er musste die Nummer nicht im System suchen lassen. Sie war ihnen bekannt und gehörte zu einem Möchtegern-Journalisten, der sich auf Meldungen spezialisierte, die kein seriöses Nachrichtenblatt druckte: Donald E. Hayden. Er hatte Kreuzverbindungen zu vielen anderen Akten, allerdings war er nie auffällig geworden. In der Tat hatte er bereits Meldungen über die SCC veröffentlicht, die laut einer Recherche von der Bevölkerung jedoch ignoriert wurden. Durch den Anruf wusste Ray, dass Zack mit Hayden Kontakt aufnehmen wollte. Anscheinend erreichte er ihn nicht. Dafür war das Telefonat zu kurz gewesen und er würde es erneut probieren. Ray verknüpfte beide Akten und legte eine zusätzliche Warnung an, falls diese Telefonverbindung wieder aufgebaut wurde. Dann bekamen sämtliche Agenten in der Nähe über eine Live-Verbindung die Standorteingrenzung übertragen und konnten sie aktiv verfolgen.

- 45 -

Auf dem Weg ins Krankenhaus stieg Zack einmal um. Der zweite Bus hielt direkt vor dem Colorado Memorial Hospital. Das gleiche Krankenhaus, in dem er sich zusammen mit Timothy vor ein paar Tagen versteckt hatte. Die Patienten spazierten im Park oder wurden in ihren Rollstühlen geschoben. Es gab Bänke zum Ausruhen und die sorgfältig eingepflanzten und groß gezogenen Bäume spendeten Schatten für alle. Ein guter Ort um gesund zu werden. Zack hatte Angst vor dem, was ihn im Krankenhaus erwartete. Er wollte nicht hinein, aber er musste. Sie waren seine Eltern, deshalb hatte er Angst.

Die Dame an der Rezeption trug eine weiße saubere Uniform und telefonierte. Zack wartete und übte sich in Geduld, ein Luxus, den er sich in letzter Zeit nicht gönnen konnte, und lauschte ihrem Telefonat. Sie sah ihn immer wieder zwischendurch an, ließ sich durch seine Anwesenheit nicht stören und ging weiter ihrem Gespräch nach. Von dem was er aus ihren Fragen und Antworten schloss, drehte es sich um den heutigen Abend, was sie wohl anziehen sollte. Sie kannte ihn noch nicht richtig und er wollte sie in ein feines französisches Restaurant einladen. Da konnte sie nicht im Rollkragen-Pullover und dicken Jeans auftauchen.

Na klasse, du dämliche Tussi! Kannst du deine Privatangelegenheiten nicht klären, wenn keine Kundschaft auf dich wartet?

Zack wurde ungeduldiger. Wenn er sich so bei seinem Job verhalten würde, hätte er bald sehr viel Zeit zum Telefonieren. Die nette Dame an der Rezeption interessierte das nicht. Ihr Gespräch wechselte über Make-Up zu den Schuhen und nachdem die Farbe des Lippenstiftes und der Fingernägel geklärt war, sah sie ihn mit großen fragenden Augen an.

»Ich suche die Intensivstation.«

Mit engelsgleicher Zunge kam ihre Antwort.

»Oh das ist einfach. Laufen Sie einfach den Gang hinunter an den Fahrstühlen vorbei und biegen Sie rechts ab. Eine Treppe

weiter oben finden Sie die Intensivstation.«
Sie blies eine rosa Blase mit ihrem Kaugummi.
»Vielen Dank.«
Zack bedankte sich, meinte es aber nicht im Geringsten. Er war sauer, dass sie ihn so lange hatte warten lassen. Wenigstens wusste er jetzt, wohin er musste.
Er tat wie geheißen und lief durch eine große Doppeltür den Gang hinunter, kam an den Fahrstühlen vorbei und bog in den nächsten Gang auf der rechten Seite ein. Die Treppe nahm er nach oben und stand vor einer verschlossenen Tür. Er stutzte bevor er die Klingel drückte. Auf dem Schild neben der Klingel stand in bunten Großbuchstaben KINDERKLINIK.
Die blöde Pute ist keinen Penny wert!
Am liebsten wäre er zurück gegangen, hätte sie samt Telefon über die Theke gezogen, an den Haaren hierher geschleift, ihr Gesicht gegen das Schild geschlagen und geschrien »INTENSIVSTATION nicht KINDERKLINIK - INTENSIVSTATION nicht KINDERKLINIK«.
Stattdessen atmete er tief durch, drehte sich um und lief die Treppe wieder hinunter.
Nachdem er den Wegweisungen einer jungen Krankenschwester folgte, die er im Flur nach dem Weg gefragt hatte, stand er kurze Zeit später erneut vor einer verschlossenen Tür. Diesmal stand auf dem Schild neben der Tür in schwarzen Großbuchstaben INTENSIVSTATION. Er zögerte einen Moment, bevor er die Klinke drückte und eintrat.
Er stand in einem hell erleuchteten weißen Raum und sah eine weitere Rezeption. An den Wänden befanden sich Stühle aus Plastik zum Herunterklappen. Am meisten verunsicherte ihn die Stille. Bis auf gelegentliches Trappeln von Füßen war nichts zu hören. Mit hallenden Schritten ging er zur Rezeption.
»Guten Tag, Zack Logan mein Name. Meine Eltern wurden hier eingeliefert?«
Die Frau tippte in ihren Computer und meinte gelegentlich »Hmm. Ah. Hmmhmm.«
Später kamen sogar ganze Sätze aus ihr heraus.

»Ah ja. Logan. Hier sind sie. Einen Moment, ich rufe den behandelnden Arzt. Er wird Ihnen alles erklären. Nehmen Sie bitte kurz Platz.«

Sie wies mit einer Hand auf die Plastikstühle hinter Zack. Er ging zu der Wand, klappte einen der Stühle auf und setzte sich. Er starrte Löcher in den Fußboden und fragte sich, was ihn erwartete. Er hatte heute genug Katastrophen erlebt, da kam es auf eine mehr oder weniger nicht mehr an.

Er sah auf seine Uhr. Fünf Minuten waren vergangen.

Naja, so schnell ist der Arzt nicht da. Der braucht ein paar Minuten.

Das Klingeln eines Telefons unterbrach die zermürbende Stille des Wartebereichs. Die Frau an der Rezeption sprach eine Weile, leise aber bestimmt. Die Wände reflektierten ihr Gespräch und obwohl er mehrere Meter von ihr weg saß, konnte er unfreiwillig mithören. Es war das zweite Mal an diesem Tag, dass er ein Telefonat belauschte. Es war so ruhig, das Telefonat klang wie eine willkommene Abwechslung. Die Zeiger der Uhr wanderten weiter. Aus fünf Minuten wurde eine halbe Stunde. Aus einer halben Stunde wurde eine ganze. Die Dame beruhigte ihn immer wieder und versicherte ihm, der Arzt werde gleich da sein. Zack war froh, kein Patient zu sein.

Er stellte sich vor, wie er als Patient im Warteraum der Intensivstation langsam vor sich hin siechte.

Durch eine offene Wunde sickert Blut und eine große Lache bildet sich unter ihm. Die Sanitäter stehen neben ihm und telefonieren. Ab und zu beugt sich einer zu ihm herunter, nachdem er ein längeres, selbstverständlich privates, Gespräch beendete und versichert ihm, dass der Arzt gleich da ist. Nur mit Mühe bekommt er eine naheliegende Mullbinde zu fassen und verbindet sich selbst seine Wunde. Die Schmerzen sind unerträglich und die Desinfektion der Binde lässt seine Wunde brennen. Sofort färbt sie sich in einen tiefen dunklen Rotton. Die Sanitäter sehen interessiert zu, ohne ihre Gespräche aus den Ohren zu verlieren. Gegen die Schmerzen setzt er sich eine Spritze. Genau so, wie er es aus Emergency Room kennt. Auf der Spritze steht Morphium.

Ihm wird schwindelig. War vielleicht etwas viel. Scheiße, woher soll er das auch wissen. Aber es hilft, die Schmerzen verschwinden. Zack grinst. Er fühlt gar nichts mehr. Nicht einmal den kalten Boden auf dem er liegt. Bevor er sich darüber wundern kann, verliert er sein Bewusstsein.

Er kommt wieder zu sich und sieht sich in seinem eigenen Blut liegen. Die Sanitäter telefonieren immer noch. Endlich kommt ein Arzt dazu und fühlt seinen Puls. Zack geht in die Hocke, um sich das Ganze besser ansehen zu können. Der Arzt wirkt hektisch. Er legte die Hand zuerst auf seinen Bauch, dann den Kopf und auf seine Brust und ruft ihm beim Namen.

»Mr. Logan? Mr. Logan!«
»Mr. Logan!«
Zack schrak auf und blinzelte in dem hellen Licht. Er musste eingeschlafen sein.
»Mr. Logan, bitte folgen Sie mir.«
Mit einer leichten Desorientierung geplagt, wie sie häufig eintritt, wenn man frisch aus einem Traum gerissen wird, folgte Zack dem Mann im weißen Kittel und dem Stethoskop am Hals, ohne eine Frage zu stellen und ohne ihn aus den Augen zu lassen. Bei der ersten falschen Bewegung oder Anzeichen einer möglichen Falle, in die er getappt war, ergriff er sofort die Flucht. Seine Muskeln bereiteten sich auf eine Intensivbelastung vor.
Intensivbelastung auf der Intensivstation. Na das passt ja.
»Mr. Logan. Ich bin Dr. Alvarez.«
Der Arzt führte ihn zu einem Krankenzimmer und wies ihn in die medizinischen Umstände ein.
»Ihre Eltern hatten einen Autounfall. Laut Polizei sind sie aus bislang ungeklärter Ursache auf gerader Strecke von der Fahrbahn abgekommen und gegen einen Baum gefahren.«
Zack lief neben Dr. Alvarez her und hörte zu. Nachdem er die ersten Sätze verstanden hatte, wirklich verstanden und nicht nur gehört, setzte sich sein Gehirn in einen leichten Schock-Zustand und verdaute die Neuigkeiten. Es schottete sich von der Außenwelt ab und machte ihn zu einer Marionette. Er hörte Dr. Alvarez sprechen und tief im Unterbewusstsein speicherte er die erhalte-

nen Informationen, allerdings war er nicht in der Lage, sie in sich aufzunehmen.

»Es war dunkel und die Straße war nicht stark befahren. Es muss eine Weile gedauert haben, bis das nächste Auto vorbeikam. Der Fahrer hat den Krankenwagen und die Polizei gerufen. Sein Name ist zwar nicht in der Krankenakte vermerkt, aber wahrscheinlich können Sie ihn durch die Polizei erfahren.«

Dr. Alvarez blieb einen Moment stehen und sah Zack an. Zack registrierte seinen abschätzenden Blick und nickte. Sein Zeichen dafür, dass er verstanden hatte. Der Arzt nickte zurück und fuhr fort.

»Sie haben beide multiple Knochenbrüche und innere Verletzungen. Die Wirbelsäule ist nicht geschädigt, wenn man von ein paar Stauchungen und einem Schleudertrauma absieht. Wir gehen von einer Gehirnerschütterung aus, diese lässt sich bisher noch nicht bestätigen, da beide Patienten seitdem nicht aufgewacht sind. Die Lebenszeichen sind stabil und es ist nur eine Frage der Zeit, bis sie genesen.«

Zack blieb stehen. Trotz der Horrornachrichten war er beruhigt. Sie lebten und sie wurden wieder gesund.

»Sie sind also im Koma?«

Der Arzt nickte.

»Kann ich... Kann ich sie sehen?«

»Auf jeden Fall. Ich kann Ihnen nur empfehlen, so viel Zeit wie möglich mit Ihren Eltern zu verbringen. Ihre Besuche können den Genesungsprozess beschleunigen.«

Sie blieben vor einem Fenster stehen, welches durch heruntergelassene Jalousien vor neugierigen Blicken geschützt wurde. Der Arzt öffnete die Tür und bat Zack in das Zimmer. Die Stille des Warteraumes wurde schlagartig durch lautes Piepsen und das mechanische Saugen des Beatmungsgerätes ersetzt. Seine Mutter und sein Vater waren mit Kabeln und Schläuchen beklebt, die zu den nebenstehenden Maschinen führten. Eine Schwester befeuchtete ihre Lippen. Sie waren so zugedeckt, dass er außer dem Kopf noch die Arme sehen konnte, die auf der Decke lagen.

Was er sah, war genug. Ihre Haut war von dunklen Flecken

übersät. Prellungen, Einblutungen und Hämatome nannte es Dr. Alvarez. Egal wie unproblematisch sie waren, sie ließen seine Eltern katastrophal erscheinen. Opfer einer Prügelei sahen dagegen gut aus. Zack sagte kein Wort. Stattdessen nahm er sich einen Stuhl und setzte sich zwischen die beiden Betten. Der Schmerz, den er fühlte, war tausendmal stärker als der Schmerz, den er eben erst durchlebt hatte. Er hatte Timothy und Jasmin verloren. Selbst die Hoffnung aus der Sache einigermaßen heil heraus zu kommen, war gestorben und jetzt saß er am Bett seiner Eltern, welche außer einem rhythmischen Piepsen und den Sauggeräuschen keine Lebenszeichen von sich gaben.

Die Schwester und der Arzt verließen den Raum. Die Tür wurde geöffnet und wieder geschlossen und er war mit seinen Eltern allein. Noch immer unter Schock stehend, nahm er die Hand seiner Mutter in die eine Hand, griff mit der anderen Hand nach der seines Vaters und drückte beide. Er erzählte ihnen von der schönen Geburtstagsfeier, die Timothy organisiert hatte und von einer wunderhübschen jungen Frau, die er ihnen vorstellen wollte. Sie sei humorvoll, verständnisvoll und unterstützte ihn auch in Dingen, von denen sie nicht überzeugt war. Er berichtete von den schönen Momenten, die er in den letzten Tagen erlebt hatte und ließ die unschönen Momente weg. Er spürte die angestauten Gefühle in sich aufwallen. Es dauerte nicht lange und Tränen liefen über seine Wangen: Tränen der Trauer. Er erzählte ihnen die Geschichte, wie sie verlaufen sollte und wie er sie sich wünschte: Tränen der Hoffnung. Er erzählte nicht, was wirklich geschehen war: Tränen der Verzweiflung. Zack bat sie, schnell gesund zu werden, damit sie zusammen mit ihm sein Glück teilen konnten. Der Wunsch seiner Mutter erfüllte sich und wer weiß, vielleicht wurden sie sogar Schwiegereltern? Er kam sich so falsch vor.

Er blieb zwei Stunden und als er ihr Zimmer verließ, stand die Schwester im Gang und sah seine roten Augen.

»So schlimm ist es nicht. Sie werden im Handumdrehen gesund. Warten Sie's ab!«

Nette Worte die ihm nicht weiterhalfen. Sie konnte nichts dafür. Statt einer Antwort nickte er, verließ das Krankenhaus, setzte sich auf eine Bank im davor liegenden Park und atmete die frische Luft ein. Das satte Grün diente der Genesung. Ein zusätzlicher Heilungsprozess, angestoßen durch naturverbundene Dinge: Grünes Gras, das Zwitschern der Vögel und das Rauschen der Bäume. Wenn er die Augen schloss, konnte er sich fallen lassen und die Ruhe genießen. Ruhe, die nur durch gelegentlich vorbeifahrende Autos unterbrochen wurde. Tief durchatmen und Zeit für sich, waren die beiden Dinge, die er benötigte. Er war dankbar für ein schattiges Plätzchen, in dem er sich einen Moment ausruhen und abschalten konnte, um seine Gedanken ziehen zu lassen. Er hatte viele Dinge zu verarbeiten: Timothy, Jasmin, seine Eltern. Seine Gedanken schweiften umher und ohne wirkliches Interesse beobachtete er eine Weile die Wolken am Himmel und lauschte dem Rauschen der Bäume. Vögel hatten sich eingenistet und zwitscherten und trillerten ihre Lieder. Die Idylle war das komplette Gegenteil von dem, was sich im Krankenhaus abspielte, aber es funktionierte. Es dauerte ein paar Minuten und je länger Zack auf der Bank saß und die Natur genoss, umso besser fühlte er sich. Er fühlte sich gut genug, um nicht erneut in Tränen auszubrechen. Nachdem er seine Emotionen halbwegs in den Griff bekam, ordnete er seine Gedanken und zog sein Handy aus der Tasche. Aus der Wahlwiederholung wählte er die vorletzte Nummer und hob ab. Wieder knackste und knirschte es in der Leitung, bevor es klingelte. Einmal. Zweimal. Dreimal.

»Hallo?«

Zack wartete einen Moment. Darauf, dass der Satz fortgeführt wurde und man ihm mitteilte, Donald Hayden sei im Moment nicht zu erreichen. Dem war nicht so.

»Hallo, wer ist denn da?«

Jetzt war er sich sicher.

»Hallo, ich habe Ihre Telefonnummer von einer Melissa bekommen.«

»Melissa wer?«

»Den Nachnamen kenne ich leider nicht, doch sie meinte, *Sie* können mir vielleicht weiterhelfen.«

»Worum geht es?«

»Wir nannten sie die Gedankenpolizei.«

Es herrschte einen Moment Ruhe und Zack hörte, wie es auf der anderen Seite raschelte, als Donald Hayden Blätter hin und her schob und sie durchsuchte.

»Interessant.«, fuhr er schließlich fort. »Wo sind Sie, können wir uns treffen?«

Zack sagte ihm, wo er war.

»Kommen Sie sofort zu mir nach Tennessee. Sagen Sie nichts am Telefon und trauen Sie Niemandem!«

Zack bot an, die Informationen per Post zu schicken.

»Kommt gar nicht in Frage. Sie wissen ja gar nicht, wie leicht solche Informationen vertauscht werden können.«

»Wissen Sie wie weit das ist? Der Zug braucht dafür Tage!«

»Nehmen Sie den Flieger. Fahren sie sofort zum Flughafen und nehmen Sie das nächste Flugzeug! Rufen Sie mich an, sobald Sie hier sind. Sie rufen hoffentlich nicht vom Handy an?«

Zack zögerte. Donald Hayden interpretierte sein Zögern richtig.

»Sind sie noch bei Trost? Nehmen Sie die Sim-Karte raus und zerstören Sie diese. Schalten Sie das Handy aus und werfen Sie es weg. Mit dem Ding kann man Sie jederzeit und überall aufspüren. Selbst wenn es ausgeschaltet ist!«

Der Typ war offenbar paranoid. Kein Wunder, dass er sich für Verschwörungstheorien interessierte.

»Nehmen Sie das nächste Flugzeug hierher und rufen Sie mich an, wenn Sie hier angekommen sind, von einem öffentlichen Münzfernsprecher!«

Damit legte Donald E. Hayden auf.

Zack kam sich unwahrscheinlich dämlich vor. Warum hatte er nicht eher an sein Handy gedacht? Timothy wäre das sofort aufgefallen. Aber wenn man ihn damit orten konnte, wieso war dann noch keiner da?

Trotzdem nahm er die Sim-Karte zur Sicherheit aus seinem Handy, steckte den Akku in die eine Tasche und das Handy in die andere. Zerstören wollte er beides nicht. Vielleicht brauchte er es noch. Er konnte sich nicht vorstellen, dass man ihn orten konnte, wenn es ausgeschaltet und gänzlich ohne Strom versorgt wurde. Wie sollte das funktionieren? Nur die Sache mit dem Flugzeug störte ihn. Er *hasste* das Fliegen.

Ray rieb sich die Augen. Die Berichte waren allesamt in Ordnung und die Durchführung ohne Probleme sehr professionell ausgeführt, wie er es von den zwei Agenten mit den Nummern 487 und 122 nicht anders erwartete. Trotzdem folgte er dem Protokoll und ordnete Folgeüberwachungen für die beiden Akten an. Er rieb sich die Hände. Ein Blick auf die Uhr verriet ihm den späten Nachmittag. Bald würde sie die temporäre Sonderschicht unterstützen.
Oder sie arbeitet sich schon mal in meinen Job ein.
Er war zu müde, um sich deshalb aufzuregen oder sie zu boykottieren. Die Sonderschicht wurde kurzfristig für den Code Red eingerichtet, so dass rund um die Uhr nach dem Flüchtigen gesucht werden konnte. Irgendwann machte er einen Fehler. Irgendwann sah ihn eine der vielen Überwachungskameras und dann fanden sie ihn. Bisher verfolgten sie seine Spur sehr gut, waren allerdings immer einen Tick zu spät. Ray ärgerte sich darüber, dass sie die Überwachungskameras nicht in Echtzeit auswerten konnten. Das waren zu viele Daten in zu kurzer Zeit, als dass ihr System sie schnell genug verarbeiten konnte. Bevor er seine Gedanken vertiefen konnte, wurde er erneut abgelenkt. Wieder blinkte es rot auf seinem Bildschirm auf. Er klickte auf die Meldung und es öffnete sich die Akte von Zack Logan mit einem aktiven Telefonat zu Donald E. Hayden. Diesmal dauerte das Gespräch länger. Die Standortbestimmung begann gleichzeitig im Hintergrund zu laufen. Der Kreis auf seinem Bildschirm schrumpfte langsam zusammen und wurde kleiner, je länger das Gespräch dauerte. Am Ende hatte er einen Durchmesser von etwa fünfzig bis einhundert Meter. Für einen genaueren Standort war das Telefonat zu kurz. Nach einem Blick auf die Karte war das unwichtig. Ein Großteil des markierten Gebietes befand sich im Memorial Hospital von Colorado Springs. Dort fanden sie Zack.

Ray übertrug die Daten in Zacks Akte. Eine erneute Push-

Benachrichtigung auf die Handys der Agenten war nicht notwendig. Sie wurden aufgrund seiner eingerichteten automatischen Warnung über die durchgeführte Telefonverbindung informiert. Die Daten lagen ihnen bereits vor. Er hoffte, sie waren schnell genug, ihn im Krankenhaus aufzuspüren. Es zu erreichen, war eine Sache, ihn in einem der unzähligen Räume und Gänge zu finden, eine ganz andere.

- 46 -

Diesmal nahm Zack vom Krankenhaus ein Taxi zum Flughafen. Immer wieder drehte er sich um und prüfte, ob sie von einem anderen Auto verfolgt wurden. Auch wenn er es nicht zugeben wollte, beunruhigte ihn die Geschichte mit dem Handy. Jedes Fahrzeug, das längere Zeit hinter ihnen fuhr, erregte seine Aufmerksamkeit und es waren eine Menge Autos. Je näher sie dem Flughafen kamen, desto mehr Autos verfolgten ihn. Am Ende waren es so viele, dass er schließlich aufgab. Der Taxifahrer, ein dunkelhäutiger stämmiger Mann, vom Akzent her aus Südostasien kommend, verwickelte Zack in ein Gespräch. Es war mehr ein Monolog. Er erzählte ihm von seiner Frau und seinen drei Kindern, von denen zwei in die Schule gingen und das dritte den Tag im Kindergarten verbrachte. Er liebte seinen Job als Taxifahrer, selbst wenn dabei bedeutend weniger Geld am Monatsende für seine Familie heraussprang, als sie benötigten.
»Was Sie macken beruflick?«
Jeder sprach gerne über seine Arbeit. Zack war da keine Ausnahme.
»Ich bin Verkäufer in einem Musikgeschäft in L.A.«
Er verschwieg, dass er ein komplettes Studium der Wirtschaft abgeschlossen hatte und von seinen Qualifikationen bequem im oberen Management hätte arbeiten können. Für die meisten Berufe, die er ausübte, war er überqualifiziert. Ebensowenig erwähnte er, dass er seine Jobs nach kurzer Zeit oft wieder aufgeben musste, da er ein Problem mit der Pünktlichkeit hatte. Noch weniger erzählte er ihm, dass ihn der Job im Moment am wenigsten interessierte, sondern er nur seinen eigenen Arsch retten wollte.
Sunil, der Name stand auf der Plakette im Taxi, bemerkte Zacks nervöse Blicke nach hinten und befragte ihn im tiefsten indischen Akzent
»Habben Sie Ankst vefolgt tsu wedden?«
»Das ist so eine Marotte von mir, ich bin übervorsichtig.«

Das genügte Sunil. Er berichtete Zack von seiner Zeit als Taxifahrer, der er seit zehn Jahren nachging. Zack hörte ihm nicht zu. Seine Gedanken kreisten um seine Eltern. Wie sie in den Krankenhausbetten lagen. Still und reglos, umgeben von piepsenden Geräten und dem ständigen Zischen des Beatmungsgerätes. Sie hatten Glück noch am Leben zu sein, meinte der Arzt. Daran zweifelte Zack keine Sekunde. Er wusste, was wirklich geschehen war. Er wusste, wer die Schuld an diesem Unfall trug. Er wusste, es war kein Unfall. *Sie* hatten es getan! Die Wut kochte in ihm hoch und er ballte seine Hände zu Fäusten, ohne es zu bemerken. Er war entschlossen, die ganze Sache aufzudecken und wenn Melissa ihm nicht half, dann dieser Mr. Hayden, egal wie skurril oder mysteriös er ihm im Moment noch vorkam.

Zack war sich sicher, dass die Geschichte, wenn sie einmal öffentlich war, schnell die Runde machen würde. Es würde nicht lange dauern, vielleicht ein paar Tage, vielleicht eine Woche, dann würde jede verdammte Zeitung in diesem Land darüber berichten. Diese Story war gemacht für die Titelseite. Fernsehsender würden sich darüber ihre Mäuler zerfetzen und die Menschen würden gegen die Politiker, die es zugelassen hatten, auf die Straße gehen. Man würde die totale Vernichtung der Überwachung fordern und alle damit in Verbindung stehenden Zweigstellen schließen. Es würde ein neues Gesetz geben, welches die Privatsphäre der Menschen wirklich schützte und es würde hohe Strafen gegen Verstöße geben. Die Gedankenpolizei würde fortan nicht mehr existieren.

Dann kann ich endlich wieder ruhig schlafen.

Sie erreichten den Flughafen. Zack bedankte sich bei seinem Chauffeur und gab ihm ausreichend Trinkgeld. Er schlug gute zehn Prozent oben auf, drehte sich um und betrat das Terminal. Hinter sich hörte er Sunil weiterfahren.

Zwischen den Unmengen von Menschen versuchte er sich zu orientieren. Es gab verschiedene Ebenen. Die unterste Ebene diente den ankommenden Fluggästen. Dort wurden die Koffer auf großen Laufbändern in der Gepäckausgabe ausgegeben. Alles schön hinter dickem Sicherheitsglas, durch das die Wartenden die

Ankommenden sehen konnten. Lediglich eine kleine Schleuse und die Zollkontrolle trennten beide Seiten.

Die erste Ebene diente den abfliegenden Gästen. Hier befanden sich die Ticketschalter und die langen Schlangen der Leute, die ihre Flüge eincheckten. Von der ersten Ebene aus führten Rolltreppen auf eine weitere kleinere Ebene. Dort gab es Restaurants, Cafés und den obligatorischen Zeitungsladen.

Zack ging zum erstbesten Ticketschalter, den er sah. Er wusste nicht, was das Ticket nach Tennessee kostete und welche Airline die Günstigste war. Außerdem bekam man günstige Tickets erstens nur im Internet und zweitens musste man sie mindestens ein halbes Jahr im Voraus bestellen. Nein, sein Ticket würde teuer werden. Sehr teuer. Es war ihm egal. Er wollte die Sache einfach hinter sich und zum Abschluss bringen.

Eine hübsche junge Dame mit blonden Haaren in einer dunklen Uniform mit hellblauem Halstuch suchte ihm den nächsten Flug heraus. Er war günstiger, als er erwartet hatte, doch immer noch viel zu teuer.

»Bitte sehr, hier ist Ihr Ticket. Sie brauchen nur noch einzuchecken, Ihr Gepäck aufgeben und durch die Sicherheitskontrolle zu Gate C117 gehen.«

Zack nickte. Das war einfach. Einchecken und durch die Sicherheitskontrolle zu Gate C117.

»Sie haben Zeit. Ihr Flug geht erst in drei Stunden. Da es ein Inlandsflug ist, beginnt das Boarding eine halbe Stunde vor Abflug. Ich wünsche Ihnen eine angenehme Reise.«

Damit wandte sie sich dem nächsten Wartenden zu.

Sie hatten ihn am Krankenhaus verpasst. Es wurde schrittweise durchsucht und die Außenflächen geprüft. Zack Logan befand sich definitiv nicht dort. Der Grund seines Besuches war schnell geklärt. Seine Eltern lagen auf der Intensivstation im Koma. Ray empfand weder Mitleid noch Empathie. Ihn interessierte nur der Aufenthalt des Flüchtigen. Seit dem Telefonat war eine Stunde vergangen und mit jeder verstreichenden Minute entfernte sich Zack weiter vom Krankenhaus. Damit wuchs das abzusuchende

Gebiet minütlich in alle Richtungen. Für eine gezielte Suche hatten sie zu wenig Personal. Wieder waren sie auf einen Zufallstreffer durch eine der Überwachungskameras angewiesen.

»Ich werde mir die Live-Aufnahmen schnappen und durchsehen. Kümmert ihr euch bitte um die aufgenommenen Daten aus der Umgebung des Krankenhauses. Beginnt mit dem Zeitpunkt des Anrufes.«

Diese Anweisung gab er seinem Team, kurz nach dem Telefonat. Bisher fand weder er selbst, noch sein Team, einen positiven Treffer. Zack war wie vom Erdboden verschluckt und schien zwischendurch nur durch seine Telefonate aufzutauchen. Wie ein Delphin, der gelegentlich aus dem Wasser springt.

»Schönen guten Abend, Jungs.«

Das zweite Team, die Sonderschicht, nahm ihre Plätze ein und löste Rays reguläres Team ab.

»Ich werde noch eine Weile bleiben.«, sagte Ray. »Ich kann noch nicht gehen.«

Der Leiter der zweiten Schicht sah ihn kurz an und nickte.

»Alles klar, Ray. Du hast die Leitung, bis du gehst. Danach übernehme ich.«

»Danke.«

Ray nickte zurück und arbeitete weiterhin an der Suche nach der Nadel im Heuhaufen, um Zack Logan zu finden.

»Ray, kann ich dich was fragen?«

»Ja, natürlich. Was ist denn?«

»Ist es für dich was Persönliches?«

Ray sah ihn eine Weile nachdenklich an.

»Ja, das ist es.«

Und das ist die Wahrheit, in mehr als einer Hinsicht.

»Ich verstehe. Pass bitte auf dich auf, du bist blass geworden.«

War er das wirklich? Er musste zugeben, dass er in den letzten Tagen wenig Rücksicht auf sich selbst und seine eigene Gesundheit genommen hatte. Vielleicht hatte sein Kollege recht und er sah wirklich schlecht aus.

»Kann sein. Das wird besser, wenn wir den Kerl endlich haben.«

Sein Gegenüber nickte.

»Das hoffe ich für dich, Ray. Das hoffe ich für dich!«

Und dann hatte auch er einmal Glück. Ein drittes Mal blinkte eine alarmierende Meldung in Zacks Akte auf. Ray öffnete sie und besah sich die zugehörige Meldung. Diesmal war es kein Telefonat und keine Kreditkarten-Buchung. Zack Logan hatte sich ein Flugticket gekauft und erschien damit automatisch auf den Boarding-Listen der Freewing Airlines. Ray hatte kurz nach Zacks Flucht eine Überwachung aller ausgehenden Flüge von Colorado Springs eingerichtet. Jetzt machte sich seine Mühe bezahlt.

»Bingo! Hab ich dich!«

Er sprach mehr zu sich selbst. Zu den anderen gewandt, sagte er lauter, »Ich hab ihn!«

Sechs Augenpaare wandten sich zu ihm um.

»Wo?«

»Am Flughafen, Colorado Springs. Freewing Airlines, einen Moment.«

Seine Finger flogen über die Tastatur und holten weitere Informationen ein.

»Zum Nashville International Airport in Tennessee.«

»Was will er in Tennessee?«, fragte einer der Nachtschicht.

Ray war klar, warum Zack ausgerechnet dorthin wollte. Ray prüfte die Akte von Donald E. Hayden.

»Unser Klatschreporter ist aus Nashville, Tennessee.«

»Dann will er ihm wohl seine Lebensgeschichte verkaufen.«

»Dem glaubt doch kein Mensch!«, mischte sich ein weiterer Mitarbeiter mit ein.

Ray ignorierte beide.

»Wir haben diesmal mehr Zeit. Der Flug geht in drei Stunden. Das sollte ausreichen, um ihn dingfest zu machen.«

»Ich habe ihn ebenfalls.«, sagte ein dritter.

»Sein Flug geht von Gate C117 aus. Wir wissen ziemlich *genau*, wo er die nächsten drei Stunden sein wird.«

»Danke, Jungs.«, sagte Ray.

Mit einem breiten Grinsen im Gesicht aktualisierte er Zacks Akte und sandte die neuen Informationen auf die Handys der Agenten.

»Das Update an die Agenten ist raus. Hoffen wir, dass sie ihn schnell finden.«

Für einen Moment überlegte er, selbst zum Flughafen zu fahren und entschied sich dagegen. Er war todmüde, hatte weit über seine reguläre Arbeitszeit hinaus gearbeitet und brauchte dringend eine Dusche und Schlaf.

»Ich würde gerne noch bleiben, doch mir fallen die Augen zu.«, wandte er sich an den Leiter der zweiten Schicht.

»Ist schon in Ordnung. Geh nach Hause, wir haben hier alles im Griff.«

Ray nickte.

»Danke.«

Er loggte sich aus dem System aus, erhob sich von seinem Stuhl und zog seine Jacke über. Nachdem er sein Büro verlassen hatte, warf er einen Blick zu Megans Büro. Die Tür stand offen und es brannte darin Licht. Er beschloss ihr einen kurzen Statusbericht zu geben.

Kurz nachdem er angeklopft hatte, betrat er ihr Büro. Sie bedachte ihn mit einer kurzen Begrüßung und sah zurück auf ihren Monitor.

»Ich denke, wir haben ihn.«, sagte Ray. »Er ist am Flughafen und hat sich soeben ein Ticket nach Tennessee gekauft. Bis der Flug startet, haben wir drei Stunden Zeit. Das sollte reichen, ihn zu schnappen.«

Megan nickte.

»Sehr gut. Dann hoffe ich, dass wir ihn nicht schon wieder verlieren.«

Das hoffte er auch. Er war ihnen an diesem Tag zu oft und zu schnell von der Bildfläche verschwunden.

»Ja. Ich habe die Leitung an die Sonderschicht übergeben und werde jetzt gehen. Es war ein sehr langer und anstrengender Tag, Megan.«

Seine Vorgesetzte sah ihn lange an. Ray war sich bewusst, dass sie ihr Gespräch von heute Morgen nicht vergessen hatte. Vielleicht sammelte er Pluspunkte, wenn sie Zack fanden.

»Gehen Sie nach Hause, Ray.«
»Danke.«
Er wandte sich ab und wollte ihr Büro verlassen, doch Megan hielt ihn noch einmal auf.
»Ich weiß, es war ein langer Tag und Sie sind müde und müssen wahrscheinlich auch dringend schlafen...«
Sie machte eine kurze Pause. Ray sagte nichts und wartete ab.
»...aber vergessen Sie bitte nicht, dass Sie noch eine weitere Aufgabe zu erledigen haben.«
Natürlich Megan. Wie konnte ich das nur vergessen!
Statt einer Antwort nickte er langsam. Megan sah ihn aufmerksam an und studierte seine Reaktion. Dann strahlte sie ihr schönstes Lächeln.
»Ich sehe, wir verstehen uns, Ray. Schlafen Sie gut heute Nacht. Wir sehen uns morgen wieder!«
Ray schloss für einen Augenblick seine Augen. Ihr plötzlicher Stimmungswechsel kam zu abrupt, um authentisch zu wirken und das sollte er wahrscheinlich nicht.
»Gute Nacht, Megan.«
Im Vergleich zu ihr, klang er völlig ermattet und müde. Seine Stimme hatte kaum noch Kraft, was nicht nur an dem anstrengenden Arbeitstag lag.
»Wir sehen uns morgen.«
Er verließ ihr Büro, fuhr mit dem Aufzug nach unten und mit seinem Auto nach Hause.

David verfolgte die Akte von Zack Logan, kaum dass sie existierte. Die Querverbindung zu Melissa Lockwood machte ihn neugierig. Da Zack mit Timothy Brown sehr gut befreundet war und Timothy die Reporterin kannte, konnte die Verbindung zwischen Zack und Melissa auf purem Zufall basieren. Als ihn das Update über das Telefonat mit Donald E. Hayden erreichte, war David sofort klar, dass Zack seine Informationen verkaufen wollte. Vielleicht ging es ihm um das Geld. Vielleicht auch nicht. Vielleicht glaubte er sogar daran, dass eine Veröffentlichung seiner Geschichte ihn retten konnte. Wie naiv die Menschen waren!

Sobald er einmal auffällig war, verschwand er nie wieder aus ihrem System und wurde in unregelmäßigen Abständen kontrolliert. Selbst wenn seine Akte geschlossen und sein aktueller Fall beendet war, nahm man ihn gelegentlich unter die Lupe. So behandelte man Auffälligkeiten. Man musste sicher gehen, dass sie wirklich verschwunden blieben.

Natürlich kannte David den Sensationsreporter. Wer kannte ihn nicht? David wusste, wo er wohnte und er zog die richtigen Schlüsse. Irgendwie musste Zack zu Hayden kommen und das ging am besten mit einem Flugzeug. Also machte sich David nach Erhalt der ersten Nachricht mit einer kleinen Überraschung auf den Weg zum Flughafen.

Im Terminal war es einfach, sich unter die Menschenmenge zu mischen. Er holte sich einen Kaffee und setzte sich in die Nähe der Check-In Schalter. Das zugehörige Cleankit hatte er sich sehr früh besorgt. Sie wurden komplett vorbereitet an alle beteiligten Agenten ausgegeben, nachdem Zack von der SCC geflohen war. David sah sich in Ruhe um und suchte sein Ziel. Sein Handy vibrierte und er überflog die Aktualisierung von Zacks Akte. Es gab ein zweites Telefonat mit Hayden.

Welch Wunder! Natürlich hat er noch einmal angerufen!

Es bestätigte seine Vermutung, aber Zack ließ lange auf sich warten. Den Lärm der Menschen, Durchsagen und über den Boden rollende Koffer blendete David aus. Aus einem Kaffee wurden zwei und später drei. Er warf einen Blick auf seine Armbanduhr und stellte fest, dass er bereits zwei Stunden wartete. Er hatte keinen Zweifel, dass Zack früher oder später auftauchte, die Frage war wann. Genauso gut konnte er erst morgen oder übermorgen einen Flug buchen.

Vielleicht verpasse ich ihn, dann erntet ein anderer die Lorbeeren. Irgendein Anfänger, der einen Glückstreffer landet. Diese Amateure!

David übte sich in Geduld. Er wechselte seinen Platz, kaufte sich eine Zeitung und setzte sich auf einen freien Platz einer Bank, von der er einen guten Blick auf die Check-In Schalter und die Sicherheitskontrolle hatte.

Sein Handy vibrierte im gleichen Moment, als er ihn sah. Logan stellte sich an die Schlange des Check-In Schalters und David nutzte die Zeit, um das Aktenupdate zu lesen.

So sehr Zack große Menschenmengen mied, so sehr liebte er heute die Massen. In ihnen konnte er verschwinden und untertauchen. Er konnte sich mit ihnen treiben lassen, wie ein kleines Papierboot auf dem Fluss. Jeder der ihn suchte, hatte Schwierigkeiten, ihn zu finden. Entgegen der Hektik, die vorherrschte, fühlte er sich komplett ruhig. Menschen eilten umher und rempelten ihn an. Andere zerrten ihre Kinder an den Armen hinter sich her, laut fluchend, dass sie zu spät dran waren und sie den Flug nicht verpassen wollten. Alle paar Minuten kam eine andere Ansage durch die Lautsprecher und immer wieder wurde darauf hingewiesen, dass eigene Gepäck nicht unbeaufsichtigt stehen zu lassen. Er kam sich vor wie der Gegenpol zu dieser Hektik. Wie Plus und Minus einer Batterie.

In aller Seelenruhe schwamm er dem Check-In seiner Airline zu. Vor den Schaltern der Freewing Airlines tummelten sich die Menschen. Es schien, als warteten hier mehr Menschen, als bei den anderen Fluglinien. Nur langsam ging es vorwärts. Es wurden Ausweise gezückt und Koffer auf die Waagen gestellt. Die meisten wurden angenommen, einige wenige zahlten nach, da sie das Höchstgewicht überschritten. Zack hatte kein Gepäck dabei. Er nahm mit, was er bei sich trug. Das bestand neben seiner Kleidung aus seiner Videokamera, seinem in Einzelteile zerlegtem Handy, dem Cleankit, der Fliege und dem, was er in seinen Hosentaschen hatte, ein Papiertaschentuch und Bargeld.

Nach einer Weile und guten fünf Metern Fortschritt bemerkte er einen kleinen Fernseher. Er sah aus wie früher die Spielautomaten in der Spielhalle. Nur stand an diesem Spielautomaten nicht »Space Defender« oder »Bubble Bobble« sondern »Check-In«. Er verließ die Warteschlange und besah sich den Bildschirm näher. Das System forderte ihn auf, seine Buchungsnummer und Ausweisnummer einzugeben. Zack tippte die Zahlen ein und bestätigte. Die Anzeige wechselte und bat ihn um Geduld, während das

System sein Ticket überprüfte. Kurz darauf konnte er sich einen der noch verbliebenen freien Plätze aussuchen. Zack tippte auf einen Platz im hinteren Teil des Flugzeugs direkt am Gang. Dort konnte er die Füße ausstrecken. Das System bat ihn erneut um Geduld, nachdem er seine Eingaben bestätigte. Kurz darauf wünschte es ihm einen angenehmen Flug und druckte ihm seine Bordkarte aus. Das war einfach! Das musste er sich merken! Nie wieder Schlange stehen in der Gepäckaufgabe, wenn es nicht notwendig war. Kurz am Automaten die Buchungsnummer eingeben und prompt war man eingecheckt.

Zack sah auf die Uhr. Er hatte noch zwei Stunden Zeit. Eineinhalb, wenn man die Zeit des Boardings abzog. Was sollte er hier tun? Er entschloss sich, durch die Sicherheitskontrolle zu gehen. Die Schlangen davor waren mindestens genauso lang, wie vor den Check-In-Schaltern. Er stellte sich erneut in die Reihe und sah sich um. Das Sicherheitspersonal trug blaue Hemden mit schwarzen Hosen. Waffen trugen sie keine. Er war sich sicher, dass bewaffnete Beamte in der Nähe bereit standen, für den Fall das sie gebraucht wurden. Die Warteschlange teilte sich auf fünf Kontrollpunkte auf. Jeder besetzt mit einem Mann und einer Frau mit einem mobilen Detektor, einem weiteren der gebannt auf den Monitor starrte, der das Handgepäck durchleuchtete. Ein vierter Kontrolleur trug ständig die Kisten von einer Seite der Schleuse auf die andere. Dort hinein legte Zack seine Kamera und die Speicherkarten, die Einzelteile seines Handys, seine Armbanduhr, sein Portemonnaie, das kleine runde Cleankit, eine leere Streichholzschachtel, die er aus dem Hotel mitgenommen hatte, welche nun eine kleine tote Fliege enthielt und seinen Hausschlüssel.

Er wartete und wurde durch den Metalldetektor gebeten, der sofort Alarm schlug. Der Mann mit dem mobilen Detektor bat ihn, die Arme zu heben und die Beine zu spreizen und fuhr mit dem Detektor an ihm entlang. Die Gürtelschnalle verursachte ein lautes Piepsen. Zack zog seinen Gürtel aus und lief erneut durch die Schleuse. Der Metalldetektor schlug ein zweites Mal Alarm. Bevor er seinen Gürtel zurückbekam wurde er angewiesen, seine Schuhe auszuziehen, welche in eine weitere Kiste gepackt und durch den Scanner geschickt wurden. Bei seinem dritten Gang durch den Metalldetektor blieb dieser endlich ruhig.

Das Ganze erinnerte ihn an einen Flug, den er vor langer Zeit mit Timothy unternommen hatte. Timothy hatte gerade einige Pfund abgenommen und seine Hose war ihm zu groß gewesen, was ihn nicht daran gehindert hatte, sie weiterhin anzuziehen. Ein Gürtel sorgte für den nötigen Halt. Bei der Kontrolle piepste der Detektor ebenso wie heute. Timothy wurde abgescannt und musste seinen Gürtel öffnen. Beim zweiten Versuch wurde er gebeten, die Arme zur Seite auszustrecken, damit der Mann mit dem Detektor auch unter seinen Armen scannen konnte. Timothy tat wie ihm geheißen und vergaß in dem Moment, dass seine Hose zu groß war. Er bemerkte seine Gedankenlosigkeit kurz darauf, denn eine Sekunde später hing sie in seinen Kniekehlen.

Timmy!

Der Kontrolleur am Scanner fragte Zack nach seinem Handy. Zack antwortete ihm, dass der Akku so länger hielt. Der Kontrolleur fand weder Sprengstoff noch verborgene Waffen und ließ ihn weitergehen. Zack zog sich seine Schuhe und den Gürtel wieder an und verließ den Kontrollpunkt. Inzwischen dauerte es noch eine Stunde, bis zu seinem Flug. Er sah auf seine Bordkarte und begab sich zum Gate C117. Vor dem Gate gab es eine unbesetzte Station zur Passkontrolle. Er ging weiter und setzte sich auf einen der nebeneinander geschraubten Polstersitze mit Blick auf das Vorfeld.

- 47 -

Freewing Airlines, Gate C117. Wer sagt es denn? Habe ich es nicht gewusst! Jetzt gehörst du mir!
David übernahm die Akte und wies sie sich selbst zu. Damit wussten alle, dass er an ihm dran war.
Hoffentlich haltet ihr Amateure euch fern von mir. Ich kann keine Hahnenkämpfe brauchen.
Er hob seinen Blick vom Handy und suchte Zack. Er war aus der Schlange des Schalters verschwunden.
Wo bist du denn jetzt auf einmal hin?
Er war noch nicht abgefertigt, dafür war die Zeit zu kurz. Zack musste irgendwo anders hingegangen sein. Kurz darauf entdeckte er ihn an einem Self-Check-In Terminal. David lächelte.
Du bist ja gar nicht so dämlich, Freundchen.
Zack verbrachte dort ein paar Minuten und ging schnurstracks zur Sicherheitskontrolle. David buchte online ein Ticket für den gleichen Flug und checkte sich über das Internet ein. Anschließend begab er sich ebenfalls zur Sicherheitskontrolle.
In die schwarzen Kisten legte er alle metallischen Gegenstände, inklusive des Cleankits und trat durch das Magnetfeld. Es ertönte kein Alarm und er wurde nicht durchsucht. Allerdings erwischte er einen neugierigen Kontrolleur.
»Sir, was ist das hier?«
Er zeigte auf eine kleine, metallene Box, die soeben aus dem Röntgenapparat heraus kam. Es handelte sich um das aktivierte Cleankit.
»Meine Medizin.«
»Für welche Krankheit?«
»Pungeritis.«
David lächelte und zeigte ein paar Zähne. Pungere war das lateinische Wort für stechen. Es erschien ihm ein durchaus treffendes und passendes Synonym.
Der Kontrolleur nickte.

»Gut. Und was haben Sie da drin?«

Er zeigte auf eine kleine Box von der Größe einer Streichholzschachtel.

»Einen Moment, ich zeige es Ihnen.«

David nahm die kleine Box, öffnete sie und hielt sie dem Kontrolleur hin. Er runzelte die Stirn und schwieg.

»Gut, dann ist alles in Ordnung.«

Damit durfte David die Sicherheitskontrolle passieren.

Er nahm seine Sachen an sich und begab sich gemütlich zum Gate C117. Es war noch reichlich Zeit, bis der Flug startete und er überlegte, wie er Zack entweder gut isolieren oder möglichst unauffällig nahe kommen konnte. Durch eine Glasscheibe beobachtete er sein Ziel. Logan war extrem unruhig und sah sich alle paar Sekunden um. Die Nervosität war ihm regelrecht ins Gesicht geschrieben. Er saß auf einem Platz an der Wand, so dass er ihn nicht von hinten erreichen konnte. Die Option einer unauffälligen Säuberung schrumpfte. Er musste sein Ziel isolieren.

Es verging eine weitere Stunde und die Menschen im Wartesaal wurden mehr. Zack Logan rührte sich nicht vom Fleck. Er blieb auf seinem Platz sitzen und beäugte jeden um sich herum mit Argusaugen.

Immer wenn man wartete, schlich die Zeit im Schneckentempo voran. Wie in Zeitlupe füllten sich um Zack die Plätze der Wartestühle am Gate. Lautsprecherdurchsagen und letzte Aufrufe namentlicher Passagiere wurden durchgegeben. Es herrschte ein Kratzen und ein Scharren. Langsame und schnell trippelnde, laute und leise Schritte, sowie das ewig nervende Quietschen eines Kofferrads hallten durch die Abflughalle.

Halb in Trance starrte Zack durch die Glasscheibe des Gates auf die davor stehenden Flugzeuge, die ent- und beladen wurden. Er beobachtete den Tankwagen, der tonnenweise Kerosin in die Tragflächen pumpte und den Service-Laster, der die Flugzeuge mit frischem Essen versorgte. In einiger Entfernung landeten und starteten die Flugzeuge im Minutentakt, nur einmal unterbrochen durch eine kleine Cessna, die langsam und scheinbar unendlich lange über der Piste schwebte, bevor sie schließlich aufsetzte und auf den nächsten Rollweg abbog. Kurz darauf donnerte der nächste Airbus an ihm vorbei.

Wenn es etwas gab, das Zack nicht mochte, dann war es das Fliegen. Er wusste nicht warum. Laut Statistik war es die sicherste Art zu Reisen. Vielleicht lag es an der geringen Überlebensquote im Falle eines Absturzes, vielleicht war es das Gefühl, den Naturgewalten hilflos ausgeliefert zu sein oder der unangenehme Druck in der Magengegend beim Start. Er konnte sich einfach nicht daran gewöhnen. Zack hatte keine Angst vor dem Fliegen, er mochte es einfach nicht. Schlimmer noch, er hasste es. Lieber fuhr er mit dem Auto oder mit der Bahn, allerdings durfte er diesmal keine Zeit verlieren und musste sich schnellstmöglich mit Donald E. Hayden treffen. Er wollte es endlich hinter sich haben. An den Reporter abgeben und für sich das ganze Thema abhaken. Fertig aus. Das Leben wieder in geordneten Bahnen leben, in Ruhe und Frieden.

Rechts neben ihm saß eine junge Mutter. Ihre Tochter mochte vielleicht sechs oder sieben sein. Dessen roten Locken flogen bei jedem Schritt durch die Gegend und ihre Sommersprossen spiegelten sich in der Fensterscheibe. Sie stand davor und beobachtete das Treiben auf dem Vorfeld, genau wie Zack.

»Mami, wann dürfen wir endlich einsteigen?«

Ihre Mutter sah von ihrer Zeitschrift auf. Zack konnte das Logo nicht erkennen, aber er sah, dass es um Mode ging.

»Nicht mehr lange Schatz, gleich geht es los.«

Der kleine Rotschopf war ungeduldig und die Frage nach dem »wie lange« schien ihre Lieblingsfrage zu sein. Ihre Mutter seufzte und blätterte in ihrer Zeitschrift.

Links neben Zack saß ein Geschäftsmann in einem dunklen Anzug. Ein lederner Aktenkoffer stand auf dem Sitz neben ihm. Mit einer Hand hämmerte er auf sein Notebook ein und mit der anderen Hand presste er sein Handy ans Ohr. Aufgeregt redete er auf seinen Gesprächspartner ein.

Wie schafft er es, gleichzeitig zu telefonieren und zu tippen?

Mal abgesehen davon, dass Zack mit einer Hand langsamer tippte, als er schreiben konnte, brachte er sein Gespräch und die Notizen durcheinander. Er konnte nur eine Sache zur gleichen Zeit machen. Frauen waren da anders veranlagt.

Vielleicht kann er mir ein paar Tipps zum Thema Multitasking geben?

Zwei Flugbegleiter in der Uniform der Airline betraten das Gate. Sie starteten ihren Computer und warfen einen Blick auf die Papiere, die sie mitgebracht hatten. Zack vermutete, dass es sich um die Passagierliste handelte. Ein Blick auf die Uhr sagte, dass es nur Minuten bis zum Boarding waren. Der Warteraum des Gates war inzwischen voll und die ersten Passagiere mussten stehend warten. Alle Sitzplätze waren belegt. Wenn der Mann im dunklen Anzug seinen Aktenkoffer vom Nachbarsitz nehmen würde, könnte sich zumindest ein weiterer Fluggast setzen.

Der Tankwagen verließ das Flugzeug und auch der Service-Laster fuhr davon. Zwei kleine gelbe Gepäckautos rollten zum Bauch des Flugzeugs, jedes mit drei Anhängern, vollgepackt mit Koffern und Taschen. Von jeder Seite ragte ein Förderband in das Flugzeug und Männer in orangenen Warnwesten und mit Handschuhen warfen die Gepäckstücke auf das Band. Die Koffer landeten hart auf dem Band und fuhren in den Rumpf des Flugzeugs. Eine grüne Sporttasche hatte weniger Glück, fiel auf der Hälfte des Transportweges vom Band herunter und klatschte wie ein Sack Lumpen auf den Boden. Der Gepäckmitarbeiter beachtete sie nicht. Erst nachdem er alle anderen Koffer auf das Förderband beladen hatte, nahm er sie und warf sie erneut genauso achtlos auf das Band.

Schließlich war es soweit. In Kürze würde er in seinem Flieger sitzen und aus dieser Stadt verschwinden. Zack wusste nicht, wie weit die Gedankenpolizei agierte. Er war sich sicher, dass sie ihn in dieser Stadt suchten und nicht in den anderen Teilen des Landes. Mit ein wenig Glück würde es ihm ausreichend Zeit verschaffen, seine Geschichte zu veröffentlichen, bevor sie ihn fanden. Die Frau in dunkler Uniform mit hellblauem Halstuch drückte einen Knopf und die Anzeigetafel über dem Gate wechselte auf das Wort »Boarding«. Sie begrüßte alle Reisenden herzlich auf dem nächsten Inlandsflug der Firma Freewing Airlines und bat, zuerst die hintersten Sitzreihen das Flugzeug zu betreten, gefolgt von dem mittleren und dem vorderen Bereich. Augenblicklich bildete sich eine große Traube am Gate. Ein Mann in identischer Uniform zog sorgfältig jede Bordkarte durch den Scanner und wünschte jedem einen angenehmen Flug. Zacks Sitzplatz war in einer der hintersten Reihen. Von seiner Videokamera abgesehen trug er kein Gepäck bei sich und beschloss zu warten, bis alle anderen eingestiegen waren. So konnte er es ein paar Minuten herauszögern, ehe er einen Fuß in ein Flugzeug setzen musste.

Der kleine Rotschopf tippelte von einem Fuß auf den anderen. Ihre Ungeduld war nicht zu übersehen, vermutlich war es ihr erster Flug. Zack versuchte sich mit Mühe an seinen ersten Flug zu erinnern. Er war einige Male geflogen, aber an seinen ersten Flug erinnerte er sich nicht.

Die nächste Gruppe Passagiere wurde gebeten, das Flugzeug zu betreten. Zack wollte mit der letzten Gruppe an Bord gehen. Vor ihm wiederholte sich das gleiche Spiel. Es bildete sich eine große Menschentraube, die langsam schrumpfte, als eine Bordkarte nach der anderen durch den Scanner gezogen wurde, bis schließlich die Gruppe der vorderen Reihen aufgerufen wurde. Zack stand auf und vergewisserte sich, dass er seine Videokamera bei sich hatte, stellte sich an das Ende der Traube und wartete.

David kontrollierte seine Uhr. Die Zeit verrann. In wenigen Minuten begann das Boarding. Vielleicht war das seine Chance. Sollte Zack das Flugzeug als erstes betreten, wollte er sich ihm anschließen und die Enge im Flugzeug nutzen, um den Moment der Unauffälligkeit zu haben. Ständig rempelten sich dort die Leute an, drückten sich aneinander vorbei und immer wieder gab es Berührungspunkte. Ein idealer Ort für seinen Auftrag. Danach hatte er ausreichend Zeit, das Flugzeug zu verlassen. Falls das nicht möglich war, würde er in Tennessee einen Rückflug buchen. Das Hauptaugenmerk lag auf der Erledigung des Auftrages.

Doch Zack betrat nicht als erster das Flugzeug. Diese Chance entrann David. Wenn Logan sich mittig unter die Leute mischte, konnte er ihn immer noch erreichen. Aber Zack blieb auch bei der zweiten Boardinggruppe sitzen. David betrat die Wartehalle. Fast alle waren inzwischen eingestiegen. Zack hatte sich zu der letzten Gruppe gesellt, die das Flugzeug betreten wollte. David rief seinen Namen.

»Mr. Logan!«

Zack drehte sich um, ganz automatisch, mehr aus einem Reflex als einer bewussten Handlung. Am Eingang des Gates stand ein Mann in einem dunklen Anzug. Es handelte sich nicht um den Geschäftsmann mit Laptop und Aktenkoffer. Dieser war mit der zweiten Gruppe an Bord gegangen. Den Mann am Eingang hatte er bisher nicht im Wartesaal wahrgenommen.

»Sie sehen überrascht aus. Ich habe Sie klüger eingeschätzt.«

Der Mann blieb in sicherer Entfernung stehen und machte keine Anstalten näher zu kommen. Zack hatte nichts zu befürchten. Vorerst.

»Wer sind Sie?«

»Wieder habe ich Sie klüger eingeschätzt. Nennen Sie mich einfach Mr. Smith.«

Natürlich. Mr. Smith. Wie sonst? Anscheinend heißen alle Smith. Was will er? Wenn er mich töten wollte, hatte er seine Gelegenheit dazu gehabt. Will er mich mit meinem Wissen gehen lassen?

»Was wollen Sie?«

»Zack, ich darf Sie doch so nennen? Sie sollten eines wissen. Sie sind nicht der Erste und werden auch nicht der Letzte sein.«

Das dachte er sich bereits. Er wagte nicht, sich umzudrehen und überlegte, wie groß die Traube hinter ihm war.

Will er mich vom Flug abhalten oder verhaften?

Der Mann fuhr unbeirrt fort.

»Ich möchte Sie warnen. Man wird Ihnen nicht glauben.«

»Wieso nicht?«

Er schob die Hand mit der Videokamera hinter seinen Rücken. Mit etwas Glück hatte der Agent sie nicht gesehen. Dieser streckte die Arme aus und lachte.

»Weil es einfach zu unglaublich ist. Jetzt mal ernsthaft: Würden Sie einem dahergelaufenen Jungen glauben, der Ihnen Verschwörungstheorien auftischt?«

Das war ein guter Punkt. Zack sollte sich während des Fluges einige Argumente und Diskussionsstrategien zurecht legen. Vielleicht sollte er dem Agenten danken, doch er ging nicht auf die Frage ein.

»Warum das Ganze?«

Beide mieden es öffentlich auszusprechen, worum es ging. Der Agent aus Gründen der Geheimhaltung. Zack aus Angst vor dem Agenten. Ein falsches Wort und sein Sitzplatz im Flugzeug blieb mit hoher Sicherheit unbesetzt.

»Zack...«

Der Mann ging einen Schritt in seine Richtung. Zack wich automatisch einen Schritt zurück.

»Immer ruhig mit den jungen Pferden.«, warf sein Gegenüber ein.

»Das ›Warum‹ könnte ich Ihnen ausführlich erklären, aber danach müsste ich Sie töten. Tut mir leid, das ist leider streng geheim.«

Der Agent lächelte. Es war das gleiche stoische Lächeln, das er in den Verhören zu Genüge gesehen hatte. Diesmal glaubte Zack eine Andeutung in seinem Lächeln zu erkennen. Eine Andeutung, dass er nichts lieber täte, als ihn umzubringen.

»Schade.«, sagte Zack. Er wurde mutiger.

Mr. Smith ignorierte ihn.

»Darf ich Sie bitten, Ihre Mitmenschen, nicht zu belästigen? Die permanente Fahrkartenkontrolle während Ihrer letzten Zugfahrt war sehr störend.«

»Woher...?«

Zack überlegte. Er erinnerte sich gut an seine Anreise zu Timothys Geburtstag.

»Waren Sie das?«

»Nein, aber ich hatte Sie die ganze Zeit im Blick.«

Seit wann werde ich überwacht?

Zack konnte nicht wissen, dass er zu diesem Zeitpunkt noch

völlig uninteressant gewesen war. Das Gefühl, von Anfang an unter Beobachtung gestanden zu haben, machte ihn nervös. Was wollte der Agent?

Der Flughafen wird videoüberwacht und der Agent wird nicht so dumm sein, ihn vor den Augen der Reisenden und der Kameras zu ermorden?

»Warum meine Eltern und Jasmin?«

»Mr. Logan. Wieso glauben Sie, dass *wir* etwas damit zu tun haben?«

Zorn wallte in ihm hoch und seine Hände ballten sich zu Fäusten.

»Wollen Sie es leugnen?«

Zack zischte durch seine Zähne. Er hatte Mühe die Kontrolle zu behalten, aber er durfte nicht ausrasten. Vielleicht legte es Smith darauf an. Nein, er musste sich am Riemen reißen und durfte *ihm* keine Gelegenheit geben, ihn verhaften zu *dürfen*.

»Zack, passen Sie *gut* auf, *was* Sie in der Öffentlichkeit sagen. Das ist ein gut gemeinter Rat meinerseits.«

Sie wussten beide, dass das Wort *Drohung* besser passte. Eine Sache gab es, die Zack auf der Zunge brannte.

»Was ist mit Timmy?«

»Mr. Brown? Sie haben sich aus den Augen verloren, stimmt's?«

Wieso kannst du Arschloch nicht einfach eine klare Antwort auf eine klare Frage geben?

Seine Fäuste ballten sich noch stärker. Er merkte, wie seine Fingernägel in seine Handflächen bohrten und versuchte, sich zu entspannen. Mr. Smith lächelte weiterhin.

»Sir, wenn Sie mich entschuldigen, mein Flugzeug wartet.«

Das hörte sich gut an.

»Einen Moment noch, Mr. Zack Logan. Ich möchte Ihnen etwas zeigen.«

Ein leises, hohes Summen surrte an Zacks Ohr vorbei.

Was zum Teufel?

Zack hob eine Augenbraue und sah sein Gegenüber an. Der Agent nickte. Es war erstaunlich, faszinierend und erschreckend zugleich.

»Es handelt sich hierbei um den Prototyp unserer neuesten Erfindung. Dank dieser ferngesteuerten Mücke müssen wir uns nicht mehr die Hände schmutzig machen, um die *Medizin* zu verabreichen.«

Zack ersetzte das Wort Medizin durch Naniten-Cocktail.

»Wir haben noch einen Fortschritt gemacht.«

Mr. Smith grinste und seine Selbstgefälligkeit war nicht zu übersehen.

»Dank unserer *Medizin* sind wir ab sofort in der Lage, wenn auch kurzfristig, einen Teil der Körperfunktionen zu steuern.«

Zack blieb der Mund offen stehen.

»Nichts dramatisches, Arme und Beine, Sie wissen schon. Aber es ist ein vielversprechender Anfang.«

In seinen Gedanken holte er weit aus und rammte ihm seine Kamera in das selbstgefällige Grinsen. Er hörte, wie seine Zähne knirschten und sich aus dem Kiefer lösten, bevor die beiden vorderen Schneidezähne mit einem leichten Klacken auf den Boden polterten. Am liebsten hätte er ihm regelrecht seine fiese Fresse poliert. Er zitterte, teils aus Angst, teils aus Wut, doch er musste sich zurückhalten. Eine falsche Reaktion und das Flugzeug würde ohne ihn starten. Die Mücke surrte ein weiteres Mal um ihn herum.

»Mr. Logan?«

Diesmal kam die Frage von der Frau am Gate hinter ihm.

»Einen Moment.«

Zack antwortete ohne sich umzudrehen oder den Agenten aus den Augen zu lassen. Jede Faser seines Körpers war angespannt, wie eine Raubkatze kurz vor dem entscheidenden Sprung auf ihre Beute. Er spürte einen leichten Windzug an seinem Hals. Ohne zu Zögern schlug er mit seiner freien Hand mit voller Kraft auf die Stelle. Der Agent zog verächtlich einen Mundwinkel nach oben und Zack entspannte sich. Er nahm seine Hand vom Hals und betrachtete die Überreste der Mücke auf seinen Fingern. Diesmal war es Zack, der grinste.

War das alles? Mehr habt ihr nicht zu bieten?

Statt seinen Triumph in voller Höhe auszukosten oder ansatzweise dem Agenten seinen Triumph zu zeigen, sagte er einen kurzen Satz.

»Das war es wohl mit Ihrem Prototyp.«

»Daran müssen wir wohl noch arbeiten.«

Obwohl er es sich nicht anmerken lassen wollte, sah Zack die Enttäuschung in seinem Gesicht. Er selbst hatte noch einmal Glück gehabt. Riesiges Glück. Zumindest für den Moment.

»Wenn Sie mich *jetzt* entschuldigen.«

Zack ging ein paar Schritte rückwärts und wartete bis die Flugbegleiterin seine Bordkarte scannte. Weiterhin ließ er den Agenten nicht aus den Augen. Der hob symbolisch entwaffnet beide Hände, die Handflächen ihm zugewandt.

»Guten Flug Mr. Logan.«, sagten der Agent und die Flugbegleiterin zeitgleich.

Zack nahm seine Bordkarte, ging mit schnellen Schritten in das Flugzeug und betrat die Kabine. Mit zitternden Knien atmete er tief durch und schloss die Augen.

Das war verdammt knapp gewesen. Zu knapp!

- 48 -

Nachdem Zack das Flugzeug betreten hatte und außer Sichtweise war, lachte David laut auf. Er war ein guter Schauspieler und er war überzeugend. Zack glaubte ihm. Natürlich war die Mücke kein Prototyp und David hätte niemals ein halbfertiges Produkt eingesetzt. Aber er hatte damit gerechnet, nicht nahe genug an Zack heranzukommen, um das Cleankit zu benutzen. Daher hatte er die kleine Streichholzschachtel mit den Mücken mitgebracht. Ein kleines zugehöriges Steuergerät hatte er zuvor unauffällig in der Handtasche einer jungen Mutter fallen lassen, die zu sehr mit ihrem kleinen rothaarigen Kind beschäftigt war.

Er sah noch einmal in seine Schachtel. Sie war leer. Alle Mücken waren ausgeflogen und eine lag zerschmettert auf dem Boden, wo Zack vor ein paar Minuten noch gestanden hatte.

»Sir?«

Eine weibliche Stimme riss ihn aus seinen Gedanken. Er drehte sich zu ihr um.

»Ihre Bordkarte?«

David lehnte ab.

»Es tut mir leid, ich kann den Flug leider nicht antreten. Können Sie mich von der Passagierliste bitte streichen?«

Die junge Dame sah kurz auf ihren Bildschirm.

»Es scheint, als ob Sie der letzte fehlende Passagier sind. Kann ich bitte Ihr Ticket kurz sehen?«

»Selbstverständlich.«

Er zeigte ihr sein Handy mit der online Bordkarte. Sie tippte auf ihrer Tastatur und scannte den Barcode seines Tickets.

»Sie haben kein Gepäck aufgegeben und nur Handgepäck?«

»Das ist richtig.«

»Einen Moment bitte.«

Wieder tippte sie auf ihrer Tastatur.

»Ich habe Sie von dem Flug ausgecheckt. Warten Sie bitte einen Moment, jemand vom Sicherheitspersonal wird Sie aus dem Ter-

minal hinaus begleiten.«
David nickte.
»Vielen Dank.«
Kurz darauf erschien ein uniformierter Mann, der David aus dem Sicherheitsbereich eskortierte. Die Stewardess eilte durch die Gangway in das Flugzeug.

Nachdem David die Eingangshalle des Terminals erreichte, betrat er eine kleine Aussichtsplattform, von der er die drei Landebahnen beobachten konnte. Er strahlte über das ganze Gesicht. Es war ihm zwar unmöglich gewesen, Zack zu säubern. Dafür hatte er einen anderen Plan. Er war gespannt, ob er funktionierte. Soweit er wusste, hatte dies noch kein anderer zuvor probiert.

Die Flugzeuge rollten auf den Rollwegen im Gänsemarsch nacheinander zu den Pisten. David zog sein Handy aus der Tasche und öffnete eine neue App, die er kurz zuvor installiert hatte. Sie zeigte drei Symbole, zwei grüne und ein rotes. Ebenso waren Anzeigen für Signalstärken zu sehen. Zwei der Balken waren auf die Hälfte geschrumpft und nahmen langsam ab. David tippte einen Zeitraum ein und drückte dann einen großen grünen Button, mit dem Wort *Aktivieren*. Die Statusanzeige sprang von rot auf gelb und David steckte sein Handy in seine Jackentasche. Er war zufrieden. In Kürze würde er erfahren, ob sein Plan Erfolg hatte. Bis dahin musste er sich in Geduld üben.

»Gute Reise, Zack Logan.«

Er winkte dem davonfliegenden Flugzeug und starrte ihm lange hinterher, bis es in den Wolken verschwunden war und er es nicht mehr sehen konnte. Dann drehte sich auch David um, verließ die Aussichtsplattform, den Flughafen und fuhr zurück zum Hauptgebäude der SCC.

Dort angekommen, setzte er sich an einen freien PC und öffnete die Akte von Zack Logan. Er hinterließ einen Vermerk über den gescheiterten Versuch der Säuberung und zusätzlich dazu einen Kommentar über einen Live-Test der nächsten Generation des Typs Mosquito. So wurde das Modell der Mücken intern genannt. Zur Sicherheit forderte er zusätzlich Unterstützung von Nashville an, mit einem Verweis auf die Flugnummer von Zack. Wenn sein

Plan funktionierte, benötigte er sie nicht.

- 49 -

Es würde ihr letzter gemeinsamer Tag werden, bevor sich alles ändern würde. Zumindest für Ray. Für heute nahm er sich die Säuberung von Kacey fest vor. Das Cleankit lag fertig vorbereitet in seinem Nachttisch, in der oberen Schublade. Wenn Kacey schlief, würde er es ihr aufdrücken und alles würde so sein wie vorher. Zumindest fast alles. *Er* würde mit der Gewissheit leben müssen, dass er in ihrem Leben *herumgepfuscht* hatte.

Oder wir setzen uns einfach ins Auto und verschwinden von hier. Einfach auf und davon, über alle Berge mit unseren großen Sieben-Meilen-Stiefeln.

Er hatte eine Flasche Wein kalt gestellt und das Abendessen vorbereitet, da Kacey heute länger arbeitete. Zwei Kerzen erhellten den Esstisch und die Filetstreifen brutzelten in der Pfanne geräuschvoll vor sich hin. Er prüfte gerade die Konsistenz der Nudeln, da hörte er die Haustür.

»Was ist denn hier los?«

Seine Frau war sichtlich überrascht. Ray lief zur Tür, nahm sie in die Arme und drückte sie kräftig an sich.

»Du bist aber stürmisch heute. Lass mich kurz ablegen.«

Ray gab ihr einen Kuss und ging zurück in die Küche, um die Pasta abzugießen.

»Du bist genau richtig. Das Essen ist fertig. Setz dich und genieß es.«

Kacey nahm Platz und sah ihm zu, wie er die Nudeln verteilte und mit dem Fleisch und grünem Pesto garnierte. Anschließend holte er den Wein aus dem Kühlschrank und füllte beide Gläser. Er erhob sein Glas und prostete Kacey zu.

»Auf einen schönen Abend!«

»Auf einen schönen Abend!«, wiederholte sie.

Es war nicht ungewöhnlich, dass Ray das Abendessen vorbereitete, wenn Kacey länger arbeitete. Sie aßen und unterhielten sich, wie jeden Tag.

»Was ist aus deinem Geflohenen geworden? Habt ihr ihn gefunden?«

Sie bezog sich auf ihr Gespräch vom gestrigen Abend.

»Das wird sich morgen zeigen. Ich habe ihn gefunden und wenn alles gut gelaufen ist, haben sie ihn sicher schon geschnappt. Falls er ihnen wieder entwischt ist, dann liegt das nicht mehr in meiner Reichweite. Das letzte was ich weiß, ist, dass er mit dem Flugzeug abhauen wollte.«

»Dann bin ich auf morgen Abend gespannt.«

Das glaube ich dir. Nur morgen wirst du dich daran nicht erinnern.

Ray trank einen Schluck von seinem Wein und Kacey folgte seinem Beispiel.

Nach dem Essen leerten sie die Flasche auf dem Sofa und Kacey schmiegte sich in seinen Arm. Er streichelte ihr Haar und fühlte sich elend. Sein Magen schien geschrumpft zu sein. Er fühlte sich an wie ein großer Kloß. Trotzdem versuchte er, sich normal zu geben. Bisher war ihm das gut gelungen.

Sie sahen einen Film und Kacey streichelte ihm über seine Brust. Ray nahm den Fernseher nur am Rande wahr. Seine Gedanken drehten sich bereits um die Säuberung.

»Ich glaube, ich hatte zu viel Wein.«

Kacey kicherte.

Ihre Hand glitt über seinen Bauch in seinen Schritt und er spürte, wie sie ihn zwischen seinen Beinen streichelte. Ray fuhr mit seiner Hand über ihren Rücken. Ihre Finger in seinem Schritt erregten ihn und sein Penis wölbte sich in seiner Hose.

Seine Frau öffnete seine Hose und holte sein Glied heraus.

»Hmm... Nachtisch!«, flüsterte Kacey.

Sanft strich sie über sein bestes Stück und seine Hoden. Ray war zwar erregt, aber gleichzeitig hatte er nur eine halbe Erektion. Sein Penis wurde nicht richtig steif.

Er stöhnte, als sie seine Eichel in den Mund nahm. Ihr sanftes Saugen turnte ihn sonst am meisten an. Er schloss die Augen und versuchte, sich zu entspannen. Kaceys Lippen glitten auf und ab, ohne seinen Zustand zu verbessern. Sie sah zu ihm auf.

»Ist alles in Ordnung, Ray?«

Nichts ist in Ordnung!

»Ich glaube, es war einfach eine äußerst anstrengende Woche. So viel Stress hatte ich lange nicht.«

Das ist nicht einmal gelogen.

Wieder schmiegte sie sich an ihn und gab ihm einen Kuss auf die Wange.

»Das macht nichts. Ist doch völlig normal. Dann kuscheln wir halt ein bisschen vor dem Schlafen.«

Schlafen!

Das war der entscheidende Punkt. Er musste länger wach bleiben und warten, bis sie eingeschlafen war.

Als der Abspann lief, streckten sie sich.

»Mensch, bin ich müde!«, sagte Kacey. »Es war für mich auch ein langer Tag. Ist es okay, wenn ich zuerst ins Bad verschwinde?«

»Ja Schatz, mach nur.«

Es war ihm sogar recht. Sie wusch sich und putzte Zähne. In der Zwischenzeit prüfte Ray seinen Nachttisch. Alles war vorbereitet.

Zwanzig Minuten später wickelte sich Kacey in ihre Bettdecke ein.

»Gute Nacht, Liebling. Mach nicht so lange, sonst bin ich eingeschlafen, bevor du im Bett bist.«

An diesem Abend ließ sich Ray besonders viel Zeit. Zum einen, damit seine Frau schlief, wenn er zurückkehrte. Zum anderen, um den Zeitpunkt hinauszuzögern.

Er hörte ihr leichtes Schnarchen, als er das Schlafzimmer betrat und war erleichtert. Er konnte vor Aufregung nicht schlafen und hätte die Wartezeit nicht ertragen.

Aus dem Nachttisch holte er das Cleankit und aktivierte es. Dann legte er sich ebenfalls ins Bett und drehte sich zu seiner Frau um.

»Ich liebe dich, mein Engel.«

Er legte ihr das Cleankit auf ihren Arm. Er musste es nur noch drücken, damit es die haarfeinen Nadeln ausfuhr und die Naniten ihre Arbeit beginnen konnten.

Komm schon, nur noch drücken und fertig!
Ich kann nicht.
Megan wird dir die Hölle heiß machen!
Megan ist mir egal. Das ist meine liebste Kacey!
Es wird schon gut gehen.
Sagt wer?
Jetzt mach, bevor die Chance vorbei ist.
»Ich liebe dich, mein Engel.«, wiederholte er noch einmal.

Dann deaktivierte er das Cleankit und legte es zurück in seinen Nachttisch. Er brachte es nicht über sein Herz. Wenn er es jetzt nicht schaffte, würde er es auch zukünftig nicht schaffen. Mit jedem Versuch würde es schwerer und schwerer werden.

Bei dem Versuch einzuschlafen, kreisten seine Gedanken über eine mögliche Flucht. Wo sollten sie hin?

- 50 -

Die meisten Passagiere hatten ihre Plätze eingenommen und schienen nur noch auf ihn zu warten. Er schwitzte, lief den Gang des Flugzeugs zu seinem Sitzplatz entlang und setzte sich. Die Anspannung der letzten Tage fiel von ihm ab und er lächelte. Er war außer Reichweite des Agenten, hatte die ihm zur Verfügung stehenden Fäden gezogen und die Dinge angeleiert. Jetzt musste er nur noch Mr. Hayden die Beweise übergeben. Sein Rücken schmerzte, er streckte sich und sah nach oben. Die Nummer über ihm zeigte 29D, nicht die letzte Reihe im Flugzeug, aber ein Sitzplatz weit im hinteren Teil. Am liebsten wäre ihm die allerletzte Reihe gewesen, um zu vermeiden, dass ein unerwünschter Freund direkt hinter ihm saß. Ein unerwünschter Mr. Smith, ein Agent, den er nicht im Blick hatte und es war um ihn geschehen. Er war froh, überhaupt noch einen Platz bekommen zu haben.

All das spielte jetzt keine Rolle mehr. Er hatte es Mr. Smith gezeigt. Es war erschreckend und beängstigend, wenn sie Mücken einsetzen konnten. Zum Glück war der Prototyp Geschichte und zermatscht. Er hatte ihn zerstört und die Welt von einem bösen Übel befreit. Zack hoffte, die Forschung um Jahre zurückgeworfen zu haben und rieb sich seine Finger an der Stelle, wo er die Mücke erwischt hatte. Jetzt brauchten sie eine Weile, um ein verbessertes Modell herzustellen. Das gab ihm die nötige Zeit, sie auffliegen zu lassen. Genug Zeit, das Erlebte zu veröffentlichen. Ein ungezwungenes Lächeln huschte über sein Gesicht. Das erste seit langer Zeit und es fühlte sich gut an. Es half, die Last abzuwerfen und sich zu befreien.

Zack ließ seinen Blick durch die Passagierkabine schweifen. Es war kein großes, aber auch kein kleines Flugzeug und es hatte Platz für zweiunddreißig Reihen, mit jeweils drei Sitzen auf der einen, drei Sitzen auf der anderen Seite und dazwischen der typische schmale Gang, durch den der Getränkewagen knapp hindurch passte. Die Sitze waren weder breit noch komfortabel, trotzdem ausreichend für den Inlandsflug, der hoffentlich nicht allzu lange dauern würde.

Der Mann mit dem dunklen Anzug verstaute seinen Aktenkoffer in einem Gepäckfach über seinem Sitz. Schräg vor Zack, auf der anderen Seite des Ganges, drückte sich der kleine Rotschopf die Nase am Fenster platt, gespannt wann es endlich losging. Neben ihm selbst saß ein älteres Ehepaar, die zwar am Fenster saßen, sich aber nicht sonderlich dafür interessierten, was außerhalb des Flugzeugs vor sich ging. Beide hatten graue Haare und tiefe Falten im Gesicht. Die Krähenfüße an ihren Augen machten sie sympathisch. Der Mann trug einen gestrickten Pullover und Zack ahnte, wer ihn gestrickt hatte. Die Frau trug eine Bluse und einen seidenen Schal um ihren Hals. Er hielt ihre Hand, während sie über ihre Kinder und ihre Enkel sprachen, die sie bald sehen würden. Offensichtlich wohnten sie weit auseinander, so dass persönliche Besuche selten waren. Es erinnerte Zack an seine eigene Familie und Freunde. Augenblicklich sah er wieder seine Eltern vor Augen, angeschlossen an Maschinen, die sie künstlich am Leben hielten, gefolgt von Timothy, der ihm auf dem Dach zur Flucht verhalf. Zack kniff die Augen zusammen und biss die Zähne aufeinander.

Auf der anderen Seite des Ganges verteilte sich eine Gruppe Jugendlicher in den letzten Reihen. Sie sahen müde und geschafft aus. Er vermutete, sie befanden sich auf dem Rückflug nach einem Urlaub, wie ihn nur Jugendliche genießen können. Sie trugen Kopfhörer in ihren Ohren und ihre Köpfe wackelten mit geschlossenen Augen zur Musik aus ihren iPods. Alles in allem gab es keine weiteren Aufregungen.

Eine Stewardess lief durch den Gang und prüfte, ob alle angeschnallt waren. Mit einer Hand drückte sie auf ein kleines Gerät, das die Fluggäste zählte. Nach einer Minute kam sie wieder und zählte erneut. Zack glaubte nicht, dass sie sich verzählt hatte. Lieber zweimal zählen und sichergehen, dass keiner fehlte. Er wusste, dass sie sonst gezwungen waren, zu warten, bis der fehlende Passagier eingestiegen war. Wenn ein bereits eingecheckter Passagier das Flugzeug nicht betrat, musste sein Gepäck ausgeladen werden. Reine Sicherheitsvorschrift, um das Risiko für Terroranschläge zu verringern. Heute fehlte zum Glück keiner. Zack wollte diesen Flug so schnell wie möglich hinter sich bringen. Er fühlte sich wie eine Sardine in der Dose.

Das Flugzeug wurde rückwärts auf das Vorfeld geschoben und die Stewardessen begannen mit ihren Sicherheitshinweisen und dem Verhalten in besonderen Fällen. Sie zeigten, wie man die Gurte anlegte und öffnete, wie man sich die Sauerstoffmasken über den Mund zog und wo sich die insgesamt sechs Notausstiegstüren befanden. An dieser Stelle passte Zack besonders gut auf. Dabei war es ganz einfach. Zwei vorn, zwei über den Tragflächen und zwei hinten, wo er saß. Das konnte er sich merken. In der Sitztasche vor ihm gab es ein laminiertes Blatt, das die Anwendung der Sicherheitswesten beschrieb, sollten sie über offenes Wasser fliegen.

Der Rotschopf presste weiterhin ihre Nase an die Scheibe. Sie war begeistert von den anderen Flugzeugen, die um sie herum rollten oder auf dem Vorfeld standen. Ihre Mutter beobachtete sie interessiert und aufmerksam. Vielleicht schenkte sie ihr zum nächsten Geburtstag ein Spielzeug-Flugzeug oder ein Buch, das die Funktionsweise von Flugzeugen erläuterte. Wenn sie sich für das Fliegen begeisterte, könnte sie später vielleicht selbst fliegen lernen. Zum Beispiel Segelfliegen über einen Verein. Das konnte sie sich leisten. Bis dahin war zum Glück noch Zeit.

Schließlich war es soweit. Die Turbinen heulten auf und das Flugzeug schob sich erst langsam, dann immer schneller und schneller werdend vorwärts, um anschließend steil nach oben zu schießen und die Passagiere in ihre Sitze zu pressen. Das Mädchen gluckste vor Freude. Der Mann neben Zack drückte die Hand seiner Frau. Zack schloss die Augen und wartete einen Moment, bis er sich an das drückende Gefühl im Magen gewöhnte.

Sie waren in der Luft und ließen alles hinter sich zurück. Für den Moment gab es nur sie und nichts weiter. Es gab keine Agenten, keine Naniten, keine Gehirnwäsche und keine wilden Verfolgungsjagden. Es gab keine Schüsse, keine Aufzüge, keine Codekarten und keine Überwachungskameras. Das erste Mal seit langem fühlte Zack sich wirklich frei, beruhigt und sicher.

Auf der Reiseflughöhe meldete sich der Kapitän. Die voraussichtliche Flugdauer betrug knappe zwei Stunden. Das Wetter war wolkenlos mit leichtem Gegenwind, der sie nicht daran hinderte, pünktlich zu landen. Er wies auf den Service der Flugbegleiter hin und wünschte ihnen einen angenehmen Flug.

Zack sah an dem Paar vorbei aus dem Fenster. Von hier oben sah alles klein aus, er konnte nichts richtig erkennen. Zack sah hier und dort eine Stadt, vermochte allerdings nicht zu sagen, um welche es sich handelte. Er sah hauptsächlich grüne Wiesen, Wälder und Felder, die gelegentlich von einer Autobahn oder einer Stadt gestört wurden. In seinen Gedanken verloren, drehte er die Videokamera in seinen Händen. Er hatte mehrere Speicherkarten mit wertvollem Bildmaterial in einem kleinen Beutel. Die Batterie war fast voll und er hatte eine weitere ungenutzte Speicherkarte. Wofür konnte er sie nutzen?

Er wechselte die Speicherkarte und steckte die volle in den Beutel zu den anderen. Sie waren durchnummeriert. Die letzte Karte trug die Nummer sechs. Er wollte darauf seine Geschichte erzählen und festhalten. Für den unwahrscheinlichen Fall, dass er nach der Landung doch gesäubert wurde, bevor er mit Mr. Hayden sprechen konnte. Diese Karte würde er in ein Briefkuvert stecken und per Post versenden. Nur zur Sicherheit. Egal was Mr. Hayden behauptete. Falls er ihn vorher traf, war das kein Problem. Falls etwas dazwischen kam, sei es ein Autounfall mit dem Taxi in der Stadt, spannte er ein Fangnetz, einen doppelten Boden, eine zusätzliche Absicherung. Mit etwas Glück wurde die Geschichte trotzdem publik, selbst wenn er nicht mehr in der Lage war, sie zu erzählen. Das klang nach einem genialen Plan.

Mit der Videokamera in der Hand stand Zack auf und ging zur Toilette. Hinter sich sperrte er die Tür ab und sah in den Spiegel. Der Mann den er dort sah, war nicht der Mann, den er kannte. Es war nicht der Mann, der ihm sonst aus dem Spiegel entgegenblickte. Nein, dieser Mann war ein anderer. Mit einem Seufzer klappte er den Toilettendeckel herunter und setzte sich darauf.

Dann richtete er die Kamera auf sich selbst und eine kleine rote Lampe signalisierte ihm, dass die Aufnahme lief.

Eine knappe Stunde später verließ Zack die Toilette des Flugzeugs. Die rote Lampe seiner Kamera war erloschen. Alles was er sagen wollte und alles, an was er sich erinnerte, hatte er festgehalten. Er hatte so lange Zeit auf der kleinen Toilette verbracht, dass die Flugbegleiterinnen mehrmals nachgefragt hatten, ob mit ihm alles in Ordnung sei. Die Zeit hatte er gebraucht, um sich an so viele Einzelheiten wie möglich zu erinnern und aufzunehmen. Die letzte Speicherkarte war ebenfalls voll. Nach der langen Aufnahme mussten sie sich kurz vor dem Landeanflug befinden. Wer weiß, was nach der Landung passierte, nach dem nervenaufreibenden Abflug.

Schritt für Schritt lief er den schmalen Gang zurück zu seinem Platz. Er war müde und erschöpft. Seine Dokumentation war anstrengender gewesen, als gedacht. Es störte ihn nicht, wie die Leute ihn ansahen. Sie wussten nicht, was er wusste und sie wussten nicht, was alles passieren konnte. Allein dieses Wissen war sehr gefährlich.

Der Mann im dunklen Anzug hatte seinen Laptop auf den Knien und tippte darauf herum. Diesmal ohne Handy am Ohr und irgendwie machte es ihn menschlicher. Das kleine Mädchen sah nicht mehr aus dem Fenster. Sie hatte den Kopf an die Schulter ihrer Mutter gelehnt und schlief. Ihre Mutter schlief ebenfalls. Die Jugendlichen in den letzten Reihen trugen noch immer Kopfhörer, aber ihre Köpfe ruhten mit geschlossenen Augen. Zack hatte keine Ahnung, ob sie schliefen. Das ältere Ehepaar war wach. Teils mit Erstaunen und einer gewissen Neugier sahen sie Zack an, als er zu seinem Platz zurück kam. Wahrscheinlich wunderten sie sich, wo er die ganze Zeit geblieben war und was er so lange auf der Toilette gemacht hatte. Zack sah ihnen ihre Fragen an. Aber bevor sie dazu kamen, hörte er ein leises feines hohes Summen.

Sofort verflog jegliche Müdigkeit von ihm und er sah sich um. Er brauchte einen Moment bis er den Ursprung entdeckte und glaubte seinen Augen nicht zu trauen. Das war einfach nicht möglich! Er hatte den Prototyp doch zerstört! Den Prototyp! Zerstört!

Direkt vor ihm schwirrte eine Mücke. Im Flugzeug! Sie sah ihn direkt an.

»Wie kommt die hierher?«

Im nächsten Moment erinnerte er sich an die letzten Worte von Mr. Smith.

»Dank unserer Medizin sind wir ab sofort in der Lage, wenn auch kurzfristig, einen Teil der Körperfunktionen zu steuern. Nichts dramatisches, Arme und Beine, Sie wissen schon. Aber es ist ein vielversprechender Anfang. Guten Flug Mr. Logan.«

Panik stieg in ihm hoch. Jetzt wurde ihm klar, was sie bedeuteten und welche Macht sie darstellten.

»Oh nein! Das kann nicht wahr sein! War alles umsonst?«

Die Mücke flog zwei Kreise um ihn herum und entfernte sich. Ihr Summen wurde leiser und leiser, bis es schließlich in den Turbinen- und Hintergrundgeräuschen unterging. Sie selbst war nicht mehr zu sehen, sie war weiter durch die Kabine geflogen. Zacks Kinnlade fiel herunter und augenblicklich trat ihm der Schweiß auf die Stirn. Eine der Flugbegleiterinnen sah ihn an.

»Kann ich Ihnen helfen? Sie sehen blass aus, setzen Sie sich! Ich hole Ihnen ein Glas Wasser.«

»Wir... sind... alle... in... Gefahr... «

Wog er sich eben noch in Sicherheit, schockte ihn die plötzliche Erkenntnis derart, dass er keine klaren Sätze formulieren konnte. Die Stewardess verstand ihn. Statt ihn auf seinen Platz zu bringen, legte sie einen Arm um seine Schultern und machte sich mit ihm auf den Weg in Richtung der kleinen Bordküche in der Mitte des Flugzeugs.

»Kommen Sie bitte mit.«

Leise flüsterte sie zu ihm.

»Wenn ich den Kapitän verständigen muss, muss ich wissen, was ich ihm sagen soll.«

Solche Fragen stellte man nicht vor den anderen Passagieren. Das verunsicherte sie unnötig oder löste sogar eine Panik aus. Unterwegs wickelte Zack seine Videokamera und den kleinen Beutel mit den Speicherkarten in seinen Pullover ein. Er wusste nicht, ob es etwas nutzte und wollte sie bestmöglich schützen. Im Moment konnte alles passieren. Das dicke Bündel stopfte er einfach in die Sitztasche des einzigen freien Platzes, den er sah. Neugierige Blicke folgten ihm. Er spürte, wie sie das Päckchen fixierten, das er in die Sitztasche gestopft hatte. Andere Blicke folgten ihm.

»Bevor ich sie fallen lasse...«, war alles was er auf den fragenden Blick der Stewardess antwortete. Sie nickte kurz und führte ihn weiter.

Nachdem sie die Bordküche erreicht und den Vorhang hinter sich geschlossen hatten, sackte das Flugzeug plötzlich ab und ging in einen Sturzflug über.

Zu spät! Die Mücke hat den Kapitän erreicht!

Sie fielen übereinander und umstehende Plastikbecher und leere Essensbehälter regneten auf sie herab. Die Menschen in der Kabine schrien in Panik durcheinander. Das Gepäck fiel aus seinen Fächern und verteilte sich zwischen ihnen. Heißer verschütteter Kaffee verbrannte Hände und Beine. Die restlichen Snacks flogen durch die Luft und verschmierten Sitze und saubere Anzüge. Die Passagiere, die den Rat der Sicherheitseinweisung befolgten und angeschnallt blieben, hingen ächzend in ihren Gurten. Die anderen prellten sich ihre Knochen an den Vordersitzen und schlugen sich ihre Köpfe an. Der Essenwagen rollte von der Economy-Klasse durch die Küche in die Business-Klasse. Er rammte einen gestürzten Mann in den Bauch, dass er schrie. Das Flugzeug vibrierte. Die Turbinen heulten, als zerbarsten sie jeden Moment. Sauerstoffmasken fielen von der Decke.

Diese verdammten Schweine lassen ein ganzes Flugzeug abstürzen, um mich aus dem Weg zu schaffen? Es war kein Prototyp! Sie haben eine zweite Mücke in die Kabine geschleust und die Kontrolle über den Kapitän übernommen. Ein kontrollierter Absturz!

Zack rappelte sich auf alle Viere auf und sah die Stewardess mit großen Augen an. Sie war zwar für solche Fälle ausgebildet, trotzdem stand in ihren Augen die nackte Angst. Sie sah Zack genau in die Augen.

Dann wurde alles schwarz.

- 51 -

Es war kurz nach 22 Uhr. Agent Miller fuhr zu seinem Einsatzziel hinaus und erreichte das Ende der kurvigen Straße. Obwohl die Sonne untergegangen war, wusste er, wohin er fahren musste. Die flackernden roten und blauen Sirenen der Rettungskräfte waren in der Dunkelheit nicht zu übersehen. Eigentlich war heute sein freier Abend, aber im letzten Augenblick kam immer etwas dazwischen. Eben hatte er noch auf der Couch in seinem Wohnzimmer mit einer Tüte Chips, einem frisch geöffneten Bier in der Hand gesessen und sah sich ein Eishockeyspiel an, als sich sein Pager meldete. Mit einem Stöhnen setzte er sich auf und sah die Meldung auf dem Display. Sie verhieß nichts Gutes. Sie verhieß auf jeden Fall keinen freien Abend, heute nicht und nicht in den nächsten Tagen.

Er zog sich seine Uniform über, so nannte er seinen schwarzen Anzug, ließ sich von der Zentrale die Adresse des Einsatzes geben und runzelte die Stirn. Es war ganz in der Nähe, keine Stunde Autofahrt entfernt.

Langsam schob sich sein Allrad-Antrieb über die Wiese und kam vor einem provisorisch aufgebautem Zelt zum Stehen. Er war lange genug im Dienst, um die Feldzentrale von weitem zu erkennen. Die beiden großen Buchstaben HQ ließen die letzten Zweifel verschwinden.

Für einen kurzen Augenblick verharrte er im Auto, atmete tief durch und genoss die Ruhe. Die nächsten Stunden und Tage würden nervenaufreibend und anstrengend werden. So war es immer und daran würde sich auch heute nichts ändern. Hier waren Menschen gestorben. Zwar auf tragische Art und Weise, doch er hatte einen Job zu erledigen. Je früher er damit anfing, desto eher konnte er wieder zur Normalität übergehen und sich das Eishockeyspiel zu Ende ansehen, das er aufgenommen hatte. Das Spiel war inzwischen längst beendet und er hoffte, das Ergebnis nicht zufällig im Radio zu hören. Miller öffnete die Tür, stieg aus seinem Auto und strich seinen schwarzen Anzug glatt, bevor er die Feldzentrale betrat.

Der Innenraum des Zeltes war in gleißendes Licht gehüllt. Aufgestellte Halogenstrahler, betrieben durch Stromaggregate außerhalb des Zeltes, sorgten für die nötige Helligkeit. Seine Augen mussten sich nach der Dunkelheit erst an die neuen Lichtverhältnisse gewöhnen, bevor sie weitere Details wahrnehmen konnten. Schemenhafte Figuren liefen durch das Zelt. Eine davon wurde größer und als sie vor ihm stand, erkannte Miller sie.

»Ah, Agent Miller, ich habe mich schon gefragt, wann Sie hier auftauchen.«

Vor ihm stand ein vierzigjähriger Mann in der Uniform der Feuerwehr. Bevor Miller antwortete, streckte er ihm seinen kräftigen Arm entgegen und schüttelte seine Hand.

»Mein Name ist Peter Denton, ich leite die Hilfs- und Rettungskräfte hier vor Ort. Wenn Sie Hilfe oder einen Ansprechpartner benötigen, bin ich der richtige Mann für Sie. Die Rettungsteams sind noch im Einsatz. Ein Großteil der Leichen wurde geborgen, soweit dies möglich war.«

Die unangenehme Pause war nicht zu überhören.

Miller nickte. Ihm war bewusst, dass bei einem Einsatz wie diesem, oft nur Teile von Körpern gefunden wurden, was die Identifizierung erschwerte und in seltenen Fällen unmöglich machte.

»Ich weiß, dass Sie lieber ungestört arbeiten möchten. Als ich erfahren habe, dass man Sie schickt, habe ich Ihnen ein eigenes Zelt organisiert, wo Sie Ihre Arbeitsplätze aufbauen können. Ihre Kollegen sind schon vor Ort.«

Miller überlegte, wo er Denton schon einmal begegnet war, konnte sich aber nicht daran erinnern. Sein Ruf eilte ihm voraus und seine Analysen waren heiß begehrt, was ihm neben einem ordentlichen Gehalt auch reichlich Respekt verschaffte. Denton hatte seine Hausaufgaben anscheinend gemacht, auch wenn es ungewöhnlich war. Er konnte nicht wissen, dass Miller zu diesem Einsatz beordert wurde.

»Vielen Dank, und das an meinem freien Tag!«

Denton ignorierte die Anspielung.

»Sehen Sie sich ruhig um, Sie finden sich zurecht. Ich werde momentan gebraucht.«

Mit diesen Worten und einem Nicken verließ Denton das Zelt und verschwand zwischen anderen Helfern, sein Funkgerät ans Ohr gepresst, Befehle gebend und seiner Arbeit nachgehend.

Mehr musste Miller für den Anfang nicht wissen. Wichtig war, dass die Rettungsarbeiten abgeschlossen waren und er sich sein eigenes Bild vom Unglück machen konnte. Mit etwas Abstand folgte er Denton und einigen Helfern auf einen kleinen Hügel und besah sich das Ausmaß der Katastrophe. Vor seinen Augen breitete sich ein Bild der Verwüstung aus. Ein Bild, das Anfänger überforderte. Er selbst hatte sich mehrmals bei seinem ersten Einsatz übergeben müssen. Inzwischen war er älter und erfahrener. Auch wenn sein Gehirn die meisten Reize kannte und einordnen konnte, forderte es jedes Mal erneut Überwindung, sich auf das Wesentliche zu konzentrieren.

Vor ihm, in einem großen Krater, verteilten sich die Trümmer eines Airbus 319. Ein Großteil der Brände war gelöscht, aber weiterhin stiegen dicke Rauchwolken zum Himmel, die trotz des dunklen Nachthimmels klar zu erkennen waren. Etwas weiter steckte das Leitwerk im Boden und wurde von den umgebenen Bränden wie eine Statue angeleuchtet.

Das ist so bizarr, es könnte als Kunstwerk gelten.

Der Rumpf war in mehrere Teile zerbrochen. Um die Trümmer und Wrackteile herum sah er Helfer, die nach den letzten Überlebenden Ausschau hielten. Wie es schien, waren die Tragflächen zuerst abgebrochen. Weiter hinten wütete noch ein kleines Feuer. Der Gestank von Öl, Kerosin und Ruß war überall präsent. Die Feuerwehr würde noch einige Zeit dafür brauchen. Ebenso stach ihm der Geruch von verbranntem Holz in die Nase, vermischt mit dem beißenden Gestank von geschmolzenem Plastik und Aluminium. Da war noch etwas anderes. Ein bekannter Geruch, den niemand vergaß, wenn er ihn einmal wahrgenommen hatte. Der Geruch nach verbranntem Fleisch. Er hielt sich ein Taschentuch vor die Nase, um die Wirkung abzuschwächen. Später würde es einfacher werden. Zum einen durch die Gewöhnung und zum anderen, weil der Gestank mit abkühlender Temperatur nachließ und der Wind ihn verteilte.

In der Nähe von Millers Aussichtspunkt befand sich ein großer Klumpen Aluminium, der nur noch schwer als die Nase des Flugzeugs auszumachen war. Die Piloten und die vorderen Sitzreihen konnten den Aufprall nicht überlebt haben. In gewisser Weise hatten sie Glück. Miller wollte nicht an diejenigen denken, die voller Qual im beißenden Rauch erstickt oder bei lebendigem Leib verbrannt waren. Er hoffte auf Überlebende. Erlebnisberichte erleichterten seine Arbeit, aber dafür musste er mit ihnen sprechen. Die Rettungskräfte vermerkten jedes Krankenhaus, in das sie gebracht wurden und manchmal waren die Namen der Opfer darauf vermerkt. Ein Glück, dass sich der Absturz auf einem großen landwirtschaftlichen Gebiet ereignete und nicht im Zentrum einer Stadt. Die Ernte war verbrannt und der vom Kerosin verseuchte Boden musste gereinigt werden. Die beiden Dinge ließen sich mit Geld in Ordnung bringen. Opferzahlen, die sich in die Tausende bewegten dagegen nicht. Miller schluckte.

Aus seiner Jacketttasche holte er einen Fotoapparat und schoss erste Lagefotos. Damals, als er vor vielen Jahren seinen Job begann, wurden die Positionen auf einer Skizze markiert, aber ein Foto hielt die Lage der einzelnen Trümmerteile besser fest als Striche auf dem Papier. Ebenso war es heutzutage anhand des Fotos möglich, mit Hilfe von Referenzpunkten die genauen Positionen zentimetergenau auszumessen, was die spätere Rekonstruktion des Unfallhergangs um ein Vielfaches erleichterte. Dafür gab es Computerprogramme, die mit diesen Daten gefüttert wurden und anschließend einen ungefähren Ablauf der Zersplitterung rekonstruierten. Meist ergab sich damit recht schnell ein relativ klares Bild des Absturzhergangs. Den wahren Grund dafür herauszufinden, war seine Aufgabe.

Er betrat ihre provisorische Zentrale und erkannte sein Team.

»Ed, Joe. Ich hab da was für Sie.«

Miller nickte kurz in beide Richtungen. In seiner Hand hielt er eine große Thermoskanne voll heißem Kaffee. Für die Jungs war es eine nette Geste, die sie zu schätzen wussten.

»Danke Mark. Das ist genau das, was wir brauchen. Hier drüben gibt es noch kalte Pizza«, sagte Ed.

Ed war der Kleinere der beiden, wenn auch der Ältere mit einem leichten Bierbauch. Bei der Pizza verzog Ed das Gesicht. Miller wusste, dass er kalte Pizza nicht mochte.

»Und Kekse. Bedienen Sie sich!«, fügte Joe hinzu.

Eigentlich hieß er Joseph, doch alle nannten ihn immer nur Joe. Joe war eher sportlich. Für ihn stand dreimal in der Woche ein intensives Ausdauertraining auf dem Programm. Sein Ziel war es, endlich einen Marathon mitzulaufen. Er ernährte sich gesund und trank fast ausschließlich Mineralwasser. Das Einzige was er sich gönnte, waren Kekse. Obwohl sie sich untereinander mit Vornamen anredeten, siezten sie sich. Miller wusste nicht warum, wahrscheinlich diente es einer positiven Arbeitsatmosphäre, ohne dabei die Autorität des Anderen zu untergraben. Soweit man unter diesen Bedingungen von positiver Atmosphäre sprechen konnte. Er verschaffte sich einen kurzen Überblick. Ihr eigenes kleines Feldlabor war vorerst mit dem Nötigsten eingerichtet. Es bestand aus drei Schreibtischen, auf denen in der Zwischenzeit die Laptops aufgebaut waren und mehreren großen Tischen in der Mitte des Zeltes, auf denen sie kleinere Teile sammelten, die Aufschluss über die Unglücksursache geben konnten. Natürlich erst, nachdem deren Lage ordnungsgemäß protokolliert und fotografiert worden war. Ihr Job hatte ziemlich viel Ähnlichkeit mit dem der forensischen Spurensuche der Kriminalpolizei und war auch ähnlich strengen Richtlinien unterworfen. Für die Airlines ging es um sehr viel Geld und jeder Fehler des Teams schadete der Airline zusätzlich.

Mehr Equipment war nicht notwendig. Die genaueren Untersuchungen, das Zusammensetzen der Einzelteile des Wracks und die Rekonstruktion des Absturzes würden sie an einem geschützten Ort vornehmen. Vorzugsweise einem großen Hangar oder einer Scheune, die in der Nähe für diesen Zweck angemietet wurde. Die Analysen der Computer liefen über ein zentrales Mainframe und wurden mit sämtlichen Daten gefüttert, die Miller und sein Team hier aufzeichneten. Er holte eine Landkarte aus seiner Tasche und heftete sie an die Wand.

»Gönnen Sie sich eine heiße Tasse Kaffee. Danach fangen Sie am besten mit der Vermessung an. Wir beginnen hier an der Nase und arbeiten uns dann Stück für Stück zum Leitwerk vor.«

Er zeigte auf die betroffenen Stellen auf der Karte, wo er die einzelnen Teile vermutete, die er von seinem Aussichtspunkt gesehen hatte.

»Ach, und halten Sie bitte die Augen offen. Wir benötigen auf jeden Fall die Blackbox. Alle anderen Utensilien, die nützliche Hinweise auf die Absturzursache geben können, werden protokolliert und hierher gebracht. Je eher wir von hier wegkommen, desto besser.«

Die beiden Kollegen tranken ihren Kaffee und sammelten alle notwendigen Werkzeuge zusammen. Kurz darauf begannen sie mit ihrer Arbeit. Miller würde später zu ihnen stoßen und sie unterstützen. Zuvor hatte er jedoch noch einige Dinge zu erledigen. Er griff zu seinem Mobiltelefon und führte mehrere Telefonate. An seinem Laptop begann er mit den ersten Aufzeichnungen und bereitete die nicht unerlässlichen Protokolle vor, die sie später brauchen würden. Zuletzt öffnete er das PCAP, das Plane Crashsite Analyst Program und bereitete es für die kommende Flut von Daten vor. Während Ed und Joe mit ihrem Laser Vermessungspunkte aufzeichneten, wurden diese Daten zeitgleich an das Analyseprogramm übertragen. Dort definierte sich Schritt für Schritt eine Ansammlung von Punkten. Alle mussten beschriftet und klassifiziert werden, damit der Mainframe in der Zentrale sie richtig auswerten konnte.

Nachdem er seine Arbeit vorbereitet hatte, griff Miller seinen Laptop und verließ ebenfalls das Zelt. Heute würden sie vermutlich keine wichtigen Spuren finden, doch man konnte ja nie wissen. Ed und Joe erfassten die Daten. Er begann mit der Beschriftung und Klassifizierung. Vielleicht fiel ihm das Eine oder Andere auf, was ihnen später nützlich sein konnte.

- 52 -

Dieser Auftrag war ungewöhnlich. Zhen mochte ihn nicht. Es handelte sich nicht nur um ein sondern gleich zwei Zielobjekte. Sie erhielt zwei fertig vorbereitete und aktivierte Cleankits. Die Akte trug einen geheimen Codestempel, keinen Code Red, trotzdem viel höher priorisiert als alle anderen regulären Fälle. Dieser Fall war dringend und musste sofort und ohne Rücksicht auf die Konsequenzen erledigt werden. Es barg ein hohes Risiko und sie wollte subtil vorgehen, die Sache sauber lösen. Eine Doppelsäuberung mitten in der Nacht, wenn beide schliefen. Mit etwas Glück bekamen sie davon nichts mit, wachten am nächsten Tag auf und erinnerten sich an nichts.

Ein Uhr nachts erreichte sie das Haus, in dem das Ehepaar wohnte. Es war warm und Zhen trug eine kurze Hose, die ihre zierlichen weißen Beine zum Vorschein kommen ließ und schwarze bequeme Schuhe. Über der hellen Bluse trug sie eine elegant geschnittene einfache Jacke, in deren Taschen sie die Cleankits verstaut hatte. Eines auf der linken Seite und eines auf der rechten Seite, um sie nicht miteinander zu vertauschen.

Das Licht war gelöscht und alles war ruhig und friedlich. Im Garten standen ein großer Barbecue-Grill und Gartenmöbel. Vorsichtig navigierte sie daran vorbei und verschaffte sich Zutritt über den Hintereingang. Schnell gewöhnten sich ihre Augen an die Dunkelheit. Sie befand sich in einer dunklen Küche. Langsam und leise schritt sie durch das Haus und verschaffte sich einen Überblick. Rechterhand schloss ein großes Wohnzimmer mit Fernseher und Sofa an die Küche an. Zu ihrer linken Seite befand sich ein kleiner dunkler Raum. Gegenüber führte eine Treppe nach oben. Daneben stand eine Tür offen. Sie warf einen kurzen Blick hinein und erkannte ein Bad mit Toilette.

Vorsichtig drückte sie den Türgriff der nächsten Tür und ließ sie leise aufgleiten. Der dahinter liegende Raum enthielt einen Schreibtisch mit einem Computer und Bücherregalen an den

Wänden, offensichtlich ein kleines Büro. Ohne ein Geräusch schloss sie die Tür und stieg langsam, eine Treppenstufe nach der anderen, in das Obergeschoss.

Oben angekommen, befand sie sich in einem schmalen dunklen Gang und sah vier Türen. Eine offene Tür zeigte ein Bad mit Wanne und Dusche. Zwei der anderen Türen waren geschlossen. Die vierte Tür stand wiederum einen kleinen Spalt offen. Sie drückte die Tür auf und sah das Schlafzimmer vor sich. Ohne ein Geräusch trat sie leise ein und sah die langen dunklen und lockigen Haare der Frau im Bett. Chao griff in ihre rechte Jackentasche und holte eines der beiden Cleankits heraus.

Rechts weiblich, links männlich.

Sie würde zuerst die Frau säubern. Der Mann musste sich derart in die Decke eingekuschelt haben, dass er komplett darunter verschwunden war. Das war kein Problem. Sie setzte sich mit dem Cleankit in der rechten Hand an den Rand des Bettes.

Auf keinen Fall auf die Matratze drücken!
Irgendetwas habe ich übersehen.
Was war das?

Zhen hielt inne und drehte ihren Kopf leicht in Richtung Tür und lauschte nach Geräuschen. Es verging ein Moment ohne ein Geräusch. Sie verharrte in dieser Position. Stille.

Nichts.

Sie wandte sich wieder der Frau zu, da hörte sie hinter sich leise Schritte. Sie kamen näher. Wie eine Katze sprang sie auf und nahm eine Kampfhaltung ein. Vor ihr stand ein Mann mittleren Alters mit einem Baseballschläger in der Hand. Er verharrte für einen Moment, nachdem er eine Frau vor sich erkannte.

»Wer sind Sie und was wollen Sie?«

Er flüsterte, als wollte er seine Frau nicht wecken. Genauso offensichtlich hoffte er auf eine friedliche Lösung. Daraus würde nichts werden. Er hatte sie gesehen. Allein aus Selbstschutz musste sie ihn säubern.

Zhen antworte nicht, sondern sah ihn nur herausfordernd an.

»Bist du ein Agent?«, fragte er.

Ein Agent? Er scheint sich auszukennen.

»Wie kommen Sie darauf?«

»Ich habe meine Erfahrungen mit euch.«

Zhen kniff die Augen zusammen und wartete auf eine Erklärung. Ray sah nachdenklich aus. Er wusste etwas und überlegte, als habe er eine Intuition oder ein vergessenes Wort, das ihm auf der Zunge lag, aber noch nicht gesprochen werden wollte.

»Ich vergebe die Aufträge.«, fügte Ray schließlich hinzu.

»Was du nicht sagst.«

Kann ich ihm glauben? Warum sollte ich jemand aus den eigenen Reihen säubern? Das macht keinen Sinn!

Allerdings war sie nicht in der Position, den Auftrag in Frage zu stellen.

»Hören Sie, wir sind auf derselben Seite. Was haben Sie dort in der Hand?«

Er deutete auf ihre rechte Hand, die das Cleankit der Frau umklammerte.

»Ist das ein Cleankit?«

Cleankit. Er scheint sehr viel zu wissen.

Zhen gab keine Antwort, wich jedoch nicht von ihrer Kampfhaltung ab. Sie wagte nicht, das Cleankit einzustecken, aus Angst, dass er auf genau diesen einen Moment wartete, um den Gegenangriff zu starten.

»Wie ist Ihre Nummer?«

122, doch das werde ich dir nicht auf die Nase binden.

Ray trat einen Schritt auf Zhen zu, die einen Schritt zurück wich. Dann noch einen und noch einen.

»Keine weitere Bewegung.«, zischte Zhen.

Er hielt inne.

»Agent 122!«

Es war keine Frage, mehr eine Feststellung.

Woher zum Teufel weißt du das?

»Das war gute Arbeit bei William Bade.«

William Bade... Wil, der Senator im the Art-Hotel.

»Woher kennen Sie diese Nummer? Und William Bade?«

Ray starrte sie an.

»Ich sagte doch, ich vergebe die Aufträge.«

Er machte eine kurze Pause, bevor er weitersprach.

»Und ich prüfe die Aufträge, sobald sie den Status *erledigt* haben.«

Er ist tatsächlich einer von uns.

Was sollte sie jetzt tun? Das war keine moralische Frage. Sie hatte ihre Befehle und die würde sie ausführen. Wenn die Einsatzleitung anordnete, dass einer der eigenen Agenten eine Gefahr darstellte, dann hatte das einen triftigen Grund. Nur weil sie diesen Grund nicht kannte, bedeutete das nicht, dass er nicht existierte.

»Was wollen Sie hier? Ich kann mich nicht daran erinnern, eine Beauftragung *dafür* herausgegeben zu haben.«

Ray deutete auf seine Frau und sein Schlafzimmer.

Dann weißt du wohl nicht alles, aber Auftrag ist Auftrag.

Er versuchte Zeit zu gewinnen. Zhen durchdachte ihre nächsten Schritte und überlegte, wie sie ihn am schnellsten überwältigen konnte.

»Verschwinden Sie von hier. Ich kümmere mich selbst darum!«, fügte er hinzu, nachdem sie ihm die Antwort schuldig blieb.

Er wandte ihr den Rücken zu und griff in seine Schreibtisch-Schublade.

Du kümmerst dich selbst darum? Wie soll das denn funktionieren?

»Ich zeige es Ihnen.«

»Keine... Bewegung.«

Ihre Warnung war eindeutig und sie hatte keine Lust auf Spielchen.

Warum muss dieser Starrkopf alles so kompliziert machen? Hat er dort eine Schusswaffe?

Ray erstarrte.

Dann ging plötzlich alles ganz schnell. Trotz ihrer Warnung zog er die Schublade auf und griff hinein. Zhen stufte die Bedrohung so hoch ein, dass sie sofort zum Angriff überging. Noch während Ray sein Cleankit aus der Schublade zog, war sie in der Luft und flog mit beiden Beinen auf seinen Rücken zu. Sie traf ihn in die Nieren und Ray wurde erst auf den Nachttisch geschleudert, schlug anschließend mit dem Kopf gegen die Wand und stöhnte laut auf. Kurz darauf begann Kacey zu kreischen, aus ihren Träumen gerissen, eine fremde Frau in ihrem Schlafzimmer vorfindend, die mit ihrem Mann kämpfte. Im Sprung ließ Chao das Cleankit fallen. Sie ignoriere die schreiende Kacey und konzentrierte sich auf Ray. Er lag angeschlagen auf dem Boden und versuchte auf die Knie zu kommen. Zhen griff in ihre linke Jackentasche und stellte fest, dass ihr dieses Cleankit ebenfalls aus der Tasche gefallen war.

Sie sah sich flüchtig um und entdeckte ein Cleankit auf dem Boden, zwischen Ray und dem Bett, in dem Kacey weiterhin kreischte. Sie bückte sich und hob es auf. Ray rappelte sich ebenfalls auf. Das zweite Cleankit war auf die andere Seite des Nachttisches gerutscht und lag links davon auf dem Boden. Sie warf einen Blick in die offene Schublade, sie war leer. Zhen hob ebenfalls das linke Cleankit auf und überlegte ihre Optionen. Sie war beiden Zielen überlegen und musste vor ihnen keine Angst haben. Trotzdem musste sie vorsichtig sein. Ray stützte sich inzwischen auf alle viere und stand bald wieder. Sie musste ihn zuerst aus dem Weg räumen. Wenn sie ihn gleich säuberte, konnte sie die entstehende Pause der Verwirrung nutzen, um auch Kacey das Cleankit aufzudrücken und sich dann schnellstmöglich aus dem Staub machen. Wenn alles gut lief, erinnerten sie sich an nichts. Im schlimmsten Fall melden sie einen Einbruch, der von der Zentrale abgefangen wurde, wie die medizinischen Notfälle.

Bevor sich Ray aufrichten konnte, drückte sie ihm das Cleankit der linken Hand auf den Hals. Seine Augen weiteten sich und er starrte zuerst zu Zhen, dann auf das Bett.

Kacey war aus ihrem Schock erwacht und ging zum Angriff über. Sie sprang aus dem Bett auf Zhen, umklammerte sie mit beiden Beinen und hämmerte mit ihren Fäusten auf sie ein. Zhen drehte sich und warf sie ab. Mit einem Krachen schleuderte Kacey gegen die Wand und sank benommen an ihr herab. Ohne zu warten, schritt sie auf Kacey zu.

»NEEEEIIIINNN!«

Ray schrie wenige Meter von ihr entfernt. Sie registrierte seine Bewegung aus den Augenwinkeln und duckte sich. Dabei drückte sie Kacey das verbliebene Cleankit auf den Hals. Kacey schüttelte ihren Kopf und ihre Augen zuckten.

Im nächsten Moment wurde Zhen von zwei kräftigen Armen von ihren Beinen gerissen. Ihr Hinterkopf schabte an der Wand entlang und augenblicklich pochte ihr Blut.

»Nicht Kacey!«

Ein unmenschlicher Schrei entrang sich seiner Kehle. Immer und immer wieder schlug er auf sie ein. Er traf ihre Schläfen und ihr wurde für einen kurzen Moment schwarz vor Augen. Zhen kniff die Augen zusammen, spannte alle Muskeln an und warf Ray von sich. Schnell stand sie auf und ging einen Schritt zur Seite, weg von Ray. Seine Hand hielt ihren Knöchel umklammert und brachte sie aus dem Gleichgewicht. Erneut schlug sie auf dem Boden auf. Zhen rappelte sich auf und warf einen Blick auf Ray. Er streckte beide Arme zu ihr aus, wo er sie an ihrem Bein gepackt hatte. Er rührte sich kaum noch. Blut lief aus seiner Nase und aus den Augen liefen rote Tränen über seine Wange. Zhen erstarrte.

Was für ein Chaos! Zwei Personen, zwei Cleankits.
Rechts für die Frau, links für den Mann.

Zhen sah zu Kacey. Statt der geschlossenen Augenlider gafften sie zwei leere rote Augenhöhlen an.

Zwei Fehlschläge! Meine Cleankits kamen direkt aus der Zentrale! Habe ich sie verwechselt?

»Was hast du getan?«

Ray röchelte. Er öffnete seine andere Hand und eine kleine runde silberne Scheibe rollte aus ihr heraus.

Was ist das?

Sie glaubte, ihren Augen nicht zu trauen.

Ein drittes *Cleankit? Wo kommt das auf einmal her?*

Zhen hatte nicht gesehen, was Ray aus dem Nachttisch genommen hatte. Sie konnte nicht wissen, dass er ihr zeigen und erklären wollte, dass er es für seine Frau vorbereitet hatte. Sofort stellte sie sich die entscheidende Frage.

Hat er mich infiziert?

Ray röchelte erneut. Zhen sah zu ihm herunter. Er hatte sich auf den Rücken gedreht und in seinem Hals klaffte ein großes rundes Loch.

Zhen besah ihren Körper. Ihre helle Bluse hatte auf Höhe ihrer Hüfte mehrere Löcher. Das war die Stelle, wo Ray sie von ihren Füßen gerissen hatte. Sofort hob sie die Bluse und besah sich die Haut darunter. Fünf lange rote Streifen verliefen dort, wo sie das Cleankit verletzt hatte.

Ihr Bauch schmerzte. Dunkle rote Blutflecken breiteten sich auf den restlichen weißen Stellen ihrer Bluse aus. Sie wurden rasch größer, wie die Schmerzen, gefolgt von einer drückenden Übelkeit, als ihr Darm aus der Bauchhöhle quoll und über ihre Beine nach unten hing. Sie hob ihn auf und versuchte ihn zurück in ihren Bauch zu stecken. Dort wo früher nur stramme flache Muskeln waren, sah sie nun ihre eigenen Innereien. Sie war nicht in der Lage zu schreien, um sich zu schlagen oder ihrer drastisch ansteigenden Panik in irgendeiner Art und Weise Luft zu verschaffen. Ihre Muskeln versagten und die Welt um sie herum schwebte nach oben. Sie fiel zuerst auf ihre Knie. Danach schlug ihr Kopf ein letztes Mal auf dem Boden auf.

Zhen konnte nicht wissen, dass sie nach dem Cleankit gegriffen hatte, das Ray für seine Frau vorbereitet hatte. Er hatte es in dem Moment fallen gelassen, als sie ihn überwältigt hatte und fälschlicherweise hielt sie es für ihr eigenes. Das Cleankit, das für Ray gedacht gewesen war, hatte Kacey bekommen. Währenddessen hatte Ray das letzte Cleankit gefunden und in seiner Wut Zhen verabreicht, als er sie angesprungen hatte.

Kacey war bewusstlos. Sie spürte nicht, wie sich ihre Augenlider wegfraßen und sie spürte auch nicht, wie sich ihr Mund auflöste, ihr das Blut durch das Kinn sickerte und über ihren Hals auf ihren nackten Busen lief, um von dort nach unten zu tropfen. Dort wo es ihre Haut berührte, fraß es sich wie eine ätzende Säure in ihren Körper, bis das Fleisch von ihren Knochen rutschte.

Eine halbe Stunde später lagen in dem kleinen Schlafzimmer drei Skelette, teilweise von Fleisch ummantelt, teilweise in einer schwammigen, matschigen, roten Brühe aus Blut und Gewebe, die langsam aus dem Schlafzimmer hinaus in den oberen Flur lief.

Die Flecken fraßen sich in den Boden und das Haus würde viele Jahre leer stehen, bevor es wieder zu einem Spottpreis verkauft werden konnte. Da kein Notruf abgesetzt wurde, alarmierte Trish nach vier Tagen die Polizei, bei ihrem nächsten Besuch. Es gab eine umfassende Untersuchung, die keine brauchbaren Spuren zum Vorschein brachte. Die drei Cleankits wurden registriert und als harmlos abgetan. Die drei Toten wurden einem ungeklärten Mordfall zugeschrieben. Ihre drei Akten würden ewig offen bleiben.

- 53 -

Seit dem Unfall waren vier Tage vergangen. Die Rettungskräfte hatten in der Zwischenzeit das Gelände verlassen. Bedauerlicherweise gab es nur eine Handvoll Überlebender, die im nächstgelegenen Krankenhaus auf der Intensivstation nach Kräften versorgt wurden. Anschließend benötigten sie eine langwierige psychologische Betreuung, die sich die meisten nicht leisten konnten. Wenn sie Glück hatten, bekamen sie Unterstützung von der Airline, vorausgesetzt diese hatte den Unfall zu verantworten. Doch diese Entschädigung konnte sich im Zweifelsfall über Jahre hinziehen. Danach machte eine psychologische Betreuung keinen Sinn mehr.

Miller musste die Überlebenden befragen. Das war der Teil seiner Arbeit, den er am wenigsten mochte. Die Menschen waren durch die Befragung gezwungen, das erlebte Trauma noch einmal zu durchleben. Wenn es eine Möglichkeit gab, wie er diese Situation umgehen konnte, würde er sie nutzen. Er sah noch einmal auf die Passagierliste und verglich sie mit den Namen der Überlebenden. Viele hatten nicht gerettet werden können. Die meisten waren tot, bevor die Rettungskräfte eintrafen. Miller erinnerte sich an ein älteres Ehepaar im hinteren Teil der Kabine, welches selbst im Tod noch ihre Hände miteinander verschränkt gehalten hatte. So etwas sah man selten. Normalerweise starben die Leute allein, jeder für sich. Diese beiden schienen ihren Frieden gemacht zu haben. Sie mussten bis zum bitteren Ende aneinander festgehalten haben. Er bewunderte diese tiefe Verbundenheit. Seine eigene große Liebe hatte sich als schwierig herausgestellt und er bezweifelte, dass sie händchenhaltend abstürzen würden, vorausgesetzt sie setzten sich überhaupt in ein und dasselbe Flugzeug. Er schob den Gedanken an seine Ex-Frau zur Seite. Privat war privat und hatte im beruflichen Umfeld nichts zu suchen.

Laut Passagierliste gab es eine Gruppe Jugendlicher und ein kleines Mädchen mit ihrer Mutter. Er glich die Namen mit der »Grünen Liste« ab, so nannte er die Liste der Überlebenden. Die Jugendlichen hatten kein Glück gehabt. Bis auf einen konnten die anderen nur tot geborgen werden. Das Mädchen lag auf der Intensivstation und die Mutter kämpfte derzeit ums Überleben.

Vorgestern hatten sie die Blackbox gefunden. Sie protokollierte sämtliche Aktivitäten des Flugzeugs und im Cockpit. Unter anderem zeichnete sie die Gespräche der Piloten auf. Miller hoffte, darauf die Ursache für den Absturz zu finden. Dann würde er die Überlebenden nicht quälen müssen. Im Moment wurden die Daten der Blackbox ausgelesen und an die Zentrale übermittelt. Aufgrund der Flut der Daten war keine schnelle Analyse möglich. Für Miller hieß es abzuwarten, bis ihm die entschlüsselten Daten in nutzbarer und auswertbarer Form vorlagen. Je nach Beschädigungszustand der Blackbox konnte sich das über Tage hinziehen. Die Blackboxen waren heutzutage so robust und mehrfach geschützt, dass er dennoch heute, spätestens morgen, mit einer Antwort rechnete.

Ed und Joe arbeiteten ununterbrochen an der Vermessung der Wrackteile und hatten Verstärkung bekommen. Ein weiteres Team begann damit, die bereits vermessenen und protokollierten Teile im System zu beschriften. Ein drittes Team machte sich daran, die Wrackteile zu markieren und für den *Versand*, wie sie es nannten, vorzubereiten. Der Versand war im Grunde nichts anderes als der Transport in die angemietete Lagerhalle, um dort das Wrack systematisch Stück für Stück zusammenzusetzen und auf Schadstellen oder Schwachpunkte zu untersuchen. Wie ein überdimensioniertes Puzzle. Diese Arbeit erforderte Ausdauer und Geduld.

Es klang seltsam, aber ihr Augenmerk lag nicht auf den sichtbaren sondern auf den verborgenen Schäden. Schäden, die den Absturz verursacht haben konnten. Das konnte eine Schwachstelle in der Strukturhülle gewesen sein, ein Haarriss in der Aluminiumwand oder ein geplatztes Ventil. Die Möglichkeiten stiegen ins Unendliche.

Die für den Transport markierten Elemente wurden von allen losen Gegenständen befreit, damit sie auf der Fahrt auf den Lastern nicht verloren gingen. Sie wurden separat protokolliert, klassifiziert und auf ihre Wichtigkeit geschätzt. Oft handelte es sich dabei um persönliche Gegenstände der Passagiere, die nach dem Aufprall in alle Richtungen verstreut worden waren oder um einzelne abgerissene Teile des Flugzeugs selbst.

Miller würde heute das Versandteam unterstützen. Eine Begrüßung war nicht notwendig. Man kannte sich und die Arbeit war nicht angenehm. Auch wenn die Rettungskräfte die Leichen, oder was davon übrig war, zum größten Teil aus den Wrackteilen entfernt hatten, so kam es immer wieder vor, dass hier und dort noch eine Hand oder ein Fuß gefunden wurde. Viele Sitze waren voll Blut, Erbrochenem oder Exkrementen und kleine persönliche Gegenstände ließen auf die verloschenen Leben schließen. Am Schlimmsten war es, wenn sie Spielzeug oder Kuscheltiere fanden. Umso bedrückender war es für diejenigen, die selbst Kinder hatten. Die Gespräche beschränkten sich auf das Notwendigste und man mied den persönlichen Kontakt. Es war eine Schutzfunktion, ein Wall, eine Mauer, um möglichst wenig an sich selbst heranzulassen und sich selbst nicht zu sehr zu belasten.

Als nächstes wollten sie ein größeres Rumpfteil untersuchen. Die Enden waren scharfkantig und das Innere hatte nichts mehr mit einem gewöhnlichen Innenraum gemeinsam. Die Sitze hingen vertikal auf einer Seite. Auf der anderen Seite waren die Gepäckfächer geöffnet und hatten ihren Inhalt durcheinander geworfen. Was nicht nach draußen geschleudert worden war, hatte sich zwischen den Sitzen oder abgebrochenen Gestängen verfangen. Wie es aussah, hatte es im Innenraum keine Rauchentwicklung gegeben. Das Feuer musste durch das austretende Kerosin beim Aufprall entstanden sein. Die Sauerstoffmasken hingen schlaff von der Seite herunter und das Team begann in seinen weißen Schutzanzügen die Arbeit.

Sie fanden jede Menge Gegenstände. Unter anderem Handtaschen, iPods, die noch Musik abspielten, Portemonnaies und einen Aktenkoffer. Der Koffer war durch eine Zahlenkombination gesichert und ließ sich nicht öffnen. In einem Sitz steckten blutige Fingernägel, eine Jacke hatte sich an der Klappe eines Gepäckfachs verklemmt und eine zerschmetterte Videokamera klemmte zwischen zwei Sitzen. Sie war an mehreren Stellen angeschlagen und durch den starken Aufprall zwischen die Sitze gepresst worden. An ihr baumelte eine kleine Tasche. Das kleine Bündel erregte Millers Aufmerksamkeit. Er wusste, dass Menschen dazu neigten Katastrophen aufzunehmen und vielleicht half das Video herauszufinden, was auf Flug 3712 passiert war. Alle Gegenstände wurden fotografiert, markiert und protokolliert. Miller steckte die Videokamera in eine durchsichtige Plastikhülle, beschriftete sie und nahm sie an sich. Er wollte sie nicht später zusammen mit den restlichen Gegenständen untersuchen. Sie sollte zuerst auf seinem Tisch landen. Das Video war vielleicht noch intakt. Mit etwas Glück handelte es sich nicht um die Urlaubsandenken eines armen Opfers und er konnte nützliche Informationen herausbekommen. Viel Hoffnung hatte er nicht, doch im Moment war es eine erste Spur.

  Miller überlegte einen Moment und versuchte den Unfall zu rekonstruieren. Vom Cockpit war nicht so viel übrig geblieben, als das man davon etwas mitnehmen konnte. Die meisten Instrumente waren zersplittert, vom Aufprall zerborsten und durch das gesamte Cockpit geschleudert worden. Der Aufprall musste gigantisch gewesen sein, als seien sie senkrecht in den Boden gerammt. Er erinnerte sich, dass sich das Steuerhorn des Copiloten durch seine Rippen gebohrt hatte und zu seinem Rücken heraus kam. Der Pilot hatte seines so fest gehalten, dass es abgebrochen war. Als sie ihn gefunden hatten, hielt er es immer noch mit seinen Händen umklammert. Miller seufzte. Er hoffte auf die baldige Analyse der Blackbox. Sie würde ihm viel erklären.

- 54 -

Zurück im Zelt besah sich Miller den Stand der Auswertung. Überall auf seinem Laptop leuchteten grüne Punkte. Wenn er die Augen zusammen kniff, konnte er sich die Verbindungslinien denken und Teile des Flugzeugs erkennen. Das Team leistete gute Arbeit und sie würden bald von hier verschwinden können. Die Versandgruppe war fast fertig und die Transporter standen bereit, um die großen Wrackteile aufzuladen. Er schätzte in ein oder zwei Tagen konnten sie ihren Arbeitsplatz in die gemietete Lagerhalle verlegen. Damit störten sie nicht die Aufräumarbeiten, die hier weiß Gott noch notwendig waren.

Er betrachtete die Überreste der Videokamera in der durchsichtigen Tüte. Was war darauf zu sehen? Vor Neugier kratze er sein Kinn, die gleiche Neugier, die ihm während seiner Karriere treu geholfen hatte. Wäre sie nicht gewesen, hätte er einige Untersuchungen falsch ausgewertet. Es war die Neugier, die ihn antrieb, alles punktgenau zu wissen. Wo andere resignierten oder mutmaßten, war Miller noch lange nicht bereit aufzugeben. Er suchte weiter und setzte das Puzzle so lange zusammen, bis es keine Teile mehr gab. Erst dann gab er sich zufrieden und schrieb seinen abschließenden Bericht.

Fast kam es ihm so vor, als wäre es gestern gewesen. Ziemlich am Anfang seiner Karriere war ein kleines Privatflugzeug mit fünf Passagieren an Bord über freier Fläche abgestürzt. Damals hatte alles auf einen Fehler des Piloten hingedeutet. Er war kerngesund und das Flugzeug befand sich in einem ausgezeichneten Zustand. Alles in allem gab es keine verdächtigen Anzeichen, die auf technisches Versagen hindeuteten. Eines Abends, das Team war im Hotel und ruhte sich für den nächsten Tag aus, untersuchte Miller das Wrack noch einmal. Da fiel ihm eine kleine Mutter unter den Sitzen auf, die er nirgends zuordnen konnte. Er untersuchte die Stelle und stellte fest, dass die Mutter unter dem Lenkgestänge hindurch gekullert war. Es war gut möglich, dass sie bei einer Wartung des Flugzeugs versehentlich dort hineingefallen war und es einfach vergessen wurde, sie wieder herauszuholen. Durch einen Zufall verhakte sie sich unter dem Lenkgestänge in einer kleinen Kuhle und blockierte dem Piloten die Steuerung. Der Aufprall lockerte sie wieder, wodurch sie nicht bemerkt wurde. Das musste die Ursache gewesen sein. Bei so kleinen Flugzeugen gab es keine Blackbox und der gesunde Menschenverstand war die einzige Möglichkeit, der Ursache auf den Grund zu gehen. Für seine Leistungen an dieser Analyse wurde Miller belobigt und der Werft, welche die Wartung vorgenommen hatte, wurden strenge Auflagen erteilt. Er schüttelte den Kopf, um die Erinnerung zu vertreiben und aß einen von Joes Oreo-Cookies, die auf einem kleinen Teller lagen.

Miller öffnete die Tüte und holte die Kamera heraus. Das Plastikgehäuse war zerbrochen, das Display abgerissen, mehrere Risse durchzogen den Rahmen und die Linse war gesprungen. Der Power-Schalter lieferte keinen Strom und wenn er Pech hatte, wurde durch die Kamera-Automatik mehr zerstört als gerettet. Die erste Hürde bestand darin, die Speicherkarte aus der Kamera zu bekommen. Das Gehäuse war verzogen und ließ sich nicht öffnen. Miller nahm sich einen Satz Uhrmacherwerkzeug und begann die Kamera Stück für Stück zu zerlegen, bis er die Speicherkarte freigelegt hatte. Vorsichtig nahm er sie heraus. Optisch war sie intakt. Jetzt hieß es herauszufinden, wie viel sie wert war. Entweder war es seine erste heiße Spur oder verschwendete Zeit. Mehr würde er wissen, nachdem er sich das Video angesehen hatte. Miller war froh, dass die Kamera keines der älteren Modelle war, so dass er sich die Suche nach einem Videoband-Adapter sparen konnte. So etwas gab es heutzutage sehr selten und er war sich sicher, kurzfristig keinen auftreiben zu können. Umso besser. Er holte sich eine frische Tasse Kaffee, steckte die Speicherkarte in seinen Laptop und startete das Video.

Auf dem Bildschirm erschien ein junger Mann um die dreißig. Er trug ein unifarbenes Hemd und hatte einen Dreitagebart. Unter seinen Augen lagen dunkle Schatten, als ob er lange nicht geschlafen hätte. Er filmte sich offenbar selbst. Miller erkannte den Innenraum einer Flugzeug-Toilette. Das war ein gutes Zeichen. Warum Mr. Augenring, so nannte er ihn vorläufig, sich selbst in der Bordtoilette aufnahm, blieb ihm vorerst ein Rätsel. Vielleicht löste es sich selbst auf.

Wer geht in einem Flugzeug auf die Toilette, für ein Selfie-Video? Oder ist es ein Bekenner-Video? War der Absturz das Ergebnis eines Terror-Angriffs?

Miller nippte an seinem Kaffee und nahm sich einen weiteren Keks vom Teller.

Mr. Augenring stellte sich als Zack Logan vor und hatte eine Menge zu erzählen. Die ganze Zeit über saß er auf der Flugzeugtoilette und erzählte und erzählte und erzählte. Die Geschichte, die er erzählte, war zu absurd, um nicht real zu sein. Er berichtete von der Geburtstagsfeier seines Freundes, Timothy Brown, als Miller überlegte, im schnellen Vorlauf weiter zu spulen. Er entschied sich dagegen. Zum einen war er hier relativ ungestört und diese Arbeit war bedeutend angenehmer als die Arbeit der anderen Teams. Zum anderen könnte dieser Zack Logan erzählen, wie es zu dem Absturz kam, was Miller im schnellen Vorlauf nicht mitbekam. Das hieß für ihn, in den nicht ganz so sauren Apfel zu beißen und sich seine Geschichte anzuhören.

Eine knappe Stunde später starrte Miller auf das schwarze Bild auf seinem Monitor. Das Video war zu Ende und was er erfahren hatte, hatte nicht im Geringsten mit dem Absturz zu tun. Er war so weit wie vorher. Das Video hatte sich als Sackgasse entpuppt. Dafür hatte er viele interessante Dinge erfahren. Dinge, von denen er offensichtlich nichts wissen durfte. Die Geschichte, die ihm Zack Logan auf dem Video erzählt hatte, konnte er sich nicht ausgedacht haben. Das erkannte er an seinen Augen. Bei seinen Ermittlungen sprach er mit vielen Menschen und hatte im Laufe der Zeit gelernt, die kleinen versteckten Zeichen richtig zu deuten und Lügen zu enttarnen. Oft waren es nur unbewusste Gesten oder das verräterische Zucken eines Muskels, das den Lügner enttarnte. Meist merkten sie es nicht einmal. Natürlich war Miller nicht perfekt, aber warum sollte Zack Logan lügen? Er hatte nicht wissen können, dass sein Flugzeug abstürzen würde.

Warum sollte er eine Dokumentation seiner eigenen Geschichte hinterlassen, die er bekannt machen wollte, und dabei lügen? Nein, das ergab keinen Sinn!

Nachdem Miller sich auch die restlichen Speicherkarten angesehen hatte, führte er sich seine Gedanken noch einmal vor Augen und stutzte. Dieser Zack Logan wollte seine Geschichte veröffentlichen. Trotz seiner Abneigung gegen Flugzeuge entschloss er sich für einen Flug, um sich schnellstmöglich mit einem Journalisten zu treffen.

Was wäre, wenn das Flugzeug abgestürzt war, nur um Zack Logan an der Veröffentlichung zu hindern?

Zugegeben, das waren sehr viele Konjunktive und es gab bessere Möglichkeiten, als gleich ein ganzes Flugzeug abstürzen zu lassen. Aber wenn an dieser Story nur ein Fünkchen Wahrheit enthalten war, dann war der Absturz ein weiterer Beweis seiner unglaublichen Geschichte. Er verscheuchte ein Insekt, das um ihn herum schwirrte, blätterte auf seiner grünen Liste und suchte den Namen von Zack Logan. Tatsächlich, er hatte überlebt. Zusammen mit einer Stewardess wurden sie in der Bordküche gefunden. Miller überflog den ersten Befundbericht. Unter anderem hatte er einen offenen Schädelbasisbruch, Quetschungen, Knochenbrüche und Risse der inneren Organe. Wie es schien hatte Mr. Logan zwar überlebt, lag aber im Koma. Es war ungewiss, wie lange dieses dauerte und woran er sich erinnern würde, wenn er überhaupt wieder aufwachte. Die Stewardess kam unbeschadet davon. Sie berichtete, dass sein Körper die Schläge abgefangen und ihr damit das Leben gerettet hatte. Sie befand sich in psychologischer Betreuung. Ohne es zu merken, nickte Miller. Zack Logan wollte dieses Video per Post an einen gewissen Donald E. Hayden schicken. Als Beweisstück war es für Miller unbrauchbar. Es enthielt keinerlei Informationen, die auf den Absturz hindeuteten. Trotzdem hatte es brisante Informationen, die übermittelt werden wollten.

Er war sich unsicher, was er davon halten sollte. War es wahr oder war es falsch? Spielte das eine Rolle? Entscheidend war, dass es für Zack Logan wichtig gewesen war. So wichtig, dass er dafür extra in ein Flugzeug gestiegen war, um es möglichst schnell abzuliefern. Vielleicht sollte er ihm helfen. Vielleicht sollte Miller es in den Briefkasten werfen. Praktisch gesehen als letzten Willen stellvertretend für Mr. Logan. Dieser würde die nächsten Wochen und Monate nicht aus dem Krankenhaus entlassen werden und wenn die Geschichte ausgedacht war, flog sie sicherlich auf. Miller holte sich eine neue Tasse Kaffee und begann auf seinem Laptop einen kurzen, anonymen Brief zu schreiben.

Sehr geehrter Mr. Donald E. Hayden,
dieses Video wurde bei dem Absturz des Fluges Freewing 3712 geborgen. Es enthält keine relevanten Informationen den Absturz betreffend, doch Sie werden darin namentlich genannt.
Ich nehme an, dass diese Informationen für Sie äußerst interessant sein werden.
Mit freundlichen Grüßen
Jon Doe

Agent Miller wusste nicht warum, doch es erschien ihm sinnvoll, seinen eigenen Namen zu verschweigen. Er teilte nicht die Paranoia von Mr. Logan, wollte aber auch nicht ins Fadenkreuz der Gedankenpolizei geraten, sofern es sie gab. Falls sie nicht existierte, umso besser. Dann würde man diese Panikmache nicht mit ihm in Verbindung bringen. Wenn doch, dann wussten sie nicht, von wem Donald E. Hayden seine Informationen bekommen hatte. Sie mussten davon ausgehen, dass ihr Anschlag erfolgreich war. Nein, sein Name musste nicht darunter stehen.
Die Büroanschrift von Mr. Hayden war schnell gefunden. Über seine Webseite fand Miller heraus, dass es sich bei ihm um einen der bekanntesten Journalisten im Bereich der Verschwörungstheorien und Korruptionsskandale handelte. Es waren Beispiele aufgelistet, an die sich Miller erinnern konnte. Der Name des Journalisten sagte ihm trotzdem nichts. Miller vermutete, es war nicht das erste Mal, dass Hayden einen anonymen Brief bekam. Er würde wissen, was er mit den Daten machen musste. Um die Speicherkarten zu schützen, beschriftete Miller ein gepolstertes

Kuvert mit der gefundenen Postfach-Anschrift und hinterließ keine Rücksende-Adresse. Dann steckte er die Speicherkarten zusammen mit seinem Brief hinein und versiegelte es. Auf seinem Weg ins Hotel würde er eine Briefmarke besorgen und das Kuvert abschicken. So lange musste es noch warten. Auf ein paar Stunden mehr oder weniger würde es nicht ankommen.

- 55 -

An diesem Abend verließ Agent Miller das Absturzgelände später. Er war tief in Gedanken versunken und versuchte ein Schema zu erkennen. Bisher hatten sie lediglich herausgefunden, dass das Flugzeug in einem ziemlich steilen Winkel aufgeschlagen war. Die Verteilung der Trümmer sprach eine eindeutige Sprache. War dieser Airbus 319 ins Trudeln gekommen?

Miller überlegte.

Jedes Flugzeug fliegt, weil Luft laminar über die Tragflächen strömt und dadurch den nötigen Auftrieb erzeugt, der das Flugzeug in die Luft hebt. Wenn nun die laminare Strömung an einer Tragfläche abreißt, zum Beispiel weil das Flugzeug zu langsam oder zu steil nach oben fliegt, fehlt der Auftrieb an der Tragfläche, das Flugzeug kippt ab und dreht sich, die Nase steil nach unten gerichtet, um seine Längsachse. Das nennt man Trudeln. Warum sonst sollte es so steil aufschlagen?

Er kratzte sich sein Kinn.

Selbst wenn der Airbus ins Trudeln kam, konnten die Piloten diesen kritischen Zustand durch ein einfaches und mehrfach geübtes Standardmanöver beenden. Es war nicht angenehm für die Passagiere, doch sie hätten überlebt.

Das brachte ihn zu der wichtigeren Frage.

Wie kam der Airbus ins Trudeln?

Dafür gab es mehrere Möglichkeiten. Die meisten setzten fehlende Sicht und ein Ignorieren der Instrumente voraus. In seltenen Fällen kam es vor, dass die Instrumente falsche Anzeigen lieferten und die Piloten durch ihre Korrekturmanöver die Katastrophe auslösten. Diese Frage würde die Blackbox beantworten.

Natürlich konnte der Pilot das Flugzeug absichtlich in den Boden gerammt haben. Warum sollte er das tun? Der Kapitän an Bord war ein sehr erfahrener Mann und stand kurz vor seinem Ruhestand. Er hatte zwei weitere Jahre vor sich, um dann eine Pension für den Rest seines Lebens zu bekommen. Der Co-Pilot war jung und hatte eine aussichtsreiche Karriere vor sich. Nein, das ergab alles keinen Sinn.

Miller verließ sein Zelt und rannte beinahe den Mann um, der ihm entgegen kam.

»Agent Miller, Agent Smith.«

Er stellte sich kurz und knapp vor, typisch für Bundesagenten. Agent Smith hielt ihm seinen Bundesausweis vor die Nase und Miller nickte. In großen blauen Buchstaben las er FBI.

»Wie kann ich Ihnen helfen?«

»Agent Miller, haben Sie erste Erkenntnisse zum Verlauf des Absturzes?«

Was sollte er ihm antworten? Miller überlegte einen Moment. Es war ungewöhnlich, dass sich das FBI für einen Absturz interessierte. Andererseits war es das FBI. Wenn Miller die Zusammenarbeit verweigerte, konnte es ihm nicht nur seinen Job kosten. Die Jungs verstanden keinen Spaß.

»Wir haben noch nicht viel. Wir wissen lediglich, dass sie in einem sehr steilen Winkel aufgeschlagen sind.«

Er zögerte einen Moment.

»Eventuell ein Trudelunfall.«

Smith hob eine Augenbraue.

»Ein Trudelunfall?«

Miller zuckte mit den Schultern.

»Naja, oder ein Pilotenfehler oder ein absichtlicher Absturz. In Anbetracht der Erfahrung des Kapitäns kann ich das im Prinzip ausschließen. Die Auswertung der Blackbox steht allerdings noch aus.«

Bei diesen Bundesagenten wusste man nie. Nachher drehten sie einem das eigene Wort im Mund herum, wenn man sich nicht klar und eindeutig genug ausdrückte.

»Gibt es Überlebende?«

Miller sah auf seine Grüne Liste.

»Ja, eine Handvoll. Nur sehr wenige haben den Absturz überlebt. Die meisten liegen auf der Intensivstation, Ausgang ungewiss.«

»Kann ich die mal sehen?«

Smith nickte in Richtung der Liste.

»Na klar.«
Miller gab ihm die Liste und Smith studierte sie für eine Weile. Seine Augen überflogen die ersten Namen, blieben eine Weile an einer Zeile hängen und lasen die dokumentierten Informationen, bevor er den Rest der Namen überflog.
»Dankeschön.«
Smith gab die Liste an Miller zurück.
»Ich gehe davon aus, dass Sie sämtliche Fundstücke protokollieren?«
»Natürlich.«
Ist das ein Verhör?
Er fühlte sich unwohl, doch er sagte nichts. Es war schlimmer, einen Bundesagenten die gesamte Untersuchung über im Nacken zu haben, als sich einmal für ein paar Minuten dem Kreuzverhör zu stellen.
»Gut, Agent Miller, das freut mich zu hören.«
Und jetzt verpiss dich endlich!
Agent Smith sah Miller für einen Moment in die Augen. Es kam ihm vor, als würde er nach etwas suchen. Etwas, dass Miller ihm verheimlichte. War er verdächtig?
»Kann ich die Liste der gefundenen Gegenstände mal sehen?«
»Ist das Ihr ernst? Die ist mehrere hundert Seiten lang!«
Miller log nicht. Jeder einzelne, gefundene Gegenstand wurde protokolliert. Die Liste zu überprüfen, dauerte Stunden und es war spät, sehr spät.
Wieso taucht er eigentlich genau jetzt auf?
Normalerweise wäre Miller längst gegangen.
»Ich verstehe.«
Agent Smith nickte.
»Wir haben erfahren, dass Sie unter anderem auch Videomaterial gefunden haben.«
Woher zum Teufel wusste er das so schnell?
Er hatte es erst heute gefunden und Miller war sich sicher, dass diese Information die Absturzstelle noch nicht verlassen hatte. Was sollte er tun? Sollte er mitspielen oder sich dumm stellen? Eine Behinderung einer Bundesuntersuchung war kein Kavaliers-

delikt, vorausgesetzt er behinderte diese Untersuchung bewusst. Ein Versuch konnte nicht schaden.

»Was für Videomaterial?«

Smith durchbohrte ihn mit seinem Blick.

»Agent Miller, Sie wissen genau wovon ich spreche.«

Offensichtlich wusste dieser Mann mehr als Miller ahnte. Vielleicht war es besser zu kooperieren. Ihm war nicht wohl bei dem Gedanken, sich mit dem FBI anzulegen.

»Ja Sir, wir haben Videos gefunden. Sie enthielten keine sachdienlichen Informationen zum Unglückshergang.«

»Sie haben sie sich also angesehen?«

»Wir haben nach Hinweisen gesucht, die den Absturz erklären.«

»Und keine gefunden.«

Es war eine Feststellung und keine Frage des Bundesagenten. Er überlegte einen Moment, ohne Miller dabei aus den Augen zu lassen. Dann hatte er seine Entscheidung getroffen.

»Geben Sie mir die Videos!«

Es war keine Bitte und auch keine Aufforderung. Es war ein Befehl. Miller zögerte einen Moment.

»Wozu benötigen Sie diese? Die Daten kann ich Ihnen gerne digital zukommen lassen.«

Der Agent ging nicht auf die Frage ein.

»Sie sagten selbst, dass sie keine sachdienlichen Informationen über den Absturz enthalten, oder?«

»Das stimmt....«

Smith kniff die Augen zusammen und starrte Miller in den Boden.

»Nun, Agent Miller, vielleicht haben Sie etwas übersehen. Wir würden sie gerne selbst analysieren. Die Originale!«

»Natürlich.«

Das war überhaupt nicht gut. Es war schlimm genug, dass sich die Bundesbehörde in seine Untersuchung einmischte. Jetzt wollten sie auch noch seine Indizien beschlagnahmen. Warum ausgerechnet diese Videos?

Miller drehte sich um und betrat erneut das Zelt. Smith folgte ihm dicht auf den Fersen und ließ ihn keinen Moment aus den

Augen. Er konnte seine bohrenden Blicke in seinem Nacken spüren. Als hatte er eine Eingebung, verharrte er einen Moment und suchte nach einem Ausweg, wie er sich aus dieser Situation befreien konnte. Die Speicherkarten waren im Kuvert in seiner Jackentasche. *So* konnte er sie nicht herausgeben, selbst wenn er es wollte. Er hob seine Hand an seine Brust und ließ sie sofort wieder sinken, bevor er das Kuvert spürte. Wahrscheinlich hatte er sich schon tief genug in die Scheiße manövriert und musste seine Lage nicht noch verschlimmern.

Die entstandene Pause nutzte Agent Smith. Er trat näher an Miller heran und stand direkt hinter ihm. In seiner Hand blitze eine kleine metallische Scheibe auf, die er zum Hals von Agent Miller führte.

»Agent Miller, Sie haben dort etwas.«

Als Miller wieder klar denken konnte, war Agent Smith verschwunden. Mit ihm waren auch die Speicherkarten verschwunden, inklusive der Videos im gepolsterten Briefumschlag, den Miller in seiner linken Jackentasche aufbewahrt hatte.

Er erinnerte sich nicht mehr an sie und würde sie nicht vermissen.

- 56 -

Kevin kannte die Frau, die fast jeden Tag mit einem Eis in der Hand auf einer Bank vor der kleinen Grünfläche saß und das Gebäude der SCC anstarrte. Er verließ das Gebäude und ging zu ihr.
Sie war glücklich und entspannt und wirkte ausgelassen. Sie genoss die warmen Sonnenstrahlen auf ihrer Haut und schleckte an ihrem Eis.
»Darf ich mich zu Ihnen setzen?«
»Natürlich.«
Megan deutete auf den freien Platz neben ihr. Kevin setzte sich und gemeinsam starrten sie zum Dach des Gebäudes.
»Irgendwie kommt mir dieses Gebäude bekannt vor. Vielleicht habe ich auch einmal die Möglichkeit in einem so großen Bürogebäude zu arbeiten. Möglichst weit oben, mit einem schönen Blick über die ganze Stadt.
Sie seufzte und leckte an ihrem Eis.
»Wie geht es Ihnen heute, Megan?«
Sie sah ihn an.
»Kennen wir uns?«
Kevin lächelte schief.
»Ja Megan, wir haben uns bereits schon einmal letzte Woche hier getroffen. Ich glaube, Sie kommen jeden Tag zur gleichen Zeit hier her und sitzen hier für ein paar Minuten.«
»Das stimmt. Ich genieße die Sonne in meiner Mittagspause und dieses Gebäude ist wirklich beeindruckend.«
Sie deutete auf den Wolkenkratzer der SCC.
»Wie war Ihr Name?«
Wieder lächelte er.
»Mein Name ist Smith, Megan. Ich heiße Kevin Smith.«
Der letzte Bissen Eis verschwand in ihrem Mund und sie streckte sich.
»Schön Sie kennen zu lernen, Kevin. Ich fürchte meine Pause ist

vorbei und ich muss zurück zur Arbeit. Vielleicht sehen wir uns ja bald wieder?«

Kevin lachte laut auf.

»Mit Sicherheit, Megan! Mit Sicherheit.«

»Vielleicht schon morgen?«

Sie lächelte ihn an und er nickte langsam.

»Irgendwie kommen Sie mir sehr bekannt vor. Ich weiß zwar nicht genau woher, aber das finde ich schon noch heraus.«

Megan stand auf und Kevin erhob sich ebenfalls.

»Bis morgen, Megan.«

»Bis morgen, Kevin.«

Megan drehte sich noch einmal um, als sie den kleinen Platz verließ und zu ihrem Büro zurück lief. Kevin ging zurück in sein Büro scrollte durch eine offene Akte. Er hinterließ einen kurzen Vermerk bevor er sie speicherte und wieder schloss.

Megan Perry - weiterhin unauffällig.

- 57 -

Dieser Zack hatte ganz schön Mut bewiesen, das musste er ihm lassen. Ein Flugzeug mit sämtlichen Passagieren wegen einem einzigen zu opfern, war sicher nicht die feine Art und David würde dafür auch noch einiges zu hören bekommen. Dafür hatte er sich persönlich um die Aufräumaktivitäten gekümmert. Zum Glück, musste er sagen. Ohne ihn wäre dieser dämliche Lokal-Bulle mit den Videos des Spinners womöglich noch irgendwo aufgetaucht und es hätte doch noch Theater gegeben. Wie immer war David vorausschauend genug gewesen, dass er sich schnellstmöglich zur Absturzstelle begeben hatte, kaum dass er wusste, *wo* das Flugzeug aufgeschlagen war.

Die gute Nachricht war, dass das neue Modell Mosquito zusammen mit der automatischen Fernsteuerung einwandfrei funktionierte. Im Krieg gab es Opfer und Kollateralschäden, dass musste den Bossen oben klar sein. Was machte es da aus, wenn ein paar armselige Menschen mehr ihr Leben ließen, um dafür das System zu schützen? Er war stolz auf seine Arbeit. Neben Miller gab es keine weiteren Sicherheitslücken und kaum hatte er die Speicherkarten beschlagnahmt, hatte er sie mit Benzin übergossen und zu einem schwarzen Häufchen Plastikreste zusammengeschmolzen.

Bye bye Zack Logan.

David war mit Zack noch nicht fertig. Er kannte seine Akte in- und auswendig und er hatte sämtliche Querverbindungen und die zugehörigen Gesichter studiert. Wahrscheinlich war er der einzige, der die Akte überhaupt so detailliert angesehen hatte. Von daher fühlte er sich zu seinem letzten Schritt regelrecht berufen.

- 58 -

Es war ein sonniger Tag bei strahlendem blauen Himmel. Wäre es kein trauriger Anlass, hätte es ein richtig schöner Tag werden können. Die Vögel zwitscherten fröhlich ihre Lieder und flogen aufgeregt zwischen den Bäumen hin und her. Auf dem Friedhof in Colorado Springs spendeten viele Bäume, hauptsächlich Eichen, viel Schatten und Trost. Unter einer dieser Eichen war eine kleine Menschenmenge versammelt, fast alle schwarz gekleidet und lauschten der abschließenden Predigt des Pfarrers vor ihnen. Ein hölzerner schlichter Sarg stand auf zwei armdicken Ästen, flankiert von zwei Sargträgern auf jeder Seite, den Tragegurt noch über ihre Schulter gelegt. Sie hielten ihre Köpfe gesenkt und bis auf das Zwitschern der Vögel und den Worten des Pfarrers war kein weiterer Ton zu hören.

Einer der Sargträger war Timothy. Sein Gesicht war aschfahl und bleich, etwas eingefallen und er hatte an Gewicht verloren. Die Nachricht über den Tod seines besten Freundes hatte ihn schockiert und selbst jetzt, einige Tage nach dem Absturz, begriff er die Situation immer noch nicht richtig. Sie hatten eben noch gemeinsam seinen dreißigsten Geburtstag gefeiert und auf einmal fehlte ein Stück aus seinem Leben. Sein Freund würde nie mehr zurückkommen. Er bedauerte zutiefst seinen Tod. Noch mehr die Tatsache, dass Zacks Eltern an der Beerdigung nicht teilnehmen konnten. Sie lagen weiterhin im Koma und er fragte sich, wie sie die Nachricht aufnehmen würden, wenn sie daraus erwachten. Dem Tod knapp entronnen, würden sie selbst jede Menge Zuwendung und Pflege benötigen. Nein, sie würden es nicht leicht haben. Sein Blick glitt durch die kleine Menge, hauptsächlich Familienangehörige und Freunde. Für einen Moment wunderte er sich, Jasmin zu sehen und dachte nicht groß darüber nach. In einiger Entfernung stand ein weiterer Friedhofsbesucher und beobachtete die Zeremonie in gebührendem Abstand, ohne sich aufzudrängen oder unhöflich zu wirken.

»...und somit übergeben wir die sterblichen Überreste von Zack Logan in deine Hände, Herr. Aus der Erde sind wir genommen, zur Erde sollen wir wieder werden, Erde zu Erde, Asche zu Asche, Staub zu Staub.«

Bei diesen Worten ließen die vier Grabträger den Sarg in die Erde hinab und traten jeweils einen Schritt zurück. Der Pfarrer nahm die kleine Schaufel von einem Podest neben dem Grab, stach sie in den darauf liegenden Sandhaufen und warf Erde in das frische Grab. Einen Moment lang herrschte betretene Stille, keiner traute sich dem Beispiel des Pfarrers zu folgen und den Anfang zu machen. Diese Aufgabe gebührte den nächsten Angehörigen, die nicht da waren. Timothy straffte seine Schultern, trat einen Schritt auf das Grab zu und warf eine weitere Schaufel Erde in das Loch auf den braunen Sarg.

»Möge es dir auf der anderen Seite genauso gut gehen wie hier, mein Freund. Ich werde dich vermissen.«

Mit gesenktem Kopf machte er den nachfolgenden Trauernden Platz und wartete bis sich die Menge langsam auflöste. Jasmin kam auf ihn zu und legte ihre Hand auf seine Schulter.

»Tut mir leid für dich Timothy, mein herzliches Beileid.«

Timothy nickte.

»Ich habe nicht erwartet, dich hier zu sehen.«

Diesmal nickte Jasmin.

»Ich weiß nicht recht. Er war kurz vor dem...«, sie schluckte bevor sie fortfuhr, »...Unfall bei mir und berichtete, du wärest gestorben. Jetzt ist es genau anders herum.«

Timothy sah verwundert auf.

»Er meinte, ich sei gestorben? Wie kam er darauf?«

Jasmin zuckte mit den Schultern.

»Das hat er mir nicht erzählt. Er war zutiefst erschüttert und ist schnell gegangen. Irgendetwas bedrückte ihn, doch ich weiß nicht was.«

Timothy sah sie lange an.

»Kommst du noch mit zum Essen?«

»Gern.«

Jasmin hakte sich in seinen Arm ein und gemeinsam liefen sie den kleinen geschotterten Weg in Richtung Ausgang. Eine halbe Stunde später war der Friedhof wieder fast leer. Das offene Grab würde bald zugeschüttet werden, doch ein Besucher stand noch immer in gebührendem Abstand entfernt. Er trug einen langen schwarzen Mantel und einen schwarzen Hut, dessen Schatten sein Gesicht verdeckte. Langsam schritt er auf das offene Grab zu und ließ ein Schäufelchen Erde hinein fallen. Für einen Moment verharrte er und starrte in das Loch vor ihm. Seine Hände waren in schwarzen Lederhandschuhen verborgen. In seiner linken Hand hielt er eine einzelne Blüte. Eine Biene krabbelte darin und er sah sie interessiert mit einem leichten Lächeln an. Er öffnete seine andere Hand und hielt seinen Zeigefinger neben die Biene. Sie flatterte mit den Flügeln und flog mit einem leisen Summen davon. Der Mann sah ihr einen Moment hinterher, bis er sie aus den Augen verlor.

»Mach es gut, kleine Biene.«

Dann richtete sich sein Blick auf das Grab vor ihm.

»Keine Sorge Zack, deine Eltern werden sich an nichts erinnern.«

Er öffnete die linke Hand und ließ die Blüte aus seiner Hand gleiten. Der Mann kräuselte für einen Moment seine Lippen, drehte sich um und verließ mit schnellen Schritten den Friedhof. Während er ging, schwebte die Blüte langsam in das Loch herab und blieb auf dem Sarg in der Sonne liegen.

ENDE